哈佛燕京圖書館文獻叢刊第四種

美國哈佛大學哈佛燕京圖書館藏明清婦女著述彙刊

3

方秀潔(Grace Fong)(美)伊維德(Wilt L. Idema) 主編

广西师范大学出版社
GUANGXI NORMAL UNIVERSITY PRESS
·桂林·

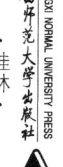

第三卷目録

《韻香閣詩草》一卷　孔祥淑　光緒己丑（1886）刻本　一冊……………………一
《倚雲閣詩詞》三卷補遺一卷詩餘存三卷　張友書　光緒十二年（1886）刻本　一冊……二三
《叢筆軒遺藁》三卷　孫採芙　光緒丁亥（1887）胡氏世澤樓木活字印本　一冊……四七
《吟翠樓詩稿》二卷　孫佩蘭　光緒十四年（1888）刻本　一冊……………六九
《佩秋閣詩藁》四卷　吳茝　光緒十四年（1888）刻本　二冊……………一〇五
《曇花閣詩鈔》四卷　劉慧娟　光緒十六年（1890）刻本　三冊……………一四五
《紉蘭室詩鈔》三卷　嚴永華　光緒十七年（1891）刻本　一冊……………二〇九
《吟香室詩草》四卷　楊蘊輝　光緒二十三年（1897）南海縣署刻本，民國四年（1915）重印
二冊……………………………………………………二三九
《古歡室詩詞集》八卷　曾懿　光緒三十三年（1907）刻本　六冊……………三〇五
《黛韻樓遺集》八卷　薛紹徽　宣統三年（1911）刻本　六冊……………四三三

韻香閣詩草

孔祥淑

女士韻香閣詩草

韻香閣
詩集一卷

光緒十二秊
秋九月開雕

孔子刪詩開卷六篇皆歌詠后妃之德齊家先於治國王化起於閨門所以理陰教端治本也而卷耳一篇說者謂文王當屯邅之秋后妃爲社稷生民計思天下需才孔亟求之又不易得譬如采卷耳而不能盈傾筐者然左氏亦云寘彼周行能官人也孔子刪詩隱以爲政在人示天下後世而其澤首被於家庭以故歷二千餘年而流風未沫今讀景韓觀察夫人之詩而益信夫人聖裔也未嫁而孝於父母既嫁而敬於翁姑持家以儉

序　一

御下以慈訓子女以嚴正凡女道婦道之宜盡者固秉性所自有姆教所夙嫻均不足爲夫人重夫人隨觀察官畿輔前後權天津清河道篆既而清河即眞兩地皆有河工之責又連年霪潦泛濫爲災觀察自春徂秋河干奔走公務支絀萬分芻茭木土之費往往不給夫人悉心籌畫有時質簪珥衣服以佐興作俾數萬生靈得以出波濤而登袵席觀察之功甚偉而夫人亦與有力焉然此猶不足爲夫人重讀夫人之詩感時即事莫不寓卷耳之旨解懸拯溺即馬瘏僕痡之比也蜀道秦關即崔嵬高岡之喻也玉漏瑤琴即兕觥金罍之興也至於傷九方之不遇歎濟世以無從即嗟我懷人寘彼周行之意也推作詩之志惟望當世賢才其忠純勤敏公而忘私國而忘家如觀察者各使之在位在職周布行列則內修外攘寰宇乂安矣嗚呼自古治日少而亂日多治亂之循環基於人才之消長今天下時事可謂艱矣宰相佐天子進退百官鎮服四夷不務賢才之是求

序　二

而瑣瑣然急簿書權錢穀拘資格獎夸毗吏道襍而多端官箴廢而不講讀夫人之詩不幾愧鬚眉而羞巾幗之彥耶夫人以上智之姿又承大聖人之家學源遠流長溫柔敦厚其得力於詩教者深矣尋常吟風弄月流連光景之作在閨秀中著名者不知凡幾視此誠枝葉也岳學識譾陋自顧不足以辱佳什惟奉觀察面語區區賤名夫人嘗有經濟學問二者兼優之詡知已之感不覺涕零謹撮作詩之大旨而暢言之蓋亦竊比於古

人說卷耳之遺意焉
光緒十二年歲在丙戌重陽後一日淄川鄒振岳謹序

韻香閣詩草一卷曲阜孔夫人著夫人爲亓官氏媍裒歸滇南劉景韓觀察觀察與余交因得盡識其鄉郈始略聞夫人之賢且才惟時觀察方巡淸河其部民咸頌德弗置余客保陽舉親友之官畿輔者胥走相告曰直隸有賢觀察某案權篆咸不數月民戴之如慈父母去則如失慈父母咸其內助之力也日者觀察出此册以示余凡古近體各如千首其佐夫勗子之篇居其半詠史者復居其半若夫描山畫水繪景寫情僅十之二三

而已讀甫竟喟嘆詫驚非尋常女子纖靡巧麗之作而嚮之豔稱觀察之得內助暨夫人之賢且才者洵非囈語也我
朝二百餘年舉天下閨閣中之能詩文者不下數千輩嘉道間完顏氏廣搜博採輯爲正始集其入選者不下數百輩而能稱夫正始者亦僅寥寥已向使是册早行於世得毋爲正始之冠耶抑後有繼輯正始者又得毋以此册爲冠耶嗚呼婦人主中饋者耳初不必以文字

著若夫人者固不僅以文字著發乎聲見乎禮儀將厥才之足以副其德者天復能不負其才也余交觀察不僅交其才其爲人也有識有守不徒以仕宦爲榮者而觀察故以詩文鳴於時亦想見其於閨中迭爲倡和交相勖勉異時膺重寄荷艱鉅庶幾長葆眞璞不墜初聲處斯民於衽席是固余所深信抑亦無負是內助之聲聞也己虞山僑民趙實弁言

序

武進劉印庚尹甫

夫坤德先重含章嬪教爭誇彤管當有道之天下黻佩成歌喜和平之室家琴瑟是咏爰徵典籍見美風詩用攷遺編亦多麗藻然而婕妤吟團扇之製體物能工若蘭迴織錦之文言情無匹書之硯北雖金屋之奇才選入江東第玉臺之新咏是則有善懷之文采無卓犖之才思者已乃讀韻香閣詩而有異焉韻香閣詩者永昌劉景韓觀察之室曲阜孔齊賢夫人所著也通華冑望淑愼閨儀妙解文章尤嗜詞翰具靈明之性質有超絕之天資習潤藝於華年刻芳名於茗玉饜飫毫素造次隨身膏沐詩書無時離手長言婉娩女師象德之篇好句流連昔賢內助之訓當夫瑣窗月墮沉水煙消吟鮑氏之茗香賦謝庭之柳絮往往經緯情性吐納風騷揮毫皆大雅成章舒紙無永懷致嘆固已傲貴嬪於晉代跨令嫻於梁朝爾其綢繆史紀容與前修覶縷逸函搜疏舊載思徽音之有道作壼範之良師不獨議論之工

一以勸懲爲主抑揚南董咀嚼宮商寓褒貶於詞中約
興亡於腕底斯則闡幽前世繼更生列女之篇縱眼觀
書成曹昭續史之業至夫經歷險遠助得江山弭節劍
閣之巔揚舲夔門而外每値雞鳴旦戒秣馬宵征林葉
初黃江楓未落心如結轖假柔翰以抒懷思若流泉屬
新詞而託興萬重山翠寫入雙蛾九派江聲拂來十指
斯又東征七邑爭善賦於班家舟楫百泉非寫憂於衛
水且又慣裁花骨久製繡銘偕老詩中聯吟閨內相夫

爲善發言附美政之碑教子以嚴作誡式遷鄰之義寫
蠶眠而釵股留痕探蠹簡而雲箋落粉詠物則短章瀏
亮巧窮文士之心放言則名論高張豪有丈夫之氣非
但不櫛之進士抑亦文陣之雄師枉示宏章敢辭嚆矢
珠璣滿目洵推徐淑之才蕪穢陳詞忝附士安之序

韻香閣詩草

曲阜孔祥淑齊賢

讀史

鴻濛判天地清輝並日明儀型孚萬國端由內化成早
朝警永巷失德誤傾城法戒昭古鑑尙論貴持平燕私
苟不忝千載流芳聲

誕降開王業瑞紀生民詩綿綿承世德三后助鴻基艱
難知稼穡動靜愼容儀胎教更太任鸑鷟鳴西岐有歸

信天命蒙難晦明夷作孚同服事不使臣節虧家國通
一理端爲百世師

一片驪山火叵由百媚生艱難祖宗業累洽啟昌明牝
雞鳴旭旦禾黍滿鎬京禍生於所愛損積於多盈致令
千載後殷鑒難爲情

悼齒亂齊國君走不知處端賴王孫賈討賊聲威著袒
右驅市人難其在急遽藉無倚閭訓何能起衣去雖非
純臣節罪得就斧鋸大義申慈母全國有令譽

晏安豈可懷先賢譬酖毒况在世祿子怙侈資所欲朝日而夕月孜孜惟不足勞心與勞力貴賤各有屬所以文伯母勤事自檢束教子多義方不才由土沃豈獨魯邦瞻永作保家箓

法律爲詩書周召盡刑餘漢興承秦弊羅織不遑居遡哉雋子母好生復太初聞獄多平反言笑始自如秋肅布春陽訟理永終譽執法盡若此囹圄慶空虛

大孝通神明甘泉涌其舍當姑未諒時姜詩難寬赦泝

流汲江水軒然風濤作雞鳴空往還姑渴愁難破夜紡市珍羞下堂猶參佐使無鄰母對翻益賢婦過至誠感姑心儀刑遠邇播

畫虎狀猙獰遙望猶悚懼况在小兒女何敢與之遇父爲虎所曳楊香赫然怒奮臂不顧身搏虎如搏兔搤頸雖靡牙俯伏馳若騖笑彼逐虎者色變失故步善攖如馮婦負嵎猶四顧

綱常彌宇宙惟孝爲至德慨世巧趨避靈府盡茅塞表

表叔先雄傷父屍未得矢志殉中流號泣廢寢食豈無弟與夫永訣良惻惻亦有子與女割愛靡姑息夢告後六日同浮江之側鬼神爲呵護蛟龍爲藏匿大節光天壤豐碑彰奇特

淮冠一窠蜂所至無生理詹女誘甘言賊反任驅使父兄脫兵刃過市躍於水暫屈非偷生完貞得所死罵賊豈不烈族赤門閭燬濟變策萬全愧此詹處子

君子不知命勢利相奔兢賢哉於陵妻尼夫卻楚聘食

玉豈不美衣錦豈不盛君臣虛以聽况執國之柄相視若浮雲琴書怡天性千載仰高風安貧良非病

牛鳴馬不應由其非同類嗟齊孤逐女自媒近於戲經曲爲大防守禮德始備三謁王之門所論皆正議配相而尊賢齊國賴以治其如女道虧才辯何足異兢兢深自持無爲盛德累

大節不可奪精誠能格天比翼申夙志連理結後緣青陵築層臺張羅思高騫水深日當心匪石難轉旋雖貴

不慕貴輕之若雲煙雖賤不辭賤重之若氷淵
愛極翻成怨情溺轉相仇夫婦道不終無禮節其梳卻
鈌耨大野妻饁進殺羞獻酬如賓客欣慕起道周觀人
必徵忽外敬知內修百行端有本舍此更何求
習慣若性成疾難破沉痼有漢桓少君聞義頓改素飽
宣淡紛華美飾觸其怒毀粧富不驕守約窮能固提甕
汲清泉輓車着短布即境以鍊心隨遇安常度士志雖
足多婦行良可慕

名遺珠崖令空將二義傳感人猶餘事慈孝奇通天臂
珠誤入關坐法難兩全母女爭就義聞者涕漣漣吏劾
不忍決援救珠盡捐風教起閨闥此美洵當先相隱復
相讓後母尤足賢
先民詢芻蕘故能成其大管子天下才改容謝少艾齊
桓勤求士甯戚歌詭怪奉迎憂不知妾倩適逢會白水
識賢心修宮速反旆佐齊國以治賴此一夕話人無忽
於微慮已超物外

淑德伊云逝陳篇寄賞音窮通端有道常變不移心師
法班昭誡難爲女史箴內修勤自省懷古一何深

七盤嶺

山盤曲白雲深鎖罕人足我重來俯視林壑亦壯哉嶠
峰奪天姥玲瓏鑿鬼斧匹練亘中央干霄疇步武九折
羊腸星斗橫馬蹄亂落火珠明安得再鍊女媧石補盡
人間路不平

劍州道柏

絕壁過雲天宇闢盤拏兩行森戰戟行人指點不敢攀
云是桓侯手植柏經霜傲雪風骨遒綠柳紅花皆避席
落落丹崖雖自賞終造鳳樓高百尺幹旋造化天無功
扶持千載壽金石根深葉茂多庇蔭樹比甘棠猶愛惜

偶成

性本難偕俗山川繫夢思心閒事不擾知命樂奚疑開
軒時遠眺白雲出岫遲悠悠布天際林深鳥不知靜觀
眞自得欲問復何之

西山來爽氣且自賦登樓雨潤青浮黛風和綠滿疇枝頭鳴好鳥水面泛輕鷗秀嶺衝煙出清泉抱石流陶情空色相信步樂優游

長安道中

話別長亭裏綠楊幾挂縧路開山盡處景好月明時旅況隨心賞離懷感物思舉杯聊且飲萬里有歸期

曉行

早發秦關道山高夜氣凉星熹茅店火月映板橋霜景自閒中領人從別後香故園諸弟妹幾度盼回鄉

晚行

不覺寒煙暮秋光幾度忙蓼紅疎水國雲白隱山堂鴈到書猶滯馬嘶路轉長登高回首望皓月上崇岡

雨後即事

雨歇楊林渡東郊盡把犂青溪千鷺飲紅杏一鶯啼樹色隨帆近波光入戶低三春無限好兩岸夕陽西

華陰道中

柳拂秦關道雲山過幾重前村知不遠花外一聲鐘

廣元舟中

閒坐木蘭舟蓼紅水國秋雲霞方過眼明月滿山樓

七夕

萬木蕭蕭下風鳴雨乍收橋橫雲路近月淨海天秋脈脈三生幸盈盈一水流富貴我自有何事問牽牛

途中偶成

雲霞出海最鮮明其奈辭家萬里程別緒頓隨流水轉離懷時與故山盟重幃定省朝朝夢兩地相思暮暮情待到杏開春雨後好隨檣燕趁風行

即事

紅樹青林畫裏看中天皓月滿江寒怪來佳興偏多賞一曲瑤琴五夜彈

偶成

讀罷南華賦子虛腸迴曲曲懶修書黃花滿地歸何日秋月多情我不如

口占

偶然散步到東籬可愛薔薇映水池更有多情雙燕子一年一度一相思

偶成

荷花帶雨滿池紅兀自憑欄水閣中橫笛不知天欲暮一彎新月畫樓東

咏梨花

山川明媚映樓臺柳拂橫塘寶鑑開更喜一枝春帶雨

因風擁出玉人來

除夕雪夜

雞鳴紫陌象更新六出花飛不染塵玉漏未催天已曉梅開先占一枝春

留別

攜手河梁上滔滔水不波盈觴愁未解折柳勸徒歌紅日離時短青山別後多相思期努力莫負夕陽過

成都偶成

涼風吹鳳嶺送我蜀西來地氣經冬暖山花冒雪開丹霞鋪錦水紅日映陽臺更喜春光早無勞羯鼓催

夔府舟中

江水滔滔去春來景倍生帆從天外落人在鏡中行黃鳥含煙囀青疇帶雨耕長途千里別不盡故鄉情

三峽觀瀑布

奇峰秀削插當面曉起凌虛天一線轟轟震谷雷乍鳴重巖陡轉飛白練如煙如雪勢奔騰大珠小珠滿地濺

碧潭千尺窈而深響滴銅壺漏傳箭蛟龍不作塵不染皎潔水光澈底見靜[illegible]頓使道心清日暮雲封猶眷戀

川江偶成

浪涌片帆出重巖轉面開畫眉啼不住江上送青來

濯錦春流水花飛驚鳥起片帆一葉輕日在桃源裏

古樹李紅蘿危檣泛綠波更窮千里目嶺上白雲多

巴東舟中

猿啼兩岸夕陽催江上何人賦落梅山影漫隨煙靄去

鐘聲時雜雨風來鳥穿疊嶂陰雲合舟入重巖石壁開
到此蓬萊知不遠我今新自蜀東回

漢江舟中

荆門三峽盡萬里送行舟帆急山俱動江平水不流柳
舒桃葉渡花隱夕陽樓回首碧雲暮開尊對月浮

舟中七夕

今夕是何夕歸心繫客舟金梭剛罷織銀漢半横秋乞
得黃姑巧消除赤帝愁更邀明月上萬里豁雙眸

郊望

一幅天然畫秋來野趣長稻香中婦饁豆熟老農忙雲
淡鴉翻墨霜寒菊點黃遙看明月滿丹桂正飄颺

偶成

磔磔宦游絆此身不如歸去做農人鳶飛魚躍千般樂
柳綠桃紅兩岸春月下理琴寒有韻燈前課子喜無瞋
閒來且自溪邊釣獲得金鱗可奉親

春日偶成

春來無事小窗前手弄瑤琴已暮天一曲未終花影上
碧闌干外月初圓
桃花帶露滿牆東小婢折來淺淡紅閒坐畫樓無箇事
芸編檢字課兒童

即事

柳陰路曲可為家十里池塘半藕花到此宦情真似水
何時歸去話桑麻

郊望

覽勝過橋東秋光入望中蟬鳴深樹裏花外夕陽紅

與族曾祖母方太夫人話舊

一別京華二十春離情不道已霑巾迴思往事渾如夢
恰喜相逢作比鄰
萬籟無聲雨乍晴水晶簾外月初明相逢知己情多少
翦燭西窗話五更

偶成

芙蕖帶露滿池開金井梧桐點翠苔無限雲山剛過眼

碧紗窗外燕雙來

奉和外子淀池卽事

滚滚波濤接太虛人家多是水中居賴君獨解倒懸厄
濟溺眞如救渴魚

茜紗窗外月如霜云寄來禽字兩行倩似蓮花塵不染
口碑贏得姓名香

未能背水立奇功空有經綸滿腹中只恨前生修不到
讓君獨障百川東

偶成

驪歌一唱路漫漫况隔高堂蜀道難西出三秦關百二
叮嚀兩字報平安

思親無計强支持一日腸迴十二時更是綿綿歸路杳
綠楊春到己如絲

乍接音書路八千牽衣含笑到堂前兒童似解阿孃意
問父歸來二月天

病起偶成

兒童的的入重幃爲報樓頭燕子飛瘦到一身輕似葉
不知花已送春歸

春日卽事

如畫江山眼底過百花深處鳥聲多迴看碧落春常在
一片閒雲養太和

偶成

上林花發艷陽天百囀鶯調錦瑟絃忽憶新詩重檢點
每吟佳句好如仙

訓子

大造鍾神秀三才人備之童蒙愼無忽養正聖所基譬
彼蕙蘭質芬芳雨露滋精金與美玉器成良工師元公
勤握哺不合猶仰思惜陰苦日短而可荒於嬉翕受懷
虛谷書銘藥石規靈臺判邪正路懔楊朱歧淵源黍河
洛廟堂重鼎彝窮通雖天命修省在我爲况乃承世德
勉勉光門楣士行苟不忝榮名靑石垂

訓女

弧帨門懸設相形屈見卑坤元況毓秀柔順有良規好
弄徽於弱理妝漫入時就將勤補拙朝夕奉庭帷舉止
身爲度端莊禮自持樞機千里應存察一心知戒滿虛
山谷保眞捧玉巵芳徽遺範在端取古人師

咏菊

共道黃花色更妍亭亭豈爲美人憐傲霜翻覺梅開後
向日何妨葵占先有品皆清眞富貴雖香不俗亦神仙
知音況是陶彭澤壓倒羣芳幾百年

咏梅

尋幽日向錦官城高格衝寒晝不成竹外一枝春占早
笛中三弄月同清無言雅合美人度有夢香生絕代情
況是調元能結子百花頭上佈先聲

咏竹

羣花爭艷滿庭芳獨喜此君意味長高節臨風深避暑
虛心得月淡生光汗青結篆留千古葱翠浮香醉百觴
十丈紅塵飛不到扶持清夢過瀟湘

咏鶴

一自登仙羽便輕人間天上寄閒情高標息影松千尺
清唳衝寒月二更軒翥雪宮眞灑落盤旋玉島欠分明
有時琴伴成都去依舊騰霄至帝京

咏鸚鵡

來過吳江不染塵漢唐詞賦證前因籠含丹嘴花迎日
檻拂綠衣草露春絕代殊姿偕鳳侶長更戒旦學雞人
而今解識言中意悟到元機更軼倫

訓子姪

巍巍山怕愚公移養正從知聖所基但使就將勤補拙
古人端合是吾師
未必今人不可師妍媸端的在心知書中若得眞滋味
休問羣兒笑我癡
古今誰是出羣才都向陶鎔鼓鑄來好取典型勤砥礪
洪爐點雪天爲開
書成四代遞相連勦襲翻疑道失傳悟到聖賢眞授受

心原一脉出於天
文人自古多相輕底是浮名誤後生解識宏通歸約守
天開一畫六爻明
精理爲文器識先周秦根柢漢深淵爾曹能解箇中意
不讀南華內外篇
八伯賡歌繼大風曹劉方駕補天功偶彈聲調宗騷雅
不學南朝沈侍中
縱使鴻辭富兩京賢於獺祭誤平生薪傳別有六經在

日月雙懸萬古明

病恐不起隨感而觸得詩二十四首殊無詮次近
診治日有起色奉寄外子好是續命湯不卽絕

命詞時外子防汎駐十二連橋行館
無端佳景無端思十二連橋廿四詩待到安瀾身早健
好開懷抱展鳩慈

河伯爲災汎防戒嚴偶成寄外用備採擇
績奏平成不世功疏排幹蠱補天工水經妙術能師法
願見羣流入地中
河渠溝洫有成書順軌分流任展舒若使曲隄强就範
洪濤一瀉滿田廬
盈虛消長迭乘除理自可徵法不疏若得羣流歸大壑
雲塍繡壤盡安居
賈生三策古今師其奈補苴緬舊規別有良圖能割愛
民安樂土水歸陂
莫道救災無善策圖傳鄭俠到於今茫茫大澤哀鴻輩

仗我溺飢一片心
天既限生一女身難攄抱負邁羣倫病中索得枯腸句
好佐使君子萬民

偶感寄外
浪擲黃金博義聲三千客結一侯生盜符救趙功何在
空使信陵損盛名
不取眞如希世珍疏財輕與更殊倫怎知一介兩斟酌
畢竟阿衡是聖人

偶感

涓涓不壅流爲渠貧弱端由多耗虛家國相通只一理
富强須讀六官書

開節源流廿四條大含細入冠羣僚齊心除弊通權理
國裕頓教外患消

偶感寄外

茫茫宦海浩無邊幾度揚帆風得先俯瞰江河漸日下
挽頹方不讓前賢

天骨開張冀北空九方不遇轉無功從知濟世安民略
盡在通權達變中

帝力渾忘擊壤歌紛紛報最竟如何爲培元氣無他術
吏不相侵政不苛

鋤奸尚猛政從寬爲報　君恩稱職難待到功成身便
退好依紅樹釣江干

食芹

幾同避穀赤松遊厭煞庖丁問解牛惟有山芹堪適口
淡中滋味靜中求

食藕

記得淩波照眼明一彎助我一杯羹只緣不盡纏綿意
惹出玲瓏未斷情

戲占

久病翻於夢相親夢來夢去夢更新而今病亟愁無夢
夢到佳時亦可人

宦游生小便知愁萬里愁長江水流愁到多愁愁不解

解愁病起快登樓

偶成

淹淹一息尚生存此志豈容飲恨吞愧我相夫猶有憾
權留遺範與兒孫

公正嚴明治家要道貽爾子女守而勿失

品物羣生覆載中無私雨露妙天功握權若得均平術
賞不溺情罰亦公

直繩能易枉尋木邪徑多開取巧門一自正身端表率

指揮從令到兒孫
典章爲範禮爲羅玩法端由親倖多令出渾如明將略
閫門嚴肅不偏阿
萬緒縈懷靡所宗天君淸泰百骸從果懸明鏡無私曲
何必崑山索燭龍
威不能加恩亦窮每談家政困豪雄聊成四韻恢長策
媿乏良圖濟世功

偶成寄外

驊騮得路快揚鞭壁上作觀肯讓先但到懸崖勤攬轡
留騎欵段任蹁躚

偶成

白駒過隙難揮戈荏苒韶華能幾何惟有向平願未了
默調六氣養天和

偶成

小謫紅塵四十春無端二豎苦侵人經綸妙運從何用
羞見樓頭樹色新

百端交集强擡身展卷眞如好友親天旣忌才知悔過
從今便作一癡人

先姊于歸十有七年不意六度相逢竟成永訣感
賦十二首悲不自勝靡計工拙

記得庭幃索笑時無知端是力維持匆匆二十年前事
話到傷心兩淚垂

當年同伴事名師少小相親形影隨才調曾誇女學士
髫齡已覺勝男兒

治家有道爲安劉百計艱難善運籌巾幗英雄眞不忝
令人追憶武鄉侯

素抱無私一片心光明磊落此胸襟功緣內助濟時略
遠近口碑說到今

十七年來心力疲課兒訓女等賢師縱然弱質都成立
願了向平事未隨

衣披一品骨爲仙秉抱殊姿絕俗緣處事不貽人笑柄
生平愛好是天然

自來能者苦勞多四十年華忙裏過壯志不曾因病改
留垂家範付詩歌

歡逢六度意相親誰憶賢勞抱采薪事效燃鬚難再得
從今永訣淚沾巾

姊妹花開獨占芳同根已悴一枝傷從知病裏詩成讖
展卷吟時欲斷腸

燕曾迢遞相見疏全憑魚鴈數傳書而今懿訓言猶在
自顧平生愧不如

二豎相欺久病身此生來去不無因卅年已醒黃粱夢
誰說聰明盡誤人

韻香閣草著千秋學問才猷卷裏搜刊得遺編百八首
家聲應繼舊經樓（榛祖姑母爲阮文達公繼配著有舊經樓詩詞稿行世）

弟祥榛未定草

先姊於庚午歲于歸　楨方九齡今春因選拔入都
道出保陽歡聚廿餘日報罷復回甫經半月便
成永訣撫今追昔勉成十二截以當一哭

人生修短總由天小謫紅塵了夙緣含笑歸眞無憾事
臨風灑淚倍淒然

孝友自來本性成安全上下布賢聲回思十七年前事
猶記重幃逐隊行

長途隨侍歷清塵蜀道秦關閱幾春少小縱觀天下事
工詩多在宦遊人

簡書敦促試春明未盡鴈行一倍情孰意相逢竟永訣
讀詩和淚不成聲

才華豈盡屬男兒偶得眞成絕世奇閣貯韻香詩百八
名編合續舊經詞　楨祖姑母爲阮文達公繼配著有舊經樓詩詞稿

詩宗風雅本家傳不著塵氛得自天九轉純青丹換骨
其人如玉筆如仙　入殮之時容貌如生屈伸若恆有類尸解

運籌內政濟時功學問經綸一卷中體格渾無閨閣氣
遠宗正始語羞同

巾幗英雄自有眞胸襟磊落邁羣倫多能雖爲聰明誤
到底聰明不愧人

不學文人賦子虛官箴家範兩無疏一編留得名千古
殊覺鬚眉愧弗如

狂瀾既倒鴻嗷來欲挽頹波豈易哉法萃六章多妙運
經猷不讓賈生才

抱負眞如大丈夫經經緯史展鴻圖更維名教冠篇首
合比班昭女誡無

二豎相侵病莫支解愁猶自強吟詩匆匆未盡平生志
遺範堪爲百世師

弟祥楨未定草

孔夫人家傳

夫古今得奇才難得奇才於婦人尤難不意於齊賢夫人見之夫人孔氏名祥淑齊賢其字也素王七十五代女孫六歲隨兄若弟從袁石齋先生學課畢坐而聽講人咸異之先生未之奇也越明年諸兄學詩夫人亦詩諸兄學文夫人亦文先生曰爾讀書不過記名姓耳不似爾弟兄博取科名也夫人曰不科名卽不讀書耶曰亦須曉義理夫人曰曉義理何分兒女耶先生撫几而

起曰七歲女子能發此論奇哉若男兒他日必成偉器從學至十歲隨先岳藹亭公赴河南開歸道任服闋量移雲南迤東道行至關中聞四川藍逆之變先岳單騎往脊依其叔祖武功令涇石公夫人時年十五執曾孫禮見涇石公觀其舉止聆其言論大奇之遂教以修己御眾之道行文作詩之法終日講貫至廢寢食僉曰何不移於乃兄涇石公曰彼雖長那解此星霜兩易凡經世有用之書靡不畢覽每有題咏必擊節曰十年後安

知師有涇石耶旋之蜀之黔出入五年得江山之助而詩學大進庚午夫人二十四歲是年三月來嬪於我需次保垣家計窘甚夫人曰窘非難處窘爲難不量出入取窘之道夫人綜理籌運可汰者汰之可減者減之有息之債典粧奩償之三年可敷用矣五年有餘蓄矣夫人一日談次曰做女人須要脫女人氣語奇甚詢之夫人曰女人多見小有已未識我行事何爾癸酉八月先嚴由甘致仕道出長安疾勞交作書至夫人將分娩代

治裝促馳往冬仲迎養至保侍奉三年如一日先慈見背又復然八弟樹仁索捐花樣時權臬篆力不逮夫人曰雖苦有一缺弱弟事借債亦須辦我易簪珥以佐之癸未三月權天津道夫人偕行秋直東豫三省大水天津眾滙所歸無隄不險力求搶護非增料重賞不可僕回取欸告夫人曰此舉恐貽他日累夫人曰全郡幾成澤國猶計及此耶悉出私蓄以給之不足開官庫以補之各提埝無一潰者由夫人不吝重貲靡不一以當百

而踴躍爭先也是冬就食者眾我司賑務亦惟滿是懼或遠而止之或擇而收之夫人曰增廠便果所活無算九月卸篆育黎經費餘甚巨以問吏吏曰一任一了夫人曰吾不取此清交後任故孤嫠得以多收也持家若彼佐治如此平平無奇才可同日語哉當家庭多事勢難兼顧使夫人但知爲已能不抱憾於倫常當洪水橫流廹不及待使夫人少惜巨費能不貽誤於地方惟其明大義顧大局得以公私無忝而夫人勞心苦思匪伊

朝夕氣體陰受其傷而忽不加察暇猶手不釋卷偶感復爾吟咏我從事鞅掌愧弗能和夫人曰塵俗紛沓中惟此可瀹靈府耳甲申在津心力交瘁兼受風濕右挽初生一核旋竄右乳堅如石或請療之夫人曰諱何容易乙酉冬痛甚幾殆大女刲臂和藥以進越十日乃瘳曰痊也可喜明年四十大可慮若先知者凡應貽之語奉規之辭形之於詩而超然意表夏五月病復作日沉一日猶强起理事課子訓女無少懈八月朔忽作數日勢飯進卽發嘔曰啖蓮子薏仁藕絲梨汁而已笑謂人曰不食煙火吾其從赤松子遊乎二十三日早起曰覺我身非我然神益清爽至夜而逝入殮顏色如生屈伸若恒豈其蟬蛻耶夫夫人行事與眾異固奇奄化若先知益奇天若生使是獨而特表其奇吾故曰得奇才難得奇才於婦人尤難敢忘陋而爲之傳

論曰夫人天性純厚孜孜爲善宜膺多福享大年報施善人不爽也云胡不壽豈天道無知抑豐於彼而嗇於

此夫人之德人戴之夫人之行人則之言爲世範千載猶存嗚呼足矣

堂四年五任往復天津淸河間僕僕河防疲於奔命而夫人抱恙三年無暇爲之調治竟爾不起痛如之何後事趕爲部署又將有事於河粗成一傳滲漏良多匪敢言文聊以暴吾歎憾云爾光緒十二年九月朔日劉樹堂識

倚雲閣詩詞

張友書

倚雲閣詩詞

女士

倚雲閣詩詞存

光緒丙戌夾月
重鐫板藏本宅

皇清旌表節孝例封孺人故拔貢生例封修職郎候選
訓導陳公敬亭原配張太孺人墓誌銘 并序
子勤孝廉爲予門人劉鶴山太常丁卯江南鄉試所取
士予延之課孫燕昭已三載循循善誘俾小子得膺拔
萃之選知其夙秉母教端品勵學爲潤州人士所推重
近則僑居海安設帳課生徒以供菽水自來廣陵歲時
必挐舟歸省前年爲其母太孺人稱七十觴予每敂問
起居子勤則敬對曰堂上神明不衰蚤作晏眠無一日
安子婦皆所弗及也今年春太孺人病予止子勤勿來
亡何赴至子勤既成喪持狀丐予爲文以志其墓案狀
太孺人姓張氏諱友書字靜宜丹徒人祖榜四川丹稜
縣知縣父壬邑諸生母殷氏父早卒兄崇蘭字悔廬以
舌耕奉母太孺人時尚幼即能以女紅佐饔飧願性穎
慧好讀書過目即了了工詩鍼黹之暇不廢吟詠適同
里選拔貢生陳宗起字敬庭敬庭故名儒內行尤篤事
母柳太孺人以孝聞太孺人既于歸相夫子克盡婦職
柳太孺人衰病喜怒不恆則曲意將順之雖勞勿怨生
長男克劬即子勤柳太孺人愛孫甚聞其啼輒怒時方

炎暑太孺人患瘍兒亦患瘍首不能就枕眠恆自忍痛
終夜抱兒膝行帳中搖撼之俾兒眠熟恐啼則觸姑怒
也其孝而且慈類如是柳太孺人下世敬庭先生遂絕
意進取一以著述爲事嘗謂太孺人曰自恨生平學殖
荒落未能顯親揚名今欲壹志於學冀有所造就家事
悉以累君可乎太孺人素善持家自是益黽勉鉅細必
躬親之中饋而外刀尺之聲夜常達旦戚黨稱其賢敬
庭先生下帷攻苦致成疾太孺人生次子克常才數日
竭力侍湯藥旰宵罔間或勸以新產宜少節勞太孺人
正色曰夫天也天方難測敢自愛乎逾數月知不起號
泣籲天願以身代泣盡繼之以血已而竟不起哀毀絕
粒痛不欲生既乃顧二子一女歎曰吾之從夫於地下
分也其如此呱呱者何吾已許夫子於生前敢食言乎
蓋敬庭先生易簀時知太孺人有死志故以子女相屬
也是時太孺人年甫三十克劬才七歲克常生甫兩月
女才四歲家故寒素嫁時衣又盡充藥餌之費不得不
取給於十指間飽其子女已則忍饑未嘗向鄉里貸一
斗粟也悔廬與敬庭平素以道義相期許閔其妹之無

家也招之往太孺人亦以兩孤不可廢學遂攜子女往時母殷太孺人春秋高嫂氏臥病不能理家政悔廬謂太孺人曰妹之二子教養在我我之家事願妹任之以分母氏憂太孺人既爲兄持門戶兼撫子女辛勤備至居母家十五年中間遭嫂氏之喪爲經營喪葬又爲兄續娶林氏並嫁其二女絕不煩老母過問克劬舉茂才欲迎歸奉養又以殷太孺人年益高不忍離膝下越二年殷太孺人棄養終喪乃歸謂二子曰吾爲汝輩讀書計竭力以報舅氏今舅氏之事既畢而吾家之事方始

矣乃葺屋宇修器皿爲克劬娶婦柳氏又嫁女於高氏屏當未就猝遭粵寇之亂倉皇出走太孺人淒然隕淚曰家本無長物今者拮据麤了室家之事欲以報吾夫於地下也乃顧若此豈天不欲成吾志耶因渡江北行間關至泰州東鄙之海安鎮遂家焉克劬早有文譽故負笈從游者甚眾甘旨賴以不缺太孺人既經喪亂彌復省嗇旋爲克常娶婦馮氏逾年生孫而克常又以瘵卒克常才氣過人太孺人尤鍾愛之於其卒也悲不可支幸克劬舉於鄉意少慰然以夙嬰憂患之身重遭流

離摧折雖眠食無恙而心力則交瘁矣克劬勸其勿計米鹽瑣屑則怫然曰吾食貧茹苦數十年以至於今今幸得溫飽汝輩遂欲吾作廢人耶且吾習勞已慣固安之毋多言生平明於大義教子不事姑息見一善則喜曰汝父嘗爲此爲勉旃見一不善則怒曰汝父曷嘗有此速改之毋貽汝父羞以故二子皆無違行太孺人苦節得　旌於　朝著工餘吟草越吟草海鷗吟草詩詞各三卷卒之前一夕猶諄諄以勤儉二字爲家人勖嗚呼若太孺人者殆終其身於憂患者歟嘉慶八年冬十

月初八日生光緒元年三月十三日卒春秋七十有三將以某月某日合葬於敬亭先生之塋銘曰

爲敬姜耶宋歐母耶上追古人傳萬口耶我交令子淑德是欽冰霜之操松柏之心有坊表衢有祠歆祀厥後必昌遺徽彤史戩戩三山滔滔大江呼匠伐石幽宮永藏

賜進士出身翰林院編修布政使銜兩淮鹽運使司鹽運使通家侍生定遠方濬頤頓首拜銘

倚雲閣詩存卷一

丹徒張友書靜宜著　小門人定遠方燕昭原刻
男　克　劬　重校

工餘草

花朝口占

春光半已過花朝幾許閒愁未易消燕子不知人意懶
呢喃猶立杏花梢

倦繡

綠窗繡倦渾無事遣悶閒攜一卷詩飛絮撲簾春又晚
日斜花影上罘罳

月夜

湘簾高卷月初生寂寂花陰夜氣清小立階前呼阿妹
今宵更比昨宵明

雨後

雨後新萍綠一塘風迴時雜芰荷香窗前映入如弓月
恰照深閨換晚妝

秋夜

幾陣金風送晚涼一鉤斜月照迴廊無眠立盡苔堦影
時見流螢度短牆

曉起見雪

峭寒漸覺侵簾幙冷逼晨妝已半慵一夜青山頭盡白
推窗遙見兩三峯

春暮

薄寒時候雨如煙已卻輕裘未卻緜曉起晨妝慵未整
惱人春色又今年

春夜遣興

絕少閒愁上翠眉挑燈深坐意遲遲紗窗寫出桃花影
知是中庭月上時

于歸一月未及歸寧見月思親率成一絕

北斗橫天夜欲闌爐烟初燼漏初殘遙知今夕閨中月
白髮蕭蕭只獨看

曉起

積雨宵來霽推窗月轉輪晴雲開旭日風露浥清晨簾
卷寒猶怯妝成粉未勻遙聞深巷語早有賣花人

中秋對月和外子

涼意動高樓清光入檻流乍看今夕影轉憶去年秋對

獨論心事當窗見斗牛重將雙鬢照添得幾絲愁

春晚書懷

輕煙漠漠草芊芊又值蠶眠麥秀天紅藥欄前飛蛺蝶綠楊陰裏聽啼鵑飛花落絮憐今日病緒愁魔損少年何日向平塵累畢藥爐經卷學逃禪

採蓮曲

采蓮復采蓮蓮花豔且妍莫似蓮子苦願如蓮葉圓

列女六詠

虞姬

虞兮歌一曲腸斷數聲中願爲垓下鬼不入漢王宮

昭君

萬里從胡虜蛾眉事遠征琵琶彈不盡多少漢宮情

孫夫人

帳下刀如雪燈前氣似蘭貞魂千古恨惆悵大江干

桃葉

倩影臨春水秦淮有畫樓至今留豔蹟千古說風流

梅妃

久已梳妝懶高樓曉不開更誰憐薄命昨夜夢君來

關盼盼

日日空樓閉傷心秋復春只餘梁上燕時見翠眉顰

春陰寄外

輕寒翦翦透窗紗幾日春陰爲養花寄語天公休作惡阿儂夫壻未還家

丙戌歲外子以選拔入都送別二首

君行薊北雲山遠妾住江南道路長願把離情託衣袂朝朝相逐在君傍

早是輕帆趁晚潮含情脈脈路迢迢歸來不敢偷垂淚還向高堂慰寂寥

雨窗漫興

坐深斗室剛容膝涼逼疏簾不上鉤窗外芭蕉檐外竹小庭風雨易成秋

夜坐

鴨爐烟燼慵重熱銀箭聲殘月半斜我爲年來心緒惡篝燈窗底讀南華

七夕

瓜果樓頭次第排深閨女伴約同偕丁寧莫把湘簾下

留待天孫送巧來

倚雲閣詩存卷二

丹徒張友書靜宜著　小門人定遠方燕昭原刻

男　克　劬　重校

越吟草

偶成

轆轤居井上砧杵在林下晝夜動不息惱煞多愁者

村居晚眺

落日下山坳幾處炊煙起時見荷鋤人歸向荒村裏

避地海陵骨肉離散苦憶悔鹽長兄率爾成詠

嗟余老景最堪憐異地飄零又一年兄住江南我江北朝朝目斷過江船

客邸見新燕有感

柳欲稀時杏欲花將雛挈伴繞窗紗帶來春色三分煖漾出簾波一道斜密意殷勤營舊壘多情宛轉戀貧家嗟余旅恨方難遣故國雲山道路賒

女孫輩以積雪爲美人戲作二首

風骨珊珊迴出塵修眉細目亦天眞伊誰皎皎柔荑手幻爾亭亭玉立身翠閣寒深[illegible]色相紅爐煖逼悟前因

芳心脈脈應含恨不共王言最惱人
不施脂粉態天然意是相逢姑射仙玉骨妝成三徑冷
冰心抱得一生堅光浮几席寒偏重冷逼梅花態轉妍
好待陽和消息至藕胎蓮性悟前緣

枕上聞鳥聲

積雨曉來收呼晴鳥語柔春眠人未起遲日上簾鉤

送長男克劬館泰興

苦爲饑寒逼迢迢百里程殷勤慈母意慰藉旅人情切
莫慳書信須知重友生斗升眞不易客裏復長征

春雨遣懷

蕭蕭春雨動離思數載干戈未定時客裏恍疑身是夢
愁中不覺鬢如絲田園寥落今何在親戚飄零少見期
况復頻年遭歉歲可能竟日展雙眉

春陰偶成

陰陰屋角溼雲低細雨霏霏碧草齊記得去年春色好
綠楊枝上曉鶯啼

傷懷一絕

兄妹凋零剩一身空搔白首歎淸貧棠花落盡人何處
杜宇聲中又送春

喜雨行

朝望霖雨暮望霖雨望斷霖雨日焦下土禾苗欲栽不
得栽農夫作息徒辛苦斗米千錢脫粟支離商人歡喜
士人悲商人居積値數倍士人空倉恆苦饑士人饑不
足惜三日猶然得五食可憐餓殍在溝渠白骨不收堪
太息昨聞良有司爲民祈雨澤禁民事屠宰齋禱齋變
食貧者歡欣富者愁食無肉兮心煩憂我思去年曾苦
旱祈雨無靈實堪歎今年祈雨雨忽來旱魃雖虐難爲

災颯颯西風驚戶牖瀟瀟急點灑樓臺一雨三日盡霑
足溝盈澮滿飛流白靑草池塘蛙亂鳴土膏蓄潤堪耘
耕南村北村人語合滿耳惟聞相慶聲吁嗟乎天雨珠
難爲襦天雨玉難爲粟無私膏澤降蒼穹救民民敢貪
天功忽聽街頭鼓聲急有司酬神方演劇

詠雁

風雨暗江頭銜蘆縱遠遊辛勤南北路只爲稻粱謀

九日感懷

客裏逢佳節孤吟劇可哀異鄉悲寂寞故里歎蒿萊對

菊添新淚開樽少舊酷茱萸羞更插華髮早相催

秋陰

寂寥竟日渾無事吟對秋郊一啟關雁影横斜天黯黯
荻花零落水潺潺風翻敗葉迷平野雲幻奇峯起亂山
對此蒼茫愁轉劇愁人安得更開顔

雨夜同兒輩作

小窗風雨一燈青鄉夢初迴酒半醒何處艣聲新雁過
羈人腸斷不堪聽

春晚口占

小庭風細漸黄昏入牖穿簾見月痕燮尾開殘春又晚
落花飛絮掩重門

兒輩赴試不歸春衣典盡家計蕭條率作數言以
紀一時貧況

折腳茶鐺破瓦壺天泉新試雨晴初飢腸雷動年來慣
半卷湘簾學著書
劇憐升斗謀非易多少窮愁寫更難婦孺無知誰慰藉
盤空苜蓿强加餐

中秋感懷

異路復異路頻年饋征戍只爲稻粱謀骨肉各分處貧
賤人所輕富貴人所慕我身困貧賤又當年齒暮飄泊
在天涯親戚不相顧舉首向誰言齎鹽日以度客裏又
中秋涼風悲玉露永懷當此夕隻影對蟾兔寸心空鬱
陶無自展情愫安得七絃琴牢騷一時訴不寐思悠悠
曙光生遠樹

傷懷寄親故

南北幾千里飄零六七年光陰愁裏度時序暗中遷轉
徙家何在淒涼月又圓故鄉歸夢斷秋水遠連天

天末涼風起瑤階玉露滋烟浮深竹裏琴冷暮秋時我
正傷飄泊君應怨別離無知小兒女猶誦贈行詩

自歎

年華將耳順兄妹盡凋殘世難儒冠賤家貧菽水難光
陰駒隙過形狀鏡中看數載兵戈裏今朝强自寬

不寐

不寐聞鴻雁思鄉見月明寒砧當夕起淸韻隔林生遊
子三秋思閨人萬里情可憐今夜月還照故鄉城

月夜懷長男克勣

皎皎天邊月今宵分外明秋光方一半夜漏近三更已歎離鄉久何堪又遠征永懷愁不寐時聽草蟲鳴

獨夜

寒燈明獨夜寂寞感離居時難經過少家貧戚故疏應門無婢僕比戶雜居沽莫怨虀鹽苦由來食少魚

苦雨

屋漏竟無乾處苔痕時間蝸涎陋室惟聞太息屐聲深巷錚然

詠新篁

記烹新筍佐晨炊又見修篁綠繞籬簌簌鏗聲初解處離離清影乍搖時閑庭晝永棋聲靜小院風涼午睡宜最愛綠窗明月上分將新翠映雙眉

書齋

乳燕飛飛繞畫廊陰陰庭院晝初長窗搖竹影知風細坐領幽齋翰墨香

昆蟲四詠

蚯蚓

領少驪珠腹少鱗嘉名一樣錫龍名（蚓一名地龍）莫嫌短笛鳴中夜身在泥塗感易生

蜉蝣

么蟲最爾修邊幅楚楚衣裳孰與儔人世百年原一瞬何妨朝夕作春秋

蜘蛛

猶蠶作繭吐絲絲結搆橫空態轉奇不是晴光開屋角經綸滿腹有誰知

絡緯

雨過庭梧月色明高低振響傍檐楹不成絲緒空愁緒負卻朝朝紡績聲

倚雲閣詩存卷三

丹徒張友書靜宜著　小門人定遠方燕昭原刻
男　克　劬　重校

海鷗吟草

夢中與次男克常步月聯句　時克常病沒年餘矣

落葉滿山秋不老荒原古道漫游行克常　風疏離落螢吟歇月冷松杉鶴夢清人去板橋霜有跡寒生遠水夜無聲靜宜　遙聞野寺疏鐘動漸覺關城曙色明克常

蘭仙陳夫人巽中姓徐氏博雅能詩與余有金蘭之契命其女宜賓宓前來受業置酒相招題其村居一首

斯人愛幽靜得志在村居緣蟻畱賓久銀鱗上網初門前多竹石屋內有琴書迴與市塵隔塵容應愧予

思鄉行

晨興思里暮息思鄉鄉里何美土沃物良庭果朝薦園蔬晚嘗以生以息樂且未央胡爲流轉忽焉異方欲歸無舟欲渡無梁每一念及中心徬徨親戚故舊半就死亡豈繄餘生獨能久長興言及此斷我肝腸人壽幾何譬如露霜蘭遇春榮菊遇秋芳物類無知適性則臧嗟我遲暮胡堪永傷願乘風以南返傅雙翼以飛翔生居蓬蒿之故宅死葬荊棘之隴旁愜吾心之素志守舊業以無荒

秋夜有懷羅耦廉甥家月生姪

故鄉不可見道路阻且長飛鳥逐行客旅人悲遠方寒燈明獨夜早雁帶新霜引領望之子江闊水茫茫

自虎阜移居海陵畱別徐蘭仙夫人

天何高鳥難飛水何深魚書遠路何長人難歸故鄉親戚不可見吾身獨處海之涯海之涯誰與晤朝朝日斷江南樹有美一人兮獨具奇姿邂逅相遇兮中心好之樂莫樂兮新相知悲莫悲兮生別離別有日會何期皇天欲暮兮白日西下移桂棹兮雲之隈目送予兮帆影漸滅遙相望兮木立而心灰君號蘭我名玉玉予小字玉蘊冰雪之深山蘭處春風之幽谷蘭有秀兮玉有光一朝相識兮兩情不忘寄言他日相思處滿眼蒹葭雲水鄉

女弟陳賓和其兄百生寶禽言八章愛其詞意古茂依體爲之

行不得也哥哥雪大於掌堅冰在河路長水深日又矬
行不得也哥哥

不如歸去啼當日暮日暮愁逆旅此鄉信美非吾土不
如歸去

提壺盧且提壺囊中有錢須出沽堂堂白日去容易有
錢不沽當何如

殷勤入廚下莫使婆餅焦餅焦婆怒妾妾不敢怨婆心
已勞

泥滑泥滑行人奈何晨炊無米不行如何

得過且過莫笑我我也富文彩盛毛羽陽春行且至鳳
凰不如我

脫御布袴莫脫布袴今年官家緩租賦有米有錢可以
度歲暮

北風颯颯嚴霜落五更夢醒聞姑惡匪姑惡新婦命薄
新婦雞鳴起操作一聞惡聲心膽摧手弄鳴機雙淚落

采蓮曲和女弟陳寶

一道萍開水拍塘阿儂打槳向何方東去恐防驚宿鴛
西來又怕惱鴛鴦且蕩槳到中央郎意已隨流水遠妾
心更比藕絲長歸舟采得雙蓮子愁鎖纖蛾淚兩行

新秋微雨入夜月光皎然有懷蘭仙母女

遠樹蟬聲寂一雨生微涼美人隔秋水共此明月光月
光空復明相思苦難已聽盡漏聲長悄然立花底

中秋感懷

底事今宵月能添萬古愁又逢三五夕孤負十餘秋夜
永清光滿香濃桂影浮欲思舒老眼幾次怕登樓

夕照

冉冉看將盡愁心向晚多映昔空復爾穿樹更如何寸

草留餘戀殘霞耀自他還看鴉背上搖漾幾回過

長男秋闈獲儁感而賦此

屢雪劉蕡涕今朝暫展眉未堪酬汝志差可慰吾衰兵
燹餘生在風雲後日期莫忘忠孝意努力壯門楣

春日感懷柬寄宜寶宓三女弟

白首嗟空老青春賦索居琴停深竹裏簾卷落花初獨
酌新醅酒愁看舊日書悄然憶之子吟興近何如

暮春寄懷克劬都中

不如歸去喚連連又是春歸在客先爾為功名馳遠道

吾悲衰朽惜殘年身如病鶴稜稜瘦心似孤帆日日懸
旅恨離愁何日遣况當飛絮困人天

秋郊聞笛

明淨山容秋漸老黃花紅樹色猶鮮鷹揚平野雙眸疾
鷺立汀洲一足拳荻港蕭蕭沈夕照疏林漠漠隱寒烟
樓頭若箇吹長笛句起鄉心又一年

初三見月調女孫

一彎新月映簾櫳瘦影纖纖曲似弓妒煞玉人明鏡裏
晚妝眉樣畫難工

倚雲閣詩存補遺

丹徒張友書靜宜著　小門人定遠方燕昭原刻
男　克劬　重校

集唐二十二首

早春

草色全經細雨溼（王維）林花不待曉風開（李憕）千門弱柳連
青瑣（岑參）且喜年華去復來（張說）

春日郊行

晴煙漠漠柳毿毿（韋莊）路在春風飄渺間（趙嘏）正是江南好
風景（杜甫）碧桃紅杏水潺潺（許渾）

宮怨二首

繡屏斜立正銷魂（韓偓）深院無人獨閉門（闕名）簾外落花紅
不埽（溫庭筠）滿庭芳草易黃昏（吳融）

博山微燄麝微熏（羅虬）寂寂花時閉院門（朱慶餘）鳳輦不來
春欲盡（溫庭筠）東風應自怨黃昏（韓偓）

夢過舅氏故居

別夢依依到謝家（張泌）烏衣巷口夕陽斜（劉禹錫）謝公行處
蒼苔沒（李白）惆悵東風落盡花（武元衡）

清明

花籠微月竹籠煙 元稹 碧樹紅樓自宛然 溫庭筠 最是一年春好處 韓愈 綠楊高映畫鞦韆 韋莊

暮春感懷

楊花落盡子規啼 李白 果樹成陰燕翅齊 韓偓 自是離人腸易斷 李節度使姬 不關春艸綠萋萋 溫庭筠

訪何表姊山莊

行盡深山又是山 許渾 此中幽隱幾經年 李咸用 烟濃草遠望不盡 鄭谷 洞在清溪何處邊 張旭

村居

樹影悠悠花悄悄 曹唐 江離漠漠荇田田 闕名 舍南舍北皆春水 杜甫 家在枚皐舊宅邊 趙嘏

月夜寄閨友

桂樓椒閣木蘭堂 王倨 簾外風飄杜若香 劉禹錫 不熱不寒三五夕 裴夷直 露如輕雨月如霜 盧綸

畫樓西畔桂堂東 李商隱 池帶輕波柳帶風 元稹 長憶小樓明月夜 白居易 倚樓人在月明中 趙嘏

雨後

水荇牽風翠帶長 杜甫 池塘經雨更蒼蒼 溫庭筠 正當晚檻初開處 劉兼 滿架薔薇一院香 高駢

萬物鮮華雨乍晴 溫庭筠 閒花落地聽無聲 劉長卿 牡丹花下簾鉤外 曹唐 斜倚欄干待月明 許渾

涼夜 四首

明月高高刻漏長 李白 中庭明月白如霜 李端 瑤階夜色涼於水 杜牧 獨步閒庭逐夜涼 高適

微月娟娟映碧池 羅虬 已涼天氣未寒時 韓偓 瑤階夜色涼於水 杜牧 燭暗香殘坐不辭 陸龜蒙

何處清風送異香 喬知之 入簾花氣靜難忘 羅虬 瑤階夜色涼於水 杜牧 月在南軒更漏長 許渾

風物淒清宿雨收 韓翃 碧天如鏡月如鉤 溫庭筠 瑤階夜色涼於水 杜牧 河漢三更看女牛 崔顥

宮詞

水精簾箔繡芙蓉 崔顥 檻外花低瑞露濃 羅虬 盡日窗間更無事 白居易 自盤黃線繡真容 王建

秋夜

北斗橫天夜欲闌 徐安貞 星河耿耿漏綿綿 白居易 月明階

下紗窗薄陸龜蒙風入羅衣貼體寒馮延已
碧天如水倚紅樓李益珠箔當風掛玉鉤項斯斜漢淺時人
不寐竇常烏栖庭樹夜悠悠李中

秋日憶長男克劭

客舍秋風今又起岑參故鄉山水路依稀羅隱遙看一處攢
雲樹王維正是歸時不見歸葛鴉兒

聞江南賊匪肅清喜成口號

舊業已隨征戰盡盧綸青春作伴好還鄉杜甫行人莫問當
年事許渾兵氣消爲日月光王維

集陸放翁句二首

暮春

新綠成陰燕子飛春殘又見落花時幽居自喜渾無事
衣覆薰籠獨誦詩

新夏

陰陰綠樹雨餘香燕子聲中白日長授罷村書閉門睡
幽人自愛北窗涼

集花蕊夫人句一首

宮詞

禁掖春深晝漏遲上林鶯舌報花時碧窗盡日教鸚鵡
唱得新翻御製詞

倚雲閣詩餘存卷一

丹徒張友書靜宜著　小門人定遠方燕昭原刻

男　克　劬　重校

工餘草

憶江南

早春

晴日影初照綠窗紗鏡裏畫眉人未起簾前鸚鵡喚煎茶香透玉梅花

又

春至也先至美人家畫閣和風來燕子綠窗晴日豔梅

花簾捲玉鴉叉

擣練子

春晚

風似翦柳如緜爲怯輕寒卻下簾卸了棠梨花一樹杜鵑聲裏又經年

轉應曲

春曉

春曉春曉風雨夜來多少窗前曙色淒迷枕畔時聞鳥

啼啼鳥啼鳥偏是把人夢攪

點絳脣

鞦韆

舞袖凌空綵繩搖曳垂楊徑樹梢花頂時見弓鞋影似燕乘風欲住渾難定憑牽引纏綿無盡弱絮游絲並

蝶戀花

春閨即事

入耳餳簫無近遠纔近清明便覺春寒淺寶鴨煙深香未換賣花聲已街頭徧　遲日照臨窗六扇病怯微風

不把湘簾卷寶鏡窺人留半面棠梨簪向釵頭顫

醉花間

送春

愁春去送春去春去何方住滿院綠陰濃便是春歸處落花飛野渡渡口鳴柔櫓何處送春船一葉河濱遇

菩薩蠻

春暮書事

韶華負卻春三月愁多寬褪羅裙摺笑煞小鬟癡猶疑花滿枝　侵晨花徑去花落兼飛絮何苦喚春歸杜鵑

聲亂啼

步蟾宮

閨情

露華初濕蒼苔滑背人偷弄淩波襪又看殘月照簾櫳已過了歸期十八　燈前暗把金錢撒香爐也那堪愁煞畫闌憑徧更低徊盼不到一緘書札

滿江紅

北固山晚眺

怪石松根窩木落江寒時節吟未了金山老樹象山殘雪獨自臨江亭上望風濤兩岸無休歇問憑今弔古幾回來背空裂　千古事翻風葉千古恨橫江鐵望秣陵何處晚霞明滅林際蟾光猶未吐空中雁影遙相接聽怒潮東下海門來聲鳴咽

倚雲閣詩餘存卷二

丹徒張友書靜宜著　小門人定遠方燕昭原刻
男　克　劭　重校

越吟草

西江月

憶燕

王謝堂前舊侶年年偏向天涯重來消息待棃花屆指明朝春社　閒御舊營巢處傍誰門戶為家劇憐望眼已將穿爲爾湘簾不下

憶江南

題畫扇

垂柳綠茆屋阿誰家山色蒼茫飛獨鳥小橋流水繞平沙何處有桃花

點絳脣

午節感懷

蒲酒家家年光又是逢重午綵絲角黍俗尚沿荊楚佳節年年總在他鄉度添愁緒汀蘭岸杜綠徧天涯路

憶少年

寄羅耦廉外甥

飛鴻時序夕陽門徑西風庭院秋光宛如昨惜吟詩人遠 一曲陽春詞獨擅訴平生哀怨年來可相憶算多時不見

浪淘沙

聽蟋蟀有感

深坐意悠悠新月如鉤淡煙花影小窗浮底事添人覊旅恨吟盡清秋 唧唧總無休問爾何由爲伊憔悴五更頭轉念浮生眞大夢著甚閒愁

西江月

九日憶兄妹

絕少催租風雨秋光宛似春光山容明淨不須妝滿眼秋高氣爽 回首故園兄妹怕看鴻雁成行可憐辜負好重陽開偏黃花誰賞

眞珠簾

客中感懷示兒輩

風鳴檐鐵驚人寤更啾啾唧唧階前蛩語憂患餘生嘗偏世間辛苦老至尚居人廡下歎客裏光陰虛度誰顧似孤鴻天際北來南去 爾輩文章非誤便齏鹽憔悴奇懷休負鸞鳳暫覊因豈山雞爲侶我已年華將六十依舊是累緣兒女凝佇待祖鞭先著慰余遲暮

江南好

本意

江南好早韭薦初春竹外輕雷抽嫩筍江頭春水上河豚風味總宜人

又

江南好十里芰荷香翠竹涼生蟬噪晚茶瓜留客晝偏長疏柳掛斜陽

又

江南好丹桂正芳菲天淡雲閒秋未老橙黃橘綠蠏初肥鱸膾客思歸

又

江南好瑞雪灑瓊瑤火撥紅爐添獸炭杯傾綠蟻泛香醪詩思在梅梢

賣花聲

暮春

飛絮燕泥香人立迴廊新萍點綠滿池塘拋盡榆錢千萬箇難買春光　小苑近昏黃樹杪斜陽殘霞暮靄雨茫茫高下亂鴉歸去也觸目思鄉

滿江紅

梅雨

冷煖陰晴做弄得年光都別乍樹外晚霞低映輕雷未歇寂寂房櫳涼似水夕陰一片生梧葉又黃昏近也掩重門情淒切　檐外滴聲初絕風竹韻遙相接漸星星螢火高低飛越青草池塘新水足坐聽兩岸蛙聲聒問恁般叫噪為官私情難說

點絳脣

寄羅甥耦廉

孤燭他鄉正平狂態相逢久持盃在手咄咄因厄酒人是當年意氣應如舊謀升斗折腰能否可似先生柳

菩薩蠻

盼次男克常不歸

歸鴉幾點垂楊外愁人此際渾無賴新月伴昏黃微風生夜涼　不眠長太息獨自悲孤寂寄語遠遊人朝來

白髮新

倚雲閣詩餘存卷三

丹徒張友書靜宜著
小門人定遠方燕昭原刻
男 克 劬 重校

海鷗吟草

十六字令

春日偶成

清雨過遙天無片雲垂楊外時囀一聲鶯

憶江南

題畫

春光好茅屋野人家風颭綠波搖翠柳日暄紅雨灑桃花山外夕陽斜

點絳脣

春陰

門徑悄悄苔痕濃淡籬根繞遍春社了燕子歸來早鄉夢初回一覺晨鐘曉簾櫳悄篆煙猶嫋此際愁多少

轉應曲

暮春

飛雪飛雪柳絮漫天時節青青芳草池塘斜日閒堦晝長長晝長晝深院下簾人瘦

滿江紅

虎阜王子逢故世家子工詩嗜酒貧如朱翁子而豪氣不衰歲庚申余以避地僑徙主其家知余能詩請於兒輩願得一言爲重賦此贈之

磊落如君問抑塞奇才誰拔空抱負滿懷壯志一身俠骨家學青緗堪世守何門朱履容輕袚問買臣窮困有誰憐心空熱　年正富才無敵酒戶大詩懷闊每悲歌慷慨其音清越天驥呈才終展足千將出治難藏匣莫

效他兒女訴窮愁牛衣泣

唐多令

與蘭仙夫人別逾年矣近聞其病廢村居老懷悵觸難已於言率成此調

過眼總雲煙斯人各一天記當時訪戴河邊楊柳小橋緣岸曲帆影過夕陽懸　詩酒話纏綿波心月正圓聽漁歌又近門前回憶昔時如夢寐嗟不見又經年

琴調相思引

寄懷宜賓宓三女弟

焚尾開殘又送春將雛燕子繞重門愁懷誰遣相伴只琴樽　離思漫漫無曉夜落花飛絮總消魂不勝惆悵新月送黃昏

蒼梧謠

夜雨書懷

眠何處秋聲到枕邊芭蕉雨點滴畫檐前愁底事依人不去休難拋卻心上與眉頭

減字木蘭花

秋夜

牀前明月惹起鄉心今夜切何處秋風蕭瑟偏來小院中　芭蕉桐葉攪亂愁懷向誰說嘹唳雲間又聽征鴻自北還

如夢令

素患肝疾經亂彌甚每一舉發輒不能食飲克勔兄弟恐余旦夕難保延畫手李君為寫斯照為將來奉祀地也迄今丙寅十一年矣暇日展視自顧竟若兩人蓋不特年齒日衰抑亦憔悴日甚也有慨於中悄然成詠

展軸全非故我相對渾疑兩個甚矣歎吾衰不是尋常摧挫無那無那此事怎生躲過

菩薩蠻

克勔北上旬日計程未達　帝都寒夜不寐悄然念之

迢迢客路三千里心牽游子情難已離思黯然生挑燈憶遠人　孱孱羸瘦質怎慣長為客午夜板橋霜憐伊風露涼

國香漫

詠水仙

沅湘何處歎蘼蕪杜若飄零無數洛浦寒深宛宛流年望斷美人遲暮江皐風雨朝還夕只相伴寒梅千樹悵蒼梧落木蕭蕭一派江聲流去　最好移來妝閣看星眸素靨翠幃低護瓮盎波深照影亭亭羅襪不教塵污明璫翠佩今何在又怨入東風無語暗香風露問甚時寫入瑤琴待倩伯牙重譜

跋

吾師陳子勤克勩先生丹徒名孝廉也歲壬申昭從游焉帖括之外兼課詩詞凡所講授皆中法程讀所自爲則又溫然粹然非近世雕琢者比間嘗叩其所自知得力於　太師母張太夫人之教者居多　太夫人以淑德耆清節一生行誼具詳本傳詩其餘事也顧人有專力爲此而或不工有以餘力爲之而益工者性情之事非可强爲惟迫於不可遏而發之於不能已斯稱至焉嘗請　太夫人全集讀之詩詞各三卷工餘一集少時

之作雍容和雅房中之樂也越吟草海鷗吟草二集中年以後之作憂深思遠變風小雅之遺也敦厚之思流溢楮墨　太夫人不欲以詩見而詩足以見　太夫人矣爰請於　師欲爲付梓　太夫人以立言非婦人事固勿許未敢强也今年春　太夫人棄養吾師詳述其生平行事丐昭大父爲作墓誌昭因從容請於　師曰凡人旣銘諸幽必徵諸顯　太夫人之詩　太夫人所爲顯也雖一生大節灼然在人耳目而以所謂永言者永於人心不愈善乎願從前請卒付手民師曰諾悉

檢舊稿畀以相授遂偕戴子小眉詳校而梓之並誌其顛末如此

光緒元年孟夏門下晚學生方燕昭謹跋於邗上補藤軒

後跋

方生伯融爲吾　毋刊遺集既竣舉以歸予予敬讀之旣竟泫然曰嗚呼吾　毋沒百日矣今乃於楮墨間與吾　毋見耶吾　毋勤於家政事無大小何一非吾　毋所經營卽何一非吾　毋靈爽所寄今乃恍惚不可復見而所得與吾　毋見者僅此耶吾　毋平生事姑孝治家嚴早歲稱未亡人淸節淑德照耀里黨固非徒以詩見者乃所見者僅此不亦可悲也耶吾　毋之詩自吾　父棄養後中廢者幾二十年今所存者祇幼作

及中年以後所抒寫耳然則詩既不足盡吾　毋而所存者又不足盡吾　毋之詩不亦可悲之尤者耶雖然吾　毋之詩名教之詩也吾　毋自吾　父棄養後所謂廢棄筆墨者流連光景登臨嘯詠之作耳而勞苦患難發爲謳吟則中年以後時時見於楮墨後之人讀言情之作識其慈孝之心讀危苦之詞識其憂患之意一生大節有可以意逆之者是亦足以傳吾　毋矣謂非不幸中之幸耶抑吾思之吾　父著作等身自經疏箋註以及天文曆數之學靡不畢賅顧以不孝幼孤不能確守洊遭兵火多就散佚其與存者又以力有未逮猶在弆藏而吾　毋之作獨以少而獲存又得賢人君子樂爲表彰以補予失非天之不欲終沒吾　毋與吾　毋之遺德有以感人於不忘耶嗚呼念及此予滋愧且滋痛矣

光緒元年六月晦日不孝男克劭泣血謹識

叢筆軒遺藁

孫採芙

叢筆軒遺稾三卷

附錄一卷

楊峴題

光緒丁亥季秋月世澤樓重校

題辭

匡楙第

平山佳氣接黃山秀毓蛾眉豈等閒似此真教花燦筆
何人更詡玉如顏賈生漫據文章席謝女應推粉黛班
阿閣千重起雲際碧梧高處隱仙鬟碧梧軒所居號

九叔

冰樣聰明雪樣膚愛才端合屬吾徒裁雲量月俱成錦
摘豔薰香盡是珠弱女能詩原是福美人多恨究何辜
挑燈今夕重開卷都講應從海內呼
自是情真味耐尋一千里外勝兼金郄將碧玉騷人筆
寫出紅牙小妹心渺渺春愁花在鏡愔愔秋思月當林

可憐多少思親淚都作纏綿哀怨吟

三姑

風入秋窗冷深宵欲睡遲一聲飛雁過千里故鄉思別
久飄飄無夢愁多轉自迷連朝慵刺繡三復碧梧詩
香閨吟詠慣豈是俗釵裙俏影憐明月靈心契錦雲繡
餘惟覓句情至即生文翹首新安月何嘗遜二分

二姑

嬾卜燈花厭鵲喧涼風蕭瑟掩柴門即今閨閣誰知己
如此湖山非故園舊夢屢醒明月夜新詩還憶碧梧軒

十一姊

一年別緒三秋感題入瑤編媿俚言

如何姊妹隔天涯夢裏雲山道路賒一卷新詩重展讀
教儂不敢怨桃花（春間妹未旋里時曾作桃花詩索和）
菊又芬芳桂未殘低吟俏詠夜窗寒美人風韻才人筆
莫作尋常粉黛看　三兄

阿妹具僊才閨房增韻事愧我真難兄未能贊一字闕（人無字碑體）　五弟

一朵芙蓉秋水開迴環讀罷又低徊美人細意驚人句
知是當年詠絮才

絕世才華女丈夫應教名士媿仙姝可知不是閒脂粉

一字吟成一顆珠
叢桂風來香更多披函幾度愛吟哦笑儂詩與因秋減
不是愁魔即病魔
葭菼露白動遐思記得河干送別時花自翩翩人自遠
長吟唐棣一篇詩　七弟

密咏恬吟寫性情由來冰雪是聰明新安山色揚州月
賦入篇章一樣清
桑梓迢迢莫將怎教離久恨偏長挑燈讀到思親句
掩卷無言轉自傷　大姪

盥薇三復碧梧詩涼夜挑燈默默思明月當窗星在戶
秋光又到菊花時
煙花三月別揚州又是梧桐落葉秋一卷珠璣隨雁至
香奩才調自風流
謝家詩句薛家箋筆底花開字字妍從此新安添韻事
人人爭誦女青蓮
放懷我亦愛吟哦浣讀臨風觸興多今夜月明千里隔
不知詩思竟如何　姪婦

碧梧靈秀地寄興託芳思月露風雲製都成絕妙詞　胡培系

綠窗風定檢瑤編觸我愁懷一惘然敢謂才情矜絕代
但將哀樂寫中年因緣翰墨三生諦身世滄桑百感牽
省識廬山真面目亂頭麤服也堪憐
麗質曾推錦繡叢詩人一例總工窮讓人纖佩誇凡豔
諒我簞瓢守素風見著祖鞭心未已勸投班筆氣猶雄
那堪廿載唐衢淚辜負燈花幾度紅（集中送余金陵應舉詩有卜君佳兆有燈花之句）
平生蹤跡徧天涯鳳泊鸞飄亦自嗟揚子江頭桃正綺（集中後院桃花詩在揚州時作）美人湖上藕初花（集中有湖上納涼句云十里荷香吹不散晚風涼透薄羅衫）雪泥曩日留鴻爪烽火頻年望虎牙回首可
憐歌舞地（句用杜）懷人都付墨痕斜（有閨中懷人詩壹卷）

西風一棹湖湘湖萬里依人夢亦孤碧海幾時逢斷雁
青山何處哭童烏集中紀夢詩哭殤兒作芳搴楚澤愁無柰草綠
江南困未蘇會見妖氛消午夜故鄉風味足蓴鱸時客武岡

叢筆軒遺藁卷一

儀徵孫采芙

壬寅仲夏隨侍祖慈避夷氛北上途次有作

忽作無家客飄零百感生母居邗水上父隔海州城骨
肉各分散干戈新戰爭孤篷何處適飲泣不成聲

冬日卽事

空庭獨坐擁輕裘鎮日重簾懶上鈎綠萼一瓶詩一卷
靜中消受不知愁

梅花

窗外瓊枝放迎寒韵獨清影同儂樣瘦寫月最分明

曉起

深閨曉起悄無聲經宿香殘篆不成欲理鬢雲偏怯冷
惱他霜氣隔簾生

冬日偶題

小倚薰籠坐晴窗倦繡時遣愁欣得計展讀古人詩

夜雨

連宵淅瀝近粧臺添得新愁撥不開未許阿儂輕入夢
聲聲寒到枕邊來

詠鏡

清光燦爛影團圓挂上珊瑚百鍊堅昨夜偶忘收入匣
幾回疑月墜窗前

月季花

花開花謝四時同別有芳姿鬪雪中桃李任誇春富麗
笑他終是眼前紅

寒夜聞鐘

靜夜霜華重寒鐘送更清聲聲來枕上塵夢幾回驚

四宜樓晚眺

倦倚雕欄坐凝眸望正賒空山餘落日老樹集昏鴉市
遠塵囂靜風高雁影斜忽來一聲磬寺隔水之涯

描花

下筆旋教影逼真屢看活相屢凝神近來覺得鴛鴦古
花樣如何便可人

唾絨

小閣拈鍼度尚遲輕紅一縷擘絲絲癡心似恐胭脂妒
最是粘脣欲唾時

穿鍼

深宵底事獨低頭綵線拈來乙乙抽小婢癡愚疑乞巧
笑儂忘却上鍼樓

刺繡

辛勤漫說女紅多遺悶原宜刺綺羅近喜日長添一線
工夫餘得好吟哦

碧梧軒偕弟妹玩月

清光皎潔影團欒耐得遲眠幾度看忘却夜深霜露重
恐寒同倚畫闌干

思父

滿窗風雨夜遲遲觸起思親淚暗垂幾度挑燈追往事
去年今日是歸期

冬日曉粧即事

朦朧睡起忽侵晨敢謂深閨掠鬢勻艸艸盤鴉無緒整
般勤先侍白頭人

余因愛吟咏屢爲家慈所呵作此自解

其柰萱堂叱責何癡心終是愛吟哦因思美刺關風化
畢竟詩中獲益多

寒夜

空庭岑寂漏聲殘一盞燈昏夢未安寒夜近人光淡淡
悄移梅影上闌干

黃紉秋夫人以訪桂秋柳二詩索和即用原韵各
賦一律

祇爲尋秋到小山更邀姊妹共偷閒踏來黃葉深深路
行徧青蘋曲曲灣香氣時移風裏過玉枝曾擬月中攀
好花若解詩人意休負今朝一往還訪桂

蕭疏一帶短長亭雨冷風淒不可聽少婦粧樓前度怨
羈人客舍舊時青曲歌金縷人何在秋老陽關序易經
待到來年寒食候蠻腰依舊舞娉婷秋柳

雞

辛勤唱徹五更天午夜司晨劇可憐漫道棲塒終抱拙

談經曾自近高賢

雪美人

連朝呵凍細摩挲賺得傾城妒若何玉質空憐多皎潔冰心終覺欠溫和倘教解語應知已縱使無情亦任他誤作熱腸癡女看忍寒階下幾回過

哭妹

傷心搶地更呼天知再相逢欠夙緣漫說芳齡猶尚幼臨亡數語最堪憐

一朝父子相隨去新塚荒涼共月斜痛絕燈前無限楚一聲小妹一聲爺（距先嚴見背僅日百）

聞雁有感

聲聲側耳暗悽然綵線難將珠淚穿爾自驚寒儂悼逝一般心事有誰憐

待雪

彤雲鎮日布天街隔牖關心觸冷懷小婢差知儂意緒茶鐺先已巧安排

贈家三嫂

泠泠一曲渺綿音絃外分明味耐尋調古漫言知者少聽花公子早驚心（三兄自有聽花圖）

前身應是玉堂仙橘裏消磨又一年我本野人渾不解可容領悟立柯邊

偶然著手便成春格仿簪花筆有神欲向茜窗勤捧硯

敢云儂亦箇中人

對花寫照最堪憐恰好芳名稱澹仙繪得玉梅三百樹知君欲續舊時緣

春花秋月比無疑親炙心情久自期合贈前賢詩一句淡粧濃抹總相宜

題九叔浣花圖

關心人在綠楊邊香亂紅飄劇可憐似恐芳姿成小刼清波一掬水紋圓

小泊輕舟隔水津落花如雨一溪新阿儂不是閒桃李可許從游畫裏人

除夕感詠

光陰荏苒易推遷事事傷心在目前小妹不知亡父苦牽衣猶索買花錢

七叔新春日抵家喜而賦此

那堪時節又迎新帖翦宜春正及辰纔立青旛心竊喜還家先有竹林人

人日試筆

庭前消息報春回嫩柳含青梅競開閒坐小窗呵凍管欲題詩句暗低徊

鶴

梳翎刷羽總幽遐曾近孤山處士家骨自清癯心自潔此身原合伴梅花

七弟以繡蘭竹鑰匙套索詩率成二十八字

花花葉葉兩參差正是閨中繡出時一解虛心一化善佩身都可是吾師

寄懷張　先生海陽

屈指暌離日韶光兩度經梅花纔破臘芳草又盈庭道遠書難寄愁多酒易醒挑燈思往事夙德尚餘馨

初春偶作

東風拂拂日遲遲小倚闌干懶莫支覺比去年春較早梅花紅徧過牆枝

白梅

生小清奇愛淡描羅浮香夢憶寥寥東風一夜催芳訊

疑是枝頭雪未消

紅梅

一庭絳雪暗生香麗質原宜近夕陽却笑癯仙太輕薄紅衣也愛學時粧

瓶梅和七弟

枝枝遍插膽瓶中珍重冰魂供綺櫳對此清癯貪久坐維持有意避東風

春日偕閨中諸姊妹泛舟湖上

小舟輕泛夕陽邊指點韶光又一年春水半篙芳草岸東風十里杏花天不妨暢飲心拚醉正好聯吟句奪先隱約樓臺最堪愛綠楊深護萬條煙

仲春郊外散步

出郊一碧草無涯正好春光處處皆邀得東鄰諸女伴紅羅齊試踏青鞋

行行頓覺樂忘歸極目風光春正菲一路菜花香不斷惱他蝴蝶逐人飛

後院桃花盛開爰成一律

帶雨和煙樹樹紅芳姿開徧小園中漫言春色從無主別有天香自不同灼灼最宜含曉露夭夭原合笑東風凭欄我欲題詩句疑是桃源入畫工

春柳

當窗縷縷復絲絲正是江南二月時藏得流鶯輕弄舌

聲聲百囀最高枝

春風二月快如刀細葉輕裁翠萬條鎮日起眠渾不定依依綠偏小紅橋

對鏡

揭開翠幙露清光愁對菱花思轉長默默自憐還自惜連朝憔悴不成妝

將歸里門留別三姑

何時窗下共拈鍼事事思量悵轉深莫訝暗中頻拭淚最難離別是知心

留別三嫂

詩成寄語好珍收雪爪分明有意留獨涉忽驚千里別

相思空縮一生愁手當握處心先碎情到深時淚易流
如此煙花正三月歎儂無福住揚州

留別五弟

唱罷驪歌倍黯然相逢未卜是何年回思覓句花陰下
從此推敲各一天

留別大姪

正值桃花滿院紅那堪分手各西東含愁屢欲留詩句
其柰愁深句未工

留別七弟

廿年姊弟一朝分淚灑臨歧欲斷魂握手丁甯無別語
雙慈頓爾侍晨昏

留別閨中諸女伴

萬千愁緒亂離思正是深閨握別時行到臨歧猶掩泣
此身原是女兒癡

舟夜有感

一篷風雨漏遲遲觸我離懷動我思獨客漫云飄泊慣
最難消受夜深時
辜負高堂望倚門他鄉無復侍晨昏寸心欲報春暉德
話到劬勞倍斷魂

舟夜屢不成寐口占一絕

篷窗悄倚夜淒淒夢不成眠思欲迷殘月易斜天易曙
連宵聽熟五更雞

舟中對月有感

篷窗啟處月澄清一望長河徹夜明身在異鄉看不得
白無聲裏最傷情

江行

長江滾滾水連天雲樹蒼茫絕可憐增得離愁何處是
綠楊花撲滿船煙

季春十日舟夜聞雷有感

陰雲四野罩孤篷霹靂聲聲響太空最是客中當此夕
夢魂無計到家中

舟泊燕子磯

樓臺隱約水雲中客裏探幽泊短篷應笑磯頭癡燕子

年年無語向東風

癸卯莫春同鄉吳太夫人攜令媳諸夫人歸里附
舟偕往極荷高情既相逢而恨晚復換櫂以分
行黙黙寸心不忍輕別爰賦短章聊以志感

相逢何幸得同槎恨晚心同各自嗟底事夕陽芳草岸
又吹風笛各天涯

送春

春去匆匆最可憐詩情別恨一時牽癡心欲倩楊枝絹
無柰楊花飛滿天
一庭紅雨送春殘撫景追懷未忍看怪底鶯聲連日急
夢魂飛不到江南

于歸里門後書寄舍弟

小窗倦倚觸離思愁極翻教結夢遲家寄邗江身練水
歸甯知否是何時

病中有感

瞳瞳紅日上雙扉强起支持倚翠幃病裏思親心愈切
連朝無計破愁圍

小樓夜雨寄懷姑姊妹

滿樓風雨觸淒涼剔盡殘燈心更傷欲寄相思先拭淚
說詩無復夜連牀

夏夜憶母

臨風一榻不成眠仔細思量恨萬千有母未能勤奉侍
問安空自寄吟箋

病中寄弟

連朝廢寢更忘餐千里烏私欲遂難獨對殘燈眠不得
背人猶自淚偷彈

舅氏以詩見示賦呈一律

年來何幸捧瑤章讀罷依依興欲狂七字敲成梅共瘦
連篇書就筆生香才爭杜牧丰神遠品入司空意味長
白雪陽春賡未得新安應貴紙千張

懷七弟

手足情原切傷心雁失羣廿年如幻夢一別等浮雲髮
禿空憐母身微更念君寄言須努力定省頼殷勤

答姪婦

千里詩來抵萬金盥薇幾度短長吟知君有意垂青眼
愧我無才寫素心鬬草分花曾昔日停雲落月忽而今
可憐多少相思苦盡付清風一曲琴

憶母

心爲思親手慣捫連宵歸夢總昏昏可憐覺後家何在
枕上惟餘淚漬痕

癸卯端陽感詠

那堪佳節又端陽回首思量亦可傷曾記去年今日事
菖蒲泛酒勸高堂

連日雨

近來無計解愁圍坐困濃陰靜掩扉籬角蒼苔牆角草
眼看滋得十分肥

小樓對月有感

憑欄無語欲何爲又見天涯月一規對此清光當此夜
教人怎不淚先垂

秋夜

靜到無聲小院空半窗月色淡朦朧涼宵自愛挑燈坐
萬里山河在鏡中

新月

不識蛾眉比得不一彎斜挂柳梢頭分明纖影樓前照
彷彿珠簾欲上鈎

甲辰二月十八日年屆再旬感賦一律

花正芬芳酒正香忽逢今日倍思量春慚馬齒空加長
願切烏私卒未償命薄早教悲失怙形單翻似遠離鄉
漫將二十稱初度賦入新詩亦自傷

叢筆軒遺藁卷二

儀徵孫采芙

七夕同外子作

金鑪馥馥瓣香焚瓜果筵前細語聞儂自穿鍼郎握管
與郎乞巧願平分
碧天如水夜迢迢人到佳期慰寂寥私向雙星爲君祝
年年聚首似今宵

讀王采薇夫人長離閣詩稿題後

仙蹤偶爾來金屋鸞駕翩然返玉京哀豔才華李昌谷
自然風韵許飛瓊多情有壻同唫月薄命如渠悵落英
一讀遺編一長歎挑燈開卷試閒評

外子屬製錦囊贈鍾石卿茂才以貯名刺爲題二
十字

磊落欽懷抱疎狂想性情袖中磨半刺誰解薦彌衡

外子自杭州歸里作此贈別

傾心容易聚頭難乍聽驪歌感萬端如我敢言恩分淺
勸君須放悶懷寬魂因遠別牽難住淚到瀕行忍不彈
檢點征衣倍惆悵落花風裏尚輕寒
繞枝烏鵲本無依艸艸行裝百念違此去未同封馬鬣
（外子歸里營葬）再來莫忘泣牛衣離愁長似吳蠶縛別夢遙隨
越燕飛回首第三橋畔路餞春時節望君歸

外子行次嚴州以詩見寄感賦二絕

開函伸紙淚潸然無限離愁不忍眠欲卸晚粧無意緒
畫簷人去暮春天

半檐昏月影淒淒斜倚粧臺意欲迷剔盡殘燈衾似水
憐他嬌女向人啼

寄弟

困人天氣熟梅天病裏光陰又隔年檢點衣裳容我嬾
較量藥水受君憐長齋供佛朝同禮小閣談詩夜未眠
歡笑劇難離別易前塵回首忽如煙

自送春帆出渡頭江深草閣已如秋塡胸祇飽珊珊淚
刻骨難消的的愁會記米鹽同瑣屑忍忘牖戶費綢繆
幾時重話西泠月遙盼嚴灘一葉舟

夏日湖上納涼偕子繼登飛來峰至翠微亭小憩薄暮始歸

攬衣直上御風行古佛低眉處處迎不識飛來可飛去
與君石上證三生

層層螺髻碧空嵌瀲灩湖光一鏡涵十里荷香吹不散
晚風涼透薄羅衫

送外子金陵應舉

西風催送片帆斜細檢行裝暗自嗟伴我愁容惟鏡影
卜君佳兆有燈花明珠未必終投暗白璧何妨任摘瑕（去年拔萃以不工書見擯）期子泥金消息早歸時弱女解牙牙

別已四日計程當過蘇門寄懷一絕

布帆曾否下江東繫纜楓橋葉正紅此夜還家應有夢
鐘聲莫到客船中

寄外

涼風蕭瑟雨翻盆點點敲窗欲斷魂枕上詩情正無限
聯牀何日細重論

牙籤萬軸共摩挲別後駒光一瞬過燈下背人常默默
遣愁無計奈愁何

凭闌無興夜遲遲緒惹情牽嬾不支分手明知纔半月
捧心常覺已多時

小樓默坐悄低徊十二紗窗嬾不開忽聽飛鴻天外至
癡心疑有尺書來

不寐有懷子繼

寸心渺渺更誰憐倚遍層樓眼欲穿歸計難憑潮有信
離懷常覺日如年嬾隨女伴凝粧坐愁共嬌兒待月眠
夢醒不知鴛枕冷一聲南雁曉霜天

寄子繼金陵

憶別君容已六旬相思朝夕獨含顰囊空敢道持家易
室罄偏逢歉歲頻握手不忘臨別語傾心肯負再生因
癡情早已深如許珍重征衣莫染塵

與弟別一年矣今春重至武林書此贈之

去年今日杭州別異地同心繫我思記否江干各分手
落花如雨獨行時

題采菱圖

菱葉青青菱角攢湖光一片碧波寬阿儂不識眉深淺試采菱花作鏡看

婉轉嬌紅處處秋木蘭輕泛水風柔歡如菱葉參差貌妾似菱絲宛轉愁

哭女卽寄外子武林八首錄六

提牀擣枕柰何天底事黃楊厄閏年三載恩情何太淺珠擎掌上一時捐

聰明事事劇堪悲一語酸辛齒落時病到垂危偏解事寸心仍是戀慈帷

血淚雙拋氣若絲肝腸寸斷命將危可憐客地無錐立

痛絕嬌兒含殮時

事到難回欲問天可能重結再生緣追思往事情難割何日依然繞膝前

猶憶牽衣悄悄言呼娘欲赴阿爺前那知從此天倫盡祇得匆匆一面緣

汝父書來淚暗滋屬兒眠食善扶持誰知尺素封函日正是明珠碎地時

附外子悼女詩

齒落先徵夢不祥書來字字斷愁腸傷心節序風寒食失意情懷況異鄉已是無家同杜老不應折福到平陽年來淚已無乾處又向天涯哭一場

麻衣纔廢蓼莪篇那更摧殘兩璧連死別況經千里道奇哀都倂九秋天竟無丹藥延殘喘同是黃楊厄閏年一事輸兒差勝我泉臺骨肉得團圓

依稀往事溯從頭取印摘毫未合休似母聰明憐骨秀肖爺風格憶眉修曇花但作空中色萱草難銷別後憂愁過第三橋畔路記兒生日在杭州

畫樓臨水綠陰欹正喜珠擎掌上時兆卜燈花誇阿爛筵開湯餅約鄰姬雲鬟亂挽春寒重藥裹親操夜漏遲回首前塵忽如夢霎時歡聚亦堪悲

驀然平地忽風波鵙嚇鶵雛恨柰何不意含沙工射影何期入室竟操戈覆巢尚冀完遺卵繞樹終難返

舊柯慚媿三年爲爾父平安時少亂離多

客裏曾拚一面緣近中秋節已涼天低聲屢欲呼燈下解意依然繞膝前二豎何心仇弱質雙魚無計達重泉篋中未遂含飴願一檢行裝一泣然

袖薄天寒悴不支深閨藉爾展愁眉頻更多難從偷活但博承歡願忍飢夢裏至今餘涕淚客中誰與共扶持貧家百樣飄零慼九死難求續命絲

痛絕桐棺二尺軀牙牙早已識之無多情本隸神仙籍小叔偏驚鬼伯符何處青山堪瘞玉幾時合浦更還珠再來合作癡兒女莫令人間羨紫姑

追痛先姑章太夫人

太夫人殁於里第采芙時在維揚得耗已逾百日痛不欲生追思往事泣血濡毫書此志痛卽寄外子

讀君書罷淚千行搶地呼天暗自傷默默自思慚婦職
靈前未奠酒三觴

隻身千里寄江濱欲覩音容願未伸痛斷肝腸空自泣
泉臺可曉苦心人

有負慈恩數載深思量往事涕沾襟劬勞未報親先逝
痛殺流離游子心

運蹇家亡事可傷那堪萍梗泛他鄉先靈若有憐兒意
早振門閭降吉祥

外子以歙言見寄戲題紙尾卽效其體

不如歸去昔日同巢今日天涯生似水流年轉瞬匆匆度妾貌空如鏡裏花郎身莫作風前絮幾時共宿交枝樹曷不歸去謀牖戶歸去歸去

秋燕四首用王漁洋秋柳韻

烏衣巷口最銷魂蘆雪菰煙正映門翠幕又牽今日恨
紅泥猶賸舊時痕離情渺渺雲千里絮語喃喃葉半村
十二珠簾花落後淒涼往事不堪論

牀前昨夜月如霜幾度呢喃過野塘棲止曾將金作屋
炎涼已覺扇藏箱新愁訴向衡陽雁舊夢空思海國王
莫向朱門尋故侶秋來草沒大功坊

木落天高夜擣衣三春景物已全非水晶簾捲聲猶在
玳瑁梁空影漸稀飄泊早成爲客計殷勤故向主人飛
雙棲記否東風裏掠水銜花願莫違

浮蹤冷落信堪憐舞榭歌樓起暮煙十里西風音下上
半簾涼雨恨纏綿喚回午夢非三月翦碎秋心又一年
明歲江南好風景差池重待落花邊

寒鴉

昏鴉幾度競紛飛似覺園林候已非瘦影遙從荒堞度
秋聲還向晚樵歸柴門一帶隨流水古塔三層挂夕暉
昨夜月明風露重繞枝何處可相依

春閨

辜負春光又一年難禁緒惹更情牽雲鬟未理眉痕淡

留待檀郎整翠鈿

寄外

暮春天氣困人時小倚闌干日影移欲訴離愁書不盡
但憑七字寄相思

七夕憶外

秋到天涯易斷腸歸期猶滯水雲鄉癡心欲問錢塘路
可似銀河爾許長

一病經秋瘦莫支那堪今夕倍相思儂家聚散常無定
不及雙星會有期

一逢佳節一霑裳會到雙星恩更長怪道箇人真箇巧
年年今夕在他鄉

桐陰待月圖

涼意入庭戸梧桐一葉知嫦娥不可見無限瑤華思夜久銀河轉秋深玉露滋清輝倘盈手珍重卷簾時
海上生明月君家東海頭月華連水濶海氣極天秋滅燭誰家院停琴何處樓廣寒如可即吾欲續前游

寄題宋笙和女史鸞音天寒倚竹圖

愁來倚遍碧琅玕日暮蕭蕭袖影單自是芳心甘淡泊不妨弱質太清寒已無餘粒供飢鳳賸有殘箋託遠鸞悵觸天涯淪落感人生難得是團欒

寓園漫興時在滬曁

何處綢繆營燕壘頻年飄泊負鷗盟園中蓄得雄雌兎明歲還看小卯生

寄子繼

離情脈脈雨霏霏寶篆香銷嬾入幃幾度思君眠未穩背燈空自淚沾衣
靜掩雙扉日未斜相思滋味萬重加增愁更有雙兒女學語喃喃念阿爺
貧家井臼獨支持萬緒千頭祗自知回首細思臨別語寛儂心事笑儂癡
相親相近又相違辜負春光淚暗揮一語寄君休負約碧桃花放盼君歸

張次芬女史屬題洛神便面

雲髻脩眉尚宛然舊時塵夢渺秋煙微波可許通忱素與我三生有宿緣余舊藏洛神小像難中佚去
感甄俗說久沿訛誰解孤臣託諷多千古靈均有同調離騷求宓妃之所在即子建賦所本世俗感甄之謬不應蜚語詆東阿

送次芬女史歸甯

翩然翠羽復明璫彷彿神遊洛水旁想見舟中風日好簪花格寫十三行
記我慈闈別思諳年年烽火望江南羨君一笑歸帆早纔賦關睢賦葛覃

題潯陽琵琶便面

荻花瑟瑟晚風嚴一片秋聲送客帆千古佳人感淪落天涯誰爲溼青衫

顏君石樵以尊甫東籬先生所著東陂漁父詞眾香詞屬題

負才如海氣如虹翠管烏絲字字工傳得迦陵舊風格好憑鐵板唱江東
藕花深處記句留回首錢塘憶勝游我讀先生射潮句集中憶杭州舊游句云看錢塘潮聲也曾親射暇則藕花深處坐曲水迴遭園碧濤聲如雨一鐙秋

紀夢

次兒延桂病逝三閱月矣昨夕夢兒如生時狀覺後痛而書此時壬戌十月十六日也

投懷恍惚喚娘頻夢裏承歡事豈真猶記去年今日否爲兒沽酒祝花神去冬兒出天花是日祝神

繞膝相依僅五年如何一旦隔重泉雄冠劍佩歸何處能否三生證夙緣

借外子避兵入楚舟中述懷

客路三千里離懷十二時塵容羞對鏡愁緒亂如絲骨肉無音問關山有夢馳慚君書滑筆憔悴不堪施

一夜西風急天涯雁影分干戈方滿地弟妹各離羣別淚燈前灑鄉愁枕上紛戎行須努力早晚盼青雲

痛絕童烏逝謂桂兒充閭願竟虛劬勞應念我生小最憐渠慧解從兄學清能讀父書揮戈與躍馬無復戲庭除

未是桑榆景先驚蒲柳秋此身如泛梗數口寄扁舟生計都羞澀長途苦滯留輕帆幸無恙徑指岳陽樓

宅後荊芥中幽蘭作花感而賦此

冰雪爲心玉作芽肯隨紅紫鬬春華幽芳祇合生空谷羞傍人間富貴花

村居見雙燕

也曾金屋穩棲身遠道相隨湘水濱潦倒情懷常作客炎涼風味是依人朱門自古深如海白屋由來別有春漫道封侯無骨相暫教蹤跡溷凡塵

乙丑上巳日喜外抵寓時客武岡

春光又屆采蘭辰怕見樓頭柳色新昨夜燈花何太喜

上一抹去

四千里外一歸人

不信泥金望竟虛果然魚目勝明珠塞翁失馬庸非福博得窮愁好著書

天寒翠袖獨離披病裏光陰強自支差幸知君有鮑叔謂彭琴齋鍾昆甫諸君天涯弱息仗扶持

怪道相逢一語無暫拋離緒話蓴鱸自憐一病如秋草不意逢春又復蘇

代虎兒留別都梁諸同學

鄧鳴之

鐙窗風雨共三秋欣幸芝蘭氣味投今日天涯揮手別雲山回首不勝愁

鄧子賓

感君相送語依依屈指三年意不違猶記湘江同泛櫂慈雲千里一帆飛

鄧幼獮

絳帷幾度共春風再世論交氣誼通一旦分飛隔天末雪泥蹤跡悵秋鴻

嚴益之

生年與子恰逢寅贈到將離倍愴神萬里青雲同有志可容他日步芳塵

與君萍梗各天涯一櫂還歸何處家異日西湖重握手孤山深處萬梅花

代呈鄧襲之太守

君方作客我還鄉一曲驪歌氣激昂他日洪都如駐纛可容童子賦滕王（太守將赴江右戎幕）

寄外子安慶

滿階風露雁聲酸客裏光陰孛影單但把心香爲君祝歸帆一片是平安

茶煙

落花時節戶常扃幾縷疎煙颺午庭穀雨送將千點綠楝風吹碎一簾青瓶笙聽罷香猶繞槐火煎餘夢乍醒禪榻蕭閒無底事近來詩思轉通靈

詠物絕句

櫻

的皪兩三枝顆顆自相對滿園春色鬧疑是珊瑚碎風吹色更明雨洗光初透我欲打黃鶯誤認拋紅豆

筍

參來玉版禪頓悟紅塵破昨宵風雨多此君添幾个出籬枝半疎穿壁節猶淺春來龍有孫又破一層蘚

署齋菊花盛開外子適褰校試院折枝相貽媵之以詩

淡黃輕白帶霜開折取疎枝傍碧苔幾度喃喃向花約幽香留待可人來

忍寒强起出簾遲悄立花陰觸所思寄語封姨好相護（是日大風）此花原是傲霜枝

園菊初花清香可愛因仿大觀園十二題製爲小詩抑者許把酒持螯向花前一醉也

種菊

養花聊當養兒孫灌溉全憑雨露恩牆角籬邊栽處處愛他秋色滿柴門

附和作

憶菊　子繼

故園花信爲誰遲簾捲西風動客思昨接家書促歸櫂寒香纔放一枝枝

訪菊　次兒肇禮

新霜昨夜下庭柯阿母呼兒載酒過茅舍竹籬尋欲遍不知秋色是誰多

簪菊　長女慧珠

秋光親摘向東籬冉冉幽香壓鬢欹早起粧成臨鏡看一枝斜插可相宜

對菊　次女瑞珠

病起欣然一放懷（時新病方痊）數叢深淺細安排休言人比黃花瘦我愛黃花瘦更佳

詠菊　大兒肇穀（一名鏐）

老圃芳容晚更奇沈吟檻外費尋思濡毫欲向風前寫一片秋生絡緯籬

問菊　長婦趙智珠
消受金風玉露時丰標底事獨清奇含情欲向東籬
問可是人閒第一枝
供菊　肇穀
几案新添一段秋膽瓶斜插數枝幽高標別有清芬
在几豔休爭第一流
木芙蓉與菊花齊放翠蓋紅粧掩映庭際更成一
絕
朶朶輕紅麗晚霞重重錦障列周遮喚回春色秋光裏
鏡下應呼及第花
喜雪示諸兒女

鐙前兒女競喧譁柳絮才高羨謝家記得少年諸姊妹
寒宵呵凍寫梅花
江城一望浩無邊點點飛花軟似綿冷署圍鑪煨榾柮
白頭喜見太平年
附和作　慧珠
遠山漠漠暮煙昏風雪闌珊正掩門我對寒燈思弱
弟擁衾今夜不曾溫時三弟傳孫在郡齋讀書
瑞珠
開門頓失遠山青六出花飛夜未停獨耐嚴寒侵早
起曉窗呵凍寫金經
趙智珠

三千世界盡瓊瑤如畫江城入望遙昨夜飛鴻傳遠
信琪花玉樹徧金焦時接六家叔來書知京口大雪
肇穀
怪底寒驚夢開門雪壓檐乍看飛絮積翻訝曉霜嚴
醞釀同雲布琤瑽密霰兼連朝江霧重昨夜朔風尖
戶外俄堆玉空中忽撒鹽入泥憐皎皎匝地惜纖纖
巒嶂新容改樓臺舊跡淹竹梢青欲折梅蕊白初黏
解澤三農慰豐登隔歲占歡聲騰委巷喜氣到窮閻
杯綠堪消凍鑪紅不避炎詩情肩骨聳茶味舌根甜
公子貂裘擁高人鶴氅覘樓頭晨噪雀窗隙夜明蟾
釣艇江干艤吟鞭灞岸拈千邨皆墐戶一室獨垂簾

但覺塵襟滌何愁酒價添高歌應和我呵凍檢瑤籤
肇禮
早起開門雪滿山梅花雪後一枝殷共呼綠酒酬佳
句博得高堂啟笑顏

叢筆軒遺藁卷三

儀徵孫釆芙

閨中懷人詩二十五首

余遭逢多難飄泊異鄉游跡所至邂逅多一時賢媛暇日各繫以詩前後共得二十五首此物何足貴但感别經時拉襍書此聊以寄停雲落月之思云爾

周氏姑母

一從分袂到今朝雁杳魚沈久寂寥說起當時花樣好記曾窗下許同描

三姑　前在家時姑與余同皈依　觀音大士

雲泥路隔信音遲脉脉頻勞靜夜思月下焚香階下拜此心常憶未歸時

半簾涼月夜悠悠故國翻增異地愁剔盡殘鐙思往事性情空說最相投

三嫂

芍藥曾經贈一枝愛才應悔識君遲金閨倘許稱知己莫寄魚書只寄詩

别來終日柰愁何荏苒年華感逝波尋夢幾回思閉戶隔窗偏惱鳥聲多

十一姊

關河迢隔到于今倚枕空勞夢苦尋欲取瑤琴彈一曲賞心無復有知音

姪婦

獨倚高樓夕照斜傷心骨肉各天涯近來若問閨中事夜夜常還夢裏家

歙鄭子安女史

闌干倚徧暗低徊無限離愁撥不開多謝故人能愛我一千里外寄書來

二妹　時避兵泰州

無端雁序忽驚秋蹀躞東西溝水流欲向江南望江北滿天烽火是揚州

保母張媪

生小嬌憨倚母慈恩勤顧復到今茲一盂麥飯澆何處愧讀羲之保母碑

舅母吳宜人　癸卯過訪於涇上寓齋

送抱推襟慰我愁渭陽高誼歎無儔桃花潭水深千尺朋飲絕勝平原十日留

蘭溪徐冷香女史

身世飄零百感中唾壺擊碎淚珠紅獨將肝膽酬知己直使鬚眉拜下風

溧陽繆武烈公室王太夫人　曩客越州時深蒙垂眷

揩困不吝爲憐才弱艸深叨雨露培回首越王城上望

慈雲朵朵近蓬萊

溧陽史湘舲大令母陳太宜人　所居爲史文靖公舊第與余有同居之約

貧家珠桂仗扶持冷暖相關憶昔時聞道平泉花木勝鷦鷯容借一棲枝

上虞鄭玉音女史

候潮門內對門居碧玉盈盈十六餘漫道年年壓鍼綫相逢剛試嫁衣初

陽湖孫孟仁二尹室謝孺人　爲淵如先生孫婦

名門風調自翩翩孔李通家證夙緣欲問五松園舊址吉金樂石盡秋煙

連平顏星匡大令室林宜人

蓬門頻駐碧油車春色平分處士家南望嶺雲千里隔可逢驛使寄梅花

武岡鄧嶰之觀察室唐恭人　葆之觀察室陳恭人

曩客武岡時蒙恭人姒娣維縶良殷

天涯三載鎮相依唱到驪駒未忍違極目長沙秋色遠寸心應逐雁南飛

寶慶鄧母劉孺人　傳兒生於寶慶府居停劉孺人姑婦二人殷勤調護不異姻親慕西湖之勝暇輒邀余談杭州故事

萍蹤暫寄若浮鷗湯餅筵開誼獨周斗室一鐙紅似豆泥人深夜說杭州

溧陽王西垞大令室宋宜人　諱鸞音字笙和辛酉杭城失守宜人步至觀橋投水以殉

管鮑論交已寂寥葬身魚腹恨難消年年寒食錢唐路燐火宵深上觀橋

嘉興杜小珊主簿室　孺人　舊宅在嘉郡城內與范少伯祠相近余嘗僦居於此經難後孺人全家俱盡

少伯祠邊寄一椽爭誇眷屬是神仙舊時樓閣今何在鬼餒墳頭叫杜鵑

餘姚周雙庚文學室何孺人　在越時嘗共宅

而居

浮家同住越溪邊矮屋鐙昏對榻眠一自滄桑經變幻天寒翠袖更誰憐

王西垞大令繼室吳宜人　己巳秋余偕外子赴宣州適宜人由武康晉省兩舟相遇匆匆話別不意遂成永訣

伯勞飛燕各西東疑是瑤臺月下逢不分彩雲容易散停舟一晤惜匆匆

侯官孫谷亭太守室李恭人

仙骨應披一品衣能銷艷福似君稀年年陌上花開日常送香車緩緩歸

宿艸晨星總斷䰟停雲落月我思存臨風欲把離愁訴
落葉蕭蕭止掩門

附文四首

禱　大士疏

伏以蔭慈雲於大地火宅晨涼懼慧日於康衢重昏夜曉是以萎艸獲再鮮之澤落葉蒙重榮之恩竊某痛念亡男肇履生具宿根早徵吉夢依依懷抱僅閱五年擾擾兵戈備更百苦祇緣某罪深孽重災及嬰孩遂致二豎爲妖絲難續命重泉永隔香乏返魂曷勝玉折之悲彌切珠還之願茲者恭逢佛誕聖節謹立願寫金剛般若波羅蜜經十卷允發誠心懺除宿孽伏冀慈航普度

甘露宏施俾超九刼之身重證三生之果庶飽靚再世知墮井之前因羊祜復生驗探鐶於來歲某誠惶誠恐拜手稽首不勝虔禱之至同治癸亥六月十九日謹疏

宮閨叢話序

先茗溪公取有宋元祐以後詩話及史傳小說所載事實可以發明詩句及增益見聞者纂爲漁隱叢話前後集共一百卷

國朝采入四庫久已流布藝林采芙幸沐清芬私深鑽仰暇日與外子子繼披閱南宋以迄我

朝諸公詩話傳記見有涉婦女者輒爲摭錄其體例畧仿先公之舊名曰宮閨叢話非敢云繼先志第以備閨閣中之觀覽而已咸豐庚申遭粤匪之難流離遷徙書籍散亡舊藁盡佚今幸寇氛漸淨言旋故鄉尙思與外子子繼杜門埽帚重理舊業如先公所云命益蹇身益閒得以編次終日明窗淨几目披手鈔以成一書則餘生之厚幸矣同治乙丑立秋日茗溪二十四世孫婦孫采芙識

弔王母宋宜人文　王酉坨大令室

嗚呼歷古今之浩刼兮疇璧碎而瓦全維夫人之就義兮乃身殉而名傳揚烈芬於委灰兮發繁音於絕絃旣視死而如歸兮初何計乎探湯與蹈淵緬婉娩之淑質兮允宜家而宜室方藁砧之遠出兮遂代盡乎子職念

白髮之皤皤兮願長依乎愛日苟一食之不甘兮惟我心之戚戚繄管鮑之訂交兮篤素誼於苔岑誓死生之不渝兮曾莫逆乎寸心實閫內之劻勷兮瀝肝膽而披忱惘唐衢之不遇兮終潦倒乎一衿蘇困鱗於涸轍兮盼捷報於泥金胡斯人之坎壈兮遘巾幗之知音乃涓埃之未荅兮遽抱慟於人琴昔弭節於瀨陽兮遂迎門而倒屣甫傾蓋而如故兮溯通家於孔李俄風鶴之驚傳兮值四郊之多壘叜艤舟於苕霅兮若鰷魚之銜尾旋雹散而蓬飄兮寄芳心於千里迨西泠之重聚兮雜離合以悲喜悵朱顏之憔悴兮惜流光於逝水詎一見而永訣兮倏判然而人鬼憶雙珠於掌上兮方學語之

牙牙締新盟於蘿蔦兮申宿契於苹蘩忽罡風之吹墮兮悲一現之曇花嘆蘭因與絮果兮悉委化於蟲沙聞噩耗而狐疑兮徒歔泣於天涯當粵寇之鴟張兮望紙鳶而信斷丁陽九之厄運兮混淄澠而一亂憑一死其何辭兮笑倉皇之鼠竄指白水以爲期兮奮輕軀於澤畔昔共姬之待傅兮甘煨燼而必果等從容而赴義兮又何分乎水火合千載若符節兮覩頂踵猶塵堁甯葬身於魚腹兮痛馬革之未裹猗精衛之含冤兮晌五易乎星霜適妖氛之埽盪兮溯歸帆於沅湘復入門而踐室兮羌景在而人亡還精靈於魂夢兮訝音容之慘傷感平生之摯誼兮淚流襟以浪浪奠椒漿與桂酒兮蘇一瓣之心香靈連蜷兮既來心鬱紆而旁皇

祭汪母陳孺人文 婺源汪莊甫廣文室

猗惟孺人名門慧質少侍椿闈舟車南北閱歷滄桑煢煢靡適風蕩波淪菀然弱息于歸廣文井臼親持中饋綢繆朝鹽暮虀淡泊自甘勞瘁弗辭秋菘春韭老圃生涯咄嗟而辦嘉薦孔時北海尊開一座解頤惠周鄰媼不吝解推慷慨激烈巾幗鬚眉用相夫子好篤苔岑獨垂青眼別有賞心痌瘝相關誼重情深庶膺景福造荷綸音如何不祿疾疢侵尋日朘月削璧碎珠沉昔在孟春籃輿戾止童稚趨迎歡然倒屣勸母加餐爲進一匕執手欷歔言猶在耳曾不匝月倏然人鬼斯人斯疾亡之命矣遺挂在壁繐帷空張升堂入室景在人亡九原有知魂魄悽愴何以奠之桂酒椒漿靈兮連蜷來格來嘗

吟翠樓詩稿

孫佩蘭

石溪藏之

唫翠樓詩稿

張曜署

光緒戊子
小春月梓

序

風詩冠后妃夫人之作其釆之列國者亦多婦人
女子之詞傳其詩不傳其人自全唐詩列閨秀一
門傳其詩并傳其姓氏人藉詩傳矣然有可傳之
詩未即皆可傳之人也夫先器識而後文藝求之
閨閣之中何獨不然胡嫂孫太恭人爲錢塘孫補
笙贈公之女贈公長公子授少司農與余有舊
得諗太恭人一生行誼有卓卓可傳者每溯侍疾

祖庭承歡親舍婉愉淑慎人無間言其孝可傳于
歸七年遽遭兵燹所天殉義慟不欲生其節可傳
傷心浩劫苦志撫孤敎秉孟陶卒底成立其存宗
祀之功可傳迨乎天慰善人康强逢吉修眞茹素
福壽兼隆其獲修德之報尤可傳嗚呼人傳矣詩
云何哉第以詩傳人者未必其人果傳而以人傳
詩者未有其詩不傳茲者令子仲驥學博將以母
氏吟翠樓詩稿壽諸梨棗索序於予展卷三復吉

光片羽言皆心聲益信其人傳其詩固亦傳者也
則謂人與詩並堪千古也可
光緒十五年歲次己丑孟冬上澣錢唐朱智拜譔

序

投崖刎曲未傳絕命之詞詠絮謝庭或議解圍之
失從來烈女罕著詩名不少才媛終慚婦德而欲
其心堅轉石語妙鏗金責彼一身具茲兩美噫嘻
難矣則有錢塘孫譜香夫人者系出樂安靈鍾明
聖以孫興公之家學得女相如之才名棣萼競開
儘停鍼而鬥韻蘭盟遙訂時傳簡以抽思諸姑本
問字名師羣娣亦聯吟佳友固已拈毫雨夜剪殘

紅燭之心覓句花朝畫損朱欄之角已洎乎歸我
胡陛言茂才也簫樓夢穩江管花生刈葛春深偷
閑賦茗湘蘋夕竟好事銘椒剔罷銀釭戒旦賢同
鄭女擊將銅鉢裁牋韻和緜郎書盈瑇瑁之牀筆
滿珊瑚之架閨闈韻事樂可知也無何刼換紅羊
濤奔白馬虎林月闇燄閃青燐龍井風腥泉流碧
血夫人乃偕夫同殉抱子自沈巷施無獨活之心
螻蟻有先驅之志何意星明化解等胥井之不濡

祇憐月缺難圓問藁砧其何在一則騎鯨不返宛如太白之狂一則化鶴重來不比令威之幻祇以存孤爲重敢貽笑於程嬰蓄矐斯貞學窮居之龍氏井中止水林下清風詩寫素楄班姬自然多怨經傳絳幔袞師亦已成名計自馮夷援手之時遲至寶婺沈芒之日又垂三十年焉僕曾識女宗更聯姻婭新詞戛玉寄懷昔及亾妻舊帙緗瓊索序今來令子惟恨枯腸羞澀老眼模糊展卷未終猶

觸黃門之痛遺編得半聊存魯壁之餘吟翠樓詩集一卷蓋非其全者然而識廬山之眞面已在此中知崑圃之片珍倘留今日揮柔翰而紀事敢詡玉臺一序之工書淑節以揚芬謬效彤管于秋之直

光緒己丑秋九月永康應寶時拜序

序

夫左蕙芳之賦茗鳳紙雲飛馮雙禮之采蓮麟毫露浣非不玉臺旖旎鏡檻雕華枉有豔歌無聞陰教至於鄒母斷織敬姜闔門靜含惪英動遵義法又逴逴戒深綺語峯峻禮宗固標師氏之型未極閨中之秀德慧兼之者其惟譜香女史乎女史爲胡陛青茂才之德配而孫補笙贈公之嬌女也生而聰穎長更温恭早失莪慈幸蒙乾蔭睦諸昆弟

於閨內歡大父母於堂前婉嫕含章殊魏宫之巧笑幽嫺悅禮允漢女之難求夜夜紡磚朝朝綫帖薛夜來之善繡殆其人乎蘇若蘭之迴文未之學也洎毋弟子授少司農授室孫興公之才地淑女來嬪沈家令之門風邦媛散譽降阼修儀調羹問性一則稱夫姊爲女公舊嫺度曲一則評弟妻爲新婦頗愛題辭學製而機賽九張記事而珠圓一寸翡翠簾中倡予和汝葡萄花下前于後喁此工

團扇之吟彼按胡笳之拍此若言羅敷陌上彼必
曰伯玉盤中脂粉都香樓臺亦韻加以儒風馨逸
本庾開府之荀娘族望清華更賈侍中之處姊羨
董甸之道廣益風雅之情深既而郎君白石小姑
青溪非無天作之緣遂譜房中之樂不教謝女誤
嫁王郎稍喜秦嘉得逢徐淑起舞而鴛鴦七十同
夢而蝴蝶一雙韓冬郎香奩之集君有其才杜秋
娘金縷之衣妾非其匹任桂花香處頻年壻水槎

回而桃葉題時終古仙源路近月長圓而不恨春
雖晚而何傷送抱推襟式歌且舞斯眞比物之埜
蓀龢聲之琴瑟矣亾何紅羊歷刼青犢嘯羣伍員
江上潮信愆期陶侃軍前米船不至重圍飲馬沈
沈西子湖光警報飛鳶黯黯南屏山色惡鳥晨驚
冷燐夜閃賊穿大隧險失重城猨吟鶴化所天殉
義之時孤鳳寡龍劃地埋愁之日懼若救之終筱
圖趙氏之孤存舍易就難達權通變人是未亾心

則已死嗟乎懷中冰雪當年寡婦之臺夢裡橐砧
何處望夫之石行行錦字都作灰飛幅幅璇題空
談刼後唱出一聲河滿淚雨啼乾記來十索琳琅
眉峯鎖斷燈解怨而花枯衣不勝而帶緩宜其碎
珊瑚之硯匣焚玳瑁之筆牀仛苦已多有才亦盡
今則四百八寺稽首空王三十六天皈心法界菩
薩九蓮之像妙嚴一片之磚佛塔金塗聖燈珠轉
想是才人懺悔寓意逃禪非關檀越布施有心徼

福然而苦節終甘惠迪斯吉既停辛之已久宜受
祜之攸隆哲嗣仲驥廣文能讀父書恪遵母教和
丸勸學畫荻臨書宋宣文家法早傳韋逞之經蘇
學士幼年敬受范滂之傳當外家鼎盛尤宅相祥
徵仛見龍躍天衢鵬摶滄海方公子騰踴之年祝
壽母靈長之算矧復冢婦承歡姑恩有曲文孫繞
膝祖德能言抑搔而疴癢先知謦欬而唯俞恐後
此則蔡文姬之薄行無是尊榮曹大家之義方差

堪比擬者矣今仲驥春暉寸草根觸於心斷墨零紈循環在手愧白華之補亾而金薤之牘覆輯存一卷來乞弁言夫得寶崑山祇珍片玉采芳叢桂不過一枝但使其人可傳何必以多爲貴息嬀大車之詩三章已足花蕊宮詞之體百首何爲僕也重勞誰諉粗述規模他日名姬列傳當續劉向之成書今朝新詠留題應愧徐陵之麗製

光緒丁亥秋七月仁和吳超拜手序

序

西湖山水甲天下靈氣之鍾代生閨秀乾嘉稱獨盛道光間後先輩出亦復裁紅截錦豔絕騷壇若譜香女士者其一也女士錢塘人爲封公孫丈補笙之女公子今少司農子授太守子揩兩君之胞姊幼解音韻平日女紅之暇動手一編家庭內更唱迭和有道韞詠絮風同里張文節曾撰有楹語贈封公云謝庭蘭玉皆名士蘇氏文章各大家蓋

徵實焉著有吟翠樓稾若干卷膾炙人口封公愛若掌珠時戲呼曰汝乃吾家不櫛之士問名者踵至惟意中少許可故及笄後猶待字也旣而歸吾友胡君陛言陛言夙嫻風雅學校知名自是閨房之內琴耽瑟好伉儷若師友然戚鄰聞風者咸目爲今之秦嘉徐淑殆非虛譽耳同時如吳蘋香關秋芙諸女史率皆降心俯首至以閨中才子予之則其傾倒一時爲何如耶亾何西匪陷武林陛言

倉猝殉難女士挈遺孤隨封公避地遠方賴以延此一脈似較杵臼存趙氏孤不更有難焉者哉玆女士年已花甲矣仲基世講克讀父書飛聲黌序且博得廣文一官將來之金馬玉堂未可限量也謬以鵬年爲知言并叨居父執深悉母氏之賢而能詩乞一言爲之序因竊歎非此母不生此子丸熊畫荻奚讓古人而蒼蒼者亦哀此冰雪之操俾其由苦而甘承家有子含飴弄孫女士其亦不幸

中之幸乎至仲基之能知先其所急以北堂春秋高謀付梓氏藉以博懽心而慰素志其孝思更加人一等者已若夫詩之雅正清新饒有晚唐風格不拾牙慧自出心裁異日必傳之作直足與乾嘉閨秀並駕齊驅可見山川鍾毓之靈巾幗中大有傳人在也則西湖爲生色矣是爲序

光緒十有四年歲次戊子小春之月補龕居士仁和高鵬年謹序

序

道光壬辰　先妣太夫人棄養姊時年十歲予七歲弟才三齡耳　先光祿公義不繼室　祖妣太夫人之撫予姊弟三人也愛護尤摯姊十二三時患肝疾疾作則痰壅目瞪不省人事醫歲餘始瘉而體質羸弱親串皆慮其不壽性聰慧語言能得堂上歡鍼黹之餘尤好吟咏　祖妣及　光祿公極愛憐之不輕字人年二十餘始歸胡陛言

茂才學綸是時胡氏適中落姊親操井臼相夫讀書咸豐庚申粵匪陷杭州倉卒出避途遇賊擄姊壻去姊壻義不屈罵賊聲甚厲遂被戕姊懼辱先投河以殉賊亦去里人遂將姊救起復蘇尋　光祿公跡之偕之歸姊撫孤子二長逾年殤次卽上襄今國子監典籍銜候選訓導哀其母遺稿而乞予敘者也姊壻爲秋白先生三孫秋白先生豪於貲當時與諸名士交如王夢樓郭頻伽陳曼生輩

筆札甚夥有正味齋所藏桐華別館圖借記一時之盛其子原名寶璐後改名璋亦名諸生早卒遺孤三姊婿最少伯仲皆殉壬戌之難胡氏不絕如綫向非姊撫上襄成立胡氏其無後矣姊洵爲胡氏功臣也哉去冬姊病卒同鄉諸君子均以姊苦節校他人尤難呈於大吏咨部題請

旌表上襄復以其母之少作一冊校刊以存手澤蓋庚申後心緒劣不復作詩此未嫁時作吉光片

羽益可寶耳予惟自古名姝淑媛通詞章而身名俱泰者不過數人其餘或夭或寡或無子或窮且病天所以厄之者甚酷蓋才者造物之所忌男子且將困之況閨閣中人耶是可慨也已予元配沈夫人歸予四年卒遺有寄生館詩稿待梓戊午赴禮部試交姊弆藏竟付刼火今欲存其手澤而不能也

光緒己丑六月同懷弟詒經識於都門之化石橋

序

余姊非以詩傳者也其處兄弟之間與中年艱屯之境皆爲人所難能故著爲吟咏能抒其眞性情無論其詩之能傳與否以余手足至親又身受煦嫗目擊顛沛若不一言章其生平將責之誰也余同懷三人姊居長胞兄子授居其次　先妣棄養之年姊僅十歲兄七歲余甫三齡其時　先祖母在堂　先大夫館於外痛念　先妣賢淑弗忍續

娶　先祖母撫養余姊弟將十年又見背家事一委諸姊余兄弟兩人亦惸惸然惟姊是依飲食教誨無異慈母洎少長出就外傅衣履飢寒體念尤周自　先妣故後訖余兄弟授室十餘年間　先大夫無內顧憂人見我兄弟者忘其爲失母雛伊誰力耶非姊氏篤愛不至此姊之歸胡氏也俟余與兄有室後始遵父命往既嫁乳兩甥胡姊夫陛言名學綸勤於學困於有司入泮一年即殉寇難

蓋庚申二月金陵忠逆以窮寇擾杭杭城不守姊氏家武林門外之左家橋倉皇竄避不知路當賊衝也胡姊夫遇虜不屈自湛死姊氏痛不欲生亦赴於河其時余家避賊餘杭塘之范村廟不知姊全家汨淵也會鄉人來告難急棹舟往視見兩甥泣於旁吾姊悶絕於水涘救蘇同至范村復遷於塘栖鎮最後徙於定海之桃花山始得樂土居焉而吾姊痛夫之亾終日嗚咽飲泣心崩骨推未幾

長甥又殤生人之趣殆無存者余何不幸而重見姊與次甥煢煢於依也然吾姊雖歷流離困苦之境篤愛之性終不移也訓次甥以嚴計余家事詳且周余元配朱夫人之亾大兒寶瑚生甫周大女稚憨未能保抱其弟姊爲覓媼乳哺之復挈與次甥同臥起其覆翼恩勤無一異於昔之待余者豈非篤愛之性始終不易歟今次甥長遊庠食餼能繼其世吾姊此時可以少安甥念母苦節不可以不傳謹次所作吟翠樓詩稿一冊付諸梓而請序於余余惟念姊氏幼秉　先大夫訓故工詩詩之所言無一不本篤愛之性寫艱屯之苦而締章飾句仍兼其長其生平則非余親見者不能詳言然余言之亦僅止此非言可盡不啻什伯但覺讀其詩猶想見髫年景象耳是作余姊猶未嫁也及兵燹後所作不下數百餘首要皆思親痛夫訓子淚灑楮墨間令人不忍卒讀祇以避地數遷失諸行

篋無復存者嗟乎余姊所遭如此殆所謂詩窮益工耶是爲序

光緒戊子三月同懷弟詒紳識於吳門差次

傳

姪婦孫氏名佩蘭字譜香同邑封光祿大夫補笙公之女也幼失恃性至孝侍祖母疾見勢危默禱於天潛割臂肉和藥以進兩弟詒經字子授詒紳字子搢賫愛護焉女紅之外兼嫺詩教每以吟詠自娛子授少司農元配沈夫人亦工詞章當時閨中唱和極家庭之樂事同里張文節公曾遺光祿楹語云謝庭蘭玉皆名士蘇氏文章各大家蓋紀

實也咸豐甲寅歲來歸我陛言姪事姑克盡婦職戚鄰無間言生二子上麟上襄庚申杭城破陷陛言巷戰歿全家十餘口相繼殉難婦痛不欲生投繯赴河者再均遇救得免是時僅存遺孤上襄　珍家素僑寓在外婦與遺孤依　光祿公輾轉遷避洎杭城克復歸里課授女徒兼事緘黹積貲將殉難遺骸裒尋安葬先人墳墓遭蹂躪者重爲修葺上襄賴衣食敎誨漸至成立遊庠食餼爲名下士

嗚呼婦固吾胡氏一大功臣也同治庚午　珍　歸里詢悉情形泣嘆不止別後歲時馳書通問諭其長齋禮佛含飴弄孫樂善好施之心老而益篤雖以積弱之體頻歷顛沛晚年多病而旋病旋愈方謂天之福節婦者正未有艾也乃于去冬聞其又病病竟不起并聞其彌留時言笑自若口宣佛號而逝是誠毫髮無遺憾足以對先人于泉下者乎婦苦節撫孤計歷二十九年之久遺有吟翠樓詩稿

一冊語語眞摯讀其詩可以見其爲人矣

光緒己丑夏六月泉唐胡珍誌於邗上

吟翠樓詩稿

錢塘　孫佩蘭　譜香

寄懷　品芳姑母丁未

獨坐思疇昔挑燈夜漏遲有情窗外月曾照幼年時

月夜納涼

溽暑嫌長晝涼生午夜風憑闌閒獨立人影月明中

寄懷　品芳姑母

一朝分袂悵離羣恍隔天涯萬里雲底事年年增別恨空教珠淚墮宵分

讀書燈

苕析頻催皓月升書帷丙夜對寒燈有人倚試生花筆落盡燈花倦未曾

秋雨

一番疏雨夕陽收盪漾湘簾正偪秋桐葉滿階人意冷吳淞好作夢鄉遊

秋風

吹到誰家一笛風送將秋思上簾櫳卻憐容易韶光換人倚疏煙淡月中

寄懷鶴清筱姻妹

一別芳容繫遠思碧天況值暮秋時懷君怕聽黃昏雨繡閣無聊檢舊詩

病中感懷　先母

偶染微痾力不支慈恩猶憶昔扶持人天生死如歧路中立何堪是病時

寄懷步香淩表妹

燕語呢喃最可人梁間睇我苦吟身只緣捧誦瑤章後圭臬方知在雅馴

燈下贈子援弟婦沈氏畹香

今夜蘭閨對語時纏緜情緒似繅絲分明小別難爲別別後相期共寄詩

寄懷畹香弟婦疊前韻

曉起看花小立時一重簾外雨如絲天公鑒我思
君意催取新裁第一詩

月夜寄懷子撍二弟

天街如水怯輕寒何處簫聲出畫闌憶弟天涯迢
遞隔未知曾否月同看

聞雁

細雨霏霏暮景秋一羣鴻雁過南樓不知多少征

人信帶到鄉關慰遠愁

明妃

男兒絕域無奇策女子深宮有老謀慷慨請行拚
不返墓門青草自千秋

楊妃

一曲霓裳妙舞新何關鼙鼓動煙塵君王自取顢
頇咎錯把胡兒當重臣

西施

東風瀲灩若耶谿谿上花光眼欲迷吹入五湖煙
水裏姑蘇臺上鷓鴣啼

木蘭

擐甲從軍十二年歸來粉黛拜堂前美人志是奇
男子全孝全忠青史傳

品芳姑母以詩見寄奉和原韻

六出花光裏瑤牋盥露開耐寒勤雒誦溫語慰離
懷

鶴清淩姻妹以詩見寄卽和原韻

捧到瑤箋喜不禁同盟深幸得同心可知一別芳
顏後早盼瓊函抵萬金

思親有感

卅里思親忽慨然挑鐙獨坐夜如年偏勞弱弟嘗
湯藥未得晨昏侍膝前

丁未除夕

桃符又換一年春爆竹千家歲月新願得高堂增

壽考重闈椿萱樂天倫

戊申元旦 戊申

一年好景記今晨處處笙歌賀歲新舉筆草成詩數句恐教辜負好芳辰

梅花

梅占花魁歲歲新愛他松柏共長春不將富貴誇仙品別有幽閒一種神

正月二十四日哭 嬸母 去歲是日子掄堂弟聯姻 嬸母正喜形於色春風一度渺不復親感賦二絕

追思去歲值今晨子舍新聯夙世姻同此登堂情各異那堪無復笑言親

憶昔歸來喜笑頻堂前握手話殷勤訂期曾許三秋返忽到凶音不忍聞

清明日

報道清明冷節時萬家遍插柳絲絲憶他湖上春如畫展卷徐吟白傳詩

水晶簾動微風起

殘星數點碧空晴風動晶簾曉氣清半是臨妝半題句含毫遙聽賣花聲

寄懷品香堂妹

秋風初起怯輕寒病裏懷君淚暗彈別夢依依愁莫訴相思盼盡竹平安

七夕

皎潔乾坤萬里清碧空秋色彩雲明鵲橋會否雙星渡寂寂銀河片影横

桂蕊

庭樹秋酣蕊吐黃霏霏珠顆孕天香小山賦罷留人句金粟應教萬斛量

秋夜思　先母

痛別慈顏十五秋每逢佳節更添愁迴腸欲絕憑誰訴只許音容夢裏求

秋夜思　先祖母

祖慈愛我尤憐我失母相依十六春蔆老重闈風露冷坐殘秋夜獨愴神

寄凌步香盟妹

曉窗初起怯秋涼細雨霏微惹恨長遙憶昨宵諸姊妹小樓燈語訴離腸

秋夜

如許新涼夜氣清銅壺漏永滴三更桂林分得香盈袖待月閒階興倍生

寄懷凌書君盟妹

羨君隨宦入蘇州錦纜牙檣作遠遊花縣風光頻領取得閒可憶靜觀樓（諸同盟均以樓名自記予拈得靜觀二字後改爲吟翠樓）

白鳳仙

翛翛冰姿不染塵豈隨紅紫鬬芳春幽情籬畔分仙種本色無煩點綴新

夜坐有懷寄步香凌表妹

金爐香盡坐更闌寂寂深閨月影殘漏滴銅壺清

夜冷偶吟詩句問平安

得　家大人書喜而賦此

迢遞雲涯離緒深久疏定省愧捫心連朝幸有平安報一紙家書抵萬金

寄懷淩步香盟妹

寂寂音書又幾時徘徊終日費凝思挑燈卜盡金錢課無限愁懷君可知

天涯心迹有誰同無奈睽違兩載中人似飛鴻留

爪印最撩情緒雪花風

戊申除夕

病中底是負芳辰寂寞深閨不問春記得去年當此夕籸盆影裏咏詩頻

畹香弟婦以詩見寄即和原韻己酉

春雨芬菲五色絲梅花已放送香時新詩惠我珠璣貫何日君回早報知

放鶴亭

放卻鳴皋鶴雲開路倍長檐前頻仰望亭外任翺翔振翅沖寥廓盤聲趁夕陽孤山留勝地小住樂徜徉

呼猿洞

指點猿藏地煙雲洞外籠啼將明月下呼向茂林

中善嘯棲丹嶂傳聲振碧空飛來峯可證慧遠具神通

餞春

暮春三月好風光花草含芬撲鼻香安得東皇常稅駕一年景色屬青陽

韶華荏苒倏催歸忍聽嗁鵑晝掩扉無奈欲留留不住安排盞酒送青旂

乍攜柑酒聽鸝聲豈料春深令欲更想到東郊迎
入久那堪祖帳訴離情

落花飛絮遍亭臺勸盡離筵酒一杯此別無多留
後約他時好趁一陽來

輓　品芳六姑母

四德空垂閫範賢蘭閨慈愛渺當年相思尙盼歸
來日忍割塵緣到九泉

去歲河滕握手時誰知死別在生離可憐賦盡招

魂句遺挂無情總不知

摩頂爭傳產石麟平安屢報慰周親如何頓駕雲
輧去證果蓬山了夙因

箇中理數竟何如禍報無憑盡子虛搔首問天天
不語騷情不獨是三閭

物是人非觸目哀春閒厚貺憶伻來香囊寶鏡猶
如昨什襲珍藏未忍開

相逢底事索詩篇愧我無才報錦箋今日哀思和
淚寫可能一一達重泉

哭弟婦畹香

三載相依結契真無端駕鶴棄風塵空留遺稿傳
新咏辜負多才感夙因悲我相思千點淚惜君竟
了百年身牙牙學語遺珠在入抱矜憐倍愴神

七尺珊瑚一夕傾可憐屬纊不勝情從前共說心
中事今日如聞耳畔聲萬種悲懷腸欲斷九原永
訣恨難平香魂渺渺歸何處蓬鬢無由悟再生

憶昔歸來仰女儀盟心應欲比連枝綠窗刺繡裁
新樣紅豆挑燈譜舊詞底事才多偏命薄頓教緣
短感情癡而今誰復蘭閨伴恍見珊珊玉佩遲

碧海青天路渺茫返魂終古竟無方屢權中饋應
憐我怕聽嬌兒尙喚娘老淚那堪悲白髮瓊姿苦
恨阨黃楊賢聲泉壤君無愧忍別閨中姊妹行

析梅有感畹香弟婦 庚戌

梅花轉瞬報春時何事人生永別離憶昔去年同
覓句傷心今日獨吟詩

閨中聚首勝同盟共繡鴛鍼句共賡底事情深天
亦妬如何緣短恨三生

贈別靜芳盟妹

牽裾欲去意難留百尺檣帆賦遠遊聽唱道旁楊
柳曲春風不管別離愁

依依姊妹送行程不贈將離贈短檠要把深情託
微物天涯燈火伴同盟

好寄魚書慰寂寥關河不隔路迢迢莫因姊妹多
情甚翻爲相思瘦損腰

雞鳴酬唱樂椿萱馭下堪沾雨露恩省識河陽花
滿縣多添詩料在閨門

獨步

西風瑟瑟滿空庭籬畔花開錦作屏爲愛秋光閒
獨步手開蛛網放蜻蜓

觀潮

飛飛小舫接潮回江岸聞聲走怒雷人自看潮儂
憶古三千强弩浪花開

夜坐思親

憶父登程去路遙高年遠出倍心焦暫離膝下愁
千縷何處停舟夜聽潮

寄呈 家大人

一紙書來自禹航萬金珍重未能忘回書道罷家
常外願祝椿庭愛日長

贈別三庶孀母

數日追陪話素心無端惜別少知音魚書欲達憑
誰寄盼望多情玉趾臨

訂期曾許降蓬廬引領魚軒與有餘底事珮環迎
不得相思兩地竟何如

仵來厚貺比瓊英珍重多儀倍感情慙愧囊空無

以報卿將俚句送行程

相逢正喜意同投爭奈驪歌唱別愁此日關河分手去何時重與話綢繆

辛亥元旦　辛亥

彩牋擘處寫宜春儒素門庭景亦新聞道　龍飛先取士　國恩家慶自駢臻

春上偕淩鶴清芷芳姻妹青君表妹游湖上

扁舟一棹聖湖濱如許芳辰滿眼春絲柳纔看佳節近青萍初泛物華新波光卅里明如鏡雲影千峯不染塵斗酒雙柑風致好六橋還待聽鶯人

寄懷三庶嬸母

自別芳容四十旬蘭閨寂寞黯傷神邇來兩接魚書寄深感多情慰遠人

春色無端上柳枝關心怕聽別離詩只因迢遞雲涯隔珍重平安報到時

柳綫

依依新柳向春榮繡陌爭看弱綫縈著雨拖來千縷重迎風織就萬絲輕縫成蕙帶柔情繫穿借秧鍼巧思生別路征衣披拂慣應教遊子返行旌

苔衣

玉階點點上新苔巧合如衣徧地堆笑我良妻猶
待織愛他補綴不須裁五銖輕簇錢如許一帶低
圍屐未來溼透瑤階霑杏雨曝宜晴日照亭臺

哭瑞雲姪女 婉香弟婦去世時僅周歲余代撫三載 祖父暨 嚴親及子授弟俱愛之甚忍摧折甚痛

形影相隨三載期天姿聰俊解人頤牽衣膝下今
何處爭奈黃楊阨閏時

豈料曇花一現空那堪搔首恨無窮九泉今日依
慈母消息難教耳畔通

終日相思最慘情問天何處覓瓊英一般物是人
非感賢母嬌兒不再生

追憶明珠莫可忘蘭閨隨侍在身傍傷心每憶兒
爲伴欲喚無聲寸斷腸

秋色

水天一色共澄清爽氣秋高畫不成極目萬川涼

月滿舉頭千里暮雲橫瓊樓玉宇詞人意蓼岸蘋
洲旅客情終古永無風浪起誰如銀漢影分明

秋聲

天邊雁陣又催寒輕薄羅衣漸怯單驚竹涼風來
院落洗桐疏雨入闌干漁磯碪杵千家聽溢浦琵
琶一曲彈四壁候蟲吟唧唧騷人憑几夢難安

閏七夕

良會今年意較多重教織女暫停梭天公也解生
離恨故使雙星再渡河

寒食懷古 壬子

萬家火禁一時同憶昔名臣報國忠緜上有田空志過千秋旌善湖遺風

寒食思瑞姪女

韶華如水暗銷魂一脈螟蛉無福存麥飯紙錢寒食節痛心惟有淚雙痕

清明日憶去年侍　家大人偕庶母天竺進香還至玉泉觀魚轉瞬韶華忽已一載而

庶母已返回首傷心感賦二絕

怕問西湖柳色新一年事已付前塵飄然解脫沈疴去君是靈山善女人

攤香頂禮梵王宮竟悟塵緣色即空回首玉泉同照影桃花曾遜玉顏紅

魚苗

俗慮芟除莠自消故開池沼養魚苗微微縠影隨波上細細鍼痕結隊跳穉趣因添流水活靈根儘逐浪花飄濠梁此日懷莊子無限懷新樂意饒

燕雛

曾愛晴池戲翠鳧何如初夏燕新雛因憐鳳小深情護也學鴉慈待哺呼飛絮光陰嬌巷陌熟梅時節舞庭隅秋來漫許輕攜去足上紅繩繫得無

和靜芳盟姊原韻

蒙君不棄舊同盟捧誦瑤章倍感情多少離懷稍自釋相思夢裏怕驚鶯

金錢卜處別情濃一日三秋意倍鍾今日簷前逢鵲噪平安傳語好開封

雁行同譜勝同枝寂寂憂懷數月時忽奉朶雲狂欲喜行行都是別離思

雲涯迢遞隔家山鎮日臨風憶玉顏尚記故園風景否又看春色到人間

輓淩芷芳姻妹

氣味相投一見時常教聚首比荆枝左芬有德伊

誰亞蘇蕙多才許我師春燦綠窗商刺繡夜深紅豆學吟詩可憐往事都成夢泉下難通尺素辭

憶昔西河攬勝遊韶華轉瞬八年周蘋蘩采采看隄畔楊柳依依感陌頭韻事品評三月暮詩情珍重一篇留而今回首雲林路怕聽空山鶴唳秋

造化無端降玉棺傷心五月落梅寒青年同學懷何遠白髮雙親淚暗彈格倣簪花收隻字韻新賦茗泠吟壇九原銜感夫知己賸有殘編訂夜闌

噩耗傳來事豈非彌留泣下類珠璣異香繞屋乘鸞去讖語遷居駕鶴歸方證蘭因悲破鏡又驚萱萎哭慈闈瑤臺畢竟思生我無恙晨昏膝下依

寄懷靜芳盟姊　癸丑

江北江南賊橫行遙聞烽火已心驚家山無恙迎歸棹何日郵籤報水程

五月二十七日夜夢　先祖母有感

苦憶蒼顏夢寐逢中宵彷彿接慈容痛心莫訴情懷切握手如教保抱從枕濕悲啼千點淚燈寒驚醒五更鐘可憐空有烏私慕幻境相依憶萬重

晚景納涼

晴霞西起月東生楊柳條條映水清人倚闌干獨無語風兜團扇自多情古苔蝶倦尋芳意高樹蟬餘向夕聲斂卻綺窗鍼綫帖灌花閒看侍兒行

對景口占有懷　品芳姑母

小立憑闌趁晚風滿園夕照上牆東疏林影亂歸林鳥古寺聲來隔院鐘境僻懷人情更遠心閒對景興逾濃芳魂渺渺從何覓獨抱幽思憶玉容

避難延陵接讀　家大人書寄呈一絕

尋得桃源庇蔭深屢聞烽火屢驚心高堂幸有平安報一紙家書抵萬金

秋日憶靜芳盟姊

連朝惆悵獨徘徊鵲噪簷前幾度猜默禱上蒼憐我意清風肯送故人來

曉窗無奈强梳妝盼切雲山信渺茫烽火驚心將半載歸途風穩飽帆檣

紅樹

幾度秋風至遥憐老樹紅影疎芳徑外色混夕陽中林訝流霞照枝疑淡靄籠祇因遮遠岫誤認百花叢

紅葉

霜信催秋信紅飄木葉時林間人煖酒溝畔客題詩階滿伊誰掃車停最繫思丹楓烏柏裏采藻看紛披

十一月十八日得靜芳盟姊書知良晤有期喜而賦此

簷前鵲早報佳音一紙傳來慰我深千縷愁腸從此釋詩牌又好會知心

今朝眞箇謝蒼穹握管難書別後衷定是玉顏丰采甚四年睽隔又相逢

恭和　家大人原韻甲寅

躭吟也復學題詩卅載承親誨所知膝下鍾情憐失恃訓言修福敢嫌遲

二月二十一日夜病寄懷　姑母

回憶當年聚有情同拈鹹荷句同麾童心每向燈前訴雅意都從月下盟一自君聯鴻案去頻教我記雁書迎何時玉趾臨斯地始免相思曲譜成

二十二日復詠叠前韻

一曲驪歌觸我情病中無寐句重賡豈因小恙添愁思聊藉微唫憶舊盟窗外鳥鳴疑客至簾前鵲噪倩人迎俚言寄奉諸姑輩盼望瑤章不日成

竹夫人

湘雲縷縷織爲裳色相天然領衆芳倚枕渾忘三伏熱捲簾延入九秋涼居鄰蘭渚承朝露卧傍荷池送晚香獨抱虛心斜映月清風一榻日初長

悟閒室荷花盛開口占一絕

晚來無事灌園忙風送荷花一室香我愛此花花伴我慣邀明月納清涼

和凌燕庭姑丈閒月亭落成

當階桂子散天香雲母屏開映水光一徑畫闌圍曲折滿庭幽草壓芬芳清吟好聽秋聲和薄醉還邀素影涼永夜涴花應不寐前身明月認迴廊

新秋

一葉驚飛又報秋新涼雨過暑全收宵深絡緯應

催織月照關山欲訴愁驛使感懷紅蓼渡騷人寄興白蘋洲誰家砧杵聲初動竟夕清光曲徑幽

咏水仙花

丰姿端合映冰壺玉立娉婷不倩扶棐几愛看晴雪後蕭齋靜對好風俱英姿楚楚幽人賞高格娟娟俗思無水石相依甘淡泊珍藏繡閣供芳腴

水仙花零落有感

供養深閨已二旬春光瘦盡玉精神神仙亦有飄

零感相對能無惆悵人

跋

吟翠樓詩稿　翔伯孫師之女公子作也於霖爲世家姊早失恃齒居長兩弟皆貧友愛焉適胡氏　陛言於是　世姊亦同硯之嫂行也　陛言蜚聲黌序咸豐庚申殉難得　邺蔭子封恭人其時一意撫孤隨吾　師家避地僑居既經兵燹詩稿大半散佚旋杭後篋中僅存片冊鍼黹而外惟以訓子爲切不復吟哦暇則一串牟尼茹齋禮佛今夏　哲嗣仲驥請付梨棗乞序於霖辭不獲已則以霖知之深矣況仲驥曾受業於霖又誼無可辭夫詩本性情竊讀是稿知　世姊深於陶淑風範悉本大家故其流利也如珠之圓其端莊也如玉之潔迴超塵俗寄託不凡迄今持清節以延庥芳播階蘭祥呈砌竹孫枝林立含飴之樂慰甚萱堂他日筵開七秩將見晉　鸞封繇鶴算賦詩娛老尤有新編應欣然而添翠管之吟以紀遐

齒也夫
光緒丁亥初秋世侍生王慶霖拜手謹跋

道光己酉 學濟 舞勺之年受業於今少司農 孫
子授師之門時
太淑人尚在室也童子何知聞哦詩之聲趨承顏
色則蒙刮目相待此景已忽忽四十載矣中更喪
亂
太淑人苦節撫孤卒享含飴之樂 學濟 則垂老無
成徒負期望去年冬
太淑人棄世 學濟 適留庽都下今夏旋里拜瞻遺

像流涕如縻竊傷從此不復聆慈訓也 令子仲
驥學博將校刊所遺吟翠樓詩草出當日手錄原
本俾卒讀一過則皆三十以前閨中唱和遺興之
作中年以往訓子課徒晚年禮佛暇則弄孫皆無
意於吟即吟亦不存稿矣昔之咫尺里閈者無不
聞
太淑人能詩 學濟 則垂髫侍几硯見而知之今日
校字之責自當與仲驥分任之校既竟拜手稽首

而誌於後
光緒十有五年歲在己丑孟秋朔世愚姪張學濟
謹誌

吟翠樓詩稿坿刻
張曜署

光緒己丑
仲秋月梓

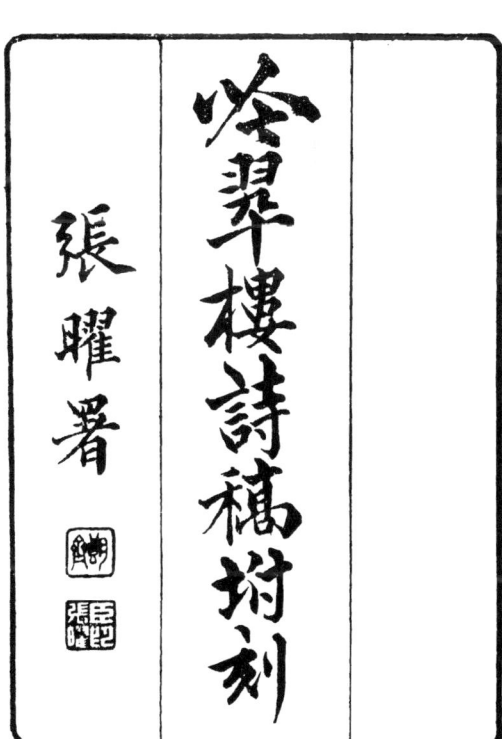

吟翠樓詩稿附刻

錢塘　孫佩蘭　譜香

避難塘栖哭外

此生伉儷悟前因七載吟篇綺閣新誰曉世情渾是夢隔窗風雨倍淒人

霎教林鳥頓分飛君在幽冥喚不歸痛我呼天頻涕泣淚痕點點任沾衣

白雲堆裏讓君游太息殘生空自留往事不堪回首憶淒涼握管寫心憂

終日昏昏強自支幼兒無父苦無知傷心孤雁聲聲喚靜對孤燈此一時

哭外遺像

遺像追摹付畫工別開生面那能同當時微笑聯吟後此日無言入夢中老母問誰承愛日孤兒何自振家風方期桂籍綿科第竟至蓉城作主翁視死如歸終不屈青松黃菊表幽衷像中有青松黃菊映帶左右

附　家大人作

安定後人宏毅士不媿讀書眞種子幼依祖父官禾城太息孤兒識字始崢嶸頭角行第三最得廣文先生喜先生官終一硯遺隨侍老母歸故里自爲吾婿從吾遊文成法立求其是昨歲芹香樂泮宮方期遠大取青紫何來西賊突入杭一門俱付清流水自母以下救有人生獸罵賊不屈死同在流離風雨中得見吾女淚不止可憐兩丁阿孩兒襁褓無知依誰氏收留撫養大是難聊慰九原痛切齒空摹遺像屬吳興生氣勃勃伸一紙埋骨泥塗三逕尋青松黃菊差相似畫圖重展千秋光成仁有後見天理

避難甬江　家大人率子壻二弟回杭收取陞言骸骨悲痛實深淚咏二首

收取忠骸宛若生傳聞一紙倍傷情生前曾許同歸穴死後無音一載更

可奈離腸儘日牽未能壘土祭墳前追思此別陰

陽隔何日相逢慰九泉

哭外周年

昏昏轉瞬易周年憶昔驚惶在目前今日望空遙祭奠忍吞風捲紙灰錢

端午寓甬感賦四絕

薰風南至泛蒲觴萬種悲懷欲斷腸回憶去年當此節一門團聚慶端陽

黃梅雨過値天中淚跡萍踪西復東可嘆浮生眞

似夢此心已是萬緣空

白首姑嫜住異鄉（余隨　家嚴避難至甬余姑與小姑仍住杭州）生離話別更淒涼幾回盼切平安字奮不能飛各一方

鏡破釵分不欲生泉臺無路只吞聲傷心膝下孤兒小一脈書香望後成

余自陛言殉難痛不欲生赴水三次天不絕我得神人相救又寄萍蹤依隨　老父再生人世爲兩孤兒起見也詎料大兒上麟

忽嬰時症竟爾去世嗚呼余心如鍼刺矣

爰淚咏四絕

東奔西走已傷魂只望成人裕後昆雛燕忍教離母去空留明月伴黃昏（大兒去世適中秋節也）

彼蒼胡我竟如斯旣慘藁砧又哭兒賸有殘生何足用滿腔愁緒一燈知

兩日沈疴實可憐痛兒心事欲呼天依依膝下能知母難覓瓊英到九泉

天姿聰頴秀雙眉能讀詩書慰我憂猶說幾時平粵寇可能歸里返扁舟

避難船泊定海

山山水水若連天萬頃風濤滿目前千里爲兒來海上歸期未卜在何年

余隨　家嚴避難桃花山謠傳杭城寇信甚緊感而有作

避難桃山四月時思親無計盼歸期（姑住杭州久無消息）鯉

鴻隔斷音誰遞何日重逢訴別離

十一月二十八日知杭城失守余　姑在杭存亡未卜淚詠二絕

傳報家鄉已失城淒涼每向夢中驚高堂果否能無恙恨煞欃槍到夜明

斗米珍珠價枉詢每因食候苦思親那能插翅歸鄉里烏哺傳聲更痛人

寇圍杭州念胞叔堂妹

逆氛圍擾路難通異地驚疑莫折衷念念不忘恩愛處寄書何處覓鱗鴻

寓甬接杭信知孫文伯舅公家殉難余　姑暨小姑依隨一處不免連類及之寸腸欲斷淚詠二絕

驚傳舅氏陷門牆難忍淒涼欲斷腸想必蜘蛛連一網最憐白髮更張皇

枉爲兒婦痛飄零翹首呼天天不靈愧煞娥眉無力使渺茫何處覓慈形

寓甬君子營得逢同鄉吳蓉圃太史胞妹彩娥甫結同盟忽往申江小住以詩送別

患難相逢意氣同一般心事恨無窮甬江纔得聯知己忽又分飛兩處鴻

別緒離愁各有懷艱難時勢悶難排相期海上平安過何日重逢爾我偕

囊空無復酒杯斟覓句聊爲送別吟底事不堪回

首想鯉鴻頻遞慰知心

陽關催唱別離愁多少吟情莫解憂從此天涯雲水隔難將心事寄扁舟

冬至感懷

陽回一綫步磚遲茹苦含辛祇自知佳節每逢悲欲淚不堪回首憶當時

新正上燈夜步月有懷彩娥盟妹

小別芳容繫遠思無聊寂寞强支持多情只有庭

中月照到離懷總共知

月明如水淨無塵兩地睽違共一輪無限愁腸悲往事任他燈夜自爭新

上元接彩娥盟妹書知將北上

三千里外唱驪歌後會遥遥嘆奈何君是彌陀隨處好雁行隔絕海雲多年來北上者俱航海

相思無限擘吟箋九轉回腸祗自憐日誦菩提風遇順南還重聚在何年

二月十五日予授弟進京同懷分手不勝悵然有詩送別

給假歸來亦偶然三年難得雁行聯而今南北雲山遠敢望分憂寄俸錢

同懷分手黯心酸往事思量夢不安兩鬢漸如霜欲白背人惟有淚珠彈

無限哀情弟自知滿腔只望一孤兒須叨培植難言報抵得天邊雨露滋

君自鵬程萬里飛拜颺咫尺近天威六旬老父須時念早日榮歸膝下依

課子

苦心訓子值流離難學三遷孟母儀能繼書香如我願門楣重整舊根基

難中母子得餘生念念毋忘舅氏情但願庭幃增鶴算好教雛燕學飛鳴

病愈寄懷彩娥盟妹

病魔帀月怯風寒幸藉神明漸進餐握管難書離別意聊呈拙句問平安

夏日偶觀荷花感動鄉思口占一絕

故園萬事付東流回首人生一夢休花主已隨花散去那堪往事訴從頭梓初伯兄最喜種荷花余家惟荷花最盛今非昔比良用慨然

逃災七次今在甬江課授女徒五人有感

自愧無才訓女童客窗聊以解幽衷但期溫習知

書理不負殷勤課學功略取隨園諸子例敢追曹氏大家風漫嫌巾幗無文士前輩名姝各自雄

六月二十四日老父忽然感症病重夜坐口占五律一首

永夜挑燈坐驚心月半稜憂思凝百結侍側悶千屑默禱慈雲佑惟求佛法膺一門依大樹敢謂藥無憑

贈三學女弟一首

如切如磋幾費功自然頑石得玲瓏粗知文墨隨時便千里音書一紙通

哭挽二弟婦朱安人

姒後相依五易春情如手足敘天倫感君知禮先行孝勤儉持家事事親

一病纏綿三月餘求神禮佛實愁余痴情滿望君全愈猶冀交冬病可除

去年喜產玉麟兒黃菊籬開正及時（大姪寶瑚生九月朔）內助賢能人敬愛何期一旦返瑤池

數年姑嫂最知心難得相依訂賞音豈意人生渾似夢而今賸我淚沾襟

最慘彌留呼子名昏沈含淚似悲鳴看君無限傷心處欲訴離情說不明

一庭兒女夜悲鳴回視高堂淚更傾（時老父在堂）前此事翁頻賴妹從今誰與問調羹（大弟婦已偕子授弟入都矣）

七夕觀女弟等乞巧

香案虔心祝碧空燭搖紅影畫樓東閒觀女弟穿針巧心似靈犀一點通

書君盟妹分手七載今以詩見贈知明春回杭艮晤有期即步原韻

捧誦瑤章感歲年歸人衣冷欲裝綿承君慰我開胸境有媿三遷訓子賢

陽關怕聽悵分離遠隔雲山兩地思曾許春歸休負約流鶯欲語譜新詞

寄懷步香盟妹

亂離深恐會無期故里重逢喜不支欲訴愁腸千縷結難將酸苦告君知

筒中刧數竟如何我亦心灰淚更多兩鬢如霜形影隻敎兒識字硯重磨

感懷譜琴盟妹（郎彩娥盟妹又號譜琴）

過眼浮雲看俗塵繁華不愛愛淸貧甜酸滋味君休問一盞靑燈詩卷親

奉和書君盟妹原韻

三九圖中雪送寒呵毫又是歲將殘追思昔日閨中伴爲賦梅花各倚欄

世事如棋局局新羡君鴻案晉長春里門回首家無恙福分如君有幾人

拈毫呼凍硯微烘不罄離懷兩月中幸有數行箋可寫尺書珍重付鱗鴻

湖回申浦隔江城錦段遙頒見舊情自愧囊空無以報聊將韻語答同盟

庚申刼後依隨　老父八載於茲丁卯二月初四日辰刻忽驚　父墜樓跌損呻吟兩月而逝嗚呼哀哉

慘煞淸晨呼女名（是日連呼女名七八聲）誰知永別斷腸聲

早知椿蔭留難久悔不當年殉此生

佛前膜拜竟無靈烏哺聲聲不忍聽賸有遺言空記念淒涼魂夢泣幽冥

夜坐思親

擘析頻催已四更瀟瀟風雨洒窗櫺每思往事神如夢幾轉回腸淚欲傾未報劬勞終抱疚冀酬恩德强謀生寸衷惟望兒成立不負當年敎育成（父課上襄讀兩年）

送　家嚴柩至留下安葬由桃源嶺過西湖淒然有感

領略西湖第四回繁華轉瞬盡成灰思親對景頻

題句從此孤山不問梅
山山水水接雲霄暑氣蒸人去路遙往事俱留鴻
爪迹幾回瞭望幾魂銷

姑生有至性幼喪　先大母奉　先大父克
盡孝道時　伯父及　嚴君尙童穉起居飲食悉
賴　姑扶掖之　姑歸未七年庚申亂作　姑夫
義不屈被戕　姑痛不欲生投河自殉者再遇救
得免尋　先大父挈之歸越二年　瑚始生　先
母朱淑人棄養亦復賴　姑鞠育迨丙寅歲　先
繼母闞淑人來歸　瑚縱得所恃　姑猶相爲撫視
愛護彌周以故與中表仲驥髫齔相處誼若同懷

不意去冬　姑以一病不起追念恩勤畢生莫報
今仲驥將爲　姑營窀穸且檢舊存詩稿付剞劂
氏　瑚不敏曷敢序　姑之詩然　姑之詩固無藉
乎　瑚之序而　瑚之受恩於　姑轉不能不藉　姑
之詩序而誌之因不揣弇陋附數語於簡末三復
遺編闇然淚下時光緒己丑仲冬月　姪寶瑚叩識

先妣孫太恭人幼耽吟詠　先外祖愛之甚嘗與
先舅母沈夫人閨中唱和著有靜觀樓詞吟翠
樓詩等稿庚申之變大半付之劫灰同治三年依
外祖自甬歸杭故居廬舍蕩焉無存僅於舊篋
中檢有吟翠樓詩稿一冊片羽吉光洵爲可寶客
冬擬請付梓蒙諸親友俯賜弁言旋因　先妣見
背仍即弆藏今秋重爲編次正付棗梨忽於殘帙
中又覓得兵燹後所作數十首率皆賸紙零牋並
無卷冊是殆天欲表　先妣之苦衷不忍没此詩
也亟付手民附刊集後而不孝終天之憾有不堪
展卷卒讀者矣
光緒十五年歲次己丑孟冬上澣　次男上襄泣識

佩秋閣詩稾

吴茝

女士佩秋閣詩稿 上

佩秋閣遺稾

潘鍾瑞題

光緒亥年之丙九月開琱

原序

在昔才媛之盛有元方偉方而二姊濟美有孝標孝綽而三妹並名有彪及固而後有惠班有奕與安而後有道韞莫不根棋門業薰陶性靈家具金鍼人隨硯匣良以撰翰成習雕華自姸由擩染而精非溺苦而得也紉之女史少失乾蔭終鮮兄弟母氏陳太夫人仰承衰宗珍若碩果爰循葛覃之訓兼肄木瓜之章乃研朱晨披即羞調粉弄墨冥寫輒思散珠太夫人因其劬功冀其遠至以予為識塗之馬俾之執束脩之羊於是殫精淵覃淬志日上探杜庫之左癖登李家之選樓詞賦而外兼攻論撰實能磯落浮藻鉤索秘文嘗作宋穆公論識侔東萊直並南董竊謂無妨福澤不患才多矣乃反馬成禮別鵠俄悲懷鈴墮金僅見於身後樹環留玉無望於再生霜雹並陵華實均瘁抑獨何哉然而摩笄矢誓節也而境不同撤環而養孝也而情彌苦從子之義既窮生我之恩未報太夫人倚如蛩蟨痛一脈之遺論以熊魚防九死之烈遂使指隨心痛感極涕零孝水迴瀾勁草獨活精衞填海退而反哺枯蠶抽絲因之恤緯中

閒身世多故憂危叢生涉頓川塗蒙犯霜露鳳棲林而棘刺馬齧園而葵荒寫哀述情則杜陵同谷撫時感事則元結春陵微波眷其鬱紆幽花鑒其悁悒窮鳥善號獨絃凄戛嗚呼此聊生草所由作也而僕竊有進焉漆室扃暗靜而生明荼味茹苦久且如薺比者家園遄返公姥無恙進脩婦道怡栗飾容歸代子職馨潔悅志用以劘雅輯頌尋流討源庶幾宗氏無男繼周官之業伏恭為嗣衍明經之傳彼吟絮賦茗錄椒頌菊孤秀之啟一卷之師又烏足云哉

同治丙寅端孟許賡颺序於宣武城南

原序

聊生草若干卷吳縣吳佩纕女士之所著也紬素三尺續班氏之吟錦幛百步耿謝家之選其聲淒然以悲其光黯然以幽陶寫哀致寒花春其鬱伊發揚苦節貞篠儕其淩陏蓋其幼稟荻書長嫻彤管淒鵠之影乍耦而已單雛鳳之聲方號而遽咒筓山隱隱常登石而望夫瀨水皓皓且擊縣而依母太夫人愍其煢疚與同起居漆室夜炯對泣而燈寒霜帷晨扃其蘖而味苦志操彌潔吟詠乃厲加以中丁寇難涉履關河屑愁楮墨貢騷帩纚故其排遣幽恚則陶甄萊昭逢紛之章莫喻其淒婉焉感懷時故則尊嘉蕃英匡機之什莫喻其豪宕焉述蘭成之哀叢棘荒荒操高行之曲勁節烈烈所尤難者商聲激矣應宮而能和秋藹悴矣淩霜而滋茂順成合律平中無頗哀而不傷麗而有則其殆有柏舟摽辟之悲而不失葛覃尊敬之意者乎溫柔敦厚詩教也茲集其無忝已

同治十年歲次辛未嘉平月縣人馮桂芬序

序

鼓娥皇之瑟湘水因以不流搗女嬃之砧楚雲爲之變色志苦者聲悲境厄者詞瘁積誠所至金石爲開鬱意以宣鬼神可感彼好西缶東琴之響者固未諳雲門之奏侈吳酸楚酪之珍者誠莫辨太羹之味反謂無抹粉塗脂之態弗類雌聲不知殫窮源竟委之功方諧古調吾讀吳珮纕女史佩秋閣遺稾而有感焉夫女史淑質金相慧心珠轉椿蔭早失荻教常承鍼線之外輒事丹鉛膏沐之餘便弄文翰左家織素字見詠歌白氏金鑾文堪勒石爲掃眉之才子眞不櫛之進士洎乎射雉緣深鳴鳳占合庶士迨吉承梅實以傾筐之子于歸詠桃華而宜室荳蔻春窗茱萸夜帳金釭二等照傾連理之杯玉漏三商製就合歡之扇劉綱佳儷望之若仙萊子賢妻甚以偕隱西北高樓離懷莫抱東南孔雀樂府休歌舉鴻案以相莊挽鹿車而稱健壺儀所著妯娌皆和閨範足欽族黨交羨既而馮衍寡歡樊英臥疾衣帶不解湯藥常親采芣苢以難治載柴胡以莫愈鵩鳥至而陰飈寒奇鶬叫而殘燈死家人戰慄于房櫳鬼伯伺窺

于戶牖竟摧儕玠之才難續王融之命結縭一載方欣弋鳧雁以興歌傷心二豎豈意夢鴞鵲而應兆時則計惟求死痛不欲生偕老空期夫白首從夫甘殉于黃泉唱華山畿欲效雲陽之女塡東海水幾成精衛之禽手未笄摩身將棺薦因念公姥在堂老人誰慰遺孤于腹後嗣堪緜幸獲懷鈴蕒生駒子喜偏懸矢竟育麟兒稱未亡人撫呱呱于襁褓爲獨活草終鬱鬱于衷腸顧影自憐向隅獨坐貞姬生而墓守杞妻哭而城崩魂杳蜀禽淚枯湘竹母夫人痛其孤另邀同居處環瑱已撤容服皆毀賦柏舟以見志本屬同心侍謢幄以承歡克全孝道孀閨月冷蘗味均嘗繐帳風淒麻衣對泣字欲翦金身將化石遺百年之小謫愁絕彩鸞起五夜之悲歌聲傳黃鵠俄而銅馬屯郊蒼鵝出地闔閭城畔烽火絳天齊女門邊鬼燐碧野猰貐礪齒以食人蛇豕磨牙以吮血蛾眉弱質也類趙岐複壁之藏虎口殘生欲追陳婦隕崖之烈加以雛鳳聲淸方期榮于玉樹河魚疾染遽抱痾于金瓠人來虞仲山前煙荒廢壘帆挂春申浦上浪翻孤舟闗河轉徙鳳泊鸞飄骨肉流離香消玉瘁

憂獨切于杞人吟自悲于漆室當夫捷書忽奏巨盜甫平梓里言旋萍踪方憩長洲苑冷麋鹿重游短簿祠荒笙歌久歇牽蘿補屋遺侍女以賣珠采蘭羞膳奉阿母以進食逍遥有林下之風琴囊攜帶贈荅結閨中之彥詩筒往來欲愁懷之消釋藉勝境以遨遊洞訪五雲泉尋七寶詣蕭家之古寺覽唐代之石幢虎山橋畔春雪一篷銅井峰頭梅花千樹巖阿習若閨幨猿鶴馴于婢僕吟成詩句終帶泉聲歸視褻裙尙留雲氣乃更悅志鉛槧娛情書畫琉璃匣硯玳瑁裝書剡藤一束斑管三品細仿蠅頭妙同鶴舞字偏肖夫簪花體更摩夫倒薤臨洛神之賦格寫烏絲搨曹娥之碑力餘粉腕陋曹衣吳帶之能慕顧緣倪黃之技管道昇祗工篁竹未獲稱奇文端容但善禽蟲何堪擅勝黛筆點來春山欲活文几描就流水有聲又復出風入雅抉史討經脫稾晨書振翰冥寫凌顏轢謝渾忘歲月之遷荏杜枕韓竟至形容之瘁班昭續史鉅筆咸驚文姬鈔書逸才足許方欲業炳千秋力追三古積嘔血之篇章勤等身之著述而孰知銀潢織女竟歌白柰之花瑤闕仙娥忽返靑鸞之

鵟靈瑣之梯已升琅璈之響遽絕天上具神仙之骨手擘麟脯人間結翰墨之緣跡留鴻爪殘編蠹蝕幾等羽陵之簡細字蠶眠猶認上元之筆鳳凰一毛亢爲寶貴吉光片羽倍覺珍奇卽論其詩振藻于今植幹于古詞淸琢玉句響鏗金華靡刊落不吟四角之篇矩矱遵循洵合六朝之體洗綺羅之習得山水之音卽其所造足登蕭統之樓由其克專已入靑邱之室具裂月擘霆之勁者浮藻不集于毫端爲掀鼇倒鯨之雄者纖音不流于筆底斯誠閨閫內之曹劉巾幗中之庾鮑矣彼韓女題紅道韞詠絮釵鳳鏡鸞之句蕙蘭楊柳之吟無非是箏琶繁響何有此琴瑟雅音乎蓋其詩境有三焉一則曉枕夢殘夜臺魂隔愁腸九廻玉骨一把憶泉路之茫茫悵孤幃之寂寂卷葹之心頻抽古井之波不起臺登思子落日蒼涼山上望夫愁雲黯澹單詞寫出則渚雁叫霜隻字敲成則峽猿嘯月璇璣之圖莫能喻其怨箜篌之引無以比其悲矣一則荊天棘地箭雨刀風念家山其已破洗兵馬以難望杜老石壕之詠目擊瘡痍漫叟舂陵之篇心傷盜賊兵氣流于楮墨軍聲壯其詞翰

小戎板屋之詩偏懷公義大家東征之賦亦擅雄詞發揚蹈厲行間傳鼙鼓之音沈鬱悲涼句裏有旌旗之色一則棲神泉石恣意煙霞選勝春遊討幽秋往羣疑毛女之仙大有客兒之癖山翠四圍涼沁肌骨松花一地香襲衫裓霜崖木落踏葉尋秋石徑蘿深撥雲捉句貢鏡奩于谿澗識釵珥于峰巒白雲腴其幽趣淸泉助其逸響至于倚聲之作分刌合度高下隨心瑤情遠寄蕙怨彌深南唐小令間標韻致東澤綺語終絕淫哇按白石之腔吸碧山之髓慕新聲于簫譜繼雅韻于笛家朱淑眞斷腸之集竟獲齊驅李易安漱玉之編遂難專美一鶴空山隔雲無影萬篁幽澗流月有聲不足方其詞之淸也荒城斷角曉語霜天秋寺疏鐘暮沈煙壑不足言其詞之遠也固宜有井水以皆歌付旗亭而傳唱已若夫駢儷之文鍊句鍛詞選言樹骨嚴王後盧前之界追潘江陸海之宏精思而搆不讓李華切響是求當從沈約以視誇麗于錯彩鏤金求工于儷靑妃白者雖妍媸堪淆而高卑各判矣竊思夫陳氏頌椒鮑妹賦茗才則豔矣而節未稱也斷臂王凝之婦割鼻文叔之妻節

則奇矣而才未著也若女史者籢宮濯錦鴛杼織雲其才之麗也似之巖柏拒霜嶺松耐雪其節之貞也似之非眞舒靑綾之障才智夙懷揚彤管之芬德言並茂者乎今其夫弟淩阜孝廉爲付剞劂俾廣流傳堯典同棺悲傷曷已元經覆瓿湮沒無虞網羅遺稾細辨魯魚屬爲蕪言謬推塗馬嗟乎瑤華已瘁錦字長新書來素手早傳伏女之經坐隔絳紗曾啟宣文之幔根柢旣深才華斯盛所以右軍工書衛茂漪反是業師鍾嶸品詩班婕妤亦推作者播諸藝苑宛聆九韶之音寶向詞林定貴三都之紙斯固登劉向列女傳中有光簡冊入殷家婦人集裏足冠閨闈已

光緒建元歲在旃蒙大淵獻之陽月長洲秦雲謹序

序

佩秋閣遺稾吾長嫂吳紉之女史所著也嫂家鄧尉山南生而穎慧早失怙終鮮兄弟母陳太夫人珍若掌珠嫂亦善事其母而母藉以慰煢獨悲焉甫勝衣母課以鍼黹卽夷然不屑爲然爲之亦未嘗不工也性耽文史嗜吟咏平日處閨中手一編寒暑不輟雖儒生劬學不是過也年二十而適吾長兄桐孫事舅姑如父母而吾父母亦以己女視之溫恭淑順上下交稱吾兄方喜得賢內助孰知結褵甫七月而兄忽殂謝時已懷遺腹三月百計求死欲追隨於地下家人勸慰謂與其徒死益舅姑與母悲何如冀生子以延夫嗣之爲愈也於是死之念始絕又踰六月而生姪鍾彥嫂悲感稍紓謂育之教之俾兒獲成立未亡人之責可竟矣迨咸豐十年庚申四月粵匪陷省垣先舉家出城避光福卽嫂之母家也時寇竄四鄉朝夕告警而所生兒鍾彥方二歲以遷徙無常迭受驚恐更患河魚之疾醫藥罔效至十二月而殤嫂上痛良人之逝下悼孤兒之夭飮泣含悲如槁木死灰索索無生氣然深明大義事舅姑老母哀感不

稍形於色猶惟恐失老人歡而夜深人靜時每淚溼襟袖也其視吾輩弟妹雖極流離尤能曲慰吾父母意無幾微間言中間避寇至梅里至沙上至滬城隨母時多隨舅姑時少蓋謂舅姑尙有先夫諸弟妹承歡而母則煢煢孑立不可無女然身雖侍母而心又未嘗一日忘舅姑也兵燹後母家吾家生計均非往日比而嫂斂荆裙布晏如也然素性慷慨好施與親串以及疎遠稱貸者無不如其求而去雖巾幗而有俠士風同治歲癸酉三月吾父見背嫂哀毀過甚病以此致至明年八月而

歿蓋嫂茹荼含蘖已踰十六年矣　朝廷守節歷十年已故者　旌之例實符焉嫂遭境多逆中值寇難天豈忌其才以厄其身耶抑故使其顛連愁苦得一發之於著作以玉成其不朽之業耶至其詩古文詞之工世自有知者余不復贅辭而僅述其梗概如此俾世之讀是稾者得以知其人而已

光緒元年歲在乙亥九月夫弟汪鶴衢謹序

補序

近日文學士剽竊浮藻坐致朱紫甚者藉其門蔭掇巍科躋膴仕方持衡尺以進退天下士豈知十步之內芳草扇馨如女史之才之識有卓卓可紀者盍以苦茶勁柏時命斯鍊冥寫晨書學殖彌邵庚申寇難流離瑣尾之中一編未嘗去手積詩詞古文若干首都爲一集足與錢塘家小韞吳蘋香兩女士後先輝映殆郭西山水清淑之氣蜿蜒磅礴之所鍾乎姪孫鍾霖從白下來謁出是編乞序於余因識數語蓋以在杭時未及弁首也

亟付手民以慰九京誰曰不宜

光緒十四年戊子秋日茶磨山人汪芑識於海上寓齋

佩秋閣遺稾總目

佩秋閣詩稾卷上

吳縣　吳茝　珮纕

積雨連旬秋意蕭然握管書此

官柳河橋煙雨深刁騷愁緒幾消沈懷沙空墮靈均淚失路重悲廣武吟遙夜魂歸風鐸語虛廊人去石苔侵殘山悵觸餘生恨落葉疎林黯暮陰

雜詩

秋風從西來吹我庭中樹豈無煇煌姿零落已非故昔年花滿枝春日迎和煦蕣華易朝夕倏忽變秋暮如何繁華子同此委霜露

招搖猶在北明河影西沈徬徨下前除清風吹衣襟露蛩棲衰草華月明高林流光入虛室照我素絃琴大雅不可作抗節自哀吟

木落波始寒雲山互重掩黃葉滿村居歸雅沒殘點平野迴寒蕪寥寥秋懷澹閉關窮林中犖确畏徑險賢達與惷愚何者且知勉盛年各有待努力貴自勉

秋夜曲

華月娟娟不可掇大星錯落小星沒金井凉蛩吟未歇

羅帷無人風自揚念君憂思摧中腸塵絃觸撥停清商
哀音不輟流雲滿太息西堂燒燭短促節悲歌聲始緩

鴻雁吟

鴻雁嗷嗷天未暄明星欲沒愁城鎖出門徬徨謀稻粱
馬蹶蹀躞驕河湟東家殺人西家哭倒擲頭顱血漉漉
今年禾黍郊原空猶聞衰草吹腥風

秋懷八律次用少陵秋興原韻

蘧落秋懷風滿林空山古木鬱森森長星弧矢天文變
跋浪魚龍海氣陰哀鵠偏驚羈客夢橫鯨未翦老臣心

蕭條人事荒村晚隔巷愁聞入夜砧
危樓倚遍夕陽斜身世蒼茫負歲華已絕音塵悲古瑟
更無消息問乘槎月明江渚愁征雁風急關山動暮笳
寂寞東籬疎把酒捲簾人影瘦黃花
依依疎柳帶殘暉獨向閒門眺翠微三徑苔荒蛩自語
中田稻熟雁孤飛荷衣帝子愁無盡芳草美人意更違
太息江南成浩劫秋風莫漫憶鱸肥
滄桑世局等殘棊短夢輕塵我更悲海鳥驚寒啼雨夕
江豘掀浪拜風時石城慘淡烽烟壯驛路連翩羽騎馳
志復中原誰擊楫飄零鄉國不堪思
干戈何日定天山遁跡幽棲鷗鷺閒塵扇空勞思幕府
丸泥誰為扼函關江楓蘆荻牽秋夢菰米風霜老客顏
落落嗷名徒自誤他年續史尚希班
豺虎縱橫踞石頭蕪城風色秣陵秋賈生弔水沅湘迴
宋玉招魂蘭芷愁日暮投林憐倦鳥窮途作客信浮鷗
六朝金粉消磨盡悵望雄圖古帝州
登壇上將久無功賸水殘山落日中病客空山聽暮雨
騷人異地對悲風黿鼉夜吼寒潮白鼙鼓秋催戰血紅

作賦空教哀庾信難醒此醉碧天翁
犖确荒山徑自迴窮林眺晚立寒陂懷人風景殊千里
出世心期寄一枝劫後黃楊悲歲暮鏡中青鬢感星移
何時兵甲銀河洗愁說九天雲下垂

石幢歌

光福講寺梁大同舊刹也前有石幢二刊尊勝
陀羅尼經係唐宣宗大中五年造千有餘年屹
立如故經庚申之變傖斲其一迺作歌以紀之
今俱廢

蕭梁古寺空山裏歲久漸看生荊杞名藍金碧知何存嵯峨猶見石幢峙屹然相向山門前雨淋日炙不知年李唐中晚頗崇佛昌黎一表投瘴烟何者好事競頂禮寫經刻石類三體爾際海內方無事曳碑誰解百牛尾此風一熾中外侔列幢十四鐫湖州刺史令狐暨蘇特愚民何怪紛效尤煌煌下詔大中世觀宇俶修塔舍利安得皇仁如佛力宵旰一爲生民計旛影片石今尙留眨眼興亡幾度秋巋然竟成太古色風風雨雨山之幽詎知紅羊又換刼重遭百六陽九阨其左雖幸出秦坑

其右欻見被摧折我尋斷碣三摩挲荒榛埋沒奈爾何經殘誰復馱白馬涕屑奚翅揮銅駝吁嗟乎中國有佛誰作俑虛無象教迄今奉原道自古闢異端焚頂燒指猶接踵君不見簡文事佛亦罹災梁武捨身誠可哀臺城一去二千載殘碑獨弔窮林隈

題孝義圖

汪達泉名源長庚申城陷後歸負粟主被虜不屈死有舊嫗目擊其罵賊事甚烈出述於人聞者哀之繪圖徵詩焉

黃巾縱橫勢何急旦迫城門暮卽入蘇臺重見麋鹿游銅駝埋向秋風泣棄家萬事悲蒼黃零丁五月奔他方窮途不知白日暮影堂回首魂夢傷親容不可失一身遑足惜城門蕩蕩開返身入虎穴虎口谽谺甘人食虎不食人豢人役虎役孝子骨如鐵義士心如石背負粟主大聲叱吾戴吾頭甯汝屈袖中恨無蛇笏擊口中乃有常山舌吁嗟乎志士視死乃如歸堂堂不愧今鬚眉

西崦泛舟

挂席駕扁舟此生信已浮危灘吞亂石野渡浴春鷗煙

水三分足家山一角留何人能擊楫寂寞俯中流

夏日雜興

荷葉何田田白蘋更冉冉詩人義同采託興初不辨詎知其本殊出處亦相反荷葉自有根蘋迺隨波轉飄泊旣靡定流蕩復忘返所以臭味殊割席有華管

猛雨過惡木森森有餘陰憔悴所不息亮哉志士心天道自迍邅矧茲白日駛登高一以眺浮雲蔽遙岑猗嗟心怫鬱寫我刺促吟刺促歌終竭向風聊開襟

秋窗夜課風雨鳴簷百端交集淒然成詠

竟夕吟未已翛然對短檠無家成濩落有夢未分明秋老江湖色風高鼙鼓聲殘篇空自檢幽恨總難平

讀罷江南賦傷心淚不乾孤蹤愁屢負三徙困鵬摶雨暗蛩音細宵分客夢殘獨憐身世淺零露未成餐

西風動禾黍敗葉墮梧楸空寄蜉蝣世難尋鸚鵡洲煩憂傷擁樹多難怕登樓悵怳重泉杳孤魂何處求

回首殊風景驚心感奈何關山馳羽檄荊棘沒銅駝變徵哭歔促幽憂杞國多寒窗燈欲燼詩思儘蹉跎

擬古十二首

晨風吹客衣野草凋秋霜行人涉遠道振轡上高岡馬蹏若飈塵奄欻天一方相隔知幾許但覺悠且長既阻太行險亦復限河潢房櫳鳴蟋蟀歲暮一何迫中心不可捐魂夢繞君側願爲關山月日夕照顏色

青青河畔草靡靡芳春碧娟娟當軒女軋軋弄機匹脈脈含愁意粲粲揚玉澤顏色似羅敷秉心如皦日十載隴沙隔膏沐爲誰飾

鬱此高山柏皎彼浮陽映人生嗟拓落棲草亦靡定策鞍馳東郊街衢一何盛峩峩金張盧藹藹王侯乘奄欻一朝謝飈飇竄行徑玉盌出人間古木鬱葱蒨何不沽美酒高唱流清韻行樂貴及時何爲感所命

迢遞一岑樓高聳浮雲際邃宇重羅幕藻題結霞蔚閒夜清風發撫琴抒所寄音響何泠泠疑是杞妻製慷慨起長歎彿鬱滯幽思不知歌者心安識曲中意願身入青冥淩風鼓雙翅

青青庭中樹葉密復枝攢引柯采奇葩欲寄無良緣延佇曳長帶怨彼道路難君歸何不速此花已摧殘

刺促無百年百年復何如揮戈駐頹日嗟哉魯陽愚出

門見邱隴寒烟裊平墟彭殤皆寂寞千載爲須臾獨有羨門子乘煙淩紫虛

嘉賓集高堂歡娛宴今夕蜀客抽素琴秦娥鳴寶瑟七盤舞春風八簋紛瑤席歌闋回鵠飛曲終梁塵發管絃一何綺四座咸愉悅人生歡幾時咄嗟年歲忽白日馳崦嵫身意坐相失無然長培塿抱命日戚戚

疎星耿在戶華月流雲端愁人當永夜寒蛩鳴井闌素秋白露下敗我庭中蘭時序互遷易坐惜腰帶寬迴身掩閨閣垂涕雙闌干

驅車登北邙邙壟滿蒿里白楊卷回飈蕭蕭苦不已悟彼下泉士長眠不復起華屋一朝謝行人攓蓬指狐狸穴封居莽莽鬱荆杞英雄今何在歲月去如駛年命既匪固金石又安比及時不行樂憂至將何以

客從遠方來贈以雙玉盤入席羞佳肴朝夕勸加餐瑩質發光采恍惚見君顏君顏儂自識持以比君德萬里阻關山團團恆自潔不似雲中月乍盈又苦缺

步出西郭門荒疇昔人耕原野何蕭條飛鳥相悲鳴四顧少行跡觸足迷榛荆山鬼嘯風雨日月閟邱墳胡塵失故路躑躅暗吞聲

明月流清輝長夜正漫漫疎星欻西流檐露浩成團披衣步前除愁思增長歎草蟲鳴唧唧孤雁南飛還念彼同懷友一振淩風翰緬邈不可見焉能復加餐盤石不足固兎絲生獨難思君歲云暮坐愁凋朱顏

擬陸士衡吳趨行

莫吟莊舃越莫和下里巴聽我作吳語四座且勿譁我歌何由起吳趨昔繁華重門列破楚離宮餘館娃五湖控大澤四姓起豪家莪莪盛文彥軒軒當道車愷悌夙承化庶富又何加太伯垂端委延陵遁荒遐高節有遺風雄圖乃紛奢列肆交結綺層臺炫文葩邃宇納行月飛甍結流霞土風自騁蕩纖起何其誇山水互挺秀物產實孔嘉方舸泛鮭菜盈筐盛枇杷財賦既云擅鏟利豈有涯茲邦洵固美陳詩期無邪

阮籍咏懷

白日頹西隅誰與頓繁華昔時金張子落拓天一涯既失軒車勢遂種青門瓜結交非金石欻若委風葩振衣陟高岡撲面揚塵沙長路不能前一慟乃迴車

左思招隱

吉士抱天眞空谷餌瓊芝遠慕商山侶杖策前致辭荒榛翳古徑陵苕粲寒姿草木何鮮榮風物鬱淒其皐蘭泫清露叢桂繚虬枝榮落任代謝富貴何所期放情干物表喬松與等夷長揖謝塵客珪組安足希

陶淵明飲酒

躬耕東皐野邈焉與世違日出循隴畝日入各自歸農夫語在途稚子候荆扉秋菊綴寒英相對坐忘機開軒一樽酒聊可歌我詩引觴以獨詠欣悅無還期

謝靈運遊山

昨遊歷紆磴今復躋絕壁長松引葱蒨層巘摩鬱律丹崖帶朝霞碧嶂貫初日邃壑逾深窅靈泉自噴激繕性各有耽廢此何由適穿林緣石徑捫蘿叩巖室行行念攝生去去愧進德風振山應響雲覆岫疑失且聞鵾雞鳴暮見猿狖出幽客愜探奇智者安可說薄遊非所論諒爲古人惜

石壁

懸崖開一罅如斧初削成老僧面壁坐隱隱聞經聲

銅井

古井一泓碧寒浸山之巔如何清淨土乃有此貪泉

五雲洞

虎蹲久無蹤鳳浴亦飛去不見采薇人寂寞下山路

七寶泉

清泉試空谷清音滴空翠豁如崖懸溜響徹青林外

和業師池上草堂消寒詩用前輩齊梅麓太守韻

吹律乍飛葭管信披圖重讀草堂詩梅花香動衝寒早溪水氷凝破凍遲落日侵檐歸鳥集朔風吹雪夜窗知頻年烽火滄桑感渺渺家山只夢思佳約何須金谷酒繼聲合有玉臺詩江淹入夢生花粲思道無才織錦遲老屋牽蘿催婢補窮林託足畏人知從今只學牆東避招隱空山賦左思

消寒第四集爲大雪所阻巢隱師以詩寄示謹次原韻

三冬朔風急十日愁城掩境僻容避囂意苦類坐貶彤雲埋古塔密雪灑虛簷成壁恐易碎爲珪願無玷沸潭亦凝冰炎井儻息燄銀海眩萬頃青山失千點庾信哀

世亂王陽畏坂險何路孤魂招獨客雙眉斂飄霰入重簾迴飆薄兩崦壘箋若寄梅好句如剝芡謝庭慚絮擬郭賦工鍔剡抽繭紛待理編苔遲更忝思澀吟肩聳墨凍文漪瀲荒村鴉雀墮落日旌旗颭恥看附新莽甯學遁范冉名晦同霧隱質瑩詎絲染殘年風輪疾夜窗燈影閃聊以繼後塵敢辭誚寒儉

詠梅四律

占斷東皇第一春歲寒風雪見精神但能比擬非高格未許鉛華染俗塵清淺臨池橫瘦影空明映月悟前身

漫勞水部吟官閤合倩華光爲寫眞
嫩寒翠袖不嫌單倚竹丰神畫本難門掩疎鐘清有韻
霜催𩏂角曉生寒橫斜溪路吟邊繞寂寞山村雪後看
一樣冰魂招未得嚼殘詩味總餘酸
空山門掩客來遲遙夜霜禽欲下時祇見縱橫撑骨幹
不經翦削自離奇雕梁畫古龍曾化吹笛仙顛鶴可騎
韻事小紅輕許換重教石帚製新詞
緇塵漫染洛中衣臨水人家半掩扉林角煙消初日淡
竹梢風定暗香微夢回紙帳梨雲冷酒醒羅浮翠羽稀

莫問江南春早晚巡檐無那只依依

佩秋閣同諸姊夜坐賦贈歸盧江氏仲姊

頻年踪跡感離知殘竹哀絲又一時斜月簾鉤風弄影
小窗燈火夜塡詞兵戈聚首良非易涕淚餘生最可悲
太息蘋蘩勞悴甚爲君重賦碩人詩

戲代姊氏荅贈

歲寒伕有故人知一角湖山招隱時持鐵曉吟梁苑雪
然脂暝寫漢宮詞好懷續史他年志莫作寄公流寓悲
長憶當年風雨夕綠窗分韻共裁詩

高湘筠夫人輓辭

雲暗湘江下桂旗孤魂飄泊欲何之落花春去梁鴻墓
霸業歌沈金匱詞身世空餘遺篋在宮闈尚想論才時
謝娘漫贈同心句刼後詩名正可悲
水汨茭蘆徑沒苔淒風冷雨弔殘灰招魂故苑青燈暗
流寓天涯白髮摧作賦竟虛元晏序時擬乞序傳經幸有小
同才從茲吟閣芳塵掩莫賦江南庾信哀

謹和業師池上雜興原韻

盧鴻舊棲宅市遠俗氛刪荷芰斜通港煙波倒映山雲

邊青鳥迴湖上白鷗還笑傲且乘興風高茗雪閒
風雨空齋暝逃名論著潛松濤奔屋角霧淞失山尖地
僻容舒嘯身閒自養恬醉歌清興好明月正窺檐
招隱偕同調租船喚總宜亂山當戶起孤塔入雲危漁
唱鳴榔荅菱歌打槳嬉夕陰數歸艇波上暮鐘遲
壇坫風流歇星萍復此偕環青門外岫虛白竹間齋古
柳煙無際方舟水一涯淒涼吳苑路老樹弔宮槐
河山渾似昔耆舊半凋殘今雨申蘭契秋風采菊餐避
人障塵扇共寄把漁竿天地蓬蒿徧招提路獨盤

地據菴中勝詩題漢上襟薄陰明水色飛雨颯泉音餌术踪難問采薇感自今支笻延眺遠楓葉暮愁心門設祇宜杜池荒不入租魚跳波上白鶴駐鏡中朱南郭耕堪耦東皐徑未蕪繞隄歸路晚寒雨響菰蒲幌搴秋月白書擁夜燈青鄰酒糟牀注湖魚市舶停檐低侵野竹樹密隱疎星絕好無聲意峯巒列畫屏古木深如幄危牆削似巖瓦溝崩積雨樹杪轉輕帆蠹粉開編墮蝸涎滿壁饞長鯨愁未翦細草喜初芟末俗誠何敝投時起狗屠漫莊方著述仲蔚正樵蘇世路人皆醉空山我向隅十年游夏列能贊一詞無

西巖訪桂不果後十日鳳岡登眺并尋山中古蹟

太白仙人不可作臥遊廬嶽圖龍眠一邱一壑放神志赤松之遊吾虛焉秋風叢桂花徒發塌來招隱窮危巔餐芝朝漱鐘山液拄杖西笑峨嵋仙雲物幻變萬峯頂排空直上淩紫煙瀑布琤潺琴筑響崖嶂合沓梯棧懸選石危坐滌塵慮春芽手裹烹山泉夕陽西下葉滿寺暮雲明滅爭秋妍陂陁犖确尋古徑巖穴別見開洞天古墓不歸華表鶴殘碑剝落藤糾纏洞陰狡獪閟日月采薇寂寞三百年回首荒臺走麋鹿頹波不激悲前賢緬懷高風嗟已往平原衰草流逝川躊躕薾足下山麓夜深清夢飛蹁躚

遊五峰山麓次韻

淮南招隱漫追劉賸聽危泉咽亂流遁世不逢青鳥使入山聊共白雲遊陰苔寂寞殘碑沒生香居士舊有莊在青芝山麓今廢居人無有知者叢桂飄零細雨秋憑眺蒼茫吟意迥夕陽西指萬峰樓

明錦衣衞牙牌

東林下獄鉤黨死宮門鐵牌臥不起城狐社鼠肆炎威海水波瀾從此始方寸之牌鑄錯成匹如揮擲鋃鐺聲客魏膺子賜鐵券豈知有齒終焚身牌出東司百有七比似朱仙下更疾矯旨不聞詔廷尉但見緹騎紛四出當年毒燄淩衣冠有若處置腰間懸楊左君子一網盡厰臣威柄生戈鋋可嗟乎虎豹狺狺九關閉天子無愁階之厲可憐宮殿已含秋鹿角銀牌荒草墜此牌棄置三百年圭棱歷劫磨方圓微物偶傳果何有土花斑駁猶腥羶思宗末造振乾斷誅及無鬚嗟已晚史家捉塵

說興亡風雨孝陵耕玉盌

寄懷仲姊

寫韻閒披女史箴同懷惜別鬢毛侵薜蘿日暮吟山鬼
芸葉香殘拂素琴寒雨空村千嶂暝西風高閣一燈深
平原十日雖辭醉感舊題詩又滿襟

擬行路難

奉君文犀步光之寶劒陽阿激楚之笙竽銜龍夜光之
明燭鍾岱絕景之名駒人生貴行樂美酒酣當罏四座
停杯且勿喧聽我促節歌哭歔哭歔莫唱行路難風塵

徒步傷飢軀
飛鞚馳京洛客遊良不惡權門中貴相傾奪長安冠蓋
日蕭索丹書鐵券豈明誓衛霍功勳皆寂寞人生快意
當及時日過屠門恣大嚼君不見邵平失侯居東門長
卿還都無負郭古來容華一憔悴秋風零落吹葵藿
主人愛客宴高堂珠履上坐何軒昂中廚烹羊出豐膳
燕歌趙舞羽刻觴詎知失意杯酒間拔劒竟去登太行
太行何詰屈車輪為摧折風驚塵沙暗胡兵四面集下
車失路欲何之竄伏草閒不敢出慷慨再歌行路難日

暮途窮心惻惻
峩峩高門臨大路輕車寶馬爭馳騖借問誰者門云是
廷尉之私署賓客四方來書幣不知數一言定榮辱升
沈出指顧堂上捧金罍堂下歌薤露詔書放歸里寂寞
烏棲樹昔時阿閣與重階落日青楓不知處
秦皇虎視吞九州敲扑天下陵諸侯毀銷鋒鍉鑄金人
長城萬里何綢繆自謂創基固萬世永無憂朝採驪山
不死藥晚巡海右乘飛流一旦宮車向晚出遷徙忽起
揭戈矛蛾眉曼睩變塵埃阿房鬼哭聲啾啾吁嗟乎祖

龍氣燄尚易滅男兒何必爭兜鍪
抱璞獻明主明主竟不察悲泣空自持再獻復再刖敢
怨君王不識玉眾女自昔工謠諑君不見漢文初進賈
生策謫傅長沙亦淪沒溝瀆豈終容巨魚鳳皇詎肎棲
枳棘古來瓌才失意皆如此靈均放逐彭咸死
驅馬出北門登彼廣武山黃河走天上濁海皆波瀾大
魚如陵肆其牙吹波汩沫吞飛湍我欲擊之駕崑崙拔
劒逡巡且復還英雄束手亦時有當年意氣何桓桓
上視皇天之汪溢下覽虢洿之獨漉悲蕙華之飛揚坐

西堂之明燭馳情四顧悲回風欲撫朱絃傷柱促安得奮飛入雲中淩風一鼓郢中曲

九日

穲稏柴門巷水邊霜晨把酒醉湖天中原將相方籌策獨客悲秋又一年

憑高無處不生愁簪菊囊萸且復休回首胥臺寒日落蘼蕪怕見故宮秋

食蟹

霜鐘昨宵動篝火明菰蘆郭索亂汀沙緯蕭忙老漁稻涼花正肥潮落葦始枯出籪承青筐俊味比江鱸嗟余困窮谷歲晚憶江湖況此水鄉近食指能動無數錢早購市有若芒將輸團尖束數輩一一拎寒蒲紫薑茶臼搗緑酒山缾沽釁甑蘇以散堆盤美爭茹雌或甲辰喜毒類乙丙除大嚼防鯁易細剔迎刃如當此勢橫行絕流宜盡俘何不急移軍城闕埽榛蕪清饞當效畢戒殺奚拘蘇一朝出淵藪命已懸庖廚折戟收八跪酒兵張四隅强項貴能拗流膏儘可塗貪饕而束手咄彼小丈夫一笑譜爬沙飛雪聽風鑪

酒醒

霜重天初曉餘寒醒宿酲蕪城老秋色滄海感浮生明月刀環夢殘山鼓角聲八州今已寂遺恨寫蘭成

塵暗秋無跡窗明月有痕露螢自悽弔棲鵲互驚翻漆室空悲志巫陽失問冤獨彈家國淚殘夜臥荒村

秋晚

秋入詩懷健尋幽向小園荒池餘廢水落葉滿前村雅匝平無迴僧歸古寺昏西風欹晚菊徙倚獨開樽

絕句

疎星耿斜漢纖月暗金井玲瓏隔窗紗窺見梧桐影

湘雯女史招赴香雪草堂觀梅用坡公松風亭韻賦酬

空山寂寞村非村老梅含蕊春魂魂宿諸佳約當亟踐晨光乍散林翳昏天闕靈境塵磕迴庾郎一去成荒園重君家學圖良覿襟抱接若春風溫啜茗奚拘本山釀採芳好趁初出暾草堂剏復鄰香海枝榦倔彊當柴門示我鼎彝古歡洽感君意氣聊贈言柔翰儻許瑤華報不辭一醉酬深樽

入眞如塢訪五峰山館效冬心先生三體詩
投林入窅寮日暮雅背黃老梅似迓客杈枒發古香
四山迸飛瀑音一肩吟晚霞色漫尋李郭同舟且喜機
雲共宅
乾鵲檐端報早春不須障扇隔風塵閉關著述無餘事
開與雲山作主人

詩契齋呈鶴巢夫子仍用前韻
入門有此雲水村玉梅萬樹清心魂寒香拂拂上襟袖
哦詩排日忘朝昏松林嘯侶圖雅集裙屐奚必侈西園

著有清詞翻石帚座無辯客慚張溫竭來幽討賦招隱
朝光在木清且暾方塘淺水浴花鴨五峰深翠環蓬門
只恐良辰倏過此落花掩徑愁無言更期明發遊西磧
銅井山下開清樽

春雨初霽再過香雪草堂仍用前韻
澗聲決決三家村春風入抱蘇吟魂故人遁跡在窮谷
落花坐惜蒼苔昏陂陁犖确循徑仄霜禽偷眼來窺園
雅趁新霽尋舊約品茶停沸鑪火溫迴廊風竹動虛籟
斜階溝水流清暾嵐光旦夕互開闔卷幔延爽深閉門
招隱湖山意大好同岑敢負盟蘭言飫我意味如醇酎
爲君一傾銅鶴樽

佩秋閣詩稾卷上終

女士佩秋閣詩稿 下

佩秋閣詩稾卷下

吳縣　吳茝　珮纕

天井

抗策上崇岡細路循蜿蜒咫尺塵壒渺松際浮蒼煙翼然起危亭遶水涵澄鮮探芳及早春消息得最先薄冰殘雪候瓊蕊照更妍閉門臥高士索笑尋癯仙卻羨孤雲迥日暮自往還

夕嵐互變姿歸雲翕出沒山禽哢短枝芳信殊堪折靈境展清眺長松兩行列流泉無停時觸石濺飛雪欲涉萬峰巔清磬散林樾

山深日易夕微茫見星光松風破酒面繞樹吟徬徨頻年阻游興搦揣今始償風敲篁竹碎月暗蒼苔荒星萍儵然集雅若清虛堂息壤有喬木松柏凌寒霜我來作招隱流泛西園觴

蕭寺鐘魚歇暝色合叢樹玉蕊明疎籬恍與縞仙遇寒香襲襟袖微吟水曹句惜少舊時月綃帳誰當護河漢淡不明疎星耿欲曙

謹和業師落梅原韻卽送之從戎滬上

玉梅零落如搏酥山田泱泱鵓鴿呼春寒寂寞行徑掩
漫莊舊築今已無黃昏月暗池水淺林逋高韻吁嗟徂
剩有枝頭嘯翠羽曉天一色雲模糊吾家山名郎香雪海咫尺
鄉園在尋夢奚必孤山孤近市何如作中隱出山險巇
防梗途卽今五湖春意足亟賞佳景船宜租明發鼓柂
渡江去風雨應斷蛟兕鬚

寄呈從叔學巖海虞四首

風雨天涯不辨春圖書依舊古爲鄰窮經自抱桓榮志
避地難袪庾亮塵落日孤村鷗夢淡荒江倦旅馬嘶頻
蘭成底事靑衫溼愁憶當年祓禊辰

乘風鼓棹泛滄浪書劍飄零鬢欲霜銅鉢聲傳吟社盛
玉梅花落古苔香他鄉漫賦零丁帖故國愁聞替戾岡
莫謂懷人消息迥尊鱸應愛近江鄉

流寓平生等隱居閉關且自注蟲魚五湖泛梗無家客
一紙春風遠道書捐袂湘君吟北渚登樓王粲賦遺墟
鶯飛草長年年恨坏土無人弔闔閭

海上軍門自建牙湖山招隱夕陽斜登臨廣武愁中淚
問訊江南雪後槎澤國雨深荒蔓合孤城角語暮雲遮
窮途誰使長無謂懷古傷時未有涯

七寶泉試茗

江心汲水沈脩綆茶經寂寞巖花冷妙高臺下轉陂陁
依舊涓涓潭水靜白雲滿隖響琴筑選石藉苔與孤迥
松火乍然風爐紅石銚隨身挈瓢癭蟹眼漸細蚓竅鳴
試學昌黎聯石鼎本山泉試本山茶何必頭綱與八餅
夕陽無語危亭圯石竹作芽迸春筍

癸亥五月山中寇竄將避難之海門感賦四律

將離花盡見芙蕖挑日牢愁罷著書未見孫歆馳捷報
早輸潘令賦閒居千灘水惡挐舟險二頃田荒作計疎
愁唱尼尼歌未已等閒無路上牛車

天涯歧路悵何之家國零丁又一時敢說拔身離虎口
居然遂客到蛾眉轉蓬未許垂楊繫流水終愁上峽遲
安得棲身似同谷悲歌細和少陵詩

不辭長路賦閒關暮雨冥冥慘別顏尚喜高堂加飯健
轉憐薄植買山慳趙岐北海藏名易庾信江南去國艱
太息蓬萊三見後煙波爭不羨鷗閒

汗雨頻揮紀客程亂蟬聲噪夕陽晴東征賦就心還戒

南浦春歸調易成海國揚舲風上下江山對酒淚縱橫
窮途滋味如荼苦敢自登樓唱渭城

渡太湖

抽帆直下五湖水兩岸菰蘆鳴未已中流容與不知暑
黃雀風高白波駛吳中況復山水窟近形遠勢羅眼底
爾來失意出行邁不知身入圖畫裏推篷遠窮秋毫末
杯水堂坳互失喜桑田回首變滄海境界華嚴幾彈指
湖山大好不能住水鄉空憶彫胡美我聞此湖古震澤
靈威包山閟圖史隔凡路斷判夷險天水蒼涼呼蒼兕

風光擊檝不成醉行色皇皇去桑梓鴟夷漫惜鑄黃金
一舸入閒疑未死胥江日暮風波惡出門詎免呼庚癸
何當直作汗漫游風引蓬萊去天咫明發鼓柂揚子津
岷海奇觀從此始

舟夜寄懷表姊陳畹生

扁舟隨地泊估客語深煙市聚流民店農耕瘠土田離
情歌水調落月照愁眠此夕江波闊伊人何處邊

斜塘道中

青羅縈似帶一棹破溪煙鵝鴨隨波狎芙蓉近水妍殘
虹圍斷岫孤島沒遙天却望斜陽路風帆落浦漣

梅里卜居

海虞舊靈藪劫後長蒿萊焦土餘生藉官儀舊製迴潮
平沙港沒風細塔鈴哀虎口從今脫旅懷得好開

贈琴川陸蘭生 蘭生張氏字元芬工草書

緣關翰墨總前因末路相逢多苦辛世事祇宜中聖酒
兵戈頻閱夢游身天涯卜宅求同調海上浮家暫結鄰
絕學眞傳顚草訣簪花不數衛夫人

立秋日作

回首江關杳題詩一倚樓房櫳餘暑逼雲樹故鄉浮近
海波濤壯遠游帝子愁哀鴻何處聚苦作稻粱謀

旅況

疎柳蟬猶響古原草未霜鱸魚秋入饌菱角軟生香海
氣蒸餘熱江聲控夕陽殘山空似劍未得割愁腸

寄懷湘雯申江

乍別梅花閣長吟折柳條衰時多梗道客思逼中宵蘆
荻秋翻雪魚龍夜吼潮有懷吟絮侶星且賦招搖
誰怨平羌笛嗟余行役休木棉搴北渚金雁度南樓戍

鼓催殘夢孤燈暗早秋故人愁不見煙水滿汀洲

罷著閒居賦同懷蹈海心遙憐東閣夕細譜水龍吟良覯兵戈阻餘生涕淚深刺船人已老祇自鼓瑤琴

吳頭通楚尾一水急波瀾海氣冥冥雨江湖漠漠寒瑤華雙鯉札鄉夢五湖竿吾輩眞如寄敢辭行路難

附錄和作　　秀水陸費湘雯潔華

愁絕蘇臺柳而今賸幾條鶯花同浩刦風雨悵深宵行跡憐飛絮歸橈憶暮潮敢誇吟筆健空對一燈搖

十萬貔貅壯烽煙迄未休蒼松留石徑巡柝聽城樓

清夜涼於水虛窗靜若秋何如浮一葉常泛白蘋洲獨有歸來燕猶存故國心繞梁如欲語小住伴高吟

蓬梗飄零慣滄桑閱歷深薰風誰解愠側耳聽鳴琴弄翰慚無補誰驚筆底瀾綠陰三徑黯紅雨一簾寒

春暮人無恙心平慮自寬比來清興減珠桂治生難

書所見

江鄉滿地拂黃沙轆轆聲多坐小車一望平郊秋色好西風斜笠捉棉花

琴川寓館同蘭生夜話賦贈三十二韻時余將之

婁江

人生慳遇合蹤跡尤難明寓目瀛海內懷抱端憂生行止剢無常歲月坐崢嶸年來苦充斥轉側嗟經營開窗愧狡兎瑣尾隨流氓三月賃君廡幽憂甘藿羹小窗共燈火月落參斗橫是時秋氣深蕭槭枯桑鳴寒蛩繞四壁明河耿西征稍聞刁斗勁愁逐車輪縈蒹葭秋水闊飛鴻墮哀聲輸君鹿門隱力作研田耕詞奪賈島瘦神似衞玠清珠玉一咳吐恍聆九鳳笙臨池無暇晷墨水生光精縱筆逞姿媚運腕煙雲崩剡藤繭紙厚獸駭而

蛇驚君言有女弟霜姿如瓊瑩荒園傷漆室別鵠悲陶嬰閉門甘澹泊抱木慕女貞雛鳳喜穎慧神情似舅甥零丁日坎坷造物洵忌盈茲言足歎息抱命莫與爭即今干戈際無處堪避兵此方瀕海壖刦後埽榛荆羽書日夕下江上愁孤城樓船近駐節橫海翦鯢鯨滄桑幻鄉國方寸如懸旌因君慷慨志感我艱難情瓊瑤輒相報意氣貴相傾良會不可常美酒貽雙罌何當圖雅集一舉二妙并

徙居印溪再別蘭生

墨突黔猶未杞憂苦合并西來秋色冷東下大江橫泥
爪頻年感干戈異縣驚白沙明發棹別恨共潮生

印溪旅感

漫落餘生氣不伸海天慘淡寫流民空囊澀作他鄉賦
短燭愁燒客邸春望眼旌旗虛草檄側身天地苦勞薪
何當澤國蓴鱸鱠高詠南樓覓句新

舟夜推篷露坐

河漢明猶澹川途轉更深星疑漁火細雲共海潮陰流
水停孤棹荒雞隔遠林不知遙夜永竟夕託哀吟

曉發梅塘寄懷家姊

紞如津鼓歌艤舟泊村岸野犬聲漸微荒雞夜過半霜
華壓篷背冷露汀草漫居人方夢酣行子已戒旦曉風
襪被寒戢戢聽解纜其時月未墮斗柄光猶爛菰蘆響
蕭瑟秋蟲續復斷時危互戒懼夷險路難判篙師貪程
發吾心憂喪亂揚舲過浦漵漸見東方燦晨光曖熹微
晞髮宿霧散誰念去鄉國吁嗟違親串眷言同懷人雲
中君不見

園竹

避兵去桑梓息陰憎惡木初學稚川移繼向詹尹卜離
家匝三月不飽花豬肉轉徙道南宅左右篔簹竹瑟瑟
幽篁碎娟娟新雨沐和月篩蒼苔因風戛寒玉蕭閒讓
此君十畝清曠足如讀風人詩瞻彼衛淇澳嗟余薄植
艱行路尤煢獨卜鄰既云得況味儘醫俗斷之復續之
小窗披簡牘天寒怯袖單夜深清夢覺何似瀟湘夕恍
入篔簹谷春雷走鞭筍山家慎勿斲

鴻雁

鴻雁哀荒澤兵戈尚未休音書沈海國津鼓動沙頭歷

歷晴峰遠娟娟篁竹修余懷吟未得旅思況幽憂

印溪雜詠

夕陽明短笠提花長堤下歸來挂篝燈布機軋中夜
風吹鴨腳葉竹編鹿眼籬平沙信宛轉何人感路歧
篁竹細吟風楓葉霜勻醉日夕小園裏詩夢墮空翠
朝披溪口雲暮唱溪邊月冷落不相逢繞塘互出沒

舟次白泖塘遇雪至梅里聞省城克捷時癸亥冬
十月廿五日也

白泖揚帆駛急流荻花楓葉渺滄洲江潮夜走重關怒

吳榜朝喧佑客愁落日凍雲迷澤國朔風吹雪上征裘
羽書一月傳三捷喜說將軍入蔡州

吳淞江趁潮

船頭拍拍水聲響長年捩舵衝潮上江流直下海門寬
放眼雲山愜心賞布帆引我扁舟東中流擊檝開鴻濛
雲煙倏忽紛變幻揚舲快若乘長風細雨丹楓浪花白
叢蘆兩岸飛秋雪墟余風塵直上征避地已免柏人柏
吳山不見楚水遙湘纍九辨魂難招月明夜泊黃歇浦
高枕寒江聽落潮

黃浦阻風夜至浦東復阻雪

出門未祭石尤惡海扇乘風力相攫洪河淩兢逆潮上
篙師併力前轉卻客顧舟子且莫莫撫蘆櫂入暫棲泊
千林雲羃翳未開雨雪篷窗俄交作狂飈怒吼沙礫飛
放眼那覩江天廓離家忽忽已五月抱膝呻吟恒不樂
家貧誰辦限于役嚴寒中人敝裘薄雪花墮地大如掌
來此何異臨沙漠平岡斷隴不復辨嶙峋袤丈儼巉崿
林莽蕭槭盡梢殺推篷四矞霜天鶴戍旂凍卷鼓聲死
落日嚴城愁鍵鑰此時彷彿蘆中人窮餓已拚塡溝壑
荒雞縮足不敢嘑東龠場翅墮村落明燈幾輩設高宴
深夜汍汍方動酌吾生何爲久行路聽雪孤篷聲郭索
湖山無恙儻招隱終期炙硯佩秋閣明發衝寒歸去來
故園梅樹定含萼

贈俞夢花 楨

良覿申江秩乍聯天涯風雪入吟邊憐君流寓成三徙
遲我神交悔十年詠絮才華春似海軟紅塵土夢如煙
何當一鼓湘靈瑟高駕洪波手刺船

將還印溪留別湘雯

殘年風雪滯天涯鼓棹申江落日斜知已誰憐成小別
飄零我亦久無家陽關唱徹愁三疊樽酒飲豪門八叉
記取隴頭逢驛使一枝春信寄梅花

登艫

久客曾無兩鬢青登艫且喜快揚舲天開圖畫扁舟入
帆劃江雲近海腥遠夢忽隨高下浪舊游細數短長亭
尋常羈屑增宵感太息艱難賦鶺鴒

歸次沙頭宿龔氏草堂夜雪懷臞仙

消息江湖斷天涯悵盍簪琴書高閣迴風雪夜堂深蠟

淚銅盤膩苔紋石齒侵誰憐倦遊客醉墨此題襟

戒途

戒途侵曉發雨意遠空濛流水橋三板孤舟雪滿篷江梅相向破煙樹自成叢打槳沙頭路揚舲又泖東

重至梅里

雨雪征途犯風沙昔夢仍孤帆衝暮歲雙槳打春冰水鳥飛還聚湖雲凍欲凝海虞山又近空翠入崚嶒

過郡城有感

津梁人倦嗟三載此日歸舟纜舊堤征馬自尋衰草齧

夜烏猶傍女牆啼錦帆涇畔炊煙少寶帶橋邊落日低悵觸餘生兵燹恨不堪重憶菴東西

輓汪珮芬于申江

落日申江記扣舷倚裝佳咏染華箋總憐捐袂搴蘭芷尚憶移情鼓水仙酹酒漫尋高士墓歸帆悽斷孝廉船尋春雪海逢艮覿回首前塵一黯然君山中別墅與徐侯齋先生墓相去僅數武

玉臺麗句委芳塵轉徙頻年信苦辛海嶠招魂明月冷家山賦隱畫圖新國香擅豔春難住倩影扶愁夢未眞

憑弔河陽舊花縣野棠開遍總非春

甲子春日卽事用曝書亭韻寄懷夢花

風雪蕭騷吹滿簾清吟鹽絮入詩兼臥聽村酒糟牀注坐惜林花春雨黏覽揆庚寅同正則編年甲子比陶潛故人天末遙相憶應悔無家涕淚霑

再用曝書亭韻

山窗風雨日研覃何處羊求開徑三爲愛春流環舍北又彈長鋏返江南吟邊樹遠愁如薺屋後峯多坐若龕應幸吾生歸計得竹鑪茶沸門餘甘

婁江俞夢花作圖寄余并題佳詠賦此荅之

濕紙雲煙滿幅開海山蒼翠夾潮來一身六法能兼擅不數人間詠絮才

良覿申江愜素心盍簪佳約渺難尋刺船再載天風曲可念淒涼爨後琴

到處飛鴻爪印留一般羈屑使人愁黃雲畫取海天景更寫蛟宮十二樓

澤國層陰已暮春譜殘離隱悵蘭因年年草長鶯飛候當拾蘼蕪贈遠人

附錄原作

天涯萍聚亦前因道韞詞華展誦頻惆悵卷葹心一樣惜花人對惜花人

舊閣猶聞說佩秋紉蘭應許抵忘憂而今爲念家山遠尺幅披來當臥游

愧我塗鴉不解皴更無佳句贈詩人他年如許通芳訊好續吟壇未了因

同是飛鴻踏雪泥桃源暫借一枝棲故鄉尚有烽煙警愁枕孤城聽鼓鼙

陳貞女徐淑過余寫韻軒話舊感賦

亂後蓬蒿沒輸君三徑諳湖山仍舊侶杯茗助清譚漆室悲同志黃壚曲未堪年年梁月上愁狀肖春蠶

焙茶成二十二韻

平生癖嗜茶鐺脚隱林藪頭綱不知數百餅紛相剖排日門水痕風雨響巖劉君諛製茶方秘從玉川受值茲春日佳薄采忙山婦林光朝旭溫穿徑披窈糾捋茶盧皴膚攀藤易刺手當其初舒芽濯濯宛春柳摘果或傾筐擷花僅盈斗稍擬戾風桑差異翦雨韭其時社火新風信杏花後陽微然白炭借箸并縛帚絮絮黏復脫團團薄且厚置竈石床閒露臂若袒右或似繅盆三或似鍊丹九伊人燔炙功天女散花久蒙頂珍裹紙雨脚愛搗臼和露賦佳釀櫝莽悉云醜蚓竅沸山泉嫩碧浮瓷甌七椀腋風生聯吟拓軒牖以之暢心神塵慮淡何有卻笑桑苧翁摩挲一經守

得張漱雲書

一從鹿走蘇臺路不見同心今七年等是避人藏海國定知落句點蠻箋秋深碪杵霜零瓦夢徹刀環月墮弦

佳約城南尋舊侶扁舟須泛五湖煙

酬貝靜娟綺夫人畫白菊扇

三徑就荒日臨風便面揮幾叢圖古雪一簇綴清輝籬落明霜色秋深見白衣因之懷舊士愁絕夢痕稀

能事兼三絕調鉛意更新白描擅高手瘦格逼天眞淸入瑤華詠愁疑西子顰白菊一名西施白秋風簾箔底想見與傳神

初入郡城

西風吹木葉放溜出空山作客能無悔浮家獨後還蕪

城遍衰草戰血尙餘斑辛苦鄉關路因之涕淚潸

雪後寄陳貞女

雲峰寂寂澹湖陰靜護春寒卷水瀞料得山窗頻炙硯落梅風裏裹頭吟

雨中還山感賦

山雨抽帆野色昏琳宮銷歇斷垣存連江煙樹迷吳苑倚枕風濤入海門路繞橫塘初背郭橋廻早市自成邨誰憐刼後重經棹腸斷難招未返魂

送業師鶴巢夫子公車北上

綠波春水孝廉船計日迴翔學士磚驛路梅花欹席帽津門柳色上吟鞭歌殘渭雨愁三疊夢逐京華路幾千若憶故山猿鶴侶宦成應賦遂初篇

寄荅陸元芬

記昔別君琴水濆蚪檐落月秋紛紛南鴻北雁叫相失思之不異雲中君路轉沙頭步蘅薄雙鯉微波脈相託扁舟一賦歸去來木棉幾度花開落竭寄新詞比玉田揮毫落墨飛雲煙分攜愁思不可療柳色江南又一年人生聚散傷懷抱夢裏徒憐顏色好安得訪我卷東西

對君細詠河邊草

蓴

吳儂住水鄉鄉味情所戀陸機千里羹近在離宮畔入春波粼粼十里鏡平面撈鯫滋味薄摸魚練裙濺櫂船去采蓴宛宛裏柔綫初疑苔石衣沿流水瓜蔓又類長生蘋抽莖蘿茨亂出波晶失明入掌釵比玩三潭月乍弦急槳湖煙散觀荷錢未圓牽荇帶或斷采之不盈掬嗜之等茶串花豬燒苦筍恆與薑芽薦鹽豉美須拈羊酪虀何羨翻匙涎流滑投箸絲軟胥雉尾纖差殊瓜丁

嚼易倦此時舌本參鱠鱸花飛片取泛婪尾杯藉與春光餞

胥江詞

曉鏡橫窗詠玉臺胥江一面酒船迴簾衣記卸春風煖杏雨初肥燕子來胥江在府治西南吳王沈子胥於此因名胥江

越來溪水碧於藍兩槳分波路舊諳笑指兒家門巷近夕陽村舍對晴嵐夕陽在木瀆

第四橋邊款懊儂客船江上漫相逢年時楓冷湖初落聽斷寒山夜半鐘第四橋在吳江

閒階一片露華滋絕憶跳珠雨歇時彷彿西青灣畔路
深沙淺水白蓮池西青灣在馬跡山白蓮池在祥符寺傍
響屧廊深靜夜聞刺桐花底月紛紛輪將淺黑鴉頭韈
吟繞蒼苔印碧紋響屧廊在靈巖山
東西菴水碧迢迢幾日春冰看漸消攜榼尋梅香雪海
踏歌趁月虎山橋東西菴香雪海皆在府西四十里
山桃開遍浴蠶時春漲分湖鬥鴨知揎袖漫看摸魚子
分題須製摸魚詞郡人陸龜蒙喜鬥鴨有鬥鴨闌
蘸水楊枝低不妨櫂船曲折過廻塘西施浴後空流水
贏得人閒脂粉香脂粉溪在府西一名香溪舊傳爲西施浴處故名
櫂入橫塘折短蘆北山堂址已春蕪年年桑葉尖新候
不見題詩范石湖石湖卽越來溪宋范成大隱居於此
槐葉陰濃罩綠苔百花洲畔百花開一番舶趠風廻後
定有賈船海上來百花洲在胥盤二門之閒舶趠風四月風也
山翠湖光濕不分夜深風雨翳苔紋殘碑賸有聯雲嶂
已蝕宣和舊帖文聯雲嶂在石公山宋朱勔取花石於此石上勒文已模糊不辨矣
白公隄柳盡垂絲日暮還過短簿祠風幔酒簾齊上下
一時爭唱冶春詞顧湄虎邱志山塘古稱白公堤上有短簿祠

黃梅新水沒三篙蓬底先嘗雪色桃十里歌聲聽未足
藕花深處盪輕舠雪桃卽白楊梅見太湖備考
陰陰桑柘隔橋南已過三眠出火蠶宵雨聽來疑食葉
不知濕翠湧層嵐吳中呼三眠蠶爲出火
桃枝花小杏枝鮮雨近淸明柳欲眠櫂過游湖三十里
春流決決灌平田游湖在府西南與太湖相接
山頭雲氣沐煙鬟山下穠桃著雨殷生愛女墳湖畔宅
朝朝螺黛學春山吳地記女墳湖在吳縣松陵唱和集有女墳湖詩
江南春去草萋萋罨畫雲山罨畫溪五月爭乘瓜蔓水
三冬常護辟寒犀宋史河渠志四月末謂之麥黃水五月謂之瓜蔓水言瓜實蔓延也
殯院苔陰暗上湖紙窗風雨響深宵笑儂乍讀羣芳譜
不識園中鳳尾蕉鳳尾蕉生西山王氏園本粵中物雍正初年始花大如斗衆不能辨
禹期絕頂眺平蕪紅樹村村入畫圖記過九峯三泖宿
滿篷明月鱠江鱸九峯三泖在靑浦禹期山在太湖中
芳筵開日酒初酣愛擘微黃二寸柑到得洞庭霜落後
榷茶常坐橘香庵橘香庵在洞庭西山
櫂船乍放東西鼂掀浪仍過南北烏網得錦鱗三十六
不須橘柚足官租東西鼂二山名南北烏亦二山均在太湖中風浪最惡見太湖備考

采蓮家近湖沙頭打槳中流風力柔幾日渚蘋吹乍歇
櫂歌一曲菱湖秋湖沙地名在東山

移家只合住包山橘樹千頭手可攀領得頭銜峯頂坐
蓴官須羨橘官閑洞庭西山古稱包山蓴官明鄒舜五始采蓴湖中其孫弘志種蓴作貢蓴詩授岳陽知縣人目爲蓴官

青山朶朶若芙蓉雲影天光盪此胸盡日扶藜看不足
張帆直渡莫釐峯洞庭東山最高峯名莫釐峯

葛仙遺宅隔城霞縹緲峯高路轉賒喫摘墨君壇畔水
竹鑪題品小春茶葛洪遺宅在馬稅城南墨佐君壇在縹緲峯喫摘地名出茶最佳名小春茶俱見洞庭賓錄

罛船簫鼓雨空濛六道帆張四面風來往寍知十八直
掀波慣入馮夷宮罛船太湖中巨船遇風始行逆風掉槍俗諺有來往十八直之語

東籬新劚猫頭筍西崦爭租燕尾船一種清游人乍倦
茗香園雪煮山泉燕尾船吳船別種張思廉詩斜日輕風燕尾船是也

千壘雲山萬壘峯上方魚板下方鐘遥尋古雪庵邊月
坐聽天衣院後松上方寺在西山唐會昌六年建淮海記葢孤園寺之別院也下方寺本郎孤園寺梁吳猛捨宅建古雪庵天衣院在東山見太湖備考

望湖亭上望湖光葉葉風帆入渺茫慣是湖心波浪險
玉簫金管發沙棠望湖亭在洞庭東山豐圻

崑裏鳴榔岸乍分湖中空翠望氤氳春游爭上五人墓
寂寞空村五女墳五人墓在虎邱五女墳在石公山即明王氏五孝女之墳也

結屋須鄰香水溪菱歌聲裏水禽嘑白蓮採罷波如鏡
照見天邊眉月低香水溪在甪西二十里

銷夏灣頭易得秋梧桐院裏月如鉤宵來風雨吟蕭瑟
寫出深宮一段愁銷夏灣在西山梧桐院在琴川

六浮山閣久荒蕪訪司徒廟柏蒼古色青銅渾不改
凌寒慣自閱風霜六浮閣在西磧山司徒廟有古柏四縱橫臥地大可數抱葢元時物也

雨後尋秋煮石泉綀裙蠟屐細林穿直上鳳岡纔百步
僧衣如畫俯平田鳳岡在郡西四十里俗呼百步頂

山田高下促春耕豌豆花青麥漸生比似陸游過梅堰
賦詩初作小巢羹豌豆葉吳中充作蔬名小巢羹梅堰在吳江陸放翁有過梅堰賦巢羹詩

佩秋閣詩稾卷下終

佩秋閣詞稾

吳縣　吳茝　珮纕

臺城路

紅葉

楓林坐晚霜痕染嫣然酒顏新醉驛路魂消吳江夢冷都是者般風味詩情漫擬似付與寒姿洽春爭麗半壁殘山斷霞橫抹夕陽外　長亭多少送客數程如畫本鞭影遙指豔却非花鮮宜著雨攪作去聲離人紅淚休隨逝水便吹去閒階海棠秋比樂府吟來恐餘愁未洗

霜葉飛

黃葉

夕陽村路詩笻瘦平林秋意如許天涯可奈感飄零恁打頭飛處向晚菊籬邊認誤漫教倦客吟愁句只一夜霜華頓減了濃陰儘西風便吹去　何況畫裏江南幾人家在此時歸棹無主那禁搖落好年光散似摶沙聚向穲稏村頭且住柴扉亂逐昏鴉舞剩有著書身械械蕭蕭閉門聽雨

鎖窗寒

題夏令儀墨竹扇

露浥風清猗猗萬箇淡搖空翠腕底蕭疎都是吳江秋意記橫窗夜月朦朧碧紗篩影重重碎更孤燈聽雨黯銷魂者籟聲徐起　增媚三分水便醉墨欹斜儘醫俗味彈琴坐嘯想見幽閨詩思襯嶙峋白石蒼苔舊愁細寫雲煙裏怪無端篋笥抛殘不減湘妃淚

暗香

詠梅

空山雪滿又攜笻吟繞疎煙籠岸不似梨花幾度東風

怕吹散環珮湘妃跡杳思洛浦夢魂飛見倩醉墨寫影生綃籬落水清淺　殊羨漸春轉試翠禽一聲酒醒人遠殘氷流澗幾許詩情苦清怨寂寂巡檐索笑怎未許小紅輕換只夜靜聽鶴唳曉霜天半

疎影

前題

茶煙颺碧有疎花數點寒照山色寄跡瑤京濯魄氷壺問是幾生修得溶溶淡月江村路却又訝曉霜輕抹記依稀乍覩瓊姿擬向廣寒宮闕　不斷清愁縷縷夢魂

戀紙帳燈影明滅淺隔晶簾冷拂銖衣恍對謝庭香雪
素娥不慣人間住合伴我綠窗幽寂恁無端吹下罡風
領袖一春標格

滿江紅

聽雨

已黑疎窗聽不了雨聲蕭瑟似訴到別離兒女臨歧嗚
咽點滴不堪和雁下淒清如向吟蛩說把銀釭剔盡不
成眠明還滅　雲黯黯籠纖月風細細透重幕正漏壺
欲斷簷牙猶滴似我頻揮斑竹淚憐他碎盡枯荷葉儘

黃昏悽絕九迴腸愁重疊

露華

題聽秋讀騷圖

西風瑟瑟正滿院商聲獨坐愁絕一卷荃蓀對影釭花
明滅憶到玉簟涼生況是候蟲吟壁閒階悄蟾蜍挂空
冷露珠白　梧桐葉落遙夕訝幾許幽懷橫竹吹徹更
和清碪敲遍寒聲詩骨剩與楚些招魂聊伴海天岑寂
空悵望瀟湘暮雲凝碧

齊天樂

蟬

綠槐庭院陰如許聲聲度來林杪翅薄風多身高露重
獨把纖枝危抱哀音漫裊顧鬢影成絲暗驚秋早驀起
涼颷曉窗繁響恐沈了　年年曾記聽處五更疎欲斷
幽思多少冷咽齊宮淒迷漢苑身世西風殘照迴腸正
攪憶歸棹橫塘柳陰吟繞臏取餘音砌蛩相和好

畱春令 禁體

水仙

韭葉紛披蘭芽掩映歲華如許月淡銀屏雲寒瑤闕怎

見愁煙雨　藐藐觀瓊姿渾不語疑似黃冠侶刺船人杳
詞仙夢蓮併作清商譜

點絳脣 禁體

天竹

一種篔簹紺珠萬顆纍纍結頌椒元日歷亂猩屏色
耐此天寒何事因人熱彈丸脫湘娥夜泣血淚看成碧

清平樂 禁體

山茶

空山雪霽照見紅妝麗迎曉香殘宮粉膩悄和梅邊風

味　韶華並占冬春錯疑巖桂前身一捻淸芬如許細吟佳茗佳人

憶漢月 禁體

蠟梅

天末音書誰寄消息故園開未幾聲江笛度殘年恐有銅仙垂淚　黃昏九月細怕暈去酒邊燈灹一般淸與動揚州莫道嚼來無味

紅情

紅梅用玉田韻

無多春色訝玉顏笑淺暗窺籬落換了霓裳不似羅浮舊相識薄醉朦朧未醒疑夜雨小樓遙憶算九九勻遍臙脂和露曉妝濕　㰻立帽檐側似九英映人趁迎朝日鍊砂臙液寒鶴低頭啄苔碧應憶洗多漸滅仍冷抱冰魂如昔甚出塞聲斷積坐聞怨笛

綠意

綠梅用玉田韻

玉苔比潔正淨無可唾纖塵俱絕渡了煙江滌向冰壺不與春心爭蓺幽姿別染眉螺淺好畫取雪蕉同說峭

一枝占斷東風細字隴頭書疊　猶憶江南訊早嫩寒倚翠竹衫袖輕摺夢冷揚州吟遶西湖怎見小窗飛雪蒼苔幺鳳迷無影算一種暗香堪折待晚來木末遙窺猶似舊時明月

臺城路

閑庭寂寂春光暮矣舊恨新愁殊不禁棖觸於懷也

飛花竟逐春光去年華暗驚催箭夢斷難連酒殘易醒棖觸離宮荒苑天涯路遠縱消息靑鸞好春愁晚數遍

闌干廻腸一曲一回斷　依依多少舊恨儘鵑聲喚老難訴幽怨心字成灰眉山更鎖怎說愁痕能翦湘簾漫卷任蕉綠櫻紅殘番更換罷撫瑤琴又廻廊遶遍

菩薩鬘

茶煙

氤氳小院茶香細漸縈古篆疎簾裏無力只隨風輕颺幾縷濃　虛廊撩鶴夢棐几鑪煙擁蟹眼漫評量敲棋日正長

前調

蕉雨

綠天陰罩閑庭院隔窗風雨愁淒亂五夜總瀟瀟新詞一枕敲　酒醒人意淡夢斷屏山暗却憶宿江邊打篷秋滿船

前調

桐月

一鉤新月涼如許娟娟飛上梧桐樹客思怕禁秋簫聲何處樓　篩風渾不定絡緯鳴金井和露凭闌干夜深幺鳳寒

前調

松風

林間謖謖無人覺山深一徑松花落相對譜瑤琴冷然太古音　翠濤空際卷靜晝濃陰轉彷彿傍棋枰石牀墮子聲

尾犯

江鄉無聊買鱸作鱠頗動歸思廼譜此解

西風弄暝又思引橫塘早催霜信白波徐動鮮鱗跳網渡頭人等故鄉小別繫住季鷹歸艇趁攜筐買向江邊日斜紅樹風定　食譜而今須訂比彫胡味較勝正雪鬆酥膩細斫幷刀玉花低映奈蓴絲秋老只悄和蜀薑風韻儘一箸解得清饞酒邊滋味重省

憶舊遊

舟次吳淞水天雲漠雪意滿林扣舷度此旅懷黯然

認湖雲凍雨浦水搏冰春意蕭閒一抹疎林遠趁寒潮夜發又度重關江梅幾樹紛照詩思不禁寒儘古柳鴉翻平沙雁劃悵望山川　堪憐念鄉國只今宵酒醒夢

冷刀環待譜湘娥怨奈刺船人杳易折氷絃懊儂小海低按誰共扣吳舷恁寂寞篷窗清樽款曲行路難

佩秋閣詞稾終

佩秋閣駢文稾

擬鮑明遠蕪城賦

吳縣 吳茝 珮纕

浩浩原野一望無垠西接隴坻北抵雁門河山夾帶華嶽抗棱因夏禹之舊治襲炎漢而命名度列郡之宏規建百雉之金城爾其街衢飛軨閭閻騰煙走馬連蹄游士駕肩千門屯聚九市喧闐曉騰鼓角夕沸管絃土風既侈物力亦蕃鑄錢煑海莫可窮言故侈汰足侔皇都體制宜陋洛邑鑿百尺之磎憑千仞之堞石頭地雄鐵甕險扼強啓尉佗之心利饒吳濞之域峙江左之上游

畫邗溝以爲則豈知天道忌盈流風遞轉崑岡火炎虞淵日晚昔之帶河礪山崇臺曲苑莫不悲炬于楚人碎九折之隴阪則見山崩斷岸水咽荒隄零瓦雨墮古堞煙迷天空雲漫日落風悲猿狖夕嘯麏麚晨唬山蔓木魅邀路當蹊白楊已風摧叢莽又霜淒塵埃市地起沙礫當空飛悲銅駝兮草沒歛拱木兮魂依已矣哉人生到此爰其曷歸痛心傷目有識無知若夫飛閣層構宮殿之崔巍璇題繡幕洞房之幽深羅綺鴆心之巧鄭衛倦耳之音皆煙銷薰息寂影無聲北方佳人南都麗質媚桃如李傾城傾國莫不魂斷莊周之夢魄化杜鵑之血豈復知玉樹之殘歌金谷之遺跡哉流毒若此飲恨何如顧此殘局誰念雄圖登樓縱目悵望遺墟歌曰高岸夷兮深谷陵流水逝兮邱隴平念繁華兮頓滅駭心目兮魂驚

清河雙貞傳 幷贊

夫荃蕙之質必播郁烈之芳琦玖之姿必含溫潤之德惟致命于見危不偷生于蒙恥故能踵跡前美揚芬沒

世同郡張蘊仙靜仙庠生如棻之妹也長字汪錡莊公長孫仰之嫻淑順之儀秉窈窕之質幼擇詩書克範乎內則繼循禮教深明乎大體務此容功不矜柳絮之才鑒彼氷霜竊慕女貞之節紀其早歲失怙撫心泣血雖年未及笄而動若成人家故淸貧常甘藜藿性屏奢靡自安荆布井臼操勞組紃工織道弱弟于善能懲嬉戲博慈親之歡無間晨昏况復素性端莊不聞嘻嗃是以宗族歸嫩家人載詠以爲茂先之箴大家之誡無以過焉何期運阨陽九歲遭百六紅羊遷刼銅馬應謠戍烽

彗雲羽書障日業知侯景潛來有累卵之憂道濟已往無長城之恃惜乎錢空阮橐桃源之津易迷日迫虞淵葦航之舟莫泝大軍朝散堅城夕破當危巢之傾覆忍羣醜之縱橫哉慷慨相謂曰與生而辱寧死爲榮乃結連枝於複壁投雙繯於虛欄白練完貞黃泉茹恨天地爲愁風雲助悲其畢命之日蓋庚申四月十六日也而家人猶蒼黃莫計冥搜無蹤越三宿帷幕之風未開轀輬之氣漸達於是垂年之母慘覩欲絕同懷之兄遠隔難知卽家後桑園瘞焉嗚呼陽戈不揮年矢斯促祖逖

之檝莫誓陶侃之軍無聞家山曲破旣乏吳羹之奠城闕黍離孰下巫陽之招徒使耿耿貞魂悠悠烈魄依手足於泉路邈骨肉于天涯豈不哀哉然而充堂之芳出自委灰繁會之音生於絶絃風疾然後表草之勁歲寒未嘗見松之凋卞璞遇刖而益珍款冬經霜而始耀則異日者光垂史乘榮邀綽楔古所云雖死不死雖朽不朽者非斯之謂與乃爲贊曰

緊惟雙貞蘊仙靜仙婉嬿淑順蘭玉差肩廼邦之媛閫儀靡愆蠢爾犬羊潢池兵作憑陵我城爪牙肆毒慷慨相矢死潔生辱媲明孫貞聯茲芳躅人生薤露厥名是修惟貞惟烈實孔之休猗嗟彤管式表千秋

徵題佩秋閣圖詩啓

夫懷故國者輒寄興于喬木操南音者徒結軫夫土風莊舄之動越吟張翰之思吳會情之所至莫能自已吳郡西四十里爲光福茝舊居佩秋閣在焉枕山之麓匯崦之濱編枳成籬因樹爲屋塔影俯波山翠環几清風入座明月代燭於是依元亮之井閉無已之門仰木成蔭披帷誦芬山水方滋邱壑信美例之昔人魯望菴裏

之詠景繁漫莊之築竊有慕焉當夫春風破萼香雪成海箏詩瑤林之中負手茅檐之下倚竹寒峭鋤月影瘦冰磵初解如聞古琴雲林遠沉恍戛疎磬此則入羅浮之夢縞袂若接登孤山之亭獨鶴與飛者矣羌乃小山招隱叢桂留人寒花自芳支笻而破苔青楓弔古選石以題句撫落日之斷碑踏枯林之敗葉白雲飛而澗泉鳴山禽唬而嵐光合至於甪里村深五湖波渺漁笛三弄涼雲皆響菱歌一聲空水如荅朝陽夕陽之候山曲水曲之間尤足陶冶性靈驅使煙墨茝生憐薄植少罹

幽憂等卷葹之早彫撫枯桐而半死況復河山雪涕戰壘屯雲杜弢之醜類紛張孫歆之捷書未報鈴懸石勒替戾聲悽草沒銅駝髑髏臺起遂使開府去國屈子遠遊悲張儉之無家藏趙岐之複壁固已形骸土木憂深漆室之葵憔悴江湖斑染楚湘之竹已嗟嗟津梁易疲川塗無極春波乍碧秋葭已霜閱關河之嶮巇飽荼蓼之辛苦兒時門巷有似乎夢游天涯泥爪又等之鴻雪爰隸繪事以資臥游薜蘿在眼鷗鷺如迎暮雲春樹宛吟淮北之天賸水殘山如返江南之棹唯編茗學陋寫韻才疎東施效顰未能貌似西臺慟哭偏多羈眉所希謝庭名詠鮑家工賦玉笙雞塞之詞珠簾畫棟之製願門捷于八乂兼倚聲乎三影則珠璣競吐絃匏並宣黃灣竹磵名傳輞川之圖藻繢瓊敷價重元晏之序

池上草堂消寒圖跋

草堂面鄧尉之麓枕西崦之濱吾師尊人鳧舟先生所築也先生接丁卯之風流尊漫莊之箸述移情林壑餐秀煙霞嘗構別業于池上雲山萬狀煙波一碧長林羅戶歛太湖之瞑踈峯抗館延西山之爽當夫命儔嘯侶

嬰春討秋陶冶性靈雕繢風月巡檐而笑則范村比其僻載酒而游則陶徑擷其英曩什具在息壤斯傳吾師家學夙稟名壇久噪五經擅無雙之譽一瓢繼高隱之風比者蓮幕抽身蓴羹牽興每思話舊之鄉遂作閒居之賦大隱小隱避世局之滄桑今雨舊雨聯踪跡于萍梗爰依先隴重輯吟壇牽藤蘿以補屋招鷗鷺而尋盟因名士之集結消寒之社花豬燒凍碧蟻浮春埽雪三三之徑炙硯九九之圖朔風振林集霰縈檻松火乍然蓬門未啓搴虛幌以積素持寸鐵而戰白掀篷圖裏對粉本之湖山擊鉢酒邊吟瓊海之香雪醉歌相屬逸興遄飛斷竹續竹團雪散雪莫不寄託出塵蒼涼懷古舒長嘯之逸響呼山靈其欲出茝集蓼餘生枯桐半死愧乏道韞之詠習聞茂先之箴嘅白頭之烏形影相弔化青城之鶴人民已非念家山其入破感城闕兮黍離豈若草堂僻處人外巋然靈光以邕繼善而文選之樓存聯皮與陸而松陵之侶集得以懷古懽邕今情乎惟時翠羽乍嘅明月欲墮幽賞未已清景恐失乃作斯圖以記其勝煙墨受召山水方滋西園之集斯傳兆隴之笑

堪兒閉劉伶之關且學幽人息影入遠公之社何嫌高
士攢眉謹綴小言用陳簡末

佩秋閣駢文稾終

跋

右佩秋閣遺稾一卷　先慈與太孺人所箸也　先慈一生苦節中更離亂憂鬱之思悉發爲辭嘗寓濱川至戚錢氏園詩筒往來無虛日兼之朋舊酬贈山水疏瀹所積遂夥先　府君彌留之際　先慈曾深夜刲臂血書祈代卒以呼籲無靈哀毁過甚心力日瘁遽爾棄養年僅三十有七胞兄景卿掇拾殘稾詩集畫卷半皆散佚僅從舊篋中檢得之印成行世頗蒙海內諸君許可嗣以家務倥傯未及重校甲申春院試俛得俛失旋抑鬱以終嗚呼　先慈遭境多逆生平箸述零落殆盡而景兄英發之質復不永年不益痛哉霖悠忽頻年逌知甘苦第是亦　先慈精血所注忍使束之高閣耶戊子秋賦南歸時　從叔祖茶磨先生就聘申江途謁寓次因乞補作弁言重爲校訂荻畫未承慈暉久渺校畢爲之泫然男鍾霖謹跋

曇花閣詩鈔

劉慧娟

女士曇花閣詩

一

周雲臻先生鑒定

曇花閣詩鈔初集

湘舲女史著

曇花閣詩序

蓋聞不疑治獄平反體賢母之心崔實居官仁惠稟
慈親之教供食而使知孝養封鮭而勿累清操自古
循良多由內訓然第勉廉能之績罕傳翰墨之聲即
如柳郢妙年但說和丸助讀麴昭家學惟聞傾罰易
書若夫詩美采蘩才工賦茗雙聲度曲十索名題弓
矢箴言勖堯咨以善政鈎簽記草識安定之禮宗此

則織絍夫人見華詞而色沮掃眉才子仰令德而心
慚者也我　師母劉太夫人柔協聲絲華標胄緒窈
窕德象幼而能嫺織紝組紃貴而弗輟顧於鏡臺之
暇兼工斑管之吟柳陌朝鮮擘蠻箋而詠絮蘭釭夜
暖握兔穎以銘椒積久成編署曰繡餘小草行行錦
段字字璇璣沈雄則鐵板銅琶綺麗則色絲黃絹奏
雲璈於玉宇王母流音鏘寶瑟於瓊霄羲娥製曲要

其難及厥有兩端可揚摧焉大抵瓌姿獨絕壼範良難謝道韞自恃清才時聞恨語張麗華非無雅製未免遺言　太夫人度叶珩璜儀修筐筥媞媞善下德娘於碩人抑抑能恭訓循夫師氏恩施掖斛智美椎環婦職罔呰極韭芼梅蘇而必備姑恩有曲綜男錢女布而均宜固知鍾婦禮儀匪特吟哦之美班昭博學端由德性之良其難及者一也才如蘇蕙偏增薄命之嗟文若蔡姬徒有傷心之拍雖才華之足羡究福慧之難全　太夫人甫在稚年預徵貴兆其歸我 師梁夔譜先生也一燈佐讀百兩宜家梁桉桓車卜同心而合志鄭蘭竇桂旋繞膝以怡顏既而藥榜書名花封作宰河陽春早導潘岳之板輿吳郡冬嚴易蔣欽之幃帳 寵錫五花之誥榮膺九樹之敘薛嫂固遜此聲華劉

妹尤欽其福澤其難及者又一也喆嗣伯騫世兄同年理縣才長娛親志篤展金荃之集彌戀春暉箋香草之詞永懷愛日值魚書之有便並鴛錦以偕來貽之鞶鑑之圖委以玉臺之序鴻慈誼屬通家分叨譜末隔宣文君之紗縵未獲抠承辨杜補闕之衣裳猥蒙獎借辭既不獲言之無文竊愧蕪詞附鐫梨板聆陽春之調導以巴歈開羣玉之府先之燕石所願壽護十畝偕芃黍以長春慈竹千竿蔭甘棠而並遠則異日者金魚恪侍更續清唫銀鹿歡多頻添雅詠將見一官一集冠他年令子之編定知宜雅宜風譜 盛世壽人之曲

光緒歲次庚寅中秋日門生戴鴻慈頓首拜序

師母劉太恭人曇花閣詩序

古來女士之譽德與才兼非徒鳩拙無爲遂足揚輝
彤管也煦年十七從學 家夔譜師於城南李氏園
竊聞 師母劉太恭人工詩詞善賦數於同人中聆
其著作頌椒賦茗穆如清風雖班昭博學左芬逸才
不是過然門人又嘖嘖稱其孝舅姑和妯娌教子嚴
而愛持家井井肅若生有至性幼嘗刲股療親此豈

女相如不櫛進士之流醉草香蘭增重殷湢婦人之
集云爾哉 師視朋友如性命獎勵誘掖本於至情
而於煦尤矜譽之 太恭人精命理嘗飭人取賤造
一閱評騭精詳微有命不逮才之憾煦初不以爲意
及掉鞅名場所遭終抑塞不一當夫乃歎 太恭人
數理之精爲不可及也撫子二人文聲籍籍 師科
名雖畧晚不數載長郎旋捷於鄉仲子繼亦遊泮福

德文章家庭無故求諸當代實罕其儔乃 師於戊
寅冬忽捐館舍 太恭人擗踊慘怛決志身殉取瓷
枕碎首鮮血淋漓子婦環跪苦勸始息一何天性過
人乃爾耶煦亦於是冬失怙呼天搶地生意索然而
飢寒切身旋以硯耕之故餬口於外墨縗負咎俯仰
慚顏以視 太恭人老年伉儷諸事稱心猶且誓不
欲生灑濯頑懦今而後乃知煦之罪上通於天也披

覽全集首卷爲庭訓模楷孫曾末卷爲餘生恨草急
雨淒風肝腸寸斷其情之一往而深者幾不知涕淚
竟是何物也煦讀竟而 益悲泫然曰 先君棄養
事事悽酸慟心宜也 太恭人庭闈順遂適當五十
不致毀之年何必悲今潮人士感念 師恩稟上憲
於六月望日奉 師配享 文公於韓山書院俎豆
馨香師表百世閨閣中與有榮施矣 太恭人其勉

進一觴招在天之靈而下之相與破涕而為笑也又
何歸道圖之足云
光緒六年歲次庚辰辜月上浣門人梁煦南拜手敬
序

曇花閣詩鈔

自序

人生一戲局耳鐘鳴漏盡夢醒黃粱即鑼鼓散場時也其間窮通壽夭患難哀樂種種變態如夢幻泡影何必認真但忠孝節義五倫上事則又不然彼演劇虛境耳若不認真終覺不肖況實事乎余生于粵東香山谿角鄉氏劉名慧娟號湘舲暮年遭變灰心木

立願歸道又號幻花女士誕于道光十年庚寅秋迨光緒六年庚辰五旬有一矣一萬八千日中備嘗艱阻傷哉墮劫也閨中二十年幸居重慶得　大父母父母歡心　外大母以余夙慧視若掌珠十歲在舅家從師受學過目成誦十二辭學師回家習女紅刺繡之餘涉獵書史　家君常對諸弟云此吾家女學士也爾等慧不及姊惜哉每夕天倫樂聚討論詞章

各言所得如朱文娟女史云夜月團圞偏照人間之樂田荆爛漫齊開心上之香何期樂極悲生北堂萱謝終天抱恨無極此己酉仲春于歸鳳城梁茂才時也幸　舅姑慈祥愛憐若女余每謂女子以夫家為家　舅姑即父母小姑叔即兄弟姊妹也推愛及之無求不應待娣三人有善相勸有事相幫雖婢媪亦恤其勞而加以恩子二人從幼教之敬長上和弟妹而

天資頗慧不失讀書種子一女未周歲殤　良人負笈仙城後家事日繁以舌耕當祿養在縣在省在潮凡二十四載名高望重所至多士如林　同治甲子科鄉薦春官三上同下第之劉蕡加之身弱病多憂傷憔悴喘症時生則以輕舟乘重載故也計一生事父母三人生盡禮死盡哀弟妹八人婚嫁盡道寡嬸一人養生送死叔弟早喪撫孤孀五人至姪成立能

以工貲養母君之生平事事可云無憾矣奈壯心未了手著未終天不假年賫志而歿傷哉余歸君室三十載如賓之敬如樂之和如名師如良友方謂鹿門偕老鴻案相莊豈期鏡照分鸞簫吹別鳳當瀕危之際誓以身殉奈天偏留此餘生覩遺書在櫥遺挂在壁前情往事刻不去懷或謂汝已垂老兒孫滿堂何傷情若此余謂不然人之鍾情何分老少譬如老友

相交日久情義日深況五倫之首乎伉儷卅年情如一日死別三年又宛如昨日生平最慕享大年者每謂若得兩度期頤則著述等身金鍼徧度矣詎料僅過知命即赴玉樓憶壬申歲椿樹秋凋銜哀欲絕賴君排解撫今追昔能不淒然余雖不才而婦兼子職惟求盡道今將遲暮愁城已築雖生不久聊將生平殘草搜輯成册併治家恆言俾後人觀之知余之苦

心而已

光緒六年庚辰春三月穀雨前書於曇花閣

治家恆言

凡治家必要有禮無禮則無規矩矣尊卑有序內外有別無譃浪詬誶聲鬭牌擲骰聲絲竹管絃聲有讀書聲紡織聲或縫紉或刺繡妯娌姑嫂歡聚一堂庶兩情浹洽三姑六婆勿令入門匪友淫朋勿與來往勿存淫書淫畫勿蓄豔婢姣童黃昏後僮僕勿令入內婢媼勿令出外若無司閽門戶須自檢點亥寢卯興每見人家上燈後廚下始辦晚膳服伺之人通宵困倦或至失火主人晏起不知約束甚或有曖昧之情物宜儉不宜奢衣食宜樸不宜華奉堂上人甘旨無缺前門至後進臥室並廚房灑掃務潔桌椅安排端正貿易無占便宜天道好生雖活跳小魚亦勿充庖物必有用雖殘紙寸草亦宜檢收語云微命必惜壽之徵也隻字必惜貴之本也粒米必珍富之源也一切事務家長及主婦須留心料理言難盡述畧舉大概而已

修身

身體髮膚受之父母不可毀傷不登高不臨深不履邪徑不近邪色不虧名節不為寒暑所損不為情慾所傷善人則親近之助德行惡人則遠避之杜災殃凡事當思守身為大

正心

心為此身之主須俯仰無慙趙清獻所以有夜告闔也聰明察毅謂之才正直沖和謂之德德勝才謂之君子才勝德謂之小人邪正兩路禍福兩門惟人所向耳要存忠孝節義心公平正直心時行方便廣積

陰功有利人濟物心無損人利己心真小人自欺欺人固貽害于家國然人皆知之僞君子外忠正而內奸邪人不得而防焉為害更甚故先哲有誅心之論無嫉妒心見人之得失如己之得失心如良田惡莠時芟則靈苗日長如止水貪泉不納則濁浪不生受恩當報結怨宜解除是不戴天不反兵亂閨闈毀墳墓此勢無兩立者其他睚眦小怨當海涵冰釋衆善奉行慎獨知於衾影也

言語

孔聖人入周太廟見金人三緘其口曰古之慎言人也多言多敗須隱惡揚善排難解紛勿談閨閫名節攸關毋出傲慢之言狎褻之語當交好時毋盡情傾吐恐一旦失歡憑為口實當失歡時毋以過激之語加之恐忿平復好前言有愧駟不及舌君子畏三端舌端其一也慎之慎之

行藏

士農工商舟車旅邸須謹慎詳察辨別安危不墮騙局盜藪不入賭肆娼樓大則有關性命小則損資財壞品行也金銀珍玩勿露人眼趨吉避凶遇君子固宜親近之即小人亦祇宜遠之不可形於聲色恐挾怨懷仇禍生不測良禽尚知擇木豈有人而不如鳥乎

事父母

為人子者冬溫夏凊昏定晨省此常事耳養親養志須得歡心出必告反必面所遊必有常所習必有業凡事必稟命而行毋面從毋腹誹視於無形聽於無聲事富貴之父母易事貧賤之父母難雖貧賤亦當竭力奉養菽水承歡事具慶之父母易事寡獨之父

毋難老年失伴隻影孤燈心曲誰商愁懷莫解處其間更宜加意體帖或不幸失恃須知後母即親娘仰承父志勉盡子職嫡母繼母非所出更易生嫌曲意承順毋與尊長較是非庶母亦宜盡道無所出者亦從厚待事父母有幾諫或所為悖理不可成親之過須婉言規諫不從則下跪繼之以泣小杖則受大杖則走天下無不是底父母百善孝為先慈烏反哺羔

羊跪乳可以人而不如異類哉

兄弟

同氣連枝世間最難得者兄弟張載張協元方季方兄友弟恭無我無爾勿因小過而生嫌勿因貨財而成釁勿聽婦言而疏骨月詩云祇緣花底鶯聲巧故使天邊雁影分誠可傷也倘遇破家蕩產之兄弟已雖有餘亦不能以有限之貲填無窮之壑當極力勸導若怙惡不悛置之勿理待山窮水盡時始為賙䘏不忍坐視饑寒斯為善始善終之道有善必勸有事必商如手如足吹壎吹篪斯不愧難兄難弟矣

妻妾

夫婦五倫之首夫為妻綱貴有刑于之化謔浪笑傲終風且暴皆謬也和而有節相敬如賓倘遇非賢婦亦不宜非禮相加須委曲化導引歸正路人非木石

無不可化者若無子三十後可納妾無樛木之恩者須善為調停妒緣情起婦人無妒心天下稱奇絕縱令羣雌粥粥還須故劍依依毋占脫輻之爻獨讓小星之嘒彼吼獅難制飲鴆不辭者曾有幾人耶若遣室宜律之以禮導之以義使其有畏敬之心不可因愛過情致成驕情宜教之敬事女君料理家務勤儉操作若周家絡秀蘇氏朝雲真賢姬也

朋友

與善人居如入芝蘭之室久而不聞其香與惡人居如入鮑魚之肆久而不聞其臭無他與之俱化也丹之所藏者赤漆之所藏者黑是以君子必慎其所與處者焉友宜擇不宜濫有善相勸有過相規患難相扶肝膽相照雷陳管鮑今古同稱隔雲泥而不失其初心分吳越而不違其素志

教子

愛而不教猶不愛也教而不嚴猶不教也古人教子嬰孩當學行學話時知識漸開即宜訓以敬愛推梨讓棗毋以爾汝稱尊長毋以打罵人為笑樂五六齡稍長擇名師受業無吝束脩愛衆親仁訂交無濫若天資有限不能讀書者農工商賈隨其志向各執一業毋使坐食閒遊真西山教子齋規可取法也

一學禮　在家庭事父母在學塾事先生要恭敬順從遵依教訓毋得怠緩自任己意

二學坐　定身端坐齊脚斂手毋得伏盤靠椅偃仰傾側

三學行　籠袖徐行毋得掉臂跳足

四學立　拱手正身毋得跛倚敧斜

五學言　樸實語事毋得妄誕低細出聲毋得叫喚

毋道人物長短與市井鄙俚無益之談

六學揖　低頭曲腰出聲收手毋得輕率慢易

七學誦　專心看字斷句漫讀須字字分明毋得目視東西手弄他物

八學書　臻志把筆要齊整圓淨毋得輕易糊塗

節錄程董學則

衣冠必整　勿為詭異華靡毋致垢敝簡率不得去

鞋襪
飲食必節　毋求飽毋貪味食必以時毋恥菲薄非
節假及尊命不得飲酒飲勿致醉
几案必整齊　位置有倫簡帙不亂書笥衣篋必謹
扃鑰
小兒終日誦讀不惟困其精神且使習為悠緩以
待日暮法當纔辦徧數即暫歇少時

訓女
子當教女更當教男子尚有師教女子失教今日不
畏父母他年尚畏舅姑乎是愛之而反害之也家道
興衰全由內助得失必使三從素懍四德咸遵董之
以箴規閑之以禮義雖未必稱女中堯舜亦可云鍾
郝遺徽矣爰錄女誡十則
一事父母　晨昏定省親寢始睡黎明即起梳洗畢

趨庭問安供使令承顏色盛怒則婉言排解有疾
則小心侍奉事庶母亦當盡禮
二敬兄姊　相親相愛無我無爾取少讓多任勞推
逸勿因財帛而結怨勿因規勸而生嫌待嫂氏亦
恭而有禮逢親有怒代為解紛毋進讒下石斯和
睦矣
三和弟妹　毋以長陵幼有過勸諭不從稟知堂上

毋擅自打罵一長一藝必教導之得失相關疾病
相顧
四役婢媼　女子以柔順為主使喚人不得疾聲厲
色婢有過不得擅施夏楚饑寒必恤或夜閒觀書
鍼紉預備茶湯即令安寢毋過子夜
五動靜　輕行緩步垂手正身不回頭不仰面不東
西顧盼不扶籬摸壁　立則垂手毋得偏倚　坐

則正身足齊手斂毋得俯仰摇動
六言語　應對尊長須柔聲下氣毋得僭越毋得爾
我相稱毋道人物短長及鄙俚無益之談
七視聽　毋視非禮之物讒言勿聽嫁娶之言勿聽
八儀注　下禮曲腰斂衽徐徐拜跪起立退後毋得
猝然轉身背向
九女紅　刺繡縫紉須要用心先學會後學好學勤

不可懶惰偷閒須知女工是分內事若天資聰穎
者不沒其才唫紅詠絮亦有林下風
十遠嫌　女子守身如玉非但白璧不可有瑕即形
迹之間莫須有之疑便如塵鏡受污雖能拂拭如
新或當時不察被誣寃死者有之含垢敗名者有
之曷若謹之於先內外有別雖兄弟不並坐若表
兄弟非尊長在前不相見毋得私相授受兄弟有

所需非稟命堂上不得私與毋役使僮僕毋倚門
外望毋觀劇與競渡毋入寺廟燒香非隨母不得
在親屬家住夜守禮謹嚴之淑女也
閨箴十則　諭作婦也
一奉神祖　堂前灑掃必潔神座桌椅無塵淨手焚
香琉璃必揩抹乾淨神誕先諱祭祀當小心料理
器皿須另置精美者臨用取出躬自洗滌毋委之

人殽饌潔精尤須乘熱必誠必敬如此
二事舅姑　婦事舅姑如事父母承顏順色養志承
歡有所責備罪當者固無辭即非其罪亦逆來順
受毋得強辯有所使令小心謹慎勞而不倦毋得
外錯延誤除定省外亦宜趨侍堂前毋得躲入卧
室疾病則小心侍奉湯藥襄城公主於姑有疾衣
不解帶湯藥親嘗帝女如是況其他乎或舅姑偏

愛妯娌須知各盡其道彼自孝順得堂上心我不如也惟有盡心侍奉加意和睦毋得生怨望起爭端飲食或毋家餽送或自造必先奉舅姑毋得自私家貧雖紡織縫紉亦須菽水承歡毋得呼庚癸于人前致堂上嗟貧歎老或良人遠出或失偶孀居子職是兼更宜留意姜婦攜兒汲水唐氏棄子乳姑亦人為也孝行無窮畧言大概如此

三敬夫主　婦德貴柔含章貞吉牝雞司晨惟家之索有善相勸有過相規昔長孫皇后崩唐太宗云入宮不聞諫諍之言失一良佐矣鹿車共挽鴻案相莊淑配也斷機勸學戒獵厭葷賢婦也毋以自身富貴而驕矜毋以夫家貧賤而交謫毋進讒言而閒骨肉毋愛財物而貪婪小星專寵勿生怨懟壯志求名勿歎別離夫或剛暴與人構衅須含容

以弭其災與己乖違須隱忍以平其氣夫婦和而後家道興也

四待小叔姑　敬之讓之勿因小過而忿爭勿聽讒言而結怨有所需求稟命舅姑毋得私與

五和妯娌　娣姒為一家人以異姓合其分雖疏其義比姊妹更親也勿因貧富而生欺陵嫉妒之心勿因巧拙而起鄙薄忌刻之意勿因舅姑偏愛而

生嫌勿聽婢媼讒言而結怨兒女相競勿護短而失和財物相通毋久假而成隙妝飾相仿勿相炫操作相分勿相推姪猶子也愛護提攜無彼此心一室太和省卻許多煩惱何樂而不為也

六教子女　父嚴母慈慈者非姑息之謂也教訓當嚴有過勿厭人言雖小必懲朋友往來須加詳察文人義士宜優禮之淫朋匪友宜屏絕之勿任與

平輩相爭勿容其胷責僮婢女則每日限以功課繩以禮義教以温柔如隨身鑰匙不得離毋熟讀孝經內則女史箴勿看小說淫詞豔曲勿令觀劇遊山玩水入廟燒香于歸後則教以作婦之道前子庶子愛之無分彼此也

七待媳婦　人以掌上之珠委之于我閨中嬌小離家別母此心惶惶宜視若嬌兒使忘恩親之苦受

恩深處便為家也教婦初來俾知事上待下主持中饋之道勿偏憎偏愛啟後輩爭端勿聽兒女讒言寡恩失愛勿縱其不敬丈夫厲階長舌勿縱其陵虐婢妾痛切剝膚大端不失小過諒之既改者莫存于心未改者勿訐之人可也

八御婢妾　關雎頌德江汜興歌周南有雅化之傳太姒獲螽斯之慶悍如桓温婦尚云我見猶憐妒

若繼光妻肯謂彼皆非罪乃有死猶不畏飲毒鴆以無辭疾甚難醫療倉庚而莫效遂致鏡照分鸞琴彈別鶴小青薄命避跡孤山班女多才幽居永巷不知小星之嘒實命不猶因貧鬻女為貪財貸於金夫居下屈身難望禮儀來王鏡若恩深樛木不至賚玉焚蘭須知義重糟糠焉敢綠衣黃裏至於僮婢衣食甘苦胥賴主人即恩威並用亦宜恩

過於威此輩頑多慧少若一味嚴厲使其膽戰心驚動多舛錯豈不聞作事過謹反倒顛乎須和顏悅色說話分明勿遷怒勿屈打雖有大過格外施恩勿絕其生路致傷天和彼亦人子耳自家兒女愛同珍寶人家兒女視如草芥豈恕道耶古云僮是義男婢是義女主人即父母也況窘極賣身想韋衣泣別時何等悽楚當憫饑寒恤勞苦憐疾病

二十以下即當婚配此真父母心也
九睦鄉黨　三族內外遠親近鄰長者盡敬平輩盡禮送迎毋得簡畧慶弔禮物酌乎其中毋奢毋吝富貴貧賤均要待之有禮毋諂毋驕家道稍豐須計貧困者之親疎酌量賙恤歲暮時尤宜留意
十端家範　主婦持家所關者大丈夫多外出非內助何以為理必須內外有別尊卑有序僮僕不得擕抱女孩婢女不得與幼兒沐浴婢僕毋得聚語兄弟姊妹非在尊長前不得雜坐表兄弟姊妹無尊長在前不得相見見後即退毋得餽送字墨鍼綫等物伯嬸叔嫂相見在中堂勿在私室或有姿婦商量家事者在中堂不踰閾閒有親房子姪寄居從學不可留在家中宿食與先生一處或不得已只可暫留毋得與諸嫂姊妹雜坐毋得使喚婢

媪事關中冓帷薄一失貽百世羞悔之晚矣
相子擇婦　擇婦須不若吾家者以家教人品為主勿論妝奩子有才貌擇才美之女配之貌不揚者但取端莊福相可也至於合婚命理不可不信男命干支相同多劫財陽刃取女命傷官食神多者配之庶偕老矣
相女配夫　嫁女必須勝吾家者以家聲清白人品良善為主毋索重聘女有才德選書香家配之若愚鈍配以平等人可也昔唐宣宗選于琮尚永福公主旣而羣臣請于上上曰近此女對朕食連折匕箸情性如此豈可為士大夫妻許琮別尚廣德公主此為壻擇女也其知明處當如此夫玉與石俱玉必受傷兩玉相合則溫潤增輝兩石相合亦頑姿比勁緣雖前定盡人事可也

補遺　天道好生蠢動之物亦一命也勿容廚下燒蟻在地亦勿踐踏勿縱容小兒傷害昆蟲魚鳥人之脩短有數兒孫閒有聘妻未娶而夭者不可令人通消息强之過門守節先王之禮不禁再字況少小無知猝然輕諾多有鬱鬱而亡者即堂上人亦何忍對此青春少女冷月霜閨除是彼美堅貞矢心不二夜忘多露背父母以宵奔況彼柏舟望

舅姑之容納此則敎遵壼範約法三章加意體帖愛之憐之或有閨女勘破塵緣願離世網則人各有志莫敎身歷風波佛亦多情任彼鄉留清淨倘加威逼恐致捐生亦萬不得已之所為也

試律附

十八學士登瀛洲

詠罷霓裳曲聯翩上界遊果同羅漢證人是謫仙修蓮社當時列蓬壺此日留三山緣早結九老畫重收星使齊排馭風姨不引舟松生徵吉夢李屬畫名流位半諸天佛班聯泗水侯雲臺崇將畧何似步瀛洲

岳少保奉詔班師

誰主和戎策君王意可知金牌非矯詔鐵騎竟班師故老攀轅切書生叩馬奇權臣謀已就大將力難支二帝歸無日偏安定此時冤疇三字讞功枉十年期地險翻沈陸天心豈屬夷至今忠義塚松柏向南垂

文昌氣似珠

星斗如珠貫長空一氣盈人間司祿命天上兆文明密綴排銀漢高懸傍玉衡奎聯看五聚階列認三平

彩逐雲華吐胎疑月魄生列錢沽最便撒米化都成
瑞象郎官應休徵太史呈晶瑩瞻四輔照秉耀
宸京

奉揚仁風

扇贈袁宏去揚仁及郡東未露郇伯雨先播鄭公風
大柄歸予手慈恩廣化工影開全月滿春到萬家同
銓吏曾除酷當王快納雄期將君子德仰慰故人衷

塵豈元規避情還謝傅通指揮傳白羽應薄顧榮功

綠槐高處一蟬吟

聲為居高遠新蟬寄一吟綠槐棲易穩白雪和難尋
有幹如擎蓋無絃自撫琴參天風亦韻不雨晝常陰
託體超凡輩孤鳴息眾音空庭人寂寂小院漏沈沈
斷續殘枝曳扶疏古樹深日長清詠罷涼意動蕭森

循名責實

意豈苛於細才宜慎所銜君如崇實行士不盜虛名
無翼飛能遠吹毛察必精雷同防謬附雨集恥皆盈
鶴慮羊公笑龍休葉尹驚口碑鐫尚易心鏡照宜明
月試覘鴻烈風馳副駿聲珠休魚任混璞不鼠同輕
吏績蜚騰最王心綜核平人材期有用標榜杜常情

杏花春雨江南

畫出江南景芳菲認不真紅橋三月雨白下一林春

嫩綠分桃葉飛紅淨麴塵小樓聽緩緩深巷賣頻頻
虎踞龍盤地鶯啼燕語辰聲中遊屐鬧香外酒旂新
玉樹歌前度金蓮話舊因名花千古在曾醉六朝人

紅杏尚書

豔說頭銜貴春風及第初帝城誇學士官閣紀尚書
種自由天降身曾倚日居爭春華省早侍宴曲江餘
碎錦羣英屬含章一品除名花金谷麗仙吏玉堂譽

桃李風應下芙蓉兆不如板橋三月景小宋興徐徐
直到花開始見人
不辨音何處迷離總是花忽看人半面轉遍路三叉
飛鳥絛行逐春風省識誇聲從紅樹度影尚綠陰遮
行來經香國居疑隔水涯徑霏濃雨暗門倚夕陽斜
似為聞歌覺曾勞望眼餘有靡藏翠柳無露隱蒼葭
竹塢誰留客桃源欲問家再尋苔跡到應認武陵霞

主問曾看竹人逢尚隔花綠幾慳一面徑幸辦三叉
樹密歌聲隱林深[illegible]有橋招我過無水悵人遐
鞭影揮紅雨衣香隱絳霞春風初省識芳徑轉敧斜
鳥逐疑爭路雲藏別有家豈同洄溯處秋露阻蒹葭
雨後有人耕綠野
綠野含時足風和又弄晴雨餘開曉霽花裏看春耕
鴉嘴鋤無迹牛腰笛有聲膏融生尺厚泥軟待犁輕

宿潤鳩魂殢斜陽犢背明巷挑紅杏賣人荷碧蓑行
水活推秧馬煙深聽柳鶯帶星歸路好皓月滿江城
蘭芷升庭
蘭芷懷珍異　堯庭萬里升德原君子協祥為
聖朝徵澤國榛披久汀洲杜采曾廟堂新寵貴沅
澧舊懷澂入室欣芝契書函合茝增美人香草思多
士茂林稱昔尚蒿萊託今同棫樸登公門桃李弁翹

秀應　龍興
攜杖來追柳外涼
柳外輕颸拂新添一味涼安棊還就未攜杖欲追相
自有支扶力從無附熱腸御風殊列敏逐日笑夸忙
步許先生接扶應彼相將迎人腰解折招我眼如望
葛帶芒鞋伴瓜棚豆架傍是誰方衲襪自在失荷香
定向秋山得佳句

一曲驪歌罷悠然見遠山秋光明似畫佳句妙如環
木落屏留翠花開管襯斑字奇觀雁陣語秀奪螺鬟
指點峯千疊推敲月半彎景描紅樹外思入白雲閒
黃葉新詞換青苔舊迹刪興酣方落筆采色壓塵寰
團扇風前衆綠香
明月當年製仁風此日揚陰濃天號綠木衆國名香
夏足千畦雨秋迎四座涼太和歸掌握空翠染衣裳
颸動流螢撲雲深舞蝶藏柄摇薰欲聚葉散影皆芳
春到生機滿炎消慍易忘放翁留畫處揮動氣含霜
暖風深巷賣花天
風信傳深巷悠揚送賣花香飄三徑雨濃壓一肩霞
地氣祥和扇人情錦繡誇有村都煦嫗無市不喧譁
紫陌芳塵輭紅樓曉夢賒晴烘牆四面春滿路三叉
似借仙旛護何須羯鼓撾捲簾聲喚處蜂蝶擔頭遮

萬竿煙雨綠相招
雨色濃如畫煙痕淡欲描一庭秋意到三徑綠陰招
漠漠紅塵逐濛濛翠影邀滿林濃罩霧千个潤生潮
把卷來深處眠琴約詰朝素心虛可託青眼望非遥
留客涼雲護迎人碧蔭饒四圍生意滿何異佛菴蕉
一彎畫橋出林薄
一帶疎林外浮橋似掛弧長虹纔跨岸新月恰當湖
金杜穿芳柳清風到綠蕪人過紅板乍客認碧陰無
翠斷蜂腰露青分雁齒鋪繽紛晴絮撲掩映玉欄迂
夕照歸鴉亂香塵去馬驅是誰招我過還倩杖藜扶
畫橋林外現樹映一彎迂疊駕形臨岸虹垂影射湖
金隄風似翦紅板雨如酥拾翠人尋徑探梅客問途
柳梢新月偃松際碧陰摹雁齒斜臨水蜂腰半倚蘆
憑欄晴絮撲繞竹杖藜扶最是銷魂處離蹤別路趨

綠蕪紅藥水邊村

杏塢楊堤外晴郊草木蓄綠蕪依淺水紅藥繞芳村
雨過寒生硼春還豔滿軒青袍低映浪金帶瑞臨門
夾路絲如織當階錦綳翻烏飛秦苑靜鱸賣楚江喧
蘭更芳畦闢桃仍古渡存桑麻饒樂景何必武陵源

春城無處不飛花

不辨花多少花花照眼輝韶光猶未老春色竟能飛

絮舞因風亂桃翻逐雨霏界從香國闢人似玉京依
[illegible]亦紛成綺塵紅碎點衣啼鶯三月暮遊蝶萬家園
豔簇尋芳屐香飄賣酒旂長安誰看徧馬認狀元歸

春風得意馬蹄疾

得步青雲上春風及第誇鈴聲過細柳馬足捲飛花
門走欣看榜塵飄輭送車驄嘶芳草遠鞭渡夕陽斜
驥足來何捷鴻毛遇不賒踏殘香十里行徧路三叉

發軔程方遠題橋願倍奢長安真錦繡歸去狀元家

破睡宜封不夜侯

破睡功成後侯封合及茶餘甘傳姓氏不夜競繁華
掃雪消今夕飛煙散幾家築城元夕擬開府六安誇
森伯階宜晉桐君秩有加采須千戶竹銜領一團花
調鼎銅壺和探珠玉漏賒旗槍分列處北苑豔排衙

夢夢誰喚醒破睡有茶甌不夜天開子崇封土錫侯

城須森伯築珠倩蛋人搜鑪鼎成功易旗槍着力遒
列階松亞位賜姓柳同儔分俸龍團試醒眠雀舌投
醉鄉無夢到香國有名留酒郡稱雄者能如茗戰不

樓高面面看青山

萬疊芙蓉簇青青繞翠樓山容圍四面風景豁雙眸
天在低垂處人居最上頭嵐光侵屋角雲影上簾鉤
目已窮千里神疑徧九州東西羣岫擁向背密林稠

分外千般綠圍成一色秋憑欄看不厭六代畫圖收

萬物靜觀皆自得

賢者心常寂悠然與物皆羣情閒處得萬象靜中偕
出岫雲過眼當空月入懷春山濃似畫秋水淨於揩
花草靈光現禽魚樂趣諧化機無障翳生意有根荄
浩矣塵難著陶然境盡佳四時清景在高詠樂無涯

青燈有味似兒時

回首髫齡事蘭膏課讀時燈光仍舊似書味又深知
夜景猶如昨童心尚不移然藜規後學刻燭像前癡
為愛清宵永渾忘老境隨分甘誰與共耀采昔曾期
夢尚生花憶情應嚼蠟嗌六經酣醉後作伴祇憑依

人踏金鼇背上行

仙去曾乘鯉人行又踏鼇昂頭欣獨占跨背快相遭
霧鬣奔騰捷霜鱗控馭牢身輕遊汗漫步穩隔波濤
舉手捫銀漢揚鬐拂錦袍山靈辭勿戴海客釣能逃
鯨甲飛同遠鼇梁架並高鵬程摶萬里回首謝江臯

讀書未有平戎策

今古真名將從無不讀書緣何三篋富未有六韜儲
腹甲威難振頭巾氣不除螢窗功已足虎帳計偏疏
智略慚韓馬光陰誤魯魚累翻貽免冊封不到狼居
文陣堪稱帥詞壇合將渠倘逢羊陸輩前席讓非虛

幾日秧田綠似鍼

幾日甘霖足秧鍼綠滿田沾泥懸稻鄄刺水貫荷錢
昨度青畦月今抽翠隴煙分來風綫引停處雨絲穿
鋒避犁牛後尖迎蔓馬前雲黃金暗度壤秀碧相連
依約舒芒候如期脫穎先千疇排簇簇磨礪答
堯天

松排山面千重翠

風吼濤翻處蒼松蔭嶺開青堆千疊嶂翠壓萬重山
峭壁煙痕掩晴峯黛影環葱龍開馬鬣屈曲襯螺鬟
樹古看龍化枝高引鶴還佛頭雲作蓋仙掌蘚成斑
徑仄煙層繞林深月半彎香山佳句在一望碧孱顏

清明無客不思家

慣惜春光老清明又屆期有家偏遠別無客不遐思
柳插千門候蓬飄兩地時感懷逢冷節回首悵天涯

影漸槐煙散神同梓里馳鄉心紅葉寄旅恨白雲知
風雨離愁切田園入夢遲子規聲不斷歸去擬題辭

扁舟歸釣五湖春

願作煙波客回頭宦境非生涯孤棹寄遊釣五湖歸
舸逐鴟夷去居宜蟹舍依丹陽新畫舫青草舊漁磯
載月輕裝穩隨風短棹飛翠綸雲夢展錦鯉洞庭肥
垂餌桃翻浪投竿絮點衣昨從彭蠡過一櫂泛斜暉
誰唱公無渡煙波願未違五湖垂釣去一葉放舟歸
楚水常思濟嚴灘早見幾月隨雙槳泛霞逐片帆飛
柳岸鷗同狎桃源鱖正肥竿投彭蠡漲綸展洞庭磯
鰕菜香熏餌漁蓑綠映衣春來堪入畫青草最芳菲

請試他題

餘勇誰能賈臨文請試他題雖今日命曲是屢年歌
筆欲開生面文嫌襲故窠青錢期萬選藍本愧重摩

胸竹成原易心花粲更多琴休誇舊譜鏡自快新磨
月旦憑人定雷同責己苛仙才如海大振筆決江河

繞屋樹扶疏

人在羲皇上先生愛隱居短籬花影密老屋樹陰疏
宦海潛蹤早吾廬避跡初喬松三徑合脩竹一庭舒
柳色門前畫芸香案上書翠環天似幄綠蔭水成渠
栗里名原稱桃源記不虛山經時讀罷倦倚樂蘧蘧

前題

彭澤歸來日先生興自陶短籬花繚繞老屋樹周遭
地僻吾廬隱庭閒宦跡韜清陰三徑合綠蔭四圍高
菊影窗前畫松聲枕上濤寒生迎社牖翠重壓東皋
問路看栽柳尋源記種桃柴桑堪寄傲塵累謝蓬蒿

前題

萬木扶疏裏吾廬靜不囂屋還舟較小樹與壁爭高

老圃多栽菊仙源本種桃松陰圍矮舍柳影臥平皋
里舊原名栗庭閒不翦蒿雨迎秋入戶薰引夜生濤
地稱眠琴雅人忘握卷勞窗前新綠滿生意自陶陶

新雨帶秋嵐

一雨成秋景新涼到翠嵐光清濃黛洗影瘦溼煙含
疏密連厓北空濛遶郭南萬峯天送綠千澗水拖藍
巖桂香初潤江楓色半酣鳥應藏古樹龍未隱深潭
謁薄閒樵徑鐘寒出佛菴紅塵俱洗盡爽籟此中探

新秋帶雁來

一幅瀟湘畫江天景色幽西風消溽暑壯雁帶清秋
消息關心到炎涼過眼收書傳瓜月早陣挾荻風遒
落葉身輕似銜蘆跡舊留聲從山雨過影逐火雲流
作字添寒意揮絃動遠眸香山詩詠罷明月滿西樓

共登青雲梯

萬里青霄路聯登意共欣梯捫千疊架級拾百重雲
星斗羅胸富煙霞過眼紛隨肩懷舊雨捷足拔層氛
珮響諸方聽珂鳴上界聞鯤鵬程並展甲乙位平分
閶闔聯鑣入神仙把袂殷扶輪天府近萬象氣氤氳

潤物細無聲

時雨當春近霏霏入夜深衣沾微帶潤絲散細無聲
捲幕看難辨登樓聽未明鶯喉調更滑蝶夢悄難驚

草媚含煙活花飛著地輕酥流添翠瀝玉漱自泉鳴
膏入紅泥輭痕黏綠野平為期占十日澤下遍郊城

秧馬

稼穡呈嘉瑞分形象物良名雖稱作馬種自出乎秧
夕照龍文現春風駿足揚畚丁看展驥稚子快騰驤
隴陌誇千里田疇擬九方馳來泥滑滑排處陣行行
聲漫嘶前路蹄難涉異鄉停驂村舍北按轡渥洼旁

槖東神何肖芻飛事亦忙衝殘禾穗秀踏遍稻花香
榆棗皮毛幻楸桐骨相莊煙畦衝破去鞭影度長楊

漁村水作田

萬頃煙波潤漁家樂意存有田非負郭無水不環村
菰米秋初熟魚苗夏漸繁町畦開柳岸蓑笠聚桃源
翠浪翻疑麥鱗塍合藝蒓滄桑深閱歷畛域漫爭喧
沛澤真成國傭租不到門賣鱸沽酒醉一笛月黃昏

不因人熱

首陽高蹈後清介有梁鴻不作依人想何來附熱衷
光非偷壁外火豈乞鄰東氣燄誰憐汝塵污漫涵公
雪寒辭炭送日縞笑冰融炙手逃名外薰心樂道中
予懷符月霽俗態陋冬烘舉椗將偕隱貞廉兩意同

大匠無棄材

豈有稱良匠區區擇美材不雕惟朽木可造盡名才

巨室誰能作吾門本大開楩枏勝校石杞柳亦棬桮
素具回春妙同經化雨培洪鈞彌缺憾散櫟聽刪裁
斲梓無神斧焦桐有劫灰倕般當世少輕棄沒蒿萊

大廈須異材

欲建興邦業須求出眾才譬諸成大廈要在搆良材
一柱擎天起千間拔地開梧桐聽鳳翽臺閣展鴻裁
甲第儲梁棟丁年列棘槐疑從雲裏建記向日邊栽

燕賀瞻新象鶯遷脫舊埃　聖朝廊廟器强半出蒿萊

松含風裏聲

靜裏含聲動松陰弄晚晴雨敲曾落子風撼更留聲閱歲繁陰茂迎涼爽籟鳴韻存琴一曲影伴月三更起勢龍吟挾迴音鶴夢驚健人消暑氣悟道助秋情空谷傳應徧奔濤響漸平披襟清興足林表一輪明

雀舌

鳳餅龍團外還傳雀舌嘉借名稱作鳥嘗味解評茶卷縮分莖蕊甘芳沁齒牙雨前歌自巧午後啜無譁卻火成功早知更破睡賒鼎烹翻雪浪瓶守聚雲花菀集千重葉柔存一寸芽清風生兩腋試院選才華

簾疏燕誤飛

燕子差池處簾櫳掩映疏飛來珠箔透撞去繡幃虛霧縠玲瓏徹雲衣展轉初翦搖波蕩漾鈎動鴨舒徐隱約尋芳徑迷離認故居湘紋遮不礙一桁隔無餘巧入流螢似斜穿粉蝶如主人真重意留爾伴琴書

微雲淡河漢

蔚藍天色淨中有白雲微玉葉攢千片銀河淡四圍捲簾看點綴擘絮認紛霏鵲影迢迢渡魚鱗疊疊依乍垂明絡角輕曳薄羅衣浴月波難動隨風縷漸稀

玲瓏通碧落縹緲耀秋輝擬欲浮槎去還尋織女機

百穀仰膏雨

百穀含生意為霖務及時如膏深仰望興雨厚培滋霡霂常瞻彼芃芃樂膏之聲將歌帝力衆似待王師早慰三農願休愆十日期浡然多起色肅若有餘思得潤禾抽穎流甘麥秀岐　聖恩汪濊足應賦黍苗詩

女士曇花閣詩　二

周雲㻋先生鑒定

曇花閣詩鈔弍集

梁鏡古堂藏板

繡餘小草　　湘舲女史著

春閨

紅紫芬菲景物齊妝成閒倚畫樓西垂楊陌上流鶯囀芳草天涯去馬嘶夜月有情窺繡幙東風無意感香閨懷人何處添惆悵花落春陰杜宇啼

留別諸姊妹

頃刻雲山別路賒茫茫愁緒亂如麻離羣又作分飛

鳥不及連枝姊妹花

夢醒口占

西風蕭瑟透窗紗噩夢驚回感物華最是銷魂禁不得一天寒月浸梅花

白牡丹

素質從教冠洛陽休誇魏紫與姚黃繁華別具清真格富貴仍空熱鬧場脫俗雅宜留本色媚人羞學弄

濃妝畫來何用胭脂買一幅寒香賽雪霜

先慈諱辰感賦

去歲高堂設壽筵一朝長逝隔重泉萱幃黯黯垂楊雨桐院陰陰落絮天滴酒傾來都是淚他生重侍恐無緣傷心往事難回首猶記成童繞膝年

白鸚鵡

翠羽紅襟豈足論潔身惟愛白衣尊宗傳自在訶流派兒有阿蘇證本源隴樹雪深痕不著秦樓玉倚色俱渾輝寒夜月疑無相夢入梅花幾斷魂禮識君臣呼下拜偈持仙佛已忘言為誰憔悴秋翎禿似爾聰明雪魄存解語須防增業障誦經何日脫塵根羈留莫怨雕籠鎖仙鶴當年也在樊

鸚豢數年一日脫鎖飛去

豢養雕籠已數秋一朝兔脫去悠悠雲迷隴樹家何在月暗秦樓夢到不戀棧竟無依主念飄蓬枉作脫身謀人間罟擭知多少能許空山自在遊

去歲曾吟鸚鵡詩而今遯跡果何之憐他嬌弱依人態況是聰明解語時此去定難逃世網生平豈怕寄人籬早知野性難馴伏懊悔當初念太癡

鸚鵡三日復還喜而誌之

已拚璧碎返無期此日珠還夢尚疑來去僅成三日別愁懷已費萬般癡

主君每惜汝囚羈曾許開籠放雪衣遊宦得攜歸隴右故山風月未全非

斷腸辭 哭韻瓊女也

一聲爆竹震春雷弱質難禁膽已摧從此膏肓驚漸入不能調護怨無才

明珠一顆落泉臺淚眼將枯未盡哀更有癡兒心不

搶聲聲哭喚妹歸來

世間難覓返魂香泉路憑誰說斷腸昨日牀頭今日
墓一抔新土泣斜陽

情隨夢裏覓幽魂恍惚懷中卧處温醒後不知何所
去殘燈明滅月黃昏

愛根欲斷斷仍連鎮日尋思淚湧泉玉碎珠沈存襁
褓無端觸目又淒然

代 翁和 叔翁原韻

歲月催人電影過年華漸與墨同磨池塘夢草離情
切風雨聯牀舊感多卅載鶺花懷梓里半生萍梗泛
江河吾家自有塤篪樂棠棣聯芳挹太和

青鳥頻來問訊殷雁行兩地悵離羣干戈擾攘無安
土戎馬驅馳盡寇氛但向心田培善果立看妖霧化
祥雲浮生百載休辜負老大栽花意更勤

秋日即事

天空雲淨雨初收閒看清光上畫樓怪底小鬟偏解
事掃將桐葉報新秋

金風吹散翠微煙倚徧闌干思悄然水色山容如畫
裏砧聲處處夕陽天

石岐竹枝詞

朝朝撒網在西河今歲鱸魚價倍多賣向石岐沽酒

去醉酣同唱太平歌

送外

頃刻天涯驛路遙眼前景物總魂銷馬馱別恨嘶芳
草水帶離聲咽板橋破浪君乘風萬里挑燈儂對月
終宵飛隨自恨身無翼願化流波送畫橈

虞美人

名花留占楚宮春命薄從來悵美人舞帳煙銷餘夜

月霸圖雲散賸芳塵愁魂片片依青冢血淚盈盈灑
翠茵抔土未埋千載恨化生香國了前因

秋夜

一葉梧桐落處輕早涼歸後夢同清窗邀月入無燈
色樹挾風號作雨聲伴我閒身雙鶴宿撩人愁思一
蛩鳴銷魂不獨深閨裏砧杵家家戍婦情

不倒翁

腹皤如華髮如潘華袞緋衣獬豸冠立世何曾援手
借對人惟有獨醒難一生不羨侏儒飽萬物原同傀
儡看醖酒飲人醲澤厚此身無愧在臺端
轉移無定任西東似此癡聾合作翁宰相食前盧慣
伴將軍腹負黨原空圓通世界真宜汝貧賤人家定
少公俯仰每隨人作計此身無怪立居中

潯陽琵琶

商婦琵琶十指輕江頭彈破月三更秋寒楓荻添新
恨夜靜琴樽憶舊情紅粉飄零知己少青衫淪落感
懷生古來無限傷心事不獨昭君馬上聲

送外入都

一曲驪歌賦遠征琴書收拾上神京龍門擬躍三千
浪鵬翮遙翔九萬程此去定酬知己望遠行休戀故
鄉情芙蓉入鏡先成兆待聽泥金報一聲

頃刻天涯萬里程春風飄拂送行旌一鞭杏雨飛紅
遂十里楊煙染綠輕形影未能隨劍履夢魂先已到
都城臨歧多少傷情淚對住離人不忍傾

過曉山弟書屋偶作

築就名園別有天花香鳥語可人憐半窗修竹瀟湘
畫四壁新詩庾鮑篇小影繪成真世界鐘聲解脫舊
因緣閒來消受琴書味自是塵中有謫仙

祝弟婦鄭氏三一初度

華燭光分介壽筵半週甲子尚芳年榴花紅近稱觴
候桐葉籌添祝嘏先生本多情和娣姒性尤好學愛
詩篇心香一瓣無多祝但願遐齡五福全

哭二妹

姊妹花聯七風摧第二枝傷心天欲問觸目景生悲
囑别言猶在移家願已歧對牀如隔世風雨益淒其

其二

訃音來一紙飛散九霄魂驚絕翻疑夢神傷不復言
青山疑有約黃壤覓無門灑盡千行淚羅襟有血痕

其三

四載離桑梓今春返故鄉弟兄欣聚首姊妹話離腸
姜被依然煖歸舟又是忙誰知成永訣後會已茫茫

其四

回憶髫齡日相依似雁行裁花翻舊樣鬥草戲新妝
有句皆分詠無言不共商而今回首處斷盡九迴腸

半月後又哭

半月傷情淚未乾一朝觸景又心酸卅年姊妹今生
了兩處人天後會難妝閣塵封鸞鏡掩鳳城書斷雁
聲寒嚴君游宦瓊臺遠掌上珠成夢裏看
卅七年來萬念虛心傷遠嫁每欷歔枕邊尚有思親

淚案上猶存寄姊書薤露有詞招怨魄鐵城無日返
香車泉臺與母相逢處膝下睽違廿載餘

書楊副將行狀

早年投筆事橐鞬自有天真證本源蓋代鬚眉懷鄂
國向人肝膽憶平原孤軍首建殲渠策戰士猶銜掩
骼恩最是彝倫難不愧潁封遺範到公存

夔譜夫子示詩次韻謝之

祗緣茅塞在胸中掃蕩還須用化工屢為人謀恩反怨幾回自訟過踰功虛名深愧聞當世大德終慙拜下風出我迷津蒙作筏指南還望素心同

附原作

天地猶居缺陷中補彌原祗在人工福無德受翻為禍過不心瞞勝似功煅出精金憑烈火養成叢木是春風每懷先正添油語努力尤思兩意同

六如亭弔朝雲

六如偈罷萬緣輕留得芳亭在惠城瘴雨蠻煙埋豔骨舞衫歌扇謝前情空山素有參禪意流水猶傳誦佛聲自古美人無白髮芳名千載即長生

除夕立春

送臘迎陽並此辰一宵分作兩年春天心自是終還始人事皆從故得新殘雪已消初柳茁條風將至蟄龍伸擁爐守歲椒觴煖明日金盤又薦辛

送蘭纕弟隨　家大人赴任瓊州

暫離桑梓莫依依膝下承歡試綵衣伯仲未能隨杖履晨昏端賴奉庭闈身登福地途非遠雁過瓊山信早歸立德立名宜自愛前程努力報春暉

一堂聚首樂天真話到分離亦愴神四壁雞聲催客路滿天風雨送行人愁看南浦波光綠夢入西塘草

色新待得三秋旋梓里塤篪同奏晝堂春

寒食感懷次秋馨七嫂鄭氏韻

東風簾捲夕陽斜冷節時逢感物華松柏山頭人酹酒杜鵑聲裏客思家三春佳景隨流水一片愁心付落花遙想椿庭當此夕舟中橋杼話天涯

送春

留春無計惜春光難把長條繫夕陽細雨斜風迷去

路落花飛絮壓行裝曉鐘喚醒繁華夢仙馭難羈富貴場珍重東皇休爽約南枝消息早傳將

病中口占

人生原是可憐蟲塵世茫茫寄此中百代光陰如過客六朝金粉總成空箏彈趙女音難再瑟鼓湘靈曲已終造化小兒徒苦爾夕陽西下月升東

病來無事不蹉跎九十韶華轉瞬過好鳥名花難領

畧清風明月半銷磨看今世事升沈易讀古人書感慨多何日得酬偕隱願逍遙林下養天和

感懷

遯跡空門願未酬茫茫塵海幾時休憑誰喚醒黃粱夢暫眼旋驚白髮秋壺內有天能避俗人間無地可埋愁他生再墮輪迴劫謝絕情緣世外游

輓門人鄭竹居

滿鬢青青尚未斑路人聞訃淚猶潸雲霄有路光陰短醫藥無靈壽算慳此地珊柯應首選他年玉筍定聯班如何遽赴修文詔不待長江奪錦還

夢醒黃粱萬事捐斷腸人喚奈何天辦香空費慈親祝哌泣何知稚子憐月冷南樓分雁影塵封東壁賸蟲編泉臺尚有良朋待分手河梁未半年（君與吳君棣生契好皆外子高徒惜先後物故）

回文詩

簾侵月影竹橫窗院滿花香酒滿缸恬夢鶴遊仙骨鍊定心禪靜睡魔降簷前送韻添鳴鐸夜半喧聲有吠尨鎌素疊成書短句嚴封密寄藉魚雙

秋聲

金屑城頭畫角哀西風蕭瑟漏頻催千家戍婦秋砧搗一笛漁翁晚釣回客枕夢隨楓葉斷鄉心愁逐雁

聲來薛蘿江上寒潮急一派清商大地迴

讀書燈

燈火熒熒徹夜深十年瀟晦此孤吟青藜異日雙鸞
閣法炬何人問鶴林甘苦飽嘗貧士味憂勤照出古
人心世間尚有囊螢者願借餘光共雨陰
何必禪燈問佛傳短檠人對聖賢編光慙鄰壁偷分
小味較兒時領畧全伴我十年雙影共與君千古慧

心懸微言中絕茫茫緒智炬憑誰暗室然

無題

庭院沈沈寂不譁好風吹雨入窗紗出牆新竹宜抽
筍帀地垂楊徧著花舊夢已隨流水去閒情多逐曉
雲賒晚來汲得清泉水笑撥鑪煙學煮茶

寒食

冷節時逢說禁煙漢宮蠟炬暮初傳家廚舊熟青精
飯門巷將分白打錢酒旆影搖芳草地餳簫聲鬧杏
花天更看明日然新火閒汲清泉掃葉煎

詠劍

光芒逼射斗牛侵始識豐城寶氣森萬里江山三尺
定滿潭風雨一龍吟斷頭不愧將軍節照膽無慙烈
士心逐鹿功成身合退延津一入望沈沈

白桃花

洗盡鉛華識素真何須妝鬬武陵春喚醒金谷繁華
夢化作瓊樓水月身入觀火曾銷浩劫避秦人已隔
紅塵漁郎再訪仙源路莫認孤山錯問津
仙姿縞袂自風流前度人來識面不朗朗冰壺宜濯
魄紛紛塵世猛回頭天台已入梨雲夢潭水遙涵璧
月秋千古紅顏多歷劫美人清白證梅修

外子禮闈報罷感而有作

才華如此數何窮兩度蓬山路莫通過眼煙雲雖是幻關心得失亦能空文章自古原無價衡鑑何人果至公塵瞎豐城埋寶劍幾時拂拭吐長虹

焦尾誰收爨下琴中郎一去少知音半生未了詩書債萬里虛磨歲月深說命細翻前哲論放懷强慰老親心謝公遊宦瓊臺遠盼斷泥金信已沈

水仙花

凌波仙子水為鄉玉骨冰肌雅淡妝幽潔本來超土劫清華原許迓春光身非萍梗隨流水心比葵花解向陽一曲瑤琴傳雅操美人何止見文王

秋日登鎮海樓望海

萬里煙波畫檻前披襟高瞰浪無邊琶洲有月人沽酒香浦無雲水拍天風捲潮頭窗外湧江涵雁影望中懸登臨目已窮千里我欲乘槎泛斗躔

姑蘇臺懷古

夕汐朝潮繞故都高臺寂寞夜啼烏響廊人去餘芳草香徑春深長綠蕪月冷麋城銷霸業風吹鶴市散雄圖浣紗溪上芳蹤杳賸有斜陽照五湖

詠鏡

似水澄清似月圓千秋金鑑望中懸人皆可受多餘地路已難尋別有天過眼盡空花富貴無心與辨物

媸妍處明亦有侵塵處拂拭殷勤著意研

熒熒古鏡說先秦方詡精明獨絕倫為照妍媸忘故我何曾疾苦見斯民士雖識面仍皮相人未知心與笑顰皦皦自來污更易世間隨處有紅塵

筆花

奇葩一夜落長天墜入長庚筆裏鮮楮國地開香界閬管城春占洛陽先吮毫舌燦翩翩處起草心當怒

發前巨手自存扛鼎力勿將濃豔說青蓮
如椽大筆有根荄花向青蓮夢裏開春到自然隨手
著藥含原是慧心來無言暗逐鶯聲落有色誰從楮
國裁香豔幾人稱屈宋雕紅刻翠亦凡材

贈劍

神物從來出匣輕夭教應運起豐城方今海內誰真
俠好向人間斷不平逐鹿此行應有用化龍他日見

交情浮雲一抉青天現便是相酬重玖瓊
寶劍熒熒出匣光得逢烈士肯埋藏負心待把昆吾
試有用權為健僕將肝膽幾人同慷慨精神隨爾共
飛揚而今已幸無張禹不用君前請上方

雪夜圍爐

煮茶燒栗耐更長六出花還點雪香冷煖關情思送
炭團圓話舊屢飛觴灰寒小試回春手光借仍無附
熱腸銀燭金爐天不夜有人葛屨履重霜

外子賜白鸚鵡床仁俚句奉謝

感君愛屋及烏情惠以床仁豢白鸚他日靈禽能解
語金經頻誦祝長生

白衣送酒 七排

幾叢秋色傲霜開徙倚東籬欲舉杯佳友最宜紅友
共花香馬得酒香陪白衣忽送知家釀綠蟻新傾認

舊醅簾捲西風清影瘦卮浮雲液素心推觴如仙鶴
筵前捧人是梅花隊裏來使者已將塵垢滌先生真
箇宦情灰醴原有味糟難混淡到忘言菊亦猜其樂
陶陶拚一醉落英同戴滿頭回

柳眉

眉樣初描翠葉柔隋隄舒展自風流春光爛漫開懷
未花事闌珊蹙損不六代繁華曾吐氣長亭離別慣

含愁靈和殿上休深鎖黛色增妍映御溝

柳眼

盼到春歸紫陌塵李衣汁染認來真風飄翠葉眉梢展雨過紅橋淚點新富貴看空三月景興亡閱盡六朝人送迎不作悲歡態枯菀循環轉瞬頻

花村

水複山重石徑斜春來無樹不生花綠楊陰裏藏漁艇紅杏帘邊認酒家月落柴門無吠犬雨餘草澗有鳴蛙羣芳過眼繁華盡隙地留些補種茶

柳岸

楊柳依依古渡頭江南江北鎖春愁綠腰低舞桃花浪青眼遙窺杜若洲聞笛客應懷故里喚船人已泛中流離亭儘有絲千縷不繫斜陽欲去舟

秋夜大風吹倒後園桐樹感賦

一夕狂風摧老樹起看落葉滿庭除盆花砌草皆無恙勢重翻危信不虛

綠陰

東風一夜起庭隅掃盡紅塵綠意鋪富貴看空春色幻繁華悟後熱心無炎銷午晝槐三徑涼到秋宵柳幾株素月穿開空翠影青天寫就蔚藍圖雲團亭榭深難覓煙鎖樓臺淡欲摹對弈錦茵黏蔓草眠琴芳毯借蘼蕪樹成一碧蟬吟靜蔭已全繁鶴夢蘇最愛零陵菴裏景夜來清韻到菰蒲

梨園賞菊

傾國名花各擅長半探春色半秋光孤芳已入繁華夢淡想能空熱鬧場勘破穠華成幻相留將晚節認寒香人生對酒當歌樂誰識東籬未舉觴

李七姑香閨豔質遁跡空門以詩贈之

戡破塵緣萬念空願辭金屋隱琳宮蓮花出水非隨浪柳絮沾泥不畏風一卷黃庭超世外數聲清磬入雲中功成得步麻姑去誰謂蓬萊路莫通

先大人小祥後回舟感賦

舟渡中流暝色侵故鄉回首淚沾襟江流不盡終天恨夕照難沈愛日心風木悲餘增別感蓼莪歌罷動哀吟遙憐今夕諸兄弟繐帳相看痛悼深

先大人于去年解組還鄉今又一秋矣撫時哀悼率筆誌感

去歲麥秋節嚴君返故鄉天倫欣聚首骨月話離腸容已黃花瘦身非玉樹强三年違色笑一病入膏肓瓊海風波惡塵寰歲月忙客中逢地震夢裏又蛇傷（在署地震又夢大蛇致疾）疾厄歸帆險團圞樂境忘膳裁單縢藥琴聽自焚香同說精神健還期杖履康愛才書是命消渴果為糧家宴蒲觴介盤餐角黍嘗浮雲多變態返照亦迴光散悶時扶杖排憂强起牀懿親談典籍老友話滄桑天上秋將半人間景不長金飈摧病骨薤露感名場讓壽追前哲輸誠禱上蒼咒教宣梵貝夢已悟黃粱（瀕危時諭誦大悲咒未數篇已溘逝）地府無尋處天閽莫叩將暝餘心尚動氣盡息難量起死憑何術回生不可望麻衣風捲雪繐帳月鋪霜訓誨言猶在庭幃迹

未荒有情憐弟妹無路覓爺孃愛日心難補終天恨莫償長歌聊當哭握管淚千行

淮陰侯

同是中原逐鹿秋天生大將助炎劉垓心一戰歸無用鼎足三分枉進謀但使汾陽能盡職何須絳灌恥為侯漢家待士恩原薄不及千金一飯酬

夏夜不寐思親口占

于歸卅載別椿萱悵望庭闈欲斷魂白髮催人消歲月黃泉何處侍晨昏顯揚空切雄飛慕生死難酬烏哺恩幾度望雲親舍杳蓼莪篇誦盡啼痕

秋日獨坐口占

老境無他樂含飴日弄孫形勞心自靜對菊淡忘言

又

過去事休思未來境勿想守分樂天真人我原無相

月夜偕女伴遊逸園

月滿園林夜景幽碧天如水漾清秋盆花砌草迎人動扇影衣香到處留新曲高歌醒鶴夢畫欄閒倚數魚遊仰瞻銀漢橫空際可許乘槎泛斗牛

輓宗二姑

卅四年來夢一場鐘鳴漏盡醒黃粱塵封繡戶西風急鏡掩妝樓夜月涼慈母阿姑餘淚眼嬌兒弱女斷啼腸向平有願何曾遂泉下應知念不忘

曾認同宗一本聯親親之誼屢周旋新秋一別成千古今日相思隔九泉浮世渾如前夜夢故人難訂再生緣知交兩載人琴杳恨不相逢早十年

題貞遇詞

自是瑤臺謫降身曇花一現撇紅塵秦樓空訂吹簫侶漢水難尋解珮人謝女有詩堪壽世少君無術可

通神仙緣雖斷情根在待結來生未了因

秋扇

大暑曾將酷吏除揚仁功退篋中居漢宮秋冷班姬怨唐苑風高禹錫書露下蘼蕪新寵替寒生襟袖舊情疏棄捐莫恨封姨妒炎日承恩又似初

早梅

前村昨夜報春回冒雪衝寒數點開天意似憐搖落

盡啟敎寒豔占花魁

羅浮探梅

幾番消息訊寒梅聞到羅浮臘信催冒雪客同疏影
瘦探春人逐暗香來花村月滿橫琴伴玉洞雲深倩
鶴陪露重霜濃千萬樹瓊瑶世界是蓬萊

弔鸚鵡塚

當年解語傍妝臺此日離魂付草萊試問梧桐秋雨

夜可能化鶴一歸來

袁俊民太守七十壽詩

天開壽域煥文章士庶虔持一瓣香范遂福星逢杖
國張堪德政布漁陽盡知報主心如鐵同惜憂民鬢
似霜生值三冬符愛日早梅春色映霞觴
早邀鶚薦展鵬程振鐸儒林化雨行花縣已修循吏
傳蘭堂徧誦好官聲完城吳郡奇韜展折獄秦臺寶

鏡明一勺廉泉蘇百姓應知萬戶祝長生

將遷鳳城李府餞別席上口占

浮生原是轉蓬身夢斷香城五十春小鳳有心懷梓
里孤鴻無意戀蘆濱杯傾薤白情如舊燭換蓮紅淚
復新後會有期應不爽梅開庾嶺待歸人

遷鳳城後寄方夫人

掌珠相惠拜堂前誼結通家信夙緣笑我游蹤同傀

儡羨君行地亦神仙袂分南浦煙籠樹棹泛岐江月
滿船去去不堪回首望寒蟬衰柳別離天

寄梁夫人

記曾泛棹鼎湖游香火緣深兩意投東閣筵開招舊
雨南園曲按賞新秋雙星再渡驪歌唱一水遙分鶴
影收惜別汪倫勞送遠桃花潭水話重修

寄懷九家姊

誼聯花蕚雨情投一曲陽關動別愁心似齊蟬懷故國夢隨旅雁傍妝樓雪泥鴻爪留前跡衰草斜陽送去舟燭剪西窗何日是蒼葭秋水望悠悠

寄誼女又元

同邑猶思託比鄰何堪一别隔關津記名膝下真憐我問字堂前亦解人好種仙根修慧果休將離緒縛

閒身自慚景逼桑榆晚相晤還須買棹頻

祝梁母唐太君偕兒媳三壽詩

九旬慶溢北堂中梁孟齊眉介壽同祝嘏應教詞獻華作朋允合頌生嵩枌榆里外沾甘雨蘭桂庭前挹惠風佩玉鳴珂娛永日晚晴人愛夕陽紅

蟠桃果熟婺星輝萊子懸弧試綵衣繞膝螽斯標蕊榜齊眉鴻案祝萱幃梅花香醉壺天月藜杖春迎海屋暉名注長生登寶籙一門三壽世間稀

題譚母黎太君節孝撫孤

惆悵風寒錦瑟絃孤鴻哀唳夜霜天歡承華髮顰眉解喜育珠胎入掌圓詎有香魂隨夢蝶何須冷月伴啼鵑九原此日知含笑代養能兼子職賢

古井無波水自清徽音壼範播羊城青松操凜冰霜潔彤管光爭日月明唐氏奉姑傳世德蘇瓌有子振

家聲庭階又見芝蘭秀景入桑榆愛晚晴

贈女弟子裘蕙裳

掃眉才子女中師江管生花筆一枝潔似寒梅清似雪風華都入錦囊詩

鳳去簾寒四壁徒承歡還更撫諸孤最憐疏雨梧桐夜一幅秋燈課子圖

慈竹相沿引孝泉心田栽處即良田他朝雛鳳騰霄

去不負九熊課讀年
花朝問字到寒居鍼芥相投兩意舒翻感孫枝荷培
植匠門無棄不才樗 女孫婉嫻從學

步來詩原韻

浮世同為幻泡身蓮栽火裏且抽薪何如處士孤山
隱鶴守梅花作主人
自慚美富遜宮牆培植良材德未遑但得情投肝膽

照何分爾室與遐方
天將大任付勞人歷盡風波秋復春他日遷喬酬素
願綠楊紅樹訂芳鄰

再步原韻

靈根應是掌書仙小謫塵寰亦偶然一片冰心盟白
水千秋彤管耀青天
知卿明月證前身塵海茫茫且問津靈府有花修慧

果眼中人是過來人
種德修身答四恩青霄黃壤本無門果教行滿歸真
去應上靈山拜世尊
塵心淨盡道心清雲外天香世外情待了向平兒女
願蓬山頂上聽鐘聲
幾度經過未忍回銅壺玉漏漫相催前宵夜雨今宵
月眼界都隨霧障開

情聯翰墨亦因緣幾度詩筒寄彩箋好破愁城歸樂
國調和珍重惜華年

花朝七言十六韻

節過中和春似海羣芳誕日說花朝降庚曾向河陽
植周甲疑從絳縣標金谷添籌朋倩竹青旛設帨美
傳蕉賀來語燕眉欣介祝待流鶯舌巧調風信半過
占鐸正角音重譜入絃幺晴初喜見雕欄韻畫永微

聞玉漏迢桃始華時舒笑靨柳剛荑處舞纖腰芳心默證三生慧豔質宜妝半面嬌著色二分舒錦繡惜陰一刻重瓊瑤金鈴密護雲全蔭羯鼓頻催雪乍消緣意濃翻挑菜渚紅腔暗渡賣餳簫燈懸火樹懷前度燭照棠梨憶昨宵樓上簾開新買杏社中酒熟共傾椒醬蠶箏笛喧三市撲蝶裳釵過六橋御苑賜詩承露澤農郊勸稼駐星軺待看曲水流觴會修褉蘭

亭事不遙

踏青 限江韻肴韻

張公韻事豔無雙畫舫笙歌駐碧江市地蘼蕪尋舊迹迎人鶯燕奏新腔裙腰一道連芳草屐齒千行印綠茳入望青帘招我去杏花村店酒盈缸

尋芳約伴出東郊一望平蕪錦綺交蝶板鶯簧喧柳徑衣香扇影度花梢鴻泥印雪春留迹綠野耕雲路轉坳拾翠歸來思結佩林間隱隱暮鐘敲

贈羅孺人

乾坤正氣綱常重烈性冰心無異用彤管流芳萬古傳柏舟雅操千秋誦名花開向武陵源桃李春風勁骨存技妙靈芸鍼暗度吟成道韞絮新翻椿萱堂上承顏色恪奉盤匜代子職雁序聯翩戲綵衣荊花爛漫圍香國豫章佳士尚青春再到天台訪玉真大阮

執柯居月老溫家納鏡倩冰人錦幔絲牽無一月秦樓鳳去簫聲咽桃花人面乍相逢銀漢仙槎終隔絕寂寂香閨弔影單心如古井不生瀾報劉日恨良人短主器家憑季子難喪葬經營餘淚眼熱衷誰送清涼散持家健婦古猶難節孝原應輝竹簡猶子兼祧一綫延他朝瓜瓞定緜緜慶餘小住閻浮界行滿還升兜率天作繭春蠶皆自縛性天無愧為真樂閱盡

滄桑萬境空閒雲不礙青霄鶴聞到瑶池阿母家蟠桃千歲一開花貞姬烈女皆提挈古語傳聞定不差

題李元嘉太守單騎見回虜圖

太府楚人任甘肅知州居官廉潔　同治閒回叛圍城數月內無食外無援太府單騎見之諭以大義願身當鋒刃保全百姓回匪感泣羅拜圍遂解擢陞知府百姓感恩建生祠

讀書有策可平戎力守孤城智不窮長劍光分胡地月一鞭氣壓朔方風丹心具有安邊計赤手能成蓋世功談笑頓教烽火熄何須雲陣列熊羆

但願民安不顧身汾陽偉績又重新煙銷瀚海澄今月水酌廉泉證古人畫錦堂開森玉樹瓣香祠奉現金身夕陽紅入桑榆景籙有長生畫有神

杕太宜人節孝撫孤

湘竹青兮湘水悠女貞香處在林邱少欽善行芝蘭佩素懷良言藥石投鼓瑟調琴真好合牵蘿集蓼不工愁鴛機助讀充圖史菽水承歡具膳饈正盼鵬程翀碧漢何期蝶夢醒紅樓風摧大樹狼煙逼婺朗中天電影收艱苦備嘗荊棘險依棲深感棣棠謀庭前玉樹恢先緒階下桐枝紹遠猷彤管有光爭日月柏舟無愧祀春秋晚晴色比朝陽好富貴神仙定可求

題侯氏桐陰課子圖

嶧陽有嘉木可琴亦可瑟焦尾猶適用何況生意溢苟非朽木材雕之皆中律譬彼人治人因材教多術沈潛與高明風華異樸實克治分剛柔甄陶變氣質根本務栽培英華戒發泄斲梓功在初有始乃有卒侯君有心人析薪念倍切庭前毓芝蘭林下寄衡泌樲棘陋場師椅桐樹楚室光陰惜寸分匪特供憩茇

殷斯復勸斯授書嚴束髮紅暉秋樹根把卷坐長日
綠雲深處燈開軒對明月晝夜多繁陰絃誦此勿輟
老鳳高枝鳴雛鳳英聲發律中黃鐘宮雝雝達天闕
會作上林飛一枝託清樾萋萋歌朝陽藹藹人多吉
棟梁需異材楨幹表奇節餘蔭從此長孫枝彌秀茁

波羅迎神曲

南海之南溲尾閭千支萬派奔扶胥長江接天色無

殊噴薄一氣涵清虛三更見日吐火珠照灼海底輝
珊瑚鱗堂貝闕神所居威靈赫濯施寰區歷朝崇祀
恢前模點綴金碧加丹朱仲春之月斗轉樞誕靈南
嶽燀星躔太常致祭來貢禺鄉人報賽無年無波羅
樹映青旛旟波羅花落紅氍毹綠袍槐簡舞羣巫黃
童結隊白叟扶絡繹蠻女招猺姝斑斕銅鼓挏殿隅
競拔銀簪當鼓枹聲聞水府驚龍魚波臣入奏民情
攄願王命駕王曰俞特傳海若先戒途並檄陽侯備
前驅黃螭驂乘虯駕輿長鯨建旐蜃執殳如雲扈從
奔蠣奴望塵不及遺蝦姑龍女偕來耀輕軀更與明
順夫人俱晴天隱隱走雷車萬民額手羣謹呼神之
來兮吾其蘇感神庥兮情鑒予風雨調兮田倍租波
浪平兮奠吾廬癘疾捐兮耗無魑民財阜兮慶有餘
紀神功兮續韓碑而揚譽

曇花閣詩鈔 次集

女士曇花閣詩 三

周雲琢先生鑒定

曇花閣詩鈔叁集

梁鏡古堂藏板

餘生恨草

悼亡詞

離鸞曲罷黯傷情鎮日銜哀不欲生淚盡還如潮水
長何殊杞婦哭傾城
痛君學富五車書未向金門一展舒卞氏也曾三獻
璞半生賫志命何如
思君純孝性生成就養曾伸事嫡情豈料北堂萱再

萎蓼莪歌罷賦長征
大廈悲君一木支艱難家事任無辭同生異趣天何
意徒羨元方有弟隨
思君慈愛自由衷媳比親生不異同慘見阿翁捐館
舍傷心血濺唾花紅
含飴繞膝愛諸孫理學名臣訓語存他日桐枝先後
長音容想像費評論

交友如君利斷金芝蘭入室不忘箴訃聞遠近齊聲
哭不獨神傷子敬琴
痛君半世坐青氈歷碌風塵老硯田成德達材師道
盡春風常愧未先鞭
韓山一席繼文公善政常言未與同息訟拯嬰懷濟
物著書虞子不言窮
琴瑟相調樂倡隨閨房靜好友兼師伯鸞有道何先

去鴻桉空留弔影悲
書史評論到夜闌推敲不覺漏聲殘解囊買贈盈箱
櫝人去琴亡不忍彈
微疾向人詢用藥未寒囑我早添衣卅年伉儷情如
海不以身殉願已違
錦字書來誓語傳雙星夜夜望中懸今生已罷齊眉
賦再結來生未了緣

偕隱曾云待暮年循環訃有大團圓如何返棹剛旬
日遽赴修文上九天
風露相侵意坦然膏肓漸入勢纏緜可憐紫桂虛難
補偏遇黃楊厄閏年
痛君大德壽難長一夕文星墜北邙草草勞人塵夢
短胡天不弔竟云亡
造物從來最忌才此豐彼嗇數難猜上蒼雖奪文人

筭尚有文章出世來
揭白傳神影細摹生前顏色迥然殊珊珊瘦骨形如
鶴一幅癯仙現世圖
近觀遠矚可相符神采依然色笑無舉桉高風憑對
影霜櫺雨榻一燈孤
難繫長繩去日馳輕塵弱草已如斯悲君大夢何先
覺恨我勞生夢覺遲

離別從無惜別懷一緘遥寄兩眉開仙塵從此音書
斷難覓征鴻到夜臺

已絕重逢更可哀如何無路赴泉臺曾賸忘記成長
别猶問歸舟幾日回

夢裏逢君對弈棋手談半局不多時如何勝負爭先
着生死關頭總未知

小草劇憐為獨活好花最苦是將離悲風一颯生機

盡稍待泉臺會有期

卄載相依未十春常言白首亦如新既云佳偶緣何
淺緣盡應先我返真

迴腸百轉緒如麻去日難留夕照斜園内有梅開二
度一時變作杜鵑花

當年蘇蕙織回文宛轉循環感寶君今我歌成聊當
哭人天路渺可曾聞

四七後又哭

傷情一月淚闌干萬轉千迴解脫難無限深愁縈肺
腑幾時幻夢醒邯鄲箋銜不復傳青鳥鏡破何由舞
采鸞今日同堂棺已蓋頻年生别轉相安

無端噩夢斷宮絃苦雨淒風失所天藥誤他求嗟靡
及桃僵欲代願徒然歸魂望斷隨蝴蝶泣血聲疑化
杜鵑欲見應須窮碧落相逢何必及黃泉

終七後叩乩仙感夢再賦

虔禱乩神問所歸西方來往是耶非未嘗蕉境勞人
慣且向桃源樂處依梅福夫妻乘鶴去劉綱眷屬馭
鸞飛人間難得諧仙偶解珮剛逢漢水妃

一字書成一淚垂遥緘紅豆寄相思半生舊事空回
首鎮日新愁莫展眉案上猶存來去札篋中還有倡
隨詩玉樓賦就歸來未尚望重逢話别離

除夕又哭

屈指于歸三十年年年除夕慶團圓而今臘盡陽回夜正是簫寒鳳去天柏子香消心字冷屠蘇酒滴淚痕鮮淒涼又聽孤兒哭伯仲同悲繐帳前

望歸來辭

思君碩德與宏才垂死雄心未肯灰靈府有花長不謝返魂香到望歸來

思君無日不腸迴愁鎖雙眉未肯開窗外有聲疑步屧簾櫳風動望歸來

思君情義擻難開固結纏緜百不回碧落黃泉人可到同驂鸞鶴望歸來

思君規導雜諧詼曲意深情警不才從此無人言藥石鐘聞清夜望歸來

思君入夢得追陪醒後柔腸寸寸摧一瓣心香晨夕炷雨情不貳望歸來

思君樂冷愛持杯不典金釵換綠醅繞膝諸孫分一酌團圓家宴望歸來

思君硯席得追陪刀尺評量屬翦裁此後憑誰冰鑑照一篇吟就望歸來

思君園卉教栽培遭變羣芳任萎摧鄰苑三春花似錦東風調護望歸來

思君知命意悠哉半世風塵謂數該道有大團圓在後鹿門偕隱望歸來

思君懷抱幾時開想像音容去不回鶴返遼東何日是月明華表望歸來

送葬又哭

去年春月景闌珊尚在潮陽設杏壇今日佳城盤鬱鬱人間何處再瞻韓

百日光陰未盡哀撫棺憑弔幾徘徊傷心從此歸泉
壤金盌何年出土來
半世風塵予職疏殯宮今與母相於夜臺諒不悲風
木水遠山長奉板輿
當年甥館快乘龍玉潤冰清願已從今日修文天上
去可還一訪丈人峯
素車白馬出城闉悵望靈輀淚滿巾今日青山埋白
骨何年再踏軟紅塵
獵獵悲風起白楊長眠人在此中藏一生志事歸何
處青塚離離對夕陽
卜窆還如易簀傷柔腸寸斷淚千行百年同夢歸虛
幻同穴他年未可望
芳草天涯感異鄉一朝黃土更茫茫東風又見新寒
食化雨誰開舊講堂

文字爭同日月光琳琅珠玉返生香此身雖沒名難
沒終賈誰云鬢未霜
羣悲玉笛起山陽寂寂璇閨更可傷彈指清明逢冷
節杜鵑聲裏斷人腸
華表風前樹葉飛紙灰煙裏弔斜暉莆田有客稱佳
壤錦水他年照錦衣
撇儂先去待如何景未桑榆委逝波不聽鷓鴣聲咽
處道行不得也哥哥

閏月望後三日夜夢外子余以玉連環相贈醒
後悲吟四律用環字韻

夢中持贈玉連環一縷情絲繫兩關幽恨未隨流水
去此心難與白雲閒魂消杜宇花凝血淚灑湘江竹
染斑今古有愁同此慨餘生無復得開顏
夢中持贈玉連環一夕相逢咫尺關星散李園重聚

會月圓槐國暫安閒驂鸞人去情難盡化蝶魂歸淚尚斑夜雨孤燈惆悵處曉來憔悴減朱顏

夢中持贈玉連環人在迷離縹緲閒蓬島洞天春不老華胥境界日長閒記懷采筆評花月難伴青燈論馬班來世縱然萍水遇相逢應變舊時顏

夢中持贈玉連環不斷相思在此間浩劫難銷千古恨浮生偷得一宵閒黃粱倘許同延算緣竹何須再

染斑幻亦是真真亦幻遊仙枕上破愁顏

季夏十日潮州書籍寄回見物傷情又哭

頻年為客有歸期一紙平安笑展眉今日空回書畫舫伊人宛在不勝悲

孤兒痛理篋中書墨潤香銷手澤餘著述未終心未了一朝撒手渺黃壚

風霜歷盡為饑驅海角天涯解定居到底未酬林下願羨他彭澤賦歸與

烏哺恩酬筆債償不為人作嫁衣裳向平願了無牽掛賸有孤鸞日斷腸

詩餘

金縷曲

君去知何處叩乩言西方來往神仙相許塵世勞人徒草草愁擔從今撇矣只憐我餘生延佇血淚啼殘

腸寸斷已昇天不管人間苦空想像朝還暮　天涯海角同寰宇最傷心長離永訣重逢無所欲向夢魂圖聚首爭奈暫時會晤說不盡滿懷情緒醒後依然形弔影聽窗前滴瀝芭蕉雨燈明滅和誰語

菩薩蠻

去年正月元宵夜團圓月照湘簾下今夕照愁人淒清淚滿巾　銅壺蓮漏永金鴨香煙冷衹此黯魂消

那堪暮復朝

浣溪紗

玉漏迢迢夜未央娟娟霜月照虛廊寒風如翦翦愁
腸　入夢更無懷夢草離魂安得返魂香落花流水
兩茫茫

踏莎行　春恨

望此門中春風依舊桃花似笑人眉皺鶼鶼比翼惜

分飛良緣空訂鴛鴦偶　心似懸匏腰如弱柳閒匳
日見容消瘦倚樓從不盼歸帆秖今長別難回首

鷓鴣天

芸卷霜毫滿案閒一回一看淚闌干成灰未得心銷
鐵化石長留影在山　歌薤露泣陽關愛河情海脫
離難幾時蝶化相隨去倚月調雲並往還

又

孤雁哀鴻顧影憐回文詩變斷腸篇前因未了三生
石舊夢空聯兩世緣　愁似海日如年回頭往事化
雲煙媧皇有術天能補難把人間缺陷填

滿江紅　追悼

雨雨風風又過了清明時節正是那蝴蝶夢殘杜鵑
聲咽半世塵勞驚泡影中天月滿俄虧缺痛生平著
作筆如椽青燈歇　卿雲散文星滅生死恨仙凡別

憶糟糠共守玉壺凝血蓼味已嘗慳蔗境絳帷尚在
昇瑤闕願黃泉碧落早相隨情難絕

惜分飛　本意

手調薑橘傳哀誄此恨緜緜無已藕斷絲牽繫海枯
石爛心難死　悲檢青衫都是淚過去事如逝水雲
散風流易病懨懨柳眠花睡

又

浮世輕塵棲弱草儂去留君最好獨活情難了團圞人作孤飛鳥　欲覓梨雲仙夢杳還望相逢一笑憔悴心如搗書空咄咄同般浩

自輓十二章

歲盡勞人與世辭鐘鳴漏盡不多時浮生勘破須歸去元日揮成自輓詩

客冬丹詔降庭前跨鶴翱翔夢上天傳語後人栽善

果福田端不外心田

昔年風木尚含悲況又東君永別離此恨緜緜何日了孤燈泣雨夜題詩

無德無才愧讀書此生何補此名虛閒思五十年前事功過評量過有餘

好勝難言氣質佳事多行險費安排良人愛我箴規切屬署軒名戒克齋

雙眸端不辨賢愚魚目曾將錯混珠此意自關忠厚過世風今與古人殊

腸斷南窗一曲琴離鸞彈罷兩無心辨絃賴有嬌兒慧流水高山續後音

生平好古結書緣鐵綫餘閒對簡編留下墨莊須護惜莫教脈望刼神仙

偶謫塵寰五十秋飄然羽化去難留浮生若夢休惆

悵貴賤同歸土一坵

底事遺容換道裝生前悔不事空王皈依須向慈雲座一葉蓮花渡世航

自歌自誄自招魂或上西方或九原堂上椿萱重聚首往來依舊侍晨昏

此身留下累無窮營奠營齋築殯宮須借仙家三昧火皮囊化去色皆空

自題歸道圖

歷盡風波險紅塵夢已闌秦樓簫史去壇院梵經看露重鸞絲溼風高鶴氅寒飄飄吹縞袂扶我上雲端着筆凌空想披圖舊願償回頭離草莽轉瞬歷滄桑塵世光陰短仙家日月長後人功行滿來訪白雲鄉

潮郡諸生追念師恩稟　上憲奉祀夔譜夫子於韓山書院率吟四絕

振鐸文壇駐此邦春風化雨遍韓江尚懸絳帳騎箕去立雪程門淚滿腔

才華品望重儒林染翰經營費匠心追步前賢應不愧輯成忍字有良箴

彭宣高義最難忘圖報師恩惠澤長春露秋霜垂不朽任他塵世幾滄桑

魂返書堂夜月明椒漿桂醑奠前楹偶然絲竹鳴東壁似聽當年絃誦聲

哭四妹

西風一夕雁行分淚灑江天悵暮雲姊悼鸞孤偏在世妹諧鳳卜反離羣（于歸僅一載）春宵共話情如昨秋日重逢訃已聞人面桃花何處是寒煙冷月照秋墳

生小從無拾翠游壓殘金線度春秋（妹攻鍼黹寸步不出閨門）淡妝不羨鉛華御樸飾甘將綺穀收自適西河詩內佐主持中饋是良謀如何不作齊眉賦幻化真同水上漚

苦海難留泡影身歷殘塵劫廿三春豈期玉燕投懷日偏值金棺降世辰襁褓呱呱兒泣血鏡臺寂寂壻傷神慈幃憶女迴腸斷泉下應知淚滿巾

毋兄青眼擇乘龍品藻才華願已從纔賦秦樓偕老句竟追潘岳悼亡蹤瑤琴調變商飈急斑管毫揮淚

雨濃一載良緣如夢幻三生何處問情悰
傷心姊妹花聯七十二年來折二枝㞘事彭殤太懸
絕不凋霜鬢損蛾眉
椿庭病劇爇心香願效緹縈孝念長九載人間違色
笑一朝膝下侍高堂
阿翁疾革賦于歸彩服須臾換素衣此日泉臺指老
眼驚看新婦拜庭闈

曾云皈道侍空王母愛宜家願未償省識良緣成浩
劫何如苦海借慈航

哭曉山弟

驚聞江右訃音來痛惜田荊一樹摧十載宦游歸露
電半生遠志付塵埃潯陽月冷鵑啼切梓里風寒雁
唳哀乆息小星盟皎日貞魂隨主赴泉臺
憶弟三齡失母時老成觸景尚含悲馮唐未遇非才
短李廣難封亦數奇四十九年勞去日三千餘里絕
歸期故園空盼刀環約一枕長眠與世辭
生平嗜學苦吟詩涉趣詼諧亦解頤題柱未償司馬
願詠鑱偏有杜陵悲經繙解證曇花果琴譜翻成薤
露詞卻怪江州湓浦水錦旋不送送靈輀
當年哭妹尚凄其今日重為哭弟詩㞘事女嬃多老
淚黃粱一夢醒偏遲

輓庶弟婦黃氏

彭城篋室有貞姬奇烈流芳播一時多少英雄羞晚
節羨他巾幗勝鬚眉
早隨紅綫列青衣解誦知書慧性稀不獨鍼神誇妙
手瑤琴一曲兆留徽
瓜期甫屆賦桃夭不為爭妍黛巧描分守小星常肅
肅千金不敢戀春宵

相伴征帆過豫章天涯春草感他鄉可憐冷月寒風
夜鵑鳥悲鳴更斷腸
闌盼當年燕子樓獨居幽閣幾經秋何如殉楚虞兮
烈解脫人間萬古愁
漫歌薤露感淒涼從此生天自有方珍重閨幽才子
筆墨花香帶女貞香

庚辰除夕集古

歲已云除服未除東風何日入黃壚夜臺人去無消
息楚些空招宋大夫

除服二首集古

孫楚淒涼除服時傷心翻借哭為詩鏡中白髮燈前
淚閒坐悲君亦自悲
三年幽恨憑誰訴祇有詩囊報可憐弄玉願隨蕭史
去但生西土莫生天

去年三月到四妹家今又一春感集一絕

去年今日此門中庭下黃花一笑同（同看庭中黃蘭）回首
舊游渾似夢夜臺應少繫書鴻

癸未三月扶鸞不降感賦

永隔人天信莫通欲憑乩降杳冥中頻燒丹篆魂難
返願效鴻都術未工歸夢已迷飛絮路癡心猶逐落
花風可憐六載無窮恨日誦彌陀尚未空

哭乾兒高士輝

勞人草草數何窮三十餘年侘傺中半世風塵虛歲
月一生羇旅逐西東蓼莪早痛終天恨棠棣驚摧五
夜風絃斷又占炊臼夢幾番血淚灑鵑紅
認義當年始六齡依依膝下仿宜馨說詩善解才非
短學藝能通性本靈服賈徧傳忠信譽立身恆守節
廉銘如何壯歲深期許先我南柯一夢醒

哭族九姊

驚聞哀訃幾傷神百折腸迴淚滿巾話別半年成隔
世相望百里會無因有懷未可酬知己入夢何由覓
故人禮佛果還猶遠魄豈期駕鶴已經旬
義認同宗過十年花晨月夕每流連南園酒酌長春
塢東閣詩談不夜天自從鳳城悲聚散再旋岐海話
纏綿而今回首都成夢一度愁思一惘然

銀河將渡斷星橋志懍冰霜節行標不向春風調錦
瑟任教冷月度清宵孝泉慈竹情相感善果靈根業
自消喜見桐枝初挺秀歲寒松柏遽先彫
漫歌薤露有餘哀太息浮生暮景催絳雪全消隨逝
水彩雲易散等飛埃老懷漸覺晨星落故里難從舊
雨來此去生天應有路相逢端不待泉臺

輓隴西梁夫人

西風一夕起山陽實婺星沈墜北邙分手河梁無一
載人天兩路已茫茫
五十三年大夢醒夕陽逝水去難停向平願了無餘
憾撒手西歸駕玉軿
世上賢名後母難孝慈無愧一堂歡恩寬恆借泥中
辱婢僕應知淚未乾
同上天湖拜上真重游舊地感前因香飄墖院燈如

昨不見當年禮墖人
記昔遷居到鳳城桃花潭水見交情君今長別誰相
送凡骨難從鶴背行
我年差長可隨肩詎料君先我着鞭揀箇觀音生日
去若非皈佛定生天

輓龍氏二小姐

二月東風花信催武陵嘉卉忽傾頹青春遽醒浮華

夢黃土難消浩劫灰香國祇今遺世去蓬門無復爲
君閒話游荆楚情猶眷况隔人天去不回
善果勤脩福未盈如何漏盡曉鐘鳴九原應入思親
夢一室無聞誦佛聲繐帳椒漿風木淚鏡臺夜雨蒙
砧情六如悟徹金剛偈知向靈山頂上行
前歲香車降草堂班荆如故見情長祇云翠竹如蒼
柏誰謂朝曦變夕陽半載病魔窮採藥一生心事付

炊粱老懷又感晨星落簌簌臨風淚數行
未登蘭室問平安詎料芳年再見難玉鏡妝空明月
缺瓊簫吹斷彩雲寒林閒飢鳥思香稻江上遊魚悵
碧瀾（好放生每置穀庭中以待飢鳥）薤露歌成聊當哭墨痕和淚上
毫端

哭女弟子裘蕙裳

盼到鱗鴻下五羊何期風笛動愁腸離筵話別情如

昨舊院重來迹已荒粵海楚天慳一面離魂斷夢隔
三湘難從文字求知己又灑傷心淚數行
自愧才疏德未遑虛心雅愛拜門墻夜隨明月來妝
閣時挹清風到講堂校定詩文搜典籍評論今古話
滄桑如何數載師門誼化作華胥夢一塲
客春隨宦渡瀟湘送別依依淚滿眶自謂三秋蒲柳
質難瞻白髮杖藜光洞庭波靜魚書再衡浦風寒雁

信望幾度猜疑存與沒果真蝶化影茫茫
入世誰搜古錦囊才華德行未云亡繡牀尚積三冬
雪佛座猶存一瓣香出土英華添冢誌盈門桃李望
宮牆孫枝應下傷心淚圖報師恩願莫償
白玉樓城賦太虛修文徵到女相如半生書債能償
未又讀瑯環未見書
梅自孤高雪自清錦標屢奪擅文名才豐遇嗇非天

酷蔗味難從蓼味生
來往瑤函贈答詩一回展讀一悽其自憐老境無多
日碧落黃泉會有期
鴛侶紛飛十四年可憐相聚話重泉孝慈二字生前
盡不枉深心擇婦賢
日懷桑梓卜歸程不見斯人願未平他日蓮塘隄畔
過水流疑是讀書聲

追悼又調金縷曲

往事難回首計當初班荊如故素心蘭友競渡
遊河舟共泛七夕靜看牛斗中秋夜桂花香透
西席相延司翰墨伴晨昏煮茗清談候奈日月
雙丸走　還家病骨梅同瘦賦驪歌瀟湘一棹
重逢盼有誰謂暫離成永訣猶望回回鄉話舊
詳別況衷懷待剖竟隔人天魂夢杳問龍華會

上招儂否塵劫了仙緣又

荆卿入秦賦 以壯士一去兮不復還爲韻

風蕭蕭兮動征塵水滔滔兮生怒浪天地變兮色沈沈人心慘兮聲悲壯揮鞭先著期遲志於關中對酒當歌聽發聲於水上衣冠盡白示不東還劍佩辭丹逝將西向昔燕太子質秦亡歸也怨極摧肝仇深切齒勢怯狼吞心驚虎視韓師已敗於太原秦兵將臨於易水衛圖掠地勢

將饕食於諸侯翦暴除殘欲得梟雄之勇士訪聶政於齊郛求專諸於燕市時也謀及賢臣商諸密室達太傅之私衷請田君之暫出老夫耄矣駑馬難馳俠士伊誰征鴻奮疾有荆卿者智術無雙英雄第一真天上之麒麟亦人中之屈軼於是館以上卿使之遠馭匕首懷藏地圖攜去將軍慷慨斷頭定不身降烈士從行徒手或

資臂助看白虹之貫日膽氣豪雄似猛驥之追風衷情急遽悲風颯颯落日淒淒水聲嗚咽行色低迷既臨流而祖餞亦取道而分攜短筑擊來聲成悲壯長歌和去人盡愴悽髮上衝冠一去何曾返顧士皆瞋目此行不望生兮想其未路堪嗟滿懷憤鬱久懷龍豹之韜便入虎狼之窟目無西帝一鞭遙指長安議賂寵臣所寶惟

求遠物咸陽宮進不許趦趄督亢圖呈是何彊倔人心本大可憑天意豈期竟不時乃手捧頭函肘持袖輻將揮刃以加揕竟絶裾而奔逐訝藥囊之擲去臣力已窮恨銅柱之誤投君仇難復誓酬知己何辭血濺秦庭圖報交情惟有身膏利鏃乃知成功不易謀事多艱博浪之椎已成虛話漸離之筑仍費機關至使繞柱餘生幸

延身命開基大業混一河山抱恨事者臨風感
歎懷義士者憑弔淚潜當其國擁長城幾謂天
心莫測直待兵臨函谷方知天道好還

紅葉賦以霜葉紅於二月花為韻

吳江秋冷楚岸風涼蒼葭照水紅蓼橫塘散千
林之野燒映一角之斜陽染就胭脂詎是蜀禽
啼血裝成顏色祇緣青女飛霜想因秋色荒涼
全堆黃葉故費天工點綴掩映紅牆當其紅雪
鋪山紅雲歸堞絳樹密而飄揚丹木榮而稠疊
飛如撲面暈帶紅猩望乍凝眸影迷紅蝶比漢
殿之千叢愛唐宮之一捻客來沽酒誤疑村店
杏花人送歸舟錯認渡頭桃葉秋江豔冶遠浦
玲瓏浣霞綃於水面濯蜀錦於江中映入綠波
若浮朱羽照臨清沼似漾晴虹料應鮫室拋梭
織成碎錦豈是雁來傳信銜到嬌紅若乃璇臺
磬罷蕭寺鐘餘僧歸拄杖客到停車幾樹扶疏
遠烘丹竈數枝爛漫遙映梵書落類慈恩之柿

曇花閣詩鈔 三集

鮮逾舍利之蘂非從赤木林中葉飄蘭若恍見元都觀裏紅罩林於別有繡閣閒居香閨愁思悵秋事之凋零訝春光之復至效詩人以寄興酒煖重林仿任女之傳情書成錦字儻是捻花留印先分楊氏紅脂倒以灑竹成斑應染靈芸紅淚對葉葉以成雙比紅紅而寡二更有落遍深宮飄零金闕寓目丹楓傷心白髮紅顏老我無句漏之丹砂紅意撩人憶守宮之血蝎曾向御溝流出題句言愁似從南國移來相思徹骨聽餘舊曲扇感秋風照此愁眠烏啼夜月花俱凋謝葉尚穠華千枝爍火萬樹妝霞挂夕陽兮古渡落紅雨兮誰家留得文章襍婆娑之赤棗未凋容色異消瘦之黃花休嗟西帝持權風光漸老還冀東皇作主春色非賒

嫦娥奔月賦 以嫦娥應悔偷靈藥為韻

有仙子兮貌非常善為窈兮德為芳悵奔月兮人渺渺擬乘雲兮天茫茫配就良緣厭紅塵之溷濁服來靈藥從碧落以翱翔傳聞弱水瑤池仙原有女得住珠宮貝闕娥合名嫦昔平羿之逢王母也監修閬苑直渡星河洞府既成碧花求惠金盤捧出絳雪調和丹砂舊鍊玉乳新磨方期紫府元霜同棲仙眷豈料白雲明月徒弔湘娥當其空閨寂守曲檻閒憑玳瑁梁閒光華閃爍玻璃瓦上豔彩飛騰令猜疑之頓起旋貪懼之交乘卜倩君平癡心待決爻占歸妹換骨宜應龜猷告後鳳髓餐曾身飄飄兮若舉神栩栩而上昇時也遊戲天空永辭闈內振環珮而珊珊逐霓裳之隊隊恍入琉璃世界一片光明隔將雲母屏風纖毫無礙一輪湧處疑開寶鏡之匳纖影彎時似畫

遠山之黛此日金蟾玉兔共證長生他年碧海青天
能無追悔爾乃長依青輦永住晶毬桂子摘來香盈
素手桂英餐到清潤珠喉萬古長明俯視大千世界
此間自樂專居十二瓊樓斷凝夢於人間結璘猶在
藏異香於月府韓壽難偷假使竊無桃實服乏松苓
則雖情深伉儷豔說娉婷而色即是空終歸泡幻生
還若夢易入杳冥識升沈之有數誠醉夢之宜醒所

異者弄玉采鸞千秋偕老東皇西母萬載延齡何不
同跨鳳翼共駕雲軿攜手偕行玉鑑照雙雙之影同
心永結氷壺棲兩兩之靈今乃遽謝良緣自辭塵縛
刀環未唱惟看桂影婆娑鏡破難圓應悵廣寒寂寞
不知命本人殊巧原天作苟非妄司月府恩被褒封
焉得君守日宮榮膺錫爵迨有賜於元符亦飛昇而
控鸞從此天荒地老永超萬劫之仙任看兔走烏飛

自擣雙丸之藥

中秋無月賦 以試憑絃管一吹開為韻

秋色平分月華光蔽人對良宵天留恨事卻被盲風怪雨幽閉廣寒翻教薄霧浮雲遮臨大地想因月姊分明致惹風姨妬忌孀娥怨譜有情人亦許同聽水調歌成技癢者仍當一試當夫秋光皎潔夜色清澂盼金輪之西沒待玉魄之東升亭榭依山擬登絕頂樓臺近水欲上高層牛渚可遊舟還共買河源試探

槎約同乘詎識升沈之有數遂令明晦之難憑時也瓜期爽約桂魄虛懸沈埋玉宇暗鎖瑤天七寶仙宮誰爲門關二分揚郡莫覿嬋娟縱教舞袖歌喉難酬今夕不少詩懷酒興留待來年盼斷清光燒殘銀燭數來玉漏冷到冰絃大抵缺事難平天心惡滿冰輪不放知非白帝情慳玉鏡未開或是素娥妝懶漫登庾亮之南樓莫問坡仙之詞館瓊樓重閉誰聽調唱高寒銀杖拋空翻笑術歸妄誕許多時節盼切團圞無限風光是誰收管則有風雅騷人豪華富室茗椀詩筒秦箏趙瑟方期不夜天開應比元宵興逸奈玉兔之埋藏望金蟾而未出未有杖登天柱遊眺可從除是紙帖粉牆光華如一更有玉樓豔質金屋嬌姿開簾欲拜倚檻同窺訝清輝之夜滅覺香霧之迷離誰惜清秋弔人孤影有如此月誤我悠期問人生有

幾團圓金錢任擲笑鄰婦尚多癡想玉笛頻吹天應惆悵人自徘徊雲迷甲帳雨溼層臺豈是蝦蟇所蝕想因計字爲災明年月府探花試向嫦娥一問此夕雲梯架筋惟憑術士攜來安能洗盪乾坤萬里山河朗照會當掃清寥廓九天宮殿齊開

紉蘭室詩鈔

嚴永華

硯老公使持贈　十年三月

紉蘭室詩鈔

女士紉蘭室詩鈔

紉蘭室詩鈔三卷

紉蘭室詩鈔

寶熙題

光緒庚寅歲十月吳興沈仲復中丞自皖撫移節權
督兩江
命甫下而其夫人嚴氏卒於安慶節署中丞感悼披
陳遺製思有以傳其緒餘爰輯所著紉蘭室鰈硯廬
詩集都爲六卷書來問序於余辱知深不獲辭余固
稔知夫人系出桐鄉一門風雅幼嫻吟詠其兄緇生
太史奇賞之不減太冲之於左芬也其仲兄叔和守
石阡夫人奉母以從會有叛夷之變叔和力戰死官
夫人倉卒負母冒白刃踰垣以出獲免於難此其大

義彪列至性感人豈僅僅名章迥句之足以千古哉
當是時家佑夫叔守遵義與叔和同官深悉其事後
香濤弟盡室北旋叔母輩猶能言之歷歷也同治歲
辛未余以蘇撫乞養中丞亦自蘇松太道謝秩養痾
因約同寓吳門之拙政園水木明瑟文讌過從發藻
連情殆無虛日余繪拙政園圖夫人題詩其上復爲
余繪山水一册深得元季四大家遺法至是始悉夫
人才藝之工與德並著心折久之洎余居憂還鄉旋
以服闋承乏樞密中丞亦棠

特詔復起颺歷中外勛業爛然夫人遠降魚軒出隨
羽葆所過湘峰九疑桂林獨秀得名迹之勝助發思
古之幽情造端微言感興嘉詠蔚成詩史無愧大家
方之
國朝閨彥長離閣芸香館諸編其懷寄之深標會之
負不是過也余維風詩之始哀窈窕而思賢才如夫
人者文行兼美天若不惜其精靈全而授之卓然不
朽又故靳其修年不泯其遺憾使後之誦其詩者流
連篇什既慕好逑之雅復深喪淑之悲此余所爲弁

首一言亦以塞夫哀思云爾
光緒十七年六月南皮張之萬序

粵稽河洲流荇南風著夫人之詩天祿然藜中壘述
列女之傳良以興託温厚雅頌同流行煒彤編搜揚
必及然寶釵明鏡徒擅令嫻之才林下閨房自別濟
尼之品鮮有功德兼備福慧雙修如少藍嚴夫人者
夫人滄浪華胄誕發蘭儀率禮蹈和秉聖善之訓陳
詩展義肆德象之篇詠絮臨風道韞遜其敏簪花垂
露茂漪謝其工而且瓣香百家漱芳六藝刺繡通乎
繪事繅盤喻於文機斯固才著無雙名高不櫛者矣
然此言其常也叔兄謹黔中出守會稽移家夫人奉

母王太夫人隨兄之任石阡地本巖疆民多萑藪狐
篝熇難豨突潰防留贊披髮而叫天周處捐軀於臨
陣夫人踊身急難負母踰垣若有神扶實憑孝格少
女之風力大嵩尤之霧目迷矢集前庭戈揮內室屋
烏誰愛池魚將焚危等厝薪鋋難擇蔭聯臂赤門之
慘甘心白水之歸不意白梃爭援黃巾羅拜人矜其
畧天鑒厥誠由是流痕一家間關萬里板輿遄返萓
晼棲遲倚竹忘寒人真似玉牽蘿欲補婢賣無珠迺
於問安視膳之餘不減補黍循蘭之樂縹緗既富巾

帙斯盈此紉蘭室之集所由作也迨歸沈中丞仲復
前輩季蘭之質允蹈有齋杜韡之賢著聲繼室友其
琴瑟愈恭節儉之風伐其條枚實秉憂勤之德時中
丞備兵京口督榷維揚障江海之波瀾擁金焦於几
席偕臨勝地益暢吟懷吸江亭畔刻石如新皆山樓
頭隱囊對倚神仙眷屬人羨劉樊翰墨因緣世推趙
管宦書佐治恆擁髻於夜中琴寢鳴弦遂移情於海
上處脂不潤冠有荊簪博施從寬廩無朽粟善心爲
窈詩境彌深既而陳臬蜀豫返轍金閶卜築耦園婁

姿鰈硯時已雙珠掌上比珏膝前釵遂隱居弇稱偕
老究心內典涉趣道書理會三空束筌蹄而不用神
幾獨照游智刃而有餘鼻嗅樨香心皈蓮諦時偕夫
子富以錦囊閒授郎君琅然玉樹此鰈硯廬之集所
由名也迨東山起介石之貞北地峻尹則之望桴鼓
既肅典屬兼登崇觀殿之華資參嘉石之清秩旋移
桂管遠擁節麾莫不鳳律相諧魚軒並蒞遨遊五嶺
吐納三湘勒石刻銘識麻姑之字分題壁韻散天女
之花胸襟早越乎鬚眉而神契久通於仙佛者也乃

皖公移節地媼隨藝戒律獨嚴施予益廣黃棉萬襖
手自紉縫
丹詔九重名標綽楔彼時弱女來歸阿姑憐惜以試
羹之新婦作問字之門生織室授詩繡闈學繪齊愛
等諸兒女傳家親若師徒無何墨盡金壺鼻垂玉柱
去無所苦生有自來雖畫龍之符流年不驗而驂鸞
之集一卷長留仲復前輩身依燭帳手拂茵幬排空
徧碧落之求哀逝成黃門之作搜尋盝篋裒集縑囊
都爲六卷命序於余易圖忝附婚姻備悉壼範獲覩
遺墨敢爲引喤讀大雷置袖之書音容宛在補國風
有樛之頌福祿宜之
光緒辛卯五月姻侍生閩縣龔易圖謹序

昔人謂閨秀之詩得名易而傳世亦易蓋以論士夫
詩者多苛責論閨秀詩者多恕辭也然此特爲尋常
閨秀言之若夫天授詩學人結詩緣地歷詩境而爲
閨秀者則與尋常閨秀不同而詩亦迴異因是得生
以詩名没以詩傳此其中實有詩福存焉惟吾妹少
藍沈夫人足以當之大凡女子不就外傳其讀書識
字者必恃父母之教而父母或不盡能詩且女在閨
中每暱母而遠父故父能詩而母不能詩者其受教
也終疎惟吾父順甯公著有小琅玕山館詩鈔欲以
詩學傳家宦滇二十餘年吾兄弟三人皆以求名遠
出退食之餘惟以課女爲事而姊妹三人中妹性最
敏領會獨多吾母王太夫人擅閨中三絕著有寫韻
樓詩鈔內助餘閒亦日事課女課詩之外兼督書畫
妹獨善承親訓學輒有成所謂天授詩學者此也大
凡女子有才難求嘉耦謝道韞所以有天壤王郎之
歎也今吾妹得配仲復前輩以鰈硯之祥爲鸞膠之
續倡隨既洽黻佩增榮前輩本翰苑宏才講求詩法
宗右丞以追老杜舉案之餘時承指授故妹自東牀

作合而詩格一變自東山復出而詩格再變名與位高學隨年進非特秦嘉徐淑之有才無命者不可同日語即孟頫道昇鷗波韻事亦有過之無不及所尤奇者因緣之起即兆於詩方咸豐申酉間余與前輩在京同居館職時相過從適妹自黔南寄手繪花鳥四幀並有題句余即張之客座爲前輩所見歸述之前配姚夫人深加歎羨姚夫人笑曰君既慕此才女他日可求爲繼室不意一時之戲言遂成百年之佳讖所謂人結詩緣者此也大凡女子閉置深閨老死牖下不知乾端坤倪是何景象即終身把卷吟哦祇如候蟲之鳴不知有穴外事若吾妹生長滇黔隨父兄宦轍所至於滇之三池黔之上下游跋涉幾徧搜奇抉險悉發於詩自叔弟殉節侍母南歸易洞壑幽深之境爲江湖浩瀁之觀時與兄妹篷底聯吟以供色笑今皆具見集中迨于歸後隨軺四出東則曾經滄海北則親覲皇居西則遠及炎荒南則湖洄天塹出處廿四年往還數萬里到處雙旌攬勝雙管留題以巾幗而獲江山之助而癸未之春偕游西湖慨然有終焉之志遂求得吉壤於半山之陰與湖上諸山相望也吟魂之妥及身自謀足徵達人高見所謂地歷詩境者此也然世閒閨秀豈無抱詩學締詩緣游詩境者乎而卒至生無名没無傳者由無詩福也若吾妹訂三生之契膺一品之封而伉儷情深游揚意切故焦山吸江樓之詩桂林叠綵山之詩前輩皆爲大書深刻泐石摩崖傳播四方與山俱古今又心傷遺挂特將所遺紉蘭室詩鈔三卷鰈硯廬三卷壽諸棗梨以垂不朽可不謂之詩福也哉古語以婦人得死夫前爲福然以九重錫誥十萬營齋爲吾妹之福則猶是庸福而非詩福也今承前輩以妹之遺稿屬爲審定並索序言痼疾餘生學殖荒落不能援引古義特倡爲詩福之說以幸妹詩之獲傳然妹所可傳者不僅詩而已也妹曾刲股救父臨難負母厥後迎養慈闈至十二年之久故余已爲撰孝女傳列入光緒桐鄉縣志今又爲作此序庶幾盡後死者之責而有以慰妹靈於九京也是爲序

光緒十有七年歲在辛卯秋九月望前一日同產兄
桐溪達叟嚴辰力疾作於吳下寓廬之墨花吟館時
年七十矣

蓋聞河廣載馳小序揭風詩之恉壽人安世先聲開
夜誦之音豈不以笙簧六經籥勺羣懸有輝彤管騰
茂青編然而素琴之章不登於列女綠窗之稿有賴
於賢夫卓乎名家罕聞前代良以昔之爲詩者生自
陬芳歸於兜率莫不感懷於身世得助於江山用能
疏瀹性靈輝麗羣有求之閨秀其惟吳興嚴夫人乎
夫人涵暢理道敦悅憲章實稟異才殆由天授溯自
來儀羽族里傳瑞世之符挂角羚羊家有談詩之譜
韜季蘭有齋之質肄女師德象之篇益濬璇源光昭
玉度時則北征作賦記先君行役之年南郡傳經並
處姊才名之盛華省秘書之選尤重令嫺烏衣羣從
之才皆推道韞家門號爲博士諸稟同於成人於是
潤古雕今選聲侔色碧雞金馬光沈益部之祠冷雁
哀蝯思在空舲之峽其所歷之境一也郡齋畢臘奉
萬石之訓辭屬部行春班五原之政教俄而白狠梗
化青犢成羣呼小子以屬孤傳傒按劍對慈闈而訣
別卞壺完貞夫人則慷慨旌心倉皇負母方當比蹤
愍女蹈白刃而不辭追則孝娥指清淵而自誓然而

施兵相戒不驚大孝之居複壁深藏始識遺民之意
忠義之所激也精誠之所格也斯時也三洲蕩析五
郡分張朱鳥歸來空隕望思之涕女媭太息徒揚嬋
媛之靈作歌弔毅魄之雄續史補孤忠之傳其所歷
之境又一也大雷寄札爭傳鮑妹之才初日照梁最
賞何郎之詠一則尚書家世一則學士詞華方譜述
婚之章遂有聯吟之集西鶼東鰈早知文字之祥五
蜀三心長共因依之景拈天花之妙諦不艱餘香賭
雪夜之新詞何如柳絮有梔子同心之作喜迦陵共

命之名其所歷之境又一也同舟仙侶快爲鰲頂之
乘弭節天閶翩作鳳翎之躡爰乃東方千騎稱娖同
行北固諸山槮差獻狀碑傳眞逸重摩瘞鶴之銘帖
仿官奴獨愛驚鴻之字曾以大珠易中令書既而茶仙新譜訂
中泠之水經琴絃舊聲入吳淞之詩夢浦經黃歇難
尋珠履之塵國是烏孫爭拜錦車之轍起龍鱗於密
雨嘗仿元人作墨龍懸之祈雨輒有驗息鰸患於文瀾秋月能言行百
蠻之家集曙星補恨完孤女之姻盟凡茲本事之詩
皆作去思之詠其所歷之境又一也洎夫賦輿公之

遂初慕萊婦之高義伯通賃廡十篇助其著書辟彊
名園三徑資其偕隱安康就養奉將北堂之歡蓬萊
獻詩載賡西池之約況復參同註易智度談禪頻來
十賚之文倏到三堅之法安神家衖廣前人樂志之
篇結想寒泉補少日申情之賦其所歷之境又一也
高柔系台衡之望樊英應壇席之求尹人物之浩穰
不傳眉嫵列班行於興慶允蹈思齋從霸水而祓除
讚甘泉之圖畫及至禬帷遠蒞紱佩偕臨文軫薄桂
海而遙山水甲瀛寰之內作詩刻石比春蝯秋鶴之

歌扣鼓留釵想狖鳥蠻花之致秋社變蹏林之俗春
蠶敷繭館之恩其所歷之境又一也今日者衣帶一
水壺中九華孔雀南飛羅帳香囊之句大江東去綸
巾羽扇之詞過靈澤之祠曾傳高詠訪青蓮之裔猶
覩儒風信詩人之善懷輒斐然而有作從此三台冠
冕八座起居分天漢之章振瓊林之翰固宜兼該衆
製掩玉臺之新聲演暢雅音揚瑤閨之淑問也已而
況鷗波妙畫懷小蒸之舊居鵝頸工書受茂漪之筆
法倚聲則花間按譜撫琴而松石流音福慧兼脩身

名並泰填箎競響不殊小宋之才箴管脩儀能撰大家之集豈復香奩常體巾幗傳流而已哉福詵忝居弟子言詩之列叨預後堂侍宴之榮獲誦篇辭僭爲喤引會昌題集旌一品官業之尊正始餘音壓百代婦人之製

光緒十五年歲次己丑嘉平月海鹽朱福詵序

紉蘭室詩鈔卷一

桐鄉嚴永華少藍

送緇生兄應試北上十一歲奉親命作

破浪乘風壯此遊雁行分手意悠悠相期早喫紅綾餅聊慰門閭朝暮愁

中秋月

望裏清輝好亭亭夜未央虛涵大地影高掩衆星芒雲去淨餘滓風來飄暗香誰爲修月手我意問吳剛

夜坐偶成

萬松環戶對殘檠風透疏簾近二更坐久忽驚江海夢月明何處怒濤聲

擬古

彈雀珠隕山斬蛟璧淪水知之不甚惜未足爲知己楚王稱愛寶賤目而貴耳鼠璞既爭投燕石復深喜哀哀荆山陬淚盡卞和子

陽春被原野百卉日以滋幽蘭託深谷匪石不可移娟娟如美人豈藉東風知無言謝桃李珍重繁霜時

項王廟

凜凜雄風百戰身楚歌垓下最傷神八千子弟都離散賸有酬恩一美人

水仙花

淩寒獨立態翩翩誰擅閒情賦洛川一片玲瓏空外影佳名雅稱水中仙

蠟梅和鄭澹若夫人韻

誰從世外賞幽芳取蠟爲花色尚黃未到春風先得氣一經寒雪倍生香檀心巧奪淩波態羅袂初看入道妝只共美人秋佩比萬千紅紫總尋常

除夕

晝屏銀燭綺筵陳一室團欒笑語親結習未除應笑我流光何事慣催人香分柏葉傾殘臘妝試梅花待曉春暗祝高堂長駐采鬢絲漫逐歲華新

寄懷伯雅兄 時從軍金齒

烽火連營十萬兵那知戎馬有書生鐃歌一曲新翻就好寄蘭閨仔細評

倚馬千言露布文阿兄才調本超羣貂蟬竟自兜鍪出天府新書翰墨勳

碧桃花

消恨名傳古帝家不將穠豔掩芬華仙根蟠碧曾承露人面爭紅欲妒霞異種只應天上有無言肯向世間誇元都觀裏栽千樹管領春風讓此花

明妃

呼韓款塞靖干戈不藉傾城與議和自是紅顏甘命薄裵回顧景奈君何

梅妃

絕代丰姿冰雪清珍珠難慰寂寥情不教孃子專房宴未必漁陽動甲兵

楊妃

第一昭陽穠豔姿海山舊約兩心知天長地久情難盡可憶君王掩面時

采蓮歌

薄暮采湖蓮輕盈態可憐江南新雨後爭聽唱田田

十里橫塘路吳娃泛艇來采蓮歌一曲雙槳劃波開

翠蓋亭亭潔紅衣瑟瑟涼采花休采葉中有睡鴛鴦

香風吹嫩荷涼意動微波摘得花雙蒂歸舟笑語多

秋夜

金風颯颯雨初收玉漏頻添夜景幽一片清礎聞別院幾行疏樹接高樓階前蟲語悽相答天際蟾光淡欲流偶步閒庭增逸興新詩寫出十分秋

中秋翫月絢霞蕙風兩嫂小雲姊同作

天邊明月正團欒丹桂香凝玉露寒倚偏欄干人不寐思親初解憶長安

紅葉

涼風吹夢落天涯回首吳江別恨賒莫把無情憎碧

樹紅飛片片散如霞

菊花

凌寒節操傲霜姿將近重陽放幾枝三徑冷香人去盡一庭明月雁來遲全刪俗豔清如許能伴西風淡可知卻笑春花空爛漫輸他獨占九秋時

夜坐和蕙風嫂韻

倚偏紅亭幾曲闌月明如水逼人寒庭前梅影橫斜處題罷新詩漏未殘

寄懷緗生兄

分飛雁序又經年遙望長安路幾千膝下承歡多弟妹相期努力著先鞭

十載芸窗意氣豪南宮指日待簪毫歸來杏宴春風後舞綵庭前換錦袍

春柳

一夜東風舞柳腰隋隄漢苑幾千條長亭攀折知多少依舊青青似六朝

花朝和小雲姊韻

輕寒輕暖釀花朝荏苒韶光一半消曉起忽聞山鳥

喚春陰似惜海棠嬌何人剪綵垂新鬢幾樹懸旛曳翠綃安得西湖移咫尺尋芳共泛木蘭橈

武侯祠

丞相祠堂弔夕暉森森翠柏儼成圍百蠻風俗留銅鼓一代勛名本布衣北伐未能恢帝業南人終古懾天威當年將略難輕議長有風雲聽指揮

畫竹

素絹新裁一幅長字成个个墨生香竿頭都有凌雲意應勝蘇家舊草堂

立秋

碧梧落葉又驚秋颯颯涼風拂畫樓乍聽蟲聲吟砌下漸無螢火撲簾鉤誰家短笛添幽思是處清砧動別愁今夕思親倍惆悵長安遙望白雲浮

偶成

繡罷敲棋局怡然得靜機浮雲任舒卷小鳥樂因依紅葉吟猶健青山畫亦稀誰家吹玉笛風送度蘭幃

蘆花

夾岸蘆花放輕盈似素妝汀邊鷗聚處飛絮冷秋霜

九日蕙風嫂小雲姊同作

又是西風九月天登高佳會憶年年紫萸笑折紅欄外黃菊同簪綠鬢邊此日題餻爭覓句誰家送酒喜開筵晚來約伴憑樓望樹色沈沈鎖暮煙

題絢霞嫂雕青館詩鈔

霜毫落處見天眞傳唱紅閨得句新畫裏有詩詩卽畫才名不讓管夫人

綠窗賦詠媲前賢瑤想瓊思語欲仙掃盡人間脂粉氣芙蓉出水自天然

送友蘭嫂北上

臨歧揮手倍留連縱得重逢又幾年從此天涯悵離別相思猶望損鸞箋

七載追隨似雁行離筵忽又敞華堂滇雲燕樹相睽隔應爲思君幾斷腸

寄懷也秋從姊

記自青谿放棹行髫年未許訂詩盟一尊相對知何日回首江鄉暮靄橫

高山流水孰知音一幅紅箋萬里心自分蘭閨初學繡可容暗裏度金鍼

送叔和兄歸試

今朝分袂去兩地鶺鴒愁浙水悵離別華山懷唱酬鶯花動西笑風雨壯南遊遙指滇池路行鞭去不留

盆荷

託根雖細自嬋娟也擬凌波賦水仙綽約紅衣嬌欲語澄鮮素體豔爭傳閒房映日偏多致小朵臨風更可憐咫尺秋江無限思明窗相對與流連

憶亡弟季和

碧落黃泉兩渺茫玉樓何處黯神傷無端天奪淩雲筆每覩書囊一斷腸弟方七齡能作擘窠書

杏花

輕紅淺白襯晴霞十里東風二月花勝似公門桃李貴一枝簪到鬢雲斜

七夕蕙風嫂小雲姊同作

良夜雲開月照庭銀河隱隱度雙星焚香不乞穿鍼巧但乞詩成得性靈

星墜金梭思益進風搖銀燭影初斜蛛絲也解翻新樣網出瑤英吉慶花

蒲門郡齋桂花盛放家大人命隨讌賞即席口占

新築名園景最幽木犀香放滿庭秋今朝別作承歡計文酒全家此唱酬

黃雪揉成種自殊一尊相對足清娛折枝先向慈親報好寫秋光入畫圖

天開金粟助行觴風景何如綠野堂攜酒問花花可解幾年不負此秋香

雁序分飛歸信賒大兄時任貴州荔波令二七兩兄以應試留京親心遮莫繫天涯桂林待盼秋風到消息春風又杏花

中秋對月

末孤佳節一登樓贍有閒情付唱酬明月莫如今夜好涼風爲送萬山秋地臨邊徼還相照人對姮娥肯獨愁待到綵雲開五色畫空欲向廣寒遊

緇生兄下第書來詩以慰之

四載關山隔相思感雁羣離懷常耿耿去日太紛紛聚散原由數功名豈事文藏脩如不倦天意總憐君

九日登高偕蕙風嫂作

秋色不知晚天涯節序催題餻爭數典載酒共登臺遠樹如人立幽花繞屋開茱萸方待插東望幾徘徊

寄懷叔和兄

記從分袂幾經時南北行蹤總繫思兩字平安勞遠望天涯何事寄書遲

碧疏映水月娟娟一片離情託錦箋明歲秋風好消息鵬程爭盼著鞭先

皆山堂前紅梅兩樹皆百年物今冬花開特盛

兩大人命賦詩紀之

寒梅昨夜得春先爲有繁英照綺筵素面偶分桃杏色丹心能耐雪霜天風華骨格成雙絶眷屬神仙共百年喜奉霞觴陪雅集夢中綵筆是家傳

寄祝鄭澹若夫人生日

送別華山每繫思遥聞設帨熟梅時久知妙筆存仙骨爲獻新詞當壽卮絳帳敢稱詩弟子綵窗待繡女宗師斕衫舞綵添佳話看奪宮袍到鳳池

東伯雅兄

可憶趨庭日肩隨不解愁那堪一爲別又復兩經秋聞有春明役神馳江上舟何時更相會目極暮雲浮

聞碪

何處淒涼送遠碪闌干倚徧夜沈沈一聲清徹眞如訴搗破鄉關萬里心

紀夢

曲檻飛甍出半天風帆煙島望無邊仙山樓閣知何處他日來遊定有緣

中秋蕙風嫂小雲姊稚鄉妹月下小飲

玉宇無塵一境澈萬里今宵共明月誰知天上正團圞却向人間話離別（時小雲姊將于歸金陵）同奏霓裳仙曲奇森森桂樹五百丈可許阿兄攀一枝（七兄時應秋試）蘭閨小集泛瓊液月落酒尊醞重碧爲道悤悤輕別時良宵如此眞堪惜還攜家釀登南樓浩浩長空一色秋欲呼明月問千古贈我靈丹療別愁

送小雲姊于歸金陵賦此誌別

天涯只解送人行骨肉頻年別太輕聽到桃夭歌雅調臨歧一例動詩情

悤悤分袂綺窗前無復聯吟擘錦箋此後倚闌愁見月照人離緒倍纏綿

小雲姊別後有作

離腸宛轉怯深宵欹枕愁聽玉漏遙幾度搴幃呼共語聯牀人已去迢迢

秋日懷絢霞嫂

颯颯西風雁影過懷人愁緒奈秋何含情試問中天月兩地相思那處多

月下遲蕙風嫂不至

暗蟲吟砌下明月上疏幌美人期不來虛風環佩響

寄懷小雲姊

恩恩執手贈將離猶憶同趨問寢時萬里于歸親舍遠登臨應繫望雲思

寶鴨香消懶自添離愁多少上眉尖思君怕見天邊雁滿院秋聲不卷簾

品茗敲詩意黯然相看惟有爾隨肩閨中重聚知何日昨夜分明有夢牽

香車珍重路迢遙好寄新詩慰寂寥別後流光如逝水計程應已泊紅橋

臘八粥

桃花曾續杏花香寒粥同流上巳觴又是臘梅時節到沙瓶煮豆試新嘗

歲暮寄懷小雲姊

連朝芳信到軒墀又見寒梅綻故枝風致猶堪林下想吟情誰鬬雪中奇心驚節物爭新日腸斷天涯憶別時藥裹隨身諸事懶推敲未就感離詩

綠窗靜坐意無聊讀罷新詩轉寂寥別態依依猶在眼離魂黯黯不禁銷椿萱近喜顏如舊琴瑟遙知曲待調相見除非隨夢去擾人情睡雨中蕉

玉笛誰家韻自幽聽來懷抱倍添愁香殘金盞猶開押月到珠簾懶上鉤容易睽攜成萬里不堪惆悵隔三秋情天若解相思切早晚重逢白鷺洲

幾陣窗前落葉聲雲山迢遞若為情流光轉眼逢除夕吟約何年續舊盟舊約以除夕偕蕙風嫂及余聯句鴻雁紛紛多北向煙波淼淼正東行春風昨夜回妝閣無那離愁吹又生

題自畫歲寒三友圖

蒼松翠竹各含情梅影橫斜足寫生試蘸薔薇花上露證他三友歲寒盟

春日雜詠

薄寒時節嫩晴天姹紫嫣紅共鬬妍觸景忽驚駒過隙邊城滯迹又三年

曈曈曉日上簾時鸚鵡雕籠喚起遲為問海棠開也未朝來消息蝶先知

繡餘閒倚碧窗紗照眼夭桃燦若霞多謝東風好調

護不教紅出隔牆花

紉蘭室詩鈔卷一終

男 瑞琳 瑞麟 敬錄

紉蘭室詩鈔卷二

桐鄉嚴永華少藍

郡廨花木甚繁獨少牡丹家大人手植一本今春始花飲席賦呈

一枝穠豔放仙葩粉靨檀心未足誇認取東風工點綴春光今歲在兒家

記曾畫裏爲傳神今喜花開識面真萬紫千紅皆色沮芳姿獨占一庭春

高堂曲宴共承歡滿座清吟興未闌自古此花推第一盡挼春色入毫端

錦帳高懸避雨風金鈴搖曳傍簾櫳也知富貴因人致得地雖殊寄賞同

次韻絢霞嫂行次涇南見懷

人間最苦是別離一別如何遂二期天邊鴻雁忽飛至新詩慰我長相思既言懷才如謝女又言佩德同班姬感君期望意良厚初七下九徒荒嬉憶自五華一揮手無復領畧書畫詩惜哉相思不相見長夜魂夢空奔馳我居蒲門已二載山城地僻多蠻夷今忽

聞君賦行役蒲帆日挂河之湄暮雲春樹望不極恍從落月窺芳儀見何難兮別何易珍重迢迢雙鯉貽

秋日偶成

銀漢望迢迢佳辰紀鵲橋寒砧催永夕涼月挂層霄殘葉猶棲鷺飄風尚引蜩闌干閒倚徧詩思在紅蕉

秋夜懷小雲姊

爲愛秋夜涼閒倚闌干北冷露滴無聲長空淨如拭秋雁忽飛來似喜返鄉國相顧不失序相呼不去側我心正傷離對此增歎息我有連理枝西風催行色

少小長相依一朝去如翼憶昔對月明聯吟弄翰墨清輝猶昔時此樂難再得木葉響蕭蕭暗蟲聲唧唧惆悵望天涯相思渺何極

灣甸匪變寄呈家大人軍中

烽火連天夜月寒心香一瓣祝平安思親空負從軍志戎馬關山壯木蘭

重幃尚怯朔風多萬里冰天憶枕戈聞道捷書馳露布擘箋先爲製鐃歌

緇生兄奉諱攜眷來滇詩以述哀

七載京華感別離相逢轉覺痛難支生經憂患情逾密氣吐文章恨已遲白雪半梳慈母鏡紅冰千點季姬匜何堪回首承歡日嗚咽靈帷淚似絲

中秋

晶簾涵月白生波露腳斜飛翠袖多何事高堂明鏡影今宵圓不似姮娥

秋感

颯颯西風落葉聲虛堂人往暗孤縈恨遲素問精研理枉寫黃庭論養生境過炎涼愁自遣情忘哀樂夢

俱清侵帷月色涼如水掬入離懷淚共盈

題畫

蒙茸一架影低垂更有薔薇鬬豔姿都是春風好顏色殷勤繪取伴書帷 紫藤薔薇

紅衣瑟瑟露凝香羅襪凌波寫靚妝靜裏相看嬌欲語依稀清夢落橫塘 荷花水卉

暗窗點筆寫秋光金粟紅英態自芳一樣名花香色異西風禁受暮天涼 芙蓉桂花

羅浮夢醒月沈沈冷蕊疏枝瘦不禁賴有水中仙子

在歲寒相與結同心 梅花水仙

緗生兄命蓉姪從余讀作此勉之

慧性應憐女垂髫侍絳紗寸陰分織素妙格學簪花
聞靜秋聲遠鐙親夜課加讀書師窈窕詠絮漫爭誇

與緗生兄友蘭嫂稚蘅妹遊城東圓通寺歸作

呈緗生兄

春日尋蘭若淒然感舊遊亭臺猶似昔風月幾經秋
結伴停芳躅登高豁遠眸低徊長太息身世一閒鷗
亭榭當巖出憑闌逸興濃涼風吹客鬢細雨潤山容

谷轉泉逾響苔深徑欲封清遊殊未已更上最高峯
勝遊誰可紀仲氏富詩筒呈佛出奇句驚儕入定中
高歌黃鶴下歸路白雲通回首禪關迴殘鐘度碧叢

春日

夭桃吹雪柳吹緜悄立東風意黯然往事不堪重回
首斷腸春色又今年

題畫

春風一例到天涯姹紫嫣紅競著花生恐韶光容易
老替傳清影上輕紗

送緗生兄赴黔

聚首既云樂肯復分兩地今朝忽臨歧此別殊非意
憶我垂髫年曾向絳帷侍三月坐春風居然動詩思
擘箋送君行耽吟自此始君生有夙慧筆挾風雲氣
搏扶期直上胡爲靳一第科名不在文我早識此義
先君雖久宦爲政稱廉吏身後竟蕭然至遺慈母累
飢來驅君行出門一揮淚黔中君舊遊雲天有高誼
使君況友善（黔令沈秋帆屬兄同年）願拜麥舟賜炎飆正酷烈
珍重愼寢饋計程無一月尺書勤寄慰沿途攬名勝

佳句收靈異境窮詩益工斯言良可味相顧增太息
會難別何易

菊花

檻外新霜菊綻黃天涯容易又重陽知音不遇陶彭
澤誰采東籬晚節香

暮秋懷小雲姊

秋意已云晚相思隔暮雲姑恩知有曲我獨感離羣
粵嶠蠻花發徽江雁影分何時重把袂尊酒共論文

詠雪用尖叉韻同緗生兄作

寒宵疑作雨簾纖曉啟重帷風勢嚴愧乏才華追道
韞漫勞刻畫到無鹽金尊緩緩傾佳釀玉屑霏霏壓
矮簷剛拂吟箋呵凍寫雪花飛上兔毫尖
閒庭寂寂靜棲鴉買醉何妨典敝車一片寒聲飛木
葉十分清韻到梅花曾聞賦客誇梁苑不羡名姬說
黨家卻憶滿城幽景好共吟冰柱倣劉乂

板橋

香輪安穩馬蹄驕細雨斜風過板橋煙柳絲絲青似
織春愁綰住短長條

石蚪亭

滇山看已偏來上石蚪亭嵌壁碑文綠盈階草色青
相逢原舊識幼年曾隨宦過此 此別可重經倚柱閒吟句神
龍漫出聽

郎岱旅夜不寐口占

宵柝沈沈漏鼓傳心驚烽火不成眠擁衾正欲尋歸
夢風送濤聲到枕邊

伯雅兄扶先君柩回浙余留侍母賦詩送別兼
述哀思

迢遞天涯未得歸憐君萬里奉靈幃西行見說秦關
險欲慰萱堂盼雁飛
搖搖魂夢逐君行揮手西風去旐輕一樣爲兒無足
恃傷心不及古緹縈
頻年雁序悵離羣聚首無多又惜分聞道鳧飛猶未
定板輿何日奉慈雲
征衫淚溼重雕鞍獨騁崎嶇敢畏難來夜黔山霜月
冷清輝應在故鄉看

寄懷絢霞嫂

牙絃難得遇知音一瞬光陰十載深纔約詠花輕別
去春宵何處夢相尋
遙望青青故國山干戈滿地歎時艱無聊願化釵頭
鳳猶得雙飛上翠鬟

余性愛梅初未見諸吟詠蓋以下筆難也近讀
郭夫人筌愉簪花閣集內有詠梅八絕句頗
清新因仿其體

朔風起處一憑欄雪後舒英近歲闌笑問名花緣底
事不趨炎熱只趨寒早梅

瓊枝疏透月濛濛和霧和煙過院東正欲爲君閒寫照好摹粉本繡窗中 梅影

無那詩魔不諱狂吟成口吻尙含香蓮翁妙詠方公子通句孰是千秋第一章 詠梅

恍入羅浮別有村未分花魄與吟魂鐙涼酒醒增惆悵翠羽啁啾靜掩門 夢梅

一樣名花判早遲暗香初動路人思東風何意爭先後開了南枝到北枝 嶺梅

亭亭疏榦影橫斜不占山涯占水涯五月江城疑有雪何人吹落笛中花 江梅

一枝寒浸膽瓶斜消受名香綺思賒清絕夜闌人靜後鐙前瘦影上窗紗 供梅

蠟屐荒苔任所之暗香何處費尋思直教踏遍寒山雪探得東風第一枝 探梅

春閨曲

記譜迎春詞轉瞬花朝節春去盼春來春來曾幾日香篆初消几簟清一桁疏簾波瑟瑟侍兒低語春風好閒庭吹綠無名草靜對名花寫折枝莫使韶光容易老

寄懷緇生兄

每憶聯吟日時難別更難西風解人意吹夢上長安
翹企蓬山路鵬摶又滯留君才偏小就飛舄指何州
慈母雖猶健年華已暮時不堪家計累霜鬢漸絲絲
獨夜愁聞雁看雲怯倚樓年來因病肺消瘦怕逢秋
羣盜如毛起憑誰策治安重權歸大帥世亂將才難
梧院秋風至何堪憶別時寄書常不達鎭日費猜疑

秋夜病懷

蓮漏沈沈夜色闌金鑪香燼藥煙殘經年善病腰圍減寬盡羅衣不耐寒

蕭蕭落木響空階無那秋聲攪病懷小婢不知人意懶挑鐙猶繡踏青鞋

秋興

小庭景色漸闌珊冪冪涼生翠袖單月到簾櫳人影瘦霜清籬落菊枝寒閒翻雅調歌秋水卻對西風畫牡丹吟罷碧天聞雁過一行錦字寄長安

題張素霞女史修竹軒詩餘

綠窗展卷爲低徊慘淡紅顏土一坏未許聰明消豔福蛾眉終古忌多才

爭誇麗質豔沈魚日日情吟倚碧疏想是玉樓無健筆侍書徵到女相如

詠絮才華擅妙年如何草草賦遊仙多緣舊是飛瓊侶小謫還居離恨天

挼粉吹花字字新拈毫想見苦吟身墨痕瓊笈乾猶未金屋香殘已一春

寒夜獨坐

簷馬吟風夢初醒起剔鐙花人睡靜試呼小婢候茶鐺百尺轆轤鳴古井擁衾不奈夜深寒階月如霜砌怕看坐愛橫窗寫清影梅花疏瘦竹檀欒

即事

雙燕呢喃出壘初薄寒時節雨疏疏又看柳絮因風起擬把梅花帶月鋤多病似添慈母慮消愁幸接大雷書鴨鑪煙細湘幃靜賸有閒情畫不如

寫芙蓉叢菊橫幅寄小雲姊粵東

芙蓉矜晚豔籬菊有眞香采之欲貽誰同懷在他鄉黔雲與嶺樹雁飛嫌路長相思不相見別恨兩茫茫貌取入圖畫附書達君旁青谿好秋色後約毋相忘

小遊仙

笑騎采鳳共朝眞聽慣鈞天奏樂新貝闕瓊樓春似海遲儂來作侍書人

羣仙宮闕五雲飄昨夜姮娥折柬招水瑟瑱璈更迭奏可人還是九靈簫

雲冠霞服態翩翩領取瑤臺第一仙種徧碧桃千萬樹花開花落不知年

鶴背相逢話別時盈盈一水縮離思千秋釵鈿空遺恨不向塵寰數誓詞

戚情官廨窗前紫薇一樹花開甚茂賦詩記之

雨絲澹蕩香濛濛紫薇一樹開牆東好風解意卷帷幕鏡波搖漾花光紅平生愛花不肯折折後花枝減顏色世間應少別花人惜花心情向誰說春風桃李千萬枝淡紅香白光參差莫道此花如靜女頭銜先占鳳凰池

夜作

鐘殘未忍眠惜此一池墨拈毫作小詩妙在無心得

取雪煎茶戲作

蠻奴縛帚不須忙留取中庭白一方學得仙人餐玉法重樓十二轉神漿

蟹眼初翻顆顆珠斟來香色味皆殊茶經但著人間品識得天河一派無

春閨雜興

一痕花影上簾旌恰恰鶯啼破曉晴入眼韶華曾幾日餳簫聲裏又清明

微薰寶鴨裊輕煙爲怯春寒未卸緜偶倚畫闌數春色一雙倦蝶抱花眠

遣懷閒詠紙新裁蘭燼垂垂一穗開眉月多情如有約又移清影照妝臺

薄寒簾幕晝愔愔時有微風度玉琴儘把詩篇消永日不知庭外落花深

紉蘭室詩鈔卷二終

男 瑞琳 瑞麟 敬錄

紉蘭室詩鈔卷三

桐鄉嚴永華少藍

得緇生兄春闈捷報寄賀

一紙泥金報聞中笑口開居然登榜首不負奪標才品自龍門重書眞院體裁和凝衣鉢好預兆卜鹽梅

想象臚傳日春風意氣揚蛟龍得雲雨寶劍吐光芒餅餤紅綾豔班聯玉筍香鳳池多際遇珥筆詠霓裳

憶昔趨庭訓期君遂顯榮果然償夙願儤直到承明吉夢同孫忭風流繼子京椿闈獨不見悵觸淚縱橫

容易三年別牢愁自計非思君若流水善病減腰圍萱室倚閭望錦衣何日歸封緘忽惆悵心逐塞鴻飛

九日懷小雲姊

玉階小步抵登臨牆缺煙銷露遠岑幾樹疏風催落葉一籬瘦菊淡秋心香濃琥珀邀誰醉韻滿琳瑯嬾獨吟況復潢池兵未洗相思愁絕渺鴻音

擬古六言

夏姬十年轉少戴洋五日重蘇服媚不求苟草長生要詣蓬壺

康成婢子識字逸少保母能書渺茲青衣尚爾可以
吾儕不如
隱逸雖云有福神仙自出無心請看入洞劉阮絕勝
辭家向禽

蘭花

認取靈根在爭教蔓草侵多君芳竟體與我契同心
雅結湘中佩幽傳泗上琴國香求者衆何許入山深

叔和兄感清得代移居鳳梧書院口占一絕留
別

尋常風景等閒看待到將離欲去難惆悵紫薇花上
月更誰涼夜一憑闌

七夕

金風吹上曝衣樓屈指星期又一秋月暗林陰稀繞
鵲露涼花氣識牽牛絳河解佩傳仙約碧海乘槎羨
壯遊世局近來多鬭巧支機石畔轉含羞

曉起見雪用東坡聚星堂韻呈叔和兄

夜窗聲驟疑風葉曉起開簾見堆雪皚皚大地皆銀
裝天與梅花助幽絕繞簷凍雀噤不喧老樹權奇幾
欲折繡閣消寒飛玉觴感時可奈風懷減何當奮掉
拏雲臂一掃欃槍如電掣平陽嬌小最堪憐爭向金
盆弄冰纈(謂杏社雨姪女)謝庭雅集憶當年(甲寅冬滇南大雪緗生兄用尖叉韻首倡六律余與叔和兄蕙風嫂皆有和作)共把新詩鬭飛屑清景依然
人別離惆悵流光去如箭臨池呵凍吮毫尖持箋笑
向阿兄說陋質慚無詠絮才欲乞洪鑪鑄頑鐵

登樓晚眺

層簷斜壓夕陽低野草含風碧一畦極目歸雲渺天
末隔林時聽晚鴉啼

中秋後隨叔和兄移任岱山

雙旌遙指岱山前屈指經過已六年一路香花頌生
佛輿情猶念使君賢

稻聲拍拍正秋期萬戶歌騰樂歲宜獨景傷心忍回
憶漁陽留秀麥雙歧(庚戌歲先君守順甯是秋庭樹生芝禾多雙穗邑人賦詩爲頌)

戛石道中山徑崎嶇輿夫難之回憶滇南阿魯
史道與此相似感賦二首

怪石嶙峋磴百盤天涯回首思無端不教歷遍崎嶇

境誰信人間行路難
蠻煙濃拂翠幃低野鳥迎人盡日啼萬疊青山如舊識行行令我感鴻泥

春日偕蕙風嫂稚蘅妹綠窗刺繡蕙風賦詩見示依韻奉酬

春風翦翦雨初晴小聚蘭閨倚繡綳細𦀚花枝描入畫好憑梅信兆和羹爭奇共奪天孫巧論古閒操月旦評欲度金針向誰乞座中邱嫂擅聰明

與稚蘅步月

懶卷疏簾倚玉簫空庭閒步綠天遙未堪倚桂捫寒魄且與薰檀折細腰皎潔豈妨千里霧孤高應傍九重霄吟聲莫被風吹去聽著姮娥意也消

小院

小院濃陰合清涼別有天燕雛呼侶急荷露瀉珠圓淡墨硯凹聚新泉鑪火煎何當謝塵鞅展卷樂陶然

蝸居

短短牆垣曲曲籬蝸居小隱北山陲入門綠霧迷三徑繞屋紅泉匯一池竹影暗搖疑鳳舞波紋圓動覺魚嬉笑他廣廈千間想誰及壺中日月遲

與丁婉仙女史夜話

奇書盈架酒盈缸雲護柴扉晝掩雙竹裏留人無熱客花間吠影有寒尨幾家繡閣依冰鏡百尺蚪枝擁翠幢促膝聯吟欣不寐鉢聲未盡曉鐘撞

三月三日行抵思暘郡次叔和兄元旦早朝詩韻

玉律春回斗轉杓萬山深處駐征軺詎無經術承親訓可有涓埃答　聖朝黃鵠摶風翔獨遠紅羊何日

劫全消愛看萊綵當筵舞猶帶天香兩袖飄
蹤跡頻年類轉蓬巴江西下楚江東平安消息勞征雁山水因緣記雪鴻握手欣看顏似舊清談不覺漏將終歡娛猶有兒時味萱草堂前愛日紅

再次叔和兄感懷韻

旌旗獵獵拂雲杓燕寢凝香逐處飄帝識張堪多惠政人推黃霸重當朝春暉可愛斑衣暖卿月長懸劍氣消笑倚慈闈言故實南朝女戴侍中貂
年來兄弟慣天涯冀北江南倍繫懷千里寄梅緘玉

札幾回對月卜金釵時艱轉覺勛名易俗美因知政
事佳幸我遲來春未暮猶薰花氣滿衙齋

讀太白集

飄然天外鳳鸞翔每讀遺編飲恨長修到神仙難免
謫問誰詩酒更能狂一江明月懸樓影千古青萍吐
劍鋩若比陰鏗難定律盛唐風本軼齊梁

乙丑五月十四日叛苗陷石阡叔兄巷戰死節
余亟負母踰垣出餘人從之既聞賊將至全
家投署後荷池中賊相謂曰嚴太守清官眷
屬不可犯也遂得免賊退後奉母旋里途中
紀事得詩四首

邊城從古歎孤懸忽見軍烽照義泉狹巷短兵相接
戰親闈未訣敢圖全銜鬚温序忠魂在食肉班超壯
志捐恨乏蘭臺修史筆國殤猶待殺青編

早辦靴刀一死輕全家蕉萃困圍城已拚沈水從先
絡誰使踰垣作呂榮天意欲全黃口嗣時危竟弛赤
眉兵驚魂定後還思痛自是明祇感至誠

吏才經術久聞名東海爭誇萬石榮畢竟家聲傳義
勇早知天道極神明白頭色養心餘戀朱鳥歸來淚
共傾最是聯牀思舊約中宵風雨愴離情（二兄得信後已泝江而上）

瘴霧蠻煙路欲迷荒村野店聽鳴雞只知當道橫羆
虎又說嚴城急鼓鼙飢鼠夜深背燈出怪禽日落向
人啼加餐還祝慈闈健早晚歸程指浙西

奉母自黔南歸緗生兄迓於江上悲喜交集情
見乎詞即次緗兄韻

間關萬里奉慈輿握手驚看破涕初弱質自憐逃刼
運謫仙何處定家居天高喜見隨行雁江濶應多脫
網魚鸚鵡洲前今弔古鶺鴒原上總愁予

隨遊廿載慣肩輿一笑推篷得句初荊楚江山供野
眺瀟湘煙雨勝樓居危巢猶自驚雛燕遠水何勞覓
鯉魚作賦才華媿香茗千秋驥尾倘傳予

乙丑十二月既望阻風李陽大雪徹夜與緗生
兄稚薌妹聯句用三江全韻

今夕何夕雪滿江（緗）恍疑皓月臨軒窗（少）江村人靜
無犬尨（稚）昭明祠宇門樹橦（緗）北風激浪舟互撞（少）

一鐙閃鑠搖寒釭 稚 珍珠洒瀉玻璃釭 緗 野蔬馨膳
盤有豇 少 奉母欲比益壽埽 稚 聚飲可壓寒威降 緗
打篷但覺聲琤瑽 少 推窗四望心膽㦬 稚 乾坤一色
迷目眬 緗 遶山都作翁眉厖 少 散花恍惚來神姥 稚
前導羽葆後珠幢 緗 侍從皆騎白面駹 少 願借好風
歸輕篷 稚 敬爇瓣香心悾悾喜聞烽火銷南邦春風
紅豆生醉醲我所思兮借隱龐前年歇浦寨蘭茳聯
吟聽雨塡新腔此時遶隔江流淙遙知望遠兩目瞠
登樓但見山雙㟪 謂也秋妹妹家有樓能望硤石雙山 我今歸思遲吳

艭同懷詠絮人雙雙 緗 圍鑪覓句笑語哤相約白戰
交矛鏦阿兄椽筆如巨杠百斛鴻文能獨扛未能盡
昇學愧逢 少 續貂無計慙愚惷夜半風高驚怒瀧好
語舟子牢繫樁凌風獨讓桅竝躞沙渚淺露水退浲
稚 寒蟲蟄盡無蛛蜋豐年有兆安耕耰雨珠滿船玉
滿矼野岸何爲馬𩦺跫尋梅有客凌崆峴 少 殘鐙無
餤色黷䵷鄰舟戍卒起鼙梆打鼓發船聲䪜䪜賽神
不用柷與椌朝來融雪流瀧瀧掛帆一路銅鉦摐 稚

僑寓吳門次蝶周從兄寄懷韻

別來無味但清哦强學文通賦綠波釣得吳江雙錦
鯉尺書足抵萬金多

高隱家風溯釣臺清才定許到蓬萊頻年歷徧滄桑
刼應是神仙小謫來

歌吹揚州古所云騷壇旗鼓定能軍二分明月銷魂
地應有元霜擣與君

句不驚人懶足成才非詠絮敢求名吾家自有黃崇
嘏飽看羣書慧眼明 謂也秋姊

靈氣都從筆底收錦囊佳句愧難酬蓬山首冠吾家

例 家宗伯公康熙甲辰廷試第一緗生二兄咸豐己未朝考第一 好向春風奪狀頭

園林轉盼牡丹開爲約探花共舉杯料得潮生歸櫂
急芳塘乍夜走輕雷

原作

春風柳絮擅吟哦妙格簪花寫衍波孝綽漫誇三
妹好掃眉才子我家多 兼謂也秋姊小雲稚蘅指坤三妹

鶴煮琴焚泣夜臺 七兄石阡之變 故園喬木亦蒿萊眼前
都是神仙侶同向滄桑歷刼來

待字多年亦有云怕教新婦怨參軍轉憐萱草忘

憂意廿載相依半賴君
生公臺畔綠茵成一勺荒池有劍名相約蹋青弔
遺蹟山塘遲我作清明
蝸角微名向晚收顯揚有願幾時酬季方畢竟難
爲弟未到蓬萊最上頭
獵獵蒲帆翦水開閒愁盡日付深杯蓬窗醉墨塗
鴉滿聊當菅書寄大雷

白牡丹

露盤承處暗生光曉幕圍時遠送芳夜月瑤臺留別

種春風錦檻洗穠妝素懷肯被胭脂誤本色能存富
貴長一樣梅花清入骨獨承恩寵在沈香

僑寓桐木村與也秋稚蘅夜話

村舍棲遲話舊盟宵闌猶對短燈檠閨中亦有姜肱
被詩夢同圓倍有情

與也秋稚蘅枕上聯句

記否瑤池侍列仙誤他小謫奈何天早辭慧業焚蘭
稿賸有閒情寄錦箋少藍情重得非前世契心傷莫擬
再生緣稚蘅相期努力笙詩詠阿母桃花八百年也秋

隨母赴滬就養伯兄署中留別緇生也秋

一尊相對共流連話到將離意黯然快論要從知己
發高懷不受俗人憐良才自古多盤錯世事閒看幾
變遷出爲蒼生歸隱樂千秋著作等身傳
盈盈一水怨迢遙難得新詩慰寂寥別味怕嘗如酒
味情苗漫種是愁苗園林偕隱真堪樂藥餌關心好
自調咫尺風簾來去易差池燕羽莫魂銷

次韻月倩嫂誌別

詠花筵罷又離筵未至臨岐已惘然詩到感傷難卒

讀交縈文字倍相憐勝遊彈指剛三月往事驚心忽
廿年願借神媧補天手煉成靈石補情天
知己渾忘握手纔怪他海上片帆催爭誇蘇蕙機絲
巧曾向班姬史席陪雅契偏教良會少相思頻寄好
音來將離預訂重逢約唱到驪歌忍舉杯

蠟梅

不願春光放早冬消寒合醉酒千鍾拈來妙諦同金
粟爲寄相思效蠟封遲愛水仙聯素侶瘦疑籬菊淡
秋容爲他商略羣芳譜位置瑤臺第幾重

何事檀心獨抱冬應知和靖也情鍾藏宜金屋無雙品領取黃扉第一封性冷須知香耐久名高不藉貌爲容先春寄語江南客珍惜丸書驛路重

春日懷也秋姊郎和送別原韻

黃絹爭裁絕妙詞東風吹柳綰晴絲爲憐驛使稽梅訊頻卷珠簾盼燕兒小病半春花事負深愁萬斛月明知閒窗檢點蘇家錦如見溪樓酩酊時

一曲傷春惜別詞曉窗明鏡鬢成絲絳帷化及泥中婢（謂素娥）黃卷親傳膝下兒久處偏能容我傲隱憂未許使人知張琴彈出思歸引正是遊仙入夢時

紉蘭室詩鈔卷三終

男 瑞琳 瑞麟 敬錄

吟香室詩草

楊蘊輝

吟香室詩草

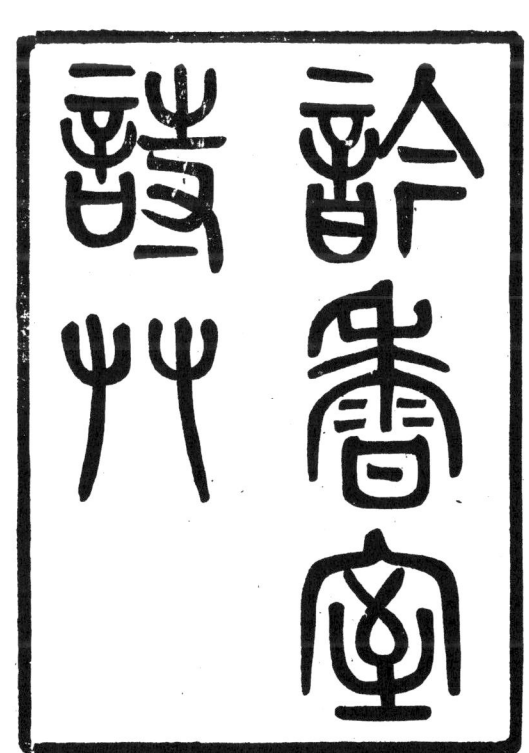

吟香室詩艸

光緒丁酉季秋月
於南海縣署校刊
影縣黄士陵書首

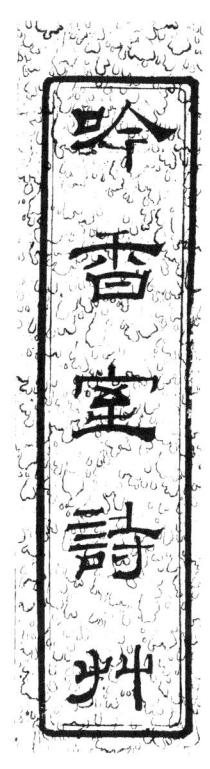

序

梁溪楊荔裳蓉裳兩先生著作有盛名其季蘿裳先生於長短句尤具神解近予始得讀其集董太淑人者其孫女也太淑人胚胎先德蔚爲女宗旣工畫又善詩其賢子元亮出以示予請爲序予竊維婦人有四德出入必告師氏公宮之教成所以甯父母也蓋古者祭祀賓客君與夫人皆有事圭璋鼎俎之地有禮儀焉所謂容也有辭命焉所謂言也而琴瑟之音韻之以副笄之德則詩者尤其言之精者也彼柏舟燕燕諸篇特其緒餘之流露耳然其中貴家學焉班姬長於史韋母深於經非維其天性好文無亦耳擩目染淵源有自兼習禮而明詩苟非虙犧氏之女其

能爾哉孔子曰不學詩無以言後世婦學不講婦人之知言者尠矣不亦四德而缺其一乎然則太淑人之詩彌足貴矣其詩綿芊溫麗猶是祖硯之餘波而生長江南尤得水山明秀之氣諸體莫不工詠物時見寄託迨晚年甲申前後諸作感事懷人情深而筆健視舊格有進焉其詠落葉云墜地便成無用物因風時作不平鳴竹簾云明眼中分疏密意虛心早具捲舒才落花云身前慧業驚心夢悟後繁華過眼塵旣言近而旨遠矣至晚年惟好靜一長篇末云恥爲倉内鼠權作書中蠹持此簪花筆不欲工眉嫵則太淑人之高懷遠躅躍然紙上其才爲謝女詠絮之才其心爲敬姜論勞逸之心必不欲以柔脂膩粉汩沒於尋常釵鈿之中也所謂詩可以興者此歟古者輶軒之采國史爲之序卽今關雎葛覃諸小序是也然則編摩全集粗陳梗概其亦古義之所許歟因不辭而覼縷之如此若夫太淑人生平閫德之懿則昔者周甲稱觴予文已備兹不贅云

光緒壬辰冬長樂謝章鋌撰於十三本梅花書屋時年七十有三

序

夫山川亭鬱富媼有配天之華焉儀璘旋照月姊有代明
之采焉是以化熊石紐彤魚嬗係人之詩覆燕玉筐玄鳥
啟嫠妃之頌周篇三千用之邦國坤位六五含章文明東
遷則許穆宋桓戰國則楚姬齊后莫不秉心淵塞揄閒蘭
芬吐春秀於當時擢秋芳於後世然則賢母垂詩三代之
所同然也懿若
董母楊太夫人閩海女宗梁溪望族智知伐衞道饒思齊
梧桐始生鷄儀耀其朝彩蘋藻交映鮫宮蘊其神姿盤匜
重闈則韻賡澣葛佩澈萬里則筵奏蓁桃教子以三遷擇
鄰訓女以七篇垂誡從以孫子樂在含飴卽是神仙無煩

服餌總其關山行旅風景謳吟爲五七言凡數百首哲嗣
仲容剬緝蘭華雕鐫梨棗捧錦堂之繡帙金萱開緗蘂之
花讀瑤函之珍題嘯樹倒迴鸞之蘺潘安仁板輿梓澤昔
有前修東廣微補簡蘭陔今聞繼美歸藏兩卷齊母鄭母
之經琴心二篇越妃楚妃之奏以余猶明六義乞序一言
余乃覽其比興尋厥指歸是非不謬於風人美刺折衷於
作者大明在亥衍其術爲貫登天門小雅由庚審其篇卽
別名吉日序詩者曰正而葩麗而則窮而工險而易行若
太夫人吟香室草其兼長乎可以序矣夫其珠䑛芝芽星
媞月婉總惠山而擅秀苞琴水以標清纈翦不言鑑肇能
詠斷君絃而辨韻藏姊硯而學書堂上絳帷祖母宣文君

之學壁中金石府君秦博士之編東山太傅問道韞以毛
詩河內女子補九師之說卦靡不呑爻悟象吹律定聲九
十其儀嫺豳風之禮十六能誦比廬江之才觀其梅花添
雪之思何減柳絮因風之慧迨其綵衣隨宦笄總承歡始
茂嬪儀初隆婦順泰州帝子近嬴娥引鳳之樓星漢天孫
嫁董永象龍之裔竹開萬穗實有禎祥麥秀兩歧同茲符
采佳兒佳婦備榛栗之告虔君姑祖姑顧芝蘭而色喜盛
湘助祀卽頌季蘭鞠膢稱觴便歌都荔十眉新譜雀家無
時世之妝萬歲鄉君謝女擅偏憐之譽所謂正而葩也萊
氏逸妻已刻娛親之畫像秦嘉淑配復垂唱和之名篇想
其璇閨妙日錦瑟華年彤史可箴青娥闢韻章臺走馬張

京兆之畫眉海曲梁鴻孟德耀之椎髻春水聽鸝之館秋
齋聞雁之天賭酒擘經藏鉤品史繹詳錄伯姬之義內女
起例公羊鑒披香博士之言外戚懍茲飛燕至於當熊擋
虎能孝能忠擇主讓王知興知廢洞古今之正變識因革
之源流豈如班妹續書惟傳十志文姬請吏裁錄千篇雖
復乙姊中郎皆工銘菊諸姑伯姊並擅吟椒然而孝標孝
綽只重三娘若憲若昭最推次妹每當新妝賦就共羨巧
心險韻詩成競推妙手固已亭亭孽玉之表落落眾芳之
列加以螽斯不妒雎鷹能和嘒彼小星賸被南邦之化胡
爲中露婢申北海之箋豈學唐山夫人惟播房中之樂中
山孺子無聞逮下之恩所謂麗而則也及乎陝服烽煙周

南留滯黃旗紫氣燒灞滻以屯軍青犢綠林下陳倉而連
弩建章漢苑亂臥銅犀武庫秦陵紛飛銀雁長離刷羽仇
池爲避亂之鄉太白旄頭兵氣覆圍城之上一家分袂三
處鄉心或入潼關或留天水新婦磯頭或有望夫之石玉
姨湖上不無思子之臺攜宋子與河魴值秦人之逐鹿城
不沒者三版月已歷於一周鄭受楚兵守陴皆哭燕圍齊
縣不克而還竟能擁護龍鍾脫身虎穴桑滄幾劫率土危
而復安萍水乘風全家散而還合非夫心堅金石識洞興
亡知豎子之無成識眞人之有自何能履虎尾而不咥陟
羊腸而敢驅既而開關西道返旆南轅奏事金天見蓮花
之岳色尋源銀漢下竹箭之河聲殷周故墟申息新縣行

歌互答涉伊洛之風塵嘯詠自如履鄱陽之危浪夏仲御
乘舟之會羣公皆驚謝安石帆海之游眾人失色何必浮
杯渡鶴始號仙人斷壁斬蛟方稱壯士桑麻自課松菊猶
存女布男錢纖手卓胼胝之烈奴耕婢織蕙心綜倪頓之
才李衡妻子江橘千頭葛亮夫人蜀桑八百在官則園葵
不拔鄒公儀之妻在家則井轄留賓比陳遵之母值嗟來
於逆旅先饋五漿間平反於都亭每增一飯坎雖險枕坤
則易從所謂窮而工險而易行也夫溫柔敦厚乃四始之
本原貞靜幽閒實二南之宗鏡矧夫緗素餘閒丹青兼擅
趙夫人之鍼絕本勝靈芸楊妹子之筆精尤工疏柳蓉池
霹靂貌照夜之霜蹄楓樹江山製班能之左耳瑤幀異水

泛蘆雁於屏風彩筆非春見林鶯於衣桁得環中而超象
外葆靈府而協天倪體物極瀏亮之工覃思合微漠之撰
故能清明延紀芳詞與丈算俱增頤養迎和鳳躞共鶴齡
競美余以恭承嘉惠待罪巖疆簿領日親風流彌歆朝雲
一去因成誄焯之篇弄玉雙昇遂饗侍香之集
太夫人憫其伊鬱寵以歌行附驥尾而致青雲軼歸鴻而
過碣石感茲高誼敢附知言淮南王受命注騷不過食時
眾篇咸就劉子政中經校簿輒爲別錄條上其書釋爾雅
舒業之文當周官弁冕之職云爾
光緒戊戌季春奉新許振禕撰於羊城節署

序

董仲容明府奉其母楊太夫人吟香室詩艸屬序廷相讀之終卷乃言曰卓哉太夫人之詩殆所謂女而有士行者歟夫在心爲志發言爲詩故曰詩志也汝墳勉之以正草蟲以禮自防毛公序詩皆細繹而得之持此以讀太夫人之詩情見乎辭矣其除日有感云長衾何日製敢覆九州寬颶風吟云欲乞天心轉何時浩劫消於是知太夫人之仁秋海棠云弱梗能矜節檀心不受塵短歌云請看孤松持氣骨到頭不減淩霜色於是知太夫人之義落花云高枝十丈終歸潔不逐楊花舞夕暉送女云臨歧別語無多贈婦職還期首孝姑於是知太夫人之禮放歌云童男姹女空梯航蓬萊方丈終茫茫甲申感事云縱橫紙上談兵易鎮定臨危授命難於是知太夫人之智至如侍香女史歌云兒女因緣孰幻眞神仙根柢惟忠孝則篤於性者也短歌云願把剛腸化頑石代人徧補情天缺則深於情者也落葉云自是榮枯憑造物敢將衰謝怨天工則又安於命者也皆所謂士行也若其詩之工則謝許二公之序已言之然竊謂以人言論太夫人之詩不若還證以太夫人之言其春雨誌感云詩到工愁皆實境此太夫人自道甘苦也天下悲歡離合惟親歷者能得其深三百篇勞人思婦忠臣孝子之辭皆非無病而呻吟者也太夫人感慨身世觸物興懷其情眞故其語摯今明府奉慈訓以作官箴

家慶

國恩如川方至太夫人顧而樂之亦實境也繼此以往將和聲以鳴盛焉則其工又別有在矣廷相不知詩而竊有會乎言志之義質之明府即以序太夫人之詩可乎

光緒戊戌九月南海廖廷相撰於廣雅書院

序

溯自周南起化太姒詩多樂府編詞唐山曲著坤期載物非假飾乎炳烺德必有言豈徒耀其琚瑀自雅聲之罔續乃細響之爭繁曼節藻詞雕繪不離乎哀怨鐫雲鏤月贈答悉起於憂思此則擢秀千叢奚關爾雅題紅滿葉究之清裁若吟香一帙其庶幾矣吟香室詩草者吾邑令董君楊太夫人所作也太夫人胄業標華靈根夙慧如玉之璞質而不雕如蘭之芬幽而不豔馬扶風之絕業手澤親承伏濟南之傳書胸羅宏富自歸董子五焊相莊旣誕佳兒雙珠並燦緗芸佐讀勞不羨乎賃舂畫荻忘劬教無煩於徙宅唱隨之樂藹於室家媚睦之風翔於里閈屬以萑苻

蔓衍桑梓仳離巢鵲墮而風鶴驚蓍草零而蘐花老姜女避虔劉之狄瘦骨形枯宣文拋講帳之經清顏若槁卒至滄桑劫盡白砦鐲勞慈竹永報乎平安甘櫨獨留其晚景此又鮑家香茗鮮此芳徽趙女貞彝無其厚德者矣茲者版輿恪奉萊舞方酣移祿養於三州采風謠於五嶺絃歌市地清調叩缶之聲鏡彩披匳朗徹虛堂之景端居休暇訓政多閒記前事於紺珠證後因於金粟江南江北寄兩地之相思花落花開動一時之懷抱凡茲景況悉寓於詩綜其文詞都爲一集詠物之作圓而神傳情之思曲以達行役之賦瑰以麗攄懷之什鬱以沈用能並軌前蹤樹的後哲彼夫娥眉失寵恨訴齊紈蟬鬢增離愁編秦錦烏孫遠嫁遂有琴歌文姬思兒爰成笳拍越女飄零於薄命文君懊恨於白頭以此方之負乎尚矣桐躬居治下耳熟芳型辱貽金粉之篇命作玉臺之敘爰窺繡口勉索枯腸鮑生自愧不文鴻博端推大雅外孫詞妙定躋風雅之林列女名高宜坿天祿之傳

光緒戊戌季冬南海潘衍桐撰於佗城之緝雅堂

序

我中國之沉陰沍霧數千年長埋於黑闇世界中而不得
出現以見天日者莫甚於女權顧女權不振由於女學不
興女學不興由於講女學者事脂粉之學而不事鬚眉之
學明妃之曲娩好之怨白頭之吟胡笳之拍數千年女界
之文豪詩豪非描風月之情則寫別離之恨非詠夫婿之
好則談姻婭之私求其斬斷柔情別涌熱血於世界中占
一位置則鳳毛麟角曠世而不得一遇焉此二萬萬女孩
所以無價值之歷史也自中外通商歐風輸入泰西若耶
批茶之流風傳播中國而女界中遂漸有起點近者吳孟
班薛錦琴陳擷芬諸女豪提倡新學術新思想爲二萬萬

女孩別開生面論者謂女界之進步其基礎於斯矣而不
知實非自是始也吾邑侯董君母楊太夫人年七十餘矣
系出名門爲梁溪楊蘿裳先生女孫幼承家學工詩善畫
所著詩有吟香室詩草一集遐邇爭傳誦之 緗謂古來女
子之能詩者多矣何獨太夫人而太夫人之詩竊有異者
以其不徒作女子之詩而能爲女界作文明之先導也太
夫人所著甲申仲秋感事五章歎禦戎之失策作借箸之
代籌中有句云微軀久已輕身命大義難容割愛緣又云
何時得遂澄清願掃盡夷氛萬里烟其自任之重雖范孟
溥之攬轡澄清不是過也著庚子聞警感事八章以生花
之筆寫憂國之心中有句云杜宇民如且過鳥女蘿儂亦

寄生枝又云小草有心徒向日天涯涕淚更誰知其愛國
之誠雖屈大夫之投石汨羅無以加也又己亥所作勗董
明府詩有句云清廉終望矢當官近在澄所作有句云寸
田不種兒孫孽獨厦難遮黎庶寒其留意官方關心民瘼
又情見乎詞矣夫中國數千年之女子每囿於閨閣之見
而無志於天下之事惟明季秦良玉討賊立功莊烈帝嘗
賜詩云試看他年麟閣上丹青先畫美人圖爲巾幗中占
一特色今得太夫人之關心時局繫懷君國時賢有言女
兒與有興亡責不信鬚眉始丈夫如太夫人者其當之無
愧矣若夫揚風扢雅追逐李杜之華鏤月雕風壓倒元白
之句是太夫人之詩之緒餘太夫人不以是重 緗亦不徒

以是重太夫人也

光緒癸卯年孟冬門再生王緗拜撰於鮀江吟竹書屋

序

吟香室詩草二卷閩中董太夫人所著也太夫人爲金匱楊蘿裳先生之女孫沈敏婉嫕故能以詩學世其家早歲復研悅書理凡紉箴烹飪諸內職罔不精美由是戚鄰爭稱道之其來歸董氏也上事王姑君舅君姑愉愉承色笑下撫子女慈威兼至董氏故著姓其舅牧秦州以廉能稱咸同之際粵氛披猖逆回嘯起太夫人侍王姑流離困苦居圍城中市月滫瀡之奉折枝之勞以婦代子旣謹旣戒而抑鬱無聊之概一一發之於詩歌吁人知太夫人執事之嫻肅詎知其得於性天之厚爲奚若耶太夫人素性儉約而待人尤恕外姻之窘者周之臧獲之黠者善遣之終

身無服御之好嗣君仲容明府宰粵劇邑有聲矣以歲滿受代去太夫人遠道迎養慮食指之煩也孑然返閩賦詩誡諸子有曰三年祿養百憂攢女鎖兒韁擺脫難徒喜官箴能守潔甯知宦海易生瀾由此觀之明府淸介耐苦勤求民瘼嶺表士大夫嘖嘖然傳有理縣之譜者皆其母教使然也太夫人善讀書曉大義集中甲申感事諸篇誦之懍懍有生氣嘗語明府曰我詩無法度不欲人傳觀留以貽子孫可矣然則碩德端操如吾太夫人者何藉乎語言文字而後傳哉卽以詩論詩又豈絺章繪句之徒所能冀其萬一者哉

光緒庚子九月廣東督學使者長沙張百熙撰

題詞

郭曾炘

伏羌曾讀二難詩吟絮門前想見之差覺國風猶未遠固知家學有餘師毘陵文物懷鄉里同谷悲歌閱亂離培遠集中論福慧折衷經訓羨留貽

陳　衍

南樓今老人京兆古慈母英才嗣吳會長離闕何有郎君濟時彥德政滿人口板輿娛愛日上壽酌大斗聲詩播嶺海不脛雞林走詠歎朱絃音題辭謝齋臼

劉崧英

三絕低徊且卅年（太夫人畫筆予弱冠卽窺一斑）手鈔口誦歎芊緜（曩昔曾鈔

太夫人詩一卷付陳氏甥女）蚤從祖硯分膏馥差勝婆砧潤貨泉垂老感時詩格健平反增飯政聲賢囘思侍奉圍城裏一月承歡百慮煎

烽火關山閱亂離發爲歌詠愧鬚眉九齡解弄金鑾硯入字能題玉父碑柳絮因風空吐慧梅花拂雪便知詩蘭纕蕙錦巾箱在機杼人間未許窺

絺交賢子緯能文風度端凝季不羣（令子仲容季友均能文季於古文辭尤邃）樜境逾甘南澥檄蘭陔潔養北堂欣留畬經訓劬蘇母沆瀣生平契左芬（太夫人與毘陵左夫人錫璇雅相善左夫人詩畫字三者均有名於時）值得耆英鴻製在鯫生禿筆只宜焚

林開謩

京兆平反一笑春蘇句板輿迎養樂昏晨山川百粵供陶寫召杜重闈賴拊循藝苑閨都添別錄英才吳會躡前塵長離詩稿翻新樣福慧雙修大有人

張元奇

容華金縷句何工祖研梁溪兩巨公侃母萊妻多壼德更饒餘事振閨風

秦川如鏡照貞心粵海無波聽宓琴漸覺老來詩福好花閒長奉板輿吟

宋彥颸

板輿愛日正遲遲萱草無憂祝介眉三絕才華瞻閫範一時科第教佳兒（令子仲容季友辛卯鄉試同掇魏科）蒲生古澗來青鳥藥採

商山覓紫芝四境絃歌稱壽母願隨珠履獻瓊巵

吟香集向玉臺收山館芙蓉記舊游草野恩周承懿訓（仲容）

（大令出宰槎江南武悉秉慈訓）蘭階秀茁善孫謀筵開海屋籌添鶴樂奏雲璈杖祝鳩再會蟠桃開九秩重看阿母降瀛洲

段友蘭

梁溪楊氏兩先生文章炳彪欽盛名其季尤工長短句棣萼相競難爲兄再傳子孫書香蔚白蘋新綴蓮花莖數齡善解李嶠詩飛雪著梅恰有情初唐中唐訖晚唐滴露研朱細推評花卉草蟲及繪事前仿洪谷後關荊詩耶畫耶稱二絕惟見慘澹費經營竹花結實萬穗裊百輛屆門誇爛盈重闈孝養經幾年僑寓天水祝太平流離愁苦泣歎

下拈韻時作寒蛩鳴自汴而鄂而豫章數千里外歲月更撫時感事難自已播遷長負錦囊行晚年好靜傷回首屏囂藏拙復重賡不亞敬姜勞逸論詠絮才高謝女聲耳擩目染出江南諸姑伯姊兼抗衡梅花吟草蟬花閣巾幗之中主壇盟琴清閣選師承在雲樓諸草當長城雖然家學由來久天生夙慧樹吟旌採風盼得輶軒史珍重篇什上瑤京

吟香閣集董伯母楊太夫人作也娜嬛妙緒旖旎清詞擅天孫紃組之才奪月晚嬋娟之曜洵乎羽霓舊譜難與齊嶶陽雪新聲未容學步也國鈞雒披鉅製敬綴短章未忘見獵之心小試雕蟲之技非

敢肴題元圃仰樹昆槐亦惟背按紅牆遙吹暮笛云耳

韓國鈞紫石

炯炯文星列婺躔敦槃當代早流傳關中雲樹連鐃鼓江上蘭茗入管絃碧岸柳鶯金縷曲丹山桐鳳玉溪篇怪他嶺嶠稱觴客競道官箴啟後賢

遼左論交識季常無緣展拜上潭堂徽名卓犖傳三絕慈訓平分見一方東國板輿凝美福南樓花海種生香絳紗帷下宣文座應有仙人奏八琅

甯本瑜

修史班姑曠代無新編更足補前模文明女界資先導巾幗何曾愧丈夫

祖硯留貽出雋才隨風欬唾盡瓊瑰谿山罨畫文章麗都自乾嘉體格來

治譜傳家舊擅名板輿遠迓到羊城訟庭花落皆名句無限春從筆底生

郗前騏驥盡騰驤從識當年荻畫良明聖湖邊春正好還期拜母許登堂

劉念詒

梁谿者彥數芙蓉（蓉裳先生集名芙蓉山館）崑圃璇源秀所鍾大雅扶輪追正始（吾鄉惲珍浦夫人曾選刻國朝閨秀正始集）傳家祖硯屬宏農秦川濯錦親蠶織浙水郵書曷鮓封八座起居人共羨清才厚福自雍容

女宗閨海仰宣文絳帳慈暉百粵分競爽科名皆懿訓挺生蘭玉盡超羣一庭聚順賡華黍三絕論交契左芬（太夫人與左芙江太夫人相雅善左太夫人卽念詒之外王姑也）屈指明湖春景好安輿長擁吉祥雲

桂坫 南屏

熊丸食報德聲隆壽母才華蕙錦豐寸草心如東野孟慈枝賢似北江洪棠開南國看花笑柳拂西湖詠絮工我媿徐陵僭題句新唫眞與玉臺同

丁惠馨

三吳有淑女少長觀羣書惠風吹女蘿鈿合歸江都北堂樹萱草茂長春日初椒頌新歲首絮詠三冬餘官舍溯秦川綵服娛親娛潢池忽羣盜關隴驚夜烏避冠天水郡奉姑長安居遠念同谷人可有平安無萑苻日以靖言旋愛吾盧洞庭木葉下豫章風雪麤間關幾千里始食松江鱸日暮歸去來惆悵田園蕪

敬姜論勞逸季氏厥後昌歐陽有令母儒術乃大光自昔熊丸教奕葉垂義方闇教已密勿母儀尤端莊懿與董氏母甞聲垂閫壼有子珊瑚枝弄翰琼瑤章嗣音玉溪生苦吟浣花堂餘技及繪事光采生縹緗回首昔兵燹感懷今海疆西方正螻蟻南國多豺狼教子在報國立身期自强一一徵詩篇篇終接混茫

棲遲武林城邂逅季札面云自遼海來手出詩兩卷公方

佐大府羅致盡羣彥叔度千頃波諸葛一羽扇戶牖謀未雨時機窺集霰猗歟樑棟材允矣廊廟選八座奉板輿念念慈母線更有賢仲兄服官花滿縣　龍光載寵錫稠疊蒙　天眷瓊枝六七秀孺慕尤戀戀母也作詩心耄期尙不倦藹非孟母教曷以誘狂狷

戴啟文

梁谿水瀠洄靈秀此鍾毓詩學有姊家邟比喻金玉祖研得傳人閨英亦繼續柳絮工詠吟筆花吐芬馥令門托江都秦嘉儷徐淑匪獸擅才華德容尤靜穆孝養侍重闈一堂盡雍睦先意善承志仰事更俛畜每誦勸學歌益勵下帷讀餘事輒哦詩兼續圖尺幅不幸遘亂離間關復邦族

中歲憂患多時事增感觸偶發變徵音欲以歌代哭蔗境
喜同甘不負親教育雙鳳羨齊飛進身自科目南海與西
冷謳歌頌民牧家慶旣駢臻
國恩正優渥鵲起逮後昆可爲德門卜母心仍欲然高識
邁世俗庭訓作官箴知止復知足迎養奉安輿湖山暢遊
矚詩律老逾細文入妙來熟雒誦吟香編舌撟心歎服信
是得天厚雙修兼慧福願進臺萊篇一瓣心香祝

施士洁

梁谿自昔文星聚芙蓉豔稱山館女解傳經姑能續史餘
韻花生彤管詞林畫苑有新咏玉臺舊題紈扇（集中畫扇並題凡六見）
繁露編摩一鐙青傍絳紗翦　秦川風鶴聽慣草堂詩

格同谷七歌聲變蘭膳南陔板輿北戸坩鮓封還陶侃鵞
潭洗硯寫僊蜨秋涼官梅春暖老福萊衣九龍唫調遠

調寄五福降中天

費毓楷 叔遷

西湖聯句采蘭身拜母登堂滿座春到處留題團扇好閒
居色笑板輿親尊前歡暢千觴菊林下攀依幾樹枌難得
兩家同荻筆萱花雙管畫圖新（太夫人工詩善畫家母亦喜畫蝶）

瓊山女士 林韻芳

一悟春婆夢還留蛺蝶圖吟情寄香草挽句當生芻養記
迎珠海歸方歷鑑湖登堂前約負賸話友家姝

林欣榮 向其

閩南閨秀自荔支香後嗣音何在祗有吟香神筆妙賢母
能開詩派駢儷淵源亂離遭際併入風騷界身前慧業我
當低首而拜　昔年迎養杭州湖光山色擲筆成圖畫回
憶仇池嘗苦況又感羊城官廨鼎沸中原滄桑晚景化作
無窮喟繁華悟後白頭不覺形憊

調寄百字令

高向瀛 穎生

家本梁溪嫁隴秦版輿浙粵晚歸閩兵戈行役驚終老文
字江山助有神八十年猶能壽世三千首不愧傳人卒章
陟屺嗟予季遺集哀情涕欲陳

三　多 六橋

淸新詩句洗鉛華詠雪才人本大家不道撒鹽吟柳絮能

將拂樹證梅花（太夫人爲蘿裳先生女孫幼時見雪着樹指謂先生曰是非李嶠所吟拂樹添梅色耶）
雙修福比南樓好三絕名先左氏誇（謂左芙江太夫人）壓倒閨
川衆閨秀太夫人合並瑯瑘（梁茝林中丞母王太夫人才德兼備見中丞閩川閨秀詩話）

南海 譚祖任

象管調鉛蠻牋課墨銀閨早擅淸才錦段篇章梁溪罨畫
晨開芙蓉舊館風騷遠賸餘芬祖硯傳來寫靈襟綵筆閒
拈紈扇新裁　征塵長與詩情好更飛來聽水靈隱分齋
到處安輿江山都付吟懷遺編永在名俱壽算南樓福命
堪儕羨庭前蘭玉森森香滿天涯

調寄慶春澤

成本樸 琢如

彤管清芬奕世推秦川粵海舊低徊家風夙擅三楊譽兒輩爭傳二陸才韋母談經懸絳縵曹姑修史續蘭臺亂離曾閱滄桑刼漆室哀吟動草萊

林下清風曠世無貞松枝上怨啼烏誰披侃母萊妻傳重繪機聲燈影圖綵筆昔曾追北地畫船今又夢西湖板輿飽攬江山勝一卷吟成百感俱

程道元覺齋

閨中三絶久流傳羨煞蘭茗映世姸憂患未忘垂老日亂離重憶中興年纏綿愛國勤民意繾綣飛花落葉邊雋母加餐陶卻鮓並昭大義誦仁賢

昆陵風雅三楊擅又見千秋絶妙詞家學故應傳伏女儒宗端合讓班姬刦餘同谷驚塵夢畫裏西湖入小詩讀到神仙忠孝句豈徒文字愧鬚眉

吟香室詩草目錄

遣興

吟香室詩草目錄終

男元度 元亮 校字

吟香室詩草卷上

金匱楊蘊輝靜貞

過温泉

芳草萋萋舊禁門月明環珮夜歸魂長生一誓情如許不及千年水尚温

日暮道中

雲映天光碧蒼茫落暮鴉自憐幽弱質何事到天涯

白海棠

連朝微雨掩重門洗出秋階雪一盆素影恰宜冰作骨芳姿端合玉爲魂舞酣縞袖嬌無力睡損香綃淡有痕半榻琴書饒雅趣捲簾相對欲黃昏

虞美人

淚化愁紅虎帳空悲歌不復對重瞳月明影顫雕欄外似向春風憶楚宮

重陽前一日晚坐偶成

蓮花漏冷月初斜一樹疏桐上碧紗記得重陽明日是可無杯酒酹黃花

亦園即景

散步春風裏芳園晝不扃花開招蛺蝶柳定集蜻蜓山影憑欄寫泉聲倚樹聽張琴何處好更上綠陰亭園有亭顏曰綠陰小憩

殘春

薄煖輕寒釀綺寮小窗微雨滴紅蕉花將辭樹容偏豔鳥爲留春語轉嬌好句有神常易覓遠山如畫漸難描韶華未識歸何處惆悵臨風一弄簫

紅蕉花

涼生小閣靜悄悄界紙抽書一徑陰羞並文鸞迴翠羽好同社燕比紅襟含如荳蔻終無語苦似秋蓮悔有心幻夢更難尋覆鹿滿簾紅雨坐秋深

碧紗分茜影娟娟無限幽情爲爾牽不展芳心緣底恨密緘鳳紙寄誰邊紅綃質弱難禁雨紫玉魂嬌易化煙千古美人同薄命秋風憔悴怨年年

鳳翅斜分扇影新綠雲香護倚欄人窗圍清夢慵移榻涼

透紗帷嬾拂茵著雨善工紅淚泣受風慣作捧心顰擬他南國相思樹葉葉深愁捲好春

綠天深處聽秋聲冷燭無煙月影清刻葉易題秋士感栽花嬌稱美人名看朱成碧愁難遣琢翠裁紅句未成我亦天涯多恨客東風無主劇憐卿秦中無此花種自京都攜來

秋日思鄉

又起蓴鱸思西風滿畫樓音書千里滯蹤跡十年留短笛驚鄉夢寒檠照客愁小山叢桂發歲歲負清秋

秋宵遣懷

良夜不成寐徘徊倚曲欄銀河淡流影玉露靜無聲神共黃花瘦心盟皓魄清美人在何處隔院弄瑤箏

秋夜有懷三姑母

一樣黃花兩地愁雁聲又報故鄉秋遙知今夜家園月望遠懷人正倚樓

朧雲秦樹望迢迢極目關山葉盡凋猶憶芙蓉湖畔月蘭橈同聽玉人簫

枕上口占

隔案燈光冷畫屏西風獵獵夢初醒宵來添得寒多少試向梧桐葉上聽

冬夜清寒曲

虯箭咽咽銀漏永朦朧淡月寒無影六曲雲屏障晚風金鉤不挂簾櫳靜小窗兀坐思無聊怯寒時欲偎華貂紅爐

爇炷九微火風敲竹韻鳴蕭蕭蘭膏燄小冰荷凍羅衾冷壓雙金鳳呼奴掃雪試烹茶茗椀芸編足清供昨夜新繪消寒圖暗香疏影滿難摹調脂吮粉呵雙管朱圈約瓣朝朝塗卻憶故廬梅幾樹每值花時香透戶點額勻黃助曉妝巡簷索笑偕幽侶自別家園幾度秋年年歸夢繞揚州江南春色誰遙寄且展新圖作臥游

夜雨淅瀝不能成寐復起把卷率成一絕

秋風秋雨夜蕭蕭一盞秋燈手自挑爲聽秋聲眠不得那堪更起讀離騷

種菊

小雨經時種閒庭點綴幽東籬重栽酒可許結吟儔

冬夜不寐

寒雨迢迢賁夢遲挑燈檢讀杜陵詩不知窗外如眉月移
上梅花第幾枝

秋日憶江南

雁陣驚寒度遙嶺萬山霜氣含秋冷木葉紛飛發怒號邊
城秋早寒先警秋到邊城動客思徘徊撫景倍神馳望雲
又觸蓴鱸感對菊空吟歸去辭故園歸去知何日三徑依
然歎蕭瑟誰慰還家自有期應愁縮地終無術客裏頻驚
歲序催囊萸杯酒懶追陪持螯苦憶家園樂叢菊偏憐異
地開去年有客江南至爲儂細述家鄉事（同鄉錢曼卿夫人自蘇來得細論一切）
風月蓉湖自管絃樓臺虎阜仍珠翠遊冶吳娃競綺

羅紅簾畫舫聽笙歌六朝詞賦文風盛三月鶯花雅集多
那堪飄泊聞斯語默默無言淚如雨歎息盈盈掌上身不
及貧家小兒女憶昔垂髫侍母傍燃脂弄墨學詞章詩書
親授年華樂弟妹扶肩友愛長北堂萱草凋零早明珠誰
復憐嬌小痛抱蓼莪尚未安關山萬里行長道怕聽秋笳
出塞聲自憐弱質逐風塵全家盡是他鄉客異地同悲淪
落人他年倘遂還鄉計煙月吳江買歸棹情話重聯戚里
歡湖山再到曾遊地隨宦天涯十載秋凍雲泥絮久淹留
可憐無限江南景只許離人夢裏遊

繪紈扇

閒摹粉本繪輕紈雙管生枯著色難長駐四時春在握好
花不向雨中殘

題美人春睡圖

銀蒜低垂玉井煙隔花鈴語攪新眠斷霞半浸春山角一
脈幽香透枕邊

睡起

午夢初回候幽亭靜不譁乳鶯嬌學語雛燕巧銜花滴露
閒臨帖分泉細品茶倚欄檢詩料日影轉窗紗

午窗

茶熟香溫睡起遲幽窗閒寫玉溪詩一痕日影穿紗幔倒
映瓶花人硯池

七夕

悵望銀河蹙翠蛾頻年無計奈愁何不須更乞天孫巧巧
似天孫恨更多

露臺晚眺二絕

小立秋光裏微飆入袂涼南山新過雨雲罅露殘陽
何處秋聲起山城萬戶砧數鴉歸遠樹一雁下遙岑

秋海棠

追涼花事漫栽培移向秋階取次開夜靜風庭時弄影捲
簾誤認美人來
誰憐弱質逐飄蓬開落淒煙冷雨中留得千秋思婦影年
年化作斷腸紅
夜靜依欄景最幽擔風荷月雨肩秋愛看一帶亭亭影十

二湘簾不上鈎

階前碎雨和愁滴牆角零煙帶月浮萬朵凄紅千點淚併
涼釀作十分秋

從來薄命屬傾城零落天涯漫自驚嫁得西風春不管誰
憐標格比梅清

瓶供秋海棠數枝燈下相對覺嬌花弱梗楚楚可憐
戲吟二律以贈

弱質盈盈怯晚涼凝將冷韻比新妝卿如無恨因何瘦我
亦多愁爲雨傷消受幽姿銀燭底移來秋影玉臺傍半瓶
碧水長親換留得詩情伴晚香

香閨綺閣近黃昏起照殘妝半淚痕爲恐秋霜欺冷骨暫

吟清句慰離魂貯嬌合倩金爲屋惜豔長教玉作盆記得
芳春曾手植銜煙和雨護離根

階下海棠將殘感而賦此

粉容零亂倚東牆悔把嬌名喚斷腸謝卻鉛華猶怯雨開
當遲暮已逢霜半簾詩思含秋淡一枕花魂壓夢香絡緯
滿階秋寂寂西風涼透綠衣裳

聽秋詞

爲怯秋寒竟日眠秋情如夢復如煙攪人無奈秋風惡吹
送秋聲到枕邊

冰簟驚涼夢不成短長雨滴短長更本來秋易生人感惟
有愁人感倍生

落葉

天高銀漢夜澄清萬樹紛飛落葉聲墜地便成無用物因
風時作不平鳴園林剪綵東皇意溝水流紅怨女情幾日
邊城秋信早有人敧枕數長更

寒鐙照壁思無憀淡月朦朧暈未消夜靜那禁風瑟瑟夢
回如聽雨蕭蕭知秋梧葉驚先墜耐冷松筠羨後凋莫向
最高樓上望江天極目總蕭條

五更鼓角五更風一院秋聲處處同自是榮枯憑造物敢
將衰謝怨天公歸根此後身終潔弄影從前色已空囑付
好隨流水去莫教飄泊任西東

邊城秋老氣蕭森霜信寒威日漸侵埽徑打窗隨下上落

茵墜溷等浮沈去留任聽西風便棄擲非關上帝心傳指
別離應不遠十旬仍看綠成陰

水仙花

輕寒連日促春工剪出瀟湘玉一叢最愛託根清潔甚不
將開落倩東風

新月朦朧映碧紗一簾瘦影淡煙遮幽情欲向姮娥問舊
是瑤臺第幾花

美人香草寄幽情別有奇芬靜處生漫向金爐燻麝炷襲
人花氣比蘭清

凌波仙子玉爲神翠袖盈盈不染塵夢斷羅浮香信杳幾
枝先占隴頭春

冷香鎖夢夜沈沈似有湘靈鼓瑟音睡起癡移銀燭照壁珠遺珮杳難尋

曾向蓉湖見素姿江南春色繫人思偶隨萍水同為客解語還應恨見遲

別饒本色動人憐謝卻繁華便欲仙似向蘂珠宮裏坐兩行素袖舞翩翩

置向幽窗蝶未知數拳翠石漾疏枝憐他故國移根遠寄語騷人好護持 借句

竹簾

輕勻雅倩翦刀裁裔本龍孫脫舊胎明眼中分疏密意虛心早具捲舒才曉窗待燕臨風挂靜院焚香帶月開几案

生涼波漾綠瀟湘咫尺送秋來

聞蟬

獨客驚秋早聞蟬感倍生如含無限恨徒作不平鳴飲露心長潔吟風韻獨清空煩相警意何處訊家聲

新涼曲

晶簾夜豔蟾蜍月輕衫掩映芙蓉雪素娥青女鬬清妍好共秋姮伴孤絕紅匳寶鏡雙明璫晚涼愛作慵來妝玉釵斜墮鳴蟬鬢翠被濃熏百合香小鬟擁髻低徊語樓頭說與穿針侶繡譜新翻巧樣多莫更喃喃禱牛女織雲弄影漾銀河牛女年年別恨多但祈長駐嬌顏好莫使流光去似梭

聞江南警報

南望干戈徧無家問死生 借用杜句 亂離憐弱妹薄宦念諸兄巢覆孤猿警枝催倦鳥驚繞廊吟杜句淒絕不成聲

風雨重陽近寒威接地陰客心如菊淡鄉思逐秋深明月三更夢西風萬里心南來空有雁何處訊家音

雪夜有懷

輕盈飛絮舞漫漫冷眼偏宜此際看雲重更欺山影小窗虛如受月光寬三更清興人難寐一載韶華指暗彈忽憶長途行役客壓裝風雪不勝寒

寄外長安信附題信後

挑燈含淚報辛酸握管離情欲敘難寄語嬌癡小兒女燈

前亦解說長安

宛轉柔腸強自支三生難懺是情癡芸窗筆墨拋殘久不為傷離不作詩

集李義山句

枉緣書札損文鱗苦海迷途去未因如線如珠牽別恨寶釵何日不生塵

不教腸斷憶同羣苟令爐香可待熏憶事懷人兼得句欲書花葉寄朝雲

當年七夕笑牽牛猜意鴛雛竟未休刻意傷春復傷別與君身世屬離憂

竹塢無塵水檻清月榭誰伴詠黃昏梧桐莫更翻清露為

拂蒼苔檢淚痕

外寄歸夢吟一闋賦此卻寄

荻花潮長來雙鯉中有遙天書一紙筆墨淋漓寄遠詩情詞宛轉傷心字三復臨風如晤君墨痕淚點兩難分蘇娘織錦悲長別王粲登樓怨暮雲况逢露白葭蒼候那能不憶閨中耦望遠魂因久客銷捲簾人爲悲秋瘦小劫情天合受磨年華錦瑟竟蹉跎滿眶熱淚和愁嚥往事驚心感慨多憶昔于歸君尚幼下帷勸讀如良友兩小無猜雅愛深敲棋角韻消長晝痼癖琴書未遑忘膝前兒女漸成行江都廢業緣多病燈火雞窗學始荒壯懷落拓愁虛度花殘又遇風姨妒堂上椒花頌未能風前詠絮才成誤異地

枝棲年復年故園千里夢魂牽已傷離亂同根斷暫避刀兵僑寓便江南一帶爲髮逆所踞家鄉久不通音信無端震地干戈動疾雷驚破鴛鴦夢九轉驪歌唱未邊一杯別酒怱怱送掩面欷歔話不成大雪漫天君將行問君歸期君弗答但將誓約訂來生我聞斯語心如裂氣塞肝摧淚凝血稚子牽衣別母啼老親掩袂思兒泣千古從來此別難行期況復正嚴寒風塵撲面霜威重鼓角驚心劫火殘劇憐涉險雙兒小宿露餐風伴孤狖絕野誰哺失隊雛萱幃空有忘憂草亂世行藏去住違離情兩地各沾衣乘車入谷前塵誤持管窺天未計非壬戌因避回逆之亂大姑攜長次兩兒避亂禮邑之仇池山因山居不便復回天水癸亥冬外攜兩兒避亂長安而其地又值兵燹之後飢饉之時舉家風鶴猶時警計程盼斷長

安信卜損金錢夜不眠流黃月照孤鸞影欣君彈鋏得依劉鮑管交情意氣投得免窮途無限憾消除閨閣幾多愁春鳩秋蟀容華改屈指分飛將一載金井梧桐葉葉凋瑤階砧杵聲聲碎玉尺金針日夜持新涼猶恐寄衣遲眼中天遠思何極心曲愁濃意欲癡更兼良夜瀟瀟雨窗前似伴愁人語彷彿如離倩女魂隨風蘧蘧到君處幻形夢景是耶非一點秋燈照影微冰簟驚涼人乍醒衣香帶影總依稀鬢雲零落金釵顫含愁倦倚芙蓉幔欲著幽情記夢遊起坐挑燈弄柔翰潦倒浮生不可思枯毫勉和斷腸詞報君一語眞堪慰骨月團圓已有期

春日有懷江南諸女伴

東風簾幙捲新寒乍試生衣尚怯單最愛緗桃如瘦骨滿身香露傍紅欄

病酒懨懨曉起遲瑤臺夢境滯人思拈毫欲寫愁千縷鸚鵡簾前解學詩

天涯芳草句難成覽鏡春容太瘦生好鳥似知人意緒不如歸去喚聲聲

閒倚屏山聽曉鶯春愁如夢不分明柳條空有絲千縷不向東風綰別情

玉人何處教吹簫借句春隔江南廿四橋若得東風吹夢去千山萬水不辭遙

梨花影外雨瀟瀟蝶懶鶯慵雨寂寥那更殘春仍作客離

情只合付瓊簫

落葉詞

秋風老秋霜早秋葉墜秋風秋霜殺秋草邊城九月秋氣深落葉滿階風自埽秋燈照壁夜四更落葉打窗窗紙鳴此時旅館思歸客欲睡不睡難爲情故園夢不到山水萬千程山長水遠歸不得怯露寒蟲鳴唧唧愁人愁不勝秋風落葉更相逼秋風高落葉隨風發悲號秋風低落葉隨風東復西忽東忽西無定迹不如吹落寒煙溪歎我飄蓬滯異鄉身如落葉何淒涼同心人遠遙相望道阻且長天一方露華漸白蒹葭蒼鴻雁不來書渺茫下階獨步心彷徨拾將落葉寫愁腸願得風吹落葉起隨風飛到離人旁

秋雁飛

秋雁飛情緒何依依寫出青天兩行字愁雲漠漠含落暉相呼相喚語儔侶前路茫茫生事微塞外風高不可住寒氣日逼煙景非曠野有鷹隼空山無蕨薇沙磧連天少人迹那能忍此寒與飢不如秋社燕猶著舊烏衣聞說江南稻粱足身有羽翼胡不歸數聲叫破秋雲碧游子乍聞愁倚扉我亦有家在南國烽燧年年未解圍欲歸苦不得顧影空欷歔百結柔腸書不盡欲憑雁寄雁莫違書成呼雁雁不下淚痕猶對秋風揮雁飛何太速雲影搖依稀秋雁飛情緒何依依

重過華陰

屈指星霜廿載經筍輿重過日將曛寺通鳥道千盤上地擘河流兩派分瀑布垂簾斜捲月危峰插筆仰書雲城南韋杜鶯花劫羌笛淒笳不忍聞

桃紅針菊之濃紅而銳似針者

一夜天孫幻化工金針暗度向西風生成花樣無邊麗繡出秋光別樣紅翠袖拂餘香黯淡綠窗穿透月玲瓏蘭閨女伴休相妒瘦影新添繡譜中

彼美

彼美居幽谷曾稱絕代名纖腰朝倚竹素手夜鳴箏秋冷黃花瘦天寒翠袖輕探香盈欲掬何處覓淵明

夜雪

冒寒啟戶踏瓊瑤拂面縈肩絮亂飄卻憶鄉家香夢好小紅爐畔擁輕貂

漏聲催箭鐵生衾風引寒威入戶侵殘燭對人愁淚滴問渠何事亦灰心

王昭君

淺土埋香迹尚留我來憑弔紫臺秋傷心最是胡天月曾照當年出塞愁

長生殿傳奇題後

不見蓬萊縹緲仙哀絃譜出奈何天佳人恨事才人筆一度吟看一惘然

蒼涼一曲寫蠶眠鈿合金釵證後緣譜出此心堪萬劫情

根亙古不桑田

琵琶行題後

燈影停紅酒滿卮一絃一曲譜幽思須知千古飄零恨不是才人不許知

白傅風流擅一時自將紅淚寫烏絲嫦娥亦是知音者送客江頭月落遲

月

明河萬頃瀉銀濤花影低迷竹影高閒倚雕欄評夜景照殘秋色倍蕭騷

積雨撥悶

淅瀝連朝雨寒深捲幔遲人情如中酒涼意似催詩花影

紅全彈苔痕綠倍滋頻增鄉國感翦燭夜談時

淅瀝連朝雨濃雲處處皆好斟浮白盞慵繡踏青鞋新筍迸階茁殘花積徑埋悶愁消不得撥墨鬭詩牌

淅瀝連朝雨春寒釀作秋淋鈴三疊淚河滿一聲愁急涌循簷下輕煙鎖樹稠忽成邊塞景四月尚披裘

淅瀝連朝雨深庭響漏籤已傷春寂寂那更病懨懨酒熱杯頻把棋寒子懶拈小鬟欣解意蒜押任垂簾

宛在堂 堂在小西湖上

長松翠柏鬱蒼蒼宛在伊人水一方綠架紫藤垂碧幔壓簷丹荔綴紅囊頻傾佳釀荷筒綠偶試新茶竹露涼聯袂清游邀勝侶四欄花氣襲衣香

鏡湖亭

尋幽拾級鏡湖亭曲檻憑臨眼界醒負郭高樓排雉堞夾溪疏樹隱漁舲一環煙水周遭碧四面雲山不斷青煩暑霎時俱滌盡惟餘松籟靜中聽

落花

雨怨煙愁了夙因開時雖幻謝非眞身前慧業驚心夢悟後繁華過眼塵楚岫雲歸迷五色瑤臺仙返隔三春晝長小苑慵輕埽一任窗前似錦茵

瞥眼韶華景物非纔看春至又春歸鶯啼舊樹聲聲倦蝶戀殘香故故飛尚有紅痕黏屐齒猶餘芳氣襲苔衣高枝十丈終歸潔不逐楊花舞夕暉

含笑花

藹然香色暈朝霞解釋春愁另一家微露瓠犀排玉瓣半含櫻顆簇雲葩司勳曾記拋金買開府何勞倩扇遮萱草忘憂梅索笑東風同是有情花

娉婷嬌女十餘三秋恨春愁總未諳粉態善工褒姒粲香情慣學寶兒憨縞衣立月嫣然媚素袖臨風宛爾含別具天眞窺色相拈花妙諦靜中參

茉莉

冰簟銀牀絕點塵薄帷深下近黃昏衣沾荷露香無跡枕壓梨雲玉有痕伴我多愁休解語泥卿同夢恐消魂桃花太豔梅花瘦號國眉圖幸尚存

夜來香

薄涼庭院曲欄邊小朵花枝別樣鮮不與海棠爭豔冶好同蘭蕙鬬清妍綠珠淚漬傾樓日碧玉香熏未嫁年誰向鳳釵排翡翠晚妝人瘦影娟娟

茉莉

花氣如煙露氣涼水晶簾底鬬新妝縞衣弄玉神全淡素袖瓊英影亦香彩線攢珠宜扇墜碧紗籠雪稱羅囊搓酥滴粉嬌如此隱約佳名倣麗娘茉莉一名抹麗

春夜病中作

深院凝寒鎖寂寥藥爐茗椀伴清宵已拚病骨爭花瘦何必問愁借酒澆料峭晚風穿綺戶朦朧斜月上重寮六朝

舊夢尋無跡聽徹銅龍漏水遙

倦擁重衾壓翠蛾無端二豎日相過偶燒心字消香刦閒禮金經卻病魔慧業漸成泥絮果新詞只付短長歌江南梅信雙魚渺欲折春華奈晚何

集唐

悵望銀河吹玉笙碧天如水夜雲輕江魚朔雁長相憶冰簟銀牀夢不成鄉信漸稀人漸老白雲無路水無情越裳翠被今何夕斜倚熏籠坐到明

秋夜思鄉

玉露零香夜欲闌銀牀冰簟起新寒客情似月憐圓少旅況如雲欲聚難江上魚書何寂寞案頭蠹簡任叢殘東堂

桂樹應無恙佳隱何年載酒看

滴殘蓮漏晚涼輕詩興闌珊句未成世態漸從貧裏覺閒愁偏向靜中生廿年夜雨吳江夢萬里歸鴻故國情不用西風吹葉下離人滿耳是秋聲

秋窗病起有感

籠月輕雲望欲無臨風鬢影漸蕭疏秋來畫意全教淡老去詩腸別樣枯瘦骨支離新病後單衣冷薄嫩寒初玉琴金管成陳迹懶惰心情結習除

並蒂菊

重陽風信幾番催小圃寒香取次開陶令花成佳隱伴王宏酒稱合歡杯秋心同淡休相妒瘦影雙清合並栽一院

霜華三徑月晚芳獨占眾花魁

半開菊

滿院尖風一徑霜輕寒尚勒好秋光似窺素女三分月也學徐妃半面妝冷蘂細含猶斂白低苞欲吐漸舒黃花風十二愁歸速羯鼓頻催爲底忙

簪菊

疏簾小閣日相親翠襯眉梢減舊顰素袖捲簾人共淡冷香入鏡顏初勻好遮杜甫將絲鬢雅稱淵明漉酒巾贏得夜闌燈灺後一枝霜染枕痕新

殘菊

閒庭連日雨聲稠碎翠零金滿徑幽子美詩情長惜別蘭

成酒興且澆愁夕陽舊圃離披影夜月疏籬晻淡秋蛩韻
半階簾半捲有人惆悵憶前遊

學畫墨梅

翠竹長松苦未栽卻炎聊畫數枝梅相看疏影橫斜處便
有寒香撲袖來

題蓮花圖

兒家家住蓉湖側門外波光暈輕碧種得環溪萬柄蓮亭
亭瘦影田田葉句借自別江南已卅年蓉湖風月倍情牽一
枝誰當梅花賜翠蓋紅衣絕可憐綠窗靜掩湘簾下晝長
何計堪消夏吟絮銘椒愧未工研香閒學徐熙畫鷗盟回
首願仍虛空對名花憶舊居願得齊紈三十柄揮毫一一

繪芙蕖

春閨曲

瘦蝶翩翩粉翅翩東風院落豔陽天日長無事閒眠過如
晝春陰到枕邊

落花

殘紅滿徑正黃昏檢點春衫半淚痕月影迷離風露冷夜
深何處覓花魂

枝頭紅退綠初齊細雨輕陰杜宇啼雙燕解人憐惜意只
銜花片不銜泥

繪夾竹桃垂柳秋蟬紈扇並系以詩

晴窗小硯點紅絲吮粉調鉛落筆遲薄襯臉霞微醉後輕

籠眉暈欲眠時虛將小字摹桃葉猶記芳名喚柳枝翠幕
低遮元鬢影美人香草寄情思

閏七夕

珠斗橫天月影斜阿香重駕六萌車別來月令纔更換再
到星期未及瓜綵縷記穿金合線清泉又獻玉盤花今宵
離恨無多敘乞與人間巧倍加

錦樣年華水樣流巧筵重見昔時秋百年幾得今宵閏此
夕休談隔歲愁天上星橋雙渡鵲人間海屋兩添籌是月適予五十重度
勞人畢竟輸仙侶半百風前白了頭

繪秋柳鳴蟬團扇并題

隋隄秋老影蕭蕭一片蟬聲咽暮潮不見牙檣牽錦纜柔

條猶自鬬纖腰

和蓀清甥抱山樓原韻

翠岫當窗畫景開神仙舊愛住樓臺怪他好句清如水自
有煙霞筆底來

秦淮曲

秦淮河畔水縈洄樓上紅窗面面開借得石城雙艇子今
朝新載莫愁來

記取樓名喚媚香舞裙歌扇舊時妝桃花繪入輕紈裏不
許隨流誤阮郎

當筵催賜錦纏頭拉雜香絃繞指柔爭唱江南新水調花
時不負杜家秋

十載青樓舊夢醒鶉笙麝帕久飄零柘枝再譜家山曲惟恐離人不耐聽

擬朱子武夷九曲櫂歌

武夷名勝冠羣山自有仙靈鎮往還峰影波光何處紀櫂歌九曲寫迴環

武夷一曲蕩輕舠萬頃煙波綠未消爭唱漁歌盃石畔碧空隱約架虹橋

武夷二曲幔亭東玉女峰高倚曉風夜靜不須頻照鏡溪光倒影鬢花紅

武夷三曲兩巖分會有仙人駐彩雲霧幰雲軿銀漢隱可容鸞鶴下方聞

武夷四曲接雞窩暇日攜樽約伴過移櫂焙香亭外歇隔林聽唱採茶歌

武夷五曲傍溪灣欸乃聲中自往還爲問雲窩雲幾縷出山可似在山閒

武夷六曲翠屏張澗草溪花自在香指點巖頭仙骨換振衣猶說有高岡

武夷七曲曉煙寒時解輕舟下急湍夜雨連宵春漲足釣龍臺畔好投竿

武夷八曲繞桃花溪水流香絢曉霞祇識丹成騎鶴去不教洞口有胡麻

武夷九曲狎鷗便省識仙鄉別有天我欲煙霞消舊癖結廬擬向白雲邊

七夕

蓮漏聽迢迢長空鵲駕橋兒童歡喜夜閨閣可憐宵乞巧紅簾捲穿針翠袖招曝衣樓外月隱約渡星軺

七夕夜苦熱不成眠起立小庭前夜景清幽賦此

瓜果閒庭徹綺筵披衣悄立晚風前人歸小院蟲聲靜月到中天樹影圓玉宇高寒迴碧漢銀河清淺隔秋煙靈槎欲泛從何問擬種華峰千葉蓮

惜花曲

蓉城飛下催花牒幻出芳菲萬種色紅兒脂暈雪兒白含嬌含笑臨風立蛺蝶窗啟東風輭滿院花光烘夢煖桃枝

穉小柳芽短愁蝶癡蜂相款款幽人標格花同清尋詩曉向花叢行毫端聚會千娉婷環肥燕瘦恣量評爲愁春易消彈指庭前不種相思子鶯鶯燕燕愁何許對花各訴傷心語紅絲小硯青鏤管準備鸞箋書恨滿詩成再舉餞春筵願乞東皇歸緩緩繫徧金鈴空護惜番番風雨催花急有限相逢無限別難憑鳥使尋消息

採茶歌

煖風如扇翠煙迷巖樹新芽綠漸齊竹翦邀儂先檢點頭尖爭採幔亭西

武夷九曲碧彎環茶客茶娘日往還近郭桑枝儂自採遠山高樹待郎攀

輕寒薄煖養茶天第一佳名數雨前卻喜隄邊種茶子今年柯葉巳齊眉

蒙山春樹曉煙勻巖草巖花各自春滴翠峯巒流玉澗風光多屬採茶人

三尺筠籃五尺梯再高枝上費攀躋惱他隔葉窺人鳥故學嬌音宛轉啼

採茶小女最嬌癡手按柔條欲步遲祇識遠山如翠黛不知新葉似纖眉

阿姊夭嬌阿妹柔喃喃小語約同儔昨宵微雨春芽嫩摘葉先攀最上頭

焙香亭子接雲窩折罷雲腴約伴過小憩不妨同倚檻隔

林聽唱採茶歌

二月春林綠意酣漫天翠雨徧江南最憐歲歲勤攀折雀舌龍團味未諳

娉婷十五採茶娘觸景攀條較短長去歲採枝纔覆額今年摘葉已牽裳

黃金芽嫩碧沈甘茗鼓先分各貯籃阿母慣瞋歸去晚莫教日色遠山銜

杏子花衫一色裁綠雲影裏踏歌回風枝露葉知多少盡自春纖辛苦來

放歌

玉兔西墜烏東翔雙丸日夕回環忙光被六合周八荒不假磨琢長輝煌似茲猶抱盈虧傷況彼衆生如螢光依花傍柳徒攘攘瞬隨草木萎秋霜既無長戈揮魯陽又無大斧來吳剛流而不返隨堂堂照盡千古霸圖帝業之興亡嗟彼漢武與秦皇妄冀不死求神方童男姹女空梯航蓬萊方丈終茫茫更見金盤玉露漫餐霞辟穀求生長鞭鸞笞鳳願難償那得白雲終其鄉勞人感此生惕惶弗如行樂隨徜徉韶年緘默處一房純毫焉敢誇鋒鋩恨不馳騁翰墨場進士不櫛名難揚邇來黑者皆蒼蒼何妨且學騷人狂案南硯北紛縹緗長歌短謠塡奚囊花時閒傾酒百觴起持大爵酬花王問花花各挐交相默默不語含煙藏繁枝密蘂怯雨暘對花觸我重迴腸日月催人去不遑花

前不似當年妝安得瓊壺萬斛漿安得蜀錦千尋張廣被大灑衆國香徧駐天下百卉長芬芳

九美詠

馬上

生憎羅韈嫩苔侵爲買驊騮不惜金鞭影一絲揚紫陌輭塵十丈撲紅襟羞追虢國描蛾淺偶學明妃寄慨深士卒年來嗟伏櫪讓他兒女有雄心

鏡中

掠削雲鬟入鏡中忽來色相本空空浣妝侶訝神全肖對影人偏語不通素女全身臨皓魄窈娘半面隔春風效顰漫笑東施慣憐我憐卿樣樣同

樓上

漫怯花枝笑獨眠且憑曲檻傲飛仙懶行拾翠尋芳地況
値懷人望遠天一桁遙山爭黛色萬家春樹起炊煙玉關
不見封侯信盼斷征人早整鞭

簾下

湘波翠地漾煙絲深閟幽芬襲玉肌欲待月來垂處少爲
傷花謝捲時遲押將銀蒜防風入挂上金鉤任燕窺拜月
焚香懷女伴舊同坐處繫人思

晝中

綵灰百喚漫疑猜底事眞眞竟下來省識冰綃留豔影繪
將素質絕塵埃對如仙供香頻爇愛當花看戶不開消得

檀奴魂幾許紗籠咫尺即天台

月下

碧天如水晚星稀暗寫花枝上畫衣玉臂香生寒惻惻雲
鬟光潤露霏霏誰家擫笛梅初落何處彈箏人未歸惱煞
南枝雙睡鵲無端驚起傍簷飛

舟中

秦淮畫舫盪明河兩面疏窗隱素娥打槳吳娘知弄月騎
鯨仙子慣凌波妒花嬌面羞紅粉似葉春裙翦碧羅留取
五湖明月照錦帆影裏唱菱歌

花下

芳時且自覓淸歡拂柳分花取次看蓮瓣印殘新藥圃玉

尖扶徧曲闌干偶攀嫩蘂防釵墜欲插新花厭蝶攢爲惜
韶華忘坐久滿身香露起新寒

枕上

春宵選夢懶移牀銀燭無煩照海棠花影漸移靑瑣闥晚
涼新透碧雲裳數殘蓮漏神初倦偎煖梨雲夢亦香化蝶
遊仙淸似水漫勞宋玉賦高唐

荔支

丹實輕紗捲興漳擅八閩奇香終屬宋妃紫獨推陳露重
凝脂潤漿寒斂玉勻茜囊攢鶴頂絳片皺龍鱗𩩲瑞恥桃爲
伍淸宜藕作鄰蚌珠收處滿猩殼摘來頻竹徑乘涼候楓
亭唱賣晨冰甃皺細理火鳳鬱奇珍翠轂斜裁巧晶丸倒

綴新千苞藏綠幄一騎破紅塵消夏休沈李思鄉漫憶蒓
蘇髯再三百顆羨煞嶺南人

吟香室詩草卷上終

男元慶 元亮 校字

女士吟香室詩草　下

吟香室詩草卷下

金匱楊蘊輝靜貞

晚年惟好靜

晚年惟好靜閉戶驅羣侮耽隱未買山愛菊難藝圃痼癖惟詩書一卷時爲伍堆案例芸煙披吟夜常午庾鮑與李杜千古騷壇祖想見襟胸豪似對鬚眉古燦如雲錦張朗若明珠吐清瀉萬壑泉勁發千鈞弩用爲記事珠用爲伐愁斧丹鉛務抉摘詩思何其苦風煙走夜郎格律更夔府嗟乎古先賢艱辛猶備茹我也復何人反躬還自撫衣惭裁五紋食愧羅四簠兒曹雖㚒筆畜養能仰俯悟此樂餘生敢云傷破釜薇露盥頻三甲香炷長五恥爲倉內鼠權

作書中蠹持此簪花筆不欲工眉嫵

晚年惟好靜屛囂以藏拙養生既無方種花聊自悅淸泉灌溉勤錦障周遭列藏春曲徑開駐景春幡設漸看苞欲吐喜見芽新茁紅紫互交加芬芳難辨別蜂鬚點嫩黃蝶粉霏香屑露杏擁輕綃風蘭擎素纈葵傾向日心菊秉凌霜骨如對美人妝愛玩無輕褻如入高士座襟懷爲朗徹吟詠於其間朝夕不辭茶和靖癖梅詩濂溪愛蓮說予生雖已晚願言希前哲嗤彼灌園子徒解事攀折誰知綽約姿各秉冰霜節美女比名花期如諸卉潔

題霍小玉傳後

美人生小解憐才鸚鵡簾前報客來十幅烏絲空鐵劵香

心忍使竟成灰

卜損金錢信屢乖十年短約願難諧郎心已逐東流水猶向朱門典玉釵

采蓮曲

溪頭采蓮女爭唱采蓮歌人花相掩映丰韻竟誰多

蓮絲宛轉牽蓮子心長苦願乞愛蓮人長作蓮花主

簾前花弄影簾底妒新妝但恐秋風動紅衣減舊香

讀黃谷香女史春閨別感詩戲仿其體率成五律

落花庭院晚春天病緣愁紅絕可憐閒苑依然欄十二蓬山已隔路三千紫釵典去憐分股紅豆拈來卜再圓細馬青絲芳草地王孫一去幾經年

小筆簪花媚更遒舊吟重檢若爲酬求方空畜三年艾買酒難消萬斛愁窗掩春寒金屈戍枕迴別夢玉雕鎪幾多楚尾吳頭恨綠徧垂楊懶上樓

一自征帆挂日邊遼陽有夢總如煙浪萍風絮分離易參宿商星會合慳駒隙年光殊草草風旌心事日懸懸垂楊不繫青驄住冶葉倡條爲底牽

似水韶光指暗彈碧雲紅樹兩漫漫玉璫緘札殷勤寄錦字迴文宛轉看別緒長縈銀葉煖離情空抱玉犀寒女蘿本是纏綿樹豈獨丁香解結難

三宿空桑感夙因仙雲一障隔紅塵諒無青鳥銜芳翰賸有黃鶯話比鄰湘月殘如新斷夢楚雲渺似未歸人桃花易逐東風老崔護重來又一春

寂寂花時掩畫樓怕聽鶯舌絮閒愁飄來春恨紅千點釣起離情月一鉤碧海青天同悵望渚鷗汀鷺共沈浮金鈴十萬勞虛設難乞東皇駕暫留

見鄭夫人婢小鶯風致楚楚綽約可人憐之戲題二絕

團扇含香半面開鄭家詩婢可憎才最憐荳蔻梢頭月隱約年光十五纔

小家碧玉太苗條細髮初齊黛未描聽到芳名勞注耳柳梢花底竟誰嬌

除日有感

無限因人感年年此歲闌長衾何日製取覆九州寬

楊花

燕妒鶯啼景物更飛揚意態比雲輕香塵紫陌沾泥好莫向春江化作萍

瘦盡長條與短條望塵逐影黯魂銷謝家詩句偏丰韻不負紛紛撲綺寮

春日有感

游子天涯遠春風又落暉不如梁上燕鎮日引雛飛

題荷亭遠眺便面

曾挐片櫂下江南冉冉奩光綠半含亭竹渚蓮無恙否倘留畫稿靜中參

贈葆清甥茉莉幷附一絕
藐姑新試白霓裳玉骨冰肌竟體香羞向謝娘蟬鬢襯清
芬留贈沁詩腸
有感
倚枕中宵輾轉多狐驚鹿駭夢長訛青春彈指消流電華
鬢侵人感逝波鳳脛燈明搖薄幌麟文席細拂輕羅不堪
往事從頭憶聊把詩魔敵睡魔
月夜
星移斗轉夜迢迢花影如潮上綺寮幾縷懶雲慵作雨和
煙鎖住遠峯腰
春日雜吟

開徧梨花落盡梅撩人春色幾時來沈檀小炷消長晝閒
看香心逐寸灰
明螺隔外篆煙飄簾底銀箏月底簫閒聽流鶯如細訴小
庭明日是花朝
淡黃楊柳細拖煙春晚幽窗樂事便幾箇流鶯三兩蝶花
叢點綴豔陽天
痴蝶嬌鶯絕可憐惱人春色困人天桃花不逐朱顏老粉
淡脂紅似昔年
颶風吟
風伯專權令長空起怒潮纔聞來樹杪旋訝到窗寮勢撼
山河動聲摧宇宙搖過疑奔駭馬倒欲挾驚濤潑墨雲容

黯傾盆雨勢驕狂飆能拔木急漲欲平橋箕畢星應見庚
壬候失調果非經雨落葉豈爲霜凋欲乞天心轉何時浩
劫消愁吟當乙夜銀燭悵頻挑
癸未孟冬葆甥將赴長沙勉賦四律聊以誌感
未唱驪歌意已傷黃花衰柳佐行觴裝輕無那離愁重路
遠何如別恨長眞驥敢教芻豆戀家聲待繼姓名香長風
萬里從茲振佇望佳音報數行
二載猶如子母親乍逢判袂倍傷神笑談最憶燈前影寒
煖誰憐客裏身錦篋怕翻同詠句金鈴不護未殘春雲階
月地同遊處回首煙波隔幾塵
南浦斜陽送綠波催妝纔賦又離歌百年鴛侶如萍聚三

載家園似客過夏葛冬裘宜保重祖鞭陶甓莫蹉跎音塵
從此雲泥判閨思吟成感別多
細雨黃花帶淚開華堂握手盼重來射屏莫負乘龍選發
軔行看展驥才楓葉半江人惜別西風萬里客登臺遙瞻
帽影鞭絲外隱隱千山落照催
甲申仲秋感事
連營徒說擁貔貅帷幄甯無借箸籌覆轍忍教全局誤厲
階誰識萬民愁也知士庶難捫舌獨讓將軍誓斷頭太息
滄江迴首處陶公戰艦付洪流
七載封疆政太仁誰知遺玷半鄉親巳看貔虎窺鈴閣猶
委蒼黎付劫塵采鐵豈知終鑄錯沈舟何異自焚身烏豬

白犬原天塹坐視酋輪往返頻

何曾姓字敵心寒坐擁都成壁上觀獨木忝顏支大廈中
流無計挽狂瀾縱橫紙上談兵易鎮定臨危授命難國恥
未湔民怨起彭田小住且偷安

驅羊飼虎計何窮下策生憐一例同既已積薪思厝火緣
何臨敵尚催工粉身士卒空殉國捷足官軍待敘功切齒
不堪聾鼓恨屍浮馬瀆水流紅

半百年華黯自憐兩番浩劫幸生全（壬戌隨宦甘肅遭回逆亂圍危城者三載）
微軀久已輕身命大義難容割愛緣避地漫誇三窟巧移
家莫擇一枝便何時得遂澄清願掃盡夷氛萬里煙

仲秋攜兒媳輩避亂吳航誌感

極目連江盡戰艛笳聲吹冷海門秋片山寸水皆
皇土竟任夷酋汗漫游

困坐窮鄉日似年一枝鷦寄幾頻遷東南半壁空屏障誰
與蒼生挽倒懸

西湖競渡

黏天帆影漾中流躪柳懸蒲徹夜遊欲向錢塘觀競渡畫
船移過藕花洲

彩舫龍鱗刻畫工遏雲簫鼓振蛟宮湖光十里平如掌人
影衣香在鏡中

紅旗掣電鼓轟雷畫鷁爭飛破浪來彩扇懸竿巾繫袂今
朝奪得錦標回

吳娘小隊競揚舲碧艾紅榴掩畫櫺看罷六龍爭渡後又
拋角黍弔湘靈

白丁香

梨雲一片覆銀塘風外簾櫳別有香曾記芳名稱素客底
將雅號仿丁娘真珠密字重重裹白練春裙細細量伴我
詩情宜藴藉淡蛾不學人時妝

蠶事告成有感

緘冰團雪一重重非緯非經奪化工黼黻迴文全仗汝豈
同末技擅雕蟲

無瑕矜外美含中瓦卜雛占漸奏功萬縷絲完難續命人
間第一可憐蟲

甫經出殼便纏綿一縷柔絲百轉牽蝶自尋花蜂自鬧輸
君到底結融圓

題松鼠葡萄扇面

漢苑金莖曉露乾蚪珠香彈紫雲寒窺枝鼯鼠應相妒生
恐筠籠賜百官

百花生日

桃實初成海上天蓉城信使報春先瑤臺應有仙娥賀萬
紫千紅各鬭妍

口占自慰

老去惟餘藥裹親喜無俗累絆閒身囊多好句何妨拙室
有名花不算貧芸閣晝閒臨漢帖小園霜飽翦吳蒓風光

眼底皆眞樂莫倚西風悵遠人

題麻姑荷花圖

采得名花下大羅五銖衣薄漾明波秋風桂子延年菊錫
與人間福壽多

有感

黃塵一夢太纏綿潦倒浮生五十年餘力已酬兒女債前
因莫悟去來緣心如蕉葉千層剝情若蠶絲萬縷牽欲向
迴流尋覺岸瑤臺舊侶可相延

送湘蘭長女赴滇爰賦二絕誌感

一唱驪歌淚已枯那堪重割掌中珠臨歧別語無多贈婦
職還期首孝姑

平安惟望慰親懷病骨支離莫自摧好待萱闈周甲子軿
車繡幰盼重來

送湘女之滇後別恨纏綿徹夜不能成寐

明珠覆掌悔輕拋領略離愁第一宵買得鮫綃酬淚債裁
成荳蔻長情苗塡胸壘塊因誰結竟體肌膚爲爾銷三載
懷人腸已斷更傷白髮送行橈

空遣青禽闗羽翰女牀何日再棲鸞列來雁字參差易閒
到荆花美滿難閒樹滇雲同悵望情河愛水兩難乾半生
別味原嘗慣憶到嬌兒覺倍酸

錬石難修離恨天梅花吟草句緘愁聊寄斷腸箋也知緣自三
生定敢怨絲從萬里牽多病多愁憐去日課詩課繡記當

年而今百事成追憶幾度臨風獨泣然

兒女情緣總繫思向平心願了何時身非精衛難塡海情
似春蠶緊縛絲昔日逢愁猶汝解而今有恨倩誰知情田
不逐滄桑變莫笑勞人苦自癡

年來貧病歎交攢去又傷心住亦難體弱轉愁關路迥身
寒先憶客衣單儘嘗黃蘗錐心苦已似青梅徹骨寒一紙
平安勞驛使勸兒莫帶淚痕看

閨房雙影每追陪愁緒時因一笑開歸燕尋巢方喜聚歌
驪促別又重催陽春有脚行偏遠江水無情去不回何日
春潮依舊長好風吹送遠人來

接湘女粵中來信賦此卻寄

一紙書來百感侵無窮苦意戀遙岑早知行色迢迢滯悔
不驪歌緩緩吟流水繞山無遠意閒雲近岫有歸心枝棲
爲問雙飛燕故壘何妨一再尋

送湘女後離愁未減畫債交追悵憶相依案側研粉
調朱不禁悽然

每開畫卷啟疏欞脂粉般般手自經攜繡更誰同傍案爲
兒從此廢丹青

問安視膳每含歡不厭家貧苜蓿盤今日嘗新難下箸爲
兒每日減三餐

煙霏竹葉釀新醅小酌燈前笑語偕從此幽窗花月夜爲
兒撥悶懶銜杯

早知今日悔當時醮墨親書墜淚詞挑盡寒燈眠不得爲
兒長夜苦尋詩

有懷長女湘蘭

觸景惟餘黯自傷殘詩零繡舊衣裳般般祇覺拋難捨猶
向巾箱什襲藏
女蘿枝已長甥芽三載依依寄外家覓棗爭梨嬌養慣癡
憨切莫譴頻加
小像猶留壁上懸儼然笑貌侍親前幾回癡把嬌兒喚訴
盡離愁只默然
不見雛鬟喚理妝庭花又放女兒棠東風大是無情物不
管金萱冷北堂

儂卿婿自粵寄懷七律五首卽步原韻卻寄

一紙緘愁悵別何新吟舊句耐摩挲江郎作賦思家慣杜
老裁詩感別多利鎖名韁何束縛車塵馬迹易銷磨倉皇
一枕游仙夢欲把盈虧問素娥
沾襟別淚尚班班雨僝風僽一霎間縱駐北堂殘日永可
能合浦掌珠還願教精衞塡平海安得愚公移盡山蘭露
卿雲無限感轆轤心事日迴環
深庭三載誤芳時春去春來兩不知蓮幹乍欣花並蒂女
棠反作葉辭枝關心朔漠雲歸早極目遙天雁到遲十二
時中愁萬種飄蕭兩鬢易成絲
久厭征塵涴客衣故園猿鶴總依依雲因戀岫容全淡草

爲春歸色不肥蘭蕙根株非北產鷓鴣心緒慣南飛（借芙蓉山館句）
珠江一碧盈盈水那識西山有落暉
當時宅相卜龍門叔寶清才獨屬君一見傾心先設座三
年依膝細論文蓴鱸無恙思張翰花鳥多情憶范雲一飽
風帆收合早免教愛日兩難分

福寶甥女寄養外家已周四齡絕穎悟予最憐之今
歲儂婿回閩挨眷攜之偕行每際靜中獨坐追憶
憨態輒爲沾襟爰成五律廿四韻時丁亥四月十
六日也

最愛甥枝小相依四載遒聰明諸弟冠天性衆孩殊梨棗
從姨索抓鬆喚母梳態看行彳亍字解識之無翻枕尋糕
餌投懷覓乳酥嘲爺詞獨妙（甥能唱歌每將其父編入嘲之）見客禮無疏
喜怒能窺意憂愁賴解舒爭來花壓帽賺得佩懸襦籠內
調飢雀池邊看躍魚琴時吹細細（甥能吹口琴）曲自唱嗚嗚每
惜生爲女長期福似姑（翁女多福命）尋花來曲院撲蝶傍階除
雛鳳依懷日童烏集膝初眠長聯榻伴行必曳裾扶每到
推衾起猶從隔幔呼渾忘成遠別忽訝已長途一憶腸先
斷三旬淚已枯嬌容徒想像幻夢總模糊剜我心頭肉還
兒掌上珠煖寒須著意眠食近何如善撫煩傭婦多憐囑
女夫雖爲依母燕須惜失羣雛他日門楣瑞而今膝下娛
一緘和淚寄愛育莫予孤

秋海棠

小閣疏簾畔秋光點綴新淒涼思婦影清淨女兒身蘸露脂輕點籠煙粉細勻唾壺紅淚漬檀鏡綠蛾顰疑蝶魂應斷寒蛩語最親盈盈嬌欲語脈脈爲誰瞋種合淸幽地偕宜蘊藉人彩牋初覓句粉本乍傳眞迹日適繪海棠便面西蜀香爲國東牆宋作鄰環肥輸旖旎燕瘦遜丰神弱梗能矜節檀心不受塵愁多腸易斷睡足態如嚬銀燭紅燈夜寒雲細雨晨周遭舒錦幛取次展花茵冰雪聯同調芝蘭證夙因相看眞絕俗灌溉不辭頻

悼亡

予自去夏痛遭　先夫子大故息雖延縷心已成灰弗親翰墨者久矣今春余成之表棣自梁溪寄

詩詞若干首披誦之下振觸吟懷奈春蠶絲盡江管才枯徒集千愁於胸次難綴一字於毫端爰即舊讀唐詩雜集悼亡三十首借古人之佳句藉抒我之傷心工拙弗知聊當長歌代哭云爾

梨花春雨掩重門金屋無人見淚痕欲向海天歌楚些紫芝香徑爲招魂

華表何年化鶴回悲鶯相集老相催傷心一世營營死貧賤夫妻百事哀

名高不朽死猶生更向芝田爲刻銘鵩鳥賦成人已沒可憐才調最縱橫

愁眉不展已經春抱膝燈前影伴身欲識九迴腸斷處人閒何地不傷神

多少東風怨別情百憂如草雨中生今來盡是人間夢運落風波夢亦驚

淚沾雙袖血成文寂寞堂前日又曛滿眼流光隨日度半緣修道半緣君

玉軫長調不續絃一絃一柱思華年此聲腸斷非今日只是當年已惘然

忍教嗚咽夜深聞憔悴支離爲憶君綵筆昔曾干氣象枉拋心力畫朝雲

重泉一念一傷神布被黔婁死更貧厚祿故人書斷絕不須疏索向交親

當年七夕笑牽牛團扇無情不待秋織女機絲虛夜月他生未卜此生休

寂寂花時閉院門病中饒淚眼長昏湘江竹上愁無限圖得千秋見血痕

寶瑟朱絃結遠愁江波一去不回流傷心祇爲憐兒女塵網牽纏卒未休

哭盡秋天月不明小樓腰褥怕單輕殘燈未瞑窗先白長愧寒雞第一聲

病魂無睡灑來清翠液煎研碧玉英不爲困窮甯有此鹽車病驥軛前驚

幾回吟盡四愁詩更瀉椒漿奠一卮小女啼爺淚垂血前

聲咽斷後聲遲
月色今宵似去年每因時節憶團圓而今獨自成惆悵孤
鶴由來不得眠
不趨權勢正因循節概猶誇似古人天意最饒惆悵事五
湖風月合教貧
不信年華有斷腸鴛鴦何事不相將銀瓶欲上絲繩絕獨
自含酸對影堂
未得空堂學坐禪濁醪粗飯任吾年墳頭再奠桑乾酒一
滴何曾到九泉
翠色全非碧色深早驚潘鬢二毛侵簞瓢顏子生仍促須
識愁多暗損心

憶得當時病未遭宿來榮辱比鴻毛瑤階已種三株樹不
羨王祥有佩刀
夜來煙雨滿池塘臥後春宵細細長惟有夢中相近分五
更鐘後更迴腸
滿窗明月滿簾霜柿葉翻時獨悼亡四尺孤墳何處是欲
將身贖返魂香
落日深山哭杜鵑祗應將淚寄黃泉舊交已變新交少波
煖孤冰且自堅
閒坐悲君亦自悲白頭吟望苦低垂他年若更相隨去便
是湘娥淚盡時
一紙鄉書幾斷魂魏舒猶念外家恩閩山翠荐空迎旆獨
向天涯哭寢門
寶釵分股歎無緣哀樂同驚逝水前婢僕曬君餘服用幾
回欲著卽潸然
感舊傷時一灑巾風光別我苦吟身相如病久詩千首滿
室芸香積暗塵
漳濱臥病竟無瘳愁見形骸逐日銷舉案藥多緣潤草無
人解合斷絃膠
鸞鳳分飛海樹秋天高何處問來由春愁秋思知何限埋
骨成灰恨不休

庭階春雨淅瀝家人疾病纏緜集句後餘懷未盡復
成六律誌感

難把詩魔敵病魔卻愁無計展雙蛾月逾望日團圓少人
到殘年感慨多故國鶯花空繾綣殊鄉泥絮易蹉跎青天
碧海迢迢恨竊藥端應悔素娥
傷紅悼綠雨連宵鎮日閒吟破寂寥心性難從生處滅肌
膚漸向死前消事如獨木支羣廈運若孤舟挽逆潮同輩
漫傷零落盡羨他茂葉得先凋（邱蓮峯二姊及姻娅陳夫人均常過從者今皆徂謝）
家門比歲集諸殃黃檗青梅味備嘗劍斬情絲殊少力藥
醫心病定無方思親弱女猶遙塞謀食諸兒各異鄉一寸
迴腸千種恨那教兩鬢不成霜
無端貧病迫殘年鶴唳風聲輒悚然女媳少逢強健日參
苓常倍米薪錢傷生感逝牽愁節久早長陰釀病天人世

諒無尋樂地衹應覓伴向重泉

老年結習破書堆蠹簡殘篇積案排詩到工愁皆實境事
逢處逆轉虛懷健忘誤字呼兒正久病閒花喚婢栽風物
不嫌寥落景綠陰簾幙燕重來

鈿瑟瑤琴迹久陳韶華厭看逐番新戀槽老馬徒添齒作
繭癡蠶究縛身顧影已無偕隱伴拈花徒對斷腸春老懷
萬點鍾情淚灑向雲箋寄遠人

病婦歎

人生原大夢夢亦安爲羨我生何不辰甯日稀逢兒早年
育諸子勞辛經備鍊去歲哭亡夫銀海時生眩今復愁病
婦二豎交相痌來非癬疥微到郎風雷變終年井臼荒長

日衾裯戀眼見無歡容耳聞惟愁歎客來惟致疾親至惟
醫薦柴葛束勞薪參苓撒屑片羅列如八珍分食幾難徧
當此窮困年心膽時爲顫回頭語諸婦養以平時善甯以
楊生肘何不春生面甯以藥代飲何不飧加膳況我亦衰
朽右臂時難便苦吟垂白髮老淚和愁嚥自慚合德微致
此殘年譴盧扁世已無誰可沈痾援感此懷古人經驗追
前彥陳檄愈頭風杜詩瘧鬼赦安得二公來病魔盡爲遣

春日獨坐看庭鳥哺子有感而作

花鳥蟲魚盡化機閒參物理一沾衣三春辛苦營巢燕抱
得雛成各自飛

冬日懷大兒由隴赴蜀

飄泊憐遊子嚴冬尚據鞍秦關程萬里蜀棧路千盤衹爲
飢軀迫偕嘗行路難何年仍故土繞膝闔清歡

題徐雅笙女史遺集

雅笙女史徐雲汀先生女也秀外而慧中善屬文
其從母舅楊生闓名下士裙屐少年也雲汀屬意
東牀久而太夫人以其貧議中輟其明年楊生膺
鄉薦太夫人悔前之爲而楊生時已別聘因以英
皇故事請委禽焉訛傳楊氏賓媵之女聞憤怨投
井死士林憐其才而哀其遇題悼甚衆余先母雅
喜詩遺集後有女史題詞予讀而慕之卒未一晤
也今誦遺集倍增悵惘爰題短歌於後云

素娥竊藥奔瑤闕黃塵碧海茫茫隔悽絕紅匳一卷詩猶
留粉泣珠啼跡閩山秀色毓靈聰閨閣徧饒林下風春曉
幽窗閒點筆簪花詠絮最能工吟邊想像人如玉蕙沐蘭
熏絕塵俗一束驚風約素腰雙泓翦水橫波目韞櫝深藏
待字年徘徊好影自矜憐悔耽慧業情先種修到名花偶
合慳羊曇舊屬潘楊愛悞將鳳卜專裙帶衹識王郎天壤
間焉知國士風塵外香燒心字易成灰如水年光悵暗催
甥館還看鵬舉翮秦臺難遣鳳爲媒中郎老去偏憐女碧
雞蓮幕曾心許舊約雖嗟願已違新絲猶冀膠能續內家
兄妹兩無猜例有溫嶠玉鏡臺射雉參軍年正少英皇仙
伴許同偕無端閫外訛言至海棠狼籍春無主丹荔羞從

傍側生冰蠶甘爲纏綿死謠啄蛾眉太不情淚傳簧舌怨流鶯竟將一代傾城質殉卻三生未了盟碧梧虛種難棲鳳覆掌明珠究誰送太息罡風起繡帷一宵翦盡相思種筆牀硯匣流塵滿斷簡零箋誰復管結社分泉舊願違夜臺曾否聯吟伴女史題先母秦太夫人梅花吟草遺集句云結社好傳閨嶠荔分泉待品惠山茶幾度尋吟擘錦箋悲歌十幅爲君塡猩猩相惜神交久咫尺城闉一面慳春花不壽凋零早誰把閨吟付梨棗賴有憐才節度賢捐貲爲刻生前稿吾鄉林頴叔方伯爲刊遺集收拾珠璣取次編斷腸小集寫蠶眠研硃補入傷心史留與才人說可憐元詩潘誄文何補那堪紅粉消黃土營奠營齋更仗誰鵂鶹夜哭空山樹劇憐奉倩自傷神雲影曇花了夙因采鐵已成千載錯圖中莫更喚眞眞

夜雨

徹夜風聲雜雨聲疏疏密密滴還停蕉梧本是工愁樹偏向愁人著意鳴

有感

釀寒天氣可憐宵殘燭無風影自搖舊事當縈顚倒夢新愁不斷去來潮依山心倦雲歸岫慕侶情深燕戀巢玉尺寒衣當日淚愁痕不逐事同消

冬日自慰

海上嚴寒似早春雜花繞砌草鋪茵半窗曉日桐陰碎一徑輕寒蝶影新閉戶漫辭塵俗擾攤書時與古人親詩狂

墨癖容疏放乞得殘年自在身

辛卯端午日孫輩往小西湖觀競渡因與話髫年江鄉舊事不覺黯然作長句紀之

榴紅綴錦新蒲擷晴湖又屆天中節佳時觸景話江鄉蘭橈曾記蘇隄泊三吳舊尚楚遺風雅集年年此會同不惜金錢求巧匠競拋玉帛購狡童狡童兩兩船脣列水嬉諸技誇奇絕合掌時爲玉女參翹趺更作金雞立鳴鉦擊電鼓轟雷畫鷁爭飛破浪來萬柄旌旗迎日閃兩行畫槳逐波迴佩蘭帶麝浸波馥靚妝游女顏如玉舞鶴輕衫疊雪裁鳴蟬薄鬢垂雲掠鶯鶯燕燕自成羣嚼蘂吹花小語芬荳蔻梢頭春十五櫻桃樹底月三分華筵開處名花簇趙女燕姬弄絃索纏頭那惜錦千端買笑爭拋金十斛巨商豪賈集如雲日暮笙歌處處聞祇識蓮花如粉面不知荷葉似羅裙羅裙粉面交相映卯酒微醺啟鸞鏡柳弱花欹逸興闌琵琶斜抱妝慵整珠斗橫斜玉露霏紅情綠緒尚依依一聲欸乃歸帆緩幾點漁燈隔浦微歸來姊妹燈前聚清遊好景低徊敘水晶簾外月痕斜不覺沈檀篆消縷一自征帆向日懸無端弱質涉風煙繁華過眼浮雲散惆悵前塵六十年漫拈彩縷重遊愛勝事他時可能再洄溯風流自可憐青山無恙朱顏改湖隄垂柳絲毿毿畫舫紅橋路舊諳今日癡人重說夢不堪回首憶江南

題朱明府楓江感舊圖

明府字保之高祖率甫公任河南庫道有聲楓江草堂者公退休別墅也明府曾祖蔬坪公早列清華遽拂衣歸隱於草堂咸豐間堂毀於髮逆明府移寓蘇之琴川追念祖德因繪是圖

江楓瑟瑟江蘺碧掩映名賢舊時宅斷垣頹甃故址存荒荆亂棘銅駝沒名賢奕世湖簪纓芸署槐廳舊有名惠政匡時留偉績環文華國濟蒼生蒼生猶望東山切收帆早買吳江楫築屋欣占山水環闢門準擬煙波接香茅縛屋杏爲梁先辦餘貲搆草堂芸粉香中安硯匣綠陰深處置琴牀幼輿隱癖耽邱壑朝嵐夕靄供吟目北郭慵栽召伯棠東籬好種淵明菊隔檻波光不藉山丹楓紅映碧連環

寄情樵笠漁簑裏得意唐書晉帖閒穿雲藜杖尋幽屐靈境天然君獨得猿鶴無言踐舊盟蓴鱸有待迎歸客酌酒論文樂未央無端烽火起倉皇千家城郭消殘炬一片荒蕪冷夕陽扁舟再買楓江渡烏啼月落傷心路那有空梁落燕泥惟餘江水橫輕素謝玄箕裘幸有孫紅羊劫轉曙星存攜將五尺冰紋錦繪出鴻泥舊迹痕丹青顧手推神筆揮毫千頃雲霞潑敞屋疏籬位置宜遙山近水煙光活三月琴川返客橈緘圖索句不辭遙君懷陳迹神應愴我觸鄉思淚易拋江鄉風景重追憶六朝花鳥蓉湖月無恙家山依舊青繫人煙水從何覓思翻毫枯句再搜天涯詞賦祇牢愁榮衰千古如過掌漫對新圖憶舊遊

短歌寄慨

靈鵲善營巢嘗供鳩安息翡翠好毛衣嘗供人妝飾不如黃鶯婉轉好歌舌如簧到耳人爭悅巧婦何須數鵲鳩

誰栽一縣花金谷競繁華誰栽萬本桑採摘動盈筐有用之材摧折多野草充轅良足傷紛紛看彼閒桃李搖曳風前炫都麗笑隔邀開翰墨場紅妝醉偏筵歌地誰念枯桑功最多千絲萬縷從伊始輸他花樣賭翻新爭供朱門鬪羅綺

寶刀屈作青銅鏡一片光芒不肯藏冰絲織就迴文錦萬縷柔絲不肯絕朝吞暮咽悒捉紙酸辛淚沾臆壁間劍作不平鳴願把剛腸化頑石代人徧補情天缺

平生嗜愛花插鬢枝常斜平生嗜愛書長夜苦咿唔是誰拍手發大笑看君六十駸駸到如許頭顱不自知猶向詞場矜年少汝曹但足務外華腸肥腦滿何須誇寸陰虛擲瑠吾嗟請看孤松持氣骨到頭不減凌霜色

隆隆疊鼓長宵徹百端交集鎔心鐵啄腐吞腥皆不甘無端羨飲騷人墨致干造物妒微名摧殘使盡罡風力君不見腸斷班姬團扇歌傷心蔡女胡笳拍千古難消文字厄

余素不習古體詩庚寅季冬瑞岐二叔自蜀寄示避暑天池喜雨七言古體險縱幽四疊其韻誠所謂劌目鉥心者矣勉步原韻即以寄之

心曲愁源智宅火六根煎熬神易墮古云中年集哀樂況

將周甲否無可南翔右㢖喜得書百幅琳琅遙惠我句古
㦎余和未能韻險奇君押轉妥眼中有鐵駒有竹下視俗
物擾擾如蟲裸西蜀天池擅邱壑招涼羣仙證清果杯傾
十斛蒲萄春筆發千本白蓮朵八叉三唾絕氛翳小儒咋
舌皆驚躲憶見弱冠春柳吟千言洋洋羣詫夥宿儒鉅公
共欣賞一郡寒士口皆哆須臾復續三十篇不盡餘流如
炙輠叔冠年步王漁洋春柳詩先後凡六十首前輩咸推服前身想本餐霞仙毫端
疑有雲霞裹回首作吏二十年高蹤仍不名繮鎖紀游詩
同驟雨發石壁亂灑珍珠顆頻年著作料等身抉摘大化
屏微塵流輩欲範其步趨祇應瑀右而珩左少陵詩蹤誰
復躡七車獨讓張寬坐羌余力弱亦癖詩陋句一編期瑕

瑳闔嶠僻疆雖海隅丹荔素蘭亦嬌娜他年若肯惠然來
載書快泛馬江舸

連日嚴寒歲已云徂感而再疊前韻

怯寒時欲擁爐火庭中雪花如掌墮黨家風味最清邈茗
椀茶鐺位置可坡老白戰禁持鐵欲鬭尖叉欠工妥爪欲
生瘃手生龜捉紙轉愁凍筆裸瘏牙舊韻兩重疊寒暑懸
殊休笑我長年抑鬱託詩諷忽訝流光歲逝果大侵連雲
豪族占何處築臺將債躲學詩難追謝女風放博恥入毛
公夥余年來精力衰邁燈下不能閱書與孫輩作儔補破悶耳且摘梅花作新釀空腹
寒香貯百朵鵾鵬祗合忍長饑豈與寒蟲同口哆回憶韶
年遠隨宦轁車轣徧天山輠天山積雪沒輪蹄行人一鞭

如玉裹華嶽岩嶤插霄漢下瞰渭涇如鑰鎖關隴廿年歷
幾徧旋轉身如走盤顆歸來眼倦懶看山霞嶺烏麓殊眇
麽探囊既乏買山貲鶴借一枝計仍左空羨袁安閉門臥
難學陶潛容膝坐弄墨燃脂究何補躑躅泥塗玉失瑳送
窮致富兩不讀無術堪與俗爭娜吁嗟乎歸鄉還作寓公
呼漫笑張融家泛舸

春日過劉龍生孫女壻小園賦此

金縷鞋兜踏輭紅尋春春在宋家東聽鶯池館氤氳露歸
燕簾櫳料峭風買宅依山誇謝朓移家就岸笑張融朝嵐
夕靄誰收得多在詩情畫本中

小涉名園俗慮刪柴門窅窅晝長關延山閣敞青三面背

樹窗虛碧四環選勝客耽花竹美著書人比鷺鷗閒晚峯
一帶吞明滅雲自無心鳥自還

森森蘭玉覆苔茵拾翠人來小院春一抹遙山凝薄黛兩
行新柳浥輕塵敢追班謝稱吟伴且喜劉盧是世親俊逸
參軍詩何好愧無珠玉引清新

憔悴天涯已白頭銘椒詠絮祗工愁愛花莫問三弓地望
遠徒登百尺樓南國鶯花成昨夢西園煙柳記新游半生
種碧栽紅處贏得巢痕幾度留

祝邵姻母林淑人五旬壽

江芙燦錦嶺梅馥海上蟠桃報初熟西池金母啟瓊筵南
國文星書鳳軸鳳軸瓊筵夾座聯華堂珠履集三千爭擁

瓊鈒千花管徧寫銀泥五色箋文成麗則雲霞煥十德門
稱閫南冠坤吉先占女史星家聲舊列名臣傳儷德名門
姓字香偉人一代主文昌鳳毛濟美椿陰茂燕翼貽謀祖
澤長祖勳父澤相踵在閨媛亦抱英雄概別具分雲擘月
才絕無弄粉調脂態粉黛尋常孰與偕門楣珍選卓犖才
汝南族聚藍田璧好獻温家玉鏡臺肅雝百兩迎祥婦德
與才稱新妝賦爭仰夫人林下風好襄君子寬仁度鍾郝
賢名六族傾相夫從此令名成晏嬰祿舉千家火陰慶園
推數世榮解衣推食無矜色晚節尤能崇懿德大廈千間
隻手支龍紋百疋單絲織隻手持家事大難漸看後起耀
門閭鵷雛繞膝孫枝秀琪樹盈階子舍寬萆家令子純仁
孝折蔆丸熊遵母教經史能探父學源文華早擅儒林耀
孝儀孝綽品雙清泮水蟾宮名顯名似錦文宏推季雅如
椽筆健數承楨笙簧方發塤篪調子文才惜仙遊早瑜珥
瑤環喜有孫執經問字知文藻賢孫令子邇遐聞福慧雙
修最羡君蘋藻儀留新婦習營花氣染女兒芬女牀多植
棲鸞樹碧鸖也得紅絲付我亦潘楊附末姻倍深積厚流
光慕霓裳一曲奏雲屏南極同瞻女婺星製錦詩瞻珠玉
美續貂何襲麝蘭馨培基建福凝祥藹鶴算遐齡方未艾
方朔桃增百歲春安期棗祝千秋黍時值珠襄啟瑞年辦
香忝亦廁初筵愧無介壽卮三獻聊誌延釐頌一篇

爲洪梓青軍門繪長松帳額并題

纖雲無翳驕陽紅晴虹倒影橫遙空荷亭竹院尋無從招
涼潑墨寫長松濃陰翠蓋影重重虬枝老榦偃蒼龍濤聲
腕底瀉千峰虛堂六月來清風遹來老眼嗟霧蒙恨無金
鎞刮雙瞳銅枝鐵葉愧未工負此一幅吳江淞洪公品節
宏且崇聊將彩筆比高蹤材如梁棟氣如虹撐天捧日何
隆隆願公壽永與松同長沐雨露九天濃

侍香仙女歌

侍香仙女廣東巡撫奉新許公第六女也幼聰慧
事親篤孝年十八歸湖口高仰衡時翁姑已歿依
奉新公大梁官舍嫡母徐病目籲天誦經茹素十
餘年生母梁晚善病輒丙夜焚香露禱淚雨下女

體素弱生母梁卒大哀崩心益多病光緒二十年
秋疾革忽張目言曰遇太乙眞人謂我爲芙蓉洞
主散仙我侍香仙女也我念父母訴諸帝不許我
殆不起矣嗚咽而逝奉新公悲其賢孝集傳贊題
詠爲侍香集二十三年夏予就養容兒於南海官
舍得讀是集敬慕其爲人因作長歌以誌景仰

左司嬌女花爲質至性明姿世無匹稱出蘭芽別有香教
成雛鳳常依膝一朵青蓮謫上清人間省識許飛瓊孝娥
本是璇閨範丹荔何妨傍側生慧心絡秀堪偕老不道游
仙歸夢早西土雖開稱意花北堂空有忘憂草最憶趨庭
問字年蘭閨姊妹喜隨肩閒摹綵蝶揮湘管帖寫來禽嬖

錦箋拈毫想像人如玉林下高風絕塵俗巧掠鳴蟬薄鬢青雙描出螓修蛾綠碧玉盈盈尙待婚好將宅相卜龍門衛郎幸遇冰清鑒珍付紅絲第六根鸞幃卻扇成仙眷獨憾威姑未能見戒旦難伸蘋藻心承歡益切椿萱戀有限年華無限情春鵑秋蟀卅年更香桃骨瘦肌應減苦竹心空疾易成延年藥何殷勤擣瑤臺已下徵符召兒女因緣孰幻眞神仙根柢惟忠孝絳蠟空灰蠶轉心繭天未許報恩深女牀曲奏孤飛鶴珠樹巢分竝命禽芙蓉洞悵人天隔難憑青鳥通消息太息人間永訣時正當仙府重逢日自傅心傷感暮曛燃脂再撰斷腸文須知心字蟠蟠篆盡是沈檀死後芬

遣興

吟香小室儆雕櫳曲檻憑臨儼畫中麂眼籬疏篩夜月蝦鬚簾薄捲秋風詩成小押丹砂印酒熟徐傾碧玉筒閒倚筆牀尋粉本滿庭花竹自玲瓏

吟香室詩草卷下終

男 元度 元亮 校字

董母楊太淑人六十壽序

謝章鋌枚如

自古家道寖昌後起多賢大抵胥由於母教而其母必習禮明詩若傳之所謂女有士行者乃能及此楊太淑人者泰州牧董琴虞刺史之子婦也系出於梁溪楊氏世所稱荔裳蓉裳兩先生者其從祖也兩先生工漢魏六朝之文予弱冠治駢體即所服膺而泰州君則又予總角之知交今其孫仲容季友皆從予遊仲容常遠出季友尤與予習循循無子弟之過予有厚望焉日者奉太淑人著作並具序略造予請曰元亮母今年六十夫子其賜之言以光卮匜乎予敬諾不敢辭且夫太淑人生於世族長適名門人皆以爲順境矣然其時天下已多事欲歸而家又貧慮患

吟香室詩草卷下 附刻 一

遠操心危黽勉有無蓋有人世所難堪者予聞泰州君引疾去官道梗僑寓天水既而回氛益熾乃奉母避地仇池令其子挈兩孫入關留太淑人奉姑仍居天水一家眷屬分三地姑素病痰喘善驚太淑人時其起居外事闕不敢以聞夜輒背燈坐達旦見季友輩戲膝前悽然泣數行下蓼辛荼苦果何如耶於是以其怫鬱者寄之於詩得溫柔敦厚之旨焉以其開爽者託之於畫得絢麗清遠之神焉詩以理性情畫以拓胸次故他人之詩畫藝事耳太淑人則庭誥也母訓也泰州君既歸母若妻相繼下世而諸孫漸長食指愈繁未幾泰州君復與其子捐館舍諸孫皆出而謀食太淑人經紀家務莫不就緒而詩與畫不懈而日

進於古此壽徵也至其接下和與人周闓言必謹此皆庸德而在太淑人猶非其全也可無及焉吾閩世守理學婦女不以才顯然而實至名歸名歸福集則亦時有焉其但以詩聞如莆田黃氏荔鄉鄭氏諸姑伯姊錦如繡如者無論矣詩書並名如廖氏壽竹林來齋鄉賢之女也林氏芳璡李蘭屏刑部蘭卿都轉之祖母也最近者莫如何氏梅鄰鄭松谷太守之母也山陽汪文端公敘其疏影軒遺草謂其深明大義非徒以詩見矣蓋古者女子無不知書易曰含章可貞貞而不章則坤道未盡也異日者季友兄弟輩皆分太淑人之章以為章勉之矣予言豈阿好哉謹序

董母楊太淑人六十壽序

陳寶琛伯潛

夫靜女三章彤管煒其說釋壽人七始美芳聽以宴娭是以中壘圖編多錄善懷之作惠班賦頌蔚為女學之宗矧乎四行彌邵三絕信姱以裁紈織錦之才為畫荻折葼之教伯歌季舞羣稟則於板輿左琴右書詎希榮於象服是則翼乎禮法洵為女師之篇挹其英芬匪猶婦人之集若我董母楊太淑人者可述焉太淑人系出梁溪楊氏世稱蓉裳荔裳兩先生其從祖也盈川姪女解賦新妝之詩道韞外家實世春秋之學少耽綈素更妙丹青隨尊人謹堂先生秦川貳尹官所誦清風之句允矣雅人繡列國之圖豈惟鍼絕維時我琴虞先生為秦州牧同茲寮寀中以昏姻遂來歸子方世丈為冢婦竹實如穗賀祥女之入門萱花滿堂從威姑而視膳往往內集吟絮端辰頌椒靧面而咒紅桃檢書而賭新茗天倫之樂圖德諒已未幾花門煽氛赤囊沓警秦州公賦歸田而道梗歌將母而閒居六一辭官仍僑潁上少陵避地乃入仇池命子方世丈挈孥以往關中太淑人則奉姑而留天水一家老弱三地仳離同谷窮冬念長鑱其安否長安片月倚虛幌以獨看然而夕烽數警腷膊之棋聲不輟邊笳四起咿唔之燈檠猶熒目斷刀環口銜石闕其流離瑣尾之況一寓於詩至今讀集中秦州諸作情結於靚深韻流於幼眇雖霽雨之歎板屋之思無以過焉既而圖谿西笑負戴南歸馬背船脣馨潔

夫晨夕男錢女布贈勉夫有無哀樂侵尋華實代嬗蓋自庚午以迄丁亥二十年間泰州公與其母妻及子方世丈先後下世而太淑人亦垂垂老矣含飴弄孫家政付之子婦隔紗受業津逮徧於親知每星晚露初花新葉早未嘗不擘箋以寫韻弄柔翰以散懷而仲容兄弟清本誦芬貧能養志三府交辟不貽封鮓之憂一經自精長憶丸熊之助南鄭出門之誠濟以韋弦申國養蒙之方極於巾轙聆其敘述僉曰賢明昔人每云吟詠非巾幗攸宜才藝匪閨房所尚而答書上郡見式於史通述賦東征有光於蕭選善言爲婉彼獨何人是知文成麗則必出溫柔之姿心有天遊亦洽幽憂之性詩箋士行易象含章其致一也寶琛先交仲容近知季友樓船橫海低徊感事之篇天女散花什襲通靈之軸飫聞內訓幸厠初筵和門子之華笙愧無悱惻芬芳之製占老人於婺宿請紀黃明潤大之祥

家慈六十乞言序略辛卯孟秋

太淑人系出梁溪楊氏先世多以文學顯　外曾王父蘿裳先生與兄蓉裳荔裳先生尤爲世所傾仰　先王父牧泰州時　外王父謹堂先生適爲泰貳尹　先王母每過外繼王母歸恆稱說　太淑人不容口　太淑人端靜慧敏不妄笑言讀書過目輒成誦尤好唐人詩在梁溪時甫數齡冬日見雪花飛著梅樹指謂　外王父曰是非李嶠詩所謂拂樹添梅色耶　外王父以是益鍾愛之稍長即解吟詠於女紅無不精習尤邃繪事花卉草蟲一經點綴皆栩栩欲活　先王母請於　先王父遂來歸州署素多竹至是悉開花結實離離萬穗親串咸以得婦之瑞賀當是時　先曾王母猶在堂　太淑人上事重闈曲盡孝養　先父性剛直遇事嚴急　太淑人時進規諫一庭聚順溫溫穆穆如也咸豐癸丑　先王父引疾去官道梗僑寓天水　元龍元度日就外庭讀書夜中始歸隆冬陰雪太淑人必熅爐火以待問書熟否具舉以對則喜否則立予譴責不少姑息　先王母素苦痰喘嚴冬輒劇　太淑人常左右之無違每夜分庭前雪深尺許婢媼皆睡一燈熒熒　太淑人猶侍立牀前不去同治壬戌癸亥間回氛益熾　先王父奉　先曾王母避地仇池而命　先父挈元龍元度入關留眷屬之不能盡行者於天水　太淑人念　先王母老風鶴四警將成而疾侍則懕懕媞媞言笑

如平日退輒背燈坐達旦時見元直元亮戲膝前卽悽然
泣數行下其流離愁苦之况時寓於詩未忍一使　先王
母知也嘗一夕守陴盡哭相驚以賊家人擾攘達內寢
太淑人獨不爲動力遏勿使　先王母知少頃果定以故
　先王母在圍城餘一月未嘗一受驚駭踰年烽煙稍靜
合家復聚於天水丁卯始克南歸自關而豫而鄂而豫章
而閩間關數千里晨昏省視未嘗或廢過鄱陽遇風舟幾
覆舟人盡哭　太淑人獨儼然危坐蓋　太淑人讀書能
見其大其生平安命不撓類如此庚午　先王父捐館
太淑人事　先曾王母先王母益謹　先曾王母年已八
十餘時耄憒苛人以難　太淑人必委曲承順之光緒丙

子　先曾王母　先王母既厭世　先父監工船廠家事
一委　太淑人經紀內外井井有條歲時祭祀事必躬親
惟潔惟謹元度餬口津門得異味寄奉　太淑人必薦而
後嘗之戚黨有急恆撤簪珥以助不少吝惜元辰元禮庶
母王孺人出　太淑人撫教一如元龍等飲食服飾無少
異元龍等無狀不能成立然幸不獲罪君子以陷於惡者
非獨　祖若　父之教先也　太淑人母氏秦工詩著梅
花吟草繼母氏毛著蟬花閣吟草諸姑姊妹亦多能詩有
琴清閣選雲樓諸詩草　太淑人既慧敏益以耳擩目染
故不學而成所著集曰吟香室詩草嘗言吾詩無師承姑
留眎子孫而已然戚黨有年而能詩者見之未嘗不嘖嘖

稱許　太淑人一弟二妹自　外王父沒家亦中落舅氏
橐筆不足以贍　太淑人時自節縮周之戊子舅氏就幕
來閩得風痹疾凡七閱月而卒自醫藥以至殯殮悉命元
龍等躬治之今　外繼王母年已七十餘諸孫穉弱衣食
率資於　太淑人　太淑人九歲而喪母飲食敎誨實惟
　外王姑余太安人是賴　太淑人每念　外王姑年老
久離未嘗不悽然愾歎戒元龍等以勿忘歲時敬問起居
必親具書不令元龍等代也　太淑人性勤而喜蒔花竹
中年兒女繞膝縫紉恆逾宵中時猶趣婢勤澆灌黎明復
起治事孜孜不少休丁亥　先父卽世始命諸媳視家事
然遇賓祭猶必躬親細碎如昔也今歲六十元龍等稱觴

上壽敢攄其實以俟
大人先生有所採擇焉謹略

粵東省西湖街留香齋承刊刷

董母楊太淑人七十壽序　　秀水陶　模方之

國家桃被四表懷柔八紘鼎祚靈長卜年與鎬雒並永
皇太后璿璣歷運旋乾轉坤
鑾輅時巡省方問俗爰命史臣諏仲秋之吉覲羣岳之神
皇上恭扈
慈輿還蹕京邑嵩呼
萬歲黃雲起於封中華祝千齡紫氣升於
輦下鏡河穆若謳歌有歸環海晏然忭舞相慶時則吾粵僚友
董仲容大令奉其母
楊太淑人就養清遠官舍拜
九芝之誥萊綵承歡稱七秩之觴梨眉介壽禮也

太淑人關西望族江左盛門從祖蓉裳荔裳兩先生清德
冠時鴻儀高世伯起負卓犖之譽堂集三鱣子雲好深
湛之思樓成五鳳祖蘿裳先生尤工麗藻亦與齊名伯
歌季舞星聚於太邱三筆六詩飆馳於文苑
太淑人生秉軌則夙耽篇章家山畫餐秀漾於梁溪福
地瑯嬛鏡晴漪於惠麓誦李嶠之句拂雪添梅續謝家
之吟因風起絮閨中玉映林下冰清嗣隨父謹堂貳尹
至秦州官所臺經嬴女非引鳳而鳴簫浦過虞妃若驚
鴻而點筆精嫻繪事妙擅鍼神分柳惲之餘技足了十
八匹惠妃之史才豈惟三絕時我同官董琴虞刺史方
牧秦州聘爲冢婦璨竹實以如穗祥女入門賡黍華而

迭韻威姑在堂笨車對輓屏扶風珍麗之裝井臼躬操
被德耀隱居之服剛柔則韋弦仝佩齊一則笙磬同音
愉愉焉豔豔焉其嬪則之懿有如此秦州公微有宿疾
素無宦情眷山川之阻長家天水而僑寄
太淑人佐餕堂北視膳陔南勺藥調其羹湯如蘭潔其滫
瀡婦姑晏笑園棋聞腷膊之聲伉儷倡酬維珮戛瓊琚
之韻我瓛子佩並季女之福多前耕後鉏覘少君之趣
叶至于斷蔥示誡畫荻忘劬嚴無待于折葼辯不矜於
懷橘篝燈讀范滂之傳期以直臣剉薦留陶侃之貧勖
爲公輔豈獨芋煨鑪火温楷柮於殘灰蘆易絮衣密縫
紉于永夕織蒲以垂家範紉柳以殖門基其母教之懿

有如此未幾泥封函谷燄熾花門遭隴氏之亂離值周
南之留滯霸上則軍容如戲劫盡沙蟲秦中則王氣已
銷讐傳風鶴臥銅駝于別苑驅青犢于平林披香博士
識漢家之禍源絳幔宣文藏孔壁之餘燼時秦州公奉
母避地仇池　贈通議君挈仲容兄弟入關獨
太淑人侍姑仍寓天水一家契闊兩地睽孤杜陵之在同
谷命託長鑱秦掾之別上邽心緘短札歸夢應隨乎塞
月旅吟每當夫邊風摘餘瓜蔓悔登思子之臺拍編胡
笳疑化望夫之石況乃人羅瑣尾方陟邱而采蝱星射
旄頭忽鋌險以走鹿一夕則守陴盡哭三旬則舉室頻
驚迷雉堞於重圍接狼烽于斥堠

太淑人鉏手能斷鐵心矢堅昆陽雷雨譬蟻鬬而不聞狄
道風煙扶龍鍾而無恙洵可謂擁護多術端操有輗通
敏之鑒薦紳傳爲雅譚賢明之稱圭蟾奉爲高榘其士
行之美有如此旣而閒關驛路迢遰歸程背邙面洛賦
大家之東征襟江帶湖臨帝子之南浦撼驚濤于蠡澤
掀駭浪于蛟宮夏仲御之泛舟放歌小海宗元幹之擊
楫願乘長風不圖壯懷乃覩中壺涉夷險以一致集菀
枯而兩忘自返家園迭更歲序其悲愉欣慼之旨大抵
皆寓之於詩善心爲窈追四始之溫柔令聞塞淵遺百
端之哀樂後秦州公及　贈通議君相繼徂謝而
太淑人亦垂垂老矣洎及板輿迎養雕幰到官垂簾永晝

看滿縣以栽花清晝冷風課沿隄而種柳未嘗不掔牋
寫韻援翰書懷鑾笙士女爭傳德象之篇驂篠兒童共
識徽音之箸何止丸熊助苦封鮓貽清恤孤寒於族鄰
屢散千金問決讞于都亭輒增一飯蓋觀仲容昆季之
篤於誦芬益歎
太淑人之勤於誨檢也其女宗之懿有如此者模與仲容
孔李通家紀羣夙契昔綰皋蘭之篆官轍曾聯今停湞
峽之橈仙舟共接飫聞素範欣展彤編式班昭之女憲
禮誼無愆欽蕭俛之母儀劬勞匪懈養和平而致福儲
美意以延齡敬張皇耶班綵筆於蓬山聊侑賓筵斟冰
泉於菊井試聽歌調黃鶴瑤池彈八會之璈還看

詔捧青鸞
寶殿賚十華之券

外姑楊太淑人七秩壽序

子婿翁詒孫賓卿

壽序頌體也頌美盛德義主揄揚其人必卓卓可傳稱道者又發乎情之不容已於是汪洋纖曲宣之以言竊附古者作頌之義此壽序之所由昉也自世風遞降標榜虛譽鴻篇鉅製祗足以供貢諛之圖世之好爲刻論者復盡取而訿議之而古人精意幾爲尋常之善頌善禱所汩矣如詒孫之壽我　外姑楊太淑人也則不然方詒孫從襄勤岑公初還福州　太淑人一見期以遠到意氣懃懃懇懇不啻慈母之愛少子遂以其子妻之當是時伯仲諸昆多遠出以　太淑人愛煦之故家人上下咸有異姓骨月之歡繇是飲之食之教之誨之周旋乎　太淑人左右蓋三

年有如一日嘗見　太淑人終日無倦容無遽色愛花蒔竹時或吟嘯其下平居無事恆手一卷正襟危坐閒亦以詩畫自娛賜答之作多有吟香室詩草所不備載者至其臨事明察人莫敢欺德量宏遠汪汪如千頃波莫得窺其涯際專務覆人之小過以導其自新故一門雍睦上下無怨慮事洞燭幾先視萬里猶庭戸凡所審愼言無不中人千言而不盡者　太淑人不一二言而決以故內外長幼莫不畏而愛之則而順之而尤傷時憫世慨中原瘝儆胥由人謀之不臧歐美何必强支那何必弱可懼者日事振作終不免於愈貧且弱是誰之咎與嘗進詒孫而教之曰晚近風俗日媮廉恥道喪吾一婦人所不肯爲不謂衣冠

中人乃有靦顏爲之而不顧者窮達命耳汝曹欲爲當世完人曷思所以自處詒孫退而書之於紳不敢忘蓋　太淑人襟懷磊磊落落如日月皎然故能獨見其大誠有非尋常鬚眉所可及者其感事諸作一篇之中三致意焉若夫處兩姑之間能俱得其歡心居圍城戒嚴之日而重闈晏然課讀不輟固皆極人之所難然不足爲　太淑人重也昔有禍　太淑人者日乘間抵隙挾城社之勢期必中傷而後已　太淑人夐然無所不容復多方以構陷之　太淑人終不爲改其常度禍者內慙乃止無何禍者與其妻若子相繼淪謝異鄉遺弱息幼子伶仃不能歸　太淑人爲之正其首邱撫其孤弱以養以教至於婚嫁其夐然

無所不容如初終未嘗見其有德色亦不聞一言偶及前事　太淑人德量宏遠蓋又如是此豈非士大夫所難能者耶惟　外舅不讀書而任俠多大略剛勁不能容人之過　太淑人嘗濟之以和彌縫其闕然其事親孝與士信所予以義急人之急如恐不及其慷慨激昂自足一世有不必藉文事以爲重者　先嗣父之在長安也窘於仇急切不得解　外舅以一面之知聞難即赴倉卒無車馬徒步行大雪中十趾甲爲之脫七日達長安卒能因禍爲福使豪暴之徒束手聽命而趙璧復完　太淑人詩中有所謂魏舒猶念外家恩卽指此也詒孫成婚數月卽有湖湘之役尋從岑公之軍於越南又數年始旋里挈妻孥由是

而粵而滇而蜀復十餘年乃得再省　太淑人於廣州周旋左右又三年於此矣客秋將自粵返蜀　太淑人置酒餞之席間謂詒孫曰吾識子二十有一年以吾子多識時務而又在宦中且久以爲當乘長風絕雲霓扶搖直上久矣奈何憔悴至此若負予矣勉盡此觴好爲之勿令人笑我老眼花也因執爵泫然詒孫感激涕零念　太淑人春秋高宜常博其歡心始足以怡神悅志頤養天和此伯仲諸昆之所深解也今伯紀五十而慕又能以醫顯名於時輔良相之所不及仲容以經術發爲政事片言可以折獄其於交涉深爲中西人士所推服此自有洋務以來所僅見者季友服勞奉養能自勉是皆　太淑人之教訓也昔

仲季同掇巍科每以　外舅不得一見爲憾異日者　太淑人登大耋享期頤孫曾相承科名奕世印纍纍綬若若顧而樂之抑更可以告無憾矣獨念詒孫以不舞之鶴爲羊公辱未嘗不發背沾衣方今時局艱難疆埸多事倘尺寸可假猶獲鉛刀一割之用不墮其家聲或稍副　太淑人生平知遇之意也今歲秋七月值　太淑人七旬開慶詒孫適將有秦晉之役相去萬里不獲奉觴上壽固知　太淑人自有其卓卓可傳者何藉文言然情發於中不容自已竊念不可以無言而言之不詳與不言等用自忘其固陋特就平日所親炙於　太淑人者著於篇質之　太淑人其視以爲異於尋常之善頌善禱否乎

董母楊太夫人八十壽序

閩縣林紓琴南

憶光緒己卯在致用堂中見一少年亢毅峭整操秦音而能爲經說通小學問之則董君仲容也逾年又識其季弟季友器學皆美而於余特厚三十年中余客越客燕而季友亦出關近以勸業道官浙中余乃日聞其美私以爲所見者乃悉不如吾季友之美也今年六月伯子起業至京師言其祖母　楊太夫人年八十必得余一言爲壽並示以吟香室詩草則太夫人所手定者也不才夙聞梁溪三楊之名並讀其詩偉爲辭傑不病絮繁而　太夫人乃即蘿裳先生之孫女宜乎詩筆得天然之掞麗與綺句繪章者異矣古今閨秀之詩佳者不勝其夥然舍花竹池臺

以外恒苦不得佳題顧　太夫人身更憂患曾坐困天水危城之中賊氛四塞而　太夫人夷然不廢吟詠此等襟懷求之士大夫中頗以爲難　太夫人以淵靜出之何其與備弱者異耶迨就仲子之養作示兒諸詩懇懇以潔己恤民爲急雖元次山不復能過是蓋以仁恤之心見之於詩非專以詩爲詩者也今者季友觀察官杭州城外咫尺即爲聖湖春夏之交萬柳蓬蓬長橋虹偃荷香四馥觀察以畫船奉其　老母容與於錦帶斷橋之間葛嶺孤山相望在常情測之　太夫人宜增詩軸幾許矣顧　太夫人則訓廸觀察曰吾及身親見祖若父之行誼以汝視之尚不逮什一而徼幸至此時局已非昔比受祿重則報稱難

願汝懔之余聞而悚然知嚮之以詩中名家目吾　老伯
母太夫人者淺矣凡世之所謂名宦者必得名父名母爲
之匡廸而輔導之按歐公年譜公景祐三年貶夷陵母夫
人隨至夷陵其後移光化軍如襄城遷賢判滑州知諫院
知制誥封位都開國子母夫人無役不從初未嘗以榮瘁
易其恭儉之操歐公之功名亦大顯於世惟母追念畫荻
之艱故富貴不能動其念今　太夫人得賢子之養而懇
懇然以祖烈率其躬行當日歐母之心不如是乎紓但用
是言足以爲　太夫人壽矣且壽文非傳略之比也賢母
之賢楮墨安可盡紀故震川之壽人必舉其大者一二節
言之時賢不察遂本其生初及其瑣屑之美亦著之篇而

大節轉儕於常節不能特顯於世可憾也今紓文既成謹
南望頓首而祝曰願　母康甯長就賢子之養願　母期
頤佐季友爲蒼生福願　母賜詩爲小子之榮寵

董母楊太夫人八十壽詩　上元　彭宗年

壽宇開三竺麗褫耀八紘悅聲金誥綵鼎席繡衣榮桃蘂
千年實萱花五色明巖音揚翟茀瑞應美璜珩家世闕西
貴才華渭北傾班姬人共識左女少知名秦贅聯佳耦閨
彊賦遠行名光詩執戟華胄競彩纓婉娩宜家室龢鳴協
磬笙齊眉莊廡案洗手獻廚羹蘋藻金閨采芝蘭玉砌生
孝慈多受祉文采更蜚聲苑本徐熙學詞宗道韞爭風枝
描婀娜雲黛寫縱橫弄墨珊瑚架臨書翡翠檠簪花珠字
密織錦繡絲縈文體家傳學騷壇女士盟傳箋飛彩燕下
筆譬紅鸚忠厚詩人旨溫柔母教成胃腸都錦繡咳唾盡
瑰瓊游藝原餘事持躬實捧盈鳴雞聆珮玉挽鹿守釵荆

封薦留賓意開囷濟衆情珍羞莘簋少金縷竹箱輕樹德
鬚眉愧延年鬢髮清施恩均婢僕裕後定公卿門第崔盧
顯旂常衛霍并守謙仍戒滿受寵總如驚愛日澎湖永仁
風浙水迎崔郊親捧轂陶侃早揚旌椒扇香盈幄蘭房炬
列甍多衣扶杖玉鶴帔炫屏晶書史姬人檢盤匜稚子擎
閣東春飼鶴堂北曉聞鶯問膳甘蘭液頭泉釀菊英頤情
湖水煖壓念海潮平燕寢思飢溺鯖廚減鼎烹流民登衽
席仁政逮句萌入座慈雲護三台捧日誠太和宜壽考聖
善本含宏孝大親爲寶官高祿代耕折菱遵姆訓畫荻指
書楹考績休三載驚人憂一鳴蟬嫣輝繡斧鸞綍捧瑶京
歌頌騰衢壤眞除慶國楨宣猷觀察使秉節武林城景運

重光照中興百度更改紘新治琵殘奕重推枰幕府嚴官守曹司課式程經營居肆估通惠愛壓氓交易分絲布平爭析斗衡丱人專職掌海客計奇贏貨殖推端木居鄰效晏嬰車牛牽一乘茶馬互重瀛商賈人皆悅關津賦薄征大官書上考聖世沛祥霙暈革連雲起牙旛映日撐璧璫珠錯落鈿砌玉琮琤迴帶棼橑翼威嚴畫戟兵燹開金瑣獸色豔錦屏猩華燭千枝蘂珠冠八寶瓔後堂羅繡藻開館采香蘅翠帟安霞輦瓊漿浥露莖忘年辭導引養志自休貞壽母披帷樂仙郎履道亭丹顏芝粒駐黃髮鏡光瑩聖藥千金錫靈圖百壽呈良宵開月府吉語降雲輣嵩嶽千秋誕豳詩七月賡笙簧金闕晚瓜果玉樓晴杜國親行

酒材官進割牲孫曾祈大斗士女禮高閎彩舞金絨毯花圍翠雀桁紫鸞高鳳駕青鳥俯窺罌雲母都含笑星娥畫帶酲團圓秋月碧輝映曙霞頳香案排青玉仙衣被赤瑛雲璈歌傑佅霓羽奏韶韺富貴欽陶母期頤婉老彭瓊都稽斗籍寶婺曜星精詩獻南山帙樽開北海罍天恩隆眷賚家慶遞祥禎福報門三戟官清水一泓長生金鏡鑄如意玉甌盛此日朱紼賜他年綠野營端居迎几杖凡響謝琴箏籌屋添遼鶴雲旗製海鯨旄車綿爵纛旌飾秀崢嶸敬展千官爵高飛百歲觥只緣賓醉舞忘却漏鑨錚下吏慚鴛豆嘉賓詠鹿苹自維三日犢許飫五侯鯖玳閣常棲燕珠簾不礙蜻隔紗聞講授隅坐聽詩評瀛海輸鵝鰈名山貢朮菁青鸞彰黼黻朱鷺和球鍠松柏堅金石桃花煮粥餳萬家贍玉帨四海淨欃槍彤管書成藻金屏字繡絣年年同算亥歲歲慶長庚

董母楊太夫人八十壽序

無錫楊模

從來家道蔚興固由碩哲高賢奠苞桑而建柱石功垂弗替而溯遠源之攸始實根柢於母教之宏昌古來賢婦人高德昭垂振提宗閥以躋鉅族而饗宏譽者蓋綦夥矣以梓鄉之世系當代之名門考其明德光輝實惟我從姑董太夫人器深沉而行光顯以揚母族以睦夫宗赫赫然爲當世名媛者微哲人其誰與歸太夫人以超潔之姿兼承簪纓名族之系蓋吾邑楊氏自國朝定鼎以來卽承稼穡詩書之舊澤代爲名賢而令祖蘿裳公當時與蓉裳荔裳二先生並爲大名爲南邦鉅宿文學撰述爲海內所宗太夫人善承先緒幼年持躬淸潔有成人之度其於詩書文

字尤宵研炬膏晨依朗旭勤劬問學無異男子行也稍長適董氏之門掇拾樽俎崇奉冠裳家衖趨馳若瀼堂陛數年之後淑聲益著親族宗黨莫不尊崇大義折服淸規以爲才女而兼哲婦矣太夫人心緒鬱深閒有感觸口不能宣則託諸吟詠大抒胸臆積久成唫香室詩草若干卷忠義沈摯慨然以深有古風人遺意士林搢紳中所罕覯乃於閨閤間得之亦偉矣哉鴻篇杜意務崇大節編中金石名語多不勝收擇其精要薄視塵垢似靖節忠國敬主如杜陵愛人眷物如香山和衷持正如盧陵此等襟抱求諸古哲人中尙不多覯而況閨闥之地著珩璜之行盤敦之間勵金石之操也哉哲嗣季友先生少服懿軌壯荷慈箴

以名家貴胄恪依祖訓勤守母言積勞輾轉勛階奉敕實授浙江勸業道迎養以來凡官箴之虔惕民事之綢繆地賦之豐盈商情之鬱結豈徒賢長官盛德高材悅服中外而太夫人之登高長詠撫小民於指掌之上晝夜勉神未嘗一日以頤養天年而忘其惠民之廑思也蓋已久矣觀察公暇則奉承慈舫遨翔天竺西湖錢塘諸名勝間揮翰賦詩酬和疊著古今壽母之隆福美譽未有如太夫人之盛者也今歲七月太夫人壽躋八秩而康健不亞於曩時羣僚百司莫不恭具華箋藉申素抱模附同本之誼懷至德之思敢不勉竭愚忱摹繪文行性質於萬分之一哉謹陳膚論藉展微忱不識於哲人之德性懿行能綴述一二

否也謹序

董府老伯母楊太夫人誄辭 幷序　　張元奇 珍午

中華民國二年十二月十一日福建西路觀察使董君季
友之母
楊太夫人壽終福州里第季友奉遺囑致電津門乞誄太
常孝養久無閒於都人隰城文章乃見重於賢母嗚呼哀
哉
太夫人少出名門生有士行　琴虞先生官秦州牧時與
謹堂先生以寮寀申婚姻來歸　子方世丈御郤鈖華言
成軌則已而　秦州公辭官回匪告警避地仇池命　子
方世丈挈孥入關留眷屬之不能盡行者於天水
太夫人處亂離中孝於事姑嚴于課子征壘四郊不輟廬

陵之訓鄉心五處如聞同谷之吟亂定南歸佐理家政維
婁臧獲料簡錢布家庭雍穆不廢歌詠未幾　秦州公捐
館舍　子方世丈復下世而仲容季友亦各掇巍科登仕
版茅季偉以能養母見稱雋不疑則多活人爲孝奉輿南
粤側帽西湖斯爲盛矣綜生平所歷爲才媛爲孝婦爲賢
母嘉言懿行蔚成中壘之傳斷絹零縑爭爲藝林所寶復
以身經四朝壽躋大耋麻姑已老閱三度之桑海高涼殊
榮賚百越之車節每屆週甲添籌之日當代之能文章者
無不纂述歌頌流播海內不獨吟香一集爲足扇梁溪之
遺芬標冶山之絕唱也元奇　於董氏昆季交季友最久少
同里閈晚慶朋簪自恨鮮民不忘拜母去年冬月銜命南
歸留滯滬瀆强季友入幕任秘書事瀕行
太夫人詔予曰多教導予季善居官勉季友亦卽所以勉
奇也季友抵里甫帀月以
太夫人思閩迎養歸荆棘塞途征袂遂判松筠隔歲貞姿
忽凋季友由秘書出爲西路觀察使適入省有所陳請得
侍親疾亦足稍紓終天之痛矣余旣辱賢母之知敢辭誄
長之僭誄曰
俗漓道夷婦德日衰皝皝賢母令範昭垂秦川如鏡眉棱
相敬避亂析居尤諳姑性荏弱之身日處危城棋聲膈膊
丸挺無驚海宇淸晏歸颿如箭湖魚呑舟危坐不變能夷
諸險士夫所難得之閨壼聞者驚歎秦州喬梓先後下世

躬綜家政勤肅仁惠翼子令名麟鳳英英奉其母敎宣爲
政聲古稱閨秀班書謝詠以母當之差足輝暎末座黃裳
今亦鬢霜飫聞懿娕彤管揚芳去歲今月摳衣歇浦親奉
箴言一洗塵土九月在霄慈雲不留渺矣女宗曷任我憂

董府老伯母楊太夫人誄辭并序

張錫鑾今頗

歲在癸丑季冬之月十有一日

董府老伯母楊太夫人以疾終於里第嗚呼哀哉赴至奉天錫鑾方治軍書輟筆驚詫蓋壤邑雖隔而予與令嗣季友君深摯之感則有難忘矧夫母儀賢明耳熟心識鬱誠思致道阻無從横泗霑襟固不能自已也　太夫人系出梁谿楊氏當乾隆時楊氏多才雋蓉裳荔裳兩先生以文辭鳴於時季日蘿裳尤工倚聲　太夫人其孫女也楊氏女工詩有蕊淵詩草以至　太夫人之母氏秦有梅花詩草繼母氏毛有蟬花閣吟草諸姑姊妹又有琴清閣選雲樓諸作一門之內騷雅芬菲莫不擷秀於陰何獵芳於徐

庾長籬寫韻不足言矣　太夫人生有慧根兼薰家學躭經嗜史暗合已然幼時嘗見雪花著梅樹舉李嶠詩拂樹添梅色句翫味移日自是日益工詩鈎象肖物觸景抒懷思致天然弗假雕繢而詩意所不能盡者以畫法寫之於是又工爲畫畫筆在雲溪南沙之間既嬪董氏於秦州官署遭回氛熾煽眷屬散處避兵　太夫人獸奉病姑居天水困圍城中者月有餘日以媳代子惟脅惟恪其明年自關中下河南趨武昌由江右還閩間關數千里辛苦流離之況盡寓於詩詩格一變晚就養次君仲容廣州官舍仲容有經世才當李文忠公創水師學堂時君襄吳公仲翔經營甚力今副總統黎公及上海鎮守使鄭公皆出門下

太夫人居粵有年所以勵仲容者甚至及季友勸業浙中　太夫人以湖山秀美欣然來居之每當風日殊霽子嬪孅扁舟奉慈顏於烟波瀲灔間藉湖光山色爲頤養之助見者咸歎羨不已夫菀枯之境皆外焉耳惟靈襟秀韻受之於天者爲難得而可貴然必有淑德以貯之始能以靜機迓天祉　太夫人事上孝撫下慈律躬既嚴治家尤有紀以云嬪德亦綦備矣予則以爲詩書之教深故性情之養淑古之名閨未有不知文者幽閑端操有必源於辭翰也明矣　太夫人寓意綿邈接趣混茫萬象在眼能以柔毫縷之宜其悤愉順逆之境不足以攖滯宕之胸者也予嘗歎季友昆仲之賢推其受教之有自未嘗不生登堂

瞻拜之思今則徒有其誠而無其事矣所著吟香室詩草已梓行海內稱之嗚呼哀哉大雅云沒正始誰繼敢擷蕪詞用闡幽德誄曰

大江之南靈氣萃焉鬱爲名媛中閨之賢闚觀協笙陰律諧弦逮予所聞厥美良然緊維董母女貞含章惠山秀出碩彥相望清詞麗句首數諸楊母其德裔聞道夙臧文星遺燿娥月騰光緼明呈慧觸景弗忘飄霙庭除飛葩流香嶠也才子舉詩目當珠璣在口吐言遂芳落箋競工礲石媲美摛銘挼頌菊意蘭旨接響芙蓉近若尺咫參龍賢裔言儷之子房香寶釵依約芾軌秦川親到畫圖伊邇陝服颺烽逆回蠭起兵氣漲天彗星殷几歡聚成離倉皇四徙

或居仇池或留天水荒堞受圍鼓寒聲死孰諱而噪守陴盡靡母獻謐然誥僕戒婢無驚慈帨俾寧厥止踰歲南下度漢越河揚子駭浪鄱陽驚波忠信有恃履險弗頗凡所躬歷不斁詠歌水紋縐縠山鬟疊螺翦收囊錦裒然遂多閩山安處綠榕丹荔葺室閒遊別爲一世四序紛迴含毫驚逝秋徂而春雨霖而霽纖蓴甫圻游絲橫曳羅列在眄呈顯次第廣或有垠窈亦無際鉤之摹之醞爲佳製其境彌玄其思彌細其象彌幽其文彌麗淵淵靜恍穆穆絕詣惠班匪遙貞蕤是繼予於季友道義相知君嘗藹然爲述萱闈因就行篋跪誦卷詩母推子愛畫幀遠貽秀逸沒骨踵美荃熙姓窗展讀瑞腦颺菲嘗語季友君有母慈海雲

崗雪靡日不思南州勝壤一葦佗時我持巵酒君著斑衣養堂多慶載瞻春暉斯言猶在宣髮爲期君官淛水我滯天北莽莽停雲迴騫無翼迺聞板輿迓養侍側雙峰嵐姿六橋月色柳浪常烟荷花如拭母常怡然徜徉意得遙祝靈光旭景無昃何期我友鞠凶茲遘蓼莪啣悲骨立在疚嗚呼哀哉笙匏不聲皇芩橫奏孰賡徽音盡洗鞶繡憑高隕泗夜雪如晝南北萬里奔唁恐後傣幽令終母實無恫神山翠水瓊房瑤宮精靈來憑屹若華嵩嗚呼哀哉

跋

在昔東海萬石訖嚴親逮養之榮南陔六笙補高士潔華之雅是以誦汝潰而解帶蝨沒赴官指安陽而下車中勤奉檄若迺崔五原之治績推本慈祥雋京兆之平反導源聖善立義堂而崇範施講幔以傳經吾讀董母楊太夫人韵香室詩而知令子仲容所以擴發家箴光華縣譜者如泰姬之勖元珪榮公之仰申國洵乎范逵有言非此母不生此子也夫國風四始誼託溫柔鄉樂二南敘先窈窕房中靜好詩人掞都荔之華筆底迴文素女狃若蘭之錦從古宜毅闓韵御瑟寫心每流雜珮之音永播香奩之集羌以韵斂詞律遙接盈川落絮風懷曾陪太傅藍田歸來緝

父書四百之傳彤管貽來嚴女誡七篇之守自比翼隨鶼而後逮左肩集鳳之餘白藕秋敷發同心之唱絳桃春粲均靧面之慈代夫子酬詩章裁寒蠟爲佳兒傾筍蠹辟紅蟫固嘗甄大雷一卷之文繹東征千言之賦而識令嫻之才有據亦信曹穀之學易成也況復義成夫人宿通經術披香博士深識亂源當昆明造劫之年直同谷移家之歲荒城珠貫解圍無吾黨之琴板屋玉溫斷夢有嚴更之鼓侍膳則爲親起舞寄衣則念子嗁香葉晚花朝仍譜坎侯舊曲蓼辛荼苦都歸揚水卒章盡戚姑在堂所思在遠風雨飄搖之感不出於口而一寓於詩字付鴻遲句隨鶴警淪璇閨之性遣其善懷抒瑤草之情儷於正則聰聽日益

敦厚不愚推之返江夏恭武之書發蘭臺孟博之傳荻畫交勉居士九擅於五言蔞教周詳參軍獲全於兩字凡諸操誼要秉風人卽其謀貽亦彰忠厚慨自索興鷄口厲長鴉心砭宗牖以湘蘋德媛有敎據竈觚而議酒祥女無非僉謂披覽匪中饋所宜吟誦匪內言所急豈知邯鄲激烈始放箏歌長信幽閒逐留紈製卽使字嬌羅綺壁入緣情類能興寄秦桃祥徵宜室如太夫人以鳲鳩之均一矢芣苢之和平繡島佛而號鉞神繪放翁而稱香火夗央左右自停機問字以來孔雀東南至輿板看花之節我仲容沐深教澤義見設施稱眾母於杜詩行能歸善棐伐檀於黃庶志在成親余嘗反復是編彌歎仲容之敏於政與太夫

人之宏於教皆經解所謂深於詩者是也自此芾棠徧種羅紙崇封竹馬兒童咸寫彩鸞之韵花田女士爭傳德象之篇敢附詮言卒申向往如彼子輿能養豈惟羊棗不甘定知仲郢承歡常以熊丸助苦

光緒戊戌季冬陽湖馮光遹謹識

跋

右吟香室詩集上下二卷續刻一卷都百有六十題古今體詩三百五十四首今奉天財政廳長董季友觀察之太夫人著也自來女教率以德容言工爲四行不以才舉凡世所稱如蘇若蘭迴文謝道韞柳絮乃堇堇資詞令美譚蓋皆囿於女子無非議爲可尚故以才爲末爾鄦書才子曰存存性所成也故曰成性存存此天之所以生人人所以成種族種族所以造國家是故若元若愷則曰才子若檮杌若渾沌則曰不才子矣才之時義大矣哉肖𩖱立形非才不殖降衷恒性男女並建獨謂女子不必有才與夫僅以詩文字畫爲有才者均非通論也所謂才者包德容

言工之故德存直心非迂紬也容在履禮非膏沐也言唯庸謹非便佞也工知物愛非奇巧也是四者實樹生人枃準不獨女子然丈夫舍是其能立乎故所貴乎人之有才者以能聞道明大義有所輔益於立人翼世之本原卽事見微因微生著如二氣之相爲壹壺焉然後可舉以爲教也嘗持是以讀吟香室之詩而有以窺太夫人之才矣徙以詩才太夫人者非能讀太夫人詩者也集中如己亥孟冬將由粵旋閩一題時仲容觀察方罷南海縣事居省裁七閱月耳卽非典質不能給養太夫人曰吾非能處樂而不能處約者顧及身親見乃祖乃父之行誼不能無優孟爲吏之感其詩後二聯云還家未買三椽屋歸骨猶無六

尺楨行固大難留匪易淸廉終望矢當官自注禮六十歲制年將古稀衾槨未具然終不願兒輩因貧改度此可想見觀察鼎季世述淸德居官厲廉之高節然非太夫人聞道明大義超越流俗惡能爲此訓乎其它如甲申秋感庚子聞警諸題於中外彊弱國家成喪中失之故不啻三致意焉詩三百篇風詩如山樞刺晉感鐘鼓而憂四鄰之侵謀旄丘責衞見葛誕而傷狄人之廹逐小雅六月之序曰釆薇廢則征伐缺出車廢則功力缺杕杜廢則師衆缺魚麗廢則法度缺小雅盡廢則四夷交侵中國微非皆太夫人當日歌詩之音旨乎除日有感則曰長衾何日製取覆九州寛吟颶風則曰欲乞天心轉何時浩刼消唐杜少陵

之高揖稷契宋蘇文忠之發攄忠愛庸多讓乎君子以此嘆太夫人之才非夫世俗之所謂才也尋太夫人前後之蹟系自江蘇金匱楊氏爲蘿裳先生之孫女公子蘿裳先生與乃兄荔裳蓉裳富於著作有三楊之稱父謹堂先生能世其學母氏秦著有梅花吟草繼母氏毛有蟬花閣草諸姑姊妹有琴淸閣選雲樓諸集太夫人生有夙慧沈酸穠郁其工於詩宜也而乃舅琴虞名宦公有泰川焚餘草行世夫子子方司馬博學多通有鹽船集子舍六龍並擅文章孫曾傳經其書滿家自時俗觀之無憂者其惟太夫人乎然而侍舅秦隴亂離興歌就養於粤懷歸不懌及夫晚年板輿坐嘯於西湖錢塘間其紀游詩有云松間孤鶴

隣人瘦嶺上閒雲笑客忙乃無往而不寓其痌瘝民物瘠身肥世之念昔魯敬姜闡論勞逸雋不疑母問平反有亡以存憂喜太夫人庶足以當之無媿色焉讀其詩景其行抗揚其風雅可以興矣當上之史館傳列女以風化天下後世夫豈徒董氏宗室之敎遺留奕禩於無窮期哉於是某讀竟而輒爲志之如此敢以質諸世之讀吟香室詩集者湘楚雷飛鵬艾傭氏謹跋於遠夢盦雪窗下時民國四年一月

吟香室詩草續刻目錄

吟香室詩草續刻目錄終

男元度 元亮 校字

吟香室詩草續刻

金匱楊蘊輝靜貞

題自繪菊花畫冊

三徑秋容點綴新偏從老圃見丰神孤標品合偕高士冷淡妝難擬美人骨傲底須誇色相花殘從不委芳塵寒香摹影憑相肖我亦冰霜閱歷身

陶潛宅畔庾籬邊露葉風枝別樣鮮開盡百花秋未老占從五福壽爲先貯瓶雅稱琴書伴覓句新聯翰墨緣青女素娥原耐冷幽芳合待鬬霜妍

寄江西丁岫雲表姪女書附題書後

別來兩見月當頭洄溯空憐異地秋江右故人長繫夢天

涯倦客懶登樓琴樽無恙懷前度風物驚心紀舊遊難遣平生知己憾枯腸嗤又爲君搜

極目遙天雁字橫伊人秋水正盈盈羨君已得雲歸岫歎我猶如絮化萍兩地離情同繾綣一場春夢不分明緘書爲話經年事傀儡棋枰局局更

已亥孟冬將由粵旋閩有感賦此幷示兒曹有序

予於丁酉春就養南海任所竊喜度兒饑驅在外十九年迺今得與家人聚首也顧縣事奇繁案牘山積與語或不及竟輒因公引去予顧謂之曰曩汝祖任皋蘭時亦號首劇未見如汝之勞之甚也脫吾未來終不汝知矣自是予常抱憂危兢業兩載僅而獲濟今歲季春瓜代僑寓羊城荏苒七閱月矣米珠薪桂稱貸以給予旣將歸因呼度兒告之曰吾非能處樂而不能處約者顧及身親見乃祖乃父之行誼以逮於汝不能無優孟爲吏之感焉聊成一律以寫予懷予來時服御有敝簏五今歸仍僅有五汝居官庶無愧於民予庶無愧於汝矣

二年祿養百憂攢女鎖兒韁擺脫難長女偕婿攜子遠來自蜀三女五女里居尤貧去秋度兒大病月餘予驚憂特甚徒喜官箴能守潔兒居官不苟頗有祖風瓜代後民間時有去思此則予懷所深慰者庸知宦海易生瀾兒勤於奉公疏於酬酢以是不滿者無端造謗賴上官明察猶獲無恙還家未買三椽屋歸骨猶無六尺棺禮六十歲制予

年將古稀而衾槨未具行固大難留匪易清廉終望矢當官兒素性刻苦自勵而好義急公不顧生產然予終不願兒之因貧而改吾度也

題燈遮

花瑱無聲玉漏遲燃脂弄墨憶兒時一編老我寒檠裏賸有餘光照鬢絲

庚子聞警感事

遙傳風鶴信頻驚九國連鋒竟猝攖厝火積薪危未計傾巢剔幕禍先萌老臣諫疏籌邊愼驕將偏師侮敵輕國本動搖兵力竭邀功應悔請長纓

遷都變法兩無端詎識天心驟奪難劫歷蟲沙新壁壘魂招猿鶴舊衣冠漫天毒霧胡氛急刮地猩風戰骨寒君處

憂危民處困不堪翹首望長安
地棘天荆萬乘行更無野老哭吞聲金繒盡付明駝足芙蓉山館句帶礪空尋白馬盟星火羽書馳絡繹江河戰艦任縱橫景陽樓斷霜鐘韻鼙鼓聲高動禁城
南巡盛事說明廷西狩何圖意外經雪擁藍關今巵蹕雨淋蜀道舊聞鈴殷勤麥飯滹沱水倉猝鸞輿布塞亭聞道桑林方露禱周原那更草無青
三北前車百世羞西樞南省兩悠悠萬民膏血恣狼噬四庫圖書召狄收玉虎絲沈荒井月銅駝棘擁故宮秋何時閶闔千門啟重見衣冠拜冕旒
憂國無如輔國難千鈞一髮繫危安九天制草出丞相三

字奇冤到諫官頸血長濺柴市碧忠忱留照史書丹傷心尺二單于約地下龍逢掩淚看
和戎乏策靖邊塵虛負紛紛許國身河北官軍徒赤甲城南妖盜尚黃巾金甌一擲拚孤注砥柱中流賴幾人瀚海洗兵應指日白頭盡瘁有元臣
昔年曾賦感時詩貪壑無盈怨又滋杜宇民如且過鳥女蘿儂亦寄生枝關山北望人烟少車駕西行天步遲小草有心徒向日天涯涕淚更誰知

題牡丹畫册

淡淡調脂淺淺妝丰姿端合冠羣芳欄迴百寶扶紅袖錦障千尋護好香紫玉靨嬌融蝶粉壽陽額小點鴉黃洛陽
縣裏花千種管領春風自有王

為季兒繪梅花水仙團扇幷題

昨夜羣仙下玉京南枝不斷暗香生催花小牒泥金印來占春風第一名

題白繪白蓮紅蓼團扇

紅蓼花殘楚水濱蕭蕭涼意報秋新玉顏不欲臙脂涴翠皺淩波寫洛神

庚子仲兒權篆清遠予就養到署署後有荒園寬二十餘畝多竹間以雜樹北向倒軒三楹仲兒辦公室也公餘自督園丁灌溉蔬畦竹隝以抒勞予暇日涉覽愛其有山林意因得五言律二十韻以誌鴻泥云爾

山衙饒野趣園圃足幽尋盆菊苞初綻庭蘭香暗凝窗虛環種竹籬側細垂籐老樹盤根鬱遙山露骨嶒種難花滿縣眺擬閣雙層霞爛舒紅錦雲纖散碧繒掃苔安茗銚附葛繫詩膌畫料隨心得吟題信筆增波澄魚置罶林靜鳥呼朋差喜塵勞減無煩俗眼憎俸廉清比鶴官冷澹於僧聊作馳驅驥休為逐腐蠅二語以勖仲兒充庖刈露蕨佐飲摘霜橙晨爨鷄鳴塒宵寒豕伏檜園左偏蓄雞豕饒有田家風趣春將梅信遞歛末橘租徵逸興雖堪遣離愁黯自矜菊松三徑在萍梗一身仍舊侶長縈夢新書屢卜燈軒非環碧聚亭憶鏡湖登環碧軒在榕城北梁氏宅鏡湖亭在榕城西郊開化寺後神為思鄉往樓因望遠凭

小西湖畔景歷歷記經曾

歲暮自慰

亂世行藏強自寬安仁薄俸可承歡隙畦帶雨教栽竹拳
石分泥督護蘭坐月偶占成短句種蔬閒具及盤飧處處安
轉憶瀕危地擾擾干戈逼歲闌

將續梓近年諸作偶於舊篋中得壬辰送虞孫姪赴
粵所吟三絶并附錄以存十二年前鴻泥舊蹟

一唱驪歌百感并惟餘别淚暗中傾一年膝下相依處猶
子原如母子情
促裝莫訝太匆匆割愛抽刀有苦衷七尺遺孤無寸產期
兒萬里御長風

阿咸應比阿龍賢清慎家聲冀再傳花月珠江聞滿地期
兒慎莫墜邪緣

春日寄懷

依依別夢遶天涯吹恨東風入謝家無計挽留侵曉月最
難割愛暮春花劇憐紫塞重征旆又見青廬返鈿車瓜合
萍分何限感名場易送好年華

夏園即事

竹搖清影晚煙籠落日疎林漏淡紅人立幽香花四面置
身疑在畫圖中
蓮房珠露漾輕紅借與鴛鴦障好風幾點流螢飄不定如
星亂綴柳陰中

四欄月色一簾風擁髻青山入望中閒和新詩勞想像披
吟細剪蠟花紅
追涼人在小樓中消受疎簾兩面風何處玉簫聲不斷湘
波綠漾一燈紅
載賡新詠愧難工莫笑攢眉入社中畢竟賦梅超詠絮騷
壇首幟有詩翁
盆蓮蒙贈數枝紅頓覺園林景不同外直中通君子節最
難炎境見高風

辛丑花朝幸兒媳孫女輩小集挹爽園剪綵爲各色
花幡綴樹爲賀并賦六絶以誌清遊

蝶板鶯簧點綴新百花此日度芳辰柳描翠黛桃含笑多
作風前得意人

花漏無聲疊鼓纔綠樽紅燭漫安排嫦娥也祝羣芳壽高
捧珠盤出海來
菊婢桃奴兩兩忙瑤臺重進紫霞觴曇花我亦前身果末
座應分一瓣香
東南新月照眉臺倒影花枝入酒杯蛙鼓螢燈蚯蚓笛和
人擊鉢把詩催
蘭馨桂馥手親栽廿四番風取次開一碧碧環疎檻外萬
紅紅近小窗來
家庭樂事喜追陪舞彩萊衣介壽杯願祝年年當此日團
圓宴永對花開

癸卯春仲兒權潮州之澄海篆予就養來署已兩閱月日覩其埋頭案牘心手無停益以洋務捐務紛至沓來忘餐廢寢猶苦不給而訟庭幾將生草不忍責其曠官感而吟此

雞肋功名利弊關生兒端悔錯求官隨徂拾椽前塵誤搏虎收身末路難芙蓉山館句徒負民情歌召杜劇憐宦蹟感蘇韓燕賦强項家風在不飲貪泉膽亦寒

小試牛刀力已殫瘴江煙雨太漫漫寸田不種兒孫孽獨夏難逃黎庶寒折屐謝公民望切拂衣陶令宦情闌樂行苦任詩常事半局殘棋續著難

韓江道中

片帆又指海東頭遺碣韓公迹尚留同此衰年淪落感英雄兒女隔千秋

北馬南船行路艱一生足蹟半瀛寰韓江煙水東山月贏得勞人照鬢斑

溽暑紀事

連朝積雨掩重門寒壓衾裯夢不温一隙簷光三尺檻清晨白晝總黃昏

蠻獷四月尚披裘酷雨魚雲助客愁徒說花田花似錦春風不到瘴江頭

繪芳草蛺蝶團扇并題

如畫春陰綠到門滕王粉本幸猶存三生情種韓憑魄一縷愁根倩女魂飛上花稍憐瘦影撲來扇底認春痕梨雲淡月新涼夜惆悵莊周夢不温

辛丑七夕看孫兒女乞巧偶成

緱山鸞鶴渺雲煙百子樓開月午弦我識星辰猶昨夜誰言河漢又經年分來錦樣千絲縷度出金針一縷牽瓜果爭陳兒女事自研螺墨寫雲箋

漂渺銀河水一涯東張西角費安排爐煙裊篆縈珠箔花影分香上玉釵鳷鵲橋扶雲輦渡蟾蜍鏡對粉筵開趁時花樣人翻盡那有翻新巧送來

積雨撥悶紀事 澄海署作

濃雲黯黯雨濺濺到耳風威欲折棉幾詫重經邊塞地不知時值豔陽天一燈日爨長明燄半榻時參入定禪坦蕩此心無暗室奈他室暗晝如年

寂寞衙齋靜掩關筆床書卷嘆全刪羣鴉報喜靈於鵲署多鴉相傳鳴則爲吉旦日不鳴則出命案野卉充瓶貴似蘭予性愛花閽者日以單瓣佛桑數朵進以供瓶玩樹影疑遮屏折疊方音認聽鳥綿蠻風光眼底眞如夢一枕邯鄲覓又難

撥悶戲占

筆床硯匣任塵埋日午心慵帳懶開多病殘年貧宦味避風避債兩無臺把卷昏昏眼倦開詩魔未退睡魔催驅除羣侮渾無計欲向韋馱借杵來

西湖紀遊

宣統元年歲次己酉季兒試署浙江勸業道航海到粤迎予就養道署暇日攜媳孫輩泛舟西湖覽諸勝境欲系以詩奈頻年衰老多病不親翰墨者久矣勉成二律深慚筆花久謝意蕊無妍不足云詩聊爲紀事云爾

款乃輕橈入鏡中巖松隄柳翠重重遙山塔影衘雲立遠寺鐘聲隔水通幾陣凉生蕉葉雨一帆香趁藕花風湖光十里平如掌隱約煙波有釣翁

萬里歸來兩鬢霜勝遊又過古錢塘松間孤鶴憐人瘦嶺上閒雲笑客忙竹素園幽増畫料三潭月淨飽詩囊郡賢

祠宇精忠墓仰識名山土亦香

晴窗日麗花事闌珊閨瑜六孫女出紙索畫仿十洲筆意並系以句

紫禁春城拂繡鞭蛾眉素面自朝天洗粧爲愛梨花白著色生憎柳葉鮮幾輩君臣聯眷屬一家姊妹盡神仙漁陽鼙動金甌缺桃葉桃根竟化煙 虢國夫人

七術全歸種大夫捧心枉說竟亡吳苧蘿已荷新恩重羅縠難言舊澤辜響屧春風圍碧草蘇臺落日沒寒蕪弓藏鳥盡千秋感怪底扁舟又五湖 西施

莫怨當年畫未工和戎千古著奇功回看苑月孤臺紫彈向邊風萬柳紅縱使黃金終有贖何如靑冢弔無窮玉關他日文姬到笳拍琵聲一例雄 王昭君

最憐兒女亦英雄成敗分明一拂中獻策獨能知景武尸居早已決司空紫衣恰護織籌細烏帽斜籠睡臉紅大索不曾終主德杖囊合鏡後先同 紅拂

秋日有客惠菊花數盆適慰故園三徑之懷喜而賦此

分來秋色慰重陽吟到黃花句亦香移檻影疏添畫稿隔簾香細沁詩腸記曾種帶三春露留待開凌九月霜栗里人歸名自重獨超晚節冠羣芳

題節母鄭太安人冰霜儷圖圖繪古梅一株蓋言儷也

領袖春光不識春偏從淡處見精神美人風骨原清潔名士文章重率眞不與李桃爭艷色好同松竹結芳隣歲寒漫悵知音少我亦冰霜閱歷身

贏得襟懷月共淸閒將彩筆品幽情記從大地廻春意獨受羣芳讓重名驛路霜封常守鶴鳳城寒重不聞鶯待看結子靑靑日鼎鼐調和美作羹

己酉長至偶成

深院寒驚木葉黃籬邊殘菊尚飛霜日行北陸方交子春到南枝暗送陽乍動管灰知律應待添宮線認天長消寒九九圖重繪煖硯新煨凍墨香

岳王墓懷古

乾坤正氣日星懷廟貌蒸嘗處處皆萬古不磨惟石碣千秋遺恨在金牌勤王縱有軍如虎當道何堪相似豺二帝未迎金未滅南枝松柏有餘哀

風波計就毀忠貞三字無端獄竟成庸主懷私佯夢夢權臣藉勢肆營營兩朝恥辱憑誰洩半壁江山忍自傾聚鐵鑄將千載錯廟門長跪亦公卿

梅花

移來疏影綺窗前七尺珊瑚一樹鮮卯酒醉斟銀燭夜晚霞紅襯蔚藍天二分明月清如許九十春光占獨先遙望板橋微雪裏尋芳有客策吟鞭

紅羅亭畔玉闌干咏到梅花歲已殘宋艷班香詩格麗環肥燕瘦曉粧寒蘇隄月落鶯聲悄庾嶺霜封鶴夢闌欲折一枝憑驛使隴頭風雪正漫漫

輕籠明月淡籠煙縷玉雕瓊別樣鮮燕語啁啾鶯語滑紅兒嬌小雪兒妍廣平賦筆春如錦何遜詩情品欲仙補徧西湖花五色絪緼可是女媧天

男元度亮校字

古歡室詩詞集

曾懿

古歡室詩詞集

丹徒韓州題

古歡室詩詞集

序

古歡室詩集迺同懷妹伯淵所作也妹天資明敏淑婉純和雍雍孝友生而已然經史詩詞過目成誦　先太僕公鍾愛備至益罄所藏書藉俾朝夕游泳其中年甫十齡痛遭失怙侍　母入蜀備歷艱險斯時諸妹弟均皆幼穉惟妹居長奉親鄉居先意承志年將及笄課諸妹以針黹授幼弟以詩書無不曲體親心暇耽筆墨尤好吟咏旋以奉　母卜居浣花草堂以書畫自給妹隨侍筆硯遂通繪事並以丹青運於女紅所繡山水花卉翎毛無不酷肖精細入微故名滿蜀都蓋性之靈敏無

有過者繪則專於山水字則專於篆隸至於詩詞各體俱備全從性靈中流出古風則宗謝鮑近體頗類李杜諺云詩到窮愁而後工然則未也妹每深惡之所作皆眞情眞景悱惻纏綿情辭菀菀擒藻妍妍眞全才全福之所宗也吾妹豈僅三絕已哉回憶浣花溪畔水木清華樓榭參差闌干曲折豪情壯采觴咏流連結社分題追歡如昨及其贅姻中表袁幼安妹婿乃江南名士無文不綜且酷好金石與妹同心和協風雅倡隨遂遍搜天下漢隸各碑親爲校勘裝粘成冊朝夕講求樂以忘憂妹之八分於是益加進焉至光緒辛巳從宦皖江主

持內政克勤克儉雖家務紛紜尤不廢書畫吟咏相夫教子麟祉振振諸甥儒雅博學多能科第聯綿相繼蔚起或作宰名區或蜚聲翰苑信乎饒詩書氣有子必賢也余夙嬰疾病自愧無才弱冠家貧因貧而仕服官山右蹤跡暌隔者垂二十年僅以郵筒往來詩詞贈答所詣駸駸益進丙申春余服闋與幼安同官皖中鶺鴒忽聚喜極霑巾詩社酒鐙殆無虛日今春權篆松滋妹隨任桐川寄古歡詩詞索序於余凡四卷首曰浣花集乃浣花草堂閨中所作也鳴鸞集者乃鴻案相莊鹿車同挽出川入閩由閩之皖以取同車合好鸞聲鏘鏘之意也飛鴻集者乃隨宦皖江萍蹤靡定以取鴻泥雪爪之意也浣月詞一卷聲情激越感遇深遠尤爲可歌可誦綜閱所作深情純粹溢於筆端蓋以妹之性鍾於情溫而雅故詩亦與之同深醖釀爰述其覼縷云爾

光緒癸卯仲春同懷兄旭初光煦作於松滋官廨

序

嵋山聳秀代産人文璇閣鍾英世傳名淑莫不辭標黃絹曲譜烏絲書之硯北盡金屋之奇才選入江東即玉臺之新詠從未有綺情超儁既播早歲之芳聲逸思清芬復極才人之韻事如吾姊伯淵者殆其尤焉吾姊幼擅清華長尤聰慧慰萱枝之孤影笑語晨昏榮荊樹之五株時聆吟詠頌椒花於元日彩筆頻揮咏柳絮於風前蠻箋初寫形摹蝌斗濫觴禮器之碑色染丹青追步輞川之畫迨袁姊丈幼安之贅於蜀也本范鄭之舊姻聯鮑桓之佳耦劉嫺既獨矜善秀徐悱亦早譽清新鑪薰夕而共香鏡照塵而同影浣花堂畔互賡消夏之詞芳草洲前共賦采蓮之曲斯則畫眉京兆讓此多能鼓瑟楊郎羨茲嘉耦者矣泊乎鸞鶱左顧孔雀南飛神馳閩水之遊目斷渝關之路鷗邊之月如畫塞外之天易秋墮涼句於樽前吹淚痕於笛裏茫茫南浦我本多愁黯黯秋江人能無恨嗣後風雲錯互魚雁久疎曾酒薄不能消離逖之悲秦聲揚不能激沈鬱之氣心路咫尺事阻山河古今所同慨也丙戌歲彥有姑蘇之遊道出皖江忽復相覩離懷甫慰盈觴勸酬欣羅狂談樂說舊事亟取吾姊所作而讀之雖零珪斷璧而已秀絕寰區

矣離筵初開別景如促執手一去塡膺百憂忽忽數年間復于郵中獲覩吾姊手訂諸卷或倡和乎重闈或惆悵乎遠道或挹峩峰之聳峭試譜新詞或覽巫峽之孤高用陳官輒騷牢金石接宏響於杜陵淼繪風雲溯淵源於樂府散瓊瑤之筆大半緣情留贈答之章無非懷舊惟其至性眞摯結想高超故能本纏綿悱惻之胸發睿渺幽微之論洵可謂洪鍾一響萬籟無聲也已彥春蠶絲盡寒蟹腸空偶爲側豔之詞間效西崑之體驚才絕豔方矜長吉後身振翼傳音竊謂文通肖我他日泛蜻蛉之舫欣鮑姊兮重逢聯桐鳳之吟喜劉家之競爽閒出斯卷擫笛歌之當令眾山皆響也

庚寅二月下浣同懷妹季碩彥作於蘇州滄浪亭虔恭室

序

同治初年荃孫游於湯秋史先生之門時華陽曾吟村太僕之配左恭人時來湯寓先生爲荃孫言庚子年蒞兼託葭莩遂謁恭人於城南青綾障下叟聆雅語諗知恭人有二姊一適姚一適袁均擅詩詞書畫爲吾鄉盛事恭人卜居萬里橋西與浣花草堂相望老屋數椽斜枕流水波聲嗚咽遙通蜀江籠竹浮煙綠陰岑寂名流勝地迄今猶形之夢寐恭人膝下四子五女鵷雛繞膝聞者豔之繼而恭人長壻袁君幼庵入贅與荃孫序丁酉世昆英氣妙才締交不暇再數年又見其五壻張君子馥而三子蜀章亦英英露爽此皆在蜀時也洎荃孫官京師幼庵已卯捷出宰皖省蜀章己丑捷子馥壬辰捷均得京秩過從尤數後荃孫與掌院徐相不合乞祠祿於鍾山幼庵官懷甯常通音問時選常州詞錄而閨秀一門紅蕉冷雲兩集未睹全藁僅從選本錄入深以爲歉今春鄂游遇幼庵於輪船廿年別緒一旦傾寫方諗伯淵女士工書畫善詩詞有母氏風旋見眎古歡室全集唐音宋派卓然名家蓋以冷雲爲之母紅蕉爲之姑蜀章季碩爲之弟妹家學淵源流傳有緒根柢厚而閱歷深自不同於嚶鳴以爲聲擘績以爲富者昔會稽

祁氏商夫人眉生有嗣音雲衣爲姊妹有弢英修嫣湘君爲之女而錦囊緑窗等集未梓寄雲各草早已流播藝苑再求之近代武進張翰風先生之女孟緹有澹蘜軒集婉紃有緑槐書屋集若綺有餐楓館集而王氏采蘋采蘩亦各成家一門之内風疋相高上儗祁氏後先輝映然以視古歡其家庭唱酬之樂則同而巖佩相莊蘭玉競爽古今才媛不可多得之遇以一身兼之則又獨異也荃孫行年六十日就衰頽文采消沈何足爲斯編冠冕惟迹四十年來離合蹤迹以寄感慨而古歡胚胎前光獨秀彤史爰志欽佩且質之幼庵焉光緒甲辰

江陰繆荃孫序於雲自在龕

序

詩家至杜工部而稱聖然其詩以入蜀後乃益工蜀中山水之靈蓬鬱以助其氣也工部生逢亂世間關奔走崎嶇戎幕繫懷君國慨念時艱故即景物流連而悲壯蒼涼寄其忠愛之志至於親朋骨肉患難分離故國鄉關傷心觸目每一下筆則纏綿悱惻讀者爲之神往此其過人之性自然流露固有不求工而工者所以推爲千古絶唱也伯淵夫人蜀之名媛家在草堂之旁世篤忠貞門有通德姊妹昆季皆以詩鳴於時蓋生於工部寄跡之鄉而又得山水之秀靈氣萃於一門故其爲詩能灑落凡近情深語摯眞浣花之嗣音乎當其家園團聚羣季聯吟賦物寫懷則清微澹遠旣而于歸袁幼安大令筮仕皖江而諸妹分裾各隨宦轍伯仲亦京華謁選雁行遠道振翮分飛離合不常歡憂異候則凡唱隨之作離索之思音書之間靡不本其肫摯發於詞辭婉轉綢繆性眞畢露杜家衣缽獨得眞傳境遇雖殊何神氣之絶似耶蕙纕於此事粗解問津曩讀君妹季碩桐鳳集已傾慕夫人之名舊歲外子權鳳陽府篆而袁公方攝令全椒相去僅數程乃得讀夫人古歡室詩朗誦焚香蟲拜不置以拙集方之直小巫之見大巫相形而

益拙耳辱承不棄索弁數言其敢以醜陋違雅命謹述其大致如此世有讀夫人之詩者不啻讀工部之詩月白風清恍若神游草堂間聆一曲仙璈不復憶箏琶凡響矣光緒癸卯九月臨海女士屈蕙纕序

序

今使人以文采照天下而終其身無坎坷歷落之感且能篤祜其生平與其文辭并垂于不朽曠觀千古斯亦難矣左氏幽囚乃著春秋屈平忠勞爰作離騷馬遷廢棄憤述漢史揚雄投閣太玄是作歷觀古來沈鬱哀惋雄奇恣肆之作莫不由其人之境逆身幽爲之其境之逆身之幽在于其詞未發之先而其境既逆其身既幽則不得不抒所懷于其後然則欲其辭之佳者其人其遇可想也古人如此今人何莫不然丈夫如此閨中何莫不然蘇伯玉之詩秋子夜之調辭甚美矣彼其人何

足羨哉余之交蘊室兩年矣清樽之夜佳氣滿庭頗聞蘊室語其家事蹟深知其家之爲興門蘊室少小隨尊人宦安徽鼎弟十人無不稟承庭訓其受教於　太夫人者爲尤足多焉　太夫人姓曾氏蜀之華陽人也才名藉甚于詩詞文賦書畫諸藝無所不精其從吾幼安姻丈宦游皖南北也妙墨縱橫恆欹斜于古寺之壁客郵之舍皖之人共樂寶之余與蘊室同張氏甥館于　太恭人前屬居降等然道遠莫由登堂爲壽今歲辱掌　太恭人賜書及畫余既樂得之而藏之矣　太恭人之詩余所未睹居恆每引以爲恨然自其書乃畫

例觀之心益識其詩之工也癸卯夏五端居多暇有以古歡室詩稿郵示屬作序文者展之乃　太恭人自壯迄今所作都爲一集將壽諸棗梨矣余不佞盍敢辱題　太恭人之詩然私淑蘉室之言久時欲得一有憑藉者發而抒之以爲袁氏頌今遘此其何敢牢辭讀是詩温柔敦厚不離乎風人之旨殆禮經所謂篤于詩教者歟風雅衰矣乃有斯作不圖永嘉之季復聞正始之音觀于詩而知　太恭人與吾　幼安姻丈之流德孔長其子若孫方日以才望繼其家聲垂于千葉又豈與工爲競病習作尖叉者流爭長于一日哉茲非　太恭人

一人之身根茂實遂孰使之然哉余又聞之　太恭人之母家雙親俱以才德顯乃考太僕公以厚德不幸卒世乃妣左太夫人者江南人卽蘉室令祖太夫人之姊妹行也左太夫人既雅多才蓺其子女又皆以妙才聞于時左太夫人重其女恆欲一得快壻于是吾　幼安姻丈首聘其第二女　太恭人是也餘亦得良耦以去最小而才者歸于張氏卽吾子苾外舅所稱之五先生是也吾外姑夙與　太恭人善于學業各有專精之處兩姓弟兄一家姊妹雖在千里猶之一堂其性情之親愛又可知也惟是豐于華者嗇于實吾外姑中年而逝子無子息其旅櫬尚在蘇台未葬今春吾外舅又逝其家僅存弱息養生送死仔肩無人華實不常可爲悒惜故曰欲其詩之佳者其人其遇可想也兩人之身菀枯若此以視　太恭人之相乃夫子撫有子孫兼擅才藝者相去不啻天淵哉若　太恭人者可謂凡百加人一等者矣此詩之存與蘉室所以屬余序之之意與余所以頌　太恭人之辭皆著明　太恭人之福德非常而文辭之風雅又足以睥睨一世古之所謂窮然後工與夫所謂不平則鳴者　太恭人殆矯其流弊者歟吾用是爲　太恭人贊豈易言哉豈易言哉

光緒二十有九年癸卯夏閏五月儀徵嚴謙潤謹序

題辭

滿篋金緘壓繡絲一庭玉樹繞階墀神仙福分閨中備
姊妹才名海內知服到心形想劉柳運來腕力勝張芝
瑤篇足壯鷗波色火急刊行莫更遲

華陽靈秀説鄉邦城裏芙蓉錦作江桃讀中年龍過八
桐棲早日鳳成雙幸從江夏黃童手得聽陽春白雪腔
姑射神君在淮左定知疵癘一齊降

敬題

伯淵夫人古歡室詩集卽用
令嗣玨生太史見和之韻　實甫易順鼎

毘陵自昔多才媛綺閣於今見大家三絕聲名傳竹素
一門風雅擷英華胸中煙景張春水眼底湖山杜浣花
我是江淹才盡日瑤篇快睹玉丫叉

頌椒詠絮尋常事宿慧如斯福所鍾一手能兼諸著作
雙聲久叶古笙鏞劉家三妹清於鶴荀氏諸郎氣似龍
天爲奇才破常例黃花一洗瘦時容

敬題

伯淵夫人古歡室詩詞集　上元秦際唐

絳都春

雲霞新組是舊日浣花雕龍機杼一片古香百斛清愁

穿珠語疎林落月懷卿句便江筆如花應妒抵他多少
芳情藻思悴春工賦　還慕璇閨豔福洞簫按鏡裏鳴
鸞對舞漱玉曼聲徐淑書名爭千古諸郎詞苑森旗鼓
但餘技阿孃分與灑然林下高風鳳毛幸睹

江夏張仲炘拜題

昔聞香茗賦今誦玉臺詩謝左才無敵齊梁體不卑諸
郎傳彩筆（令子植臣玨生季蘅蘐室壽均諸兄皆稟庭訓）一老和瓊枝（稿中有與幼安姻丈酬答之作）幷作雙聲集風流海內知
汝南公子（謂蘐室）好寂寞憶平生頗有同胞契空懷拜母
情萊衣人遠近梅閣酒縱橫惜我空吟望臨風句不成

齊天樂

春風詞筆清泠語玉骨珊珊難並瘦損瓊枝寫殘花葉
采筆從來馳騁清才易證是明月前身向人酬贈減字
偷聲而今未減謝家興　佳兒佳婦曾見（謂蘐室仲芬夫婦）都
倚聲按拍賦成香茗玉簟吟秋金猊訴夜爾許風流誰
倩欲休未肯算老去詞人教兒還賸可許吳儂占騷壇
一等

儀徵嚴謙潤拜題

浣華集

浣花集

華陽曾懿朗秋

擬鮑明遠數詩貽蜀季章三四弟

一種淩雲氣茂彥遇濬冲二月扇陽和杏苑驕青驄三春花意酣蝴蝶飛重重四筵合甘醴歡樂永無窮五雲舒皓日長嘯臨高風六合陶萬類百卉紛芳叢七寶飾璠匣騰空劍化龍八斗文華富蜀都矜才雄九霄振雙翮翱翔雲路通十載功成就蜚聲宇宙中

浣花草堂新營住宅山繞溪迴雜花翠竹好鳥嚶鳴石瀨淙淙重闉靜逸偶擬三十韻以寫四時

佳景同叔俊四季碩五妹作寄仲儀三妹

板輿移向錦城東杜老江村圖畫中萬古詩魂何處覓一潭春水碧瀜瀜

花市城南香霧穠遊人如織馬如龍家家載得春歸去剩有青羊臥石墉宅畔里許有青羊宮二月花市四方名花皆列於此香風十里爛熳成山游士如雲無不滿載而歸可稱盛事

一篙新綠漲春江垂柳初長覆畫艭水閣臨流新雨後斜陽紅射讀書窗

骨肉依依形影隨聯吟伴繡傍萱闈年來陡解相思意刖妹離兄各一涯

妝成攜手出庭闈小立花前露濕衣折得海棠還對鏡
花枝人面鬬芳菲
釀寒天氣杏花初旖旎春光晝不如新竹移來纔數日
隔窗翠影已扶疎
寒宵刻燭演連珠擊句爭先碎唾壺屈指流光春已半
等閑抛卻繡工夫
夢入西堂春草齊撩人詩興到深閨昨宵蘚壁新題句
雨點風圈著意批
雨過松陰落古釵遙山一抹碧於揩杜鵑聲裏春將去
收拾殘英淨土埋

波光雲影浸樓臺詩社吟成醉綠醅笑語喧譁爭得采
百花深處奪魁來
纔得春來又送春愁如中酒黯傷神無言悄倚荼醿架
風散飛花香滿身
繡餘掃徑爇蘭芬香篆氤氳噴白雲四月南風清晝永
棗花香膩隔簾聞
梅雨初晴煙樹昏鳴湍飛過小橋喧榴花豔奪紅裙色
芳草萋萋綠剗門
扇裁月魄裂冰紈製就輕盈月樣團一覽江山歸掌握
好風聊借畫圖看

曉來清氣撲眉彎青壓軒窗一桁山倚檻無言風悄悄
自簪茉莉插雲鬟
水榭招涼屋似船香風開徧一渠蓮冰桃雪藕清無暑
人與荷花共鬬妍
小舟載月弄蘭橈撐過前溪萬里橋共製新聲消夏曲
菡萏花下坐中宵
一抹殘陽下樹梢草堂清磬出林凹隔溪浣女歸來後
修竹無風影自敲
長風百尺響松濤小雨添溪畫舫高采得芙蕖紉作佩
閒臨秋水讀離騷

新月如鉤雲似羅共看牛女渡銀河年年乞巧針樓上
詩興爭於別恨多
石磴苔荒曲徑斜西風開徧女兒花爲憐潭水粼粼碧
自向磯邊學浣紗
杜老江邨秋更涼殘碑斷碣臥斜陽千秋事業歸詩卷
賸有吟魂伴草堂
宵來冰簟薄寒生風戰庭梧月有聲落葉打窗驚夢醒
零星殘句記難清
蜀山還似舊時青寂寂乾坤一草亭遍地海棠秋不管
寒螿訴與月明聽

菊老楓丹霜露凝豆籬結子架枯絲鳴蜩莫漫催刀尺
入比秋花瘦不勝
吟罷詩籌又酒籌寒颸匝地怕登樓殘荷枯折芙蓉死
閑煞塘凹一葉舟
亂鴉爭樹噪霜林風激鳴泉雜暮砧閑理絲桐寫秋意
任他風雨不關心
結伴探梅傍寺南雪晴花放少陵龕癡心每向花前祝
許我來身願作男
漫天風雪壓虛檐梅蕊添妝豔寶奩今日消寒逢九九
偷裁佳句賭新尖

去年花裏送征帆別夢依依繞翠巖無限離愁何處着
拚將詩句達瓊函

旭初仲兄由蜀入都謁選見示邯鄲夢影圖賦詩
四章以紀之

人生苦離別況乃賦長征風沙渺萬里慊慊遊子情初
日散平楚朔雁流哀聲臨祖歡不暢贈言淚交纓送君
出門去佇立心屏營銜颸嚴以厲胡馬嘶且鳴悵望不
可見林表隱前旌蒼茫睇故宅老母倚柴荊
荊扉靄白雲隆思纏故里悽惻宦遊子行行猶陟岵晨
發蜀山阿暮憩涪水沚朔風吹我衣飛塵緇我袂積雪
沒馬蹏陰寒損玉趾仰觀層崖峻俯察夕流駛聆此猿
聲哀中心愁靡靡不辭道途苦歲暮曷云已
辭家歲云暮風雪載征途行行越燕趙春光轉蘼蕪既
經蠶叢險復歷劍閣嶇攬轡瞻 帝京雙輪馳長衢山
花初吐豔澤柳漸榮敷頹日送輕轂夕煙曖前墟雲歸
鳥倦飛棲止邯鄲廬旅舍夜沈寂飛夢刋作号
邯鄲夢何之躧步登雲墀四牡臨廣路寶鏡鑒容儀神
颸拂翠旆遙指鳳凰池飛甍曜靈景彤霞自逶迤昭昭
天宇濶浪浪風雲馳懷玉謁閶闔福祿君所綏少年脊
帝闕冠蓋相追隨勗哉修令德榮名以為期

登樓迴文和蘊芳二嫂原韻

樓高瞰澄波遠峯青隱霧浮雲麗中天華日曜芳樹幽
蘭香被徑曉花寒滴露舟邊綠溪煙漠漠鷺飛鴛游鱗
萃晴川戢羽思雲翥悠悠心婉孌蘊情寫毫素

魏小蘭姊邀遊桂湖謁謝公遺像

湖上隨肩步春遊景物鮮露花紅蘸水絲柳綠搓煙徑
曲疑無路山迴別有天空亭聊小憩把盞聽流泉
軒窗開四面陡覺薄寒侵桂樹連城暗松濤壓殿陰山
川餘霸氣風雨壯詩心謁罷謝公像愴然感古今

浣花詩社歌

浣花溪水何洋洋繞溪珍木鬱蒼蒼樓閣噉流各低昂
湘簾十二捲夕陽中有詩人清且揚芝蘭競秀雁成行
明月爲裾雲爲裳高談妙語翰墨香依依夢鎖春草堂
筆花燦爛生輝光麗句爭傳碧琳瑯浣溪風月富錦囊
松篁敲韻入瀟湘波光雲影皆文章染墨綺靡不可忘
詩情遙共海天長詩萬卷酒千觴吟咏之樂樂未央但
願人生歡聚永無荒千秋萬歲合與騷人共草堂

蓮花曲

水樹簾櫳人如玉鳴橈軋軋春波綠昨宵酒醉各題詩
今朝都賦蓮花曲粉痕欲墜紅妝淺清露如珠垂欲散

翠瀲清風蕩融融參差綠影雲塘滿蓮子花開水檻東
重疊掩映鮫綃紅秋羅拂水水紋縐香飄四座生荷風
碧塘搖灩多芳草白蘋斷處生紅蓼紫鱗水面吸蓮花
池邊日日來青鳥遙遙柳綠鎖湘煙蓮根蓮葉相鉤連
素藕絲柔情不斷露珠搖蕩非眞圓銀浪金光蕩曉日
綠渠半掩桃花色簾波隔水夏雲生千里輕風總無力
杜宇啼殘春已歸交交灘鶯芳塘飛愁煞江干采蓮女
輭風吹香香著衣青絲繫船茱萸灣重開新筵不忍還
侍女低鬟進美酒坐中酒後皆紅顏月明滿地遙相望
魚戲蓮葉吸細浪佩環初解舞衣輕荷葉羅裙色一樣

歸來玉婢捧花蕊采蓮夜夜得蓮子一身花露溼雲衣
回首臙脂紅十里

秋夜

螢火依人點點飛輕寒料峭不勝衣紙窗月上玲瓏影
畫譜新添墨紫薇
流雲捲月鏡開奩閒詠新歌昔昔鹽秋興撩人眠不得
時聞蕉葉打虛檐

題吳侍御鴻恩歲寒登岱圖

寒飆凜凜木落稀重裘不暖何爲衣芒鞋踏破萬山雪
瀑泉澎湃瓊花飛芙蓉朵朵插天際青峰誰削如玉梯

欲尋勝境不辭遠奚奴忍凍苦追隨古殿崔嵬隱霄漢
朝光幻作青雲霓松翠夾道蒸成雨天風吹雪滿迦黎
謁罷神靈掃石壁筆蘸雲煙信手題巖籐花落風力緊
噭噭晴猿向人啼暮靄暝濛日忽西蒼茫一顧眾山低
眾山低風淒淒落葉滿徑沒馬蹄複嶂層巖路轉迷山
月盤旋送人歸君不見奇人自古得奇遇誰云翠屏千
仞不可躋

草堂寺賞梅同諸弟妹作

梅花如龍粉牆臨千枝萬枝出牆外香風十里浮紫煙
梅根穿入少陵界瘦影掩映青苔痕冰霜鍊出逋仙魂

春入梅花花不覺亭亭玉立悄無言千層細瓣作一花
千花一樹爭橫斜萬花團成一千樹樹樹迸作千層霞
霞光照耀綺筵開冷香如海傾深杯酒酣搖筆發高歌
杜老詩魂喚起來

春暮

百五韶光暮江城物候賒鹿葱猶吐豔鷺粟漸含花日
暖晴蜂鬧風輕舞燕斜籜龍已成竹新綠透窗紗

題自繪山水繡枕

楊柳毵毵拂畫橋綠陰如霧黯魂銷買絲繡出春江景
贏得新詩豔六朝

雨餘嵐翠撲人衣小閣松濤捲夕暉三兩峭帆天際落
隔江雲影挾山飛
遠山爭與詩心瘦獵獵西風木葉摧涼月四山關不住
秋聲尋到枕邊來
夢回紙帳影珊珊寶鴨香濃夜未闌人影花香兩清絕
霜天月地不知寒

七夕

碧天如洗青茫茫菡萏承露金莖香鵲橋橫度夜清淺
銀河低轉繞建章仙風飄飄拂霄漢玉繩斜繫秋雲涼
石欄閒凭葛衣溼安排瓜果開瑤觴金鍼我欲乞靈巧
筆花萬丈騰光芒雲軿寶輦杳何處但覺儒佩鳴鏘鏘
須臾雲散眾星出伯勞東去雁南翔

送孟昭大姊歸新都同遊桂湖時值仲秋桂花正
開

秋風一夜來桂湖天香馥郁飄雲衢虹橋跨水水飛動
湖光如練煙中鋪煙中詞客數來往三尺綠波搖畫舫
雙槳劃破碧琉璃白鷺驚飛時三兩半山偃蹇露華泫
峭風吹花浮水面遊魚吸水并吸花樹影亦為魚吞噬
桂樹轉東舟轉西樹梢直與城堞齊金粟飄香氣鬱葱
歸鴉如墨釀霜啼桂葉凌雲蒼且碧斜陽穿樹紅於血

花光黃暈眞珊瑚襯以粉牆成五色色映亭臺生輝光
鳴筤深護清暉堂闌干倒影池清淺枯荷數柄留古香
記得去年嬉好春芳草如茵蹋輭塵風光轉眼千萬變
人生聚散等浮萍新詩唫罷酒頻傾與君小別心緒縈
不知明月幾時有冰壺一洗襟懷清

憶梅曲和　慈親韻寄仲儀三妹

霜滿檐牙蟾魄冷碧梧飄盡東金井角聲吹斷隴頭雲
惆悵江南芳意迥曾記閒庭春夜春月溫花暖人同影
一聲長笛落紛紛掃來葬向孤山頂而今芳信天涯遠
人瘦如花花不管幾度巡檐幾度思醉吟擊碎琉璃醆

昨宵夢入羅浮裏香霧朦朧迷芳芷溪南溪北盡是花
一片香魂飛不起翠羽啾啁窗月白栩栩仙夢酣成蝶
殘燈一點可憐紅魂黯黯兮情脈脈

題吳侍御鴻恩驄馬導輿圖

驪歌三唱別燕京親奉版輿按轡行萬里歸程班馬健
一鞭斜日錦衣榮雲飛遠岫風無主樹捲秋濤月有聲
回首 帝城凝望處大椿深蔭玉堂明
文章勁節獨高標闕下陳書動九霄諫草葱茸離翰院
慈雲靉靆度軒軺函關風雪詩魂壯巫峽波濤歸夢遙
故國山林春正永斑衣戲彩樂陶陶

再題望雲就日圖

遊子意無限長歌歸去來帝鄉紅日近親舍白雲限忠
孝千秋業文章八斗才西風征馬健轉瞬到燕臺

園中海棠盛開招靜專從妹小飲

幾日春陰濃海棠睡已足和風灑然來花氣蒸入幕開
簾惜無香穠豔早奪目絳萼含葳蕤清影顫撲簌宛如
紅霞紅不枉綠章綠容顏本無偶觀者苦多俗幸有故
人來相與訴衷曲握手談新詩開樽倒金谷對此良辰
景惟有醉醽醁君醉倘欲眠抱此花魂宿

題自繪山水便面

煙中聞人語漁艇出叢篠乾坤一草亭俯觀天地小
林風捲怒濤山氣蒸成雨翛然一葉舟掉入湘煙裏

病後憶季碩五妹

扶病搴帷步微吟養性眞秋花開似我新月瘦於人鍊
藥燒紅葉焚香倚綠筠不堪回首處離緒滿江津五妹于歸江津學署

秋閨雜咏

聞道秋已來不解秋何處蟲語透窗紗卻識秋來路
閨中不知愁偏愛秋光好山色瘦於人依依出林表
彩線壓金縷天孫錦製穠折枝花樣巧繡出九秋圖

課餘北窗涼閒坐蕉陰裏碎搗鳳仙花猩紅染玉指
雁字摹雲影疎林醉夕陽蘼蕪香已滅舊夢冷池塘
梧葉鳴風雨深閨人自清不解歐陽子何故作悲聲
雨餘霜氣清天半綺霞絢旭日透湘簾桂花香一綫
紅暈海棠絲開徧苔階縫採之爲膏沐露濕鬟頭鳳
霜風吹白雲雲擁山將去葉落莫鴉啼一片秋無主
今日題糕節茱萸插滿頭相邀諸女伴攜酒上南樓
爽氣挹南軒登臨閑煮酒酒後共聯詩高吟落星斗
買得菊千本幽香護碧紗工詩兼善病人影瘦如花
瘦骨怯風尖經秋病暗添藥爐煙不斷香霧漫書奩

絡緯鳴金井涼蟾月一痕柳絲秋後髠綰不住離魂
採菊當朝餐神清靜若蘭海棠開謝後閑殺石闌干
閑影瞰波光枯荷餘古香西風漫搖落留得護鴛鴦
萬木澄波影花潭冷畫圖爲憐風景好潑墨寫南湖
涼颸動木末芙蓉漾寒碧一掬胭脂淚欲摘不忍摘
詩鍊花魂瘦鬢爭蟬翼輕繡餘無個事花下坐調笙
滿園滴滴金擷衣採花蘂帶露釀醽醪寒香清玉齒
蘿月散清影松風鳴晚濤亂蛩聲不住秋思上吟毫
刻燭分新咏吟壇得意先譜成冰雪句隨意寫蕉箋

寒夜病中懷季碩五妹並寄旭初二兄京都

藥裏經編年復年寒宵炯炯未成眠窗紗月落花留影
砧杵風高霜滿天竹徑蕭條人去後松齋寂寞鶴相憐
不堪一枕秋聲裏敲碎愁心欲化煙
修竹扶風罨綠苔重闈深護獨徘徊惠連空憶西堂草
驛使頻傳庾嶺梅月夜無眠心悾惚雲山遙阻夢崔嵬
何時共掃寒窗雪小閣圍爐醉綠醅
重簾不捲曲瓊單雁字書愁入廣寒淚點著衣濃似酒
箴言遠達臭如蘭情深始覺飄零易病久方知立命難
入比瓶梅消瘦甚窗前長伴影珊珊
浣淚書成欲寄誰天涯有妹隔江湄心縈潭水波千尺

夢冷關山月半規卻病怕吟屈子賦多愁偏愛杜陵詩
可憐一點寒燈影照我年來怨別離

鳴鸞集

鳴鸞集

華陽曾懿伯淵

擬劉文學感遇

龍門有孤桐百尺高無枝危柯歷漂霰直幹邊輕飈下有鵾雞鳴上有丹鳳栖琴摯施斧斤緯以冰蠶絲高堂列華燭揚聲清且奇湘靈和瑤瑟楚客吹參差何以昭德音載登清廟詩

擬魏文帝遊宴

西園式嘉宴飛閣何森森俯矚太液池凉波滌煩襟蘭芷被輦路芙蕖媚深潯觥籌樂無極四座萃華簪有客瑯琊來爲我彈鳴琴素鱗游淺瀨栖鳥舞深林皓月浸丹墀清風薄朱帷眾賓溯雲散端居有所思

雪後游武侯祠

道出西南隅結伴訪名勝北風吹朔雪宇宙似晶瑩疎林綴瓊花玉壘凍雲凝一望白無際萬象瞭如鏡骨瘦偏耐寒攬景鼓豪興肩輿繞平疇細草綠相迎翩然丞相祠翠栢參天映遙遙望閟宮盤盤走石磴城高雉堞簇屋密魚鱗迸怪石蹲獅怒深竹舞龍橫迤邐度禪關曲折入幽徑叢桂冬尚榮積苔寒更豔池清魚可數虛闌閑共凭遺像肅丹青忠魂古今亘事業垂千秋空有

荒陵剩松栢晚蕭蕭濤聲雜鐘磬游眺興未闌淒涼發歌咏留連竟忘歸歸途夕煙暝

園中丁香碧桃盛開偕外子幼安賞花於百花潭上

嫌山雪赤城霞天風一夜渺無際轉眼散作園中花我爲惜花常起早曙氣烘花花窈窕碧桃含笑丁香穠露種雲栽逾嬌好花見我如相識絲雨洗出傾城色似將膏沐鬭新粧婀娜香魂帶雲濕良辰助我具樽酒晝舫亭亭花溪口長堤斜通萬里橋花枝掩映垂絲柳新詩一首酒千杯座中君是謫仙才錦江花月春如海疑

訪桃源靈境來

消夏擬子夜歌

郎欲卻塵暑妾織冰絲綃冰綃何足重高情屬雲霄
曉起傾荷露露珠圓復碎掃葉自烹茶清香沁詩肺
芰荷製爲衣芙蓉紉爲裳臨風讀楚騷餘音繞瀟湘
搴裳涉蓮舟雙槳盪花蕊祇恐薄驕陽呼郎藏花底
樹捲急雨飛山擁蒼雲怪倚樓望八荒天然米顛畫
窗外植芭蕉蕉葉綠如洗裁作錦茵眠涼夢墮秋水
幽鳥驚殘夢夢醒心猶倦小鬟解人意佇立頻揮扇
芳餌引遊魚投綸不忍取底爲不忍取魚亦畏炎暑
幽篁拂涼風掩映碧無痕隱坐敲詩句題向修竹根
折花助晚妝花面交相映低頭悄無言照水插雲鬟
高梧影重重涼月玲瓏上石畔撫鳴琴韻和幽泉響
風露滿中庭坐久雲鬟濕得句嬾揮毫倩郎代記憶

七月七日詠牛女同季碩五妹作

藹雲舒青闕眉月媚朱欞蔓草零絲露薄林振肅風躡衣臨華軒徙倚睇曾穹靈耦互離析迭歲一相從修波阻歡愛清淇隔音容七襄不報章雜紈失舊蹤彌年形幽獨今夕心始雙懽會未展顏紆鬱復離悰盈盈星漢迴脈脈雲幕空綺靡戀故侶惝恍轉飛龍馳情遙凝佇

愁爲情義重

趙佩芸夫人聞余將有遠行特來敘別時秋菊盛開

秋風蕭瑟秋陰沍菊花開遍秋將暮頻年別恨彌胸襟瘦影如花花亦妒西風吹起碧雲痕忽然有客來敲門與君久別忽相見不覺傾倒開清樽卻嫌枝葉太繁瑣花意闌珊眞似我談詩竟夜清無眠幽花脈脈露盈朶知君晚節留芬芳傲骨嶙峋情意長澹音閣著詞千首稜稜霜氣浮詩囊嗟我感恩兼惜別話到離情淚霑臆閬海巫山路幾千從此遠行腸百結佩芸夫人風雅宜人兼工詩詞幼操

栢志今近古稀著
有澹音閣詩詞集

旋閩別親

生小依依骨肉親天涯忽已轉雕輪明知久聚愁言別
故作歡顏强對人燕寢何時承色笑鹿車從此歷風塵
親心更比兒心切隔夕先看淚滿巾
一曲驪歌百慮攢思親容易侍親難夔關雪冷魂先怯
巫峽雲深夢亦寒雁影無端重聚散魚書從此望平安
臨歧無限傷心淚忍到篤輿細細彈

歲暮旅懷

歲事崢嶸逼風嚴客路遲愁多難縱酒心碎不吟詩古

驛臨江立寒梅故里思遙知鐙火夜姊妹計行期
朝夕山迎送輕舟指峽門野橋人喚渡險岸樹盤根江
濶澄霞影波平定月痕夜來心膽怯共坐倒芳樽

舟過大佛巖

山頭一雨作膏沐洗出千重萬重綠林容燦爛江聲高
古剎莊嚴枕山麓縈纔凝碧灣石潤青苔斑欵乃一聲
山谷應千帆影落夕陽間仙人低鬟靜相對但覺撲面
皆青煙青煙飛不斷石磴石鏡互迴轉碑披蝌蚪奇樹
種菩提滿忽然萬壑奔驚雷青天倒掛銀河來飛流直
下一千丈晴雪滚滚晶簾開枯籐濃染赤龍血古楠迸
遝作人立暗澗風號虎氣腥深箐暮捲猿聲急前山嵌
古亭後嶂開錦屏扁舟一葉泛萍梗大江日夜無留停
宛疑人在鏡中坐相對共訝鬢眉青我今隨君掉客帆
行程始至大佛巖明早掛席東南去一片疏鐘送過山

途中同外子作並和其韻

新詩旖旎比花濃阮籍才高不易逢詞賦輸君騰藻采
江湖笑我伴行蹤迢遙客路催征雁狼藉清樽解渴龍
五夜青鐙須努力置身應在最高峯
江風凜冽動船旌無奈辭親作遠行世態炎涼雲影薄
客囊蕭索水痕清笛聲吹破陽關夢梅蕊凝寒故國情

同賦羅浮詩百首與君杯酒話殘更

巫山高

巫山嵯峨插天表絕頂寒衝滅飛鳥山腰環合氣氤氳
晴風吹空散白雲山腳壁立水勢奔水如倒瀉湧千軍
灩澦石嶙峋驚濤拍天聲遠聞我今別親辭蜀都高山
流水感離羣思親憶妹淚紛紛淚灑巫峽水隨波流到
東海濤含愁對明月明月送人千里別故鄉回首日以
遙側身西望長太息

舟過巫峽見十二峯高插霄漢神女峯尤爲纖麗

峻峭神女廟在山之巔

琅琅天風壯嵯峨十二峰飛雲翔婉孌懸瀑響琤淙景
富詩偏迫愁多夢亦慵纖穠宋玉賦千古憶仙蹤
壁立雙峰合眞成一線天煙鬟浮翠黛霞彩媚華巔人
語隔山應江流急箭穿楚王今已渺神女爲誰妍

由夔府溯流而下山峽險峻古蹟甚多詩以紀之

白帝城高瞰大江春雲吹暖木蘭艭驚心高浪虎鬚口
危石崢嶸激怒瀧虎鬚灘在夔府東遙望怒濤高數丈響聲如雷八陣雄圖餘蟲蟠臥龍遺廟枕狂瀾八陣圖在府南壘石爲之武侯廟即在八陣臺下斷雲壓雨過魚復一舸洄旋飛過灘舟過虎鬚幸遇風利一旋即過

扁舟又遇石尤風亂艇爭停灩澦東急浪拍天天罩水
一輪旭日出波紅
西望鄉園倍愴神鵑啼愁殺別離人艱危鳥道悲行旅
石骨巉巉不見春
三峽猿聲盡日啼片帆風健過瀼西驚崖駭浪重重隔
歸夢何由到浣溪
白鹽赤甲隱雲霧白鹽赤甲山極奇峻在奉節縣東回頭苦憶經行處
東風吹送出三巴遙見歸州附郭樹

過歸峽

兩峰張谽谺千帆出其口大風起長噫江聲半空吼枯
木怪鴟啼危巖驚狖走苔濃碧煙凸石古紺雲醜蕭寺
疏鐘來佛幡出杉柳杜陵塞外歸曾此醉尊酒爲問峽
江詩至今猶在否

雨中看彝陵諸山

層巒各貢奇爭出無後先如行甕繭中一步一回旋前
峯甫紆迴後嶂又隱現望中路疑斷曲處帆自便晝幛
捲千疊錦屏開四面草木散空寒風水逞詭變雲騰釜
上氣雨捲天邊線村暗人獨行灘險石長嘯雙燕忽飛
來帶得桃花片

柳關道中

幾處漁家聚作村牽蘿爲屋網爲門煙籠疏柳含生意
浪刷平沙認漲痕山色蒼茫平埜闊河流浩渺夕陽昏
晚來極目情無限惆悵天涯遊子魂
扁舟一棹繫垂楊風景依稀似畫張麥掩平疇鋪綠錦
寺藏疏樹露紅牆小灘水落萍魚賤村店人喧秫酒香
回首芙蓉城不見白雲深處憶家鄉

即景

梧桐庭院碧陰滿桐花香撲幽人館幽人養疴意態慵
罷妝鏡掩青芙蓉迢迢長晝漏頻轉悄倚疏簾品茶荈
一陣涼風送雨來攪碎爐煙和雲捲

滿城爆竹隔院笙歌佳節相逢離懷倍切況復春
歸楊柳庭開姊妹之花夢冷池塘綠遍相思之
草　慈雲萬里親舍云遙雁序分飛晤期安在
撫今追昔感觸無端偶用外子和友人周少華
原韻以誌之

宿醒易醒愁難醒羯鼓風高聲不停心織垂楊千縷綠
夢回芳草一池青思親路迥魂飛苦憶別情深性未靈
姊妹故園相聚夜天涯遊子獨零丁

鷓鴣簾櫳喚夢醒輕寒料峭雨初停春衫色染湘波綠
畫譜新添山黛青欲浣愁腸憑酒醉重拈險韻擅心靈

羨君各鬬生花筆橫掃千軍勝五丁

酬少華夫人李佩蓀女史和前韻仍疊原韻答之

傳來妙句解愁醒助我微吟興未停風動竹搖千个綠
雨餘天漏一痕青閒窺雲影清思慮靜聽松濤養性靈
古調陽春更唱後傳牋頻遣掃花丁

綠窗遙憶薄酲醒談綺論文夜不停裁句紗籠春影碧
揮毫池湧墨潮青人無離別心常坦胸有才華性自靈
愧我雕蟲原小技半生略解識風丁

數詩

一自別西川駕言泛蘭舟二水夾明鏡山河壯遊三
峽起長飈驚濤連天浮四愁寫鳴弦泠泠舍清秋五夜
猿嘯哀鬱紆集叢憂六翮思凌霄愧我薄質柔七星明
寶鑑華妝雙影儔八珍進嘉饌芳醑滴金甌九畹同心
蘭芬芳結綢繆十千沽美酒滌盡一襟愁

閩南竹枝詞八首

綠天清絕靜無譁甘露花開紅映霞一桁湘簾閒不卷
倚闌細品武彝茶

紙鳶掩映碧天心稚子歡呼鬧隔林三月薰風春晝靜
市聲高捲女兒音（閩中炎熱最早以兒童每於清明時以紙鳶為戲使得清靈之氣以免疾病）

窄袖纖腰黑練裙香花堆鬢髻如雲壓肩鮮果沿街買
貿易歸來日已曛（閩中凡耕田挑負貿易者半是婦人）

阿儂不管苦炎熇玉骨輕盈稱碧紗靜日甌蘭香冉冉
素心人對素心花（閩蘭開於夏秋素心翠葉香豔異常）

曉妝慵與鬬時新淡掃雙眉不染塵一陣香風濃欲醉
隔簾喚到賣花人

避暑楓亭酒半酣玉奴纖手擘冰蠶紫綃絳雪丁香顆
飛騎何須到嶺南（福州楓亭產荔枝最佳香山曾以紫綃絳雪等名品之）

龍鬚席子琉璃枕涼月窺人人未寢瑣瑣紗廚茉莉風
香浸玉臂羅衣冷（閩南炎熱夜間潮漲則甚涼）

盤龍寶髻簇流蘇紅袖買春攜玉壺怪道冰肌甘耐冷
嚴冬猶自赤雙趺閩中女子撫媚者多然跣至嚴冬不襪亦不覺其寒奇矣

閩中憶別呈外子都中

錦汀春色好花擁玉堂深風雨滿天地離懷感古今三更遊子夢萬里老親心苦憶牽衣別啼痕向在襟
海南芳信早梅柳著新年丹橘初頒賜朱櫻已薦鮮身安心不泰愁重酒難填夢到花潭上春風響杜鵑
枕函昨夜淚不見故鄉人啼夢兒驚喚家書雁寄頻蠻音山鳥語異味海魚新三月已揮扇炎蒸不算春
夫壻遊京洛鵬程萬里賒黃門控天馬御苑喜簪花錦

織迴文豔詩題醉墨斜願君崇明德不敢惜年華
家貧為客早忍淚別高堂患難同心共詩書夙願償盤餐野薺脆甕釀醴泉香菽水何時供春暉日正長

自君之出矣

自君之出矣鏡日垂簾旌香留隔夜篆心念舊時人
自君之出矣玉壺慵買春春寒侵翠被暫別愁方新
自君之出矣不忍畫雙眉春風將別恨偷上綠楊枝
自君之出矣夢度關山隔願為雙龍劍隨君遠行役
自君之出矣空庭發華滋折得同心蕊聊以寄相思
自君之出矣不復繡鴛鴦深情託錦瑟欲訴不成章
自君之出矣不復登層樓羌笛無端奏有人樓上愁
自君之出矣妬煞梁燕雙愁緒紛朝夕月明又到窗
自君之出矣不復理新妝為憐嫁時鏡照影不成雙
自君之出矣無聊理繡絲怕綰同心結偏成連理枝
自君之出矣細雨簇芳塵鷓鴣花裏喚愁煞倚闌人
自君之出矣花事已零星愁病非關酒酒醒愁難醒

閩中偶成

炎風融融散平野閩南三月已如夏石榴吐豔茉莉香
繞徑更有秋海棠誰家開得四時桂秋風未起花先綴
無言獨向月中看一片幽香染衣袂

久不接家書作此解悶

萬里關山客路遙征雲漠漠水迢迢衰親望眼今猶昔
遊子含愁暮復朝遠信欲催過嶺雁離懷怕聽隔溪簫
夜來幸有還鄉夢骨肉團圓慰寂寥

月下小飲有感

朗月盈盈入杯底花影滿階扶不起閒吟獨坐百花中
幾竿修竹搖微風長空星斗何寥濶我所思兮在天末
姮娥寂寂悄無聲一片春雲向空活

擬古詩六首

擬行行重行行

判袂陟長道慼慼思彌深此行將何之振策越崇岑
高音容隔俛仰若飛沈遊鱗潛重淵倦鳥懷故林行人
日已遠魂夢渺追尋曉月隨征旆晨霜沾素襟望遠增
悽愴傾想結寸心飛鴻從北至報我瑤華音誰云道塗
苦泉壑有鳴琴

擬今日良讌會

朝遊曲水池夕讌宜春館躚蹁趙女歌激楚秦娥彈輝
燭嬌穹廬餘音遏霄漢歌咏快心意胸羅星斗燦妙語
發天機四座同歡宴芳醑傾霞觴悅愉恆忘旦爲樂當
及時勿貽華髮歎

擬涉江采芙蓉

菡萏媚漣漪菂菂吐華姿搴裳擷芳英欲寄心所思佳
人渺天末徘徊將何之感物懷隱憂含愁當語誰

擬迢迢牽牛星

曖曖星月輝盈盈河漢曙眷戀牛女情經年一相顧嬿
婉未終夕遙波阻修路含情理機杼淚漬機中素素絲
似妾情纏綿自旦暮離會永無終兩心結幽慕

擬蘭若生朝陽

蘭蓀抱露勁葵心向日傾別君愁方鮮寒霜倏已凊不
辭舜華落所思在長征妾似階前莔君如池上萍庭除

霏白露葳蕤轉荄莖願爲松與柏連理復同心

擬庭中有奇樹

嘉樹發春華枝葉自榮敷纖手摘瓊蘂香露滴羅襦采
之寄與誰迺在天一隅相思不相見撫景獨躊躇

分韻菊影

夕陽西下又黃昏一抹疎陰冷畫屏霜徑離披迷蝶夢
風簾掩映亂花魂描來墨本香成暈鋪向蒼苔月有痕
似霧非煙銷不盡滿天秋思鎖重門

和　慈親寄憶原韻

辭親遠行役宦海泛萍梗游子戀重闈中心彌耿耿月

落烏自啼夢破關山冷芳草被華池夭桃媚綺井浮雲
障前山山容睡未醒

再疊前韻

護草樹芳墀菂菂抽素梗感物懷所親山川修且耿瞻
望陟高岡衣惹春雲冷願假乘風翼飛歸故鄉井佇立
以徬徨愁魔何日醒

三疊前韻

跪讀尺素書深情劇含梗倘能親顏色何辭道塗耿撿
點嫁時衣衣存金線冷慈烏噪風枝乳燕嬉露井憂思
無已時願醉不願醒

古歡

飛鴻集

飛鴻集

華陽曾懿伯淵

英霍患蛟外子賑饑詩以奉答

翩翩者鵬振翼雲霄之子于征自彼荒郊朝登山麓夕宿江皋爍星被野零露盈條陰霾暗晦曜靈不驕洪流浩淼平陸騰蛟彼黍既隕彼禾云凋哀鴻遍野饑哺嗷嗷肅肅君子誠篤可欽自夏徂秋淹留至今嗟我懷人永嘯長唫瞻望靡路離居同心横琴不彈旨酒停樽游魚潛淵倦鳥歸林勉志修業以隆德音

曉霽發潛山

昨宵一夜雨贏得早涼添風急雲爭日巖高石噴泉山花紅滴露澗樹碧浮煙不覺征途苦清詩破曉蟬

霧斂村莊出晴光鎖翠微霞蒸山黛紫雨足稻粱肥石罅雲能補車幨塵不飛喧闐城市近餘興戀嵐霏

途次英山登黃花嶺

十日征程興未闌山川時幻畫圖看身臨絕壑雲迷路心怯懸崖松作欄石壁飛泉晴似雨林蘿覆日夏生寒宵來郵店魂難定險夢迷離鎖峻巒

英山官廨四面環山朝靄夕霏掩映几案時屆仲冬朔氣凝雲凍痕積雪寒窗寂坐正憶故鄉忽

奉　母書感而賦此

亂山明滅堆積雪雪山白映雲天黑陟屺思親空傍徨臨風願假歸鴻翼飛鴻殷勤啣書來慈雲靉靆護蘭陔啟緘未讀心先醉一字一淚中懷摧回憶青燈課兒夕弟讀父書姊紡織機聲軋軋書聲高不管窺簾霜月人秋月高懸秋夜遲親心愁苦兒所知男兒立志報親恩女子遠行徒傷悲猶記板輿移向浣溪上杜老祠堂邊相望清潭蕩漾玉爲砂高樹玲瓏花作障花圍絳帳豔羣芳芳草池堂詩夢香吟成消夏詞千首荷沼停舸共舉觴杜鵑花開杜鵑啼金縷歌殘人別離悽然揮淚出

門去行行各在天一涯蜀山巍巍爭蒼蔚蜀江滾滾連天沸一路風光繫所思詩成筆擁江山氣鹿車隨宦來英山山高郭小互迴環芙蓉朵朵森霄漢雞犬人家杳靄間曉日流雲圖畫開嵐光青撲入窗來遣懷聊借新醅酒片片晴霞落酒杯朝暮看山看不足眉痕深鎖螺痕綠偶抱鳴琴月下彈春風譜作相思曲曲罷含愁思悄然吟肩消瘦不禁寒瑟瑟松濤鳴澗底渺渺離愁欲問天天空濛兮曜靈光寒颸懍懍山蒼蒼願祝南山如親壽願親茀祿壽而康吁嗟乎寸草難報春暉長

雪獅

是誰雕琢玉玲瓏手骨崢崢淨太空皎潔眞非來塞北猛威聲不吼河東寒銜牛斗冰壺裏氣吐珠璣銀界中臥雪幽人添逸興閒庭點綴奪天工

詠雪用東坡尖叉韻

光侵複室絕塵纖瑞腦金猊香篆嚴拂檻乍疑風捲絮盈階喜見雪堆鹽寒衣欲剪愁刀尺冰柱空吟對綺檐且把新詩寫新景莫將離緒鎖眉尖

玉塵侵樹墮棲鴉爪印鴻泥應沒車雲幕四垂加覆釜松針低亞似添花詩成白雪慵題葉鶴守紅梅豔作家險韻傳來千百載古人先我詠尖叉

鐙花

蕭齋寂寂漏遲遲一穗疏燈吐豔姿紅蕚不嫌霜信冷煊妍開到夜深時

客中莫問夜如何閒對鐙花逸趣多寄語深閨勤護惜莫挑紅燄救飛蛾

春雨病起感懷再疊尖叉韻

杏花時節雨廉纖病怯春寒夜更嚴簾護香煙留篆縷羹調玉蕊試梅鹽海棠伴我依書幌修竹敲愁倚畫檐曉起臨窗凝望處濃雲深擁碧峯尖

樹色濛瀧噪曉鴉無端風雨助吟車去時屐齒迎芳草

歸日輪蹄襯落花為恨宦途常作客願依泉石便為家
相思一夜崎嶇夢飛度雲山路幾叉

春晴同外子作

雨餘庭院淨石徑綠生苔雲擁山光活花催春色回棋
聲敲綺戶酒浪泛瓊杯佳句聯方就斜陽入幕來

得李佩蓀夫人書并以詞章見贈作此奉答

三十六鱗紅鯉魚腹中藏有千金書瑤華珍重來遠道
開函字字皆珍珠清懷旖旎情千縷倩影如花瘦幾許
想見瓊閨落筆時一鐙如豆吟風雨回首閬嶠隔海雲
故人迢遞悵離羣香蘭願訂同心譜南浦偏教兩地分

兩地雲山總如畫布帆何日斜陽掛倘若與君重相逢
依依翦燭終宵話讀君詞句憐君癡感君雅誼長相思
願將萬種纏綿意譜入陽關笛裏吹

題畫

梧桐庭院碧雲浮萬卷奇書韻自幽最喜綠窗明月夜
西風撼出一林秋

英山道中

曉發仙人山山高風似虎月落東方明霧氣蒸成雨風
捲暝色開曈曈日初吐林麓噴彩霞朝陽散平楚偶聞
鷄犬聲人家隱桑塢登高望八荒蒼天如覆釜杜鵑紅
滿岡開落無人主貪看山林景不覺征途苦茫茫塵世
中何如鴛鷺侶朝聚滄浪煙夕宿蓼花渚得失不關心
翱翔時振羽

季碩五妹由川往蘇皖垣小聚別後賦此

玄雲翳璇蓋霏雪散中天旅雁西北征嗷嗷銜寒煙嗟
我同懷子離居踰十年十年積沈思衷情何由宣君今
來吳越皖江停雙轍相離苦鬱紆相見同愉悅甘醴滌
清塵朱顏華燈列方經十日歡復作千里別千里隔江
都送君登艟艫臨組心不暢攜手共踟躕浮輪無緩軌
長波飛轆轤悵望不可見淚下如連珠山川修且濶魂

夢渺以邈既傷心緒違且感年華促重會杳何極惻怛
叢憂積安得乘風翔高飛振六翮

題畫山水箑六首

曉樹碧溟濛楚天夜來雨不見煙中人隔溪聞人語
天末渺愁予寒砧木葉疏泬寥鴻雁過秋思滿江湖
小閣雨初過羣峰爭嫵媚白雲任意鋪隔斷山蒼翠
習習涼飈發水木散雲影輕舟破綠煙漾碎澄江景
流雲天際飛晴嵐如潑黛溪午不聞鐘松竹響虛籟
梅花壓嶺香風篁寒自語借問跨驢人錦囊詩幾許

夢遊故園咏詩兩絕僅記二聯醒後續成

依舊欄干依舊樓淒涼滿目故園秋生憎萬里橋邊水不管離愁只管流此一聯係夢中作行雲流水人何處落月疏林夢獨歸此一聯係夢中作話到傷心啼到醒淚痕浸濕枕頭衣

季碩五妹以詩見示題其卷後

人生處世苦局促惟有新詩可傲俗搖筆長吟天地寬放懷何必爭榮辱吾家季妹詩最豪百篇揮灑才爾速哀豔應教謝鮑驚蒼涼直使韓蘇伏長途千里歷風塵牢愁欲效窮途哭閱歷因知世路艱翠袖單寒頻倚竹遨遊湖海衣化緇陶鑄江山字凝綠松壓巖霜挺秀姿

梅含古雪得奇馥清烈如聞越石笳激昂疑聽漸離筑掃除俗豔與凡音開卷琳瑯先豁目憶昔故鄉聚首時推敲共翦西窗燭裘葛回環踰十年唫囊早已盈千束自慚隨宦走皖江塵海羈縻總庸碌披卷真同下里音揮毫難奏陽春曲今君征棹赴姑蘇一路溪山詩料足酒酣落筆凌滄浪別緒匆匆夢魂逐宛轉相思何處尋臨風遙指君山麓

新霽遙望江山如畫捉筆寫之題繪巨幅

白雲壓得青山低山角正與林梢齊長風送帆天際落塔影倒映碧琉璃孤亭峭立送斜陽亂鴉逐陣噪雲黃江浮天地秋逾潤數聲漁笛起滄浪詩境滿懷不知暮一輪皓月出煙樹

中秋對月感懷

迷離星斗接遙天玉臂生寒倍惘然捲幔惟聞風鐸響倚闌辜負月輪圓柱含清露香難挹藕斷絲柔情易牽悄向中庭覓詩句嫦娥應笑我無眠

九日登樓望迎江寺塔

斜陽明滅鴉對語白楊蕭蕭作風雨孤城寒鎖大江聲一塔巍然湧過城二龍山高高百仞恍若玉山遙相並人影微茫落半空足底白雲送清磬

悼五妹季碩

商飆倏然至析析振疎林仰觀離雁影俯聽哀蛩吟自與君遠別纏綿思彌深君今歸重壤夢寐杳難尋形影永幽隔悽愴摧我心心傷曷能已悲懷從中起宛彼篋中詩遺音存蘭茝蘭蕙逞芳姿髣髴想容儀月缺復重圓花落難上枝腸斷淚如絲靈魂莫我知

六安阻雨寄高蔓華如姊

敲篷一夜雨衾薄曉寒添千里舟車苦經旬愁病兼風濤驚斷雁霧氣隱涼蟾秋水人何處離懷滿綠蒹

舟行阻風懷高蔓華如姊

日夕涼飆發泛泛飄行舟長波捲怒濤飛雲摹天浮丹
楓媚林壑蒼葭拂汀洲遊子多悲傷慼慼懷遠憂故人
新離別眷戀若三秋自憐多轗軻依君結綢繆目極南
來雁心盟海上鷗臨歧珍重語字字印心頭離情日以
深山川阻且修何時一樽酒同消萬斛愁

辛卯秋赴太和阻雨六安正白雲在天蒼波無極
回憶故鄉骨肉大半天涯死別生離不勝悲感
因和杜陵秋興八首以寄兄弟姊妹

蕭瑟寒飆撼古林山川秋氣鬱森森蒼煙帶雨迷衰草
白露橫江斂夕陰關月冷懸遊子夢蜀鵑啼碎故鄉心

霜侵篷背征衣薄怕聽潮聲咽暮砧
極目長空雁字斜天涯有弟倚京華九階露溼凌雲翼
萬里心縈碧海槎日暮霜寒愁作客山高城小怯聞笳
何時共飲茱萸酒笑傲東籬醉菊花此憶三四弟於京華
出岫晴雲媚曙暉鳴泉百尺櫓聲微舟迴山翠侵衣溼
人倚清空羨鳥飛岐路悲絲嗟遠別青春聚首願無違
消愁惟有詩千卷紅葉霜濃秋正肥丁丑余歸閩中叔俊四妹歸銅梁同時分手幸將來皖心竊慰之
斗酒新詩玉局棋鶺鴒飛散忽成悲魂招閩海春三月
腸斷巴山秋盡時畢竟有才天意妬忍教永別痛心馳

嗚琅佩玉他年贈遺我懷中千載思庚辰春得仲儀三妹耗於閩去秋季碩五妹又卒於吳憶曩時花萼連芳歡樂無極不意丁年一別竟成永訣痛哉
百花潭水對峩山鬉鬖慈雲入望間樓榭遙連杜老宅
松筠翠鎖故鄉關蘭閨多病憐遊子萊彩何年慰母顏
脈脈寸心猶遶膝承歡頻有夢隨班此憶故鄉風景尤覺魂依慈母
扁舟夜宿碧山頭楓葉斜陽豔暮秋月隱閩嶠魚信杳
雲封劍閣雁書愁一官淡泊清如鶴同病相憐瘦似鷗
記得昔年離別苦不堪風雪過忠州大哥官閩二哥官晉均極清廉二嫂多病昔日相待最厚至今猶戀戀不忘
文成織錦奪天工貽我詩囊襟帶中寡鵠悲鳴咏素月

茅廬課讀伴秋風桂湖終古埋愁綠紈扇題詩漬淚紅
宦海飄蓬無定所何如漁父與村翁孟昭大姊靜專從妹精於繡工均操柏志茝香六妹卒於新都昔日持扇索詩至今留於匣中
平疇雨潤綠逶迤疎柳含秋映澤陂衖古松蟠蒼翠蓋
庭閒菊賸傲霜枝年年愁病風塵苦夜夜鄉心四海移
珍重天涯諸弟妹莫教兩鬢雪絲垂此到太和署景總結前七章

快雪初晴和風送暖窗下檢點殘篇誦三弟都中
見寄長歌依依有感因和原韻以答之

朝朝暮暮思故鄉登臨遙望山蒼黃故鄉兄弟渺何處
雲間舊翼各分張兄官幽并奉老母清風穆穆思退藏

有弟英才承　天睠丹墀濶步青雲長惟我多愁鮮歡娛不飛不鳴爲女須春池時縈芳草夢秋鴻盼斷隔年書東吳西蜀連姻婭歸夢追歡舊臺榭依依十五年前別滿天風雪巫山下我今隨宦皖北濱願佐夫壻爲良臣春暉未報心耿耿南望閩嶠西望秦平生骨肉惬惜別話到恩情聲嗚咽姊妹相離今半存襟袖空餘淚凝血兩弟迢迢隔海渡願乘仙槎任來去貽我新詩白雪篇燕山皖水遙相顧勸君莫學苦唫人天涯珍重百年身一朝聚首斟芳醑洗盡胸中萬斛塵鶺鴒原上鳴斷續紫荆連理花枝簇問余能有幾多愁悠悠春水連天綠短歌遠寄同懷子金石之言類蘭芷努力崇德事聖君異日鵬程飛萬里

風風雨雨已過花朝萬物雖含春意尚無豔陽景象北地春寒花開較遲之故寒窗與幼安小酌偶擬元微之生春詩十首

何處生春早春生曉夢中迷離愁與恨瀟灑雨和風詩句斷還續唫魂暖欲融重簾垂羃羃香篆結成叢

何處生春早春生妝鏡中眉含新柳翠衣惹杏花風梅瓣香初暈蘭膏凍漸融輕寒時料峭慵挽碧雲叢

何處生春早春生曙景中雲霞烘曉日蘭蕙泛光風容想露華豔心和冰雪融晴窗喜明淨閑坐檢書叢

何處生春早春生池沼中草芳新入夢蘋嫩欲移風冰鏡凝初解波紋綠乍融鴛鴦知水暖泛泛兩相叢

何處生春早春生微雨中溟濛看似霧淅瀝聽如風土潤蘭芽吐香濃梅蕊融梨花開也未幽夢憶芳叢

何處生春早春生古木中鵲巢營舊壘鳥語碎柔風嫩葉衝寒發高枝待雪融最憐松與柏蒼翠共幽叢

何處生春早春生閨闥中凝妝豔朝日倦繡倚東風折柳心先醉懷人意最融楳枝新樣好譜入錦羅叢

何處生春早春生霰雪中輕盈落飛絮繚亂舞迴風帶雨紛猶密侵簾灑漸融尖叉聯險韻對酒話蠶叢

何處生春早春生薄暮中箏鳴金粟柱人醉玉屏風祇恐海棠睡高燒蠟炬融綺窗涼月上竹影一叢叢

何處生春早春生別思中浮雲時蔽日寸草遠含風北海冰應折函關雪未融雁書長不至離恨鎖眉叢

憶昔篇八十韻

憶昔髫齡日承歡正綺年分柑憐弟幼畫荻仰親賢絳帳鎔經史紗厨授簡編阿兄敦孝友弱妹最癡妍鐙火芸窗共瓊閨美被聯襟懷同灑落情愛更纏綿梓里纔三徙花潭喜再遷門臨溪水畔屋結草堂前修竹白沙

地長楊碧島川徑通丞相寺橋隔杜陵煙暖閣回春早
高樓得月先敷榮萱葉茂穠郁棣棠嫣柳嫩舒金縷槐
新綴玉錢壺觴明燭夜簫管豔陽天句覓池塘夢文題
巴蜀牋尋芳春旖旎濯錦美嬋娟爲愛園林樂閒賡招
隱篇朝簾和霧捲夕幔帶霞搴骨瘦心恬淡神清興靜
便絜飛愁語燕花落怨啼鵑梅雨鳴琴潤薰風午漏延
扇裁秋兔魄鼎炷古龍涎圖繪丹青妙碑銘琰琬鐫漱
流清鬱暑隱几避囂闐涼榭開吟社深篁拂翠鈿朵蓮
歌古調消夏賦精研酒釀荷間露茶烹澗底泉芙蓉被
石檻菡萏媚漪漣瀲灩鴛鴦浴褷褷鷗鷺眠山光晴脤

脤波色淨涓涓涼氣新迎爽炎威乍棄捐曝書逢七夕
乞巧認初弦果設晶盤供鍼頻朵綫穿微雲淡河漢冷
露滴秋弦嘹唳驚聞雁蕭疎賸暮蟬蒼松枝偃蹇丹桂
樹連踡眉奪遙峰黛裳縈芳苣鮮佩蘅悲屈子採菊慕
陶淵巖溜幽鳴玉苔文綠繡氈浣紗人不見撫景思流
連時轉芳菲歇星移斗柄偏陰寒凝曉積晨晷望空懸
寶篆香微裊簾衣凍不褰尖乂奇韻和刀尺永宵專霜
影鋪簷瓦冰痕補砌磚折梅親點額踏雪笑扶肩複厦
垂羅幕圍屏列綺筵舉觴稱萬壽戲彩祝華顛瑞景浮
杯賞聯吟擊鼓傳疏才常自愧多病累親憐歲月頻頻

轉離愁屢屢牽男兒欣奮翮雲路著先鞭女長宜家室
衿施各儷乾有行遠父母無慮美神仙話別情難釋言
歸且賦遄回飆揚組帳夕照送征軿陟屺猶依戀辭家
尙慎旃身遊巫峽外夢繞錦城邊江漢波重疊舟車路
八千姑嫜顏靄若娣姒樂怡然北闕金泥捷南陔萊綵
翩羹調蓴蕨餌香壓茉蘩鬖問字欣依座乘槎又扣弦
未能盡婦道深愧得恩緣飛鳥思淩漢遊魚戀故筌宦
程滄海隔親舍白雲巔草蔭春暉遠心憑尺素宣板輿
何日奉菽水寸心虔思屬西都土神馳東海壖鹿車隨
左右鴻案共陶甄德澤流千里淳風化八埏顯揚勞寤

寐離合苦迍邅勤儉甘藜藿雍容潔豆籩閨雲何靉靆
晉水亦潺湲明鏡冰壺朗清風玉袖翩綢繆勝金石情
義比蘭荃翰墨中年得松筠晚歲堅詩書千載業忠孝
一家全願築南山屋歸耕負郭田侍親雙壽考骨肉永
團圓

和非非子降壇詩

羨君飛度九重天瑤島蓬萊避俗緣霞朵雲章隨手擘
題詩不用浣花牋

陽春古調壓羣芳知我前生共醉觴只恨相逢不相見
臨風裊盡一爐香

再和原韻

蜀山吳水遠連天困我紅塵未了緣何日隨君遊五嶽
雲崖拂拭當吟牋
朝浴蘭兮暮沐芳與君親奉酒千觴新詩唱和不知曙
露濕松花靜有香

新年感懷用外子和同人原韻

自理杯盤薦五辛酒香梅影度初春孟梁甘苦齊眉侶
閨晉瞻依皓首人鬟鬢慈雲羈燕羽殷勤尺素盼魚鱗
宦遊我亦隨君慣北地三經物候新
安仁銘著祝華年是處笙歌斷復連病骨暗知風信至

離情遙寄故鄉憐柳條春漏朱闌外梅瓣晨妝玉鏡前
郢曲調高難和韻詩成嬾寫碧雲牋

新春惜別再疊前韻寄懷叔俊四妹

酒傾柏葉味芳辛彩縷分迎兩地春惜別心隨千里雁
遺懷珍重百年人寒梅雪霽香舒曆南浦冰消漲蹙鱗
萬種離愁揮不去那堪頌獻歲朝新
詩魔離緒擾新年芳草回春夢惠連酒為消愁偏易醉
人經久別更相憐賞心風月且行樂得意雲程自勝前
屈指花朝當把袂瀹泉煮茗共唫牋

舟行阻風雨雜書所見寄叔俊四妹壽州

驚濤捲長空風勢來東北密雨拋散珠油雲張重幕琴
書頗繁重汊港復幽僻草深蛟蚋驕潮急魚蝦擲回波
遲雙棹暝色欺行客嗟我塵世勞言念保身哲遙睇景
轉韜養靜神逾寂指點來時路迷茫蘆花白

秋夜不寐寄外子省　覲閩中

心怯眠難穩欹橫鬢墮鴉鼠頻驚枕榻蟲又語窗紗自
恨工詩苦偏教吟興賒黃花尙未放人已瘦如花
竟夕不成寐人眠我獨醒情絲偏不斷心鏡轉空靈曉
日開圖畫秋山列障屏起來慵櫛沐眉鎖黛痕青
屋小雖如艇開窗喜見山雲絲梳石髮霞采襯煙鬟江

迴蘆洲没風輕帆影閒何時進美酒撫景慰慈顏

仲冬既望積雨閣雲朔風釀雪寒窗寂坐偶用東
坡尖义韻以寄儷文表妹鑑堂表弟

瓊花撲戶舞纖纖怪道宵來寒轉嚴有酒邀君同詠絮
無才愧我擬飛鹽梅花消息思南嶺蕉葉圖成壓畫檐
惟喜登樓觀遠景不辭清冷朔風尖
漠漠濃雲點曙鴉袁門高隱不停車圍爐把盞燒紅葉
煮茗敲冰碎碧花皖水萍蹤欣聚首草堂風味苦思家
深閨逸興添多少料得詩成手自义

擬高靑邱梅花並用其韻寄外子細陽

濃雲四合凍樓臺香雪梅花萬樹栽夢到羅浮憑酒醉
春催芳訊渡江來嫩寒料峭風欹竹疎影參橫月浸苔
遙憶浣花溪上住清尊幾度爲君開
孤高爭奈似癯仙才子佳人信有緣伴我吟懷同醉月
憐伊清瘦似含煙香迎綺閣金樽裏魂斷江城玉笛前
素質不隨凡卉豔霜華占盡早春天
折得寒英寄隴頭板橋佳句錦囊收雪封門徑高人宅
月滿江湖處士舟嚼玉爲餐清入腑鍊霜作骨總成愁
孤山岑寂春應到十里寒香伴客遊
霜瓦粼粼月一痕鮫綃帳冷倩誰溫雲迷洞口疑桃渚

雨認江南誤杏村淡到無言春有恨格高始信玉爲魂
歲寒自共神仙侶立破莓苔鶴守門
含章殿上淨無塵額點臙脂豔美人紅暈上肌非中酒
清寒鎖頰不勝春高山流水知音少畫閣雕檐索笑頻
惟有多情明月在簪花寫照繪圖眞
幽姿合在廣寒宮月冷湘皋有夢通羌笛聲中花欲醉
飛瓊迷處樹疑空依依瘦影瑤臺下脈脈含愁冰鏡中
香豔不同棃雪淡蒼松白石倚芳叢
江南江北思依依月地雲階曜素輝豔夢幾驚神女幻
香魂應逐翠禽飛誰憐古渡霜初下雁呌長天星欲稀

庾嶺臙脂紅一抹扁舟莫誤阮郎歸
記得綺窗最得暘逢人猶自問家鄉西洲遙憶魂飛苦
紙帳眠來夢亦香繞屋千株偏放早伴松三徑不嫌荒
最憐東閣詩人去滿地碪聲月似霜
爲春消瘦怕春知萬斛春愁寄一枝宮女倩妝爭嫵媚
胡姬畫角譜相思修篁倚玉月明夜嫩柳舒金冰泮時
我喜梅花心太切吟肩寒聳苦題詩

於安慶往秣陵經太白樓瞻眺

平生喜遨遊若負山水債解纜眺八荒放眼乾坤大長
飆鼓層瀾皦舟鳴澎湃白雲涌濤立圓景覆璇蓋沙鷗

逐陣飛翩翩破靑靄嵯峨太白樓嵌空聳峰外縹緲夫
人祠幽怨激瀨江山萬古留英雄幾成敗佳境彌流
連過目風雲快帆檣密於林天際樹若芥回首望皖城
二龍渺無界

春日行

春風煦煦鶯聲短流蘇鎖夢春魂暖百合薰衣護彩雲
妝成對鏡新愁滿小鬟報我花正開雲鈿微整起徘徊
搴簾香霧撲眉宇碧桃花映紅玫瑰玉階踏碎莓苔迹
攀條欲折不忍折春風春風曾幾時垂楊化作傷心碧
滿園春花芳且鮮持觴盡日百花前願花長好人長在

看花飲酒共流連

椒陵暮春薛夫人邀遊薛園時芍藥盛開歸而紀之

春光九十去如箭名花開落誰留戀主人張飲盡日歡
到處尋芳不知倦昨宵絲雨灑天階露重花嬌光爛絢
蝴蝶翩躚漾紫衣木香淡冶凝寒練中有芳姿色更鮮
嬌花染出桃花片穠香膩粉互團結燕瘦環肥爭自薦
媚態眞宜步障遮寶光忽覺樓臺見芳林靜逸無俗塵
一簾花氣濃於霰小坐閒庭春茗香牙籤萬軸姿歡宴
歸來分得數枝春娉婷豔質繞釵鈿主人雅意倍殷殷

回首斜陽滿芳甸

全椒官廨即事感賦

縣僻清無事琴堂似隱居移花迷蛺蝶蓄水引遊魚明
月自今古浮雲任卷舒晝長鐘漏寂鳥雀下庭除
粼粼池水碧新柳影相交春滿荼蘼架香濃荳蔻梢晴
峯添屋角古樹補城凹鎮日無人語牛羊嚙綠郊（署後荒涼郊原一片頗有鄉景）
何以消炎夏衙齋葺小亭樹圍三徑月池浸一天星雨
過喧蛙鼓風高響鴿鈴蕉窗涼意透清絕酒初醒
丹心銘　帝闕骨肉阻關河冀北烽煙壯江南感慨多
連天悲鼓角何日奏鐃歌願覓巖棲隱結茅補薜蘿（庚子遭拳匪之亂時大四兒均在都中依蜀章三弟處）

代外子和王六潭太守悼亡詩四首

巖叟由來清要官小樊川內歲時寬頒來玉簡元虛筆
空憶金輪紫轂冠文墨貫通知硯靜禪關淵默樂匳安
瑤英竟效乘鸞侶組帳應悲簫局寒

丹成九轉迄元功天上人間相見同紫玉成煙香欲化
黃門感逝句尤工仙山縹緲金釵隔曉夢迷離錦瑟通
蠹簡塵殘餘蓋篋他年附入別函中

境入空瓶雀影過子淵此日賦蹉跎月娥雲掩行悲壑

神女靈歸叉隔河金爵銅駝餘涕淚零珪斷璧未銷磨
達觀應慕漆園叟莫效新州寄恨多

舜華雖謝故情留玉碎珠沈隔慧舟元相傷神期後約
潘郎有恨憶前遊瑤田路絕精誠在栢館春歸景物收
時局滄桑同一感綺情惆悵暮天秋

七夕

星精何必待秋期此事茫茫大可疑千古情癡堪一笑
長生殿上並看時

未必靈槎可問津迢迢天上隔凡塵閨中女伴閒無事
慣替雙星作主人

秋柳和漁洋原韻寄旭初二哥定遠叔俊四妹壽州

瘦盡西風欲斷魂數聲羌笛玉關門當時嫋娜添閑思
此日蕭條減翠痕十里秦淮波裏鏡半林斜照水邊邨
悲秋心緒知多少訴與寒鴉細細論

鳴蜩抱樹咽新霜引得詩心到曲塘裊縷拂雲摹雁字
殘條壓水冷魚箱圖成別墅傳摩詰笛擫青溪憶野王
回首舊遊攀折處錦官城外碧雞坊

曾記春歸色染衣曉風斜月昔今非萍花白浸鴛魂冷
蓼岸紅疏人迹稀離恨不隨流水去韶華暗逐暮雲飛
六朝金粉銷磨盡畫角吹闌心事違

纖姿憔悴倩誰憐捲盡笙歌起夕煙南浦春波愁渺渺
未央秋雨恨緜緜屈平幽怨傷遲暮張緒風流話昔年
記得當時眉黛好妝樓曾傍綠楊邊

讀益思姪和章憶春初與兄嫂姪輩白門分手正
新柳毿毿江南春雨時也感而賦此再疊前韻

歌殘金縷幾銷魂送別曾經到白門拂面翦風裁瘦影
浥塵絲雨縮愁痕曩時嫩綠搖春水今日疏黃露遠邨
底是惹人千古恨新詩爲汝細吟論

秋高古驛已飛霜怨綠淒紅共藕塘月浸空江聞玉笛
風飄落葉打船箱明湖照影鞶西子官渡傷懷賦魏王
曉日千株絲萬縷淡煙鎖夢莫愁坊

斜陽門巷認烏衣回首京華事事非北塞烽煙心蘊結
西川風景夢依稀緘來詩句魚鱗疊點染秋光鴉陣飛
願得山林甘共隱茫茫宦海與心違

弱質娉婷應自憐石城風雨灞橋煙折殘餘恨猶婀娜
總爲多愁更邈緜滿地干戈悲浩劫十圍樹木慨當年
秋來莫漫傷零落轉瞬春光到柳邊

冬夜翫月偶見南園梅花微綻與外子尊酒賦此

鴛瓦粼粼霜似雪池冰堅結琉璃碧巢枝宿鳥凍無聲
一輪寒月東方出冰壺月曜澄清華泬寥天氣迷寒鴉

衆卉紛紛爭搖落惟有梅萼霜中花鐵骨冰膚呈綦縞
苔階葉落愁慵掃冷香菲菲暗襲予心迹雙清同懷抱
春風二月隨南征梅花如雪撲簾旌秣陵小住將一載
贏得風霜兩袖清金貂換得梨花春寒梅香裏傾千尊
醉後談詩詩愈巧披衣起舞挹星辰玉堂夜靜月逾皎
碧天如磨青無雲不如且向酒中住與月爲友花爲鄰
高談久坐燈花炧牖外傳來數聲柝霜氣浸空月欲斜
詩魂冷共梅花宿

彭烈婦行

全椒薛茂才卒於姑蘇其室彭氏殉焉作詩記

之

君不見涔陽道上傷離別雲和一曲聲嗚咽又不見望夫臺畔石蒼涼東風惻惻生梨棠桑根鬱鬱雲中鑄魏成靈秀馳聲譽璧水初賡芹藻詩鏡臺復詠鴛鴦句夜雨春風幾度經芙蓉並蒂鬱青青詎意長卿少善病枯蘭愁謝悵西泠罡風一起玉吹化塵烈哉賢婦請以身殉入室挑鐙鐙忽滅入幃撫劍劍忽折一杯鴆酒完苦心甘向泉臺作同穴暮歲沈沈風雪天虎邱山下路可憐北風捲水濤千尺恨海何年精衛填紅心草漬淚痕濕天若有情天亦泣采風補入女史箴中流一壺足千金

題薛夫人萱闈課讀圖

豐城龍劍鬱森森門前桃李甫成陰章江怒濤激幽瀨罡風烈烈使星沈離鸞悽絕淚迸血海枯石爛山爲裂撫孤誓志留餘生畫荻含丸苦高節紗幔淒涼春復秋秋聲催到讀書樓中有賢母勸課子寸陰是惜古爲儔深宵讀雞鳴起母殫心力兒飽經史鎖窗寒瘦孤鐙花佩環曉級芳蘭莚夜已央書味長簾內鐙光爭月光鴛琴絃絕不成調鸞鏡塵封慵理妝秋漢飛玉霜秋風拂簟涼崇蘭挺秀晚菊芳悲鴻嘹唳雁南翔書聲雁聲互相答努力春輝日月將卓犖縱觀五車富筆花燦燦吐光芒一旦冲雲出塵表鵬程萬里任悠揚貞心一片輝彤史我今披圖賦短章短章且表冰霜志聊與斯圖千古藏

壬寅春初將有桐川之行適吳齊玉三妹亦將北上貽詩誌別正三五月圓離愁如夢倚裝和此

瑤章欲和愧無才況復離愁撥不開君到薊門春正好依然金粉舊樓臺

春水波長繫客情天涯此別負新正劇憐三五元宵夜燈影蕭疎月影明

由石封之滬就醫道經嘉湖苕霅途中即景書寄外子

暫別無端也愴神帶圍瘦減苦吟身片雲戀岫如人懶送我依依到泗濱

客懷如水澹無邊扶病登舟思轉鮮兩岸柔桑收繭日一江薄霧打魚天

嶺雲霾勁鍊臙脂水荇靡靡映綠泚看倦溪山雙目膩掩蓬支枕聽風漪（臙脂嶺在吳興，唐人吳筠詠丹處嶺上土色紅如臙脂）

霅川畫似瀟湘雨潤郊原草木香聒耳蟬聲鳴不斷紅霞一抹曬漁粱

古木澄陰斂夕霏月沉波底湧珠璣爲憐景物披襟坐
三兩流螢撲水飛
曉夢惺忪詩興賒苕溪贏得錦囊奢風帆遠競孤飛鶩
澗樹倒行浪捲沙
雲霞嫵媚擁煙鬟修樹千尋蒼莽間樵響丁丁聲映水
輕舟飛過藝香山藝香山在長興水秀山明樹木蒼翠昔西施種香之所
斜陽漫水蹙魚鱗斂翠眉峰向我顰蝸舍兩間人不見
一枝漁斷出荊榛
風捲征輪一葉舟江豨吹浪莫雲愁強支病骨不知暑
五月潮深寒似秋

長波鼓楫怯行蹤遠浦連天樹渺濛記得新春同載酒
一江風雨醉吳淞

夏末秋初炎蒸未退病起無聊作此以示諸子

病起苦炎熇鬱紆意不適乘曉臨前軒泠泠蕉露滴苔
蘚緣階綠敗葉掃還積昨夜西風來吹夢落天末眷念
宦遊子天涯互相隔章江波溶溶蜀山青突屼長歌行
路難棧道歷冰雪兒行萬里遙母心隨征轍願兒志四
方雲程奮六翮仲子依　帝都　聖恩美嘉節賜冠
金閨彥辭親遠行役護輦去復回衣駹邊塵跡願兒儷
璠璵匡君并輔國願兒如陽春隨時布德澤靄靄出岫
雲曈曈浴海日勉哉爲霖雨努力同修德時大兒楨宦江右二兒準供職京都三兒凱宦四川四兒贇覲漢中六兒從學京都

輓歌四首哭蜀章三弟

庭中有荊樹雨露蔭華滋根株既楨幹花葉亦葳蕤豈
風倏忽至摧折萬年枝傷哉樑棟材一旦竟枯萎撫柯
長嘆息中心愴以悲哀我同懷人淚下如綆縻生離尚
悲聲死別當何爲霄壤永幽隔覓爾將何之含酸忘朝
夕沈痛摧心脾
心傷淚咽哽哀鬱良獨苦斷雁不成行悲音繞庭廡仰
觀就日雲俯視薤葉露憶爾髫齡時爽氣溢眉宇弱冠

綜羣書燦熳筆花吐作賦擬三都襟懷屬蘭杜十載趨
雲陛丹心戀　明主念爾廊廟器胡爲中道阻貽我
尺素書掩篋不忍睹感物懷故情離析渺終古
丁年仲春月皖江停驂轍戀戀復依依又作千里別臨
岐不忍分芳襟染淚漬投袂入　帝京　帝心眷高
節執法春陽温忠言獻時哲詎意烽煙催悲笳復激烈
書生投筆起按劍侍　皇蹕　扈鑾入長安揮戈枕鳴
鏑瞻顧鳳凰城功成歌凱捷迴車指孟冬旌旗曜朝日
大地陽春回祥雲舒　宮闕哀哉捧日心化爲杜鵑血
淒惻復淒惻悲憤鮮懽娛輝月初出山清光燭天衢忽

爾衡雲起掩抑光難尃嗟汝忠藎才壯志苦未舒揆余
骨肉情腸斷淚欲枯昨夜夢君來攜手各踟躕恍若新
離別攬轡臨廣塗寒飈拂綱戶燈影瘦模糊夢醒發長
想長想恨鬱紆有酒不解愁痛極損肌膚此生長已矣
安得懽同株

和旭初二哥松滋留別原韻

花開滿縣露華滋又值驪歌唱別時民困已蘇留德澤
君懷拯阨慰調飢蕭條琴劍行囊澁倡和詩篇遠道齎
滿地蒼生待霖雨閒雲欲去尚羈遲兄官宿松正值水荒年歉修圩捐賑深得民心

雞鳴警旦思屏營四野謳歌頌宦情春醞釀泉供晚酌
園葵帶露乘朝烹詩書課子千秋業忠孝傳家萬里程
何日扁舟同載酒西湖泛月聽濤聲外子宦皖廿餘年所任各處無不頌聲載道

五花峰擁黛鬟描廣德州北有五花巖橫列五峯高逾數百丈桐水溶溶咽
暮潮桐水在廣德州北芳草縈池尋夢遠垂楊跪地黯魂銷纏
綿離恨詩囊貯集中所著多半言情宛轉迴文錦字挑最喜芸窗
新雨霽為君撥墨寫金焦去歲乘舟道過金焦山下雲煙氤畫幻景清奇風帆一霎擬稿未就今春久雨新晴揮毫拂素圖成當以贈兄

一棹皖江歷九秋離多會少費良謀川中一別十餘載幸來皖聚首惟南北分馳難歡會仍宦途南北勤宣德天下安危藉運籌兄與外子歷膺煩缺循聲同著戊午削平渦陽之亂竭盡心力惟清風兩袖而已風景聊供詩酒興江
山長送古今愁何時小隱塵勞息徧訪名區任去留

再和二哥宿松留別原韻

恨我非男振厥聲文章無用博公卿憶髫齡時喜弄文墨課師徐晴軒先生歎曰惜非男兒問故答云為女能文亦不能博科名遂悵悵不食終日美君晉皖勳猷著
天性融成一鑑清
宦程廣大無停期骨肉天涯五處思北望京華頻灑淚
傷心怕誦鶺鴒詩昔兄弟姊妹十人今存其六而五處分離去秋又遭三弟之喪尤令人傷感不已

竹馬爭迎舊使君馳驅鞍馬傍行雲東城春色依然好
料得甘棠到處芬

一春愁悶懶哦詩料峭春寒病骨知呼婢曉承蕉葉露
花前研墨寫秦碑春雨惱人兼抱小恙惟臨漢碑聊以遣興

碑文剝蝕費疑猜燈下摩挲校數回我願乘風遊五嶽
磨岩剔蘚訪碑來生平酷好古碑喜衡兒由夔城攜回十餘種每日校勘裝粘成冊

蒔柳移花遣野童晚晴霞暈一天紅園中綠意蓬蓬發
應卜民間黍稷豐

甲辰炎夏訪胡硯孫夫人傳茂份於適園樓臺罨
畫嘉木蔥蘢水殿風亭清涼無暑喜見夫人所

繪花卉卷册調朱暈碧秀豔無雙歸來後追憶
舊居草堂風味不禁憮然因賦七絕十章

攀霞挹露到高軒讀畫評詩笑語温入室芝蘭清有韻
花香波影沁唫魂

絲絲弱柳蘸銀塘斷續蟬聲噪夕陽香茗一甌人意爽
芸窗聯袂坐昏黃

鬟龕彩筆醒雙眸粉本傳神萬古留不許韶華容易過
花魂蝶夢畫中收

惜花人是夢花人習禮明詩靄可親玉骨冰肌甘耐暑
一泓秋水見精神

湘波涼浸洗心亭風起蘋花入座馨低壓曲瓊簾半卷
虛櫺自有白雲扃

桂陰濃護讀書堂陣陣風來翰墨香古籀漢碑盈寶帙
塵襟滌淨自生涼

解經稽古數千篇金石由來卜永年坐久渾忘天欲暮
殘陽紅上綠楊巔

綠分蕉影透蝦鬚池館沈沈景鬱紆願借徐熙一枝筆
與君寫出適園圖

障天深竹畫陰陰白石蒼苔淨客心憶自草堂離別後
他鄉幸遇幾知音

煙柳臺城夾道行輕輿回首暮雲橫墜歡如拾歸來後
博得新詩寄勝情

浣月詞

浣月詞

華陽曾懿伯淵

菩薩蠻

春日病中寄叔俊四妹壽春

東風已綠西堂草詩魂爭奈離情攪好景豔陽天年年愁病兼　畫屏金縷鳳香鎖深閨夢別緒滿關山人閑心未閑

又

玉樓聽雨儂心碎杏花零亂嬌如醉小婢不知愁折花泥上頭　珠簾垂悄悄一縷爐煙裊眉黛不勝春輸他

柳色新

又

朝霞紅映清暉閣曚曨香霧松如沐怪底弄妝遲開牕爲索詩　海棠春睡足粉頰消紅玉莫去倚闌干春陰料峭寒

又

沙明竹淨煙波澗故鄉夢繞花溪月夢見故鄉人牽衣問假眞　情眞恐再別話舊聲嗚咽啼醒五更鐘離愁更惱儂

又

笛聲吹醒梅花夢瑣牕月魄淸相共桃李太無㣼春前逞意驕　誰家歌舞院風卷笙歌亂艮夜倍多情詩成睡未成

又

天涯長憶同懷子緘愁寄恨傳千里夢逐壽陽春庭花開紫荆　珍珠泉脈脈離緒紛如織不綰綠楊條吟魂已黯銷

又

雙雙玉笛臨風弄羅襦同繡金泥鳳繡倦倚雕闌披香紉蕙蘭　留春頻繾綣淚滴琉璃醆生小太多情多愁多病身

又

海棠裊娜情絲軟垂楊拂地和愁卷扶病過花朝開簾魂欲消　尋芳題麗句莫負韶華去惆悵爲花癡問花知不知

又

碧天一抹連芳草落英滿地愁慵掃燕子惜殘紅爭啣上綺櫳　晝長無意緒綠寫蕉箋句莫誦葬花詩玉籠鸚鵡知

又

珠簾垂地瓊鈎空棗花香膩詩人夢杜宇一聲聲教人不耐聽　倚闌閒試茗酒醒愁難醒莫道歇羣芳酴醾滿架香

雙雙燕

次白石韻

春痕尚淺正夢鎖黎雲釀成凄冷玉釵斜鬢曾與畫眉人並初入華堂綺井覓舊壘驚飛不定由他掠碎簾紋認得去年纖影　芳徑苔衣綠潤襯一縷春魂憐伊嬌俊絮語溫柔催起柳眠花瞑贏得棲香睡穩儘消受廿番花信雙飛莫上高樓樓上有人愁凭

賀新郎

蜀章三弟扈從長安遠寄詞章忠愛之情溢於言表作以答之

蕭瑟蘭成賦歎飄蓬悲歌感慨激成詞句回首鳳城春似夢悽惻上林春樹想此際君懷更苦荆棘銅駝悲浩刼怕重來風景都非故遺恨事傳千古　新愁舊怨和誰訴憶當年春衫吟屐幾曾離阻夢碎花溪尋舊侶溪水無情東去剪不盡愁絲千縷且把芳醪澆磈磊偏惹人雁陣檽前度聲嘹唳向何處

玲瓏四犯

次白石韻和三弟

戍鼓沈雲泰簫咽月新愁迸得幾許望珠宮不見但夕陽終古淇泉初歌麥秀更魂銷江郎南浦中酒心情落燈天氣難寫此中苦　風兼雨蒼茫路賸江山殘粉寂寂庭戶舊時歌舞地燕子空來去江南風景年年好曾記否昔年羈旅頻寄與靑驄載雙雙詩侶

齊天樂

蟋蟀

琴絲誰寫秋聲怨宵深聽來疑雨喚醒蘭心啼殘桂魄不道纏綿如許隔紗絮語也不管離人愁損眉嫵月冷

燈昏蕪煙簇簇鎖重戶　幽閨幾多別緒悵玉人天末羈遲邸旅涼夢墜秋濃愁壓酒同是一般淒楚銷魂何處正欲寄征衣敲殘碪杵唧唧啾啾助儂情太苦

謁金門

寄季章四弟

春欲半領略春愁何限寂寞棃花開已徧鎮日無人管正是草芳夢暖詩繫紅襟燕一縷情絲和淚卷魂飛邊塞遠

好事近

和蜀章三弟漁父

疏籬插江干笠影釣絲相得一片蒹葭秋影寫出荒寒跡　生涯水國寄行蹤笑傲江湖側昨夜酒醒何處看柳梢殘月

又

小艇不驚風雙槳劃開寒碧網得鮮鱗歸去沽酒村南北　由他名利不關心煙水樂朝夕祗合沙鷗爲侶任斜陽明滅

又

秋水碧於螺波鏡一奩晴色櫂入蘆花深處驚起雙鷗白　蒲帆箬笠任遨遊涼夢過江笛結屋願成漁隱憶

蓴鱸歸得

又

經慣水雲鄉贏得滿頭霜雪江上峯青釣罷舟繫疏楊磧　蕭蕭楓葉打孤篷渲染半江秋色一幅輞川圖畫倩維摩臨得

琴調相思引

和王夫人屈蕙纕蘭露詞原韻

深鎖葳蕤妬蜜官夜涼香沁夢魂寬露珠欲墜輕裊碧雲冠　玉質紉秋思屈子素心抱雪比袁安凝愁含媚脈脈識春寒

又

影拂窗紗暈畫功芳心應共寸心同滴酥暈碧點綴奪天工　春到瓊閨香愈潔花生彩筆夢先通替卿寫照香潤畫圖中

又

空谷幽姿靜裏過美人心緒忒蹉跎魂招楚國清怨隔湘河　低彈雲鬢相竝立依微塵夢暗消磨盈盈珠顆香淚爲誰多

又

漳浦移來夙本留當年曾共載行舟碧華素蕚香襲客

中遊　仙魄也知離別苦靈胎不耐歲寒收烟愁露泣憔悴幾經秋閩南所出素心蘭芳馨無比昔曾由閩移皖百般珍惜不花兩載矣殊爲悵悵

如夢令

柳暈新眉痕淺簾外東風如翦瘦損細腰肢縛得春愁成繭難遣難遣閑撥爐灰成篆

又

紅綻海棠剛吐寂寂春陰庭廡新恨上眉端忽地鶯聲遙度無語無語紅豆拈來細數

又

一片竹聲敲碎不管離人顦顇斷夢渺於烟燈影隔紗紅脆無寐無寐香燼寒生半臂

又

春水粼粼波皺南浦銷魂時候風雨阻歸期隔住行人那岫消瘦消瘦鎮日簾垂永晝

湘月

詩舲表弟秋闈報罷隻身來桐才人未遇抑鬱不平懽聚數日悵然又別別後寄來詩詞諸作慷慨悲歌憂思如擾遂和其韻聊當陽關三疊

征塵初拂悵驪駒又駕黯然言別俊骨崢崢秋共瘦怎

耐一鞍風雪紅樹黏天白雲匝地佳句盈塵篋海鯨吹浪吟魂和夢飛越　轉瞬獻賦龍樓先鞭並著捷足蕊珠闕莫效騷人悲坎坷放浪詩豪酒傑淒楚吟囊蒼涼短劍珍重蓬瀛客春華努力故人遙望消息

湘月

前調吟成以未賡原韻爲歉夜闌析杳偶擬一闋

挾天摛藻正韶年超逸有誰能此滿目江山供飽玩贏得詩囊充矣笠影團雲鞭絲挹翠諳盡悽清味驚霜征雁低昂遙度苕水　傳到錦字千行貫珠纍纍險韻吾

輸子愧我效顰賡俚句搜索枯腸而已衰菊描秋殘豔咽露釀就纏綿意新聲題罷一鐙紅瘦欲死

鳳凰臺上憶吹簫

殘菊

雨濕荒苔霜封曉徑離披素豔摧殘伴鳴蛩啾唧絮到更闌欲把一腔幽思盼梅花遙憶江南最銷魂斜陽冷落傲骨禁寒　何堪芳心一縷共吟窗朝夕秋味同諳拚詩人瘦損悄倚闌干賸有零金碎粉空繾綣萬種辛酸拾繁英釀成香枕鴛夢雙酣

憶江南

家鄉好家住浣華溪錦樹琪花春嫵媚月臺風榭水漣漪詩夢草堂西

又

家鄉好花市鬧青羊澹沱春陰連竹嶼酥紅膩粉醉斜陽車碾麴塵香

又

家鄉好煙雨暮春天萬里橋西啼杜宇落花糝徑柳拖煙無恨也纏綿

又

家鄉好雲擁草堂深一帶寺牆紅映水蔽天高竹疊陰陰秋月冷詩心

又

家鄉好蕭瑟惠陵西月黑秋高翁仲語閟宮窈窕隱雲霓草長鷓鴣啼

又

家鄉好池館晚涼時菡萏扶風香瀲灩霞光紅襯柳絲絲花底坐尋詩

又

家鄉好惆悵薛濤家十色蠻牋留醉墨臙脂井冷轆轤斜人面想桃花

又

家鄉好錦水接滄浪白石粼粼清見底冰絲澣得縠紋香浪影蕩斜陽

又

家鄉好避暑水心亭池草春深藏睡鴨素馨香撲隔溪人倚檻釣遊鱗

又

家鄉好城外碧雞坊玉樹園春歌管脆西郊旖旎馬蹄忙花放白雲香

又

家鄉好縹緲武侯祠溜雨輪囷雙柏古臥龍遺恨韻琴
絲潭水響風漪

又

家鄉好罨畫子雲亭香透重簾開夜合露濃滿地長冬
青秋月淡黃昏

又

家鄉好蠶市鬧花朝玉鑷龍梭圍錦里東風吹暖紫雲
簫聲過浣花橋

又

家鄉好黛影奪眉峰天際晴雲浮玉壘霜高犀浦落銀
虹風景草亭中

又

家鄉好故里最宜秋淺淺芙蓉低蘸水蓼花紅冷釣魚
舟人影澹如鷗

又

家鄉好春滿錦官城南浦波長情渺渺故園風景半銷
沈有夢也難尋

鵲橋仙

題自繪聽鸝圖

稚柳搓煙夭桃㬠雨釀就春光如許憶年時罨畫樓臺
聽窣地綠陰鸝語　載酒攜柑聯吟擊筑驚起江干鷗
鷺東風吹夢到花溪空賺得錦囊麗句

南浦

春水用玉田韻寄幼安渦陽

風輭漪萍開釀離魂綠滿天涯方曉浦口送征帆愁與
恨煙縷雨絲難掃參差碧柳鏡中偷眤眉痕小惆悵浣
花溪上夢尋遍西堂芳草　飛紅逐浪爭流儘掠波小
燕温存不了花霧漲青溪迷畫舫恍似舊遊曾到仙源
路渺碧桃開後餘情悄試問曲池觴詠處贏得新詩多
少

貂裘換酒

蘇州張叔田太守以家藏斫劍屬繪其意並系
以詞此劍爲李鑑堂中丞所贈原題附錄斫
劍古器舊爲令先尊人所藏東南塵劫衡得
之他姓又卅年矣今君將之官安慶遠道來
別無可相贈敬以奉完願如金之吉如器之
利兼以誌君家舊業之復金石之交即於此
徵之努力循良是又天末故人所拭目者也

磊落高歌徹效王郎酒酣拖風悲愁絕莫照春坊科斗字
凝碧土花殘蝕歎箇裏興亡曾閱走馬東南幾萬里就

腰間檢點光明滅豪俠氣填胸臆　當時駐馬離亭側夕陽邊幾行雁字助人悲切匣底也生他日感驛使誰傳消息又況是幾番塵劫易水蕭蕭人已去到而今底事悪誰說回首處總凄惻

采桑子

甲辰秋七月邀旭初二哥靜宜二嫂游秦淮並餞援華女姪滬濱游學用歐陽永叔體

追涼避暑秦淮好柳拂纖枝水皺風漪一陣新涼透玉肌　雙雙畫槳任遊移藕雪冰絲酒泛瓊巵四面看花醉不知

又

湖山罨畫秦淮好王謝臺前雙燕呢喃芳艸斜陽水拍天　六朝金粉銷魂地桃葉溪邊撫景流連亞字闌干丁字簾

又

青谿雨霽秦淮好雲散天空晚照鋪紅刮耳笙歌映水中　涼波漾綠侵衣潤燕樹鶯櫳恍似珠宮羅羃沈沈花氣濃

又

輕陰漠漠秦淮好掩映垂楊煙水微茫斷續蟬聲噪夕陽　柔情十里春波輭倩影紅妝膩水流香三兩嬋娟笑倚窗

又

流觴曲水秦淮好妙舞清歌酒醉顏酡翠妬紅嬌畫舫多　煙沙篆裊風兒細人隱簾波扇掩秦娥茉莉香濃吹過河

又

秋宵朗徹秦淮好曲罷峯青綠酒頻傾水閣迴還初上燈　穿花小艇如梭急錦瑟泠泠燕語鶯嗔閒煞天街月一輪

又

清秋瀲冶秦淮好瘦了青桐紅了江楓金碧樓臺醉夢中　山河舊影依稀在涼月惺忪廿四橋東一片秋心玉笛風

又

君行惟戀秦淮好柳色悠悠離緒悠悠並作臺城一味秋　相思染得波痕綠影上樓頭愁上心頭不信糊名教莫愁

古歡室醫學篇　卷一

醫學篇

光緒三十三年歲在丁未仲秋刊于長沙

醫學篇序

宋虞世撰養生必用方十六卷其言曰古人醫經行於世者多矣所以別著者古方分劑與今銖兩不侔用者頗難此方其證易詳其瀉易用苟尋文爲治雖不習之人亦可無求於醫也玨生太史出其母恭人此篇見眎論病處方詳盡曲當足以通用備急其用意與虞世同余嘗怪世之以醫自名者每輕用人之疾嘗試其不可知之方激者至云有病不治常得中醫嗟乎豈獨醫爲然哉有意於斯道者得是書而讀之以爲應用之備其利溥矣光緒丁未三月端方撰

序

自神農嘗百草以治病迄於漢晉靈樞素問肘後諸書代有傳人降及後世仲景謂醫中之聖其所著傷寒諸方後學家莫不奉爲準繩故醫方集解通行於世其中張子和劉河間李東垣朱丹溪四大家皆有偏勝處張劉善於攻散李朱一偏於補陽一偏於補陰雖著名家頗難取法然每見泥執古方以治今人之病動輒誤人懿深憫之學者總以推求內經金匱古法潛心體察擷其精華摘其所偏自能豁然貫通變化無窮如近世徐靈胎葉天士吳鞠通王士雄費晉卿諸醫士皆能運化

古方以治今人之病其所製各方偶遇各症細察病情加減用之無不中彀其最切時人之時病者莫如吳鞠通之温病條辨一書懿身經四次温症得以轉危爲安皆得力於斯書者居多蓋此書仍追蹤於仲景能運化其奧旨妙在顧人津液不專攻伐而能使邪表出故善用此書者活人無算經驗者屢矣且醫之道亦豈易言哉七情六氣之感病非一端補瀉升降温熱寒涼之藥性非一類是以非博覽羣書抱用世之才不足以語醫也亦非天資明敏工壽世之術不可以學醫也懿本女流性又不敏只因弱歲失怙奉母鄉居而家藏醫書復

甚齊備暇時流覽心竊好之今行年五十有四始研究稍得門徑嘗見傷寒温病世醫誤治致令夭亡良用慨然茲將此二症病情及治法分辨明晰詳辨數章並將温病條辨温熱經緯運化醫效各方摘錄成帙明澈顯要一目瞭然及生平經歷醫效古方時方並自製諸方選其靈驗素著分類刻出數十種庶使讀書之家人人知醫不致受庸醫之貽誤此懿所以瓣香永祝者也歲在光緒三十有二年丙午八月華陽曾懿伯淵著於秣陵月圓人壽之齋

醫學篇首卷目錄

華陽曾懿伯淵著

卷一

醫學篇二卷目錄

醫學篇首卷之一

脈論

華陽曾懿伯淵著

古之治病以望聞問切爲主望以辨色聞以審聲問而知受病之由切以定脈知病之虛實寒熱輕重淺深知此四端虛心謹細按經切脈定症立方須斟酌盡善方可言醫脈經論脈二十四種脈象未免紛繁徒亂人意惟張心在先生所著持脈大法八脈爲綱頗爲明晰一曰浮浮者取輕手著於皮膚之上而卽見爲表病也一曰沈沈者重手按於肌肉之下而始見爲裏病也浮沈二脈以輕重得之此其顯然而易見也一曰遲遲者一息脈二三至或一至爲寒病也一曰數數者一息脈來五六至或七八至爲熱病也遲數二脈以息之至數辨之文顯而易見也一曰細細者脈狀細如絲主虛之病也一曰大大者脈狀粗大如指諸實之病也細大二脈以形象之闊窄分之文爲顯然而易見也一曰短短者脈來短縮上不及寸下不及尺爲素稟之衰也一曰長長者脈來迢長上至魚際下至尺澤爲素稟之盛也長短二脈以部位之過與不及驗之文爲顯而易見也又有互見之辨浮而數爲表熱浮而遲爲表寒沈而數爲

裏熱沈而遲爲裏寒又於表裡寒熱虛實六者之中審其爲短知爲素稟之衰癖病須兼培其根本審其爲長知爲素稟之盛攻邪必務絕其根株此憑脈治病之秘法也

舌色論

舌者心之竅凡病俱現於舌能辨其色症自顯然舌尖主心舌中主脾胃舌邊主肝膽舌根主腎假如津液如常口不燥渴雖發熱尚屬表症若舌苔粗白漸厚而膩是寒邪入胃挾濁飲而欲化火也此時已不辨滋味矣迨厚膩而轉黃色邪已化火也若熱甚失治則變黑胃

火甚也至厚苔漸退而舌底紅色者火灼水虧也此表邪之傳裏者也甚有脾胃虛寒者則舌白無苔而潤甚者連唇口面色俱痿白此因受溼脾無火力也脾熱者舌中苔黃而薄心熱者舌尖必赤甚者起芒刺肝熱者舌邊赤或有芒刺其舌中苔厚而黃者胃微熱也舌中苔厚而黑燥者胃大熱也甚至唇口俱黑者則胃將蒸爛矣再有舌黑而潤澤者屬腎虛也若滿舌紅紫色而無苔者此名絳色亦屬腎虛更有病後絳舌如鏡發亮而光或舌底溢乾而不飲冷此腎水虧極也以上驗舌色之大略如此視其色即知其病之所在矣

溫病傷寒傷風辨論

古無溫病之說每遇發寒熱之症輕則謂傷風重則謂傷寒並有後世名醫審情揆理以爲冬感於寒即時發者爲正傷寒當時不發寒氣鬱於肌膚之間至春而發謂之春溫至夏而發謂之熱病統名之曰傷寒是說頗似云寒之中人故病此症既如此何以富貴之家深居廣廈坐擁氈毹飲酒圍爐雖經霜天雪地竟不知寒則應亦無傷寒之症矣何又不然貧窮之人日夜操勞於風霜雨露之中且無衣無褐缺襟露肘皮裂肉皸豈非更多患傷寒矣何又反少此言不得不令人翻駁鄙意

四季之中風寒暑溼皆能鬱久在人身中鬱久故化爲熱所以溫病多於傷寒不得專泥於寒之一字也內經云冬不藏精春必病溫立言皆重於冬豈謂冬宜藏他時可以不藏乎鄙意四季之中人之精神固守腎氣內充一切時邪皆難侵受也所以古方治傷寒偏於溫散皆泥於寒之一字爲主故今之庸醫偶讀古方數則矇昧不明泥古不化每見用傷寒古方以治溫病鮮有見效懿攖心久矣且身歷危險之症者再皆因始誤於表幸心血素虧不致昏迷尚能伏枕自查溫病條辨仿其滋陰甘涼治之得法而獲全愈故審悉斯症總名之曰

傷寒實係温病也此書誠新立活命至寶之書也故大地名區尚有讀書明理儒醫一二每遇病思義尚能解釋以此法救人無有不效奈窮州僻壤竟無良醫專泥於古方每見偶感風寒不察温病傷寒傷風大肆温表亡其津液耗其血氣致令陰涸耳聾延成虛損以致不起更有寒熱初起表裏並用一紙方藥必開有十三四味有表有降使邪降之入裏能令人結胸發狂等症真誤人之甚也尚有表藥之中雜以補藥並以參爲君名曰參蘇飲使風寒之邪未解關之入裏誠所謂閉門殺賊每致令人病久不愈此藥再無效則云虛矣不論人

之邪盡與不盡各種補劑頻施致令昏憒狂譫而死實堪痛恨懿連年隨宦廣德渦陽見此三種治法最多夭札頻聞民罹其苦心竊憫之故將傷寒傷風温病始終治法詳辨明晰苟能遇此重症陡然大發寒熱則定知係傷寒温病只要初起用藥不誤一二劑藥即將邪氣攆出病即霍然傷寒不致令其傳經温病不致令其昏憒狂譫懿屢經驗矣敢爲天下人告非但有益於人利人亦利己也

傷寒温病原由

此症雖屬外感然多患於勞心之人並處以深幽之屋空氣不得流通最易於患此乃緣勞心操作血氣每多壅滯凡風寒暑溼凝結不散收入臟腑積久復感風寒暑溼因之激起而作故每發病如陡然發寒壯熱其病必重人之身中肺爲華蓋上有兩管一爲食管上承飲食一爲氣管以通呼吸所以受病皆由呼吸引進故病始來皆在肺經須用輕散肺邪得汗即愈不致傳至各經矣故西醫治病之法雖不及中國而杜病之法實有甚於中國者凡人苟能節勞以保腦力時吸新鮮空氣以保肺氣兼能運動使血絡流通自能百病不生而臻壽域矣

脈辨

脈浮緊惡寒謂之傷寒脈數寒少熱多謂之温病脈緩惡風謂之傷風脈盛壯熱謂之熱病脈虛身熱謂之傷暑醫者不可不辨

傷風論

傷風者每遇暴寒暴熱衣被冷熱不勻或坐卧當風或由窗隙箭風傷人當時感受則流清涕或鼻塞不通聲重頭痛亦發寒熱有嚏有汗此來勢緩其症亦輕只要衣衾帶暖忌風忌油即不服藥亦可就愈如久不解則宜香蘇飲解之

香蘇飲

蘇葉壹錢伍分 荆芥壹錢伍分 防風壹錢 川芎壹錢

製香附壹錢貳分 生甘草伍分 生薑叁片 爲引

如有身痛加秦艽壹錢 鼻塞流涕加半夏陳皮如咳嗽加杏仁桔梗前胡蘇葉改爲蘇梗一劑得汗而熱退不必再服不退再服一劑無有不愈者但忌風忌油

温病論

温病之症有九條有風温有温熱有温疫有温毒有暑温有溼温有秋温有冬温有温瘧是也皆由風寒暑溼由口鼻而入於肺鬱久感時氣而發初發亦陡發寒熱

不解卽早退熱晚又復發熱頭痛昏脹面色多油滯發熱一二日卽作渴或不渴熱後有油汗一二日後卽早起清爽下午發熱尺膚熱者言下身部熱愈甚也具脈不緩不緊而動數寸脈獨大右手脈盛於左手温熱雖久在一經不移不似傷寒之傳各經也

風温治法

風温者初春陽氣始開府經行令温風相感而發作也始發寒而惡風寒者桂枝湯主之

桂枝湯

桂枝叁錢 白芍炒壹錢伍分 炙甘草壹錢

生薑貳小片 大棗壹枚去核 水二杯煎至香氣大出卽取服不可過煎一經轉熱則無須服

寒後但熱不惡寒而口渴者辛涼平劑銀翹散主之不口渴者亦效

銀翹散

連翹貳錢 銀花貳錢 苦桔梗壹錢貳分 生甘草壹錢

薄荷壹錢 竹葉捌分 荆芥穗捌分 牛蒡子壹錢貳分

淡豆豉壹錢 鮮葦根貳錢去節

藥不可過煮煎至香氣大出卽取服煮久則入中焦不能發汗矣病勢重者日二服夜一服服後須汗出卽解

如身痛加秦艽壹錢貳分 頭痛加蔓荆子壹錢貳分 胸膈悶者加鬱金壹錢貳分 藿香壹錢 咳者加杏仁壹錢伍分 利肺氣渴者加天花粉壹錢伍分 衄者加白茅根貳錢 側柏葉壹錢伍分

春温治法

春温症由冬寒內伏藏於少陰心腎經發於少陽三焦膽經寒邪深伏已經化熱前賢以黃芩湯爲主方用苦寒直清裏熱熱伏於陰苦味堅陰乃正治也此方不因新感而發者甚妙

黃芩湯

黃芩叁錢 炙甘草貳錢 白芍貳錢 大棗貳枚去核

水五杯煮取二杯分二次服

若因外邪先受引動在裏伏熱必先用辛涼以解新邪須先用葱豉湯此方爲溫熱初病開手必用之劑雄葉皆主此方謂勝於開創之方也

葱豉湯

葱白壹握 香豉伍錢 水七杯煎成三杯日三服原方加童便余主不用童便亦可雄按蘆根桑葉滑石蔗漿皆可隨症佐用

風熱入肺者頭脹咳嗽身不甚熱微渴者輕劑桑菊飲

主之

甜杏仁貳錢去皮尖 連翹壹錢伍分 桑葉壹錢伍分 苦桔梗貳錢 薄荷捌分 甘菊花壹錢 甘草捌分

水二杯煮取一杯日二服

溫熱治法

溫熱者春末夏初陽氣弛張溫盛爲熱也脈洪渴甚面赤惡熱大汗者辛涼重劑白虎湯主之

夏日受暑多患此症然必須大汗大渴脈洪而熱不退者方可服也

按白虎方本爲達熱出表若其人脈浮弦而細者不可與也脈沉者不可與也汗不出者不可與也不渴者不可與也當細察數種勿令誤服此方用之得當應手而效用之不當禍不旋踵矣

辛涼重劑白虎湯

生石膏陸錢研 知母叁錢伍分 生甘草壹錢伍分 白粳米半合 水五杯煎取二杯分二次服

溫疫治法

溫疫者感天地之厲氣厲氣必挾時毒或人煙稠密居室不慎飲食不潔或天時不正致相傳染者多惟不可用溫表藥發汗發汗而汗不出者必發斑疹汗出過多

者必神昏譫語發斑者偏體赤紅成片甚則轉黑色則病危矣疹者小紅粒成片成朵之象皆溫毒蘊久而成也發斑者化斑湯主之發疹者銀翹加減湯主之

化斑湯

石膏壹兩 知母肆錢 生甘草叁錢 犀角貳錢 元參叁錢 白粳米壹合 水八杯煮成三杯日三服

疫症初起寒熱頭痛煩燥譫妄肢冷身熱舌刺唇焦一切火邪表裏俱盛狂躁心煩口乾咽痛大熱乾嘔吐血衄血熱甚發斑不論始終以清瘟敗毒飲主之

清瘟敗毒飲

生石膏捌錢 小生地貳錢 烏犀角貳錢 真川連壹錢
栀子壹錢伍分 桔梗壹錢伍分 黄芩壹錢伍分
知母貳錢 赤芍貳錢 元參貳錢 連翹貳錢 甘草捌分
粉丹皮貳錢 鮮竹葉壹錢伍分

發疹者用銀翹加減湯主之

銀翹加減湯

連翹貳錢 銀花貳錢 苦桔梗壹錢貳分 薄荷捌分
牛蒡子壹錢貳分 竹葉捌分 生甘草壹錢 荆芥捌分
元參貳錢 細生地貳錢 大青葉陸分 粉丹皮壹錢伍分

神昏譫語者清宮湯主之身體强壯者牛黄丸紫雪丹

至寶丹主之

清宮湯 此方凡温病汗後餘熱不清每有發迷神昏用此方減犀角甚效

元參心貳錢 蓮子心伍分 竹葉捲心貳錢
連翹心貳錢 犀角尖磨冲壹錢伍分 連心麥冬叁錢

加減法熱痰盛加竹瀝梨汁各一匙咳痰不清加栝蔞皮五分神昏甚者加九節菖蒲三分荷葉二錢

牛黄丸 紫雪丹 局方至寶丹均詳温病條辨
大藥鋪皆有賣者

温毒治法

温毒者乃春夏之交地氣發泄人身陰氣素虧不能上濟心火故有此症或咽痛或喉腫不痛但外腫甚則耳聾俗名大頭温蝦蟆温者普濟消毒飲去升麻柴胡初起再去芩連三四日不退便結者加黄芩貳錢 枳殼貳錢

普濟消毒飲加減方

連翹貳錢 薄荷陸分 馬勃捌分 芥穗陸分 殭蠶壹錢
牛蒡子壹錢貳分 元參貳錢 銀花貳錢 苦桔梗貳錢
甘草壹錢 板藍根壹錢 鮮葦根壹錢去節

共爲粗研鮮葦根煎湯入藥煎一開去渣服

陰虛之人易感温毒如白喉赤喉喉痺喉蛾喉風等症

惟有養陰清肺湯最爲神效惟世人只知白喉忌表必喉中生白方敢用此方殊不知赤腫均可用其功能養眞陰清肺熱故耳尚有喉痛而兼發寒熱世醫謂之風火喉症用以防風荆芥山豆根射干等類必致更甚余癸卯年治六兒喉痛始用養陰清肺湯雖見鬆象尚未全愈因思既發寒熱必感時氣遂以湯中加連翹銀花引用竹葉心二錢服之立刻見效痛熱均除矣

養陰清肺湯

大生地伍錢 元參肆錢 麥冬去心叁錢 薄荷壹錢貳分
炒白芍貳錢 粉丹皮貳錢 貝母去心貳錢 甘草壹錢

如痛勢重者須每樣加一倍發熱加連翹叁錢銀花叁錢 火重者加蓬大海壹枚 竹葉心貳錢 大便閉結加枳實貳錢 黄芩壹錢伍分 小便短赤加澤泄貳錢 知母貳錢

暑温治法

暑温者長夏受暑之病偏於熱者也。形似傷寒頭痛身痛發熱惡寒。右脈洪大而數左脈反小於右傷寒先發寒而後熱傷暑先發熱熱極而惡寒。口渴面赤汗大出者名暑温白虎湯主之脈芤汗多不止者白虎加人參主之。方見前

暑温症頭痛發熱無汗香薷飲總嫌其温燥鮮有效驗自製銀翹加減方屢有功效。

銀翹加減祛暑方

銀花叁錢 連翹貳錢 薄荷壹錢 竹葉貳錢 蔓荆子貳錢 冬桑葉貳錢 飛滑石叁錢 生甘草伍分 鮮扁豆花壹枝 鮮荷葉邊貳錢

暑温發汗暑症已減餘邪不解但頭微脹目昏或偶受暑熱輕者惟有頭脹目昏皆可以清絡飲主之

清絡飲方

鮮荷葉邊貳錢 鮮扁豆花壹枝 西瓜翠衣貳錢 鮮竹葉心貳錢 鮮銀花貳錢 絲瓜皮貳錢

水二杯煮取一杯日二服

伏暑者長夏受暑過時而發者名曰伏暑霜降以前發者稍輕霜降以後發者則重其症發時頭痛惡寒熱舌白與傷寒同惟面赤煩渴脈濡而數不似傷寒脈緊而緩也伏暑治法有三詳後。

伏暑症舌白口渴無汗者銀翹散去牛蒡加杏仁壹錢伍分 滑石貳錢主之

伏暑症舌赤口渴無汗者銀翹散加生地壹錢伍分 丹皮捌分 赤芍捌分 麥冬壹錢伍分主之

伏暑症舌白口渴有汗或大汗不止者銀翹散去牛蒡荆芥加杏仁貳錢 石膏貳錢 黄芩壹錢主之脈洪大渴甚汗多者仍用白虎法脈虛而芤者仍用人參白虎法

又温熱贅言云暑月乘涼飲冷陽氣爲陰寒所遏皮膚蒸熱凛凛畏寒。頭痛自汗煩渴或腹痛吐瀉陰暑外襲者用香薷飲陰暑內侵者用大順散緣吐瀉肢冷脈伏是脾胃之陽爲寒溼所蒙不得伸越故以乾薑肉桂散寒和胃杏仁甘草和氣調脾然廣皮茯苓仍不可少此宗仲景治陰邪之霍亂而用理中之旨也。

香薷飲方

香薷貳錢 銀花叁錢 鮮扁豆花叁錢 厚朴壹錢
連翹貳錢 水五杯煮取二杯先服一杯得汗止後
服不汗再服
大順散
杏仁貳錢 乾薑貳錢 肉桂壹錢 甘草壹錢 茯苓叁錢 廣皮壹錢伍分
暑熱內結大瀉肢冷脈伏宜五苓去白朮加滑石黃芪
皮甚效
五苓散加減方
豬苓貳錢 茯苓貳錢 澤泄叁錢 桂枝壹錢 飛滑石叁錢
黃芪皮貳錢

溼温治法
溼温症始惡寒後但熱不寒舌白身痛渴不引飲頭目
昏重胸悶不飢午後身熱狀似陰虛脈弦細而濡名曰
溼温汗之則神昏耳聾甚則目瞑不欲言下之則洞泄
潤之則病深不解三仁湯主之
三仁湯方 此方寒熱初起不甚合拍
杏仁叁錢 飛滑石肆錢 白通草壹錢伍分 薏苡仁肆錢
法夏貳錢 白蔻仁壹錢伍分 川厚朴壹錢貳分薑汁製
甘瀾水八碗煮取三碗分二次服
自擬溼温初起效方

淡豆豉叁錢 桔梗貳錢 飛滑石肆錢 蒼朮皮壹錢伍分
茯苓皮叁錢 竹葉壹錢伍分 廣陳皮壹錢伍分 鮮霍香葉壹錢伍分
甘草肆分 連翹貳錢 銀花叁錢 通草壹錢伍分
如惡寒無汗者加葛根二錢
溼熱症發熱胸痞肌骨作痛始終無汗者暑邪內閉也
此方甚效非但治溼温暑温亦著靈效
六一散壹兩 薄荷肆分 泡湯調下即汗解
溼熱症身熱口渴嘔吐清水或溼熱內留痰火上逆宜
加減温膽湯
温膽湯加減方
竹茹貳錢 栝蔞貳錢 枳實貳錢 橘紅壹錢伍分
法夏貳錢 茯苓壹錢伍分 炙甘草捌分

碧玉散貳錢 沖服 碧玉散即六一散少加青黛
溼熱症嘔惡不止晝夜不差肺胃不和胃熱移肺肺不
受邪也宜用
蘇葉叁分 川連肆分
煎湯呷下即止
溼鬱經絡身熱身痛汗多自利胸腹白疹內外合邪辛
涼淡滲法薏仁竹葉散主之
薏仁竹葉散

薏苡仁伍錢　竹葉叁錢　白蔻仁壹錢　茯苓塊伍錢
白通草壹錢伍分　連翹叁錢　飛滑石伍錢
共爲細末每服五錢日三服

溼温邪入心胞神昏肢逆清宮湯去蓮心麥冬加銀花赤小豆皮溼温著於經絡多身痛身熱之候醫者誤以爲傷寒而汗之遂成是症

清宮湯加減法

犀角壹錢　連翹心叁錢　元參心貳錢　竹葉心貳錢
銀花貳錢　赤小豆皮叁錢

温瘧治法

温瘧初起尚在肺經瘧之至淺者舌白渴飲咳嗽頻仍伏暑所致名肺瘧宜速用杏仁湯輕宣肺氣無使邪聚則愈

杏仁湯方

杏仁叁錢　黃芩壹錢伍分　連翹壹錢伍分　茯苓塊叁錢
滑石叁錢　桑葉壹錢伍分　白蔻皮捌分　梨皮貳錢
水三杯煮取二杯二次服

温瘧骨節煩疼或多熱少寒時作嘔吐名曰温瘧汗多口渴者白虎加桂枝湯主之

白虎加桂枝湯方

知母叁錢　生石膏捌錢　粳米半合　桂枝木壹錢伍分
炙甘草壹錢
水四碗煮取二碗先服一碗得汗爲度不知再服
中病即止

瘧症脈左弦暮熱早涼汗解渴飲少陽瘧偏於熱重者青蒿鱉甲湯主之

青蒿鱉甲湯

青蒿叁錢　知母貳錢　霜桑葉貳錢　鱉甲伍錢
花粉貳錢　粉丹皮貳錢

少陽瘧如傷寒偏於寒重而熱輕脈弦遲者小柴胡加

乾姜陳皮湯主之

小柴胡加減湯

柴胡貳錢　黃芩壹錢　半夏壹錢伍分　炙草貳錢　西潞黨伍分
天花粉貳錢　乾薑壹錢伍分　陳皮壹錢伍分
大棗二枚去核　生薑二小片　水四杯煮取二杯分二次服

溼蘊成瘧舌白脘悶寒起四末渴喜熱飲名曰溼瘧厚樸草菓湯主之

厚樸草菓湯

川厚樸壹錢伍分　杏仁壹錢伍分　草菓壹錢煨

半夏貳錢 茯苓塊叁錢 廣皮壹錢

水五杯煮取二杯分二次服

瘧之爲病不外乎寒熱溫暑溼五種搜羅前五方以備採擇而莫妙李士材一方見效甚速方用升麻柴胡提陽氣上升使遠於陰而寒自止黃芩知母引陰氣下降使遠於陽而熱自退以生薑劫邪歸正以甘草和其陰陽此藥六味功效不可量也壬年外子權廣德八月廿八患間日瘧發時言語氣不相續惟云上下氣不接每發以前必打呵欠數十個畨系清陽不升濁陰不降故擬此方六味服之一劑得微汗氣息平和從此不發矣截止之日系九月初五日也特記之以便後人名之曰柴苓湯

柴苓湯方

升麻貳錢 柴胡貳錢 知母壹錢伍分 甘草伍分

黃芩壹錢伍分 生薑叁錢

中焦瘧寒熱久不止氣虛留邪奄奄不止者補中益氣湯主之

補中益氣湯

炙黃芪壹錢伍分 西潞黨壹錢 土炒白朮壹錢 炙甘草壹錢

廣陳皮伍分 當歸身伍分 升麻炙叁分 柴胡炙叁分

生薑三片大棗二枚去核水五杯煮取二杯渣再煮一杯

秋燥治法

秋燥者秋令燥氣傷及肺絡或發熱或咳嗽或惡寒熱鼻塞嗌乾或燥氣化火清竅不利等症右手脈數大肺氣受傷也桑杏湯主之

杏桑湯方

甜杏仁去皮尖壹錢伍分 桑葉壹錢 北沙參貳錢 象貝壹錢

香豆豉壹錢 炒梔皮壹錢 梨皮壹錢

水二杯煮取一杯頓服

燥傷肺胃陰分或熱或咳口渴甚者沙參麥冬湯主之

沙參麥冬湯

北沙參叁錢 玉竹貳錢 冬桑葉壹錢伍分 扁豆壹錢伍分

花粉壹錢伍分 久熱久咳者加地骨皮二錢

水五杯煮取二杯二次服

秋燥傷肺新涼外加惡寒頭痛鼻塞嗌塞咳嗽稀痰脈弦無汗者香蘇散主之

香蘇散

蘇葉貳錢 半夏壹錢伍分 茯苓壹錢伍分 杏仁貳錢

前胡壹錢伍分 枳殼壹錢伍分 陳皮壹錢 甘草伍分

苦桔梗壹錢伍分 生薑貳片 大棗貳枚去核

加減法無汗脈緊身痛加羌活一錢透汗之後咳不止加蘇梗去蘇葉羌活兼腹滿泄瀉者加蒼朮厚樸各一錢頭痛眉稜骨痛者加白芷一錢熱甚加黃芩一錢伍分

燥氣化火清竅不利如耳鳴目赤齦脹咽痛之類翹荷湯主之以清上焦氣分之燥熱也

翹荷湯

薄荷壹錢伍分 連翹壹錢伍分 黑梔皮壹錢伍分

生甘草壹錢 桔梗貳錢 綠豆皮貳錢

水二杯煮取一杯一頓服之日二服甚者日三服

加減法耳鳴者加羚羊角八分苦丁茶一錢目赤者加鮮菊葉一錢五分苦丁茶一錢夏枯草二錢咽痛者加牛蒡子一錢五分黃芩一錢

冬溫治法

冬溫治法與風溫治法同初起用銀翹散治之效以上九種溫病皆類似傷寒溫表治法每致纏綿輕則重重則死矣故陳士鐸曰凡病初起藥原易奏功奈人看不清用藥錯亂往往變症蜂起苟能認清病源用藥得當又何變症之生耶

傷風傷寒初起治法

如傷寒初起必寒熱頭痛身痛項強切其脈必浮而緊此傷寒也即用桂枝甘草陳皮葛根各一錢服之即汗出而愈

如傷風頭痛鼻塞咳嗽痰多清涕其脈必浮此傷風也即以防風荊芥蘇葉甘草黃芩半夏各一錢服之即愈不必再劑也此論甚爲確當簡便察其方亦甚穩妥故錄之

以上皆論溫病初起在太陰肺經上焦所宜辛涼解表法治之倘若對症自能藥到病除若治不得法或因循

失治則傳入陽明胃經病在中焦又須用中焦之法以治之

醫學篇首卷之二

温病傳入中焦治法

温病由鼻口而入鼻氣通於肺口氣通於胃肺病逆傳則爲心包上焦病不治則傳中焦胃與脾也中焦病不治則傳下焦肝與腎也始上焦終下焦但初受之時斷不可以辛温發其陽耳蓋傷寒傷人身之陽故喜辛温甘温苦熱以救其陽温病傷人身之陰故喜辛涼甘寒甘鹹以救其陰彼此對勘自然瞭然於心目間矣

風温　温熱　温疫　温毒　冬温　此五種傳入中焦治法同

陽明温病卽温病傳至中焦面目俱赤呼吸聲粗但惡熱不惡寒日晡熱益甚至大便閉小便濇舌苔黃再甚則黑有芒刺脈沈數有力甚則胸腹堅滿拒按喜用涼飲脈體反小而實者大承氣湯主之脈浮洪燥甚者白虎湯主之

大承氣湯

大黃肆錢　芒硝貳錢　厚樸貳錢　枳實貳錢

水五杯先煮枳樸後納大黃芒硝煮取二杯先服一杯約二時許得便止後服不便再服一杯再不便再服

白虎湯方見上

陽明温病脈浮而促者減味竹葉石膏湯主之脈促謂數而時止如趨之過急忽一蹶然其勢甚急故以辛涼重劑透表雖現以上病象脈浮促仍不用下藥也故竹葉石膏主之

減味竹葉石膏湯

竹葉伍錢　石膏捌錢　麥冬陸錢　甘草叁錢

水八杯煮取三杯一時服一杯

陽明温病諸症如前而微不致如前十分亢害脈不浮小承氣湯微和之或頭汗譫語不大便者宜小承氣湯

小承氣湯

大黃叁錢　厚樸壹錢伍分　枳實壹錢

水五杯煮取二杯先服一杯得宿糞止後服不知再服

陽明温病純利稀水無糞者謂之熱結旁流調胃承氣湯主之此方取芒硝入陰以解熱結反以甘草緩芒硝急趨之性使之留中解結不然結不下而水獨行徒使藥性傷人也如下利譫語脈不實者用牛黃丸紫雪丹主之

調胃承氣湯方

生大黃叁錢 芒硝伍錢 生甘草貳錢

牛黃丸紫雪丹方見前

陽明温病無上焦症數日不大便當下之若其人陰虛不可行承氣者增液湯主之服後經十二時仍不大便者合調胃承氣湯微和之

增液湯方

元參壹兩 麥冬捌錢連心 細生地捌錢

水八杯煮取三杯口乾則與飲令盡不便再服

陽明胃病下後汗出當復其陰益胃湯主之下後無汗脈浮者餘邪未盡當用銀翹湯主之脈浮洪者白虎湯

主之脈洪而芤者白虎加人參主之下後無汗脈不浮而數者清燥湯主之

益胃湯方

北沙參叁錢 麥冬伍錢 細生地伍錢 玉竹壹錢伍分炒香

冰糖壹錢

水五杯煮取二杯分兩次服

銀翹湯方

銀花伍錢 連翹叁錢 竹葉貳錢 生甘草壹錢

麥冬肆錢 細生地肆錢

白虎湯方見前

清燥湯

麥冬伍錢 知母貳錢 人中黃壹錢伍分 細生地伍錢

元參叁錢

加減法咳嗽膠痰加沙參貳錢桑葉壹錢伍分梨汁半酒杯牡蠣叁錢牛蒡子叁錢

陰虛之人温熱壅滯中焦痞結大小便閉濇或大便不爽不致發狂熱迷過甚者未敢驟用承氣大黃芒硝恐傷其陰也余每用黃芩枳殼佐以滋陰等藥甚有效驗特開出以便採擇

炙鱉甲伍錢 鮮石斛叁錢 知母貳錢 炒枳殼貳錢

瓜蔞仁叁錢 黃芩貳錢 廣陳皮壹錢伍分 冬瓜仁叁錢

清炙甘草肆錢

如溼温加半夏貳錢白蔻皮壹錢服後大便仍不解加火麻仁叁錢搗爛黃芩加一錢

暑温伏暑陷入胃經脈洪滑不寒惡熱面赤頭暈飲不解渴得水愈嘔胸下按之痛小便短大便閉陽明暑温水結胸也小陷胸湯加枳實主之

小陷胸湯加枳實方

半夏叁錢 栝蔞貳錢 黃連壹錢 枳實壹錢伍分

急流水五杯煮取二杯分二次服

暑邪久留三焦舌絳苔少熱搏血分者加味清宮湯主之神識不清熱閉內竅者先與紫雪丹少許再與清宮湯

清宮湯方見前

即於前清宮湯方中加知母三錢銀花二錢竹瀝三茶匙冲入

暑溫伏暑三焦均受舌灰白胸悶泄瀉潮熱嘔惡煩渴汗出溺短者杏仁滑石湯主之

杏仁滑石湯方

杏仁叁錢　滑石叁錢　黃芩貳錢　橘紅壹錢伍分

鬱金貳錢　通草壹錢　厚樸壹錢　半夏貳錢

水八杯煮取三杯分三次服

溼溫兼寒脾胃兩傷既吐且利寒熱身痛或不寒熱但腹中痛名曰霍亂寒多不飲水者理中湯主之熱多欲飲水者五苓散主之

理中湯方

西潞黨貳錢　漂白朮貳錢　乾薑貳錢　清炙甘草貳錢

水五杯煮取二杯分二次服

五苓散方

猪苓伍錢　赤朮伍錢　茯苓伍錢　澤泄捌錢　桂枝壹錢伍分

共爲細末百沸湯和服三錢

溼溫鬱於中焦脘連腹脹大便不爽者加減正氣散主之

加減正氣散

藿香梗貳錢　川厚樸壹錢姜製　大杏仁貳錢去皮尖　茯苓皮貳錢

生穀芽叁錢　綿茵陳貳錢　大腹皮壹錢酒洗　薏仁米叁錢

炒枳殼壹錢伍分

水五杯煎取二杯分二次服

溼熱內蘊善飲傷脾食減泄瀉腹中隱痛胃苓湯加白芍甚效此方屢用多效

胃苓湯方

漂蒼朮貳錢淘米水浸合黑芝麻炒　川厚樸壹錢姜汁製　廣陳皮壹錢

炙甘草伍分　建澤泄壹錢　連皮茯苓貳錢　桂枝伍分

漂白朮壹錢土炒　杭白芍貳錢　猪苓壹錢伍分

生薑貳片　大棗貳枚去核

溼飲久羈脾胃不和氣虛挾痰胸膈間漉漉有聲乃痰飲積聚酒溼所傷多有此症外臺茯苓飲效

外臺茯苓飲方

西潞黨叁錢　土炒白朮貳錢　茯苓肆錢　炙甘草伍分

廣陳皮壹錢　枳實貳錢　生薑貳片

溼熱內蒸致成黃疸外干時令內蘊水穀必以宣通氣分爲要失治則爲腫脹由黃疸而腫脹者苦辛淡法二金湯主之

二金湯方

雞內金叁錢 海金砂叁錢 川厚樸壹錢 白通草壹錢 大腹皮壹錢伍分 猪苓貳錢

水五杯煮取二杯二次服

嗜飲之人溼熱薰蒸面目發黃黃甚則黑心中嘈雜小便赤澁費氏玉露飲主之

茵陳玉露飲

茵陳叁錢 玉竹叁錢 石斛叁錢 花粉貳錢 半夏壹錢

廣皮壹錢 茯苓貳錢 山梔壹錢伍分 雞距子叁錢 萆薢貳錢 薏仁壹兩

溼熱流入膀胱氣鬱不化身面俱黃小便短赤者茵陳五苓散主之

五苓散方見前

即用五苓散五錢配茵陳末一兩和勻每服三錢

治黃疸丹方

青殼鴨蛋敲一小孔納樸硝於孔中紙封煨熟日二服其義取一補一消治黃疸甚效嘗親試之初時便溏不爽服樸硝而便反乾暢矣

溼溫內蘊飲食停滯氣血不得運行遂成滯下俗名痢疾初起腹痛脹者易治日久不痛不脹者難治脈小弱者易治脈實大數者難治先痢後瀉者易治先瀉後痢者難治先痢後瘧者易治先瘧後痢者難治酒客積熱及老年積溼者難治總之邪機淺者易治深入臟絡者難治諺云餓不死的傷寒填不死的痢疾故痢疾日行數十次下者既多腸胃空虛須藉飲食以補其虛方不致死也

自痢不爽腸中拘急欲成痢疾小便短者四苓合芩芍

湯主之

四苓合芩芍湯方

蒼朮貳錢 豬苓貳錢 茯苓貳錢 澤泄貳錢 白芍貳錢 黃芩貳錢 廣皮壹錢伍分 厚樸貳錢姜製 煨木香壹錢

水五杯煮取二杯分二次服

瘧邪內陷變痢久延時日脾胃氣衰面浮腹膨裏急肛墜中虛畱邪加減小柴胡湯主之

加減小柴胡湯方

柴胡貳錢 黃芩貳錢 潞黨壹錢 白芍炒貳錢 粉丹皮壹錢 當歸土炒壹錢伍分 穀芽壹錢伍分 炒山查壹錢伍分 炙甘草壹錢

水八杯煮取三杯分三次服

痢疾已成忌用黃連服之倒胃不食腹痛而痢者用通利湯能宣通經絡痛止則通通則不痛也

治痢通利湯

車前貳錢炒研 梹榔壹錢 川樸壹錢 炒查壹錢 陳皮壹錢
滑石壹錢飛淨 紅麯叁錢炒 澤泄壹錢 枳實壹錢 甘草壹錢
燈心一撮同煎

又經驗治痢神效方

當歸壹兩 白芍壹兩 梹榔壹錢 枳殼壹錢 甘草壹錢
蘿蔔子叁錢 車前子壹錢

以上温病傳入中焦治法如治不得法則傳入下焦肝腎所司則又當以下焦治法治之

醫學篇首卷之三

温病傳入下焦治法

風温 温熱 温疫 温毒 冬温 此五種症同治

温病治不得法傳入下焦少陰腎經津液被劫心中震震舌强神昏或口乾舌燥齒黑唇裂手足心熱或耳聾或汗自出心中不自主者皆因誤用升散熱久耗傷眞陰少陰之液無以上供故熱邪不解脈虛大者均宜加減復脈湯主之

加減復脈湯方

炙甘草陸錢 乾地黃陸錢 生白芍陸錢 麥冬伍錢不去心
阿膠叁錢 麻仁叁錢

水八杯煎取八分三杯分三次服

温病誤表津液耗散汗大出不止中無所主者救逆湯主之

救逆湯方

即用復脈湯去麻仁加牡蠣八錢生龍骨三錢煎如復脈法脈虛欲脫者加参二錢

温病服承氣湯下後大便溏甚十二時三四行脈仍數者不可與復脈湯一甲煎主之

一甲煎方

生牡蠣貳兩碾水八杯煮取三杯分三次温服

下焦温病大便溏瀉卽與一甲復脈湯主之

卽於加減復脈湯內去麻仁加牡蠣一兩

熱邪深入下焦脈沈數舌黑齒乾手指蠕動急防痙厥二甲復脈湯主之

二甲復脈湯方

卽於加減復脈湯加生牡蠣五錢生鱉甲八錢

下焦温病熱深厥甚脈細促心中澹澹大動甚則心中痛者三甲復脈湯主之

三甲復脈湯方

卽於二甲復脈湯方內加生龜板一兩

按復脈湯方加減得法醫效最速眞有起死回生之功余於癸卯年患春温延入下焦口渴脣焦舌黑心煩日晡發熱津液枯耗已十分危險諸醫皆用小柴胡等方不對症遲延未服延至下焦後自擬服此方後大戰床柱地板皆爲之震動戰後繼之大汗邪因之得解後自擬龜板鱉甲牡蠣等藥隨症加減而愈愈後自查條辨云津液枯燥服存陰藥液增欲汗邪正努力紛爭則作戰汗戰之得汗則生汗不得出則死所幸雖病有十餘日未誤服補劑故戰而得汗卽愈此方經驗多人眞可傳也

少陰温病眞陰欲竭壯火復熾心中煩不得卧者黃連阿膠湯主之

黃連阿膠湯方

黃連壹錢 黃芩貳錢 阿膠叁錢 白芍壹錢 雞子黃貳枚

水八杯先煮三味取三杯去滓納膠煬盡再納雞子黃攪令勻分三次服

温病愈後溼痰流入胃腑嗽痰不咳徹夜不寐者半夏湯主之

半夏湯方

製半夏肆錢 秫米壹兩俗謂之高粱是也

水四杯煮取二杯分二次服

温病後虛煩不寐酸棗湯以和其陰

酸棗仁湯

棗仁叁錢 知母貳錢 茯神貳錢 川芎壹錢 炙甘草壹錢

枳實壹錢伍分 竹茹壹錢伍分

熱邪久羈吸爍眞陰或因誤表或因妄攻神倦瘈瘲脈氣虛弱舌絳苔少時時欲脫者大定風珠主之

大定風珠方

生白芍陸錢 阿膠叁錢 生龜板肆錢 乾地黃陸錢

麻仁貳錢　生鱉甲肆錢　生牡蠣肆錢　連心麥冬陸錢
炙甘草肆錢　浮小麥貳錢　雞子黃貳枚

水八杯煮取三杯去滓再入雞子黃攪令相得分三次服

婦女温病經水適來脈數耳聾乾嘔煩渴辛涼退熱兼清血分竹葉玉女煎主之

生石膏陸錢　乾地黃肆錢　麥冬肆錢　粉丹皮貳錢
知母貳錢　竹葉叁錢

水八杯先煎石膏地黃得五杯再入餘四味煮成二杯先服一杯候六時再服一杯病解停後服

熱病經水適至十餘日不解神氣昏迷脈右長左沈瘀熱在裡也加減桃仁承氣湯主之

桃仁承氣湯

大黃貳錢製　細生地陸錢　粉丹皮叁錢　人中白貳錢
桃仁貳錢炒　澤蘭貳錢

温病愈後面色萎黃舌淡不欲飲水脈遲而弦不食陽氣虛也小建中湯主之

小建中湯方

白芍陸錢酒炒　桂枝肆錢　生薑叁錢　大棗貳枚去核　膠飴伍錢
炙甘草叁錢

水八杯煮取三杯去渣入膠飴火上煬化温服三次

温病愈後或一月至一年潮熱脈數喜飲不食者胃陰虛也五汁飲主之益胃湯亦主之

五汁飲

梨汁　荸薺汁　鮮葦根汁　麥冬汁　藕汁或用蔗漿

和勻涼服不喜涼者開水燉服

益胃湯

北沙參叁錢　麥冬伍錢　細生地伍錢　玉竹壹錢伍分炒香
冰糖壹錢

水五杯煮取二杯分二次服滓再煮一杯服

伏暑溼温積留支飲懸於脇下而成脇痛或咳或不咳潮熱或寒熱如瘧狀不可誤認柴胡症香附旋覆花湯主之

蘇子旋覆花湯方

蘇子霜叁錢　旋覆花叁錢　生香附叁錢　法半夏貳錢
廣陳皮貳錢　茯苓塊叁錢　薏仁米伍錢

水八杯煮取三杯分温服腹滿者加厚樸痛甚者加降香末

支飲上擁胸膈直阻肺氣不令下降呼吸難通非用急

法通利水道不可葶藶子性急瀉肺中之壅塞然性頗慓悍恐傷脾胃故用大棗以護脾胃使不傷他臟一急一緩一苦一甘相輔成功也

葶藶大棗湯方

苦葶藶叁錢炒香碾細　大棗伍枚去核

水五杯煮取二杯分二次服　此方滲飲腰脇痛不可忍等症神效余身經兩次溼溫痛不止百藥不效此方服下卽愈文外子酒溼黃疸每發必先右脇痛且肢冷醫用辛溫服少許更甚服此方卽愈此經驗良方也

溫病燥熱久羈傷及肝腎之陰上盛下虛或乾咳或夜熱甚則痙厥者三甲復脈湯主之定風珠亦主之專翕大生膏主之

三甲復脈湯方　定風珠方　並見前

專翕大生膏

西洋參肆兩　茯苓肆兩　龜板貳兩另熬膠　鱉甲貳兩另熬膠　猪脊髓貳兩　牡蠣貳兩　海參貳兩　鮑魚肆兩　白芍肆兩　蓮子肆兩　麥冬肆兩不去心　羊腰壹對　雞子黃伍元　阿膠肆兩　芡實陸兩　熟地陸兩　麋茸貳兩　天冬貳兩　白蜜貳兩　烏骨雞壹隻去頭足　五味子壹兩　枸杞子貳兩炒黑　桑寄生貳兩　沙苑蒺藜貳兩

右藥分二銅鍋忌用鐵器以食料歸一鍋以藥料歸一鍋文火細煉一晝夜去渣再熬二晝夜陸續合爲一鍋煎煉成膏末下三膠合蜜和勻以方中之有粉無汁之茯苓芡實蓮子白芍研細末合膏爲丸每服二錢漸加至三錢早晚二服此係照原方八分之一也　此方不專治溫病傷陰之症並治婦人血海乾涸屢屢墜胎或產後虛羸或小產後亡血過多虛不復元者均有奇效

溫病上中下焦之症大致不外乎此特將溫病條辨中之精華摘錄常有之症常用之方並經驗者採出臨症查之以便明晰一日了然使天下之人不致受溫表藥劑之害似於生靈不無小補云爾

醫學篇首卷之四

傷寒論治

傷寒者風寒初受未發鬱久由肺深轉入膀胱經遇寒而發其勢必重陡然大寒繼以大熱頭痛如破骨痛如折無涕無汗大熱不渴脈必浮緊左手之脈盛於右手面色清白不油初起速用表劑使邪速從汗解而愈如不速表則遞傳各經愈轉愈深而難治初起輕則用加味香蘇飲或桂枝加葛根湯冬月則麻黃湯亦可用繼傳陽明胃經則目痛鼻乾唇焦不渴宜葛根湯再傳少陽膽經則耳聾目眩胸滿脇痛口苦寒熱往來頭汗脈

弦宜小柴胡湯隨症加減此三陽傳經之表症也失治則傳入三陰矣其傳太陰脾經者則腹滿痛下利脈沈宜大柴胡湯傳入少陰腎經者則口燥咽乾痛利清水目不明則危矣宜小承氣湯傳入厥陰肝經者小腹滿舌捲囊縮厥逆用大承氣湯亦有不傳三陰而傳入太陰脾腑者則口渴溺赤宜五苓散傳入陽明胃腑者則譫語狂亂燥渴便閉自汗不得眠宜白虎湯調胃承氣湯以上為傳經傷寒因寒化火也其有初起寒邪直中三陰者其症腹冷痛吐清味利穀踡臥肢冷囊縮舌黑而潤脈沈細此寒症也中太陰脾經理中湯中少陰腎經四逆湯中厥陰肝經白通加猪胆汁湯急投勿緩醫中第一要症故專論之

傷寒一症雖系險症祇要初起審明症候速用表劑一汗而愈萬不可夾用裏藥亦不可佐以補藥何為裡藥如厚樸枳殼神曲山查麥芽等下降之藥是也病初起宜表藥者取其升發升發方能使邪由汗發泄汗出病即解也裏藥者下降之品能引邪入裏致令結胷發狂等症也補藥者參芪朮等類每見時醫喜用參蘇飲為虛人發表之用殊不知即虛人既患風寒亦宜用表劑表出邪汗非人身津液所化之汗試問凡患邪重者每

用表藥所出之汗必有一種異常熱蒸臭味出至清汗病即愈矣故云得汗即止後服者令出邪汗不令出傷津液之汗也故虛人傷風寒時邪之症亦宜速令表出再用清淡補劑以扶正氣並用飲食以養脾胃可也

桂枝湯方見上

麻黃湯方　治太陽傷寒無汗

麻黃叁錢　桂枝貳錢　杏仁十貳枚去皮尖　炙甘草壹錢

葛根湯　治邪傳陽明胃經以此解肌

葛根貳錢　升麻壹錢　秦艽壹錢　荆芥壹錢　蘇葉捌分
白芷捌分　赤芍壹錢　甘草伍分　生姜貳片　引

小柴胡湯　治寒熱往來少陽瘧疾耳聾口苦胸
滿脇痛
柴胡貳錢 法半夏壹錢 黃芩壹錢伍分 生潞黨伍分
赤芍壹錢伍分 甘草壹錢
發熱去參加桂枝一錢口渴去半夏加天花粉
大柴胡湯　治傷寒邪入太陰脾經
柴胡壹錢伍分 半夏柒分 黃芩貳錢 白芍貳錢
枳實壹錢 酒大黃貳錢
小承氣湯
大黃叁錢 枳實壹錢伍分 厚樸壹錢

大承氣湯
大黃叁錢 枳實壹錢伍分 厚樸壹錢 芒硝貳錢
五苓散　治小便不通
茯苓叁錢 豬苓捌分 澤泄捌分 白朮壹錢伍分 桂枝壹錢
白虎湯　治陽明胃腑大熱
生石膏伍錢 知母叁錢 甘草貳錢 粳米壹合
調胃承氣湯　治胃熱譫語便閉遶臍腹痛
大黃叁錢 芒硝壹錢 甘草伍分
四逆湯　治少陰中寒肢冷厥逆
附子伍錢 乾姜伍錢 炙甘草貳錢
白通加豬膽汁湯　治陰盛隔陽熱藥不入
附子伍錢 乾姜伍錢 葱白貳錢 豬膽汁伍茶匙

以上諸方皆仲景所擬以治傷寒之方也當今之世所患溫病者多每見用此等方治之必致決裂而傷寒症未嘗遇過故未輕易試用此方亦未知究竟有效否姑錄之使人人皆知溫病傷寒藥味治法不同以示區別也

古歡室醫學篇 卷二

醫學篇卷二目錄

華陽曾懿伯淵著

雜症卷二

婦科主方卷二

幼科指迷卷三

醫學篇二卷之一

中風

華陽曾懿伯淵著

中風一症經曰由正氣虛外風乘間由表入裏衛氣不能捍外則風入肌肉故手足麻木不仁名曰中絡營血不能固內則風入經脈故身體重著步履艱難名曰中經由此深入則中腑腑胃府也風入於胃胃火熾盛水穀之氣不生津液而化痰涎痰隨火升阻塞靈竅故昏不知人也由此再深入則中臟臟者心臟也心體純陽風火上擾神明散亂故舌不能言口流涎沫此偏枯症

由淺入深之次第也主治者河間主火東垣主氣丹溪主痰各異其說余意總不外氣血虛損偏枯於左則左中偏於右則右中故中風者在五十以外之人多少壯者少肥盛之人多氣盛於外而歉於內也且湊理緻密而多鬱滯氣血難於通利故多卒中也中風之症實非外感之風邪陽虛則逆上之痰生焉陰虛則無根之火發焉痰之壅滯由氣虛不能健運脾土土溼生痰痰生熱熱生風也陰虛則腎水衰水衰不能涵木肝虛而生內風血枯不養經絡是以筋骨無用而癱瘓頑麻不能運動矣夫人身之氣根於脾脾氣充盛則積溼盡去而痰氣不生胃氣和則津液上行而虛火自降然此症當其卒倒無知倉猝之時雖峻猛之劑不得不隨症而施俟痰涎下降後再察看何經虧損按經加以培養之品可也

又云厥逆痰壅口噤脈伏身溫爲中風身冷爲中氣又有痰爲中風無痰爲中氣許學士云暴怒傷陰暴喜傷陽憂愁不已氣多厥逆往往得中氣之症不可作中風治

治中風症卒倒無知痰湧口噤宜掐人中急用通關散吹鼻再用京都同仁堂再造丸偏於左者用四物湯下

偏於右者用四君子湯下

預防中風

凡人初覺大指次指麻木不仁或手足少力肌肉微掣數年內恐有中風之症防此患者預先早服六味地黃丸三錢晚服補中益氣湯加竹瀝一小匙甚妥

老人中風卒倒大抵氣血頽敗陰陽脫離若無痰氣阻滯者當大補血氣以固其脫

炙黃芪壹兩　全當歸伍錢　人參貳錢另燉冲　竹瀝壹勺

姜汁壹匙　冲服

治中風血虛者筋節拘攣手指屈而不伸不能履步舒

筋通絡湯主之

舒筋通絡湯

大生地肆錢 全當歸弍錢 酒白芍壹錢伍分 甘枸杞叁錢

宣木瓜壹錢酒炒 金毛狗脊貳錢去毛切片 楮實子貳錢 獨活壹錢

川續斷弍錢 秦艽壹錢 桑枝壹尺 紅棗拾枚去核

腿痛不能動加牛膝二錢

臂痛不能舉加桂枝一錢五分

治中風症氣虛者手足弛縱食少神疲不能履步或半身不遂黃芪九物湯主之

黃芪九物湯

黃芪貳錢 防風壹錢 黨參伍錢 茯苓貳錢 白朮壹錢

鹿膠壹錢伍分角霜炒 獨活壹錢酒炒 牛膝貳錢 甘草伍分

大棗貳枚 生姜叁片

治中風氣血兩虧而兼痰者

緜黃芪伍錢 全當歸叁錢 酒白芍貳錢 製半夏貳錢

廣橘絡貳錢 製首烏叁錢 明天麻壹錢伍分 勾籐鈎貳錢

秦艽壹錢伍分 神心木叁錢 甘枸杞貳錢 清炙甘草壹錢

竹瀝貳茶匙 作二次冲服

治口眼歪斜塗方

萆麻子去殼研爛左歪塗右右歪塗左一經改正即速洗去

治頭風偏於左或時痛時止乃陰虛血虧肝火上逆之故。

石決明伍錢 全當歸叁錢 川芎弍錢 川石斛叁錢

白蒺藜弍錢炒去刺 酒白芍弍錢 玉竹弍錢 山萸肉壹錢

蔓荆子壹錢伍分 霜桑葉貳錢 甘杞貳錢 明天麻壹錢伍分

鮮夏枯草貳窠

治頭風偏於右多痰嘔逆痛久不愈者

明天麻壹錢 姜半夏壹錢伍分 茯苓弍錢 陳皮壹錢

炒甘杞弍錢 川烏頭壹錢炮製 香白芷壹錢 生甘草捌分

川芎弍錢 姜汁壹小匙

治頭暈目黑此症多患於血虛勞心之人及十餘歲幼童陰虛火旺者亦多患此水虧不能涵木也。

北沙參弍錢 乾桑椹叁錢 玉竹弍錢 甘枸杞弍錢

石決明叁錢 勾籐鈎弍錢 元參叁錢 枹木茯苓叁錢

山萸肉壹錢伍分去核 黑豆皮叁錢 清炙甘草壹錢

治溼熱上蒸頭目眩暈能側卧不能仰卧倦怠嗜卧坐起反好卧則更眩者緣脾溼停飲上泛之故。

九蒸九晒首烏叁錢 玉竹貳錢 建澤泄貳錢伍分

懷山藥叁錢 猪苓弍錢 茯苓弍錢 炒枳殼壹錢伍分

生薏仁叁錢 霜桑葉叁錢 元參貳錢 勾藤鈎貳錢
杭甘菊貳錢 川芎壹錢伍分

治肝風頭眩如登雲霧泛泛欲吐
大生地肆錢 白芍壹錢 天麻捌分 粉丹皮壹錢伍分
石決明捌錢 柴胡捌分 麥冬壹錢伍分青黛拌 甘菊貳錢
靈磁石伍錢整塊同煎 薄荷捌分

治胃熱頭腦暈痛頭筋扛起者是也
瓜蔞根叁錢 金釵石斛叁錢先煎 薄荷伍分 生甘草貳錢
川貝母壹錢伍分 赤芍貳錢 竹葉壹錢 燈心廿節

治風寒頭痛

核桃仁貳錢 細茶葉貳錢 葱頭貳錢 生姜貳錢
共搗爛以水一杯半煎至八分杯熱服蓋被取汗
即止痛並治傷風

治夏日頭面患癤
生地叁錢 元參叁錢
煨猪蹄腿肉一斤食之效用湯洗

浸梳頭油方
生首烏叁錢 側栢葉叁錢 木瓜貳錢 沒石子叁錢
零陵香貳錢 香白芷叁錢 檀香貳錢 毛姜叁錢
紫草貳錢 細辛貳錢 甘松貳錢 丁香貳錢
共搗碎泡茶油

治面生雀斑酒刺面上一切瘢點玉容散效
白荷花瓣伍錢 白滑石壹錢伍分 白附子貳錢
香白芷叁錢 密陀僧貳錢 白歛貳錢 蘆甘石貳錢
眞冰片伍分 綠豆粉壹兩另磨篩
共晒乾爲細末早晚洗面擦之

治冬日手面凍裂粗糙
紅棗肆枚去核 猪胰壹具
杏仁叁錢去皮尖 天門冬叁錢 天花粉叁錢 白果叁錢去殼
共搗如泥用好燒酒浸於磁罎内早晚洗後擦之

治粉刺面黚
白殭蚕叁錢 黑牽牛叁錢 杏仁叁錢去皮
共研細末洗面時擦之

治面生瘊子地膚子生明礬煎水洗再用狗尾草搗爛
塗數日落淨

治目生白翳紅珠努肉等恙用石蟹磨水點之即退

治双目視如好人夜間不能見物俗名雞矇眼藥肝方
效
夜明砂 石決明各叁錢 研細末
用猪肝八兩切成八塊每塊再片開勿斷鋪藥於

內合定用麻縛之淘米泔水二碗砂鍋煮透每晚
臨卧連肝帶汁食之久久自明·

治風火目疾赤腫痛不能開·一二劑卽愈·
當歸貳錢 川芎貳錢 生地貳錢 防風壹錢 薄荷壹錢
赤芍壹錢伍分 白芷壹錢 黃芩壹錢 桑白皮貳錢
甘白菊貳錢 燈心柒寸 竹葉貳拾張

治目不紅不腫乾澁作痛陰虛水涸·不能上濟肝陽也·
宜滋陰降火湯·

滋陰降火湯方
生地叁錢 沙參叁錢 女貞貳錢 茯苓貳錢 麥冬貳錢
生石決陸錢 粉丹皮貳錢 杏仁貳錢 東瓜仁叁錢
穀精珠壹錢伍分 蟬退捌分

治眼皮生珠紅腫癢痛俗名偷針眼·
食鹽叁錢 明礬貳錢 泡湯洗之效

治雀目或夜不見物並治疳疾痘風眼·
穀精草叁錢 研末蒸黑羊肝食甚驗

治風傷腦鼻竅不通清涕時流系風傷之腦漏也宜桑
菊愈風湯主之·

桑菊愈風湯方
桑葉叁錢 甘菊叁錢 蔓荊子壹錢伍分 杏仁叁錢去皮尖

枳殼壹錢伍分 桔梗壹錢 川貝貳錢 當歸壹錢伍分
川芎捌分 黑芝麻壹撮

治鼻流濁涕頭腦酸痛名曰鼻淵皆緣肺移熱於腦也
甚則頭眩衂血宜清肺飲主之·

清肺飲方
大生地叁錢 麥冬叁錢去心不 粉丹皮貳錢 玉竹貳錢
鮮石斛貳錢 黃芩貳錢 桔梗壹錢伍分 霜桑葉叁錢
蒼耳子貳錢去刺炒 元參叁錢 枳殼貳錢
絲瓜籐近根處叁尺燒灰冲服

治鼻衂
茜草根貳錢 鮮石斛叁錢 左牡蠣肆錢 黑荊芥壹錢
麥冬壹錢伍分青黛少許拌 川貝母貳錢去心研 夏枯草壹錢伍分
粉丹皮壹錢伍分 牛膝壹錢伍分

治少年耳聾
木耳伍錢 醋炒白糖拌食自愈

治腎虛耳鳴耳聾
女貞子叁錢九蒸九晒 茯神叁錢 赤茯苓貳錢 建蓮肉貳錢
粉丹皮壹錢伍分 牡蠣貳錢 白芍叁錢 靈磁石叁錢
黑山梔壹錢 生甘草伍分 夏枯草貳錢

治腎虛耳聾又方

白毛烏骨雞一隻甜酒三大碗煮熟食之三五隻卽效男用雄女用雌

治耳暴聾

口唅甘草一大片耳中塞甘遂二塊立效

治風火牙痛方

石膏伍錢 花粉叁錢 鮮石斛叁錢 連翹壹錢伍分
桔梗壹錢 薄荷捌分 淡竹葉貳拾張 白茅根伍錢

治腎虧水不制火虛火上升牙痛

生地叁錢 龜板叁錢 花粉叁錢 石斛叁錢 薄荷壹錢
連翹壹錢伍分 桔梗壹錢 甘蔗叁兩同煎

擦牙固齒方

每年四五月桑椹黑熟透時採下洗淨略晒乾水用稀布擠出汁半面盆買骨碎補壹斤切片浸入後撈起炒乾再浸浸後又炒將桑椹汁收完爲度炒乾研細末用瓶盛收貯用時炒鹽少許和勻裝一瓶每早擦牙以代牙粉永無齒痛之患余年幼時齒痛時發得此方至今十餘年不發向有蛀牙搖動者已堅固矣誠妙方也

治陰虛牙痛簡便方

地骨皮伍錢 和雄猪蹄二隻煨爛食效

治舌色絳紅邊尖破碎舌有血痕而痛者乃陰液大虧心火上熾也費氏大澤湯主之

天冬貳錢 生地伍錢 人參壹錢伍分 栢子仁貳錢
龜板伍錢 麥冬壹錢伍分 茯神貳錢 粉丹皮貳錢
蛤粉肆錢 丹參貳錢 石斛貳錢 燈心叁尺
藕伍大片

治風火喉痛兼發寒熱加減養陰清肺湯

杭白芍肆錢 連翹去心叁錢 粉丹皮貳錢 大生地肆錢
元參陸錢 川貝母去心叁錢 蘇薄荷貳錢 粉甘草貳錢
大海貳錢
鮮竹葉貳拾肆片

治陰虛喉痛凡日間不痛夜間痛甚喉色紅赤不腫不起白泡者陰虛也

用甘枸杞一兩煨瘦猪蹄肉食之神效

治咽喉腫痛日輕夜重痰如鋸聲陰虛也

透熟地捌錢 山萸肉貳錢 麥冬叁錢 五味子壹錢
茯苓肆錢 牛膝貳錢

治虛寒喉痺頃刻而起痰在喉中响如打鼾舌白不腫此緣喉痺誤服涼藥所致如再遲延痰塞鼻喉不可救矣

上上肉桂心片切薄 炮姜 甘草各伍分
共歸茶碗內用開水冲入仍將碗頓於開水內時呷藥一口漫漫嚥下立愈此方余三十二歲親歷此症甚危險即用此方見效甚速後遇此症以此方救好數人並用生附子研末醋調敷兩足心亦引火歸原之良法

治虛勞咳嗽
北沙參叁錢 甘枸杞貳錢 懷山藥叁錢 冬瓜仁叁錢
甜杏仁叁錢 阿膠珠貳錢 炙橘紅壹錢 炙甘草捌分
燕窩根貳錢 冬蟲夏草貳錢 紫衣胡桃貳枚搗爛

治積飲咳嗽背心作寒溼痰留於肺絡也三仁湯甚效
蘇子梗壹錢霜捌分 大杏仁叁錢 瓜蔞仁貳錢 法半夏貳錢
廣陳皮壹錢伍分 薏苡仁叁錢 廣橘絡壹錢伍分
冬瓜仁叁錢 滌飲散壹錢 茯苓叁錢 桔梗壹錢伍分
煨姜壹片 小紅棗貳枚爲引

附製滌飲散方
野於朮一兩泔水漂去皮切片 另用甘遂四分白芥子四分大戟四分枳實一錢煎水去渣炙於朮再加沈香五分煎水合炙研末如鼻煙色磁瓶收貯勿令洩氣

受寒咳嗽丹方
核桃連皮加冰糖少許搗爛開水冲服數次極效

又方
紫蘇梗柒個 煎濃汁煮雞蛋服效

治久咳肺燥無風寒者甚效
小猪肺一副不見水去心將小磨麻油灌入肺管內以線紮管頭入砂鍋內加水燉爛早起空心吃肺不用鹽去浮油連吃兩個全愈

治風寒咳嗽痰滯氣逆
陳皮壹錢伍分 法夏貳錢 茯苓貳錢 白芥子伍分

杏仁貳錢 生姜叁片 飴糖壹兩冲服

吐血論治
經曰心主血而不能藏夜則復歸於肝肝藏血而不能主晝則聽命於心心爲君肝爲相君火動相火從之相火動六經之火從之火動則血隨以動迫至六經受傷血液迸流聚於兩脇胸膈之間從火而升爲吐爲咯傷重者從夾脊而上如潮湧生法當任其出不得强遏以所出皆敗血即遏之亦不歸經也必與以消瘀之品佐以潤下之劑使敗血下行乃服止血藥歸其經再服補血藥以還其元此正治也吐血治

法總宜降氣不宜降火蓋氣有餘卽是火氣降則火降火降則氣不上升血隨血行無溢出上竅之患矣降火必用寒涼之藥反傷胃氣胃氣傷則脾不能統血血愈不能歸經矣今之療吐血者大患有二一則耑用寒涼之味如芩連山梔青黛柿餅灰四物湯黃柏知母之類往往傷脾作瀉以致不救一則耑用人參肺熱還傷肺咳逆愈甚亦有用參而愈者此是氣虛喘嗽氣爲陽不由陰虛火熾所致然亦百無一二也故宜行血不宜止血血不行經絡者氣逆上壅也夫血得熱則行得寒則凝故降氣行血則血循經絡

不求其止而自止矣止之則血凝血凝必發熱惡食及胸脇痛病日沈痼矣經又曰五臟者藏精氣而不瀉者也肝爲將軍之官主藏血吐血者肝失其職也養肝則肝氣平而血有所歸伐之則肝不藏血血愈不止矣

治吐血法余前用此方治好多人然亦視病人虛實寒熱加減大致不離乎制肝清肺補陰養心下氣之法也

自製吐血方

鱉甲叁錢酥炙　山萸肉壹錢伍分去核　甘枸杞貳錢　炙杷葉貳錢

山藥叁錢　白炙草貳錢　薏仁叁錢　茯神貳錢　棗仁貳錢

蘇子霜壹錢貳分　橘絡貳錢　降香壹錢　粉丹皮壹錢伍分

火重加麥冬叁錢　黃痰加川貝貳錢　白痰加薄荷壹錢貳分

治吐血不因咳嗽而血上溢皆緣虛損之人陰火沸騰血從火起自擬制肝湯治之甚效

大丹參叁錢　全當歸叁錢　釵石斛貳錢　女貞子貳錢

酒芍貳錢　茜草壹錢　茯神叁錢　降香貳錢　薏米叁錢

東阿膠貳錢蛤粉炒　旱蓮草貳錢　白炙草貳錢

藕節伍錢

治損傷吐血

吐血試法如吐在水盆內浮者肺血也沈者肝血也

半浮半沈者心血也各隨所見以羊肺羊肝羊心煮熟蘸白芨末日日食之效如非損傷係咳傷者用薏仁末蘸食亦效

治怔忡心悸方

棗仁叁錢　當歸叁錢　山藥叁錢　酒芍貳錢　丹參貳錢

茯神叁錢辰砂拌　柏子仁貳錢　清炙草壹錢　桂元肉叁錢

橘絡壹錢伍分　遠志壹錢伍分甘草水炙

豬心一枚連血切碎熬湯去心代水煎藥

治驚悸不寐靈效方

眞珠母陸錢　龍齒貳錢　酒芍壹錢伍分　夜合花貳錢

丹參貳錢 歸身貳錢 蓮子貳拾粒打碎不去心 夜交藤叁錢切
柏子霜貳錢 紅棗拾枚
治心胃氣痛
大丹參叁錢 當歸叁錢 製香附壹錢 枳殼壹錢伍分
白蒺藜貳錢 酒芍叁錢 川芎貳錢 木瓜貳錢 烏藥貳錢
柏子霜貳錢 炙甘草捌分
右脇痛加白芥子壹錢伍分 左痛加左金丸伍分
治痰飲積聚胸膈作痛甚至牽連脇背當用瓜蔞薤白散效·
薤白頭叁錢取白 瓜蔞皮叁錢 製半夏叁錢 甜白酒二

杯水一杯半同煎服
治心胃諸痛多效婦人更效名丹參飲·
丹參壹兩 檀香壹錢 砂仁壹錢 水一杯半煎七分服
治手足痠痛難以屈伸乃肝木鬱結所致用逍遥散加減方服二劑病若失·
柴胡壹錢伍分 當歸貳錢 白芥子壹錢 炙甘草捌分
茯苓貳錢 酒芍貳錢 黑山梔壹錢伍分 粉丹皮壹錢
製半夏壹錢伍分 白朮壹錢伍分
治哮吼妙方
海螵蛸瓦上焙乾 為末大人五錢小人二錢紅砂糖

拌勻調服數次斷根·
治半夜口乾舌燥至咽喉無絲毫津液以潤之此症人必為是陰虛液枯所致或用滋陰藥不效又用參麥湯不效今試驗知其故系肺氣閉塞不得升降之故試問有人患此者必系鼻息有一邊不通睡著時必張口睡故口舌乾燥如閉口睡則無乾燥之象矣所以不能閉口者系肺氣阻塞上逆鼻管氣出不了不得不張口以出氣也懿多年如此而偏左則能閉口·口不乾·偏左則開口·口即乾·因思其故偏右·則將肺竅壓住·氣不升降故氣上逆臨睡時偶服杏酪茶一鍾夜朝右睡鼻息亦

通口亦能閉則口不作乾矣可見杏仁能升降肺氣十餘年之小恙一朝省悟特筆紀之·
治肝氣犯胃食入即吐病名關格氣機不利營衛虧損孤陽獨發故上下不通也宜解鬱和中湯·
白蒺藜肆錢 歸身貳錢 酒芍壹錢伍分 合歡花貳錢
青皮壹錢 茯苓貳錢 鬱金貳錢 降香伍分 肉桂伍分
牛膝壹錢伍分 玫瑰花伍分
紅棗伍枚去核
治關格痰氣上逆食入嘔吐人參半夏湯主之·
潞黨參貳錢 當歸身貳錢 陳佛手伍分 白檀香伍分

法夏叁錢 廣皮壹錢 茯苓貳錢 鬱金貳錢 佩蘭壹錢

薏米肆錢 牛膝貳錢

治孤陽獨發阻隔飲食甚則作呃和中大順湯主之

潞黨參貳錢 丹參叁錢 麥冬貳錢 潼白蒺藜各叁錢

柏子仁貳錢 丹皮貳錢 赤白芍各壹錢 合歡花貳錢

生地肆錢 赭石叁錢煅研 鬱金貳錢 蔻殼捌分

竹瀝貳匙 姜汁貳滴 同冲服

治膈噎二症總以養血健脾爲主多由脾氣虧敗血液枯耗隧道濇而成病治之非易前在皖北聞一弁云昔日從軍至汴省中途得膈噎病能飲不能食遇一集鎮

以大鍋煮雞十餘隻賣者因口渴卽市其汁飲之味濃而極鮮食下卽達於下焦不似前之飲水格格不入遂連購數碗飲之則漸能進食此後每食必用雞湯煮粥食之胃膈卽開病卽愈矣可見此病之虧損非賴肉汁不能補也而況十餘隻之雞汁其濃可知此方眞可傳也如遇此症可用極肥老母雞殺剖洗淨剁極融碎和冷水漫火熬成濃汁不加鹽略加姜汁飲之無不見效每用濃雞汁治噤口痢亦有奇驗古方有用糯米裝翻毛雞腹內煮爛食治膈噎病甚效

治黃疸內經有開鬼門潔淨府等法開鬼門者開其滕理使熱邪從肌表出也潔淨府者瀉其膀胱使溼邪從小便出也然外感之熱可從汗解若陽明內蘊之熱發汗則劫陰而內熱更甚祇宜清胃熱利肺溼而汗吐下三法均不可用矣

治面目發黃口燥而渴小便赤澀胃火熾盛溼熱薰蒸是爲陽黃費氏導黃湯主之

葛根貳錢 花粉貳錢 木通貳錢 茵陳叁錢 萆薢貳錢

山梔壹錢伍分 連翹壹錢伍分 茯苓貳錢 車前貳錢

澤瀉壹錢伍分 苡仁壹兩煎湯代水

治面赤發黃身冷不渴小便微黃而利此爲陰黃茵陳

朮附湯主之

茵陳叁錢 白朮貳錢 附子壹錢炮 茯苓貳錢 當歸貳錢

廣皮壹錢 半夏壹錢 砂仁壹錢 苡仁捌分 姜皮捌分

治酒疸平日嗜飲溼火薰蒸面目發黃黃甚則黑心中嘈雜雖食甘芳如啖酸辣小便赤澀茵陳玉露飲主之

茵陳叁錢 玉竹叁錢 石斛叁錢 花粉貳錢 葛根貳錢

山梔壹錢伍分 廣皮壹錢 半夏壹錢 茯苓貳錢 萆薢貳錢

苡仁壹兩煎湯代水

治肝木尅脾土腹痛方

酒炒白芍叁錢 炙甘草貳錢 煎服效

治脾土為寒溼所凝當臍脹滿作痛悅脾湯主之

薏米肆錢 茯苓貳錢 茅朮壹錢 烏藥壹錢 枳殼壹錢

白朮壹錢 神曲炒貳錢 姜貳片 煨木香捌分 東瓜皮叁錢

治腹脹水瀉方

藿香梗貳錢 大腹皮酒洗貳錢 茯苓皮叁錢 車前子貳錢

猪苓貳錢 澤泄貳錢 穀芽叁錢 木瓜壹錢伍分 煨木香捌分

治腎虛五更溏瀉

骨碎補去毛切片肆錢 青鹽和炒伍分

用猪腰一對剖開將骨碎補夾入紮好加酒水各半

煨服

治腰痛不止溼鬱經絡之故

薏米陸錢 芡實叁錢 木瓜壹錢 杜仲炒貳錢 茯苓叁錢

土炒白朮貳錢 絲瓜絡叁錢 刀豆殼燒貳錢 澤泄貳錢

治腎虛腰痛方

川杜仲叁錢 青鹽壹錢伍分

以猪腰一對夾藥火煨熟用酒送下

治風溼腰腿作痛加減獨活寄生湯

獨活壹錢 茯苓貳錢 威靈仙壹錢伍分 肉桂心伍分

桑寄生貳錢 當歸貳錢 牛膝壹錢 防風壹錢 秦艽壹錢

金毛狗脊貳錢 炙甘草伍分

治兩腿轉筋方

木瓜叁錢 神心木肆錢 乳香貳錢 歸身叁錢 煎服

治腳氣痛方

小桑枝貳錢 鬱金貳錢 黑山梔壹錢伍分 木瓜貳錢

黃芩貳錢 酒白芍貳錢 龜板炙叁錢 茯苓貳錢 乳香壹錢

川萆薢貳錢 枳殼壹錢伍分

醫學篇二卷之二

婦科主方

婦女之病治法均與男證同惟多天癸一門而已昔者女子幽因於深閨之中不能散悶於外非但中懷鬱結不舒即空氣亦不流通多病之由職是故也主治之法審其無外感別症惟有養血疏肝爲主幸年來漸趨文明講求運動衛生婦科之病當因之而減矣至若胎前產後生死交關慎勿忽諸

治室女經閉

全當歸叁錢 川芎貳錢 酒芍貳錢 益母草貳錢
粉丹皮壹錢伍分 生地貳錢 丹參叁錢 四製香附壹錢伍分

治室女經時腹痛

當歸叁錢 川芎壹錢 酒芍貳錢 丹參貳錢 香附壹錢
延胡索壹錢伍分 茺蔚子壹錢伍分

治室女倒經或衄血吐血

生地叁錢 當歸叁錢 川芎壹錢 酒芍貳錢 丹皮貳錢
阿膠叁錢蒲黃炒 黑山梔壹錢伍分 黃芩貳錢 茜草壹錢
白茅根叁錢

治婦女臟燥悲傷好哭自已不解其故如有鬼神附者

生甘草貳兩 小麥叁兩 紅棗拾枚去核
水六大碗煮成三碗分三次服

治婦人久虛羸瘦經水不調等症屢試屢驗調經種子良方也

全當歸捌兩用手扭斷寸長 紅棗壹斤去核
用好燒酒二斤拌藥放炒鍋內隔水燉半日俟冰涼後再用好甜酒八斤泡二十日取出隨量飲之其病若失

治婦人經水不調氣血不和不能受孕或生過一胎停隔多年服此酒自能調經受孕名曰調經酒此方經效數人

全當歸伍兩 遠志肉叁兩泡水洗 生甘草
以二味藥用稀布盛之浸於甜三白酒十斤內浸過七日每晚溫服慎無間斷

治肥胖不孕痰多者

川芎伍錢 野朮壹兩 茯苓壹兩 神曲伍錢 當歸伍錢
法半夏壹兩 製香附伍錢 清炙甘草叁錢 橘紅貳錢
以米湯粥和丸每日空心服三錢久服必孕

治經血先期脾虛有熱難於胎孕金匱當歸湯加減用之效

全當歸叁錢 芎藭壹錢伍分 酒芍叁錢 大生地叁錢酒炒

黃芩貳錢 土炒野朮貳錢 山萸肉壹錢伍分 茯苓叁錢
粉丹皮壹錢伍分 阿膠珠貳錢蛤粉拌炒
治孕婦惡阻嘔吐不食此症若稍能進食惡阻不過甚者一二月即愈可不必服藥倘若向係陰虧脾弱肝旺直不能食數月不止者最爲傷人惟傅青主所擬順肝益氣湯加減服之稍有效驗
潞黨參叁錢 當歸肆錢 陳皮叁分 土炒白朮壹錢伍分
蘇子霜貳錢炒研 麥冬叁錢不去心 茯苓壹錢 透熟地叁錢
砂仁壹粒炒 酒芍貳錢 烏梅肉壹枚 爲引

安胎奇方

墨魚肆兩 略洗鹽味 老母雞壹隻 殺淨將墨魚裝入雞腹內同炖爛食之永無小產之患
治慣小產每覺有孕即製泰山磐石丸一料每早空心米湯下三錢隔五日千金保孕湯服一劑遇有外感傷風等恙即停服前方服保產無憂散一劑服至五六月後即止萬不致再小產矣有人小產五六胎後照此服食無不保住此法經驗多人故特記之

泰山磐石丸

懷山藥肆兩微炒 杜仲叁兩去粗皮鹽水炒 川續斷貳兩酒炒
共爲末糯米糊爲丸如梧子大每早服三錢米湯送下

千金保孕湯

黃芪壹錢炙 杜仲壹錢姜汁炒 黃芩壹錢伍分 生白朮伍分去皮
茯苓壹錢 阿膠壹錢蛤粉炒 甘草伍分 續斷捌分 蘇梗伍分
糯米百粒 酒二杯水二杯煎
保產無憂散即常州俗名曰宮中十二味也常人稱爲安胎要藥此方補表瀉兼用强壯者服之尚宜虛弱者服之心嘈不安似與血分有碍余曩昔深畏之遇有感冒以代表劑尚可後逢姙婦虛弱者偶有風寒外感即用此方頗有效驗

保產無憂散

全當歸壹錢伍分酒浸 川貝母壹錢去心 羌活伍分 蘄艾七分醋炒
細甘草伍分 荊芥穗捌分 川厚樸柒分姜汁製 枳殼陸分炒
菟絲餅壹錢肆分 生黃芪捌分 白芍冬用壹錢春夏秋壹錢貳分
川芎壹錢伍分
水二碗姜二片煎八分温服
治瘦弱虛損之人下元不固血海乾涸屢屢墜胎者用專翕大生膏定獲奇效或產後虛羸或小產後亡血過多虛不復元者均效

專翕大生膏方

余家舊傳此方係十二味尚有川貝母未
蟬蛻各半錢前方亦但云產難服的
劑神效不云產前無病預服也

西洋参肆兩 茯苓肆兩 龜板貳兩另熬膠 鱉甲貳兩另熬膠
牡蠣貳兩 海参肆兩 猪脊髓貳兩 烏骨雞壹隻去頭足
鮑魚肆兩 白芍肆兩 羊腰壹付 蓮子肆兩 阿膠肆兩
麥冬肆兩去心 不雞子黃伍個 芡實陸兩 五味子壹兩
熟地陸兩 沙苑蒺梨貳兩 枸杞子貳兩炒黑 桑寄生貳兩
麋茸貳兩 天冬貳兩 白蜜貳兩

右藥分二銅鍋總用鐵器以食料歸一鍋以藥料歸一鍋文火細鍊一晝夜去楂再熬二晝夜陸續合爲一鍋煎鍊成膏末下三膠合蜜和勻以方中之有粉無汁之茯苓芡實蓮子白芍研細末合膏爲丸每服二錢漸加至三錢早晚二服此系照原方八分之一也

醫學篇卷二 婦科 五

治氣血虧損難產 止產者天授之職分本可無須服藥待其果熟而蒂自落惟氣血素虧亦賴藥力扶持以免滯產悶損小兒也雖有開骨散一方重於活血莫如蔡松汀難產神效方大劑方藥氣血兩補尤爲見效茲特開附於後

蔡松汀難產神效方

熟地黃壹兩 眞綿芪壹兩炙 當歸身肆錢 白茯神叁錢
西黨参肆錢 酒白芍壹錢 甘枸杞肆錢 敗龜板捌錢醋炙
撫川芎貳錢

水三碗煎成一碗只服頭煎不必二煎連服二三劑無不順生此方大補氣血無論產婦强弱連服此藥痛可立減胎自順生世有此方可保永無難產矣

治產母於小兒甫下地生死判於頃刻者有二急病須詳察施治 一血暈一氣脫血暈者實症也因小兒下地惡露不行瘀血衝心以致神昏口噤不知人事用韮菜一把切碎和醋一大碗用燒紅炭投下安產母鼻前薰之少頃卽甦速將生化湯煎濃與服自愈

氣脫者虛症也此緣平素虛弱臨產努力小兒下地血

醫學篇卷二 婦科 六

去過多氣不攝血血亦隨氣而脫口開自汗六脈細微氣脫也須用參芪奈世人執古不化不敢用參仍用生化等破血危在目前少有救者余三妹仲儀人本瘦弱生第三胎產時艱難小兒下地卽暈去灌以生化湯不效彼時余爲照料藥餌卽查醫書審係氣脫非血暈卽私將臨產所用之濃參湯攙半盞於二煎之生化湯內當與服之卽甦屆時余已廿歲尚未出閣亦未告諸一人誰料吾妹又連生二胎至第六胎血氣愈虧仍是小兒生下氣隨脫而亡矣噫時余已歸闔不復見及至今思之深爲痛悔今擬此篇隨筆紀之以利後世生化湯

雖系產後要劑然去血多者亦不宜服玆將氣脫方擬於下至兒一下地即暈迷不語急用銀針刺眉心得血即生速用後方煎湯一碗灌之

西潞黨壹兩 全當歸壹兩 綿黃芪貳兩 酒白芍壹錢

炮姜炭壹錢 炙甘草壹錢 川芎壹錢

治產後空腹痛

蓮蓬殼叁個 煎湯服立止

治產後小兒生下去血過多遂遺下一物如脂膜狀乃氣血素虧產前勞傷肝之脂膜隨血崩墜名曰肝痿如惡露下多須大補氣血略加升提之品一劑即收此系

經驗過者勿因新產不敢用補也

生黃芪伍錢 潞黨參貳錢伍分 全當歸叁錢酒洗 升麻陸分

酒炒焦白芍貳錢伍分

治產後傷尿胞淋漓不止須趁產後下半月治之得法即補好矣用傅青主完胞湯加減用之效

生黃芪叁錢 潞黨參伍錢 桃仁拾粒去皮尖研 白芨末壹錢

茯苓叁錢去皮 川芎叁錢 益母草壹錢伍分

先用猪羊胞一個煎湯代水饑時服數劑即愈

治產後發熱口渴係血虛也即用當歸補血湯治之其效如神

炙黃芪壹兩 全當歸叁錢 水煎服

治產後咳嗽痰多方

全當歸貳錢 川芎壹錢 桔梗肆分 知母炒伍分

甜杏仁拾粒去皮尖研 半夏粬柒分

治產後大便秘結不通

生化湯加肉蓯蓉壹錢 大麻仁壹錢 柏子仁貳錢 煎服即通

治乳少能多方

黃芪壹兩 全當歸伍錢 通草叁錢 白芷伍分 雄猪七星蹄二對同燉爛去藥食蹄湯乳自充足矣

治婦人乳被兒口含吹氣閉塞乳孔腫痛方

葱一大把連鬚白搗爛炒熱敷之即消另用

金銀花壹兩 蒲公英伍錢 水酒各二杯煎服即睡睡醒即消

治乳癰紅腫

大瓜蔞貳個搗碎 生甘草伍錢 當歸伍錢酒洗 乳香柒分去油

沒藥柒分去油 酒水各半煎服以渣搗爛敷之神效

治乳癧神方

川貝母壹錢伍分 知母壹錢伍分 穿山甲壹錢 白芨壹錢 製半夏捌分 花粉壹錢伍分 金銀花貳錢 皂角刺捌分 洋

乳香去油壹錢 酒二杯水一杯煎服以楂和芙蓉葉搗爛加蜜少許敷患處一宿即消此三方余治好多人

治乳巖其初如桂圓大核隱於肉內不紅不痛久久漸大根益堅深有一絲絲抽痛即漸大發作難治矣初起速用陽和湯加土貝母五錢煎服可消外用山藥鯽魚膏敷即愈

陽和湯方

熟地壹兩 麻黃伍分 鹿角膠叁錢 白芥子貳錢炒研 上肉桂心壹錢 生甘草壹錢 炮姜炭伍分 土貝母伍錢

不用引水煎服

鯽魚膏方

生山藥叁寸 小活鯽魚二三条和山藥搗爛如泥用布攤帖瘡極勿搔隔布揉之內服陽和湯外敷膏敷日即愈若待成功頗難治也慎之

治產後虛羸心腹疝痛或受寒腰腹墜痛等症甚效

肥羊肉壹斤 入當歸伍錢 黃芪捌錢 生姜陸錢

水三碗酒二杯煮爛食

治血不歸經經多妄行血崩等症

整枝當歸陸錢不切 眞阿膠壹塊 海螵蛸叁錢 棗仁叁錢 大生地伍錢不切 茯神伍錢

白毛烏骨雞不論雌雄殺去毛雜將藥塞雞腹內加黃酒一杯放砂鍋內隔水蒸爛食之無白毛烏骨即全黑毛雞亦可

治殺血心痛乃因血去過多之故亦有勞心過度亦患此症痛時陡然痛起說止即止或食油湯即愈

鮑魚肆兩切片 茜草貳錢 海螵蛸伍錢

肥母雞一隻殺淨將茜草海螵蛸裝雞腹內縫好鮑魚和雞煮爛將腹中藥拕去食雞與鮑并湯神效

醫學篇二卷之三

幼科指迷

嬰兒臟氣未全不勝藥力週歲內非有重症少投藥餌即三歲以內形氣亦尙嫩弱用藥不可太猛峻攻驟補皆非所宜至持脈尤不可憑惟察色觀形或視三關指紋稍有依據學者當細審察之

看虎口三關法

小兒三歲以內看男左女右虎口三節曰三關紋色紫熱紅傷寒青驚風白疳病黃色淡色乃平常小恙其筋紋宜藏不宜暴露若黑色則爲危險再脈紋見

下截風關爲輕中截氣關爲重上截命關爲尤重直透三關爲大危

小兒因產母難產閉氣過久落地不哭急將口中血塊掏去如天寒速將棉物抱蓋用帋撚點火將臍帶土往來燻之其煖氣入腹即啼

小兒初生開口藥方須下淨瘀毒糞下黃色爲度

桃仁叁分　當歸叁分　紅花叁分　枳殼叁分　黃連貳分

熟大黃叁分　甘草肆分

水一杯煎成五分用小果瓢喂之藥後再用連皮合桃搗爛開水冲擂用布絞汁與食之皆能去胎毒

小兒初生七日內看其上齶有白星如粟米者須用青布醮米泔水擦下或挖出勿令吞下塗以陳墨即不致臍風等恙

小兒未滿月驚搐似中風用辰砂以新汲水濃磨汁塗五心最效

小兒臍中溼腫經久不愈恐發驚搐宜用枯礬龍骨各三錢爲末稍加麝香乾摻之

小兒胎毒馬牙鵝口白不能吮乳妙方

日出時用刀砍桑樹二三下少時漿出取下和蜜

塗之立愈并治撮口等患

小兒口瘡妙藥

黃柏伍錢蜜炙　青黛壹分　爲末頻擦患處

小兒牙疳神效

青黛伍分　黃柏伍分　薄荷伍分　人中白壹錢

兒茶壹錢　冰片壹分

共研細末先用青布洗去白膜用管吹患處立效

治小兒口瘡用吳茱萸末醋調貼兩腳心

小兒禿瘡胎毒一切溼瘡

老松香貳錢 黃丹壹錢 鉛粉伍分 青黛壹錢
白礬貳錢 蒺藜壹錢 苦參貳錢
共研細末麻油調擦

小兒天泡瘡
白荷花曬乾爲末麻油調擦

治小兒奶癬瘡方
大楓子肉貳錢伍分 黃柏貳錢伍分 蛇床子捌分 枯礬伍分
雄黃伍分 輕粉陸分 共爲末臘猪油調擦

小兒遍身疥癬熱毒先以此湯洗之
殭蠶貳錢 葱白貳錢 花椒貳錢 明礬貳錢 茵陳貳錢

煎湯頻洗毒必發出然後擦換形散

換形散
青黛叁錢 黃柏叁錢 枯礬叁錢 雄黃叁錢 硫黃叁錢
共研細末溼則乾擦乾則麻油調擦

小兒薙髮後用杏仁叁個 薄荷葉叁條
共研細末以麻油調擦頭上卽避風邪永無瘡
毒

小兒熱癤
芙蓉葉 秋菊花葉 共搗爛敷之效

小兒生熱痱子
飛淨滑石伍錢 綠豆伍錢磨細粉
共合篩過以棉撲之

小兒吐乳或不食乳
米拾餘粒炒焦黑 乳半杯 水半杯 小葱頭壹個
煎至五分服之極效

治小兒吐乳方
炒麥芽壹錢 橘紅肆分 丁香壹分 水煎服立止

小兒痰喘有聲
胡桃肉連皮搗爛叁錢 麥芽壹錢
煎水加氷糖少許沖服喘止痰消甚效

小兒傷風咳嗽方
蘇梗捌分 杏泥壹錢 前胡捌分 赤芍捌分 荆芥捌分
陳皮陸分 製半夏伍分 桔梗伍分 甘草叁分
生姜壹小片爲引

小兒咳嗽食少髮黃脾虛也
眞山藥壹味 切成小塊煮爛和白糖帶微湯服食
最有益脾胃而能止嗽經驗妙方也

小兒急驚者係感冒風寒或傷乳食鬱久皆能生痰痰積化火火升痰亦升痰火上壅肺竅則諸竅皆閉此症總是發熱不退熱重則肝風內動所以拘攣弓仰

掣顫竄視正發搐時卽以通關散開其嚏得嚏則醒但忌抱緊恐傷其筋絡致成殘廢聽其抽搐過時卽愈當用清火降痰湯

連翹壹錢伍分 銀花壹錢 勾籐壹錢伍分 枳殼壹錢 貝母捌分去心

天竺黃壹錢伍分 黃芩捌分 甘草伍分 車前子壹錢炒

急驚定後當用清熱養血湯

細生地貳錢 丹參壹錢伍分 丹皮壹錢 赤芍捌分

黑山梔壹錢 生甘草伍分

治慢驚法世間所謂慢驚風卽脾虛生內風也凡小兒因發熱不退或吐瀉久則脾虛肝木乘之是內風侮

土非外風也此皆平日受暑受寒或傷食皆能作吐作瀉或吐瀉交作久則脾土弱肝木旺久瀉漸見青色面色萎白神氣懨懨不振而慢脾成矣初起用異功散加減

異功散方

潞黨參貳錢 土白朮壹錢 茯苓貳錢 陳皮捌分

炙甘草壹錢

吐則加藿香壹錢 煨薑貳片 瀉青色加煨木香陸分 肉桂叁分

慢驚虛寒甚者脈息微細唇舌萎白手足皆冷此將脫之症或先用逐寒蕩驚湯沖開寒痰再進温補加減理中地黃湯甚效

逐寒蕩驚湯

丁香拾粒研 炮姜壹錢 胡椒壹錢研 肉桂壹錢研不見火

伏龍肝叁兩 煎水澄清煎藥

藥五味煎半茶杯灌下吐瀉立止服後方定獲奇效

加味理中地黃湯

熟地伍錢 當歸叁錢 萸肉壹錢陸分 枸杞壹錢 炮姜壹錢伍分

黨參貳錢 炙甘草壹錢 棗仁貳錢 炙淮芪叁錢

肉桂壹錢 補骨脂壹錢 白朮肆錢

生薑叁片 紅棗叁枚 胡桃肉貳個打碎 灶心土貳兩

煮水煎藥取濃汁大半茶杯加用附子叁分煎水攙入量小兒大小分數灌之如咳嗽不止加粟殼壹錢 金櫻子捌分 如大熱不退加白芍壹錢

瀉不止加丁香陸分 只服一劑卽去附子

小兒夏日暴吐瀉切不可作虛寒治憶昔余在川時大兒甫一週餘五月陡患洞瀉如水氣息奄奄手足轉冷適遇一官醫熟讀景岳全書者專喜熱補延其診視謂口冒冷氣的係虛寒重用温補之劑深恐見效

坐視藥煎好喂下斂口方去是夜不瀉惟吐而大渴不止連要茶水及乳而食至咽即吐一夜滿床亂翻幷喜覆卧查其勢實係暑冢遂將其病源詳開請常州瞿槐廷大令開方服下即安後旋用清淡解暑之品與服數日大便照常小便清長可見手足寒冷不可泥於定係寒症此方雖經三十餘年今尙記憶特紀之以示後人

開口吳茱萸柒粒泡淡 川連叁分 白扁豆叁錢連皮 陳皮捌分
薏仁米叁錢 六一散貳錢 茯苓貳錢 澤瀉壹錢伍分
千里泥壹撮 荷葉梗柒寸 爲引

小兒泄瀉不止方

山藥粉 每用二錢砂糖冲服即愈

小兒痘科一症今不必議既有牛痘種兒又不傷元氣且無須服藥倘爲父母者因循不早爲種牛痘自悞其兒也惟牛痘後必有痲症隨後或在痘後月餘或一年之內必出倘牛痘前所出皆不算眞痲也必痘後所出方算餘毒盡出矣

痲子出時必先流涕眼淚汪汪必發寒熱或咳或咽痛必須愼風寒忌油鹽葷腥等物初起宜服

當歸叁錢 荊芥壹錢 防風壹錢 白芍壹錢 升麻叁分
葛根伍分 生甘草壹錢

痲子出不透者用葱白原荽菜各一大把水酒煎用麻蘸汁五心遍身擦之即透

小兒痲疹後咳久不止者

甜杏仁貳錢去皮尖 薏仁貳錢 山藥貳錢 竹葉貳拾片
梨叁片 水二碗煎八分作茶飲

小兒疳積面黃肌瘦腹大食不生肉等症

北沙參叁錢 茯苓叁錢 土白朮壹錢伍分 穀芽叁錢
炒枳殼貳錢 焦山查貳錢 陳皮壹錢 澤泄貳錢
砂仁伍分 雞肫皮叁錢炒香 爲引

小兒疳疾以消疳雞肝散治五疳如神

雞肝壹具不落水 雄黃貳分研末 磁碗盛之和勻好酒少許入肝內飯上蒸熟食之即愈

小兒疳疾腹大面黃肌瘦用立秋後大蝦蟆去頭足腸砂仁末一錢裝入腹內溼紙包好火煨熟食之效

小兒疳疾腹大膨脹黃瘦倦怠等症用一味金雞散

雞內金不落水者炒香研末不拘何食如粥菜等類均可加入與食最能磨積殺蟲除溼故與小兒脾病有益蓋雞之脾能復脾之本性也

小兒疳疾生蟲

榧子不拘多少炒熟　任食自愈

又方

鵝不食草一把蒸精肉淡食一二次蟲化爲水

小兒健脾消食粉

鍋焦貳斤炒黃　砂仁壹兩　山查貳兩蒸　蓮肉叁兩去心

雞肫皮捌錢炒香　共磨細粉臨時加白糖冲食

小兒痞疾面黃肌瘦食少等症

石燕子　瓦楞子俱用醋煅爲末　紫口蛤蜊殼燒灰存性

右等分爲末每以三錢用羊肝半具竹刀劈開摻藥於內線紥砂鍋內煮三炷香去藥食肝與

湯無不立效

小兒痞疾外敷藥

水紅花子伍錢　研細末以麪糊成餅加麝香壹釐放痞上以熨斗烙之數次卽愈大人小兒癖疾均效

小兒夜間遺尿腎經不固也

懷山藥叁錢　益智仁貳錢　桑螵蛸貳錢　烏藥壹錢

用猪小肚一箇盛藥煨爛食小肚以湯送之

小兒小便初下如常良久變如米泔此溼熱下注也久恐成疳宜除溼化積健脾爲主

赤茯苓各貳錢　滑石貳錢　陳皮捌分　薏仁米叁錢

穀芽貳錢　神麯貳錢　雞內金炒貳錢　甘草陸分

燈心七寸爲引

醫學篇二卷之四

外科纂要

外科一症須分陰陽陰毒之症皆皮色不變發於五臟故根深自陷名之曰疽有腫有不腫者有痛與不痛者有堅硬難移者有柔輭如棉者不可不辨腫而不堅痛而難忍者流注也腫而堅硬微痛者貼骨鶴膝橫痃骨糟等類也不腫而痛骨骱麻木手足不仁者風溼也堅硬如核初起不痛者乳巖瘰癧也不痛而堅形大如拳者惡核失榮也不痛不堅輭而漸大者癭瘤也不痛而堅堅如金石形大如升斗者石疽也此等症候盡屬陰

虛無論平踏大小毒發五臟皆曰陰疽如尚疼痛者易消重按不痛而堅者毒根深固消之不易則治之尤不容緩也

石疽惡核治法同初起一核漸大如拳堅硬如石急以陽和湯犀黃丸每日早晚輪服日久現出紅筋則不可治若生斑片潰爛在即潰後放血三日而死若現青筋可治內服陽和湯外用活商陸根搗爛加食鹽少許敷之數日作癢半月皺皮日敷日輭有膿袋下垂以銀鈹穿破用千金托裏散加熟地生芪各一兩煎服十劑後用陽和解凝膏貼上空出頭膏外用布捆緊務使皮膜相連內服十全大補湯或保元湯參芪俱用生者服至收功爲止

陽和湯方　治石疽惡核痰核瘰癧乳巖失榮流注橫痃竝一切色白平塌陰疽等症此爲陰疽聖藥萬應萬靈屢試屢驗之良方也

熟地壹兩　眞鹿角膠叁錢　上肉桂壹錢　麻黃伍分
生甘草壹錢　炮姜炭伍分

水煎服不用引服後飲好酒數杯戒房事服至病愈爲止無論冬夏皆宜不可增減

陽和解凝膏　治一切已破陰疽惡毒最爲神效不可

輕視幷治瘧疾凍瘡皆效

陽和解凝膏方

新鮮大栗子根葉梗叁斤又名牛蒡子　活白鳳仙花梗肆兩

用麻油十斤將二味熬枯去渣次日以　附子　桂枝　大黃　當歸　肉桂　官桂　草烏　川烏　殭蠶　地龍俗名曲蟮　赤芍　白芷　白蘞　白芨　以上各二兩　川芎肆兩　斷續　防風　荆芥　五靈脂　木香　香櫞　陳皮　各一兩共入油熬藥枯瀝渣隔宿油冷稱過斤兩每油一斤加炒透黃丹柒兩攪和文火漫熬

熬至滴水成珠不黏指爲度以油鍋移放冷處取乳香　沒藥各二兩蘇合油肆兩麝香壹兩研細入膏攪和半日後攤冷貼一切潰爛陰疽神效凍瘡一夜全消瘧疾貼背心

犀黄丸　治石疽惡核失榮瘰癧乳巖流注橫痃肺癰小腸癰一切腐爛陰疽屢試神效百發百中之仙方也

犀黄丸方

製乳香　製沒藥各壹兩麝香要當門子犀牛黄各叁錢

共爲細末取黄米飯壹兩擣爛與各藥末和勻

爲丸如粟子大曬乾忌火烘每服三錢陳酒下患上部臨睡時服下部空心服

千金托裏散加芪地方

生黄芪壹兩熟地壹兩防風壹錢伍分肉桂壹錢白芷貳錢厚樸壹錢川芎壹錢伍分潞黨參肆錢生用桔梗貳錢甘草壹錢當歸貳錢

十全大補湯方　治氣血俱虛并老弱人癰疽等症

潞黨參肆錢生黄芪肆錢酒白芍貳錢焦朮貳錢上肉桂貳錢茯苓貳錢當歸貳錢川芎壹錢伍分生甘草壹錢熟地肆錢　水煎服

保元湯

上肉桂貳錢生黄芪肆錢生甘草壹錢　水煎服

瘰癧治法此患生於項間初起一小塊不覺痛癢在皮裏膜外漸大如桃核旁增不一皮色不異初起以子龍丸每服三分淡姜湯日服三次至消乃止倘幼孩不善服藥取小金丹每日一丸用布包放石上隔布敲碎入杯取冷陳酒二三匙浸化用銀物研臨卧以熱酒衝服蓋暖取汗服消乃止

子龍丸方　治頸項胸肋腰牽引作痛并瘰癧魚口便毒帖骨一切陰疽神效

甘遂用甘草煎湯浸三日用清水淘洗三日去心再淘浸四五日麪包煨透炒熟研末

大戟去附枝水煮透去骨切曬白芥子炒

各等分爲末煉蜜爲丸如梧子大每服三分淡薑湯下忌與甘草之藥同日而服

小金丹方　治流注惡核痰核瘰癧乳巖橫痃及一切陰疽初起屢試如神內有五靈脂不可與諸參同日而服

白膠香　草烏　五靈脂　地龍　製木鱉各淨末壹兩伍錢

製乳香　製沒藥　當歸身各淨末柒錢伍分麝香壹錢陳墨壹錢貳分

用糯米粉壹兩貳錢煮糊和入各藥末擣千搥
爲丸如芡實大一料爲二百五十丸曬乾磁瓶
收貯以蠟封口勿洩氣臨用取一丸取布包敲
碎酒化再用熱酒冲服

又治項生痰核瘰癧或連珠串生或潰爛久不收口年
近者一料收功年遠者服二料無不全愈此方已經
驗之方勿以價廉而輕視

眞香梗芋子拾斤去皮竹刀切片曬極燥

右磨爲粉以開水泛丸早晚每服三錢甜酒送
下服之頸内覺有些麻象更妙

又治癧塊湯藥方

左牡蠣捌錢 川貝母貳錢去心 白芥子炒貳錢 茯苓蒸貳錢
酒白芍叁錢 全當歸叁錢 粉丹皮壹錢伍分 青皮壹錢
陳皮壹錢 鼈血炒柴胡壹錢伍分 野白朮炒貳錢 土
炙甘草壹錢 海藻叁錢 夏枯草叁錢

凡患瘰癧者多由肝火鬱結而成能照前方服食并每
飯用海帶煨肉湯兼以海蜇代小菜食自能消盡萬
不致成患此系經驗之治法也特錄之

其餘骨槽風乳巖流注横痃帖骨附骨鶴膝陰疽等症
藥方皆不離前數方一切治法臨症查王洪緒外症
甚詳茲不復贅

癰毒之患發於六腑紅腫焮痛患盤寬大名之曰癰小
者爲癤初起尚未作膿宜消散用洞天嫩膏敷紅腫
外以醒消丸熱酒送服三錢立能消腫止痛爲療癰
之聖藥有膿消之不退當用托毒散醒消丸早晚輪
服如患盤寬數寸或居背心腦後腰腹肚腋等險之
穴用五通丸醒消丸早晚以敗毒散輪送一次皮皺
痛息再服至愈倘潰即用托毒散醒消丸亦早晚輪
服如患盤不滿一寸之紅腫者爲癤蟾酥丸梅花點
舌丹皆能消腫止痛

醒消丸方

製乳香壹兩 製沒藥壹兩 麝香壹錢伍分 雄精伍錢
共研和取黄米飯壹兩擣爛入末再擣爲丸如
蘿蔔子大曬乾忌烘每服三錢熱陳酒送下醉
蓋出汗酒醒癰消患息

五通丸方

廣木香 五靈脂 麻黄 製乳香 製沒藥
各淨末等分用飯擣爛入末再擣爲丸如梧子
大另以敗毒湯送下

敗毒湯方

連翹貳錢 赤芍 銀花 歸尾 黃芩 花粉各貳錢
甘草節壹錢
酒水各一盌煎半服惟疔瘡忌酒
洞天膏 治一切紅腫熱毒癰瘑其效如神
壯年頭髮捌兩 菜油壹斤半 入鍋熬至髮枯去楂聽用再用活牛蒡草 生菊花連根葉 活蒼子草連根 生金銀藤 生馬鞭草 生仙人對坐草各半斤 入菜油拾兩 熬至草枯瀝淨渣再加白芷 甘草 五靈脂 當歸各肆兩 入鍋熬至枯瀝淨渣俟冷將煎熬頭髮之油合共稱過觔兩每

油一斤用炒透黃丹叁兩伍錢 入油內攪匀再熬熬至滴水成珠以不粘指為度冷透收貯聽用
洞天嫩膏 治遮腮及小兒游風丹毒並治紅腫癰初起尚未成膿者均極效驗即前方少加黃丹至用二兩不必熬至滴水成珠以嫩為度
托毒散 治一切紅腫癰毒
全當歸伍錢 金銀花叁錢 生芪 花粉 連翹 黃芩 赤芍各錢半 大黃 牡蠣 生甘草各一錢 枳殼捌分 皂刺伍分 水煎服
疔瘡治法 此症發之最速有朝發夕死有隨發隨死其毒最烈或發寒熱或發麻木或嘔吐或煩燥或頭暈或舌硬口乾或心腹脹悶或精神沈困或語言顛倒此皆生疔之候此形或大或小或長或圓或白或紅或有紅絲名色甚多治法則一儻辨不清以生黃豆嚼之如無豆腥之味即是疔瘡
菊花飲 治疔瘡用白菊花葉連根用 擣取自然汁一茶盃滾酒冲服或酒煮亦可然不如生者為妙渣敷患處留頭服後蓋被睡出汗其毒自散無論生在何處有起死回生之功至穩至便諸方不及不可遲疑自悞無葉用根亦可

地丁飲方 治疔生紅絲走至心不救
紫花地丁壹兩 白礬貳錢 甘草叁錢 銀花叁兩
煎服各疔均效
治對口等疔 用大蝦蟆一箇破腹取肝帖之立消
癰疽治法從頭至足部位不一頗為繁雜茲特擇其簡要而有靈效者略書數端並分癰疽陰陽治法初起不致紊亂錯悞自易奏效蓋癰為陽為實疽為陰為虛症癰症治法有醫宗金鑑最為詳晰疽症治法有王洪緒外科精妙無窮其骨槽風乳巖流注橫痃帖骨附骨鶴膝等皆陰疽也查王洪緒外科甚詳無

須後人多贅也

醫學篇

光緒三十三年歲在丁未仲秋栞於長沙

序

曾文定公之言曰後世自學問之士多徇於物而不安其守其室家既不見可法故競於邪侈豈獨無相成之道哉士之苟於自恣顧利冒恥而不知反已者往往以家自累故也近世開敏之士多能知學問之不可已而家誡閫範之書尚少善本袁幼菴觀察淑配曾恭人知多言之不如身教之入人深也家庭之閒左準繩右規矩相夫敎子均有成績乃以中饋之暇著爲女學篇若干卷中饋錄若干卷大率本其躬行心得門分而事別之反復詳盡諄諄乎勉行其所易而不貴苟難雖廣之天下可也世之學者不勝其好名欲速之心日以著書立言爲已任往往偏於上達而忽於人之所甚易讀恭人是書亦可以知所從事矣是爲序

光緒丁未三月端方撰

序

光緒二十有七年熙拜管學大臣之

命其明年冬建大學於京師海內承學之士祁祁來遊非有開敏閎達之才不足以資襄理夙聞袁太史珏生之賢至是乃與揚搉學務兼綜條貫靡不精審齋務素稱繁重受事逾月秩序釐然於時

詔開特科薦之於

朝癸卯

廷試射策一等熙雅自負相士之有眞也珏生以熙相知之深暇輒過從手其母　曾夫人詩詞集及篆分績事以贈歎其詩得溫柔敦厚之遺其詞實花閒草堂之亞篆分則深入秦漢之室績事則鄄通南北之宗並悉珏生昆季自幼無不以母爲師稍長始承庭訓蓋蒙養之初鮮有出就外傅者始曉然於家庭教育澤於幼稚時代其效力爲深且遠也乙巳珏生入直

南齋晨儤瑣廬交誼尤密爲言比年以來其母　曾夫人睠時艱之日亟憫女學之不興乃屏棄詩詞書畫以爲無益於世爰就平日躬行實踐可以矜式女學者作女學篇二卷又以醫學至今垂絕而剽竊西醫

者率多膚淺恐眞詮之寖失而殺人之滋多也蒐輯三十年來爲人診治經驗良方薈萃成帙作醫學篇二卷索序於熙敬讀一過益歎 夫人之襟抱宏遠議論明通不獨今之女界無此完人卽求之列女傳中亦不可數數覯盡所以詔後學長子孫者胥本於此矣

光緒丙午八月長沙張百熙拜序

序

丙午之夏慶坻旣拜提學三湘之
命先游東瀛攷察學事竊見彼國現行教育制度自小學中學高等暨師範各學校蓋無不男女並授而女子應用之科目自修身歷史地理數學理科更旁及於音樂圖畫又無不以家事爲主要家事大別爲二部家事衞生卽居室衞生諸事而養育兒童方法隸之家事會計卽家計簿記諸事而饗應烹飪隸之蓋養成男子之智識貴乎高尚遠大而養成女子之智識先在日用切近其當盡之天職固莫外乎是也比棣湘中輒思略仿其意以倡導女子實踐教育而救吾國女學之空虛與其偭詭泛濫之弊洎與陽湖袁幼安觀察定交得讀其德配華陽曾夫人女學篇及中饋錄乃歎其言之有當而足以括中外興學之旨也且乎男位乎外女位乎內各有所事事也女學日晦才智坐槁而數萬萬女子乃幾若廢人矯之已甚者又陰干乎陽而馳放以爲風尚結婚而自由夫婦而平等一家之中幼幼老老不問也而侈言胞與一身以內生計衞生不講也而高語富強斥米鹽爲麤雜視主刀匕以爲賤苦而謬欲宰天下昔日之患女子無學自人人言女學而女德益於是無極

禮教蕩然隱憂方大然則夫人是書殆有鑒於女界之變局而示之以正軌者歟夫人又以教育本原莫大乎尊生於是上起靈素下訖近代醫家言靡不研究成醫學篇一卷其言皆本實驗明顯易曉循而用之可以捄天札之患此其造福又豈有涯量耶若夫夫人之博洽多聞覃精道藝昔與喆弟蜀章比部及令子珏生編修同官京師固飫聞之殆范蔚宗氏所謂不專任一操者固無待慶坻之贅言矣丁未歲除夕錢塘吳慶坻敘

自序

懿幼承母訓夙好金石詞章之學與圖畫鍼黹烹飪之術及笄攖疾五稔博覽內經素問講求醫學之理與衛生之法迨于歸也涉大江越重洋遨遊東南各行省値海禁洞開中原多故默察中國數十年政權變遷之大勢與夫列强數十國鯨吞蠶食之陰謀則又惄焉憂之汲汲焉皇皇焉以蘄所謂自强之計顧居今日而言自强亦大難矣各國通商以來舟車利便朝發夕至虎視狼貪移戈東向夷我屬國據我港灣攘我主權干我內政

宵旰憂勤盈廷太息將不知兵民不愛國此正危急存亡之際千鈞一髮之秋也迨庚子一役世界漸有更變革舊維新駸駸日進國政日以改良教育日以普及民智日以開通工業日以發達中國人民稍知合羣廸智優勝劣敗之機矣我同胞女子有二萬萬之衆何不亦勉力同心共起競爭之志以守其天賦之責任乎有如教育子女各盡義務所以培植國民之基礎也勤儉勞苦家給人足所以籌劃家政之根本也醫學衛生以保康强所以强大種族之原理也懿每讀小戎無衣諸詩而竊歎秦之所以强固不專恃男子而在女子也我中

國爲聲名文物之邦無論名姝村媼莫不兢兢於節孝之中此我邦之勝於環球各國也然幼不勤學孤陋寡聞社會之團體不知世界之新理不察富者驕奢貪者固陋內不能修家政外不能裨時艱子女之疾病不知保護種何以強幼稚之教育不能擔任學何以廣彼一二稍通新法者則又摭拾泰西皮毛或自由結婚或平權獨立飲食效之服御效之痛哭流涕高談時事瓜分豆剖之言不絕於口而一已之義務轉懵懵焉而不力行是又過猶不及之失也殊不知爲學之道無論中西各國各有所長各有所短取其所長棄其所短我所不及彼者師之我所勝於彼者仍之方謂完全教育懿不才不敏所幸母氏姑氏皆秉才德博通經史節孝炳然母氏所作冷吟館全集已久傳於世今將君姑所作碧梧紅蕉館詩集懿所作古歡室詩詞集四卷均付之棗梨因思詞章之學無裨時艱今隨宦皖北端居多暇乃取昔稟承母與姑之教爲懿所身體力行者作女學篇外而愛國內而齊家精之及教育衛生之理淺之在女紅中饋之方詞不求深語不求高以之爲家訓也可以之爲女箴也可以之爲女教科書也亦無不可至守舊者憎其夸誕維新者嗤其瑣屑設有以中立相誚者懿

亦樂而受之是爲序

光緒三十有一年歲在乙巳夏六月下澣華陽女士伯淵曾懿作於皖北渦陽官廨

佰岗五十五歲小影

彼何人斯待朗若玉西窮雪山北涉葱山游將周于五嶽南浮閩海東遵勃海迹幾徧于四瀆坤道湮鬱伊誰匡扶崇我文德詩書自娛肅我壼範教養與俱大巧若拙大智若愚中流失船千金一壺人書並壽鑄影爲圖

贊

爲問今吾何似故吾乃系以贊曰秋月鑑吾心秋水澄吾神如日之方曦如華之當春皎皎而清肫肫其仁熙熙乎翼翼乎長保我渾金璞玉爛熳之天真

光緒丁未秋八月既望浣月自題於華好月圓之室

女學篇目錄

華陽伯淵曾懿著

女學篇

女學總論

華陽伯淵曾懿著

今以我國幅員之廣包羅四萬萬人之眾而女多於男徒以不興女學使女子蟄處深閨無知無識悠悠忽忽坐受淘汰於天地之間不亦大可惜哉夫國者家之積也家者個人之積也女子有學其功僅一家而止擴而充之無家不學直一國之福也況女子之心其專靜純一且勝於男子果能教之得法宜可大勝於男子者楊子云雖云色白匪染弗麗雖云味甘匪和弗美女子不學智識何由開耶故男子可學者女子亦無不可學歷觀古今女子具有過人之才學享淑名膺賢譽者何可勝數懿嘗謂陶融女子之性質必教以讀書明理為第一義讀書則明理理明則萬事發生之原也推之經史詞章圖畫體育諸學可以益人神智算學針黹工藝烹飪諸學可以供人效用能兼此學以相夫則家政以理能兼此學以訓子則教育以興大學所謂不出家而成教於國眞篤論哉今之為父母者每於女子多不知教以文學又不知擴以智識幼時在家惟父母是依及其于歸惟夫是賴夫富亦富夫貧亦貧嘗見富貴之家娶

無學無德之婦奢侈逸豫靡有厭足廣蓄奴婢被服綺羅暴殄天物全不知稼穡之艱辛相夫則夫受其害教子則子受其害天下人才不興必女教之失也國欲治安得乎其貧賤之家則歸之於命全不知振作有爲自甘居於人下即有自奮自强者亦無非憑十指之針線爲人作嫁博取微利即餬口尚不可得何云致富此皆各省女學漸啟萌芽女學既興無論貧富均能入堂就學從此剗去錮習與男子以學相戰馴至男女智識相等强弱自能相等不求平權而自平權矣此非直爲女學界之轉機也且從此男女智識互相競爭各求進步

黃種之强殆將駕環球而上矣懿願天下之爲母者教育子女經理家政務各盡其道使男子應盡之義務無不與女子共之男子應享之權利亦無不與女子共之分之一家蒙其慶合之則一國受其福影響之捷速於置郵一國之中驟增有用之才至二萬萬人之多夫何貧弱之足患哉

第一章

結婚

男女之結婚乃人倫之始將以遂人類繁殖天賦之職能也爲父母者須注意選擇配偶者之體格蓋人身後天各種之疾病可乞靈於醫藥至若先天之疾病斷不能治以人力甚至纏綿數代故選擇體格須慎之於結婚之始至於爲子娶媳尤爲一家興衰之關鍵勿徒慕其容貌而與結婚勿希冀其財產而與結婚須知家道興於婦德欲家政之發達上下之雍穆非慎選賢能之婦何克臻此究之結婚之要雖以門戶相當爲宜然娶

媳似宜擇家境之遜於我家者擇婿似宜擇家境之勝於我家者方爲兩得也我國古禮男子三十而娶女子二十而嫁西人結婚之年適與暗合然欲結婚合度男長於女不過四五年女長於男不過二三年蓋夫婦以愛爲基礎年齡太相懸殊亦非所宜故結婚乃終身大事不可不慎之於始也

第一節

自由結婚

婚姻者一生之根本朝夕相處以終其身者也故其關係至重且大今歐西自由結婚之說漸流行於中國於

是中國女子之好爲新奇者每謂自由結婚能如已意百年偕老永無後悔故欲效之須知歐俗男女羣處互相結交方能互相擇配靡不稱心然亦有初結褵時兩相契合久之愛情寖減因而拒絕者有之尚有戀其財慕其色輒與結婚迨至色衰財盡相與離異者有之並可以一婦而更數夫者此西俗之惡習也我國中男女之辨過嚴故婚姻事非父母之命媒妁之言則又關乎名譽且女子具有專靜純一之德而男子無不存憐新棄舊之心此中國之惡習也故仍不如父母主婚之爲善蓋天下之爲父母者無不願子得良婦女得良夫且

父母閱歷較深選擇尤確倘兒女年齡業已長成結婚之事亦須與兒女商酌盡善盡美心悅誠服方可結婚不貽後悔惟當今女子初學維新游學於外邂逅相逢雖有十分莫逆亦難深信且人情機詐萬端豈一女子所能預燭安知非有妻而思再娶或陽爲娶妻陰納爲妾者久而見異思遷遂成離異勢所必然但願我同胞女子萬勿因此受害致義務名譽兩難保全豈不悔哉

第二節

男子結婚

男子結婚有不可不重爲注意者諺云娶妻不賢害及三代洵不誣也何以言之不能事舅姑以盡孝道一害也不能相夫以持家政二害也不能教子女以濬知識三害也娶婦如此亦家之不幸矣故結婚之始宜求女子之賢能勿論家計之貧富並宜察訪其父母之教育苟能秉性賢良克勤克儉一家之中盎然太和則所教子女亦必循規蹈矩上和下睦于歸之後宜家必矣至於身體强壯則所生子女體質亦强壯故欲得子孫蕃衍康强多壽須注意結婚之始也

第三節

女子結婚

女子結婚以人品純良才學優長者爲最門第及財產次之蓋夫婦者一生之關係人品純良自臻雍穆終身之幸福也才學優長自能秉其才學以給家乃天然之資本也世之擇婿者恆計財產之豐嗇不論品學之高低輙以女子輕許之並有因選擇太苛愆期不字致抑鬱以終或至老不嫁爲父母者因愛而苛擇致不能達其愛力之的是愛之乃誤之也故女子結婚宜早萬勿因循苛擇誤其終身以貽後悔

第四節

婚嫁年齡

古禮男子三十而娶女子二十而嫁雖合西法亦應變通第一章已畧言之矣然必以强固爲標準男在二十歲以上女在十九歲以上倘結婚太早彼此體質尚在發育暢盛之時一經結婚後必阻其發育之速力體質不能完全子女亦多羸弱滋可慮也然而人之發育亦有不同當就其知識之遲早爲率不可概以年歲決之

第二章

夫婦

蓋聞天地絪氣而萬物生夫婦同心而家道正結義自受聘始懷恩則既嫁後以匡過爲正以救惡爲忠雞鳴

戒旦黽勉相規忠孝信義隨時勸誡是故女子于歸以夫爲主正位乎內大義始成靜好琴瑟虔恭中饋終身相依豈敢忽哉

第一節

愛敬

夫婦之道天然和好愛情互相專注夫之道在以學識屬其婦婦之道在以敬愼相其夫如友如賓如兄如弟斯夫婦之極則也易曰夫夫婦婦而家道正家正而天下定矣中國之爲夫者每以壓力待其妻殊失其道故英人斯賓塞云歡愛者同情也壓制者無情也歡愛者溫和也壓制者苛酷也歡愛者利他也壓制者利已也豈可用之夫婦間耶造化生人既爲夫婦總以相愛相敬爲基礎遇事必互相商酌處境則同享甘苦斯不愧爲佳耦

第二節

平權

平權者男女平等無强弱之分也欲使强弱相等則必智識學問亦相等故欲破男尊女卑之說必以與女學爲第一義髫年授學即以其才智與男子競爭兼習各種利益國家之美術于歸後爲夫補助一家之生計爲

子啟牖童蒙之智慧則男女之間能力相等自無强弱之分矣當今之世女子不自振拔輒怨男女之間不能平等試問能謀生計而自主者能有幾人

第三節

職務

或謂男女果有平等之說則男子所有政治上之權亦將讓之女子乎殊不知主持家政乃婦人天賦之責而最適其性質者也至若政治上之問題乃婦人分外之事即其性質亦決不能擔任者也如以教兒女躬勞劇製衣服治饔飧種種之責任畀之於男子恐亦有不能

勝任者葢天之生人男女之性質各殊所秉既異則各有所謂天賦之能力男則從事於外女則執業於內各保其應盡之職務而已爲婦者善綜家政奉養翁姑教育子女維持門戶撙節貨財一門之內秩敘井然則女子之職務正不在男子以下爲夫者得此內助俾得盡其應盡之職務毫無內顧之憂其裨益豈止一家而已哉

第三章

胎產

婦人妊娠雖系天賦之職分然胎前之運動心目之感

觸身體之保護均宜加意攝養妊婦精神強健生子亦必茁壯不至滋生疾病非有重恙毋多服藥惟氣血素虧亦賴藥力扶持以免半產漏胎之患產後之衞生尤宜加意欲強種族不得不培其根本根本堅固則子孫之康強必矣每見爲家長者因吝財致失培養寖成孱弱等症詎非因小而失大哉

第一節

妊婦之胎教

胎教者懷妊十月胎兒與母同其感動故身體之舉止心目之感觸皆能影響於胎兒列女傳曰古者生子寢不側坐不邊立不跛目不視邪色耳不聽淫聲如是則所生子女自能容貌端正而才智過人矣

第二節

妊婦之衞生

大凡妊婦之衞生宜運動肢體調和飲食居室宜面東南日光和煦空氣流通時或散步園林或遐眺山川呼吸空氣以娛心目或縱觀經史以益神智其影響皆能鄣及胎兒兒秉母氣自必聰慧不止有益於產母也

第三節

治惡阻

惡阻者妊婦受胎後卽惡心嘔吐飢不能食陰虛水虧之人患之尤甚每懷胎起至分娩時方止此緣腎水不足既以涵養胎元遂無以協濟肝陽肝氣上逆所以嘔逆不食或食入卽吐最有損於妊婦且人賴飲食以養不食安能養胎此症醫頗難效惟傅青主所擬順肝益氣方加減服之尚覺有效姑記之以便後人方載醫學篇

第四節

保小產

小產者胎未足月而墜落此症或因衝任脉虛血液不

足不能滋養胎元是以枯悴而落猶如木枯果乾而墜或因觸犯傷於胞絡而墜故妊婦不可負重登高跳舞等事運動亦宜靜逸加意提防一經小產以後有孕但屆前次墜胎之月仍舊墜胎甚有一世小產者非但有關生育亦非壽徵保產之法惟已覺有孕即製千金保孕丸一料每早空心米湯送下三錢隔三五日服泰山磐石散一劑遇有傷風感冒則停服前藥即服保產無憂散一劑服至五六月後即止萬不至小產矣此方經驗多人故錄之

保產無憂散即常州俗名宮中十二味也常人稱爲安

胎要藥此方補瀉表裏兼用強壯者服之尚宜虛弱者則嫌尅伐偶有風寒外感即用此方頗有奇驗

如有瘦弱虛損之人下元不固血海乾涸屢屢墜胎者用專翁大生膏定獲奇效或產後虛羸或小產後血亡過多虛不復元者均效專翁大生膏方詳醫學篇

第五節

產後之衛生

產母於小兒甫生氣血僅屬不啻散絲全賴飲食輔助以補血氣以堅筋骨然新產者亦不可驟用濃厚之品必須由清淡而漸臻濃厚母雞熬湯最爲有益其次雞蛋鯽魚猪肚肺腰均宜清煨極爛多食湯少食肉爲妙新產以濃雞湯合粥或煮湯飯亦妙產後總以雞與蛋爲主鯽魚腰肚佐之宜食淡勿食鹽如遇天熱帳雖垂窗戶仍宜常開出濁氣納空氣勿謂產室宜於黑暗致礙衛生

產後之利害

產後一月須格外珍攝避風寒免勞碌惟食與睡而已然以少食多餐爲宜飯後宜多坐一刻方睡須知產後五臟空虛百骸受傷一染微恙貽累終身雖有良醫亦不能治然有夙恙者祇須產後調理得宜反令夙疾永

除故產後之利害關繫終身可不慎諸

第四章

哺育

哺育嬰兒實天賦之職任故每見自乳之兒女肢體強壯且母子恩愛之情必厚將來長成易於教育設或人丁單薄之家既無伯叔終鮮兄弟生有子女則必僱乳媪哺育爲最宜緣每哺一兒必供養兒乳至三四年方能再有胎孕若僱乳媪此三四年中又可生子女矣萬一身體虛損受胎更難致有伯道之憾故爲多子起見則非僱乳媪哺之不可試觀現在縉紳之家兒女蕃衍

者其效實基於此也。

第一節

初生之保護

小兒初生必須敏捷之收生婦小兒甫出胎口中有惡血即速掏出如遇冬日嚴寒斷臍後速即裹之襁褓置於產母懷中不必洗濯春夏秋日則須備熱水斷臍後先浴再裹夏日勿用棉衣不必多蓋以免受暑古有用三黃散爲小兒開口必食之劑以清胎毒其實此藥苦寒最易傷胃長必虛損宜用生甘草銀花煎服頻頻用布蘸水洗口又用合桃連皮搗爛擂水代乳能除胎毒

且無流弊次日方可與乳食初生須令多睡勿多搬弄爲宜。

第二節

自乳之得宜

欲子女多須僱乳媪欲子女强仍宜自乳蓋天之生人食料亦隨之而生故嬰兒哺育總以母自乳爲佳每見兒女自乳者身體較爲强壯惟自哺兒飲食必須豐美蓋乳乃氣血所化全賴滋養方可使乳充足也。

第三節

自哺之法則

產母有不能受襁褓之勞碌者宜用一精細女媪經理乳則自哺計晷授乳須二小時哺一次不可一哭即與乳食勿令過飢或過飽夜則分就寢時午夜時黎明時三次哺之爲最合宜不可使含乳而睡一恐壓斃小兒二恐小兒吹氣乳孔閉漲成癰三恐小兒局於懷中阻塞空氣致蒸熱出汗皆宜加意。

第四節

選乳母之要素

或弱質有病之母無乳哺兒不得已僱乳母哺之則選擇尤須注意非惟擇其身體强壯性質溫和尤須實驗

彼兒與我兒大小月分相仿方可恐彼兒大則乳濅少不能久恃故須將彼之兒抱來看過方可定局否則恐彼兒已殤或已抱與人哺乳已乾涸用藥攻下者食之令兒不壽故既僱乳媪則宜不惜工資而取完全之乳母也。

第五節

牛乳哺育法

如乳母無合格者惟以牛乳代之但須精細照料倘有新擠之牛乳極佳然覓之更難不如用老牌洋罐牛乳夏日開罐用後隨時緊閉其口勿令蠅食將乳冲出須

自當之濃淡甜味溫熱之度與人乳無異方有益於小兒故日本書云生後至三月乳一茶匙冲水五勻三月以後至八月則乳一匙半加水五勻宜量兒大小加減全憑精細測量乃爲宜耳

第六節

襁褓之製造

初生小兒上半身穿衣下半身用棉墊包裹外用大對方包被包之須包過百日後方穿褲襪每日須早晚洗換一次每換時必用溫水洗其下體夫長須洗換三次如有痤皮赤痛小兒必哭啼不睡須用海螵硝磨細末

摻之或陳壁土末撲之亦可小兒衣服宜輕暖最好用老人舊衣改製並用半新棉絮爲妙蓋小兒純陽之體勿令太暖袖口身腰不可太緊宜寬博便於轉動勿阻其生發之機更須多備數套以便更換臥則不可當風冬日雖稍護其頭面須令其流通空氣每遇天晴無風之日抱出運動吸食新鮮之空氣最易生長

第七節

嬰兒之飲食

哺乳一節最要緊於初生周歲以內乳水充足一年之後即可以哺粥雖有飽乳亦可兼哺只可略加鹽味因本有用雞蛋黃打勻冲入開粥內微加鹽亦最補益當未斷乳之時切不可哺以油膩之品蓋油膩滑腸最易作泄且油和乳粘滯腸胃至長大見葷即欲嘔吐堅硬之物尤不可與食恐損胃傷齒至兩年後即可斷乳多食乳反令小兒少慧夏日炎熱雖乳足亦宜間哺以茶水蓋乳非能解渴者也

第八節

嬰兒之口齒

小兒口齒最宜常洗甫生數日須留心口內上腭如有白點須挖下勿令入喉長滿七粒即起驚風不可救矣

一月之內常用青布蘸甘草水或用淘米泔水溫擦則不生馬牙等患及生牙後每早晚洗面時必須拭盡牙齦垢膩方不致生蛀牙及牙疳齲齒等恙

第九節

種痘之期限

至小兒種痘之期生後七十日至六閱月之間爲最宜如未全出僅出一二粒者再隔六閱月復種之方免天行之苦也東西各國無論少長每年種痘一次或二三年一次於身體最爲有益傳染須無病小兒鮮漿爲妙

第十節

種痘之飲食

種牛痘後初種三日宜食素發物如腐皮香菌春筍冬筍黃花菜白菜冬菇黃豆豆腐等至現紅點宜食燕窩鯽魚母雞肉湯總以多食鯽魚以助漿爲宜漿足欲回宜忌發物食腰肚瘦肉白菜等均忌油鹽煎炒以清淡爲妙公雞鯉魚須忌一年牛肉櫻桃忌三年果能照此服食毒必盡爲托出永不生病如兒小哺乳者亦宜照此食法痘後宜食敗毒藥一二劑

第五章

襁褓教育

小兒稍長甫能學語全賴母之提攜養其中和之氣保其固有之天眞一舉一動勿逞其欲勿縱其驕隨時教導使其習爲善良俾成智德兼全之品格所以子女稟性之賢否恆視母教爲轉移諺云幼時所習至老不忘故幼時失教貽害終身教子女之道不可不愼之於始也

第一節

防傾跌

一小兒稍有知識大忌令婢僕等挈兒遠離任意嬉戲養成一種下流惡習卽使有老成經歷之僕婦亦必置之左右恐相離稍遠或飲或食或寒或熱均不之顧甚至傾跌傷及內部恐主人知而見責恆隱秘不宣致成殘廢以上各弊見者屢矣均宜戒之

第二節

戒恐嚇

凡小兒甫有知識腦筋心血尚未充足最須留意蓋耳目最初次之聞見皆易感入腦筋致生恐嚇常見爲母者欲止小兒啼哭故作貓聲虎聲使之畏怖或演神鬼及荒誕不經之說使之迷信遂至暮夜不敢獨行索居不能成寢畏首畏尾養成一種葸懦之性質其害良非淺也

第三節

敎信實

父母之待兒童言必有信常見小兒當啼哭之時長者多方哄騙或許給食物或許市玩品迨過時而亦忘之或隨時教以誑語以博歡笑皆非所宜緣小兒自幼習慣如是將終其身不以失信爲非矣遂至言而無信教子者尙其留意也

第四節

教仁慈

嘗見小兒捉蜨捕蟲輙施摧殘於此可見荀子性惡之說之不誣也爲父母者必切戒之俾善念油然而生則本惡之性自不覺渙然冰釋矣近世博物家謂小兒喜戕動物乃具解剖實驗之性質毋亦流於慘礉少恩者耶

第五節

勿拘束

小兒居恆好動而惡靜乃天然之體育於衛生最爲有益切不可阻其生機亦不可拘束過嚴使小兒委靡不振致成蘇爾不靈之器矣但小兒肢骨尚軟初學步時

則可暫不可久宜時令其憩息以防蹉跌亦勿令久坐致脊骨不能植立皆體育中之要點也

第六節

勿偏愛

兒女衆多優劣不能一致遇有過失者宜就事訓斥切勿引他兒作比例致生其嫉妒之心嘗見父母期子之心過切繩子之法過嚴因此兒之惡輙稱彼兒之善以愧勵之優劣顯分偏愛昭著爲小兒性質所最忌非但難期遷善且手足亦因而參商矣

第六章

幼穉教育

小兒入學之年不可太早緣體質尚弱腦力亦未完全用心過度大有礙於發育也於六七歲時宜延誠樸耐勞之師以教之其發蒙也先識字塊以端楷書之背面必寫篆文蓋合體字則可略獨體字非篆不可識也爲師者不可憚煩須先就實字逐字解之不能悟再解之旋令其自解期其有所領悟卽異日讀書行文必能字字還出來歷再以澄衷蒙學堂字課圖說無錫蒙學讀本七編參投之循序漸進自能事半而功倍矣

第一節

蒙養時之法則

孔子教法所以夐絕千古者亦曰循循善誘而已故教幼兒女者不可躁進須相其體格強弱年歲大小以施其教法若訓誨過度轉滋進銳退速之弊故爲師者須不惡而嚴循循善誘編定課程每一小時應改換一課俾腦力可以互用不至生厭倦之心課程完畢隨卽放學萬勿加增例外之課致阻其活潑之生機斯教育小兒之要訣也

第二節

幼穉時之默化

至男兒入小學堂後堂中一切自有應守之規則循序漸進卽可遞升至高等學校爲母者惟須審察寒暑調理飲食保養其身體補助其精神爲父者須默化其氣質使精神煥發品行端正養成益國利民之思想爲國家富强之根本以期興邦之兆

第三節

發育時之培養

兒童至十三四歲正在發育之時宜注意培養遇有疾病者或羸弱者皆須及是時格外調理調理得法宿疾頓除羸弱者亦可漸臻强壯此兒童終身康强之機關

也屆時相火必旺飲食易於消化每易飢餓故以飲食滋養最爲合宜余於兒輩最善調理故雖有幼時善病一經入冠則百病悉除矣且十三四歲卽英偉過人而天資亦不魯鈍可見培養之實效也

第四節

長成時之女教

女子六七歲時或秉母教或延師在家教之與男子同至八歲卽可入初等女學堂除堂中應習之科學外須擇切近時事文理通暢者讀之詩經春秋皆不可不讀蓋詩經可以感發性情春秋可攷列强競爭之理至於史鑑及漢魏六朝唐人之詩亦宜博覽以博其趣裁衣刺繡織絨等工科如學堂無此課者亦宜擇性之所近而學之及至十三歲有七年程度一切已有門徑可以在家隨母教授家政等學然後博採已學各科之參考書肆力其中所學必更有進如能注重教育學爲將來啟迪幼稚之需尤覺切近而有用家中萬不可有淫詞豔曲以營惑其耳目感移其心志

第五節

論纏足之損益

中國之民較之歐洲其自由不啻十倍中國女子爲國權所不及其自由尤甚乃梏二萬萬女子之足使不得

步是奪其自由之權矣然則纏足者女子自由之大阻力其害殆甚於洪水猛獸也近年倡天足會者通都大邑所在有之然聽者十之三不聽者十之七何自苦如斯耶是眞百思而不得其故者矣憶自幼時每至日晡放學歸來見兄等捕蝶尋花有無限自由樂趣自覺身負千鈞足如桎梏每撫之而泣此情如在目前其中苦情不堪設想今中國變法維新能使此後女子脫離此難實萬分心喜惟已經纏者務勸速放爲是卽纏至眞小者祇要安心放大每次將鞋襪樣放長大一二分鞋

頭令圓勿尖則一年可放長一二寸兩年則放成矣故不得不曉音瘖口爲二萬萬女子剴切陳之知一轉移間有益於個人者實非淺鮮也其益維何步履便捷食物易於運化且免中國女子普通之肝氣病保身之益也精神健固能任操勞得盡其應盡之義務治家之益也生育兒女血脈强壯使種族日以繁盛强國之益也有此三益則我同胞二萬萬人平日爲人視若玩具者一旦盡變爲有用之材此非特吾同胞之幸福殆亦我中國前途之大幸福也

第七章

養老

凡爲女子在家以孝順父母爲事于歸後以孝養舅姑爲重蓋一家之繁榮禍祉皆關於主婦之德也家有老者以先意承志爲第一義其次則飲食衣服起居在在均宜注意留心使老人意之所欲無不如其意以償禮之所謂視於無形聽於無聲者也歐西之習五倫之中以夫婦爲重父子爲輕子既娶婦則分居離處各從其志棄父母如路人此歐西人之大弊也抑思夫吾之身從何來乎自孩提以至壯年父母所以昕夕勤勞愛憐備至撫之教之以冀成人原爲老來享福安樂爲子媳者能侍奉無虧則將來自有兒孫奉養之日蓋人老精神疲乏日漸衰頽故百凡均須留意服食起居夙夜用心慰撫懇切乃期無失須知老人來日少去日多罔極之恩百年難報倘有疏忽悔恨終身願天下爲子媳者努力勉之

第一節

養志

養志者孝之大者也老人年高體弱官骸之效用力亦復大減其興致不如少壯遠甚故子媳輩宜擇其所好者羅列於前以爲消遣之法或長幼聚談以娛老人之

精神或陳設古玩以博老人之歡喜老人好勤當使家政畢舉不宜令其過勞老人多慮隨事代爲記注不宜令其長思蓋老年人歷練既久雖垂老不欲擲世事而不問故宜微窺其意隨時迎合以期無損其神明自能臻康健而享遐齡也

第二節

甘旨

老人血氣漸衰須擇滋養而易消化者如海味之曝乾者宜於水中浸至融洽然後撿選明潔方能有益新鮮菜蔬亦須濯洗潔淨乃有眞味魚肉之屬須火候極深

多進其汁少食其肉或用其汁合米麵等製成而食之最有益於血液凡飲食之品所喜食者必能滋養宜隨時備用其不喜食者勿强進也同一食品必須時換其製法方不生厭其有家况艱難蔬食菜羹苟能製造清潔菽水亦可承歡老人食不能多而頻飢尤宜少食多餐另備衛生食品按時進之飲食之後尤以運動爲主或培養花木或飼養禽鳥或披覽書畫春秋佳日扶之徐步園庭酷暑以清晨爲宜隆冬以午間爲宜皆衛生之要點也

第三節

衣服

老人感覺遲鈍於寒暖多不自知故當隨時審察寒暖之候量爲增減衣服蓋老年體衰偶有感寒受暑皆易釀成疾病故衣服被褥厚薄須善爲經營冬月須輕暖家富者可用柔軟綢絨爲貼身之衣被襖褲均以裝絲棉爲宜家寒者則用棉布惟棉花須每年換新棉一次方可禦寒夏日則紗葛皆可夏布亦最能收吸溼氣然非盛暑不可着又老人喜舊惡新每不自覺衣服之污垢故宜隨時檢點污者澣之綻者補之而貼身之衣尤宜勤濯必須曝至極乾爲要夏日宜常浴冬日必須浴室合度始能常浴須善於體察焉

第四節

居室

老人居室面南者爲佳面東南尤妙蓋日光可以暄曝空氣亦不致窳腐也寢室宜寬大以便不時運動更宜檢點清潔使其愜意室內須多備植物使之賞心悅目并可藉植物以改良空氣也然植物於日間可以增人身之酸素夜間則否故夜間宜撤去老人之性恆喜清靜故居室不宜近市免生煩擾斯神明日覺清健矣

第八章

家庭經濟學

主婦者主一家之生計自以財政爲第一問題故欲富國者先富家民富則國富矣雖然生財有道亦全賴理財之得法耳先哲有言曰厚人薄己謂之儉厚己薄人謂之嗇旨哉斯言眞家庭經濟之確論也又曰由儉入奢易由奢入儉難旨哉斯言眞家庭經濟盈虛消長之一大關鍵也持家政者果能會計明晰屯買留心蓄儲有方生息蕃富何患不蒸蒸興旺乎試觀有等不學無術之婦奢侈逸豫蕩檢踰閑入則鐘鳴鼎食出則駟馬高車金玉珠翠極趨榮華其布帛米鹽不知價値衣裳

長短不知尺寸。似此縱有極等資財亦難持久。更有慳吝之輩當費而不費當用而不用。不知大體。不助公益不明禮義。不顧廉恥。斯人直爲世界之守財奴耳。亦不謂之能理家政者。故爲主婦者須於財政斟酌損益。經營得當。然後可與言家庭經濟學。

第一節

生財

生財之道爲男子擔任者十之七。爲女子擔任者十之三。如鍼黹紡紗織布織毛巾製胰皂及紙燭諸工藝。以及畜牧蠶桑種植諸專門。皆女子應盡之職務也。大凡

女子之營業。其性質在補助男子所不能擔任之職務非事事越俎代謀。致男子於疏惰也。要以一人之計畫使一家少無數之靡費。且可藉其力以應不時之需。則男子無內顧之憂。可由富家而馴至富國矣。

第二節

節用

節用之法在操持家政之婦量入爲出爲第一義。凡衣食器皿居室門戶等皆不可疏忽。小有破損。則修補之。所費不多。勿使大傷。或不可收拾。須從新製造。所費則巨矣。至於飲食。祗求精潔適於衛生。勿過精美。流於驕奢。五穀蔬菜亦須撙節。勿以多而拋棄。少買無益之物裁減無用之人口。省無關衛生之娛樂。尤不可憑借取物。致生其奢侈之心。嘗見世祿之家。不知物力之艱難平日憑借取物。有如拾芥。及屆年節索逋者麕集。無以應之。典貸以償者比比矣。如遇婚喪大事。亦宜量家之有無以爲節制。毋競尚奢侈。致用不中節也。

第三節

公益

主財政者於無謂之應酬。無益之費用。自當力從節儉然於學校義賑關乎社會公益之舉者。須量力捐輸。或

遇人急難。解囊相助。全人之美。多金不惜。皆有合於道德心者也。彼吝嗇者守財如命。因財捨身。當用不用。受人恩惠不知報答。受人禮物不知應酬。以貨財爲重。以義務爲輕。是昧乎公益。所謂儉不中禮者也。

第四節

明晰

主家計者。一家之貨幣契據必須明晰。洞悉於胸中。凡金銀出入。須分類簿記。出者若干。入者若干。須立預算表。量入爲出。事必躬親。不可委之於人。蓋人之管司其事。則不能爲節尤費。每因數少而疏忽。殊不知積少而

成多也卽器皿衣食柴米物品亦須隨時登簿詳記以防遺失立定限制謹守規則一目瞭然庶無曖昧不明之弊矣

第五節

豫蓄

主家政者須預算一年之食用早爲儲蓄爲未雨綢繆之計如秋收穀賤須囤積一年之食夏間菜油新榨可定一年之用食物用物凡新出而賤者或貯之家中或定之於店內以免缺乏之時以錢買貴物也惟柴草及一切引火之物不宜儲蓄防火患也

第六節

積儲

主家計者既有積蓄不可不籌萬全之策以保之也東西各國既有國家銀行又有積儲銀行國家銀行須有鉅數方能存放積儲銀行雖銀一元亦可生息中國近亦有倣行之者凡有積蓄者存於銀行最爲便利或殷實商家亦可惟須擇其穩妥而素有信實者不可貪圖利息之重以致全數覆沒我國保守之輩每喜置之家中既防盜賊且易用耗是棄其寶也存銀行利而用之復以生息至於倍蓰亦便之甚也

第九章

衛生

女子既嫁爲一家之主婦實一家治安之所繫故欲强國必自强種始欲全國之種强必自家庭之衛生始然則衛生之關係於國家者亦綦重矣哉日本女敎育家下田歌子云縱令富貴安逸苟有一人臥病呻吟懊惱則一家歡樂爲之解散和氣洋洋之家庭忽變爲暗澹悽悽之悲境旨哉斯言是以爲一家之主婦者於眠睡飲食居室衣被寒暑燥溼種種均須留意宜綢繆於未雨之先甚至起居動作遊玩皆有適宜之法幷須善於

自衛使身體强固方能操作稱意否則身軀孱弱常罹疾病輾轉床榻上不能侍奉舅姑中不足以佐夫持家下無力以撫敎兒女不獨釀一身之困苦且家庭之樂事悉化爲烏有故不獨宜重衛生且宜兼習醫學使一家强則國强國强則種族亦因之而强矣

第一節

眠睡

早起早眠乃興家之元素亦衛生之要點也旭日初升時有一種清明之氣最能助人精神但既早起則必須早眠凡人日間躬親職務晚間精神漸就疲乏最宜養

息夜必睡至八小時爲度若不及此度則精神未蘇若逾此度精神轉覺困頓終日沈沈如墮入五里霧中矣況家有小兒女必皆早眠早起爲母者監督其飲食體察其寒暖不可全委之於僕婢卽調遣奴僕亦須早起將應辦之事記之於簿籍每人所司何事每事如何辦法皆須一一分別方能秩然就理爲主婦者一人晏起則衆人皆晏起百事廢弛故早起晏起乃家庭盛衰之關鍵也

第二節

飲食

人之所恃以爲養而又最關乎衛生者莫如水主家政者尤宜注意焉水以流通活潑者爲最潔淨故蒸水爲上雨水泉水河水次之井水又次之蒸汽水清空無滓雖稱上品然須人力火力而所得無幾惟雨水果能接之得法貯之合宜可供久用惟屋上苺塵最不潔淨須用白布爲幔以繩結其四角遇雨時卽將四角之繩繫於天井之四隅中通一孔以缸承之迨滿又易一缸日積月累可供常年之用矣或江河遼遠或雨水稀少惟有井水之處恐其不潔則用木桶下鑽多孔用砂炭淘淨鋪滿下承以缸將水濾下則所有不潔之物均爲砂炭所隔矣惟砂炭用久亦須另換淨者夏日水缸必須用蓋以防毒蟲墜入遇苺溼炎暑之時須買大貫仲置之缸內以備瘟疫之患食水須用二缸水傾入時須以竹筒內貯碎礬端鑿一小孔頻頻攪之俟定淸後方用此缸用畢後一缸又定淸輪流遞換不致飲渾濁之水此皆主家政者所宜留意者也飲食者人之所資以生者也每日三餐早晚須酌定時刻勿令過飢過飽南人早起食粥一餐午晚用飯而蜀楚早起卽食飯或三餐皆飯或以粥爲中午點心或早午用飯晚食粥者各省習慣不能强同而北方多以麥爲飯者然北人較南人强

壯可見麵之有益勝於米矣惟食麵後易於口渴衛生之法莫若米飯麪飯相間而食夫長時兩餐飯一餐麵天短時一飯一麵一粥最爲合宜主供膳之品以肉類菜蔬相輔而進并須計及每日菜錢之多寡擬以食單庶使輪流換製不致積久生厭須知肉類之質能增人脂肪菜蔬多含澱粉質實爲滋養之品故羸瘦之人宜食肉類肥壯之人多食肉類反增痰疾且腸胃脂膏太重失其運化之力易生壅滯之患菜蔬之物得天地雨露之精華最能益人之血液試觀農家者流常嚼菜根飽餐粗糲較之食肉類者力增數倍故家庭衛生之計

必有肉類菜蔬兼輔而進方爲合宜耳惟夏日炎蒸禽獸多有中熱而生瘟毒者宜少食肉類多食菜蔬兼用鹽醃之鱗介雞鴨及蛋等也凡食後宜運動以助消化之機勞心人尤不可食後卽曲身伏案用功其害尤甚則血液獨集頭部胃用遲鈍而消化之力衰矣至雞蛋一物最有補益能養心血增腦汁故勞心人每夜不寐等恙食之有效外國人皆推爲上品食料且云宜食嫩不煮老之說今我國人悞會其說每將囫圇生蛋不用鍋煮置盆內用開水泡泡竟生吞而食之頗與衞生有礙且味腥難於下咽何補之有聞有人多食半生雞蛋

致胸漲面黃後用藥攻下乃無數蛋黃白相兼已半成小雞矣蓋胃氣虛者運化不開鬱久於中受五臟熱氣薰蒸故釀成雞形矣最好將蛋攪碎傾開湯內嫩煮而食或煮溏心嫩蛋亦可萬無不煮而食者豈能補益於人哉猪羊牛有深紅色有朱紅點者均勿食水菓益人且助消化然未熟及已爛者皆有毒或生黴生物勿食又發霉之米麪已臭之蛋色變味敗之肉皆不可食故金匱云穢飯餒肉臭魚食之皆傷人也

第三節

居室

居室須南向得收冬暖夏涼之益地勢宜高免溼氣之浸淫天井宜大得日光之映射窗戶宜明並須能開能關以免夏日之炎蒸卽冬日亦宜每晨起開窗放出濁氣收進清氣房間宜寬以免炭氣之充塞屋簷宜安隔漏可以接雨水又可免簷雨點滴致階下潮溼溝洫宜通利須設一無底缸於溝上凡覆水皆傾入缸內鄭通溝中以昭潔淨房內宜陳設鮮花嘉草非但有天然雅趣且能吸空氣中之濁氣而吐天然之清氣其裨益於人實非淺鮮住房必須有兩間相連一爲臥室一爲書室凡緊要等件須檢一秘密一定之所藏一有不愼之

事以便易取居室之後必須有園林構造亭臺以便登臨遠眺屋之左多植花木百花爭豔萬綠陰森闌干曲折掩映於畫閣迴廊以備曲水流觴之地屋之右須種大樹數株以避西曬或置蔬圃一區或植桑百株以供養蠶食或設平原以設蹴踘架徧植靑草一望靄然作爲體操之場則使一家團圞共享娛樂矣

第四節

衣被

衣服之麗於身宜長短寬窄之相稱方能適體不可競趨新奇緊束其身有礙血脉呼吸諸機關之效用至冬

宜溫。夏宜涼。須順天時爲轉移。勿學歐俗。夏不御葛。冬不御裘。致失天然之保養。寢時被宜多置。每人須用四床。着皮衣時。須用極厚者。以絨布作裏。棉七八斤。着棉衣時。須用次厚者。以細棉布作裏。棉五六斤。着單夾時。須用薄棉被。以洋布作裏。棉三四斤。夾被惟夏日備用。入秋卽不相宜矣。褥之厚薄。宜與被相仿。冬日幷須下鋪稻草。蒙以厚褥。方適於眠也。

中饋錄

光緒三十三年歲在丁未仲秋栞於長沙

中饋錄

第二十節

製酥月餅法

中饋錄

中饋總論

華陽伯淵曾懿著

昔蘋藻詠於國風羹湯調於新婦古之賢媛淑女無有不嫻於中饋者故女子宜練習於于歸之先也茲將應習食物製造各法筆之於書庶使學者有所依歸轉相效倣實行中饋之職務鄉黨記孔子飲食之事不厭精細且於沽酒市脯屏之不食其有合於此義乎亦節用衛生之一助也

第一節

製宣威火腿法

猪腿選皮薄肉嫩者剜成九斤或十斤之譜權之每十斤用炒鹽六兩花椒二錢白糖一兩或多或少照此加減先將鹽碾細加花椒炒熱用竹針多刺厚肉上鹽味卽可漬入先用硝水擦之再用白糖擦之再用炒熱之花椒鹽擦之遍身擦勻儘力揉之使肉輭如棉將肉放缸內餘鹽灑在厚肉上七日翻一次十四日翻兩次卽用石板壓緊仍數日一翻大約醃肉在冬至時立春後始能起滷出缸懸於有風日處以陰乾為度

附藏火肫法

火腿陰乾現紅色後卽用稻草絨將腿包裹外以火麻密纏再用淨黃土略加細麻絲和融糊上草與麻絲毫不露泥乾後如有裂處又用溼泥補之須抹至極光圓乾後收於房內高架上無須風吹日曬俟食時連草帶泥切下另用麻油塗紙封其口雖經歲肉色如新此眞收藏之妙法也

第二節

製香腸法

用半肥瘦肉十斤小腸半斤將肉切成圍棋子大加炒鹽三兩醬油三兩酒二兩白糖一兩硝水一酒杯花椒

小茴各一錢五分大茴一錢共炒研細末葱三四根切碎和拌肉內每肉一斤可裝五節十斤則裝五十節

第三節

製肉鬆法

法以豚肩上肉瘦多肥少者切成長方塊加好醬油紹酒紅燒至爛加白糖收滷再將肥肉檢去略加水再用小火熬至極爛極化滷汁全收入肉內用箸攪融成絲旋攪旋熬迨收至極乾至無滷時再分成數鍋用文火以鍋鏟揉炒泥散成絲焙至乾脆如皮絲煙形式則得之矣

第四節

製魚鬆法

大鱖魚最佳大青魚次之將魚去鱗除雜碎洗淨用大盤放蒸籠內蒸熟去頭尾皮骨細刺取淨肉先用小磨麻油煉熟投以魚肉炒之再加鹽及紹酒焙乾後加極細甜醬瓜絲甜醬薑絲和勻後再分爲數鍋文火揉炒成絲火大則焦枯成細末矣

第五節

製五香燻魚法

法以青魚或草魚脂肪多者將魚去鱗及雜碎洗淨橫

切四分厚片晾乾水氣以花椒及炒細白鹽及白糖逐塊摸擦醃半日卽去其滷再加紹酒醬油浸之時時翻動過一日夜晒半乾用麻油煎好撈起將花椒大小茴炒研細末摻上安在細鐵絲罩上炭鑪內用茶葉米少許燒煙燻之不必過度微有烟香氣卽得但不宜太鹹鹹則不鮮也

第六節

製糟魚法

冬日醃鯉魚青魚均可醃時仍用花椒炒鹽將魚去鱗及雜碎用鹽擦遍置缸內醃之數日一翻醃到月餘起

滷晒乾正月內卽可截成塊先將燒酒抹過再將甜糟署和以鹽一層糟一層魚盛於甕內封固俟夏日取出蒸食味極甜美如魚已乾透至四五月間則不用甜糟只用好燒酒浸沾盛於甕內封之亦甚鮮美且免生蛀生霉等患夏日佐盤餐亦頗適於衞生也

第七節

製風魚法

法以大鯽魚切勿去鱗腮下挖一洞掏去雜碎塞以生猪油塊大小茴香花椒末炒鹽等塞滿腹內懸於過風處陰乾食時去鱗加酒少許蒸之製時宜用冬日至春初以之佐酒肉嫩味鮮若至二三月乾透則肉老無味矣

第八節

製醉蟹法

九十月間霜蟹正肥擇團臍之大小合中者洗淨擦乾用花椒炒細鹽將臍扳開實以椒鹽用麻皮週紮貯罈內罈底置皂角一段加酒三成醬油一成醋半成浸蟹於內滷須齊蟹之最上層每層加飴糖二匙鹽少許俟盛滿再加飴糖然後以膠泥緊閉罈口半月後卽入味矣

第九節

藏蟹肉法

蟹肉滿時蒸熟剔出肉黃拌鹽少許用磁器盛之煉猪油俟冷定傾入以不見蟹肉爲度須冬間蒸留更妙食時刮去猪油挖出蟹肉隨意烹調皆如新鮮者

第十節

製皮蛋法

製皮蛋之炭灰必須錫匠鋪所用者緣製錫器之炭非眞栗炭不可故栗炭灰製蛋最妙蓋製成後黑而不辣其味最宜而石灰必須廣灰先用水發開和以篩過之炭灰壓碎之細鹽方得入味如炭灰十碗則石灰減半

鹽又減半以濃茶一壺澆之拌至極勻乾溼得宜將蛋洗淨包裹後再以稻糠滾上俟冷透裝罈約二十日卽成

第十一節

製糟蛋法

將鴨蛋輕敲微損其外殼用好燒酒合鹽浸之須泡滿五十日後取出用甜酒糟加燒酒和鹽一層蛋一層糟貯滿用泥封固罈口上加一盆覆之日晒夜露百日乃成

第十二節

製辣豆瓣法

以大蠶豆用水一泡卽撈起磨去殼剝成瓣用開水浸洗撈起用簸箕盛之和麪少許祇要薄而且勻稍晾卽放至暗室用稻草或蘆席覆之俟六七日起黃霉後則日晒夜露俟七月底始入鹽水缸內晒至紅辣椒熟時用紅椒切碎侵晨和下再晒露二三日後用罈收貯再加甜酒少許可以經年不壞

第十三節

製豆豉法

大黃豆淘淨煮極爛用竹篩撈起將豆汁用淨盆濾下和鹽醞好豆用布袋或竹器盛之覆於草內春暖三四日卽成冬寒五六日亦成惟夏日不宜每將成時必發熱起絲卽掀去覆草加搗碎生薑及壓細之鹽和豆拌之然須略鹹方能耐久拌後盛罈內十餘日卽可食用以炒肉蒸肉均極相宜或搓成團晒乾收貯經久不壞如水豆豉則於拌鹽後取若干另用前豆汁浸之略加辣椒末蘿蔔乾可另裝一罈味尤鮮美

第十四節

製腐乳法

造腐乳須用老豆腐或白豆腐乾每塊改切四塊以蒸籠鋪淨草將豆腐平鋪封固再用稻草覆之俟七八日起霉後取出用炒鹽和花椒糝入罈磁缸內至八九日再加紹酒又八九日復翻一次卽入味矣如喜食辣者則拌鹽時灑紅椒末若作紅腐乳則加紅麴末少許

第十五節

製醬油法

用大黃豆淘淨煮熟透再以小火煮至通夜次早將熱豆盛於缸內用麥麪拌勻攤置篾筐內上覆以蘆蓆夫熱時須俟稍涼方能覆蓋三四日後卽上黃霉一層取出日晒夜露俟乾研碎入熟鹽水浸晒早起日未出時攪一次日晒夜露至二十日後卽成如畏蠅蚋則以薄紗罩缸口遇雨則用大笠蓋之然四面須植杆將笠懸空蓋之緣夏日晒至極熱忽爾緊蓋甚不相宜必如此方透空氣也至作醬油之定率每黃豆一斤配鹽一斤水七斤水用煮沸者冲以鹽隔夜澄清次早備用爲宜

第十六節

製甜醬法

白麪以涼水和之製成薄餅式蒸熟切成棋子塊覆草內數日生黃霉後日晒夜露每十斤入鹽三斤開水二

十斤晒成收之

附製醬菜法

製醬瓜醬萵笋法須將瓜剖開晒乾夜間將鹽略醃之次早拭淨鹽水另用盆貯甜醬將瓜浸入晒於日中數日後將瓜取出另換甜醬浸之若以生瓜遽然投入醬缸內則缸內之醬全壞矣

第十七節

製泡鹽菜法

泡鹽菜法定要覆水罈此罈有一外沿如暖帽式四周內可盛水罈口上覆一盖浸於水中使空氣不得入內則所泡之菜不得壞矣泡菜之水用花椒和鹽煮沸加燒酒少許凡各種蔬菜均宜尤以豇豆青紅椒爲美且可經久然必須將菜晒乾方可泡入如有霉花加燒酒少許每加菜必加鹽少許并加酒方不變酸罈沿外水須隔日一換勿令其乾若依法經營愈久愈美也

第十八節

製冬菜法

冬日選黃芽白菜風乾待春間天晴將白菜洗淨取其嫩心晒一二日後橫切成絲又風乾加花椒炒鹽揉之宜淡不宜鹹數日取出晒乾再略加酒及醬油揉之仍盛罈內隔十餘日一晒晒乾又加酒及醬油揉之久之成紅色愈久愈佳經夏不壞夏日蒸肉最妙

第十九節

製甜醪酒

糯米須選整白而無攙和飯米者夜間淘淨以清水泡至次午濾起用飯甑蒸熟透每六斤米用紬一小酒杯先將酒紬研細配好米數備用俟米蒸透後如天寒則趁熱拌紬將稻草預先晒熱或用開水一大盆先溫草窩內俟將紬和飯拌勻裝盆內覆以盖即速置熱草窩內四圍再用草圍緊如酒多缸大則用草多圍如酒少缸小則用木櫃等裝草圍之櫃外尙須加被褥如天熱則宜攤涼再置缸內以草圍之春秋和暖時則須調至冷熱合度方妥總以詳察天時爲宜天寒二三日即有酒香溢出天熱一二日即得須先去其被再少去其草俟熱退盡始行取出倘因冷度過盛畧無酒香者即撥開中央加好高粱酒四兩次日即沸過七日即成

第二十節

製酥月餅法

用上白灰麪一半上甑蒸透勿見水氣一半生者以猪油合涼水和麪再將蒸熟之麪全以猪油和之用生油

麪一團內包熟油麪一小團以趕麪杖趕成茶杯口大疊成方形再趕爲團再疊爲方形然後包餡用餅印印成上爐炕熟則得矣油酥餡則用熟麪和糖及合桃等屑加麻油則不散矣

黛韻樓遺集

薛紹徽

黛韻樓遺集

鐵 貴筑姚華題

附陳孝女遺集二種

黱均廔遺雧

嚴復

叙

薛恭人病亟手自删訂黛韻樓詩詞集謂余曰婦人之言不足重於世我隨君久輪蹄所經性靈所託悉在於是無一非從艱苦中來知我莫若君他日幸爲我叙之余漫應而慰焉不虞其即是棄余長逝也恭人既殁長女淑宜殉孝繼之余以痛悼而病病愈而四方兵警紛至晝則芸芸不知所爲夜則忽忽若有所失偶展遺稿繙閲數徧則汪汪然不知涕之何從回憶生平如烟如夢似有千百萬言塡胷欲出比及伸紙舐墨則茫茫然不能竟成一字何也蓋恭人之所經者皆余所同遭也恭人之所言者又余欲

言之而未能也嗟夫三十年貧賤糟糠相隨五千餘里雖有山川閲歷花月怡情然其間忍饑渴觸風霜冒險阻厄疾病强半屬憂愁困頓之境欲求一展眉之事不可得恭人處之泰然故所爲詩詞温柔敦厚絕無怨誹語似不應未及中壽而卒今乃遽卒也豈天之厄才雖在婦女亦不曲諒耶抑恭人有所前知超登于淸淨之天不復問人間何世耶雖然恭人往矣余以垂暮之年對此遺集人非太上安能忘情縱無奉倩神傷彌覺江郎才盡又奚言哉又奚言哉宣統三年辛亥冬十有二月逸儒陳壽彭叙于都門

亡妻薛恭人傳畧

恭人薛姓閨諱紹徽字秀玉號男姒生有異秉爲先外舅菊人公所鍾愛五歲與兄姊共筆硯穎悟過之六歲從先外姑邵孺人學畫八歲學詩頗有警句既失怙恃寄居方姨家以女紅自給時閩中詩鐘盛行余好之或誦恭人句遂喜而媒定焉庚辰來歸勤愼安貧靜夜一燈偕讀若賓友癸未余遊東洋恭人始學塡詞乙酉余遊泰西恭人始治史漢文選已丑余歸應鄉試雖僥倖忝列副車自視所作古文字弗若恭人遠甚乃求舊籍讀之期有補我不足而恭人亦猛力攻苦弗少讓余剛得尺恭人且越尋丈矣

壬辰余遭家難奔走四方謀升斗恒不繼甚且垂橐歸而卧病恭人在家撫兒女操井臼時以女紅佐朝夕夜復讀書至旦不寐以故得咯紅病丁酉余始攜之居滬上偶以恭人文示儕輩咸驚嘆弗置吾鄉林訪西觀察通州范肯堂先生嘗謂余曰尊閫微特爲君畏友吾輩見其文且敬而畏焉戊戌余入甬主講中西學滬上諸君亦欲聘恭人主女學報恭人曰女學與男學異若寬禮法專尚新學則中國女教從此而隳爲作德言工容四頌辭勿就壬寅余辭館復居滬譯書恭人賣畫謀歸閩貲斧入秋恭人佐余合譯成格致正軌十卷八十日環遊記四卷乃歸應鄉試

余既得雋入汴恭人留閩作課兒詩二十首訓女詩十首又爲其姪楚娟校正歷代宮閨詞綜并選　國朝閨秀詞綜十卷補之蘇紳議設女學堂託余致書恭人欲以皐比處之恭人力辭甲辰余在金陵恭人攜兒女來會賃秦淮河畔老屋數椽以居暇則偕訪六朝名跡煮茗談詩恭人自謂生平之樂惟此爲最明年余出滬監造漁業海圖又明年周玉山制軍調余入粵東襄理洋務恭人皆從丁未郵傳部調余恭人以萊婦斧斤官祿之言進諫而廣府又奉電勸勉乃行比越香港余于船中得血痢疾朝夕百餘次勢危篤醫藥無從得恭人駭極作船中禱神辭願以身

代既入都余病愈恭人舊疾復作加以北地苦寒轉成肺瘻痰喘自是逢冬則發至于羸瘠不起辛亥五月十三日忽吐血塊入地凝結若山楂糕繼而吐痰黃色且腥臭又復下痢非糞也痰也諸醫束手無策延至閏六月朔而卒恭人性凝重不苟言笑和睦妯娌接人色藹而恭戚黨女眷樂與周旋有潔癖日必浴所居房闥必掃灑無纖塵弗近婢媼事多親理課子女尤嚴治家整肅有法言論必有根據于書無弗讀其詩由晚唐上溯陰何沈謝爲文尤工駢體由徐庾力追漢魏能以才氣運辭藻精音律善洞簫玉笛謂樂音輕重長短緩急徐疾在心靈手熟不在於譜

世之塡詞喜以清眞白石爲宗以其多合樂之作然蘇辛秦柳何嘗無合樂者若歌者能體會宮商樂工能調勻節奏則無一詞不可入樂作畫善花草翎毛初學文淑南樓旣則自出新意變畫法爲刺繡又變繡法爲畫幅二者相並幾不知孰繡孰畫在甬時嘗就余求各國女事余雜譯二百餘條與之癸卯恭人輯爲外國列女傳八卷已酉又以惲太夫人所輯正始集多遺漏欲纂　國朝女文苑小傳取歷年所得閨秀諸集合以他書所紀不下三千餘家窮探冥索與病相間作僅成百餘編絕筆余性狷介弗以家人生產爲計炊烟一縷視館穀爲斷續恭人怡然不爲

苦偶有餘剩卽囑購書籍圖畫不屑屑簪珥服飾或强之亦閉藏箱篋平居以布衣適體所食喜饘粥菜蔬不兼味蓋雖巾幗不啻儒生也者其家世傳星命之秘外兄伯垂同年以六壬名恭人以易理爲斷尤精警然不苟占比年入正必自占一課本年得課而嘆叩之不語自作書招外姊英玉孺人來都端午孺人至僅十日恭人卽病遂以兒女姻事託孺人彌留時精神弗亂囑余從儉治後事并述自輓云入吳入粵又入燕忽忽忙忙今日算成終局事爲女爲婦至爲母兢兢業業生天好證玉京仙旣歿微有笑容體軟如生人舉之輕若蟬蛻恭人十產四男二女長男鏗三男鄴皆早殤長女芸後恭人四十日以哀毀卒遺有黛韻樓詩集四卷詞集二卷文集二卷皆其手自删定者未編者除女文苑小傳外尙有隨筆雜記并詩話等若干卷恭人生于同治丙寅年九月初十日丑時歿于宣統辛亥年閏六月初一日辰時墳在福州城外西北之芋坑山

先妣薛恭人年譜

年侍生何敢椿填諱

不孝男鏘瑩女蕋謹編

謹案先妣氏薛閨諱紹徽字秀玉又字男姒侯官歲貢生諱尚忠菊人公三女也閩之薛其先由河東遷福清明時稱望族今有所謂上薛澤岐兩鄉支派繁衍國朝多遷居會城棗農而讀至　先外高祖始舉于鄉任晉江教諭　先外曾祖諱松年任廣東縣丞攝花縣有五子長即　先外祖也娶　先外祖母邵孺人孺人明詩禮尤好吟詠爲許穆齋大令德配林

佩芳宜人入室弟子與　先外祖琴瑟雅叶生一男三女男即伯舅名裕昆壬寅副榜就職廣東知縣長女諱愼徽歸己丑舉人宋爲儀次女名姒徽即英姨歸安溪歲貢生陳集賢邵孺人連產皆女望男切及生伯舅尤鍾愛不願再有女迨生　先妣又貧不能蓄乳媼擬不育鄰有南嶼鄉人請女之兩姨爭之力　先外祖善星命術爲之推盤驚曰此女勝男也我家文章之傳將在是惡乎棄用是乃留養字之曰男姒蓋以南嶼轉音識其事也

同治五年丙寅生一歲

九月初十丑時生于澳橋荔枝園老屋

六年丁卯二歲

是年三月已啞啞能語　先外祖母頗愛之與人之議乃息入冬能行

七年戊辰三歲

既斷乳依　英姨持攜撫抱皆賴焉有潔癖日必浴拂其意則啼不止入夜泥　英姨說古典乃能熟睡

八年己巳四歲

先外祖徙居於七穿井屋後小園園有龍山一角春日梅梨桃李雜放　兩姨嘗與諸女伴鬬草其間各得

若干種　先妣亦從之遊僅採蘭一朶衆以爲少曰吾能獨香　先外祖母聞之曰此女頭角漸露將來必有所立第恐步步立異勝人轉乖諧俗之道

九年庚午五歲

先外祖令入學與兄姊共筆墨授以女論語女孝經女誡女學皆能成誦領悟旨趣夜卧則與　英姨辨論之

十年辛未六歲

讀四子書毛詩戴禮見　先外祖母作畫代爲研粉調脂　先外祖母偶閣筆出闈則竊筆爲加烘染　先

外祖母顧而笑曰調勻濃淡與花之向背無忤是可言畫矣并以圍棋洞蕭崑曲授之

十一年壬申七歲

晝讀書夜從　先外祖母學畫或習刺繡

十二年癸酉八歲

讀左傳兼及綱鑑夜從　先外祖母刺繡兼習五七言絕句見　先外祖母有手抄駢文選請受業繡畢臨臥猶篝燈床前隱觀默識若有所會

十三年甲戌九歲

仍讀書習刺繡時或學畫學詩　先外祖母本有癆瘵

疾是年病已殆入秋急爲　長姨于歸一切嫁衣皆手理由是病益劇十月　長姨嘉禮畢而　先外祖母之喪禮與　英姨哭母成肝鬱病臥床不能起親友女眷之弔唁皆　先妣出應悲泣對答如老成人咸敬歎焉

光緒元年乙亥十歲

先外祖既失偶常攜　伯舅館于外　先妣由是廢學日與　英姨課女紅夜則以詩語韻語相賭勝間得佳句則互誦爲樂

二年丙子十一歲

所習如去年　長姨是冬歿于夫家遺一女

三年丁丑十二歲

七月　先外祖中暑暴病誤于庸醫服熱藥而歿　英姨之翁姑聞信擇百日內迎娶剩　伯舅與　先妣兄妹皆齠齔孤苦遂寄居于　方姨祖母家方本先外祖母姊妹行老寡無子女故與相依

四年戊寅十三歲

伯舅是年十六歲出就館蓋藉舌耕糊口　先妣既就方家以女紅自給多繡荷包香囊手帕扇袋之屬得價高出售易以故得無餒及冬　諸外叔祖寄居東

粵者以信來招　伯舅去　先妣益孤另　英姨時歸視之

五年己卯十四歲

是時閩中詩鐘特盛多就廟宇結社標二字限以箝于第幾字成七言對偶二句分左右兩房評甲乙所取高下以磁器文具洋貨珍玩爲彩每卷卷貲十餘文每唱有多至數千卷者　先妣刺繡之暇偶有所得令賣繡媼託　伯舅名往投卷嘗列上選得優彩人咸異之既而知　伯舅赴粵作者乃弱齡小妹遂播爲美談時　家嚴由船政學堂畢業歸理舉子業于

詩壇中亦自監一幟聞是事察之確遣媒修辭　先妣不答　英姨曰我聞姊夫言此君才高性傲屢却婚今忽求妹殆以妹能賢耳却之似非衰門福乃爲致書于粵請　諸外叔祖主其事報可七月納聘

六年庚辰十五歲

三月來歸成禮之期遠近同輩艷其事者咸來集催粧詩收至數百首閩俗舊有鬧房惡習婚夕洞房中駢肩接踵縱談嬉笑無非雅士欲博　先妣一笑不可得詩鐘之戲本始于道光間　先大父偕同輩謝枚如山長張亨輔徐雲汀兩孝廉何午樓茂才并劉贊

軒雲圖兩舅祖等設會于小西湖宛在堂號飛社製一盒上立一架懸鐘以綫繫鎚中盤香注下連盒蓋香殘綫斷鐘響盒閉後成之卷不得入此器藏吾家者已三十餘年後起者聞詩鐘名多未見此製　家嚴乃出以娛賓卽就洞房作詩戰鬧至達旦始散午後復集十餘日乃已　家嚴家風貧約　先妣處之樂晨興梳洗竟拂拭房闥無纖塵乃向諸妯娌周旋午後刺繡縫衣夜則篝燈與　家嚴並讀若賓友焉

七年辛巳十六歲

是年　家嚴讀書于烏石山軒軒　先妣在家課繡餘閒則讀唐宋人詩文集意有所得則錄之謂自八歲學詩至此始知聲調故自删詩集以是年爲始

八年壬午十七歲

事如去年春病半產

九年癸未十八歲

敬如四伯父從泰西歸　先妣出見　伯父顧謂　家嚴曰新婦度態雍穆殆所謂林下風歟旣而偕　家嚴與王荔丹觀察飲酒酣論文荔丹謂　四伯父曰我今不與令弟衡才恐其有內助耳正月生長兒鏗四月　家嚴遊學日本　先妣哺兒餘暇讀花間草

堂諸集始學塡詞及冬　家嚴歸

十年甲申十九歲

安南之役法師忽入閩江有欲調　家嚴充船上大副以備戰　家嚴將應之　先妣笑曰君善讀陰符爲帥可爲將不可況更爲小將聽命于人乎　家嚴亦笑乃設辭謝弗就入冬頗暇邀各社詩鐘之彩多舍玩物以錢刀爲等第　先妣與　家嚴合謀造意鍊句必以奇勝由是日贏數百文夜則購酒肴行樂且得存餘酒度歲

十一年乙酉二十歲

五月生長姊芸是年　家嚴與劉嘯雲表叔陳石箴先
生作文選會　先妣以乳哺兒女不克涉獵冬　伯
舅自粵歸又聞　長姨遺女有蘆花之詠請　家嚴
招之來
十二年丙戌二十一歲
家嚴應船政出洋監督之聘充舌人遊學英法國　先
妣得間治史漢文選夜以繼日自是得咯紅疾
十三年丁亥二十二歲
初　友如大伯父見　伯舅才之許妻以女卽長姊藴
先妣與藴姊又以文字交厚遂于八月爲　伯舅

完娶兩家嫁娶之資多出於　先妣奩中積蓄者冬
病　英姊　伯舅招之作山水遊以攄心胸
十四年戊子二十三歲
春　伯舅遊庠夏　四伯母劉夫人暴病歿于甯家親
屬有議其事者　四伯父遠隔重洋無以決嗣得
先妣書持平而斷遂戚好如初購一婢曰墨兒俾司
書籍
十五年己丑二十四歲
春復病六月　家嚴自外洋歸八月入秋闈中副榜第
八名因出餘貲添購舊籍數千卷置書窟晝夜偕讀

其中　先妣則擇其名集讀之變爲駢體文藴姊于
秋間娩一女而歿
十六年庚寅二十五歲
三月生不孝男鏘五月病房闥經洪水而濕徙于書窟
書窟者卽屋後小樓三楹樓門正對烏山左旗右鼓
拱揖其旁向爲　家嚴儲書之所至是移書于左留
右房以居　先妣　先妣病愈凭欄望山色蒼翠遂
以黛韻爲名並用黛韻樓名集有人以陳恭甫先生
手批十七史來售　家嚴愛之乏值　先妣脫臂金
以償

十七年辛卯二十六歲
家嚴在閩與諸名士聯詩會畫會酒會常醉歸非傾跌
則嘔吐　先妣諫不聽乃用崑曲舊譜按閩腔填之
叶以樂教諸婢唱之自擫笛或按板以正節奏遇有
酒期則設讌房中飲　家嚴阻其行曰我非勸君絕
酒不飲不過于淺斟低酌中要君知酒味永長不至
于醉耳　大伯父又以次姊蓉妻　伯舅
十八年壬辰二十七歲
四月　敬如四伯父歸自泰西有齮齕之者禍不測五
月　家嚴入都奔救六月生不孝女莊七月　家嚴

自北歸悉貨產業圖書玩珍積貲送　四伯父往北
洋九月　家嚴病瘧　先妣日典衣飾事醫藥
十九年癸巳二十八歲
二月　四伯父事得白　家嚴瘧化疥有友郭某少孤
課書奉母母老且病不能娶婦來與　家嚴商無以
應　先妣曰我尚餘金釵一可將去君能完友誼我
即椎髻何害既而貧益甚時或斷炊十月　家嚴奉
檄測永定河流得館穀寄家　先妣爲經紀始漸蘇
息
二十年甲午二十九歲

先妣自課兄姊讀書六月中日齟齬　家嚴自北歸十
月臺灣電召　家嚴欲往　先妣曰爲將知兵尤宜
擇帥君忘甲申之事乎　家嚴乃止
二十一年乙未三十歲
春窘極絕糧累日　先妣猶招　家嚴圍棋曰爲君消
壯心勿以一刼之急失全局也閏五月長兄鑾殤于
疫得年十三歲兄性沉潛恂謹精算理曉步天占星
之術　家嚴哭之慟　先妣因之血疾復發致半產
九月　家嚴復病瘧
二十二年丙申三十一歲

春　家嚴疾未愈　先妣代課長姊并不孝男鏘女莊
等讀五月　家嚴出滬就館七月　大伯母葉夫人
病歿　大伯母知書禮于妯娌中與　先妣最親厚
事多商酌至是而卒　先妣益無聊賴九月復病十
一月乃愈十二月遣嫁侍婢墨兒并遣宋表姊歸表
姊十歲來伴　先妣凡十二年始返
二十三年丁酉三十二歲
正月　家嚴歸攜眷居滬賣文譯書治家計五月充南
市工程局提調　先妣亦以文問世讀者咸歎敬時
滬上紳商議設女學堂祀　孔聖　先妣曰聖人

之道雖造端于夫婦而其言非僅爲婦女發也尊之
轉褻何若祀曹大家以宣文韓公分東西廡明女教
與男教異者別乾坤之位耳非然者則男女之防潰
矣
二十四年戊戌三十三歲
家嚴攜眷入甬講中西學于儲才學堂二月　先妣生
第三子鄞七月殤是年滬上諸女士創女學報招
先妣主其事　先妣爲撰一序并德言工容四頌九
月　大伯父自滬病脚氣　家嚴迎以來甬醫治藥
茸參飯羊酒日費數十金　先妣皆佐　家嚴經營

典質爲給
二十五年已亥三十四歲
二月　大伯父病愈出滬　家嚴譯江海圖誌夜則與
先妣談外國列女事畧並八十日環遊記　先妣
以筆記之八月　大伯父歿于滬　先妣生不孝男
瑩產後因血虧得癆瘵疾長姊廢讀奉母撫弟代理
家事
二十六年庚子三十五歲
五月　伯舅來甬授不孝等句讀擬與　先妣遊四明
天台　家嚴以學堂不便曠課遂不果行八月　伯

舅歸
二十七年辛丑三十六歲
五月次姊蓉卒于閩　伯舅以訃至　先妣哭之慟遂
復病八月思歸甚切
二十八年壬寅三十七歲
家嚴辭甬上館攜眷出滬　家嚴譯書　先妣賣畫籌
貲斧作歸計七月歸寄寓　英姨家九月　家嚴中
第三十名舉人　伯舅亦中副榜賃房北院後　家
嚴復出滬　先妣率不孝等留閩
二十九年癸卯三十八歲

家嚴由滬計偕入汴　先妣爲蓉姊校宮閨詞綜并選
國朝閨秀詞以補之作課兒詩二十首勉不孝男
鏘是冬復病
三十年甲辰三十九歲
家嚴在南京幫纂官報　先妣在閩仍選詞作訓女詩
十首勉芸姊及不孝女莊十一月　家嚴電迎眷十
二月不孝等奉　先妣入金陵與　家嚴會
三十一年乙巳四十歲
八月　家嚴奉檄赴滬監造漁業海圖　先妣率不孝
等從焉

三十二年丙午四十一歲
七月　家嚴海圖成九月奉調入粵十月攜眷偕行
先妣初意粵爲祖父舊遊此行得考先跡爲幸比至
蜑雨蠻烟地多低濕諸外叔祖又皆奉差遠出無可
問訊意轉索然
三十三年丁未四十二歲
七月郵傳部調　家嚴　先妣曰君才大氣高性直宜
古不宜今居賓師位則有餘若爲仕宦恐不足廣府
又奉電敦促九月　家嚴攜眷北行船越香港　家
嚴患血痢疾風濤中無從得醫藥　先妣就舟中作

禱神辭誓以身代得差愈十月入都十二月　家嚴
改官主事　先妣以北地苦寒喘疾加劇

三十四年戊申四十三歲
春病差愈時隨　家嚴遊覽都門名勝古蹟期以擴胸
襟舒肺氣冬復病

宣統元年己酉四十四歲
五月閱惲太夫人正始正續集多挂漏因思清朝閨秀
能文善書畫傳註并及詞曲者良多不能專就于詩
號風雅遂出歷年所存各家閨秀名集擬著女文苑
列傳以括其全由是悉心探討至冬益病

二年庚戌四十五歲
春後病雖愈血枯肝熾性轉燥急時欲歸閩九月病復
發自檢所著詩詞集編年删定謂少年詞勝詩故多
留詞晚年詩勝詞故多留詩吾文雖以駢體勝爲一
時通人所許可然方之古人實不逮又謂吾生平最
惡脂粉氣三十年詩詞中欲悉矯而去之又時時矯
入筆端甚哉巾幗之困人也

三年辛亥四十六歲
正月自占六壬課不吉急作書招　英姨來三月病間
强起爲不孝男瑩聘郭　部郎之女曰此子少多
病吾所鍾愛今既有相攸者宜先議定五月　英姨
來僅十日　先妣病下洩遂不起延至閏六月初一
日辰刻而逝計　先妣病前後十二年癆瘵之症得
以久延者實長姊芸奉侍之力　先妣歿後四十日
長姊亦以哭母毀身嗚呼慘哉

不孝等生既晚于　先妣閫德所知有限幸　英
姨來都得以探討　先妣爲女之事迨爲婦以
後則請　家嚴訓述及參究于詩文并舊貽于
先妣自道者編爲年譜以代行述兹因校錄
先妣遺集成敬附焉桮棬之感不孝等安敢
忘懷願閱者諒之

黛韻樓遺集總目

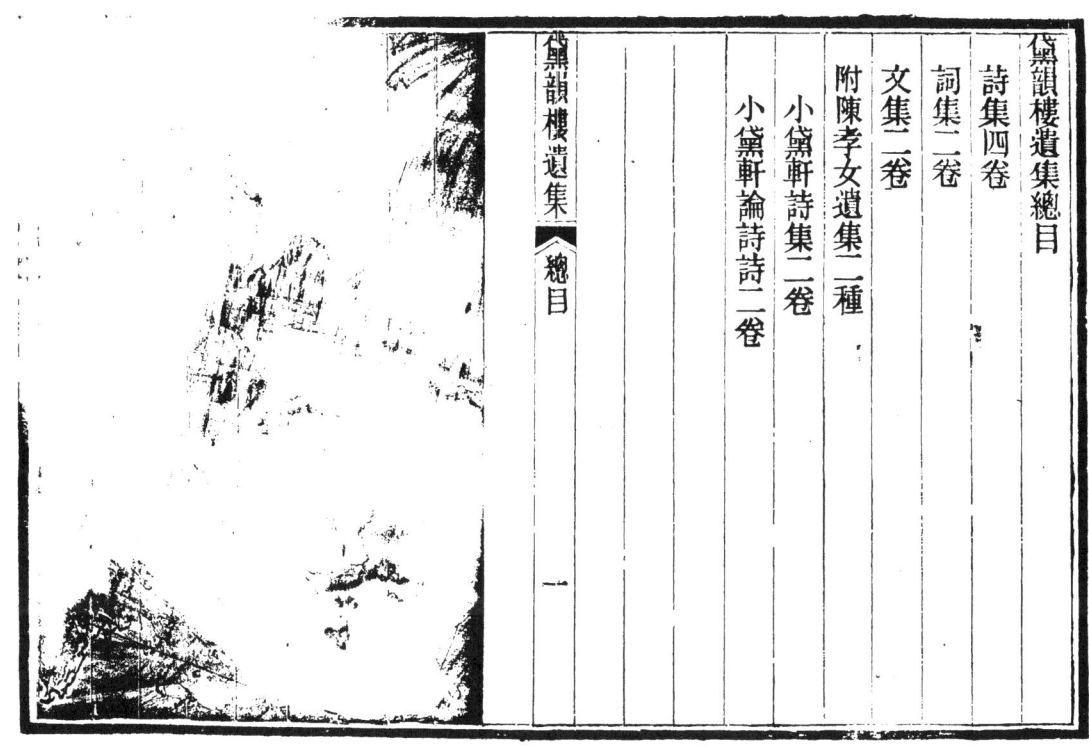

黛韻樓詩集

甲寅閏月録

陳寶琛題

黛韻樓主人遺像

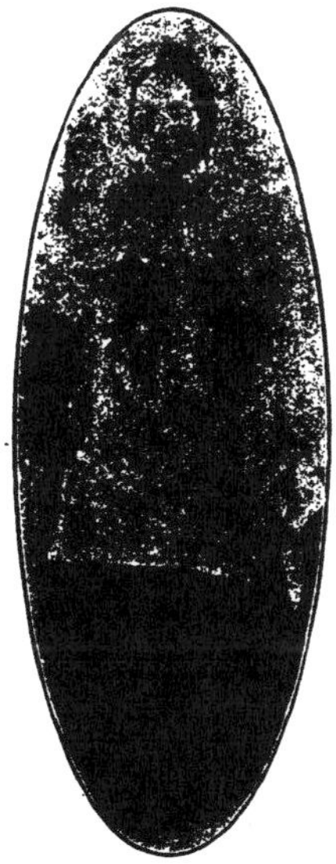

黛韻樓詩集目錄

黛韻樓詩集卷一

侯官陳薛紹徽秀玉

辛巳至丙申

謝伯兄惠書

瑶函千里報平安並寄新書慰古歡從此香閨風月夜一燈相照並頭看

懊惱

雨聲滴瀝近花朝懊惱春寒尚未消管領東風何處是酒旗社鼓賣餳簫

題閩川閨秀詩話後

千古關雎是豔談閨闈吟咏更何慚聰明冰雪徐都講節操風霜紀阿男上男星辰森女宿騷壇旗鼓壯閩南只今光祿無新派玉尺空山冷暮嵐

遊鼓山

凌空盤石磴海氣拂衣裳松竹秘幽響雲泉盪古香危巔通北斗平野盡南荒日暮歸輿急鐘聲墜下方

古意

欲繡並蒂花先蓄同功繭不斷是情絲春風鈍刀翦纖手弄素琴初試水仙調郎倚隔窗聽相看作一笑

郎愛碧桃花儂喜白蝴蝶相喻在無言畫上合歡箋密字寫眞珠譜出長命女故不使郎知隔簾教鸚䳇

秋光曲

明河波靜鴛鴦宿畫屏十二圍銀燭撫笛休吹子夜謌當筵且唱秋光曲秋光雖遜春光好春光綺縟難長保正看桃李鬭芳菲轉瞬芙蓉變枯槁芙蓉桃李逞容顏奚似秋光清且閒曲沼萍開澄玉鏡碧山木落露雲鬟雲鬟掠削晚粧罷明星萬點珠簾下寶月摩空梧樹陰金風拂面木樨麝野蛩唧唧如人語墜階黃葉疑秋雨何處寄衣響翦刀誰家搗練忙砧杵別有樓臺燈火多碧天玉露承銅荷

金籠蟋蟀驕姬妾禁苑流螢簇綺羅吹笙更跨緱山鶴環樓玉宇軼歡樂支機猶冀償聘錢結璘應悔偷靈藥神仙亦復嗟別離胡不相憐百子池琴書亂擁梁鴻廡稉秫同登陶令籬羅衣並坐秋光裏索郎酒泛流霞美願書唐韻學吳鸞不羨鳳臺配蕭史霜華烱烱閒清漏秋聲門外清商奏晚節相期黃菊香歲寒自顯喬松茂

有人饋牡丹四本外子移植閨中花開時余適卧病

眞珠簾幕養花天無奈經旬小病纏麗質累卿陪藥鼎錦屏替我護春妍陰陽不節雖爲厲羅綺紛陳竟若仙祇恐春光容易去扶鬟强起立窗前

題白蝴蝶圖

韓憑飄渺魏收狂玉板輕敲度夕陽金粉繁華雖只此風流富貴總無妨花迷金谷春成海夢醒羅浮月有香好借畫眉閒筆在綺窗粉本學滕王

送外之日本

餞君一樽酒相對皆無言昔人賦臨別黯然驚銷魂況是雙飛鳥飲啄同朝昏君今秉弧矢慷慨歌出門欲倚長天劍笑躡東海鯤我聞瀛州地弱水無浮根神仙久不作雕題相并吞秦人誤男女徐市遺子孫已乏藥餌靈妄有典墳存君心旣難轉此意奚足論惟願節寒暑努力加餐飧

敢以兒女私羈君天馬轅倘教念松菊早日歸故園

寄外

一紙家書帶淚斑好憑青鳥寄蓬山西風吹倒江頭樹夢見歸舟天際還

同英姊登九仙山

當年九鯉共飛昇留得層巒景物清天際斷雲扶瘦塔海隅斜日薄巖城蒼松影擁神仙窟碧柰花開姊妹情欲與觀香談六甲瑯函何處覓瑤瓊

冬閨即事

風緊雲凝欲雪天梅花瘦影逼簾邊騷經炙硯鈔山鬼琴

譜閨爐讀水仙弱線頻添凝玉指冷棋苦戰聳香肩檀郎無可消寒計泥拔金釵當酒錢臘花飄忽墜羅幃燈燭雙輝冷焰微生斫蠣房煨獸炭黲談鴛夢擁牛衣茶嘗雪水調新味香撥爐灰悟化機强碾粉鉛呵凍筆消寒圖上點芳菲

題外子抱琴獨立圖

輕抱焦桐下碧岑望君日夕自低吟綺囊雲秘綠偎袖珠柱風微紅映襟涼月不來空佇立斜暉無語孰知音何時爲奏絃中意雁在平沙鶴在陰

鋤月種梅和玉梅女史韻

新移梅種已黃昏鴉嘴親攜入小園却喜有鑱分玉影莫愁無地託冰魂鶴頭歷亂埋香骨蟾魄栽培到素根他日着花金鏡上碧鋤于汝有深恩

與英姊論詞

舌尖調律筆調聲剪葉裁花字字輕被冷香消李清照曉風殘月柳耆卿銅琵鐵板非尤物摘粉搓酥有豔情試讀清真與白石纖穠圓潤自分明

寄外用顏延年秋胡韻

倫紀秉三綱陰陽合六律乾健而坤柔萬物始妃匹昏義同尊卑國風美家室眷彼窈窕姿皎若東方日結髮事君子天地無終畢夙夜視衿帨敬戒必無違既免白頭賦寧矢華山識鴛鴦稱並命蛩駏長相依胡爲君遠行四牡嘆遲遲山川一契濶詎問何時歸桃李嬉春陽忽忽成遲暮蒹葭森秋水蒼蒼感霜露涼風動瘦草微月墜庭樹空閨白日長滄海孤帆去夢魂逐浮雲不識關山路鴻雁志行列節物誠邁徂空房帷帳冷蟋蟀鳴階除明鏡凝塵黯燈花對影枯寢興載眷念引領海之隅誰爲歌出塞爲我寄文蕪側聞大秦國已越白狼河胡兒吹葦葉羌女戴蠻華射生牧馬出氈幕時相過八月見積雪凍柳爐枝柯習俗與世異文翰非吾阿君才若朝曦八荒鑑容形丈夫尚弧

矢投筆儕班生慷慨入虎穴所志當竟成惟願安行健自覺別離輕君能綏福履我亦揚芳聲萬里驛騎來聽我前致辭守拙卽學術無爲乃道基距墨孟夫子闢佛韓退之達人貴知命抱璞以待時瀾狂要砥柱世衰須扶持莫以見異遷黽勉爲其難砥礪在盤錯顯晦奚所關松柏有本性巍然凌歲寒荀卿昔遊學不爲蘭陵歎申此區區愫請君聊破顏緬懷萊子婦匪屑輟耕起冀妻灌園樂孟光椎結始嗟嗟夫婦愚同心是知已倘君有意焉對菲幸收鹵偕隱汶上田並釣桐江汜

小西遊雜詩

四山環合水漣漪桑柘芙蓉盡入詩倘若淡妝濃抹好此湖合號小西施

西湖澹蕩勝東湖別島波心擁小孤遥想樂遊按曲日龍舟搖曳霸王圖

長春宫接水晶宫帳底歸郎綺夢通燕子忽來鳳閣冷玉銷珠盡怨東風

閩州豔體起冬郎誰復平章宛在堂合祀紅橋陪子羽綠楊影裏素馨香

小閣澄瀾掛夕陽精藍開化樹陰凉無雙荔譜無人品玉貌紅稱十八娘

烏石山觀李陽氷般若臺篆字石刻

攜手登危峰徑仄石痕裂亂草礙褰腰步步氣疲苶懸崖迎面立幽光見波折斗大廿四字蛟龍炭鬱結釵脚辨跟肘鈎銀畫以鐵相對振眼看快劍長戈擘斯翁嗣小生曹蔡奚足說說文三十卷碧落得秘訣嗚呼失三英相傳有四絶謙卦城隍記兵火亦消滅惟此一片石神彩猶未缺吾鄉鄒魯風文字寶先哲風雷不敢動千秋掛巀嵲遐思衛夫人筆陣何剴切又如公孫氏劍器何英烈眞草兩導師皆出閨中傑我無萬夫力簪花反惡劣今日覩典型倒薤露華綴歸去種芭蕉毋使墨池竭

有人以陳恭甫先生手校汲古閣十七史求售丹鉛五色爛爲古香外子愛之苦不得値余脫臂金以償並繫以詩

鈿合何妨半臂分琳瑯乙部異香薰應知左海文章盡大雅扶輪總望君

外子有僕善伺筆墨近欲遣去因作詩阻之

漁童散去剩樵青猶自勾元註道經儂恐累他太史奏少微星畔失奴星

梅亭謁鄭少谷先生墓

千秋何李共詩名無病呻吟似矯情易代有碑扶宿草瓣香幾輩奠淸明傳經不見高宗呂執紼空勞王子衡兒女奚知當日局荒山斜照杜鵑鳴

老屋

老屋三間小幾書萬卷多西風梳柳禿月鏡挾雲磨棋語燈花墜詩心秋思和與君作幽賞莫問夜如何

畫水仙贈女冠

旣不若洛川神淩波微步欲動人又不若漢皐女明璫翠羽嬌如許檀心玉面世已稀道骨仙妝默無語昨夜霜光擁畫簷素琴聲裏凍銀蟾氷縠不爲廻雪舞瑤臺自掛却寒簾君不見湘靈去後湘江冷香草美人散淸影已非佩

玉叩鳴鑾那有波瀾起枯井笑跨白鶴欲離羣仙香豈許世間聞唱徹步虛聲寂寂六銖襟袖九華衮

哭鏗兒

貧家育子鮮歡娛深望生成似鳳雛汝父元文猶未草不菑詎意哭童烏

旁人都道汝聰明天厄曇花太不情一十三年勤鞠育轉教老淚痛嬌生

我嘗病肺咳珠璣汝誦金經曉夜祈具有孝思偏不壽可憐薤露易陽晞

彌留與弟舊書箱猶若平常友愛將告我一言歸去也不知汝去是何方

食西施舌作

千絲結網亦無聊素奈花開玉靨消差喜舌根猶不死別饒風味勝江瑤

嫁婢

施衿聊爲贈良言幸喜魚軒此出門隨我十年知井臼從夫今日事蘋蘩莫將文字矜流俗不厭糟糠即愛恩舉止夫人縱無謂好留閫範與兒孫

英姊設餞即用原韻答之

陽關怕聽渭城歌手足深情奈別何此去不知何日會相看惟覺淚痕多征帆遠逐王孫馬贈策應藏織女梭酒入離懷轉悵觸江城南下有風波

附原作丁酉春秀妹之申江餞於臺江作此贈別　薛姒徽英玉

誰吹風笛唱驪歌姊妹相親日幾何故國湖山猶足戀中年骨肉況無多離人情緒雲沉月客子光陰錦擲梭最是一番難撇處盈盈南浦綠春波

黛韻樓詩集卷二

侯官陳薛紹徽秀玉

丁酉

海病

乘舟出滄海晝夜心轆轤熱血觸肺肝如轉千鈞軸委頓復瞑眩擁衾作蜷伏有時墜枕驚鄉夢未由熟有時噴珠璣淋漓瀉飛瀑口梗舌將枯禁方學辟穀乃知行路難欲作岐途哭入江風力定侵晨起櫛沐日影映船舷江南煙樹綠

申江曲

申江大道臨狹斜雙頭駿馬美人車紫檀玉板黃金撥鬢影珠光素柰花花飛留得春風住萬點燈毬散煙霧寶月斜窺羅綺闌泉刀欲碎珊瑚樹楊枝歌罷柘枝舞碧眼胡兒大腹賈笑陳火齊礮雲砂醉噭龍睛擘麟脯更有達官貴公子不問金張與許史狎客樽前江總才妖童花底秦宮美王家沙接胡家涇相逢一笑便心傾席帽草堂遺漢佩鐵崖元圃奏秦笙沈沈絃管無昏曉鴛鴦野鴨相思鳥盧雉金盆翠袖翻芙蓉羅帳紅燈小綺縟豪華轉瞬逝銷金窩裏夢魂銷秋娘白髮歌金縷壯士無顏儆黑貂舊事曾聞五十年北邙十里皆墓田鬼唱秋墳開蜃市誰來春院認牛眠山川陵谷成人海紅樓翠閣琉璃界蝦蟆場有瘴癘蒸崑崙舶飽瓊瑤載醉生夢死吾無譏東施顰效西施嬉來賓更闢蘇杭地互市新增茶馬司

有見

夢醒朱樓噪乳鴉曈曈旭日上窗紗倩人梳就新興髻聽賣街頭袋袋花

徐家園品菊

冷豔寒英鬧素秋最繁華處最清幽疏枝都逐霜光活雅態方知晚節修香色入詩宜月旦范劉遺譜詎風流可人不數長生白蒻綠華來占上頭

戊戌

甬上雜詩

夫差滅越築行宮餘地先留得甬東何事西施畏功狗釣臺偕隱伴陶公

雲翹夫婦本天人皂莢成仙各有神空剩數楹樊榭在累他饒舌謝遺塵

薇滕龍頭感受之愁容織室出妍姿詎知如意傳家後月下傷教獺髓醫

鴛鴦荒塚祝英臺寒食棠梨無主開一把紙錢燒不得誤

教蝴蝶却飛來
碑陰崇教記偏差裏足楊奴拜釋迦我笑息嬀空滅蔡邽
留楚子看桃花
威聲打虎有楊香祈禱亡身童八娘偏與長官林栗見至
今祠宇有烝嘗
戒香寺畔幻奇形遺蛻分明葬柳亭擁着小兒何處去須
彌山上聽摇鈴
謝女橋頭月有棱宋姑潭裏水如氷行人若問湖心寺姊
妹奩田合濟僧
蘭莊遺集已消殘瑶瑟天孫姑婦歡獨有楊存編女訓千

秋閨闥此文翰
蠣灘鯨背淚痕多宮井舟山水不波嬴得鮚埼碑碣在油
油禾黍泣銅駝

仲秋夜讀史作
從來禍福不相侔成敗惟看棋局收篤志有人欣御李智
囊無策到安劉豈眞遇合風雲會須惜艱難骨肉謀昨夜
長天覘北斗依然明月照高秋

庚子

喜伯兄來甬
一別家山後三年骨肉疎何期甬上酒相對話離居斗室
星能聚秋空雁不孤請開行篋看當有大雷書

偕外子伯兄遊月湖
四明山色總模糊夾岸人家似畫圖花嶼柳汀春不管令
人憶煞小西湖
叢祠香火賀知章逸老堂前野草長莫到十洲閣上望天
封塔影墜斜陽
刼火未焚天一閣古香猶擁抱經樓一瓻我欲停舟問願
展鸞箋爲校讎

送伯兄歸里
聚首無多日秋風已漸涼一樽離別酒千里海天長殘月

猶前路黃花記故鄉請將相憶苦先爲報觀香

讀宋史
成信郎劉無忌龍衛軍東門市靈飛六甲屠龍拔鐵騎胡
兒不敢視陰符手握勝兵符金帛數萬胡爲乎七千七百
七十七神兵滾滾雄黃圖懷州既破澤州失青城之屯又
告急黃巾結束坐城樓朱字丹書律令勅積屍塡滿護龍
河且下作法驅天魔何僕射與孫司馬至此其奈神兵何

辛丑

答英姊用原韵
西風昨夜動秋河雁陣勾人鄉思多輾轉歸期成隔歲米

鹽左計事奔波黃花負約嗟心力椰子空瓢笑腹皤為告故山幸相待布帆無恙敢蹉跎

附原作

尺書迢遞滯關河無奈秋闈落葉多逝水光陰驚老大不平世事畏風波貧邊寫恨心空熱愁裏懷人鬢易皤惆悵故山芳信早黃花消息又蹉跎

壬寅

上海龍華寺觀桃花

兩行新柳小橋斜細馬文茵簇鈿車春信隔江飛燕剪夕陽孤塔擁龍華一天鐘磬飄花雨十里香塵萃晚霞菩薩

低眉天女笑莫將壞色點袈裟

題惲南田花卉畫册

懊惱風枝露點含搓酥摘粉鬬清酣教人憶煞少年事繡幄春風學二南余初歸釋如時見其存有南田翁并南沙相國畫册常為撫臨并題所居曰二南繡幄迄今倏忽已閱二十年矣學不加進能無愧乎

黃筌富貴徐熙逸神品能推絕筆難我為傳燈想初祖芳妍變態有邊鸞

甌香家世本遺民一字關頭署即貧幸有耕煙外史識諸侯席上說能人

會心不數馬扶羲六法真傳在守雌弱女清於具家學臨

風柳絮雪花詩

外子居滬閉戶譯書囑余作畫易薪米戲題筆單後

吟紅欲學王端淑貽素曾嗤蔡女蘿筆底春風隨意作眞香活色費搜羅

雲溪家法在丰姿習忍何能貌似師惟愧南樓稱老健願營粟米佐朝飢

固知詩跋未成家蚓唱鴉塗不足誇祗恐文人好事語蘭齋誤認孔飛霞

意蕊紛披點綴殊何曾依樣畫葫蘆靈均歸隱借文俶別寫寒山草木圖

為外子紈扇畫菊花

新霜剪出一籬秋紫豔黃英散不收如此清標有顏色雖稱晚節亦風流萊妻能作辭官語陶婦休爭種秫謀合與小山叢桂友免教猿鶴為君愁

老妓行

芙蓉張席咽流霞沉沉銀燭喧箏琶中有徐娘已半老依然顏色浥朝華雙眸剪水歌喉澀舉止偏能似大家伸拳拇戰雜歡笑旁人道是賽金花金花自言本姓傅彩雲一朵蘇臺任折花時上虎邱遊門前溪水橫塘路十五韶年見麗質歌舞場中稱第一上頭嫁得狀元郎眉嫵畫邀學

士筆奉使乘槎八月時輶軒遠采單鷹旗皇華六轡秉龍節海天一舸隨鴟夷柏林城築鴛鴦闕錦雞官誥驕回鶻奚須江汜論國風竟作小星奪明月聯邦破法聲望高相國鐵血將軍毛可汗頭白尙威武閼氏腰細能英豪太歲金牀見天使錦車馮嫽充陪侍鶯語善傳通譯辭鸞書代解旁行字恪尊壽與忘年交酪漿腥肉開天庖鏡殿名花借照影儼如姊妹雙同胞爰劍種人盡豔羨茶筵舞會尋常見可憐鰥地骨都侯畫圖想識春風面好夢未醒羊胛熟歸舟仍載人如玉聯鑣并騎入長安曉鏡夕燈看不足瑞錦窠通清閟閣袍笏朝回聽紘索共道侍郎豔福多那

知鄭女姻緣惡或云容齋末第年濟南淪落囊無錢獨有青樓人青眼悄從花底贈金鈿山盟海誓如蝴蝶但願生生比鶼鰈小別樓頭盼好音大魁殿上成高捷衣錦重爲歷下吟高車駟馬快登臨不妨選取豪奴俊驀地來挑卓女心太息樊籠小嬌鳥覆雨翻雲未分曉錢樹惟圖阿母歡搴帷豈料故人譏相見無言但泣血六州錯鑄郎心鐵宛轉君前死便休指環再世煩冤結玉簫顏貌同前人老眼模糊認不眞奴星命照紅鸞晴禍水歌來赤鳳頻漏洩春光終愧憤病深縮骨經秋殞早驚結局事難收悔煞當初心太忍未鬬荷葉出汙泥翻使桃花墜藩溷葫蘆更畫

莫短長琵琶重抱誰恩怨申江飄蕩上津沽豔幟高標又入都龍姬樂籍歸冠俠故妓侯門剩孟珠亡何關下嘶胡馬滾滾旌旗黯原野統師老將碧眼高當時曾喚眞眞者捕卒六街擾婦女蘭閨淑媛伏如鼠偏有冬兒慷慨前短衣縛袴能胡語酋帥撚鬚起攜手意中喜見使君婦鸞殿相逢似夢中特令諸軍靜刁斗外史莫爭玫瑰花約章似藉章臺柳兵氣既消日月光遂遭斥逐飛蓬首即今居傍泥城橋短髮蕭蕭淚暗消買得雛娃教度曲惜無狎客與吹簫酒闌時話故家事曲罷猶歌西國謠飛絮成萍渾不管牽蘿補屋亦無聊我聞眾說愯然起參觀前後皆天理

名士恃才總負心佳人絕代偏蒙恥種瓜得瓜勢使然以暴易暴終無已果報祗存眉睫間紀綱都在倫常裏女傳弗因孽嬖刪婦道要論容德美一編爲譜老妓行用告采風士君子

題楊龍友山水畫幅

台蕩歸來酒氣加留都時事竟如麻殘山賸水同牛角燕子春燈附馬家九友戈矛持北固雙忠骨肉盡仙霞想當伸紙馳風雨浣筆曾煩朱玉耶

吳梅村山水畫幅歌

昔讀梅村詩已識當年體今日見畫圖平原樹若薺王楊

盧駱粲時花董巨荊關釀芳醴墨汁淋漓落筆端一掬風
烟淚未乾王維畫有滄桑感庾信文宜蕭瑟看吟情綴法
遥相續水剩山殘人不俗婉轉如聽賽賽琴蒼茫來寫圓
圓曲承旨愧爲趙孟頫託根非若鄭思肖通靈入妙只自
知歎鼻炙眉更誰弔高名畢竟終難没泉勢峰容尙奇崛
拙政園荒冷菊松欝清湖凋無薇蕨

題黃皆令畫册

賃春廡下閉關時十二朱闌對畫眉空寫孝陵山一角竹
垞惜不入明詩

題寒山草木昆蟲圖

作畫如作詩真采在立意造局與鍊句穿插成布置豪健
固能品清俊亦高致綺縟雖大方樸雅自名器文俶運詩
心於畫託其意草木配昆蟲可謂詩多識借隱寒山中體
物關才思六法更六要隱隱通六義遥想下筆先胸中邱
壑至影落縑素上傳神饒瑰異疏密具精理生枯見嫵媚
周南宮人篇漢樂房中事比興出温柔神妙入工緻誰云
多野逸獨發天心秘豳風七月時塲圃罩濃翠一花或一
木栽培賴天地蟋蟀床下鳴婦子不敢寐裁翦作珠璣活
色生香備聲韻没骨圖瀟灑宜春字乃知閨閣賢窈窕即
純懿

題南樓老人牡丹畫幅

南田能品復南沙偏有南樓女畫家粉膩脂香粧國豔紅
嫣紫姹屬天葩殿春不礙冰霜操有子方稱富貴花夜紡
授經誰繪就曾邀宸翰屢褒嘉

題徐横波墨蘭

地老天荒落木多江南詩人聞徐波如何更有横波畫媚
葉柔花墨一窠或云横波舊姓顧眉生小字秦淮住柳花
小閣託微吟桃葉前身臨古渡蘭譜師承馬守眞左披右
拂饒風神數莖紉佩三春夢一疋纏頭萬斛塵玉犀酒器
訟庭諜閉門罷鼓木蘭楫遺憾不爲忠烈憐委身且作尙

書妾尙書豪侈愛歌舞笑擁蛾眉夢龍虎盈門乞畫振聲
華撒手揮金賤糞土此本滄桑以後造淋漓瀟灑雲烟掃
生香縱不引鳳雛改姓似將博鸞誥我獨對畫意蕭索如
此寫花污花蔦襲生竟莫夭天年馮道居然號長樂飾辭
巧奪夫人封搴帷僭受門生爵即教變相成老僧究與國
香都無着蘭兮不幸乃如此九畹靈根何處託

題張宛玉粉蝶圖即用其韻

畫家又復是詩家粉翅翩翩尙近花此亦故鄉女文獻瓣
香我欲讀南華
小樓春雨記兒家香草留題爲藕花自寫幽香非寫色乃

知不是愛繁華

題王石谷山水畫册

遠水淡欲無春山晴更好喬木蒼翠中茅簷話翁媪幽泉潤稻田石梁盤古道疑是桃源人耕烟種瑤草

突兀兩三峰縱横八九屋宿雨曳斷雲嵐氣淨新沐寺遠僧未歸鐘聲出林木

亂樹挂危巖野亭戴巖頂下有白雲過斜陽墜清影徑曲樵擔歸風動衣裳冷爲尋句突泉掃葉烹香茗

老柳櫛西風未秋已零落虛舟垂漁罾臨流網孤月山色有無中似有將飛鶴

絶巘欝盤紆棧道斷行旅山縣露城郭秋高急防虎落葉繽紛飛隱隱聞笳鼓

江勢出荆門歸帆去似箭古木待棲鴉影動夕陽顫

秋色從西來楓林綴紅玉誰家剝棗聲橙黃橘正綠鄰翁策杖來新栗酒方熟籬落對南山未荒三徑菊

雪霽山愈明蹇驢行得得朔風衣袂香梅花漏消息

題李蘋香山水便面

文彩風流墜俗埃雲容黛色映玫瑰越山欲暝樹沉影野渡無人花亂開形氣季蘭浮遠水桑榆漱玉怨傭材春風天韻吟詩閣誤盡清名總可哀

歸舟偶作

乘得歸舟天際還嘻嘻兒女笑開顏布帆無恙秋風順望見家門五虎山

與英姊伯兄夜話

五載別家山今宵喜聚歡兒童皆長大鬒髮各斕斑念舊愁腸結談心燈影閒秋窗齊不寐殘月對彎環

外子伯兄共登秋榜時借居于英姊家而姊夫竟報罷作此以慰英姊

文章千古自分明得失雞蟲莫浪爭不見梁鴻偕德耀五噫歌罷竟逃名

偕英姊觀文筆山

榕城隱三山文筆貞且婉雖是培塿小猶似虯龍蜿瘦苔雲根活秋樹斜陽滿倘有五色花猶堪作彤管

送外子之河南

牢騷滿腹豈時宜上計也教作別離縱使杏花當有分應羞簪上老頭皮

癸卯

鏘兒偕姊子等學弄笛泥余授譜作此示之

工尺即是九宮譜長短重輕在吞吐八十四調要圓潤大不過宮細不羽漫聲侵犯戒入破緩急須知澀與燥李謩

絕藝姜夔才是誰更作第三箇

歐冶池

君耶谿涸堇山空芙蓉光斂空濛中傾城量金今不得一池春水猶蘢葱我來臨風發長嘆天地爲鑪陰陽炭祇驚紫氣出波濤勾動張華與雷煥

外子遠出鏘兒差長雖能爲文傳家學然微好時趨往往有不根字面闌入筆端殆讀書窮理未至耳因用朱子齋居感興韻作課兒詩二十首以導之

爲學貴誠意體胖而身廣自反若能縮萬人吾獨往所際縱高堅竭力事鑽仰居仁與由義豁然心爽朗君子勿自

欺外侮不可罔卽此循程途示斯指其掌

薪傳十六字精一在執中爲山先一簣無初鮮有終萬物萌動始天地和而同尼山秉木鐸萬世振聵聾

涵濡有眞味活潑得天機仰觀復俯察魚躍與鳶飛如愚守四勿退省私不違簞瓢領佳趣著見生清暉還怒不貳過契想在隱微沉潛遂頴悟斯人誰與歸

唯唯受一貫椎魯亦傑出三省煆內功持身自勞役大學本愼獨正修治家國臨深履薄中忠恕能事畢二賢皆善人如何不踐迹生知並困勉成功皆歸極

文明必柔順易語占明夷乃知畫卦意象取坤與離人生既適志在茲當念茲幸莫嗟墜緒茫茫獨悽洏規矩守繩墨方圓成璧珪百工猶居肆志士將胡爲數年若相假大過可無悲聖人之所以極深而研幾

唐虞啟文教揖讓立紀綱都俞與吁咈喜起開明良禹功載壺口文德先治梁贅牙誦盤誥努力愛景光幸勿等曲士拘墟守一疆盛衰治亂間此理參回翔始能識危微左右以通方絕學已千載斯道合克昌亡逸有遺訓爲幻戒譸張昇平難報答令人心憂傷

公劉修舊業於豳仍故封遷岐載姜女關睢開國風造端起夫婦刑措皆無凶肅雝睦鐘鼓福祿遂來崇王化邁往

古生民秉顯穹鄭衛雖淫哇無邪卽聖功小子亟所學大小咸從公事君與事父遠邇多從容不學無以言過庭課乃翁切磋復磨琢一語醒愚蒙

禮經重王制克齊聖廣淵灌鬯既尙臭祈祀到井泉周官田法祖有開而必先一夫獲百畝召役力不繇規模與法度建置誠斐然太息後人誤執拗而拘牽

褒貶嚴斧鉞德厚者流光盲左特補傳天地爲低昂書法待發明公穀兩相當史公得遺意班氏徒輝煌獲麟良已矣惆悵洙泗旁撫卷契遐想宜辨勸懲方

離騷繼三百愛君竟忘已美人香草心孤忠立臣紀九辨

復九歌斯文嘆觀止託意龔悔悟諍諫合于禮大招招不
還無情弔湘水猶有賈長沙後先同一軌
老莊言虛幻其術壞乾坤孫吳競詐偽不武奚能文申韓
烏足述管晏非所奔咄哉楊與墨如何今尚存荀卿雖性
惡猶有合聖門大醕宗孟子道義爲之敦
百家紛註釋互勘成差訛鄭箋失已半孔傳偽偏多今欲
爲校正無奈古人何聊思删述意以補猗蘭歌
爾雅出漢人郭註多未省說文解許氏二徐如欂櫨方言
與釋名屢屢靡所騁訓詁在小學挈衣提其領上窺六書
意體例森藻炳傳註復假借神妙臻化境

雜說近稗史所談究無根其餘爲藝術或存或不存披讀
具巨眼神定志勿昏自然有所得深造逢其原
龍門之手筆大川與名山六朝半如夢駢儷何所關韓柳
森法仗如吞換骨丹東都歐蘇曾煥爛稱文翰勿徒仰成
誦使我嘆才難後生幸策勵鴆毒誤懷安
古詩十九首皆出夫婦愚三唐論體格李杜名非虛後來
爭派演西崑曠代無江西今猶盛淡薄易步趨大家宗蘇
黃所守亦分途要之在窮理盡性且讀書
凡人不廢學六道無棄材風霜磨而鍊雨露栽且培勿負
天生我精神天爲開何論賢與愚判然賦性乖多得者多
助先起卽爲魁吾當盡吾力安事悠悠哉
山脉起昆侖五嶽鎮四方河源落天際百川徒蒼涼宮墻
雖數仞七十列同堂詩書有坦途履之皆康莊經是清涼
散史如續命湯鈎元兼索要文贍事自詳兀兀作採討無
爲時世忙優游名教地六翮高翱翔
賢關與聖域由此梯階尋氣稟休誤用物欲漫相侵旦明
仰屋漏區區一片心學術不加勉至道何能任月將而日
就豁然開胸襟精華之所結無愧于儒林
所學貴所守謹行並愼言惡食不足耻敝袍猶能温靜心
但默會那聞人世喧不知春已去忽忽自晨昏至誠此無

息簡妙亦非繁爲學宜準此探本以窮原

甲辰

外子書言有人欲延余入蘇州主講女學走筆答之

吾學本好古世人多趣今今古不同道休勞一片心

玉尺山

玉尺量才是婉兒蒼茫片石亦離奇于今詩派無光祿留
此吟臺孰主持

東海女史草書歌

女史名鯤日本西京人十歲能作擘窠大字道光
時其國仁孝天王天保之末召見便殿試書法

女史方十二齡不欲事宮禁翻墨污紙上忤旨放歸及長歸士人而寡遺一女作海棠顛然女史書法傾通國到門求書者戸爲穿賴潤筆糊口繹如夫子入西京時見女史已五十餘歲白髮皤然能筆談其前朝遺事贈繹如草書一幅風流婉約大有公孫大娘劍器飛舞之妙余愛而藏之近始揭表因系以歌

昔讀日本寶刀歌謂有墳典未消磨今日草書見東海蛟騰龍起無類波折釵屋漏具變化裊松削柳紛婆娑張顛不作懷素死如何海外生嬌娥嬌娥于今亦老大猶能婉

轉言前代憶曾髫髮挽雙鬟橿原宮中賜螺黛是時天王正右文史臣記有山陽賴收鐘頻聞鑄礮聲鎖國未見攘夷害阿儂有母愛掌珠拂袖前殿傾墨盂綺羅不御御荊布煮字能爲返哺烏亡何尊王議紛起男山節刀賜慶喜蜻蜓洲勢競喧囂蝴蝶陣容忽披靡狼烽震動薩摩洲將軍歸政成通侯雍容車駕竟東幸老婦歸來亦白頭世風爭尚旁行字漢學反遭俗眼忌惟餘章草與和歌一綫姑留殘喘地邇來薪米似珠玉翰墨因緣惟仰屋扶持僅仗森春濤大厦究難支一木舊年東村犬塚家寡媪有子面削瓜祗因好武從軍去戰死臺灣淚似麻爾我初逢憐共命惺惺相惜慰老病我雖棄筆常苦饑猶幸不聞笳鼓競四十年來事若夢夢裏王侯幾斷送回首故宮黯夕陽筆底烟雲憂患眾繹如語罷遥歎息余亦爲之聲唧唧乃知徐福遺子孫十洲三島多荊棘空教百濟求千文朱瑜老去文章熄此婦貧賤善草法兩其足者傳以翼娟娟靜婉欲生姿合與香閨作楷式風濤夜撼海山鳴無數虬龍上素壁

題花谿女士富士霽雪圖

女士日本東京人能以西洋油畫法運作水畫雖筆墨堆叠微有痕跡而深遠之勢幾疑眞境繹如言見女士時約二十許人貌娟好素粧雅淡

有林下風頗能操西語近聞嫁美國人航海去是幅亦繹如帶歸爲余所藏茲因題東海草書故及之

我聞海上三神山却在虛無縹緲間詎知豪素現眞相芙蓉琢玉森烟鬟花谿住近紅葉館開遍櫻花春欲晚出雲冒雪寫幽妍想是嶽神助素腕瓊姿玉貌澄清景樹色扶桑日初影琵琶湖瀾漾烟波疑有撲人嵐氣冷此幅收藏已十年有時夢繞蓬山烟美人遠嫁山光老弱水盈盈浪接天

、前既作課兒詩芸莊二女亦以爲請余思吾國女教以貞順爲主五千年來鮮有流弊晚近士夫倡興女學如陳相之見許行所誤恐不止毫釐千里已也二女從余既熟女誡女訓諸書因更易以理義

用張景陽雜詩韻作訓女詩十首

男女同化生一氣分清濁坤道履堅貞夜行秉明燭如玉嚴守身君子凜幽獨譬若萬卉中卓立乃喬木淑德在根本吾蔭婆娑緣能操白璧姿豈羨黃金屋婦道但康莊愼莫顧私曲

女歸本漸卦義戒鴻于陸天地象泰交震則蒼筤竹嗃嗃

占家人純和比芳菊棗栗敬毋違蘋蘩穆以肅朝昏侍巾櫛甘旨必芬馥合好勉同心脫輻戒反目莫嗟夫婦愚中庸辛自勗

地道萬物母生生無盡期李實采驢耳苓根結兔絲葛藟與瓜瓞緜緜成蕃滋義方秉前訓胎教愼所思慈懷折葼惠賢履斷機綦將相本無種孩提尙初基克家事忠孝悉出鞠育時

女事雖無文虛懷必若谷婦德亦無極力學知不足多聞皆我師從繩得直木內言不出閫出話愼檢束存心果忠厚所處豈局促福祿天申之無須用龜卜

醯醢尙煎鹽筦簟卽蒲越質樸與驕奢輕重間毫髮婦人主中饋在在見施設莫羨肉如林莫愛珠勝月果教儉抑身準禮以區別太羹元酒中精潔復省節志以淡泊明鬼神具體察

世途有崎嶇山高水復深倘教虧一簣所落恒千尋憂患危疑地是非得失林但求免愧怍臨央勿沉吟領取千秋意全憑一片心安常與通變異苔或同岑時窮見盤錯木脫露崎嶔樂天而知命何必論古今

婦容在禮法不在貌傾城善心以爲窈德車稱結旌林下淸風動里黨揚芳聲班昭靡豔色續史賦東征孟光能舉

案顏狀非亭亭璞玉蘊內質浪滄濤濯纓鑑古稽女典淑性陶六經溫柔戒暴厲不祥喤佳兵氷雪勝膏沐正色守閨閫敬爲德所聚彤管存令名

夫人理蠶事織紝紡績間一月卅五日蟾魄方再圓不然賃廡下鋤後樂灌園絡緯吟秋壁布穀啼春山辛勤以卒歲婦子原幽閒興家秉內助巧拙咸宜然

地道底于成陽火根在陰讀書識義理女教微而深言行倘乖迕涌水涸蹄岑雖如士志道弗用求爲霖倚柱漫興歌采葛休浪吟盛時戒晨牝雌伏藏陰森誦詩首二南敦厚皆德音相夫與課子卽此見深心聰明必涵養學理潛

以沉詩文餘緒耳而爻原儒林
閫教貴治內柔順和家庭試觀古列女賢明圖團屏不必
恃才藻遐思入滄溟仁智合禮則芳徽亦千齡無非無儀
中坦白存平生慈祥以逮下推愛而準情看花思緒果培
草思護莖道直可容眾樂和稀促聲性善即美飾行端無
醜形鑑心覽明鏡立品佩瑤瓊所以著坤象元亨牝馬貞
聖賢踐實義婦女薄虛名書紳記吾語何慚天地生

西風

西風蕭颯氣陰森隱隱悲笳雜斷礁途遠有人愁日暮復
來何處見天心可憐縑素爭新舊坐看雲烟變古今不識

誰爲文字別登山臨水淚沾襟

題畫

嫣紅嫩白映初陽寒食連昌日漸長一卷心經剛寫罷太
眞含醉著霓裳 桃花鸚鵡
翠羽明璫拂洛神潘妃微步亦生塵碧衣姊妹沉吟久一
道歌聲入白蘋 蓮花翡翠
黃金布地到籬隈錦翅香斑去復回何事秋風行不得如
花宮女越王臺 菊花、鷓鴣
射屏意不在卿卿點額含章夢未醒秦女青鸞飛去後江
城五月有簫聲 梅花孔雀

自題草蟲畫冊

促織吟秋絡緯寒貧家刀尺總艱難安能飼得蠶如甕製
出天衣無縫看
井蛙語海夏蟲冰小技雕來實未能栩栩自疑蝴蝶夢竟
將誤筆點蒼蠅

黛韻樓遺集

貴筑姚華題籤

黛韻樓詩集卷三

侯官陳薛紹徽秀玉

乙巳

金陵懷古

太初宮闕帝王州紫蓋黃旗擁冕旒共羡黃門爭鼠矢奚知織室夢龍頭藥搜琥珀傷痕活屏展琉璃媚寢幽佩璽旣多送璽易有人風利正方舟 吳宮

銅馬隨龍入建康雀釵絳帳著煇光崐崘姿色宜男品廣德門楣素柰香醉歷戲言傳內殿散衣應讖有東堂瓦棺丈六金身現飲食如何逼御床 晉宮

槫粔燈籠舊事非引船歌唱已朝晞玉人鸜鵒教埋蠱湯餅猪王笑裸衣鸞輅龍旗歸謝女鬱雲渫雨哭殷妃可憐偷得新安狗晝服佳堋久伺機 宋宮

書學韓公女教開楊婆祈禱入宮來壽昌韡韡鬬雞笑含德笙歌射雉回東苑蔣侯尊相國西京趙鬼算詞才蓮花步去黃金在但乞醇醪更可哀 齊宮

余妃吳媛古湘宮前殿龍涎露井中擘繞金環騰紫氣回裾瓊戶起香風一樽酒爲琵琶盡半面詩題角枕工偏是白頭老庾信江南哀賦寫愁衷 梁宮

杜姥宅邊出佛牙莊嚴大會設無遮漏籤猶擲空堦石壁
月齊歌玉樹花結綺美人工眄睞黑頭狎客擅才華何堪
天靜寺門路剩見觀音禮釋迦 陳宮
幾番臨鏡白髭侵百尺樓無宮井深五鬼九華留掟徑二
王十表寫澄心霓裳曲奏春如海金縷鞋攜月有陰記唱
家山新入破落花流水到于今 唐宮
訓子文樓願孔懷如何骨肉自睽乖降臣莫稾閣前履佛
老能歸火後骸試院斂金塡馬口中宦貼紙選吳娃烏絲
燕子桃花扇今日梨園腳色佳 明宮

謁孝陵

高皇龍御忽升遐同室稱戈亂似麻空有紅光成大業祗
餘坏土掩黃沙傾頹石馬無人徑寂寞垂楊守塚家可惜
難回江左局道隣遺骨豔梅花

靈谷寺

笱輿謁孝陵迂道入靈谷山徑轉縈廻禪房雜花竹野僧
饌伊蒲呼兒飽脫粟欲尋誌公塔乃在玩珠麓陳迹散浮
烟刼火留枯木日暮逐歸鴉入關已燃燭

雞鳴山

遐想嚴粧夜半醒雞鳴埭上見娉婷不知誰作耆闍寺閒
煞望湖當日亭

治山晚眺

秣陵舊蹟半烟蕪野色猶堪入畫圖最好斜陽堤柳外紫
金山映莫愁湖

莫愁湖

湖邊垂柳白飛綿湖上新荷綠似錢配着桃花嬌欲語莫
愁顏色及笄年
生得阿侯似掌珠鬱金琺瑁映金鋪如何樂府莫愁曲不
道羅敷是有夫
洛陽兒女住長干莫譏天邊粉絮着知否棲鴉流水意妾
心古井不波瀾

唐突西施世所羞英雄偏詡勝棋樓他時賣盡園中石依
舊湖光是莫愁

聚寶山謁方正學先生祠

我見宮門血跡石青燐夜化萇弘碧今日來登聚寶山荒
祠瞻仰忠心赤明祖晚年嚴綱紀燕翼詒謀在孫子詎知
祖訓十三篇一傳骨肉干戈起周至成王管蔡惡卑敬之
疏祖鼂錯齊黃尙憶東角言先生是時胡謭謭火燒頭縱
婦人仁削平周齊湘代岷枝葉手足俱翦盡自教逼虎來
傷人周禮改官豈有濟貽人口實殊左計莫渡蘆溝搗北
平堅守京城坐待幾道衍雖愛讀書多先生正氣終難磨

大書篡位董狐筆便殺十族其奈何天降亂離血淚流嗚呼一死不我尤門生偏有王稌在能收遺骨荒山頭他日樂安尾不掉六師卒發具神妙銅缸頂負追遥城先生有靈應一笑成敗利鈍奚足論先生風節今尚存零落山中瑪瑙石令人疑是國殤魂吁嗟乎木末亭接雨花臺秦淮如帶繞山廻有人雁陣聯忠勇曾向祠邊血戰來

翠薇亭

兀兀翠薇岑蟬聲夕照陰清涼開世界山水自幽深禪悅此俱寂詞才不可尋南唐有遺跡可惜李翰林

掃葉樓

落葉紛無跡當時香草堂樓有龔半千先生遺像師資董北苑友誼孔東塘野徑秘春色高樓掛夕陽石頭遥望好滾滾大江長

題改七薌金粉白描無量壽佛圖

我見老蓮畫葛洪鬚眉爽颯飄天風又見兩峰畫鬼趣彷佛如聞鬼夜語玉壺山人倣龍眠白描妙手同前賢一佛出世壽者相胸羅卍字手如綿低眉不語入禪定蒲團要坐一千年旁有善才髮種種環色袈裟作清供世皆寂滅但明心不識長生果何用祇論畫法却樸茂想有曹溪呼火候布金不必給孤園丈六金身無量壽

題金冬心墨梅畫幅

根本擁腫花離離枝柯雖瘦人不知空山歲暮萬卉歇墨香一噴生淋漓想是冬心愛奇絕不貌花魂貌花骨倘教酸月破凍雲當有美人出騎鶴

題華秋岳畫眉女貞畫幅

猶憶征夫出塞時寒閨禿樹鳥啼悲幾番打疊邊衣寄不待君歸不畫眉

題竹禪和尚竹石畫幅

一椏兩椏似粗忽一葉兩葉却超越待將頑石點頭時砍作長竿釣明月

題馬江香折枝畫幅

筆端萬卉長扶疏寫出春風二月初自有松筠饒勁節不嫌蓬蓽獨幽居銀屏紙帳雖生色翦葉裁花當著書畢竟而翁好師授生來雛鳳似清於

題吳飛卿菊花蟋蟀團扇

絕塞蠮螉遠秋閨蟋蟀吟此花雖逸品落筆有深心晚節東籬品幽詩大雅音不愁甘旨貴撒手郎黃金

題繆素筠牡丹畫幅

大家當日入禁中內直貴人拜下風韋母授經設紗幔君叔應詔齊倘宮闈才藻人爭羨誰能下筆開生面浥露

圖開奉華堂桃溪畫列宣和院繆家寡女偏靈慧得侍慈幃進絕藝詩詞徐粲失眞傳花草陳書休比例靑春三月芙蓉園姹紫嫣紅開正繁奉　命對花描國色吮毫拜手感　天恩有時供奉隨　鸞輦玉軸秘圖憑細檢　王母親描桃幾株韓公伴寫梅千點昭回露月　慈顏喜長樂殿前賜羅綺璇宮特愛耿先生坤印莫疑楊妹子亡何鼙鼓生妖霧居庸關外　宮車度珥筆難陪秦地行擔簦來向江南住江南名士紛如鯽塗抹阿婆人不識　鳳闕龍樓入望遙江花野竹傷心碧何來絹本凌朝霞猶是禁城富貴花書夢朝雲傳彩筆殘陽經雨泣天葩妍姿

既異間花草瑤臺依舊　春暉好可惜飄零女畫師風枝露葉垂垂老

題榮餘庵花草蟲魚畫册

餘庵福州駐防孝廉曩與繹如結畫會于烏山天開圖畫樓是册八葉余藏已十餘年餘庵墓木拱矣此册亦蠹蛀斕斑因令重裱而系以詩

餘庵長白人畫花傳其神卽如蟲魚類活潑皆天眞所師孫薇園目眇鬢如銀薇園居水部城外眇一目視僅一綫所畫蟲魚絕妙性介以畫謀食繹如言少年曾見之鬚髮皓白常至人家作畫計日取工貲數百文而去今閩中鮮有知其人者　尤工畫螺螄蚌蛤及龍鱗弟子果入室先生喜傳薪此册僅八頁蝗怒而魚瞋雜花亂生樹瘦草鋪重茵吟霜秋欲夕浥露春初晨淑氣化萬物妙手能陶鈞只今遭剝蝕顏色猶鮮新可惜作畫人草沒復烟堙當時詩酒侶更無香火因繹如當時詩友如林怡庵李次玉等酒友如何珠笙劉少圖等俱有淸名今多作古人矣人事代謝良可慨焉風流旣雲散此畫良可珍

題吳芝瑛草書橫幅

庚子秋滬上士夫設救濟會以賑北方之被難者拉敬如兄公爲舌人龍旗之船始得由大沽駛入北河兄公有詩如華屋不留三片瓦良民散作九州人云云芝瑛愛而和之並作大字草書橫幅以贈筆力遒勁似何子貞因題其後

彩鸞寫韻傳盛唐玉篇却有三一娘國初書家論閨秀曾聞佩典與首良芝瑛亦是吳氏女筆陣蒼茫動風雨想見揮毫鈿釵飛腕底哀鴻哭聲苦我家兄公氣湖海吾舌猶存鬢欲改射獵雖遭醉尉訶起居時有島夷拜前年苦海乘蓮舟燕山胡馬鳴啾啾關河蒿目歌慷慨詎知傳誦人賡酬和之不足復親寫大書特書胡爲者豈若楞嚴萬柳堂洛陽紙貴雞林價芝瑛有小萬柳堂法帖又有所寫楞嚴經日本人以重價購而刊之淋漓墨汁蛟龍舞淸健之間見嫵媚鮑家爭唱到秋墳我愛仲姬譜漁父

題任渭長人物花鳥畫册

古色斕斑帶古香精神樸茂筆披猖美人山鬼離騷意安肯流爲時世粧

寛衣大袖好丰標筆墨沉雄氣象驕不爲尋常行路貌想他元箸自超超

枝頭好鳥叫軥輈梅菊分明春復秋似種梵宮琳宇外晩風朝露伴清修

墨骨崚嶒見厚姿池塘春草夢中思一門羣從多才調小阮琵琶小謝詩

王姑寺

寂寞王姑寺荒烟蔓草間恨無臨正殿氣不愧中山椒屋非吾願緇衣幸自閒可憐南渡日有女入燕關

駐馬坡諸葛武侯祠

瑜亮由來意氣同何妨一舸下江東卧龍迢盼鐘山活立馬能開鼎峙功暫借荆州與蜀帝可憐赤壁走曹公蟂磯廟與劉郎浦都在先生指掌中

聞歌

豔聲如唱後庭花祗在吳娘賣酒家可惜板橋今寂寞更無頓老和琵琶　近時秦淮伎樂多用阮咸而琵琶絶響俗樂如此奚怪雅伎去如廣陵散矣

後湖採蓮曲

兩岸秀菰蒲蒼茫茫元武湖蓮花香十里花底藏雙鳧鳧飛蓮露滴蓮葉無窮碧蘯舟泊湖灣曳裾訪陳跡宋齊時已遠何處樂遊苑但見湖光中蓮花千萬本或云涵虚閣南唐舊日作一闋浪淘沙何如蓮花落臺城與幕府郭璞墓前土鐘山墜湖光蓮花無今古天地多風塵蓮花自笑顰年年湖船上俱有採蓮人人唱採蓮歌蓮花閲人多今人弄華鬘古人描雙蛾蛾眉借翠黛顏色須臾改蓮花到秋風零落不相待蓮落猶復開人去不復來盈盈湖上水江南殊可哀

秦淮觀妓

越自繁華越可悲茫茫豪竹與哀絲青泥果有蓮花現猶是人家好女兒

寄英姊伯兒

塞鴻陣陣做秋聲勾動鄉園手足情離別艱難人易老海天迢遞月孤明米鹽瑣屑雖無狀兒女詩書幸漸清猶憶臨行窗外桂今年曾否綻黃英

中秋

一片金陵月全家雜笑歡且呼小兒女當作故鄉看

離金陵以小舟載家具泊下關待輪船口占

居然泛宅與浮家又趁西風上釣槎到處營巢秋日燕隔

江叢樹暮大鴉漁燈螢火開船市琴盒棋奩掛畫叉猶對
鐘山和月看明朝別汝水之涯

上海

滾滾申江浦我來第五遭西風鴉柏老斜日蜃樓高羈旅
吾行慣山川客夢勞卜隣宜僻境最好避塵囂

喜族弟偕姊子至

離家忽忽一年餘喜汝來過我意舒海上風濤能慣未閭
中米價近奚如愧無宿酒嘗新客見否寒梅發舊居最是
增人情話處諸姑伯姊有家書

少年時收牡丹殘片戲夾花間詞集中忽忽二十餘
載忘之久矣以檢書復見焉雖枯槁色褪而秀骨
猶存因之感賦

玉骨依稀豔質妍天香猶自膩芸篇清平調合詞壇祖脉
望餐成花國仙今日重看疑蝶夢當時相對笑蟬嫣阿婆
西抹東塗後三五春光負少年

丙午

外子五十歌此爲壽

烏兎雙丸疾于箭朱顏漸覺鏡中變人生行樂須及時芳
時勝似金丹嘸傾樽低泛葡萄酒樽前起舞爲君壽願君
福祿千萬春好共白頭長相守君年五十我四十九十部

光已開一況是麥秋花雨晴兒女嘻嘻環我膝憶昔結髮
與君婚君才君望如朝暾卽今清名滿南北鐘鼎且讓布
衣尊君不見南山松森森翠蓋盤虬龍斧斤弗入棟樑選
泉石長沾雨露濃又不見北山鶴翩翩白羽閑梳掠無羈
自覺天地寬高飛豈受網羅縛松鶴之壽皆千年疏野乃
得全其天家貧幸有圖書富人老彌增道德堅故山縱然
隔千里客中爲壽亦可喜彼蒼脉脉愛善人不歉硯田卽
福履但教歲歲都如此井臼米鹽事君子不然攜手挽鹿
車出門笑看牡丹花

黃浦灘觀燈歌

黃浦灘頭正落潮明星萬點光搖搖兀兀蜃樓排火樹鱗
鱗鯨甲接塵霄熒煌炫轉森花蕚煤燈電燈交綺錯欄杆
齊綴玉玲瓏簷角下垂珠絡索火齊盤成金翠飾牟尼串
串玻瓈刻草木不知璧月陰江天都變珊瑚色歡聲動地
樂聲吼水能忽化燭龍走鐵騎高吹篳篥腔壎樽已醉葡
萄酒傳聞法國鼎革時萬戶爭懸三色旗銅駝宮闕卧荆
棘妖女哀歌唱麥兒人心思亂胡爲者數來舊典非文雅
縱有奇男拿破侖無奈強隣俾思馬鬬士雖教大夜郎浮
空燈彩看迷茫互市人來厭火國買燈錢獻壽安坊進漏
沉沉夜剛半香車轆轤遊人散墜烟零影謝空花冷露清

輝淡銀漢

張家園七夕會

閒隨雅伴笑登臨宛轉明河夜漏沉天上女牛談別緒人間蟢展有歡心花瓜穀板種生豆蛛盒織梭乞巧鍼回憶少年期紛席曝書樓上鬬淸吟

白犬阻風

蹤跡似浮家飄然又海涯雲山望梓里門戶傍梅花小島風洄浪孤舟月吐華潮陽猶未達鄉思已增加

羊城雜詩

朝臺遥接越王臺椎結曾迎陸賈來憶否補衣求寡女暴秦無道有胚胎

勾漏丹砂不可求羅浮仙去莫遲留如何却剩鮑姑井丐嫗猶能治贅疣

七歲能詩事豈常離亭別路意蒼茫阿儂亦有同懷感空望長天雁一行

繡成七卷法華經玉女飛仙隔玉扃遥想紫雲縹緲裏鳳環東腕黛眉靑

媚豬選入玩華宮冠帶盧黃女侍中何事小南强不得素馨斜上泣春風

秀山井澳府祥興殿是慈元力不勝塊肉雖沉天水盡廟

留全節墓疑陵

丁未

花埭觀牡丹

花塢復花田何如花埭地入春剛幾日花光已明媚紫姹與紅嫣朵朵饒生意風動天香飄苞低淸露墜不知芳信纔如燕流霞醉恍疑徐熙畫又若楊妃睡疏枝膩粉脂積葉散空翠本自產曹州過嶺成瑰異炎方風候早萌茁尤其易一朶値數金龍斷而牟利越人素安越胡以花爲瑞物罕乃見珍遂作逢時器我思五仙人騎羊有高致播穀兆豐年一莖得六穗

白鵞潭

木蘭雙槳白鵞潭霾雨蠻烟淨碧嵐金管玉簫花四壁載將春色過河南

越秀山

筍輿百轉入淸幽越秀山巔草木稠十里白雲蒲澗寺一天紅雪荔支洲春秋誰更論交廣星宿猶當占女牛絕好江城似圖畫鑑空閣接斗南樓

珠江夜泛偶得集句

不受塵埃半點侵淡烟疏磬散空林水如碧玉山如黛花有淸香月有陰感舊兩行垂老淚孤舟一繫故園心潮頭

望入桃花去雲母屏風燭影深余家三代皆遊粵耳珠江名久矣今余來遊既不能述先德而伯兄又謁選入都故第五句云云

香港

突兀危峯接碧天鈿車盤繞翠微巔鮫人珠綴長街月蜃市樓排萬竈烟赤縣外真環稗海蓬萊昔有變桑田戈船如織波如錦種得芙蓉六十年

船中禱神辭

神之靈兮昊穹神之來兮水霧空濛中霓旌雲軿馳天風聰明正直鑒幽衷兒夫履道尊儒宗應徵復出東海東陰陽不節霜露鍾五臟癥結病厥躬行篋零星藥餌空波濤

洶湧無路通奄然氣息虞殄凶妾聞金縢存周公誓以身代成孤忠至誠上可格神聰君臣夫婦將毋同倫紀痛切非凡庸妾雖柔順膏沐容刀鋸斧鉞罔怨恫敢請身當災厲衝願神力挽造化功庶幾兒夫禱則沖上有無聲無臭天穹窿下有水晶蕩漾馮夷宮神乎幸諒妾心胸

上海過敬如兄公故宅

功德元方孰與儔將軍猿臂不封侯屋烏猶在賓朋散誰識當年百尺樓

天津

人生若飛蓬逆旅如轉燭又攜家具來夜入天津宿是時已秋暮北風厲而肅禿柳無完枝霜花剩殘菊既念兒女寒做裘搜篋籠乃嘆征夫苦挾策干利祿索得東方米琢破卞和玉此地本要津呼吸通輦轂七十有二沽險阻相倚伏胡爲甲庚時兵事忽局促金繒論報聘山川變陵谷秦重二陵誓曾收三敗辱薪膽求菁莪刻鵠或類鶩我無大家才早歲但雌伏入吳又入粵舟車枉逐逐今夕抵幽兖仰望星折木輾轉莫成寐幽憂轉悵觸越女採葛悲蘩婦灌園足荒雞聲亂號啟鏡起櫛沐出門馬蕭蕭曙色露朝旭

火車

別具椎輪手連鈎接軫長蟄雷喧轍跡平野劃烟光列子御風術壺公縮地方憑軒看景物奔走爲誰忙

入都寄兄姊

已入都門住風塵力已疲病來呼婢懶老去待兒慈夢尚思鄉國書難訴別離關河十月雪一望一淒其

病喘

我病已有年作輟成慣習詎意今年冬偃臥如伏蟄或云北地寒恐被風霜襲或云飲食滯腑臟有停溼不知在腠理肺氣關呼吸胃弱力自微肝熾嗽轉急逼爲望月喘鼻息亦岌岌有時漲筋絡巍然起孤立有時意慮平骨髓痛

交集荷荷喉吐納縷縷口噓翁入夜勢益張破曉兵乃戢
人身小天地陰陽無差級藥石安有功兒女莫私泣一死
本艱難奚能遽損拋鞠躬盡吾分天命誰修葺

北京雜詩

龍樓鳳闕勢峩峩十里香塵鬧綺羅韋杜街西矜閥閱金
張館裏擁笙歌五侯七貴春風暢萬戶千門夜月多最好
華燈明滅外雨行烟柳碧婆娑
憶從鼙鼓靖狼烟　龍馭東歸作改絃周禮設官通變法
荀卿遊學笑登仙府兵爭練大司馬樂部猶傳小叫天誰
積桓寬鹽鐵論度支來裕水衡錢

更番街子短衣輕輦轂無煩警蹕聲百貨紛陳求善價萬
牲羅列勸躬耕幡竿掣電排官道鐵軌牽輪出　禁城羸
得遊人足清賞鞭絲帽影踏莎行
和風煦拂遍閭閻部署於今廢吏胥茶會爭交象譯客雲
程要策蠏行書諸生襟袖標軍號小販門簷插綵旗一事
自然稱　盛治鞭笞已繼肉刑除

戊申

戊申春正月喘疾差愈繹如言琉璃廠書肆多舊槧
本因同車至火神廟見骨董雜陳書畫叢集眞贋
莫辨書攤無多殊鮮秘籍詢於書肆頁見元本古
今流源至論原本西清詞譜索價過高必不可得
歸途口占告繹如

未仙脉望戀書堆愛向殘叢辨刼灰何事攤錢如冷客寶
山撒手竟空回
紙墨乾枯卷帙殘幾番我亦笑酸寒歸來堂上徐熙畫懊
喪方知李易安

花市

槐樹斜街鬧花市遊人爭集長椿寺但見蜂媒蝶使忙誰
知姹紫嫣紅媚嫣紅姹紫薰蒸出火候深時淑氣溢逡巡
果可現韓湘爛縵何須問殷七高價商量窟室中蜀棉裹

擔驕東風豪門小綴春光活座客爭驚造化工我來看花
意蕭索此地廢興殊漠漠水齋苔蝕萬鍾碑佛像塵封九
蓮閣妙光寂寞香林倒藤花已死梨花老誰復移居愛井
泉笑論別業聯香火乃知人事亦如花頃刻繁華莫浪誇
花開須計明年看事去休令後代嗟

松筠庵

半畝故居作廢祠誰鐫諫草氣淋漓五更鬼語啼聲急十
罪奸雄落膽遲沈鍊枉教飛白簡徐階何事善靑詞夫人
婉轉代夫疏香火珠龕配食宜

石芝庵

健兒蠻女簇如雲馬上桃花血色殷白梃縱橫摧勁敵錦
袍珍重謝明君紅顏盜逐沙場老青史終昭石柱勳晚節
猶能支故土同名羞煞左將軍

崇效寺牡丹

斜照籠金碧東風動綺羅衆花空色相青眼有誰過

法源寺丁香

玉琢衆香國人遊壽雪天可憐黃仲則空賦惱花篇

北京懷古

割得燕雲十六州南都歲歲奉宸遊乘春車服九龍輅不
夜燈光五鳳樓回鶻舞應憐雁使射熊賦且策鰲頭大安

洪武皆零落白塔梳粧剩贅旒 遼宮
燕用規模倣汴宮恢閎金碧奏神工山移艮嶽嗁童貫殿
闢薰風召李通搜索褻衣殘篋裏玲瓏問字碧紗中紫村
建寨當時事誰識艱難創業功 金宮
花礎文甃白玉闌拏頭正殿縷沉檀奩田喜選高麗女酒
宴歡傳怯薛官燈漏聲喧宮夜永天魔舞罷月光寒羽書
忽報通州急建德門開馬上鞍 元宮
金川奏凱返天戈瑞靄凝氷繞御河雨帝莫貪神器戀水
嬉爭唱玉娥歌紛紜疑讞馬三舅婉麗謳聲黑老婆剩有
煤山山上樹枯柯垂影碧于羅 明宮

雹

炎風怒挾凍雲流硬雨飛結玻璃球虛空粉碎散磊塊媧
皇爐倒琳瑯璆大珠小珠跳鴛瓦百萬健兒馳快馬礮礡
霹靂皆有聲奮瀑噴薄傾盆瀉我聞漢季延光時季彥之
對殊離奇　聖人在上災不害區區氷雹何能爲須臾雨
歇殘潦急草間猶有餘晶跡起看天宇夕照低惟有虹霓
一痕碧

雨後

雨後炎蒸可奈何六街積潦若江河敝車似艇牽羸馬破
鞾占風走疥駝睡犬昏昏如僕懶蒼蠅逐逐比官多一天

酒色緇塵淨莫唱龍王起動歌

題畫贈力繡紋世姪女歸閩

北方春信遲四月見花草君歸訪烏山爲問山花好

伯兄書來謂已入粵奉差渡瓊書此却寄

珍重雙魚遠寄將蒼茫雲樹斷人腸音書通驛常經月手
足頻年各一方風雨極天團夢夜海山五指買愁鄉須知
瘴癘炎蒸地眠食奔馳愼有章

移家作

又復移家旁　禁城蘆簾低映紙窗明隔墻好是靈和柳
時有宮鶯宛轉鳴

鏡檻無塵却有風安排硯盒對花叢庭前一陣荷香入知
是蓮開三海中

萬牲園

出郭車塵稀淑氣漾林木陰陰故侯園積雨搖空綠入門
繞幽徑轉覺花光俗欄楯網羅張虎兕而龜玉智不解索
鳥巧不學由鹿風動野煙腥側步滯遊躅攜手上溪橋蘆
漪起鷺鶿
輕舟弄蓮絲如涉江南路波影空翠間晴光在烟樹華堂
敞幽風七月誰能賦我欲采芙蕖信芳秉余素有人踏綠
莎倚欄玩瀑布泠泠曳白雲涓涓滴清露忽生衡泌思眷

風悵遲暮
樹色透疏櫺危樓天半起捲簾歡笑聲斜日西山紫隔邨
白板扉行人圖畫裏詎意稻花風吹送茶香美惜無牧犢
來一洗箏琶耳稼穡縱艱難農圃尚可喜何日卜一廛荷
鋤歸鄉里
老柳碧婆娑平蕪秘幽岸荷氣上鶴汀花雨竟迷漫前殿
春暉多　恩光暈羅幔森森萬年枝　御香猶未散靈屋
激怒濤珠玉墜河漢人力奪化工游夏不能贊歸途戴新
月馬首明星粲

十剎海

荷花淨立水平鋪高柳長堤似畫圖倘有青山盤岸出也
應喚作小西湖
蝦菜荒亭野草多蓮花舊社散烟蘿倘無萬朵芙蓉現奚
似城東泡子河

銷夏雜詠

平鋪片席軟高占屋中央斜照碎無影晚風吹自涼淡雲
籠碧砌銀漢隔紅牆捲起深宵坐翻喧月入方 涼蓬
果然絺綌表勝似碧紗籠暑淨虛囱裏涼生細葛中蛛絲
微映日蟬翼薄通風縷縷花光活玲瓏一望空 冷布
垂垂深院靜秋水想蒹葭風定防歸燕香來知放花銀鉤

太白句紙閣孟光家忽作蕭疎影臨階有月華 蘆簾
故國稱孤竹侯封號夏清綺紋含薤葉冰氣潤桃笙方錦
龍鬚褥匡床雁柱箏晚來涼夢醒趺坐聽蟬聲 竹簟
舊夢蛟螭影新編玳瑁斑瓏珠裝局脚擣玉綴連環坐月
夜吟好攤書午倦閒日斜初睡起茉莉彈雲鬟 籐床
一葉圓於月端宜素手持涼颸班女怨中宿謝安貧鷗對
閒紗帽螢流撲鬣葵栟櫚高障日回憶嶺南時 蒲扇
數聲銅琖合磕磕賣街頭渴鳥啄難下夏蟲語亦愁花瓷
涼韻滴棐几凍雲浮聞有銀盤賜千官拜冕旒 冰盌
瑠坐惜無月攜燈恐有風裁紗綳縝密刻燭暈玲瓏鳳吐

凝花紫蛾飛隔谿紅論詩忘夜永清露滴梧桐風燈

金井曲

驚鴻飄渺梧枝綠素綆銀床轉轆轤寒漿猶作玉簫聲彤史新歌金井曲井中神女號盤鑾高髻雲鬟肩黛青鸚鵡前頭情默默蟾蜍含水淚星星憶昔昇平天寵浹　龍詔雅化薰風協　堯母詔頒鸞鳳文　坤元選重鴛鴦牒瓊妃生小如苕華麗質雙開姊妹花轂珪莫佩黃金璽綺觀偏徵絳色紗翠華羽蓋充陪輦霧縠雲裾入　內家塵霄燭焰唾壺血風月香痕玉臂砂是時　乾象正當陽　上苑花光春日長宵衣旰食　含元殿視膳問安　光碧堂

樛木本來尊　太姒湘筠笑意到倪皇　龍樓侍宴常專夕鴛寢承恩冠眾芳連環玉與珠如意鶴籥雀釵事清秘宮中左女善文辭膝上麗華通奏記偶因詩扇賞狀頭那有斜封出戚里永巷掖庭聲望隆星樞日晷恩波美鈿釵密誓長生殿好事忽然中道變六臣注選豈新圖七貴舊恩能再煽　長樂宮宣勸戒章宜春苑感棄捐扇玉顏日暮妬寒鴉畫棟秋高羨歸燕閶土重垣似海深長門買賦惜無金一斛珠難教慰寂十香詞敢賦回心碧天月待何時滿大地春沉累日陰紅墻亘亘連銀漢禁漏泠泠雜遠碪狠煙一夕喧鼙鼓老拳毒手天魔舞八國旗翻闕下塵萬家骨暴道旁土側聞碧血詠五公誰把黃圖靖三輔旌頭噴霧人潼關　華蓋馳煇出水滸青娥阿監散如雲礮石槍聲急似雨漸臺未召姜女符樓東空剩梅精苦蒼茫無語淚滂沱枯井深沉水不波龍盤梁苑廻瀾湧墮落甄官綵氣多天旋地轉回　鑾御欲覓芳魂不知處軿軿音徽杳可憐蘅蕪香夢終無據西宮草短秋風急幾行禿柳傷心碧落葉哀蟬欲斷腸明珠美玉思遺跡連娟修嫮魂紛紛返魄會無李少君夜聞魚鑰橫河影曉數花甎過夕曛從此　天顏慘不樂　慈闈優詔求靈藥諱疾敬存孝治思良醫莫展　聖心悅吁嗟乎玉泉縈帶西山璞　熙

朝宮闈皆貞確深仁龍種自多情婉孌美人莫謠詠日照銀餅蕩漾中玉虎牽絲宛轉通九疑淚洒空江竹百尺魂歸金井桐

同繹如夫子聽王玉峰三絃歌

玉峰樂工雙眼瞽手把三絃默無語登場斜坐肅顏色輕攏漫撚諧宮羽忽然繞指來旋風耳根已覺喧鉦鼓忽然笙竽相和鳴弋腔虞調音淒楚宛如花底囀燕鶯悄若燈前訴兒女既而一聲霹靂高紙窗淅淅生風雨鐵騎縱橫挾陣奔健兒十萬天魔舞波濤怒撼山欲摧恍似昆陽戰龍虎更轉秦聲金鐵鳴又似征鴻哭羈旅漸離擊筑相如

缶北鄙噍殺竟如許是時四座靜無譁銀燭光凝月照花低眉傾耳各兀兀或作驚訝或悲咤會心不遠似有得節奏尙無累黍差乃知時尙愛今樂區區小技稱名家秦箏趙瑟異製作坎篌方響誰彈撾纛在秦淮聽奏拔阮咸拉雜復嘔啞滬上吳姬粤蛋女虛抱琵琶半面遮偶爾三聲兩聲作譬如六代聲滛哇三條絃子渾不似不嫌晚出後生誇摩詰老去段師死對山不出白生嗟檀槽邏逤擁虛器黃鐘毀棄埋泥沙繹如夫子笑莞爾謂余好古殊無理韶濩武象有遞嬗五音高下因時起即如玉峰庚子前無奇碌碌猶人耳礟火砰訇笳鼓中鬼神號泣風煙裏尋聲抱器寄抑鬱熱血塡胸臂使指是器託始本元人掩抑自成元曲美我聞此說忽有感時移物換乃如此俗樂躑躅何足論可惜文風亦委靡

英姊信言歸安溪至泉州阻水書此却寄

君亦離鄕土從夫出海涯承歡欣有子根甥充該縣學堂教習迎養故也臨別想無家余在都伯兄在粤今姊亦去榕城更無親屬矣偏遇魚龍舞猶爲鴻雁嗟書中言災黎蕩析離居之苦歷歷如繪只今相憶處雲物一層加

昨日

昨日復今日風雲倏忽中　鶴歸瑤島迴　龍去鼎湖空慈孝成千古悲哀遍六宮萬方休痛哭作邑有周公

朔風

朔風獵獵雪霏霏白馬素車走縞衣皎皎易污猶不悟却隨烏鵲作南飛

黛韻樓詩集卷四

侯官陳薛紹徽秀玉

己酉

豐臺老媼歌

黃鵠六翮高矰繳鎩毛羽梧桐百尺長枝柯摵風雨豐臺有老媼行年四十五鬢髮若雪飄腰背如弓弩半面帶瘡痍一足行僂俯自言生小時本是農家女十六禮加笄顏色亦娟楚二十始嫁杏生計在田土五產得三男饑饉缺禾秬蠶多桑自稀屋破葺難補欲圖兒女安託身某爵府

褓襁撫格格朝昏爲哺乳雖然等賤役猶幸能得主傭貲月數金寄與夫收貯縱是各一方飽煖俱得所荏苒十餘年焉敢辭辛苦忽聞津沽間團民善用武黙黙持禁咒礮火不足禦亡何長辛店鐵軌折如縷不意京城中紅巾亦飛舞跳擲類醉狂喘喊等豺虎竹竿當戈矛鉛刀比斤斧或係三尺男乳臭纔學語或係五尺童髫髮覆眉宇嬛薄無賴董屠沽雜牧圉去則潮倏落來時蟻相聚謂能大中國可以退強虜不必曹沫刧侵地能歸魯不必相如全趙璧誰敢侮爵主顧而笑忠義誠可取民氣既欲伸卽藉作心膂遂迎入府第焚香具雞黍益復顯神通師兄又師父

更有二仙姑黃蓮稱聖姥能教小女兒紅燈自高舉使館與教堂何難殲一炬格格尙嬌癡亦愛傳其緒我亟苦口勸乃未入儔侶嗣而江米巷華夷竟齟齬飛礮日夜喧伏屍莫計數附近玉河橋烽火森如炷閭閻並闤闠焦爛餘柱礎祇殺書記生軍聲更揚詡詎知英公廨巍然仍安堵楊村旣喪敗通州豈修阻傳來消息惡軍書日旁午蚩蚩尾巳大喪心轉跋扈倘有腹誹者飽之以刀俎血肉慘狼藉目所弗忍覩且復展刑威勾連到當亖重者顯誅戮輕者縶囹圄日月黯無光道途罷行旅終則露眞相剽掠成莽鹵拔刃闖府第攫金倒箱筥爵主踰墻走禍晉不知處

我時護格格蛇行伏菜圃惟聞呼嘯聲飽擄自颺去因而匍匐出空房賸罌甒忽又一陣來洶洶搜窖楮仿佛千里草同羌之部伍我時無可逃被拉氣已沮刀尖剮我面刀背擊我股宛轉竟重傷殭卧難撐拄遥見折椽瓦火燄繞梁柱金碧好樓臺頃刻烟灰注我猶念格格不識落何許翌晨同伴至見我心悽楚告我時勢非負我走保府途中遇洋兵胡笳和銅鼓革靴聲橐橐行頗似嚴步武朝官亦星散麻鞋若杜甫行李半蕭條不復似簪組敗卒與殘兵零落弗成伍雖不任干城猶足擾商賈居民黯無色白旗插簷宇團民變順民懾伏似鼷鼠我僅至固安刀瘡竟潰腐

乃借村落居差免車塵苦死灰忽復燃團民更嘯聚騷擾
到雞狗搜索按門戶我病土炕卧衣履已藍縷此輩攫釵
鈿我寳弗能拒輾轉往涿鹿孑然成窮窶日丐數合麪就
向床頭煮入夜亦無燈夢寐皆愁緒半是憶家鄉半是念
故主託人頻寫信遠達吾夫處無奈雁使囘不見囘書據
想因避亂行遷徙亦已屢直待明年秋蹣跚病始愈吾夫
飄然來招我歸故土迨及抵家門蓬蒿塞茅戶諸兒如我
長食我宰童殺鄰里見我歸醉我具蒸醑憐我面目非惜
我形體傴我謂得生存已自邀天祜惟有格格㦬時向夢
中語生死與存亡究莫得端緒往往入城探悲噎惻肺腑

一片瓦礫場那有舊衡宇當時焚閣旁剩有絨花樹殘枝
自開落廢興兩無與吁嗟人世中繁華殊可懼憶昔全盛
時厩馬滿廊廡綺緞護地衣玉粒分天庾食指數百人閽
閹吏童豎堂上偶傳呼事事皆部署祗應一念差偏信在
妖蠱開門揖羣盜板蕩實自侮格格雖孩提娟秀好顰嫵
生長羅綺叢愛我如我女自從我被劫蹤跡遂乖忤流離
到骨肉富貴竟何取令我貧賤人搔首閱今古寄語路旁
客妄分郎多祜

隨釋如尋萬柳堂舊址

昔日羣公詩酒場朱陳記序苦鋪張旁人空指拈花寺夕
照無多萬柳堂廢井斷垣鴉點黑寒沙瘦草日痕黃願君
莫作滄桑感且看貧黎種稻粱

英姊書言山縣春早夜合山茶並開對花懷人得詩
相寄因用原韻答之

東風我亦苦思家千里愁心逐斷霞遙想粵閩春正煖可
憐燕薊冷無花琴書零落仍貧況手足分拋各海涯不識
何時歸計好與君偕話碧窗紗

附原作　薛如嶶

韶光早已到山家白似明星赤似霞尸利灑成烏賴樹
曼陀羅放寶珠花幽閒對我春三月懊惱懷人天一涯

骨肉離多鬢髮改聯吟空憶舊窗紗

寄伯兄

客心馳日夜卧病又經年手足分三地悲愁各一天人情
無冷煖宦海自雲烟僧耳君行處當逢笠屐仙

移家興隆街作

陋巷清風亦自佳日斜雙塔影當階梵王廢剎忠臣井烈
女芳鄰太僕街沽酒長安饒近市種蔬小圃却宜齋莫嗟
新住難居地落葉蕭疏有古槐

謁于忠肅祠

忠節巍然廟貌新錢塘司馬合明禋靖康時局懲前轍道

濟長城敢惜身迎駕倘將神器讓閱墻詎啟奪門因舊居
風雨今休問不見衚衕石大人

種蔬

賃得數間屋栽成半畝蔬齋廚清供好風味菜根餘采去
宜晨葉醃來備晚菹日斜涼意足和月帶經鋤

雙塔寺

荒寺環敗垣莓苔色斑駁香火罷鼓鐘塵埃塞榱桷惟有
兩浮圖兀兀若牛角瘦槐掛其旁蒼翠疑張幄雨餘長蓬
蒿風急飛燕鷟或言安史建此語恐未確或言正統時閹
寺巧雕琢國帑當布金元氣遭斤斲頓生土木災金碧返
醇樸射所與演象今更成削剝朝市易變遷滄桑已頻數
一寺化兩寺廢井尚清汋留此香火供三弓地墝埆塔影
自橫斜殿瓦欲顛撲僧貧瘦于鬼旁塔種瓜瓝菩薩苦低
眉袈裟墜垢濁剎那五百年劫夢猶未覺

新居餘地多榆木繹如將以暮景園名之余曰曷弗
稱榆園以從其質詎意榆多蟲垂絲若縊女盈千
萬所種蔬花遭蝕食過半因得口占一首

蒼蒼葉滿枝垂垂蟲吐絲既不能作繭安能上杼機于世
總無益弗恤蠶食譏聚族據高位下把蔬花欺或化白蝴
蝶隨風近遠飛遺卵種子孫再剝樹膏脂一朝西風來樹

倒誰爲悲

題岳武穆草書諸葛忠武前後出師表石刻後

鄂王精氣貫牛斗揮毫盾鼻龍蛇走大功未遂歸去來冤
獄竟沉莫須有丹心熱血無人語恰似武侯輔漢主自矢
忠貞白帝城願爲痛飲黃龍府侯也當日尚得君小人在
內無紛紜南蠻七縱不復反祁山六出皆殊勳街亭之失
天意耳可憐五丈大星死木牛才盡巾幗中金牌計在蠟
丸裏惟王山嶽軍聲雄朱仙鎮唱滿江紅叩馬書生偏助
敵中原父老怨和戎爐灰擒虎階長舌風波一夕成忠烈
背嵬軍弗敢惜身綿竹兒能飲戰血紹興戊午南陽夜臨
安定都來車駕一德已自格天高兩宮且竟蒙塵罷輾轉
不眠憂時局想喚道人起秉燭胸中早料秦頭奸腕底豈
闖漢賊哭與賊誓教不兩立淋漓墨汁淚痕溼風雲陣勢
壓江流麻扎刀光逼壘壁王兮侯兮成千古漢宋於今無
寸土不少布衣抱膝吟誰是英雄奪纛舞

觀馬戲

華燈氍帳喧笳鼓胡奴跳躑胡馬舞蹄聲得得應節奏恰
若步卒初離伍宛轉拜跪鞭鞘鳴想是胡奴通馬語忽而
兩馬並轡馳短衣縛褲能超距踏上雙鞍作騎驛如船駛
馬竟何許忽而有女牽馬來瘦裙窄袖貌娟楚弓腰馬上

巧翻身飛燕臨風欲輕舉羣馬既退樂聲粗出柙於菟見五虎虎亦如馬競奔突似有腥風動塵土樂聲一劃虎俱止各據几案伏如鼠一虎作師四虎徒豎儒講經誰敢侮礟聲倏響樂聲急少虎臥地氣喪沮老虎負嵎勢咆哮怒嘯一聲將用武樂聲低緩闌塲撤舞輪技可餘勇賈居高臨下跨車輪棧道盤空環若堵神遊象外合環中輪勢迴旋得其所四圍觀者逸興飛拍掌雷鳴疾風雨我思百獸舞於庭薰風雅化諧宮羽大樂之野乘兩龍有扈征威繼神禹燕昭朽骨總等閒漢武汗血將安取六代紫騂與赤駒皆從異域入天府繹如撚鬚曰否否舞馬舊典吾語女

憶昔羅馬全盛時國政煩苛民困苦人心抑鬱欲思亂乃創馬戲俾快覩世異難宜天地和列國紛爭動師旅開元有馬四百蹄衣以文繡配樂部勤政樓前破霓裳凝碧池邊取强虜田家節度得數匹駭爲妖異飽刀俎從來龍性縱易馴惟有民情要安撫今宵此戲曷足言幸把盛衰鑑往古我聞其說不能答歸途月落鴉啼乳

文宗

一代文宗變法新隱教名教委風塵興思青史留佳謚貽誤蒼生正此人債帥還朝無妙策立孤數典尙天眞可憐鑄鐵難通蜀聽唱離騷湘水濱

哀伊藤

齊人刺蘇秦國讐於以伸乃知弊齊策適足亡其身

庚戌

擬本事詩

供養慈幃本婦功卅年寡鵠動悲風可憐不作園陵奉淚盡班妃長信宮

宗子承祧已象賢尊崇位號勝當年何須乳褓恩勤事保慶宮中給月錢

榕城三烈婦歌

壬寅歲余在榕城聞王孝廉婦　氏服阿芙蓉殉

夫事欲弔以詩未果近復聞陳孝廉鍾慶婦王氏墜樓林布衣志謙婦劉氏自經皆能殉其夫也者何吾閩之多奇女子耶邇來學術壞人女教失墜不意狂瀾洶洶中乃有此奇節因連類合作一歌以紀之

殷三仁秦三良君臣大義昭綱常夫婦之道人倫始生之則生死則死地下狐貍願驅使取義而成仁令德全三人賢婦王陳林節烈萃吾閩或爲芙蓉主或爲墜樓身或捋三尺組先後存天眞所死雖異殉則一婦道至此能事畢嗚呼三山屹立榕城中三婦奇節良可風

龍鬚席

臺灣大甲溪有龍鬚草葉如菸菇番人紝爲席紋細質韌而堅可摺疊置巾箱中薦之冬夏皆宜且耐久余喜用之自臺陽外屬後此物弗入閩市上偶有之價倍蓰不易得日者英姊忽從廈門郵寄一方因賦以謝

龍鬚草長大甲溪海風颸波春萋萋番人翦刈織作席鱗文鳳錦如玻瓈往者吾閩小商賈南視臺陽似外府檳榔葉扇黑沉香（臺灣人翦貝葉爲扇俗呼爲檳榔葉又有香綫細如縷色黑味濃合百餘炷大不逾指以香爍扇作字畫別有緻在文襄在閩日喜之一時價爲之漲）并作歸裝返海宇吾儕逢門擁四壁一金兩金尚不惜購得桃笙臥月明猶勝牛衣相對泣滄桑倏起海雲昏余亦隨夫遊白門偶聞鄉人話瑤草蓬萊徵稅及蠶根乃知微物因時貴鵲巢之鳩殊可畏鹿耳垂垂失怒潮鯤身蠢蠢猶酣睡阿姊何來此錦茵迢迢千里寄京塵多君有意殷勤贈動我無端感喟頻

謁謝文節祠

白雁渡江來牛角河山蹙信州既不支安仁吏局促麻衣變姓名賣卜計亦足與人言忠孝語語繼以哭冬青杜宇魂如意西臺竹遺民天地間莫殉崖山肉煌煌却聘書志豈食周粟凜凜曹娥碑取義在貞淑程嬰力未逮龔勝勢難辱柴市正氣歌槁死幸相逐天時人事中思之已爛熟咄哉留夢炎饋藥誰能服拜謁瀛國公盡瘁躬惟鞠千秋孤憤心立節以厲俗遺祠對梵剎零落數間屋入門花草雜覆瓦松槐綠冠蓋滿京華孰爲奠椒菽空剩西山桐絕調無人續

吳柳堂祠

學士祠堂近　九重史魚尸諫義雍容咎伊無語論終及孔鄭遺箋重大宗脫屣人間雖咽鯁攀髯天上尚從龍只今追憶微言在自是　天家雨露濃

新月

一彎新月影千里故鄉心遙望南來雁因風有好音

荔枝歌寄謝英姊

吾閩荔枝天下奇丁香核子水晶肌君謨與公敘譜牒宋香陳紫開心脾我生貧家寡嗜好惟此不畏老饕譏自游吳越當暑月紅雲往往成夢思舊年嶺南作消夏荔枝灣裏閒哦詩雖較閩產有渣滓饞者甘食復何嗤嗣而惠州得佳品蓓蕾黑葉生丹蕤甜香到口勝酥蜜十八娘種無參差不意入都已三載葡萄石榴皆卑卑口乾舌燥望滋潤蜜煎鹽焙難療饑或云閩州有例貢紅塵驛騎常交馳邇來舟車置冰櫃計程七日當來斯　上供以外饋權要

閭閻亦得相贈貽殼枯漿潰色香變令人一見還生悲纏
如與我有同嗜興言及此時嘆噫薰風曉起簷鵲噪抓門
馬策喧如錘送入篛筒大於甕泥封篋裹殊驚疑細讀標
題知遠寄鸞刀砍破教勿遲纍纍迸出三百顆火珠絳玉
光迷離赭虬浥露似新熟聞香令我先舒眉忙呼兒女作
飽啖故鄉風味快朶頤肉腴核瘦瓊液凍嫩于菘菜柔蕁
絲須臾果腹共笑樂神仙眷屬餐靈芝之書言阿姊山居夜
縛火度竹求相宜適中去地第三節令工鑿孔施斤錐藍
家之紅法石白泉州秘產如鼎彝侵晨持筐上樹摘不教
露氣晞朝曦裝貯竹中緊封束要使生意無偏欹泥乾伐

竹囑驛使精華內斂存凝脂是以粒粒俱完好開筒神彩
殷燕支乃知體物有法則細心領悟始得之我雖飽德作
謌詠想君選樹力應疲豬肝累人饜口腹願教以後勿爾
爲

春間伯兄于粵寄玩物四種皆瓊雷產各賸以說囑
爲詩久未答滋因作荔枝歌用賦五律四首呈伯
兄

一片支機小雙螯擁劍誇無腸偏化石有夢尚爬沙郭索
含雲氣團尖皺蘚花想因厭潮汐託跡作煙霞石蠏大僅寸許蠏
雌雄相並質微重儼然石也狀則宛然爲蠏色略紅產榆
林港潮落土人沒水求之尚能蠢出水後始化爲石謂能
治目疾殆其性寒且涼耳
似是飛龍子金鱗帶翠光相依疑蛤蚧比翼學鴛鴦狀縱
添蛇足功能佐藥忘只今搜本草始信有遺方飛蛇狀如蜥蜴色
淡綠前足帶肉翅若蝙蝠翅間有紅點斑斑尾長三四寸
去尾則不靈產臨高小橋村雌雄相並夜飛入人家網得
晒乾謂治難產有奇效然諸
家本草俱失載未知何故
昔讀滇南記今逢紫蒂堅丁香花比豔荔子核同圓巨擘
珍珠顆細工蜜蠟鐫玫瑰和火齊差可比方妍緬茄色紫蒂黃大
如指蒂刻人物鳥獸玲瓏
工巧產茂名亦能治目疾
本屬沉香結生于海上山數宜參梵典挂合件朝班瑞氣
飄龍腦奇紋雜虎斑牟尼成一串宛轉自回環伽南香珠沉香枯

木埋土中大蟲以石蜜潤之成虎斑結香逾列產瓊州五
指山中尤佳有所謂豬油白鸚哥綠蘭花結等更難得焉

聞道

聞道勾驪海霧昏干戈不動豎降幡遺民殘祚移箕子河
伯無靈渡外孫伯嚭臾心偏不死荊卿匕首枉招魂碧蹄
舘與楊花渡可惜中朝舊日恩

薊門行

春秋重報聘持節乘輶軒達官競祖帳夜出薊東門前驅
負弩矢笑踏飛車轅北斗寄喉舌鑿空探河源樓蘭不必
斬蘇武猶生存歸裝載苜蓿好種華林園巍巍燕然石空
勞斧鑿痕咄哉王明君琵琶嫁烏孫和戎葬青塚終辜漢

帝恩

豔歌行

公孤一世才令僕萬機本委蛇退食歸富貴驕閨閫團圞肉屏風淸歌聲婉婉願君福壽長努力加餐飯高足有門生又進張淨琬挾瑟來邯鄲相見殊恨晚翌日具鶡鷹俾子衣錦返好德如好色王臣實蹇蹇

從軍行

蔡女胡笳聲譜出從車樂結束起田間礮石郎韜畧君子六千人步武咸踴躍將軍程不識雍容坐氈幕北不拓胡虜南不擒貊貉民情縱嗜囂焉敢攖鋒鍔滕薛倘爭長鄒魯閧交作豕突還戈矛魚爛到村落鐃鼓凱歌還提書麋好爵鳶肩合封侯奇功比衛霍

少年行

誰家少年子新從異國歸斷髮而胡服駕輕復策肥略識旁行字聯翩五鳳飛權門得汲引世路無是非厚祿五侯鯖莫作侏儒譏可憐老太史詩書難療饑秋風踈白髮閉戶寒無衣

題倪雲林山水畫幅

峯巒冷澀入深秋筆墨蕭疎景物幽想見殘山枯樹外五湖三泖有扁舟

題董文敏山水畫幅

北苑才名著晚唐眞傳末葉有香光谿山風雨間合沓筆墨雲烟入老蒼參徹畫禪通海嶽照來書眼是鍾王可人侍婢皆神俊此本端教在秘藏

題王玉映水墨花卉畫册

詩文兩緯散遺編大集吟紅冷素箋女德麗于花氣淑春光潤到墨痕圓鏡臺靑黛磨香屑裙帶靑籐罷粉鉛垂老且辭供奉役毛公休仗筆如椽

萬牲園觀菊花

余情本信芳數來此棲息日月曾幾何籬落見秋色英英稟靈和微含君子德既有晚節香安用黃金刻圃丁笑告余紅紫易培植惟有綠葺花深畏風霜逼北地木早彫九月寒惻惻花磁巷碗間扶持費心力日晅資灌溉天陰緊藏匿花繁仗翦裁葉重防傾側譬如保赤子心誠求乃得是以看花人嘆賞稱奇特論價貴泉刀一朶數金直我時對花立忽忽有所憶幽花山林姿於世無揚抑秉性自孤高如何事修飭矯將隱者風官樣文章飾陶潛三徑中眞品無人識驅車碾月歸棖觸鄉心亟蟋蟀鳴階除唧唧復唧唧

前門觀燈會歌

霜月稜稜照枯樹千燈萬燈夾輦路人聲鼎沸笳聲粗星擁潮翻自來去火龍結隊下遥穹塾庠序學一齊空履聲橐橐呼嵩祝太平天子字當中一陣一陣排雲入前者歇舞後鵠立禁城車馬塞堵墻共望燈輝屏呼吸我亦乘車返東城到此躊躇不得行初意星橋排火樹又疑鰲苑散瑶瓊僕夫攬轡前致辭周命維新幸有期金吾傳令諸生喜預慶昇平報答時我憶曩時居海上歇浦秋燈夜蕩漾百年民政法蘭西不見遺風號霸王君民從來合大義粟米麻絲盡所事燈球揚厲縱鋪張處士如何有橫議酸風倏起雪花下星殘月落燈光謝歸去挑燈記苦吟庚戌十

月乙亥夜

病中雜詩

年年歲暮病支離伏枕三旬氣一絲恰似龍蛇冬日蟄祗留殘喘待春時

血湧心肝轉轆轤安能嘔出付奚奴方知長吉尋詩誤翻羨陳家叔寶無

幾番疑不博生機呼吸艱難脉漸微遍檢禁方求藥餌累伊辛苦與朝衣

夜半醒來熱轉加胸中悵觸緒如麻阿芸知我喉唇燥急撥爐灰起煮茶

辛亥

病起

今年病起近春闌瘦骨支離氣力殫踏地似行雲片軟開窗猶訝朔風寒花枝待我應遲放柳絮如人已半殘五角六張吾不解星盤子細且重看

喜英姊至

年來病態已支離差喜君來一展眉且拂風塵道上色翻疑言笑夢中時客居有榻聯風雨人世無丹換肺脾可柰向平未了事始終恐累姊扶持

黛韻樓詞集

林縃著

黛韻樓詞集

貴筑姚華題 茫

序

辛亥秋八月余視學潮陽逸儒妹婿書來謂秀妹歿後遺有詩詞諸稿囑序而行之我于詩粗有所知詞則全賴聲調合拍是宜郵寄請子爲之校正錫以弁言爲秀妹光余受之且慚且痛秀妹雖弱女子其生平爲學之心殊强毅勝余殆十倍于音律詞曲尤究細微是何待校亦何能校哉至若序言以手足之親雖不文敢不强勉以寄余悲乎用藏行篋思有以表秀妹淑德者然後言之居亡何風鶴四警潮人將起以應余急買舟入羊城謁大府大府已去閭閻遍監白纛飄飄然余乃倉黃棄家具攜妻孥歸潮船甫近岸潮人紛奔出走者蜂屯蟻聚咸謂內地兵刃接而礮火尤烈也余駭甚遂棄圖書扶眷趁鷺門之船抵厦而厦之勢洶洶然無異于潮必不能駐因並衣箱棄之攜兒女入閩比至馬江望見烽火燭天礮聲吼地三峰兩塔間鏖戰正酣余至此進退無策以高價傭一小舟走避閩清驚魂既定兩袖空空不禁痛哭曰我之行李盡棄道路都不足惜所惜者秀妹詞稿一冊以三十年之力删藏百餘閱逵寄五六千里囑余一言柰何並此棄却微特無以告逸儒並無慰秀妹于地下內子聞而止曰勿悲勿悲稿固在此無恙也蓋臨行匆匆置稿案上內子收而納之懷中

故一路陸續拋棄他物而不及此此殆秀妹之靈有以呵護之耶秀妹于詞初學花間草堂繼則摸擬漱玉或步趨于清眞白石後則參入秦柳蘇辛由是大言小言無不宛轉入拍猶憶曩者逸儒居書窟秀妹按崑曲譜以閨腔執方響課婢唱之余以洞簫相和不差累黍嘗謂歌音長樂音促歌音緩樂音急歌有一字之音而樂須數板度之故詞曲中同一調也有添字減字之異此非體之變視字音之長短爲然耳善歌者能知樂之變化長音使短短音使長則無詞不可唱無詞不合樂矣又言近來詞家有强分平仄者亦有按樂註以工尺者皆謂得詞之秘實于歌詞

之法無當譬如一詞韻脚有仄者忽而用平此乃樂之變調大抵同一詞各家塡之恒不同則樂調恒變樂調之變在起畢起畢之樂音既殊則韻脚之平仄亦異此理之自然者世人塡詞不知歌詞故詞譜詞律愈言愈紛矣嗟嗟秀妹此言能發前人所未發惜余不能悉憶之去今曾幾何時其間顚連疾苦困厄別離骨肉關情暌違兩地臨終之際余尚弗及英姊猶得抵燕握手送別言念及此私衷如擣況敢回思舊事乎人琴旣亡當年之法曲已如廣陵散惟此殘稿幾幾厄于兵火而幸存人事難知有如是者春間秀妹寄余書言得課大凶天荒地老願以一身當之余覆以所斷多悞自是無回音余心固已憂之不虞其果有先知視塵世如脫屣雖然逸儒老矣又將奚堪村居無聊拉雜書此不成文編輯報逸儒而已同懷兄裕昆序

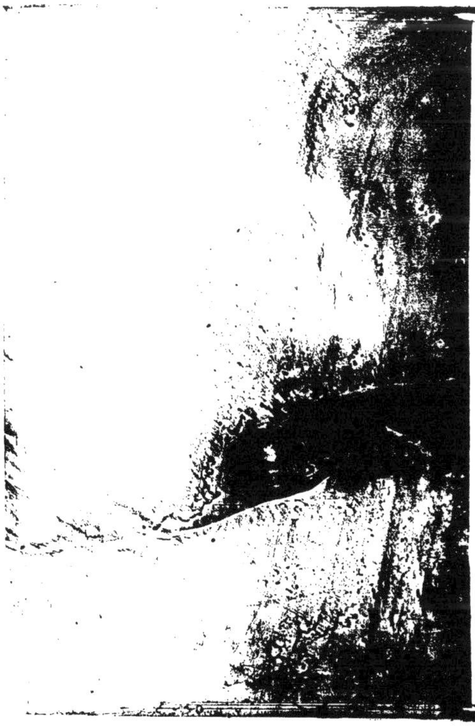

黛韻樓詞集目錄

序

卷上

目錄

卷下

黛韻樓詞集卷上

侯官陳薛紹徽秀玉

菩薩蠻

春日偶得

綺窗初日驚春夢雲鬟掠削盤金鳳呼婢折梅花自簪鴉鬟斜　微風簾外至陣陣聞花氣莫訝越羅裳濃薰百和香

繡停鍼

刺繡

檢繡譜笑紫鳳天吳神彩如畫花樣翻新粉本摹臨先要淺描輕寫盡情揮灑有度世金鍼盈把嚼絨配合絲絲刺成紫嫣紅姹　法華絕技也莫更比列國圖區郊野弱線閒添簾外日長那得分陰聊且工夫幽雅仗十指經營高價呼鬟賣却管他是誰贈嫁

如夢令

春月

連日雨斜風冷今夕嫦娥初醒冉冉挾雲飛點綴一庭花影誰領誰領自是詩家清景

菩薩蠻

題畫

玳梁新集雙棲燕戲調粉墨圖團扇六法未能精先描花樣成　脂痕嬌欲滴說甚桐花碧如此亂塗鴉何堪名一家

卜算子

繡球

琢玉綴玲瓏蛺蝶圍成陣似是三郎醉後拋羯鼓行春令　碎結水晶丸月影團相映滴粉搓酥結作堆千朵依爲命

金縷曲

與繹如夫子夜話

偕築三間屋在危巖亂峯曠處俯臨溪曲茅瓦疏籬庭砌外種植幽花野竹更數畝薄田栽粟桑有琴書樽有酒避紅塵偕隱神仙福儂所願十分足　功名富貴多庸碌縱朱門鳴鐘鼎食何如蔬粥抱得奇才肥遯好畏彼斧斤利祿幸早辦醉醒清濁我蓄機絲堪織錦伴名山著述兼吟讀君果決敢重瀆

虞美人

玉簪花

瓊樓玉宇秋光暝露浥瑤枝冷晚粧新試越羅衫笑靚雲

鬟斜整不勝簪　鏡中鸞影釵中燕金雀搔頭顫粉香花
氣費疑猜偏是窺人涼月入窗來

前調又一體

送繹如遊學日本口占集句以當驪歌

勸君更盡一杯酒何日重攜手花如雙臉柳如腰青山隱
隱水迢迢馬蕭蕭　珠簾月上玲瓏影楓落吳江冷蓬萊
無路海無邊星河耿耿漏綿綿意懸懸

南歌子

寄外

弱水三千里蓬山一萬重幾番下筆復從容惟寫平安兩
字託飛鴻　懶折梅花寄閒將荳蔻封莫嗤惜墨意匆匆
兩地相知只在不言中

浣溪紗

繡幕金籠叫畫眉鏡奩寂寞伴殘棋分明夢醒轉生疑
蓮漏夜添春雨足筠簾暮捲夕陽遲海棠開後又荼蘼

調笑令

題畫

桃葉桃葉何處招來蛺蝶雙飛雙舞花中約住簾櫳好風
風好風好綠到天涯芳草

憶秦娥

秋海棠

西風起春回八月花光裏花光裏數星殘照一行羅綺
捲簾人瘦黃花比淚痕化作臙脂美臙脂美蒹葭秋水伊
人千里

鬘雲鬆令

東風寒斜日晚花也如人花也如人懶飛絮飄殘春不管
月上偏難月上偏難滿　柳枝長蘭葉短莫把同心莫把
同心綰塞雁歸時情欵欵望到音書望到音書罕

聲聲慢

秋夜

才才調調眉眉騷騷蕭蕭颯颯淅淅陣陣疏疏密密飄飄
黃葉悲笳冷柝競發更亂敲丁丁簷鐵和急杵與繁砧拉
雜都無音節　遙憶當時送別奈雁信沉沉關山胡越搖
蕩夢魂莫問東鶼西鰈風平夜闌雨歇只寒蛩嗚嗚咽咽
對窗紗有娟娟一抹落月

雨中花

寄伯兄

颯颯西風亭院捲起湘簾雁陣橫天況是同懷人遠道路
三千聞道潮陽晴陰不定蜑雨蠻烟願君當自保加餐努
力金石彌堅　中秋近矣月輪將滿何日骨肉重圓籬落

外黃花綻蕊猶似當年無柰關心別緒情懷不比從前魚書能達大雷文好幸寄佳篇

一翦梅

聽隣女彈箏

柳葉雙眉翡翠輕斜理秦箏巧弄新聲十三雁柱一齊鳴簾外春鸎花底流鶯　羽換宮移素手生鼓角淒清金鐵砰訇不知何日罷吹笙我亦憐卿總覺關情

臨江仙

桃花

曲曲闌干圍七寶碧陰簾外雲遮美人何處逐香車歸來雙燕餅樣認桃花　自是弄晴天氣好紅樓夕照初斜臙脂嫩臉暈流霞不言春倦只道病些些

生查子

題南浦送別圖

天地限山川不許人離別誰爲創舟車催送人離別　人世別離愁相對空悲切南浦綠波深淚滴心頭血

瑞鶴仙

夏閨

桐花風弄影正日午紗窗殘糚初整綃衣襯明靚剩薄脂初匀羅巾細印素馨簪鬢尚百轉千迴覽鏡喚雛鬟沉李浮瓜更自調冰煮茗　誰省困人天氣倦態難支慵慵如病銀床晝靜拋扇卧清涼境惱蟬聲偏把夢魂驚醒兀地推開玉枕捲珠簾領畧荷風詩脾乍沁

疏簾淡月

七夕

明河斜界正銀燭畫屏秋光堪愛耿耿雙星會短離長奇怪珮環天上悠悠度却那有天錢償債鵲橋高倣鴛機寂寞兩情無柰　祇此會令人費解願神山撮合佳期更改暮暮朝朝便彼團圓無礙免教銀漢愁如海纔算是天公慷慨笑他人世重名務利分飛休悔

法駕導引

繹如與友扶鸞往來多女仙詩詞飄忽有仙氣戲倣其體塡六闋

瓊花發瓊花發春在萬年枝唱徹步虛雲片薄吹笙來借紫鸞騎風動六銖衣

蓬萊水蓬萊水隨月過扶桑兜起霓裳登絕頂尋些瑤草配元霜修合辟寒方

麟文席麟文席祕笈啟丹瓊一色靑霜三角髻侍兒似是李方明五嶽露眞形

黃庭籙黃庭籙朱雀與河車莫向麻姑求辟穀上淸祕訣

在餐霞火棗大於瓜
盤中獺盤中獺皂筴上雲霄鞭醒斑龍排䋣仗蕊珠宮裏
聽吹簫唐韻寫輕綃
瑤池會瑤池會石髓紫琳腴六甲靈飛觀妙理雲階月地
本清虛檢印佩元都

疎影

黛波

湘紋漾玉忽鄰鄰皺起𢅤影搖綠銀押陰濃珠箔風微此
身宛在濠濮三篙似漲桃花浪祇一桁鴨頭深涿襯淩波
羅襪塵生疑是洛濱芳躅　最好斜陽掩暎暮煙流盪處

如瀰洄洑羃地入來芍藥籠烟恍若華清新浴黃昏不捲
西山雨譜水調歌頭新曲待夜深月色玲瓏合向水晶宮
宿

聒龍謠

題右旋螺圖

螺旋皆左此獨右轉本內府所藏能避颶風凡
使琉球者則請載行海舟入落漈無險阻吾
鄉趙右銘先生奉使時曾用之有靈驗令畫
工圖焉繹如復摹于團扇屬余題之

鸚嘴消沉鵰斑蕩漾繞出右旋坤象寶靨光騰有紫紋如
掌狎風濤龍節飛揚濟舟楫鯤身洪湃想中山拜跪嵩呼
蜃樓裏蛟宮畒　柰滄海忽桑田竟天語無聞鳴螺清響
峯登岁崱上一腔悲悵縱江水螺女依然豈島邦螺鬟無
恙剩畫圖寫入羅紈供人清賞吾閩鼓山有岁崱峯能望見琉球島今琉球已歸日本矣

卜算子

憶英姊

雁信逼秋寒望斷珍珠櫳銀漢紅墻隔兩家咫尺天涯遠
記自月兒圓數到黃花晚何處碪聲擣女嬃令我神寬
損

蘭陵王

繹如遊學泰西為畫長亭折柳圖並題

君今去時恰海門飛絮紅樓外官道夕陽目斷天涯是何
處長亭判別緒誰主柔條如許魂銷矣三疊浩歌莫唱輕
塵浥朝雨　送君惜君去既料理琴書跋涉羇旅雄心敢
為私情誤祇恐是前路風霜辛苦陌頭春色婀娜舞不能
拌君住　君去勿回顧縱家計艱難休滯肝腑嬌鸞雛鳳
儂能撫願所志成遂早歸鄉土飄零悽楚惹別恨萬萬縷

十六字令

醒窗外芭蕉帶雨聲和衣起不忍夢中聽

繞佛閣

繹如夫子由錫蘭寄貝葉梵字佛經塡此却寄

了無挂礙故化寶筏來渡蓮界開箧光綵無如梵唄旁行竟難解深深膜拜唯有帝釋無憶爲戒參甚宗派世間怎免貪嗔與癡愛　我意若明鏡悟澈觀心觀自在還剩史書難完清淨債計天竺風帆遥過紅海願君慷慨好努力前程堅定無懈保身休作金剛壞

穆護砂

繹如又寄埃及古碑搨本數種用題以寄

字字蟲魚象更蛇神牛鬼奇狀問文章鳥跡孰爲宗匠除

非蒼皇相讓方許爾佉盧偷摹倣西海外稱爲開創柰列國紛爭破體變指事諧音模樣東晢云亡揚雄難起空教竹簡發蠭王縱儂如淸照君精金石絶學詎能諒　萬里海天遥望見煙雲緲茫蒼莽笑干戈蠻觸幻成今古千年刹那反掌剩斷碣殘碑景仰問昔日英風安往漫比似鸞紋龍瑞不過是破瓦頹甎殷夏無徵杞鄫誰祀油油禾黍對悲涼況石人何異銅駝猶眼判棘上

宴清都

題繹如夫子胡天仗劍照相

三尺寒光惡遥天外問誰曾近鋒鍔虎頭食肉鳶肩火色氣凌山嶽何須更請長纓已使彼樓蘭膽落應笑煞魏絳和戎縱橫枉費唇齶　知君壯志英姿雄心炯炯深具韜畧紫蜺刈稻干將補履未甘溝壑青萍愈淬愈瑩幸藏匣待時而作記延津尙有莫耶化龍踊躍

憶王孫

春深歸燕語雕梁樓外珠簾罩絲楊渺渺關山道路長費思量曉鏡忘簪金鳳凰

西樓月

雞聲喔喔鵑聲急夢醒殘燈照壁披帷窗外望春星落月昏黃新柳碧

喜遷鶯

偕英姊小西湖觀競渡

蘆荻短芰荷香山色浸湖光吹簫擊鼓韻鏘鏘鬭出水中央　畫船快錦標載滾滾游龍戲海傍人夾岸盡相望先著定誰强

荷亭北柳橋東彩鷁鬧花叢沙棠擊楫去匆匆波影掠驚鴻　推蘭槳搴羅幌我亦扁舟共賞衣香扇影午無風盪過水晶宮

賀新郎

荔枝

此是陳家紫竟垂垂豐肌弱骨臙脂羅綺絳雪爲衣丁香核雲液能醫病齒算只有金丹可擬瑞露正濃紅豔潤倩雙鬟薦入香盆裏三百顆火珠美　蒼茫忽動關山思想那人老饕同癖見之欣喜願當江南梅花贈置堠遠勞驛騎柰悵望寸心千里轉瞬色香容易變况魚沉雁渺西風起還令我不能餌

滿江紅

温其大姑以文信國玉帶生硯囑題用王昭儀韻

玉帶圍腰留一片端溪奇色伴攻守贛州壁壘崖山宮闕甯乞糝羹叢篠裏不爲降表零丁側只相隨記室石虛中無休歇　歌正氣墨難滅賛衣帶筆能說追從容柴市凝成碧血朱鳥莫敲如意竹杜鵑猶泣冬青月閱荒凉剩水與殘山宜崩缺姑歸吳姓吳先代充督署吏相傳制軍某索硯急因擊損一角以進始克璧返

青玉案

病中口占

運朝咳唾桃花色原不是憂愁逼雖自厭厭無氣力一絲噓吸一絲芳魄豈墜黃楊厄　殘燈夜靜聞寒柝擬寫瓊函慰行客下筆欲書書未得幾番瞑眩幾番休息空望關山黑

蝶戀花

外子手栽綠萼梅花今年開花特盛病中望之差慰

素魄幽香饒豔異翦碎瓊英轉覺芳姿媚月影斜橫寒不寐碧紗窗外酸風利　憶否種花人遠地蕊重枝繁何事開容易莫是歸心牽別思寄來春信芭蕉字

月下笛

有人以鐵笛求售吹之清越有奇聲欵鐫鐵龍似是楊廉夫物按古人制笛皆以竹漢唐始有以玉聞者宋隱士劉兼遊武夷吹鐵笛鐵厓用鐵所由倣歟余生平于樂尤喜笛然以此笛按今調皆高一字意今古調所以不同者皆樂器之制隨世風而降耳然未得漢唐舊器較之無以定眞贋姑塡一詞紀之

嶰谷山枯柯亭材盡始生頑鐵騷騷屑屑化作龍吟嗚咽發數聲風捲怒濤轉疑入破吹遂裂惜元音太古穿雲奇響于今消滅　太湖萬頃看銀浪洶洶擁成飛雪鐵冠布褐自是神仙豪傑問知音是誰共遊顧瑛張雨倪好潔淬鷄膏噦噦鸞鳴有子規淚血

百字令

草色

綠痕遥認是茫茫一片東風來處嫩色如烟還似夢潤透玼宵酥雨新柳綿綿緗桃脉脉相對空延佇參差疏密却無偏有憑據　猶記小院書聲蘢葱斜照青入簾籠去底事王孫歸未得雙燕喃喃私語纔過花朝又逢寒食淑景教誰主刀環何日馬蹄重踏故土

鳳凰臺上憶吹簫

新月用漱玉韻

鶯鵲聲乾塞鴻音苦倚闌猶望刀頭見隔花新月掛作銀鈎勾動煩憂種種寸心裏轆轆難休金波冷昏黃入夜寂寞如秋　休休一分玉魄也學鎖眉彎有意遲留怕也驚

離別慵上秦樓無柰樓頭楊柳青光暎垂着星眸垂眸處河山兩戒一樣悲愁

鷓鴣天

送春

蝶瘦鶯肥歷亂飛登山臨水送春歸寒閨不爲花光惜且盡樽前酒一巵　沉野色黯斜暉征鞭莫待曉鐘催願教早綠天涯草促起鵑聲使客知

謁金門

爲伯兄畫扇并題

東風作掛在簷牙墻角燕子歸來斜照薄藤花垂絡索紫玉烟光約畧來伴闌干寂寞深院無人寒欲落星星墜芳魄

卜算子

題畫扇贈英姊

畫裏見花開花外人偏瘦儂自憐花又惱花空費眉峰皺　廿四數番風恰到荼蘼候芰尾三分宛約春姊妹花如舊

八寶妝

繹如寄珍飾數事內有赤金條脫一對以鑽石箝爲花鳥玲瓏光耀狀扁有鎖有鍊可開閉輕巧

工雅書言拿布侖第三稱帝時其后歐色尼有寵西班牙女主欲與結歡令使臣赴荷蘭選鑽石覓法之良工鑲配之因荷蘭精切鑽而法人善箝鑽也既成賸以他物獻諸后亡何西班牙人逐女主欲立普國王子爲王后助女主拿布侖第三與普齟齬成普法之戰法兵敗被廢國人羣起圍宮后青衣出走遇牙醫某載以後車脫奔英一切服御皆爲法人所得藏諸庫后屢訟欲取爲贍養貲議院不許丁亥議定凡茲珍飾係法后物非歐色尼物今歐色尼既非法后

不應僭有是物法既立民主則帝后之物皆無所用定價聽人購買資國用僉曰可乃將所藏諸物千餘件設所陳列兩月而後拍賣遠方富紳大賈爭集焉一夕而盡繹如以鉅貲得此因與西史有關奇余品之余思婦人在德非在外飾漢之飛燕唐之太眞外紀傳其服飾侈美今皆妄在況此妖物已歷盛衰興廢又何足貴乎姑塡此詞以報繹如

玉匣連環珠非如意跖粟配成金釧百鍊金剛原不壞況有熒煌光炫逼思腰細閼氏飾臂輕盈行宮祖帳開歡讌

麾指諸軍行陣欽聲交顫　無柰敵勢披猖民心散潰倒戈安事鏖戰唱麥兒悲歌四起避刼火青紗蒙面祇空手逃亡乞援翠翹零落隨花鈿剩繞腕一雙令人感嘆滄桑變來書又言拿布侖第三將出師攻普宴將士于汕庫盧宮后服此條脫坐主席致酒勞諸將逌蒲門一戰士皆倒戈遂敗走法之民黨焚汕庫盧后竟出亡法自是而爲民主焉

十二時

金表一大如錢配以珠鍊珠數十粒大于荳蔻背鐫有銘云圓如璧貞如金三萬里兩同心十二字謂係瑞士國手工特製也

看團圞循環旋繞宛若元時宮漏但脉脉聞聲輕扣瞬息能分時候機軸中含金精外溢況有銘文籀鐫古雅萬里同心語簡意深感入肝腸雕鏤　今始知分陰可惜展轉已殘昏晝刺繡五紋攤書午夜出入皆懷袖柰愛而不見三秋一日遲逗　最惱他金針作怪只管紛紛馳驟催送年華教人清瘦添着眉痕皺恐韶光易逝不復青絲依舊

踏青遊

偕伯兄英姊遊慶城寺觀瑯琊王德政碑

冷落琳宮瑯琊舊時荒宅剩一片蘚碑寒碧紀當年功德縱是無人識猶想像雄才霸圖開闢曾見門羅金戟　鬒戶蚺田今日尙懷遺澤柰于競弗書芳跡鳳聲嬌燕影瘦

春風宮掖且坐看莪莪閩山將夕淸磬數聲沉寂

謁金門

偕伯兄英姊遊越山登鎭海樓南望閩江北瞰蓮花諸峯歸途輿中偶得

臨絕頂拂拂羅衣風冷放眼乾坤淸夢醒蓮花斜照暝南浦綠波似錦不見天涯帆影歸去挑燈思酩酊攬衣和月寢

醉太平

蟲聲雁聲天淸月明銅壺滴瀝殘更對孤燈夢醒　心牽意牽長程短程家書欲寫離情恐他愁轉生

菩薩蠻

題畫

紅閨不識天涯路畫圖先擬描紅樹野渡泊溪灣秋聲何處山　紙長描不得盡染黃沙色衰草玉關陰迢迢萬里心

浪淘沙

秋色最堪悲寒雨如絲捲簾瘦過菊花時藥鼎茶罏香一縷總是參耆　咳唾已支離點點臙脂自家噓息自家醫生死關頭思爛熟何若瞞伊

滿江紅

偕英姊登釣龍臺作

莽莽閩天是當日無諸舊地更誰問祖龍秦政眞龍劉季臺上高懸明月餌井中莫抱驪珠睡具絲綸妙手起從龍關才智　開棘道夜郎易張黃幄尉陀貳惟功多東海數傳無異垓下屠鯨成往事桑溪射鱷能承志柰左旗右鼓隔江秋神靈閟

春光好

花朝

春陰薄玉屏空畫欄東又見夭桃新柳鬭春風　歸燕簾櫳深閉驚蠶天氣矇曨安得機中成錦字託飛鴻

瑤華

伯兄抄示陳雲貞寄外書辭意纏綿如泣如訴其柔情淑性尤易感人淚下用題其後

家常瑣屑如此瓊函是淚痕心血人間兒女難說處總在傷離傷別關山迢遞況十載相思情切念藁碪遣戍荷戈何日刀環能決　維持女布男錢縱巧婦爲炊難免支絀飛鴻無準看萬里只有浮雲明滅書郵無賴又何事私爲偷折問流傳誰惜惺惺累我衷懷縈結

喝火令

繹如電言假歸秋試因謁天后宮禱之

法駕排仙仗明粧綴冕旒蛟龍懾伏海波柔願祝布帆無恙天際送歸舟　正直能垂鑒神通幸燭幽癡心兒女感天庥願祝平安團聚樂優游願祝今年明月香滿桂花秋

浪淘沙

雨點亂瀟瀟黯黯魂銷孤燈無焰豆苗焦萬疊愁心舒不得倒捲芭蕉　盼煞往來潮又過今宵聯床共話望明朝天際歸舟眞準否風信迢迢

二郎神

題吳眉生臨管仲姬竹石畫幅

參差變化筆墨自然瀟灑直逼似湖州素壁風雨離披俊

雅稚子森森春幾許旁亂石不嫌疎野垂淸韻作幽陰䲨
䲨襲蘭麝　閒暇江湖旅泊彩鸞聲價算偃蹇閨中本色
莫詫斷腸誤嫁吳越山川偕隱好種到處硯田禾稼解新
籜倚着雲根猶是鳳釵初卸

漁家傲

題沈石田山水畫幅

禿樹荒村飄木葉歸鴉陣陣如蝴蝶小艇答晉聞潑剌煙
波潤漁兄漁弟衣懸褻　莫與倪黃論書法鳳臺賦筆原
超脫重疊遠山圍匼匝斜陽抹斷雲缺處森孤塔

惜黃花慢

隨繹如夫子展　翁姑兩大人墓

蕭蕭松樹襯衰草豐碑空山黃土雙拜樽前雖教芳奠椎
牛何若雞豚佳趣高秋風木叫慈烏剩孺子終身思慕㩻
香炷一掬紙灰蝴蝶飛去　深慚婦職羹湯且逮事未能
麻絲纖縷棗栗恭將倘承垂鑒馨香猶勝芭蘭新子今朝
盥櫛敬隨夫柰繼志可堪遲暮幡凝佇或冀有神靈雨

偷聲木蘭花

山茶

寶珠顆顆胭脂淺舞罷霓裳嬌醉臉恰配梅花玉骨江妃
暑瘦些　後身莫化緋桃去七尺珊瑚圍寶樹歲暮春先

點綴消寒豔豔天

雨中花

蠟梅

誰割蜂脾捏就點點檀心素口學染鴉黃宮樣額綃上釵
頭瘦　盥罷酥醾含苣蔻忽一縷麝蘭香逗好襯着却寒
簾外月疏影黃昏候

摸魚兒

正月十三夕隨繹如飲千烏山雷霹巖歸經燈市
作

好元宵月光山色暎成風物如畫神工鬼斧何年闢築作

倚巖蘭若斟玉斝看一片榕陰綠繞闌干亞金波漾也笑
猿洞雲歸豹岡草長將近春風社　乘歸輿夾路明星朗
射燈輝人影相藉魚龍作戲行歌裏鼓板十番迎迓天不
夜況簇簇銀花火樹爭高下金錢問價柰蓮炬難分筍輿
欲去過眼風煙謝

解連環

與繹如談鐵笛事繹如言唐宮小忽雷尙在吾閩
李家作書往借凡五往返始抱至漆匣錦囊殊
珍秘啟視之長尺許狀瘦削裝飾華美而軸脫
軫斷成無絃琴亟令良工鑲補配絃試彈聲促

而沉滯弗亮易以繹如所帶大食國之鵾絃聲
雖亮而音短不能成調繹如言古者琵琶謂爲
胡撥四用撥不用指故白樂天琵琶行有沈吟
收撥插絃中之句今日本彈三絃者恒用象牙
撥狀如斧似卽遺製歐洲之樂其琵琶有兩種
大者高與人齊豎于地立而彈之小者僅盈尺
類阮咸托于臂上彈之殆卽渾不似耳然皆用
弓如彈胡琴焉故其聲能拖曳音之長短視弓
之輕重調自能成今此器疑卽西樂流入中國
非唐製也余按王漁洋居易錄載孔東塘得內

府琵琶言小者名小吟蟬製于萬歷時溯明自
鄭和航海通西洋而佛郎機荷蘭大西洋等國
接踵來賓若利瑪竇南懷仁輩咸以技術誇于
時西國樂器安知不隨與俱來旣來矣安知不
有倣製而踵事增華乎此器旣非唐製亦屬明
製惜無撥與弓以窮其妙用題一詞歸之
錦囊包裹琵檀槽舊製貝紋花朵想昔日掩抑彈時有妃
子按歌才人乖髻傀儡衣冠唱一曲家山殘破竟風塵墜
落軸脫絃消寂寞顚播　知音已無一个欲徵求絕響吾
計殊左縱再起賀老當塲更妙手王維也應眉鎖邏迻於

斯遜爨下焦桐遭火破工夫相看累日指揮怎可

茶瓶兒

英姊來以武彝陰巖茶葉見贈因出繹如所藏時
大彬瓦壺中泠泉水相與品之
露葉雲腴春苕是幔亭峯頭佳品泥壺珍重如彝鼎配第
一中泠泉冷　烹魚眼瓶笙聲泛幽香詩脾清沁枯腸舌
本皆雋永問陸羽茶經誰省

沁園春

落花

蝶怨蜂愁鶯啼燕蹴片片鱗鱗更鷓鴣聲斷杜鵑淚盡餘

香滿地細草成茵連日東風五更宿雨狼籍成爲紫陌塵
憑誰問任馬蹶踏去屐齒黏頻　傷春美景良辰柰對此
淒涼惱煞人想開時何意落時何事絕無心愛只有眉顰
塵世豪華流年老大安得金剛不壞身韶光暮且浩歌行
樂共保天眞

惜春容

玉蘭

盈盈錦瑟華年小玉貌檀心冰雪皎藐姑仙子下瓊樓拂
拂羽衣初月曉　夜涼馥郁香飄緲茉莉素馨爭窈窕鏡
臺合伴雪鴛鴦扶上銀絲雲鬢裊

洞仙歌

隨繹如伯兄英姊遊長慶寺啖荔枝

榕陰荔影罩梵王宮殿丹鳳啣珠鬭光眩碧琉璃映着樹樹珊瑚如絳雪一色紅香未變　沙彌高摘下薦貯金盤共擘晶丸作冰嚼試問啖幾多核數丁香誇勝負賭將紈扇倚揀取尖齊小丹砂自戴上釵頭向風斜顫

赤棗子

繹如以果汁製冰食之甜香沁肺腑因與英姊各賦一闋

酌玉斝咽瓊漿絕無烟火有清香語到夏蟲應齒冷人間

誰具熱心腸

江城梅花引

繹如又用化學法蒸百花爲露以釀酒味香美惜余不能飲無以贊其妙因取數瓶餽英姊媵以詞

清樽瓊液釀來奇借書癡送書癡色色花魂分貯入瑤甁綠綠紅紅吾不解且呼婢裁錡籠問阿姨　阿姨阿姨幸莫疑試啟時倒玉巵醉也醉也沈醉去自有扶持醉入甜鄉香國儘相宜曉鏡倚膚新夢句頌酒德女劉伶絕妙詩

前調

英姊信言黃封初啟幽香噴溢兒女輩爭竊嘗之俱大醉姊則飲其餘瀝微特不醉且對麴車流涎也詩有分得餘丹兒女食全家都作酒中仙之句繹如讀而大笑囑余再取十瓶以贈用疊前韻寄之

瓊漿飛到語偏奇似憨癡太憨癡搖動酒懷安可對空甁重檢郫筒將十色好依附庇羣芳十八姨　勸姨勸姨姨莫疑香發時酒滿巵飲也飲也中聖後尚可矜持算是餘杭仙姥最咸宜我愧兕桃能使鬭既不飲對黃嬌詎有詩

疏影二闋

叢叢簇簇縱墨痕冷落枝葉貞淑傲盡繁霜籬角幽光西風搖動秋旭楊妃醉後金釵墜白晝就嬌姿釀郁似霓裳彈倚闌干掩映可人如玉　偏是斜陽一抹掩簾翠袖薄來倚修竹無奈天寒暮雨蕭疏頓使芳蹤羞縮雲開皓月微明處几顯得淡容端肅立空階斗轉參橫更擬起燒銀燭菊影

橫斜瘦骨襯粉牆半折扶上寒月如夢如霧籠水籠沙娟娟韻絕幽羅舒翠羽飛何處恍有箇佳人飄忽更臨風搖曳芳魂纖影冷香蓬勃　詎意隣家院落正新曲拍就吹笛嗚咽碧瓦霜濃銀漢雲來似有還無明滅誰將畫筆

描摹去算娬媚肝腸氷雪柰瓊枝閃爍朦朧不許兎毫輕褻梅影

黛韻樓詞集卷下

侯官陳薛紹徽秀玉

海棠春

紅綿數點枝頭裊儘叠尊華絲嬌小婀娜碧雞坊較量春多少　芳姿濃淡誇天巧似絳雪臨風飄緲宿酒未醒時此意無人曉

點絳唇

擣碎珊瑚翠籠傾出紅如火鼎爐丹顆說甚含桃果　赤蚌靈胎孕結珍珠夥葳蕤朶星光霞裏彿若朱唇妥

玉女迎春慢

上巳日隨繹如伯兄遊鼓山登喝水巖

佳節湔裠空山裏合作流觴修禊聽取禽聲石上響答梵鐘松際蘭亭誰繼且慢問人間何世雲輕風暖水碧峯高光景流麗　傾來美醞桃花徵詞選句錦箋新製爭譜長編錦繡闘採初葩荃蕙芳情搖曳算雅事今朝與契笑彼枯儈倒喝源泉東逝

夏雲峯

水雲亭觀雲

白漫漫成一片自爲雲海波瀾祇有陽精在上不見塵寰

春風吹擁蓬勃起萬馬騰攢又覺似龍形隱現鵬翼扶搏凌雲我憶天闕騎鶴作瓊樓玉宇奇觀無柰氤氳變幻只旁峰巒荒亭斜日坐石磴冷眼閒看問底事無心出岫虛往空還

被花惱

題邊景昭花鳥畫冊

桃花白燕海棠鶯黃菊鷓鴣梅爵蛙損贏殘似零落毫端細賦生機活潑顏色猶如昨聞鳥語漾花光此中疑有精神託　五百閱年華自是吾鄉典型作便便腹笥孔雀婆娑莫詡家風惡笑南田婉秀白陽妍算衣鉢傳流倘糟粕

竟使我幾度畫眉將筆閣

鶴冲天

題唐六如桃花畫幅

桃花塢桃花庵春色滿江南衲衣持鉢酒微酣人影比花憨　仙佛心書畫理笑入武陵源裏隔牆遊戲誤幽探蝴蝶爲香甘

撼庭竹

題徐天池墨竹

拂拂琅玕弄清景夢殘月推醒西風吹動龍蛇影淋漓筆墨秋聲響湘瑟泣空江魂返佩環冷　鳳羽翩翩斜復整筭奇偉新穎折釵屋漏論書品顛狂腕底閒馳騁誰識好煙姿中有血痕迸

傾盃樂

題上官竹莊白描人物

吳帶當風曹衣出水生面並皆佳妙流水行雲工巧元氣淋漓眞肖　苔痕樹點題詩料伴揮毫堂開晚笑英姿毛髮爽颯當作羅浮寫照

花非花

銘生春紅硯陰

紫雲根斵爲硯翡翠衾芙蓉面記將眉嫵小窗詩香草齋

頭春一片（硯乃黃莘田先生元配莊恭人所藏故云）

滿江紅

中元日繹如以甲申之役同學多歿戰事往馬江致祭于昭忠祠招予及伯兄同舟行航工一老婦言當戰時適由管頭載客上水風雷中礮聲雨聲交響避梁厝葦洲中見敵船怒彈橫飛如火球迸出我船之泊船塢外若宿鳥待弋次第沈沒入夜潮高流急江上浮屍滾滾敵船燃電燈如白晝小舟咸震懾無敢行四更有櫓聲咿啞至既近則一破壞鹽船船有十餘人皆上幹

鄉逵近無賴爲首曰林獅獅訊敵船消息旣而駛去天將明又聞礮響數聲約有木板紛紛飛去而已蓋獅獅等雖橫行無忌此際忽生忠義心見鹽船巡哨者棄船逃走卽盜其船用其礮乘急水橫出將近敵船望敵將孤拔所坐白堡者燃礮擊船首上艙艙毀敵驚返礮而獅獅等并船成齏粉矣繹如聞說駭然曰是矣數年疑案今始明焉余叩其故則曰我在巴黎時適法人爲孤拔監石像於孤拔街往觀之遇相識武員某言曾隨孤拔入吾閩初三日戰時華船倉

卒無有抵禦惟至翌日天將明似有伏兵來援礮毀艙孤拔睡夢中艙板折壓左臂傷及胷還礮則寂然乃疑港汊蘆葦處無不有兵急乘曉霧拔隊出口又畏長門礮臺狹路相接趁大潮繞烏龍江至白犬修船治傷弗愈又至澎湖終以傷重而殞此一說也我初聞以爲妄意是日之戰吾船旣盡殲督師跣而走此江上下實無一兵安有翌晨突來之礮不意今日始知有林獅獅諸人者噫嘻天下可爲盜賊者亦可爲忠義雖其粉身騈死能使跋浪長鯨于怒波狂瀾中忽而氣沮膽落垂首帖尾逃匿以死其功豈淺鮮哉惜鄉僻無人爲發其事子盍爲我記之

余曰唯用弔以詞

莽莽江天憶當日鱷魚深入風雨裏星飛雷吼鬼神號泣猿鶴蟲沙淘浪去販鹽屠豕如蚊集踏夜潮擊楫出中流思偷襲　咿啞響烟霧溼匍匐起龍蛇蟄笑天驕種子僅餘呼吸縱逐波濤流水逝曾翻霹靂雄師戢惜況淪草澤國殤魂誰搜輯

水調歌頭

臺江泛月

我欲問明月何處廣寒宮清光萬頃搖盪水霧緲濛中滴滴露華如洗滾滾空江如練帆影破秋空兩岸晚潮急蘆葉戰西風　村庄外青山色自朦朧櫓聲咿啞不妨載酒大橋東牛渚青蓮仙去赤壁東坡遊後此樂算無窮更擬捲篷起高唱玉玲瓏

一萼紅

海棠花惜今年春雨連日總如麻楊柳眉垂芭蕉心捲嫩寒侵入窗紗東風滯簾纖聲斷忽一萼開向夕陽斜宿酒微醒晚妝初洗煮夢年華　點綴臙脂嬌嫩算園芳孤想冷豔堪誇綺閣香霏捲簾紅瘦錦窠杯泛流霞神仙格盈

盈獨立似遺世新熟小丹砂雖是珠玭少許也足名家

金縷曲

繹如急鴒原之難北上營救榕城洪水爲災書簏墻崩偷兒由缺處入掠㸑鼎數事并西國圖書數十册去余固不解西字欲檢書目究所失而不得因致書訊繹如戲附以詞

慨自君行後竟連綿濃雲密雨𦆘濛昏晝惱動延津蛟龍起平地波濤瀉溜看竈突澌生蝌蚪抱女扶男樓上避忽危墻怒作靑獅吼書簏外啟疑竇　偷兒也要誇身手似潛沿殘磚敗瓦折翻樞紐檢取犧樽雞㸑去更有圖書相凑盡鴃舌旁行斜籀玉軸金題吾不識記羊皮貝葉函徵皺君試計細尋究

前調

縣官得都門電縛賊至供贓物所在請發落余思物既可贖安事深文再塡一闋俾呈縣官釋之

此賊饒風雅竟潛心探奇鑒古取攜操搭摸索暗中攫竊去差勝廋如從者反笑我漫藏寒舍河伯開門教揖入算羣童對面欺茅瓦情可恕幸寬赦　有司執法雖嚴也且捋平原情定罪無勞笞打墻屋已修風波靜行待先生反駕況完璧無多聲價願備徵貲徵贖好睚季康賞盜姑聊且公案結請休罷繹如亦有電言將返也

花發沁園春

濤園

舊日名園牛支烏石于今變作祠宇梵聞地廢雲海濤寒尚剩長松如許空山秋雨吹幾陣淸風消暑看鳥影飛下平蕪蟬聲嘶破亭午　廣信當年守府有潢池跳梁捲地如虎夫人陣結娘子城高盾鼻軍書飛羽援師神武賢內助親操桴鼓卜一瓣香火同龕隔鄰鐘咽霜杵

壺中天

慰繹如報罷

鯉魚風起正菊花新放重陽天氣願拔金釵謀斗酒酒裏乾坤淸秘得失何關文章有價綳倒原兒戲如君才思彼蒼安忍終棄　惟是我愧萊妻斧斤官祿敢誤英雄志趁此家山松桂好暫作沉淪生計短案琴書寒燈機杵相伴饒高致占他閒福貧中無限滋味

小秦王

偕繹如夜宿山家集句

村庄兒女各當家寒食東風御柳斜隔斷紅塵三十里山谿野徑有梨花

綠槐夾道集昏鴉門外無人問落花春色滿園關不住煙

籠寒水月籠沙

賣花聲

戲題繹如水墨牡丹圖

墨漬灑淋漓做意奇離粗枝大葉亂紛披想是太眞教捧硯污損凝脂　擣碎黑玻璃燕影差池莫矜彩筆畫蛾眉除却崑崙稱肖后誰復相宜

菩薩蠻

寒蟬

斜陽一抹蟬聲嘎疎林黃葉森憔殺秋氣自凄清為誰鳴不平　嘶風吾豈敢那有炎涼感嘒唳復鏗鏘援琴彈正

商

卜算子

寒蛩

夜色涼如許繞砌疑秋雨唧唧叨叨絮不休又似人私語　不是吟秋苦促我忙機杼一匹寒絲織未成缺月窺窗午

醜兒奴慢

聞繹如出張家口探永定河源

高歌出塞正值嚴寒時候奈迢遞關山風雪未帶征裘落日輪臺不知誰為慰離愁雁鴻沉澤魚龍作劇怎挽洪流

我自念君大才初試握算持籌好珍重張騫鑿空賈讓奇謀夢覺幽閨那堪消息遠悠悠明年春色王孫歸否何必封侯

添字漁家傲

寄繹如盧溝橋

樓角黃鸝聲婉婉細柳垂垂濃把闌干倚開到荼蘼人未返春光晚隔花不見天涯遠　手挽狂瀾教築堰曉月盧溝想正催雲鬢欲採蘋花申繾綣搜囊鍵愧無織女支機穩

生查子

雙駿園

載得綠珠歸金谷花如錦竹木擁樓臺嵐氣沾衣領　笑倚碧闌干踏碎斜陽影我自愛山光一晌尋香茗

點絳唇

積翠寺

野竹扶疎盤空石磴藏荒寺青蒼塊異自是清幽地　一角孤亭四野綠雲膩鐘聲墜關山烽燧欲撮忠魂淚（寺與范忠貞公祠比鄰中有天開圖畫樓繹如常集同人結詩酒書畫之會後為海軍中人占作讌集之所近聞大東溝之役我國師船已殲將士而威海被圍正急故末語及之）

海天濶處

聞繹如話臺灣事

碧天莽莽浮雲雲烟變滅滄桑裏觬身睡穩雞籠唱罷竟無堅壘莫問成功可憐靖海原來如此算槐柯邦國黃粱夢寐祇贏得豪談美　說甚蓬萊蜃市忽跳梁長蛇封豕鯨吞蠶食戚俞難再藩籬傾圮洶洶波濤峗峗金廈相關唇齒對春潮夜漲深慚漆室爲天憂杞

聲聲令

夢鏗兒

昏昏忽忽兒自來前葛衫葵扇午炎天無言侍立神閒暇意纏綿似讀書亭午乍旋　頃刻如烟驂白鶴舞翩翩臨風飛去會神仙匡床冷月轉令人作憂煎數殘更徹夜不眠

蝶戀花

楚娟嫂氏輯宮閨詞綜挽余襄校既竣惜其至明劃止竊意閨秀之詞　國朝尤盛就余聞見不下百餘家其尤者幾入漱玉斷腸之室擬倣王青浦續竹垞詞綜例別輯一書補之又以井臼事忙恐難一時就緒用題一詞以俟將來

香徑家家誇越豔鏤玉雕瓊收聚花千片蘭畹草堂雖爛絢溫柔合讓金閨彥　女教熙朝偏獨擅擒藻摛詞酥濟濟

皆邦媛安得婉兒稱善選織來幼婦成黃絹

轆轤金井

寄繹如上海

嶺梅開也夜沉沉苦月斜窺窗罅遥想江南正傭書休暇艱辛待價累遠客仔肩難卸女布男錢白鹽赤米酸風茅舍　今年歲寒莫怕幸蓬頭小婢紅杏初嫁補屋牽蘿得支持聊且望君慰藉把內顧煩憂拋下彈指春來陽和轉律啖他甘蔗

卜算子

別伯兄英姊

佳也念行人去也思鄉土兩地難拋骨肉情棖觸心頭苦　生小在閨闈不識關山路他日風塵黯淡中望斷江南樹

搗練子

簾幕外畫欄西袋袋花開一色齊粒粒眞珠粘不墜銀絲圍繞髻鬟低

憶江南

英姊信來問海上風俗既作申江曲答之意猶未足復塡八闋以寄

上海路車馬急紛馳夾道笙歌圍錦繡千家欄檻罩玻璃

豔號小巴黎
上海樹不定是冬〻青荒寺龍華桃臉薄泥橋馬賽柳條輕
蘆荻滿洋涇
上海髻倭墮似拋家豐鬢鬅鬙眉角上低鬟傾落領邊斜
雙鬢翠雲遮
上海足瘦削鬬葱纖杜牧吟來量鈿尺宣和到底錯鞋尖
上馬快春妍
上海飾鑽石說金剛條脫臂支環照骨珍珠寶鈿珥明璫
花露粉脂香
上海服窄袖禿衫襟出水曹衣嚴縛束細腰楚俗尚伶俜

新樣鬧時興
上海語大半近蘇州揚子江流原細膩吳儂口角總嬌羞
暮雨滑鈎輈
上海婢衛足作豐趺北里教坊瑩姐大東鄰絲廠泰娘鸝
操作勝傭奴

山亭宴

招寶山觀海

海山突兀龍蒼翠繞蛟門濤聲如沸浪拍虎蹲巖盪日色
騰爲蜃氣洶洶潮汐送朝昏現數點普陀雲意無柰老龍
癡隱貝闕和珠睡　莫將舊事談吳越贏得甬東餘地賈
舶聚帆檣憶昔日琳璆遠至烟霏叢樹岸容低洵不盡古
今秋思安得學漁樵領略清閒味

祝英臺近

義婦塚

草蕭蕭風惻惻十日九風雨寒食初晴荒寺暮鶯語紙灰
飄上遥空化爲蝴蝶算猶是兩情飛舞　同心縷轉令澆
酒人來高瞻墓門樹凝魄香魂地下共歡聚只今清道原
邊寒濤依舊想靈爽優遊終古

歸田樂

布穀

秧田布穀聲相逐割麥插禾忙碌禽亦解春秋常把闗文
郭公讀　吳娘看火蠶將熟爭飼雞豚茅屋何處桔槔喧
催起隴畔眠黃犢

瑞鷓鴣

越王臺上暮烟霏越女羅襦鬬畫衣溪上落花呼伴啄嶺
頭苦竹逐羣飛　似爲雁陣添覊思莫作鵑聲勸客歸懊
惱澤家行不得朱欄春日又斜暉

釵頭鳳

絡緯

西風起月華美莎雞振羽林陰裏玉交戛遥相答杼軸誰

家夜燈闈闥軋軋軋　嚴霜墜寒威至客中淸況增秋思
開奩匣搜鍼篋料理殘絲配棉裝夾恰恰恰

惜餘春慢

楚娟嫂氏凶問至惋悼累日塡此當哭並唁伯兄

缺月難圓彩雲輕散塵世原來如夢瑤臺路遠蕙帳烟空
撒手嬌鸞雛鳳遥憶當日同居香閣聯詩鏡臺呵凍詎三
年離別人間天上未能追送　況剩著筆墨叢殘宮閨詞
譜添我悲思千種聞言欲去口授遺僻特丐銘文珍重怎
奈無窮羈愁才竭意昏淚乾心痛願悼亡潘岳蛾飛蜻引
莫過哀慟

採明珠

英姊寄安南米煮而熟之粒粒圓整如珍珠伏波
薏苡之謗想即因是

的皪圓玉粒珠光猶勝黃粱白黍莫訝蚌胎含是琪花新
煮燦爛龍睛稽想爛滄水漲江空夾岸綠蕉野粟叢生琅
玕綺綴維秬　幺鳳語乖龍舉魚目奈何許歌白紵乞米
未書竟叨嘉與珍品嘗羈旅惜壺頭謗並文犀銅柱久頹
石礎陸沉南海鯨鯢誰禦

臨江仙

江東浮橋

芊芊瘦草桃花渡縛船跨作長虹橫江鐵纜戰西風波濤
掀盪夕陽紅　海市魚鹽爭麕集往來開合相通筍輿輭
踏欲凌空如行棧道蜀山中

西江月

上海觀蘭花會

幽色靈根高雅綠衣碧玉扶疎我來費却繡工夫要補高
濂蘭譜　配以花磁瑱碗珍同圓嶠方壺離騷紉佩要持
扶自是羣芳香祖

憶舊遊

蒙泉山館

笑烏山突兀景物依然樹木皆秋且喜歸來健縱年華欲
暮尚得重遊斷澗細泉汩汩積葉暗藏溝念昔日亭臺幾
經易主草瘦花凋　悠悠畫欄外看陣陣驚鴻天際雲浮
合把金樽倒任蒼茫身世一醉都休願莫更言離別飄泊
轉生愁奈酒罷燈明娟娟霜月樓上頭

風中柳

一樹輕盈嬝作垂垂新綠舞東風搖金閃玉樓頭晴旭文
窗羅縠伴梳頭鏡中眉蹙　離愁別緒萬縷千絲悵觸只
綿綿難傳心曲征驂馳足征帆張幅任楊花天涯相逐

摸魚兒

寄繹如汴梁

灑征塵大江風雪聞君銜命西去壯心雖爲浮名戀辛苦道途深慮何卒遽想此日行旌遠越晴川渡輪車熟路恐武勝雄關德星故里滑滑汙泥注　家中事三月春糧已裕條條皆稟分付從師兒女朝昏急頗解經書章句休內顧望努力前程幸莫驚遲暮凌雲獻賦計紅杏開時飛鴻南下當有好音布

無愁可解

寄繹如紹興

名利誤人都不悵悵風塵幸喜無恙刺舟歸會稽山陰應

接道上禹穴蘭亭名勝地竟幾度意奪神往覔一曲賀老湖光君若把釣我願盪槳　相訪塵世芸芸最難得清閒寄情隨唱算客星老子足傲雲臺將相走狗藏弓文種去郅剩著龍山遙望問梅福怎似梁鴻賃舂謹私告幸深諒

西湖月

繹如書言西湖勝景因應徵期逼匆遽中冒雨一觀未能盡探幽奇爲憾塡此寄都門

無端爲道西湖竟動我遊情遐思深惜水光山色風斜雨細淡蒼濃碧春殘西子病襯淚眼啼粧嬌欲滴借穠穠輕泛烟波喚取六橋浮鷁　行人最苦匆忙只一瞬停橈遂成陳迹臨行回首孤山鶴怨冷泉猿泣燕關千里路問別意何人憐寂寂片雲急飛上遙天欝爲遐憶

小重山

偕英姊觀玉尺山

光祿亭臺春色闌閒闠風雅事已凋殘夕陽空抹舊朱欄垂楊外孤石聳雲鬟　衡折太無端恰如文筆禿罷吟壇一杯香茗話清閒臨風坐相對聽綿蠻山本一石曲折而起遂得名不知何人鑿斷橫卧地上前見文筆山亦然因與英姊惋惜久之

黃金縷

寄繹如金陵

聞繫征驂桃葉渡朱雀橋邊野草西風度倘向石頭觀虎

踞莫愁應惜行人去　迢遞關山飛尺素楚尾吳頭夢繞江南樹開到黃花秋又暮何時攜手重相聚

滴滴金

石室偕英姊餞伯兄往閩淸

中年手足偏離別春光屆燒燈節奈何不飲酒杯閒大家鎖眉說　吾道到今行欲絕看頑石泉聲咽他時相憶隔溪山共望鐘湖月

飛雪滿羣山

車中望鐘山殘雪

連日波濤長江風雪我來恰喜初晴布帆新卸香車轆轆馬蹄踏碎瑤瓊指鍾山在望玉龍影低蹲石城寒帷斜坐憑軒竟念無限廢興情　遙憶得六朝如夢麻看蒼忙宮闕霜解冰傾孫陵崩圯蔣祠冷落後庭玉樹無聲剩沉沙折戟埋花草難消散翠嵐光葱鬱峻峋白首夕照明

鳳凰臺上憶吹簫

鳳凰臺

白鷺洲高鳳凰臺迥三山半落青天柰錦袍人去騎月成仙何處齊梁宮闕繞流水散作風烟斜陽外棲鴉楊柳衰草芊芊　聯翩凝眸望處有渺渺江光藹漾無邊笑酒樓

星石龍虎時遷空傍五楫荒寺瓢兒菜新放春妍春妍好山川陵谷已換當年

瑤華

借繹如泛青溪覓張麗華祠不得

臨春結綺玉樹瓊枝想當年顏色盈盈璧月偏溯盡九曲青溪那得荒祠何處卻難問江花消息欲剔搜斷瓦頹磚怎柰溪傍荊棘　遙思老桂璇宮醒一夢紅梁宣進詞客嫦娥曲美更膝上奏記軍書能識芳容殉國卜香火已堪憐惜況渺茫潮打烟沉不見豔痕靈跡

尋芳草

螢

黯淡數星小竟飛越隔牆林杪墜空階閃爍珍珠婣倏經風成飄渺　欲滅卻還明暎簾隙素燈晶皎縱零仃偏有清輝巧露華濃花光悄

芳草渡

舟中望金焦二山

突兀勢竟對峙江流一雙雲髻襯黛囊青鬟斜簪幾朵蘭蕙又若蓮並蒂暎波光駢儷夕照薄嵐氣葱蘢只許遙睇天際數星遠火古渡瓜洲帆影細待月上林梢似有鐘聲覺眞諦喚醒鶴夢認兩點玉容都麗惜媛介畫筆難臻絶詣（春間敬如兄公以黄媛介金焦圖横幅見示筆墨婉媚頗以爲妙今觀兩山眞容乃知所畫不過一時意度騁六法之能究與山形神韻殊多鑿枘）

鷓鴣天

斜橋

流水堤邊譟乳鴉蒙茸新柳小橋斜東風纔展冬冬青葉宿雨爭抽晚稻芽　馳馬足問龍華元都觀裏有桃花日斜探得桃花去橋上人看七寶車

金縷曲

徐園隨繹如聽崑曲

急板繁音裏想當時開天豔事風流妃子學士清平新譜

就飛燕凝糚徙倚印一捻胭脂花美鈿合金釵盟誓好柰無端鼙鼓漁陽起悲宛轉馬嵬死　連昌長恨詩歌紀使後人深憐惋惜慨歎無已擫笛李謩淪落去法曲霓裳頓毀算噩夢啣花鹿詭又誤詞家成白首把功名斷送東流水祗博得足傾耳長生殿

一紙留都揭溯沿溪辛夷落盡桃花凝血香木孩兒香扇墜自是女中俊傑進諫果錚錚英烈瑟瑟珠衫申詈去縱樓頭碎首心如鐵桃葉渡水嗚咽　琵琶唱罷揚州別瞬息間江干燬火地天崩拆拾得餘生成壯悔刼後浮名怎說幸院本東塘刪節今日管絃歌扇底較春燈燕子終高

潔敲竹石唾壺缺桃花扇

清平樂

木犀金粟無柰人如玉圍上雲鬟誇芬郁爭說新興結束配着鴉鬟眉靑擣麝高綴芳馨莫是晚唐遺製素馨塗抹黃星

滿江紅

將之廣州寄英姊兼訊伯兄

泛宅浮家年來似雲蹤浪跡西風起捲單行脚又隨勞役去燕營巢滄海遠飛鴻前路遥天碧恐羊城蜑雨更蠻烟難棲息　兒女累添行客鄉關夢音塵隔況飛帆南過里門咫尺既負陶籬黃菊約去看庾嶺梅花白想沙哥原是舊遊人應憐惜

望江南

珠江好風物總殊偏十月葛衫亭午候六街腊屐晚晴天橙柚檸檬鮮

珠江好何處越王臺都老亂敲銅鼓響鮑姑爭汲井泉回冬月有輕雷

珠江好蛙蠣壘墻基艇粥鱝魚開夜市兜鞋蜑女鬧春嬉粵嶺絡蠶絲

珠江好花埭夕陽多繩網四方籠蛤蚧門闌半折挂鸚鵡

時聽越謳歌

珠江好六穗五羊空珠市瑶瓊羅瑟瑟酒樓風月紀虫虫誰叩海幢鐘

珠江好茉莉小南強果葉擔頭來荔子濁醪盒裏釀甜娘甲煎海南香

珠江好椰樹緑成陰細草憶來家萬里禁方檢得藥千金盲女琵琶襟

珠江好火米熟秋田毀瓦駕橋通擊柝列燈沿路聚攤錢花事又紅棉

惜紅衣

羊城有草藤本蔓生葉如忍冬高不及丈四五月
開小白花瓣五出如梅李花心又攢出兩尖瓣
色深紅似即卷葹也

嫩葉扶疏柔枝倒掛碎花如雪中有丹心凝成杜鵑血盈
盈玉貌偏把着珊瑚為骨清越三尺短籬變臙脂山窟
紅蕤細茁搖動薰風芬芳又幽絕丹砂勾漏未歆頁仙訣
恰好夕陽微映訝是朱宮絳闕似墜來霞彩正屆石榴時
節

秋思耗

光孝寺與繹如話粵中名勝

荒寺西風寂想仲翔當日海隅遷謫訶子樹高醴泉源遠
青蠅弔客問誰創王園却教腐草棄琥珀勒菓林今怎得
剩有烏鑾花砌間簾隙伴着木魚清磬朝昏啾唧 陳跡
風旛異昔問菩提落葉堆積慧能六祖陀羅三藏絕無愛
惜況一尉東南事蹟塚墓誰更識長歎息斜照急惜我輩
清遊鄉關無奈還隔空憶天高雲碧

滿宮花

人都臥病聞伯兄已抵羊城

君重來我去後轉恨未曾相候關山也自笑人忙春燕秋
鴻馳驟 思家深臥病瘦況又風霜僝僽三年離別見偏
難天也不教緣湊

舞春風

隨繹如遊天寧寺

棠梨花放草斕斑鐘磬聲中俗慮刪突兀嚴城通北斗玲
瓏孤塔映西山 莫搜斷碣千年字共遣浮生半日閒一
十三層鈴鐸語那知塵世有朝班

丁香結

紫丁香

光點鸞星豔分鵷影春滿陌頭枝上但尊垂莖弱彷彿似
十索丁娘模樣馬聲嘶叱撥檀槽急淺斟慢唱羅裳飄渺

貝錦碎綴東風搖漾 聞望又訝是霞仙正值宸班供養
禁省含香薇廳捧誥宮袍劉亮烟外斜照掩映盞作廻瀾
漲更丁簾捲處卅里石家步障

迷神引

墨葵

十五鴉頭花面黑霧鬟雲鬢無色可憐漆室顧影烟痕逼
道家粧淄塵浣麝煤飾莫與崑崙后論婦德若當媚豬看
如何得 夢筆人來洗硯池翻墨曳皂羅袍烏紗側傾心
衛足具元妙誰能測試待青霜和時藿宜蔬食不必問丁
奴搖燕麥鴨脚夕陽昏疑烏鰂

百字令

寄英姊

五年離別歷炎風朔雪關河怨遠夢裏鄉園親戚少況各攜家分去姊妹花開鶺鴒原遠骨肉成三處相思相望春花秋月無據　猶憶昔日同居荼蘼欄檻晨夕談詩賦井臼米鹽通計活詎意星霜前路滾滾京塵起看南斗鬢髮催遲暮何時樽酒故山依舊歡聚南斗山在安溪縣卽姊所居處

秋霽

隨繹如登江亭觀黃葉

秋老江亭看榆柳蒼茫歷亂黃葉高擁層層細堆荒砌被

風捲作蝴蝶奮飛迅掟渾河如帶西山疊限雉堞偏是浮雲千里客心狹　斜照黯淡何處笳聲近和清鐘彌覺飄颯念人生青絲白髮高堂明鏡久融洽搖落縱關霜氣壓但相望處無柰陣陣蕭蕭葦塘寥寂女墻迴合

浣溪沙

雪

仙鶴瓊瑤飛作路玉龍法駕遊天駐贏得萬家齊縞素鶩毛六出因風絮頃刻冰山安得據白馬馱人和雪去

好女兒

題畫白杜鵑花

啼徹杜鵑春淚染雪霜新洗盡臙脂猩血剪碎白羅巾閬苑玉無痕籠淡月雅意溫存沈郎錢買贊同素柰望帝招魂

春從天上來

大好湖山配暑殿行宮浥彩流丹居然天上迥異人間重重綺簇雲攢想晨鐘初動擁法仗覲拜千官碧欄杆繞波光瀲灩樹色斕斑　安排賞心樂事更報答春暉養志承歡閱歷風塵優遊泉石依舊佩玉鳴鸞柰瑤池宴後剩犀石向水汎瀾況春闌有蝶飛草長鶯囀花殘

山亭宴

隨繹如遊玉泉山卧佛寺

塔鈴簷鐸郎當語更泉聲汨汨幽注卧佛夢難醒散碧蔭娑羅樹古壽安兜率剎殘碑伴無數飛花亭午剩有牡丹春幸慰着尋芳侶　我來試把茶笙煮算滋味何殊玉乳勺突吊源頭絕勝似經箋陸羽鈍禪何若茗禪清只可惜殘僧鐘鼓悟徹去來今覺一陣香成雨

臨江仙

碧雲寺

說甚梵王舊殿已頹委鬼豐碑玲瓏五塔聳嶔嵚下瞰都城如綺　林木荒山合沓關河斜日迷離思陵寂寞德陵

欹算是刹那彈指

霜天曉角

有花草本俗呼洋杜鵑高不及尺花狀如海棠紅紫黃白各色皆有向日則開背日則萎夏月種于平地爛斑如綺殆卽所謂鋪地錦歟

錦茵繡錯貼地鋪斑駁偏是朝曦初抹花光漾籠簾箔颭風嬌態弱雨過成瘦削可惜幾分顏色却不待斜陽落

桃源逢故人

種竹

碧紗窗外三弓地合種幽篁籠翠縱是數竿生氣却有蕭

疏意 彈琴靜坐添滋味看長龍孫嬌稚月影忽然增媚搖曳平安字

月中行

庚戌收燈日繹如約遊白雲觀余以病畏寒且肝悸畏車顛簸不克行塡此示之

西遊筆記剩殘篇跨鶴上瑤天空留遺蛻閱風煙怎見得延年 山崩池涸真人去塵世裏豈有神仙丹砂換骨我無緣何若且安眠

浣溪紗

隨繹如謁明陵

寂寞荒山野徑斜殯宮莫問帝王家榆錢飄落似梨花 大漠錫椑歸毳帳煤山柳木逐輕車空餘石馬載棲鴉

八歸

居庸關

秦關月墜薊門雲起重嶺疊嶂壁立羊腸一徑盤山上那管蠮螉秋咽盧龍春蟄北口成荒南口罷淨九塞風塵消息更滴滴石峽鳴泉草長水泉碧 遙憶前朝舊事防秋巡徼土木蟲沙悲泣藤垂枯樹烟霏斜日荒壘殘碑苔蝕甚譙樓佛閣只有頹垣絆荊棘凝眸處故鄉千里海闊天遙羈愁沾淚臆

黛韻樓文集

貴筑姚華題籤

黛韻樓文集

陳衍

石遺

序

婦女鮮有以文集傳者非不能文也祇以內言外言之限未能多有撰述故曹大家左惠妃雖著專集皆不過數篇而已秀妹齠齡嗜詞章學于駢體文具有領悟猶憶其梳雙蝶髻傍余刺繡口中誦庾子山枯樹賦先妣笑曰是將爲女博士應考耶夜卧余側常以僻澀故典難余余以陶淵明不求甚解告之則曰姊其癡哉胡尚未知書有精義乎既而椿萱見背妹亦漸長居方姨家余常歸寧覩之見繡匡上有雜抄唐小品及八家四六問以胡爲戀此則曰夜繡眼倦藉可消遣及歸逸儒閩其閨房日夜偕讀若琴瑟之調和其音余竊爲之喜有時以詩歌寄余讀之有晚唐神韻遂以能詩許之迨逸儒遊學外出妹常多病余偕弟時招妹作山水遊覽閩中名勝始見其爲詞余思詩詞同源不過音調之變猶未知其能爲文也間有書札與余論學洋洋灑灑氣機楼茂頗似古文猶未知其能擅於駢體也丁酉後妹隨逸儒居滬緘寄書札詩詞外附以新作駢文刊印於報章者余覽而異焉比及細味迺知其用古文之法爲骨以詩詞之藻彩爲飾蓋其二十餘年所學之精銳悉發于是抑亦遠涉異地閱歷多見聞廣有得于山川之助歟壬寅秋歸里與余同居朝夕以詩文相證余

惟唯唯自愧弗如戊申冬又以壽序贈余雖姊妹離合之情辭意真切令人讀而泣下第有虛譽過與之處轉使余心慚怍辛亥暮春忽叠函囑余入都余固久聞其病深慮其不起也詎意余至妹已雞骨支床彌留時以文稿一束付余曰生平心血耗于詩詞者已删定囑逸儒待梓問世惟此文編數無多不足成集且力薄未能成家願姊藏爲記念否則焚而棄之可矣妹殁後其女淑宜殉之不一月漢陽告警各省亦烽煙倏起京師戒嚴王公卿貳咸舉家走避逸儒以雙櫬在停甯死守余倉卒携兒間關南下由滬及厦所驚駭者尤甚于海上風濤抵寓大病今春始克將妹遺文展閲大半已爲世所膾炙傳誦者然計妹文就余所知原不至此數今僅此殆妹生前已自删除矣因爲編次成二卷聞逸儒秋間當送柩歸葬即以歸之俾合妹詩詞集壽之梨棗不忍没妹一生苦心也妹之才雖不足上匹班左不能因其編數無多謂之非集也壬子夏五月

懷姊英玉嗣徽叙于鷺門之古浪嶼

黛韻樓文集目錄

黛韻樓文集卷上

侯官陳薛紹徽秀玉

秦淮賦

甲辰臘月余挈兒女訪繹如夫子于秣陵寄居東關老屋數椽寒梅兩樹積雪凝砌溪水當門圍爐煮茗既乏詠絮之才隔院燒燈那有獻椒之頌春日弄暖花光微薰六朝山色青映疏簾十里歌聲時聞殘月仲秋既望泛舟秦淮見夫衰柳條粗蒼葭葉短漁舟嘔啞畫舫喧騰名士擔簦不翅過江之鯽胡姬壓酒猶歌玉樹之花風俗移人誰悲往古山河宛在我幸來茲爰感而為之賦曰

大江東去秋色西來人間何世江南可哀山蒼蒼兮木葉下波黯黯兮芙蕖開暈樓臺兮斜照送今古兮秦淮粤自吳戰長岸楚獲餘皇蘆漪寢馳菜色逋亡解脫劍佩求掩盎漿江上之漁父已涉瀨水有女子遺芳究屬何地語焉不詳秦始并天下至丹陽鑿橫瀆斷連岡壓王氣號龍藏句容之流南滙溧水之源北張繞方山而綿亘出長江以汪洋役千夫之杵畚擬萬世為帝王八千之子弟忽起百二之關河莫當笑失鹿之無策慨逝騅之可傷漢屬荆國復隸江都建業是宅起于孫吳龍蟠虎踞鼎峙一隅棚塘

繚繞城闕盤紆乃開運瀆以挽飛芻立烽堠于白馬飾宮寢于太初神龍赤烏之殿仙靈雲氣之圖萃連檣與巨艦通水道與陸衢經始之作迺在具區石頭之降幡既豎橫江之鐵鎖遂虛花草冷故宮之色塵沙埋折戟之鱗迨元帝之東遷恃建康爲機樞馬柵夾築河橋前趨淮口屯戍南塘列居溫嶠布其營壘王導籌夫轉輸白石破蘇峻之膽南桁梟王敦之顱宋齊梁陳風景不殊倏興倏廢曾不須臾雖時惠風弄春璧月映水瓊花吐芬金山疑紫避地萃平衣冠涉江采其蘭芷馬啣舟子洲邊燕入烏衣巷裏莫愁駕鬱金爲堂桃葉隔長干之里歡吟樂府之辭儂展

澄心之紙復有黑頭狎客無愁天子大捨小憐臨春結綺華林園有列肆之陳芳樂苑成屠沽之市柏梁災而建章營褚淵生而袁粲死荷荷則索蜜可憐咄咄之書空無恥帝王之家可不生文武之道斯已矣遂令金粉飄零豪華中止桓伊之笛步無聲孫楚之酒樓自圮柳思張緒當年樹對桓溫如此新亭之淚未乾西州之哭無已二十四浮渡竟散風烟五十六籬門難尋基址舊夢一痕迷離烟沚隋唐以後蔣州揚州瘡痍既復天地皆秋望牙檣之不再有宮錦而來遊野草生朱雀之桁青天落白鷺之洲楊花飛而李花發宮城闢而子城週留聰子以洩水睡卧榻之

可憂雖復霓裳羽衣之曲豈免提鞋刬襪之羞闌珊春事花謝水流亡何泥馬沉浮小作勾留逍鶴背之故道戰龍灣之上游金山寺紅袍玉帶黃天蕩鐵綆大鈎杰湖山之燈火老韓岳之貔貅明祖脫袈裟綴冕旒用陶安救民之策立南都應天之休湖填燕雀星列女牛一十四樓花光綺麗九十六里雉堞環周貫淮流于中道鬧畫舫與蘭舟念否泰之必復豈盛衰之有由既而同室操戈稱兵靖難補鍋之匠沉淪火燒之頭送斷方正學十族駢誅黃尙賓一門魚爛不回榆木之車又冷綠楊之岸比及天荒地老之時誰發水剩山殘之嘆既將監國迎來莫挽留都防亂

捕復社四公子起先朝三大案燕子胡飛春燈夜燦美人之額紙糊塗馬家之口金璀璨左寧南忽興江上之師史道鄰竟葬梅花之畔孝陵之松柏已枯南部之鶯花頓散從茲板橋寂寥淮水彌漫張魁官壓笛傷心卞玉京彈琴悲惋徐青君居貢石園林冠白門冷叢殘池館滄海田成紅羊刧換嗟嗟霸圖易歇勝地休誇剩垂楊以繫馬弔流水于棲鴉丁字簾前廢渡辛夷花裏誰家罷盒子之雅會放瓢兒之菜花蓬蒿埋其客路蘆葦掛夫漁叉金陵之春釀竟溯女墻之月影偏斜惟有寒潮急浪猶如鐵板銅琶忽有歌聲隱于蒹葭謌曰沙棠之楫枯木槎刧餘老樹紛

盤拏欲向小姑祠宇去青溪九曲暮烟遮又歌曰聞上誰
憐張麗華兩行禿柳散烟霞留得千秋嗚咽水更與何人
作浣紗移舟呼之茫茫水涯所謂伊人是耶非耶

茉莉賦

畫廊向晚花光悄纖纖數點冰魂小綠陰搖曳一絲風透
入湘簾香氣氤氳種齊悉茗譯著鬘華伴來荔子夢比梅花
北勝南強莫問花田興廢豐肌弱骨幾疑珠樹天斜爾乃
暑氣清涼雨歇蝶影低蟬聲絶送夕陽迎素月暗香浮動
能消幾箇黃昏玉靨輕盈几顯數星殘雪摘宜素手簪配
紅顏如珠絡索如玉連環合呼花面了頭細穿絲縷好倩

畫眉夫壻扶上雲鬟調脂蒸露焙茗解酲薰成沈水碎綴
瓊英瘦到荼薇暗麝擣塵香不滅紉同蘭佩冰壺剪屑味
尤清芬香馥郁清婉柔淑雅韻自標涼痕可掬笑問三吳
女子素柰如何豔若波斯夫人芳名已熟明妝皜淡眞色
幽妍清回瘴海生本南天花氣襲人方覺輕風翦翦素心
有幾雅推此豸娟娟

回鑾頌并序

蓋聞易爻出震萬物感雷雨來蘇斗柄回寅大地普春風
和煦是以洹流陰浦急返軒圖白馬彤車喜瞻堯日長驅
造父挽游衍之駿蹄蹕御祝融轉巡方之鸞軫誠念燕都
鐘鼓天邑風雲陸海上京總建瓴之根本黃圖金鼎重神
器于宗祊縱教天步艱難豈改絃以修琴瑟況是民心愛
戴當立極而運樞機用是樂賡轉翠拂景翔宸詩賦還鄉
警蹕綏福千官隊仗羲輪駕復旦之烏九閽臚歡天廄解
歸鞍之驥猗歟休哉復乎尚矣欽惟　皇帝保和六合總
馭萬幾因事制宜秉鈞陶于乾斷與時通變立經緯而鼎
新順斗極以轉天關光照四表宏漢京而用周政德洽萬
方曩者臣工變逆文武酣嬉誤信郭京煽術八卦之奇遁
渺冥坐令張角援徒三教之珠英混亂老拳毒手打破黃
鶴之樓爛額焦頭竟化沙蟲之陣遂使嗅地占軍五朵旛

爭窺象闕誰是望塵知敵半段槍莫守雄關於是乎燬火
舞天震驚三輔鐃歌載道出狩六飛者已　皇帝上扶
慈輦奉　文母以安車次舝　椒闈作古公之走馬帥天
下以孝思正民風乎仁厚素衣豆粥沿途存問桑麻康叟
游童到處謳歌耕鑿識山川之險要關度居庸耀日月于
羽儀鎭開宣化入大同而下雁門踰漢帝河冰之渡望五
臺而瞻熊耳臨齊武避暑之宮訪汾陰之舊鼎篆獲游鱸
循蒲坂之故都山鳴瑞鷟潼關曉霽路繫龍門太華宵明
泉呈蟹眼東來紫氣遥迎保衛雍容西笑紅塵列掌旌門
小住既而宏聖籙顯文謨咨四岳盛三雍躬親帷帳娛愛

日于景光燮理紀綱急調風于炅旦策旋乾轉坤之道惟
聖爲能動雷霆斧鉞之威今王一怒玉津園刑殛兵端四
海五洲懷惠德未央宮詔頒責已兩儀一曜著聰明而且
止戈爲武玉帛相將知幾者神葛裘互易時不可失啟萬
類之生機功有非常創三章以立法凛湯盤康誥之語特
作新民詢皇居帝里之宜當謀天室或者謂長安金城天
府崤函之險控于東被山帶河涇渭之川流而下終南龍
首壯周秦都會雄圖子午褒斜扼漢魏兵鋒要隘右扶風
而左馮翊星躔應鶉首之交隋太極而唐大安地勢發龍
興之象霸昌遺廐供芻牧于天閑細柳餘倉備糗糒于衞

卒校獵闕經武園埸可復上林禁苑藏書修廣文慧業且
搜天祿石渠攄形勝爲崇基端合敞開淵囿得優游于樂
土奚須重數歸程或又謂開封四通八達高耀壽星陳留
浚儀俯臨汴水縣分新鄭有熊氏稱帝之都鎮號陳橋宋
太祖興王之地笑英雄于廣武豎子成名訪隱士于夷門
屠沽可錄啟信陵之館升蘭芷爲熊羆登尉繚之臺運韜
鈐于鵝鸛明堂艮嶽正宜河上璇宮瑞聖宜春猶是當年
池苑輻輳萬方逌舉諸夏別開輦轂圖十年生聚之謀遥
望幽燕作半道停驂之想至有謂武昌地接川湘雞闕馬
渡謂江寧星占牛女虎踞龍蟠城名萬人敵上跨黃鵠之

磯山號大壯觀下矙盧龍之脈壇坫則郊天卽位吳蜀發
軔神基宮闈則安德太初梁陳衍功舊跡鸚鵡洲合選文
辭鳳凰臺足徵符瑞突兀虎頭鳳穴有神人騎鶴來遊崔
巍鐵甕石城本　聖祖驂龍駐蹕倘依勝地藉立神鄉襟
江帶湖天地石郭若移九鼎南來輦路定千門可闢縱作
三京並峙皇圖誠萬國所瞻然而廷爭巷議謀築室于途
人西顧南遷靡安居之崇牖溯　祖宗中原百戰奄有析
木之津萃關河上谷五州高據紫薇之座遼陽左眘故山
森木葉萬峯渤海下盈皇極亨中華九域億萬年重熙累
洽龍蟠于　宗廟　寢陵十八省胙土封茅鼇戴若股肱

元首枕崆峒而案泰岱吳鄂無其雄田督亢而澤桑乾秦
豫不足匹取擇天材地利周邦儘可維新尊崇強幹弱枝
帝業何妨根舊　皇帝乃命雨師灑道風后負書適星紀
之旣週展霓旌以旋返鋋戈麾羽精騎輕裝赤螭青虬屬
車陪乘行臺鷹　天母嘉筵仙厨膾鯉金谷稅聖人法駕
錦幛團花拂拂金風芝蓋颺翠雲閃爍瀼瀼白露瑞鞭照
皁澗澄清汴梁寓壽聖之宮吏慶萬年仙酒淇澳出衞輝
之府農呈十月嘉禾鳳笛龍笙唱導引入燕之曲鵲山馬
服勒鑾輿回馬之詩正定御犇雷鐵軌電掣皁馳盧溝跨
曉月石梁山輝川媚歡騰驁忭九衢來父老嵩呼香馥龍

墀正位受侍臣朝賀懿鑠哉堯巡禮重知稼穡之艱禹甸
功回慰庶民之願權時撥亂善則歸　親持衡擁璇事皆
求已煉媧皇補天之石操大冶別具爐錘解伏羲治世之
繩飭萬衆共嘗薪膽將見皇風一鼓熙熙者如登春臺聖
道無疆赫赫然鑾臨寰宇臣妾每依南斗仰望京華深守
內言詎知時局仰荷周詩之化欲答昇平愧無漢史之才
敬書典誥徵吟倚柱興思采葛陳詩織錦爲文恭擬椒花
獻頌其辭曰
天錫　皇帝舜睿堯聰履元包德含和執冲西狩戡亂東
歸敷功天旋地轉馬同車攻時維八月歲在辛丑萬騎駢

羅百靈衛守潭菊凝花仙雲拂洒詔令明發六龍四牡歸
歟歸歟行行且止顧問山川考同遐邇載書瑤華迎馬韶
齒言旋舊京招摇北指藍田華山逾河浮洛駐步班禽前
驅引鶴鸞和玲瓏駰驖繹絡　帝心和藹羣情康樂電飄
風舉涖止汴州供御華衍庶薦珍羞宙浹嵩祝川增海籌
以介　慈壽懋祜臻休某月吉旦乃臨河北車騎入關肆
騮返國仙仗秋光皇都春色出警入蹕克明峻德紫宸眷
班黃門奏舞樂唱還朝華騰照寓燭揭三辰振興百堵順
時回天恢業光　祖大德亹亹治具乾乾被風偃草好學
崇賢歡聲滿野傳詩連編皇兮將兮於萬斯年

外國列女傳序

昔神禖開女教婚姻可正人倫嫘祖立婦功蠶織實資內
助所天定則萬物於以生地道成則中國於以大顧麟趾
關雎南國化行淑女而寄豭逃嫁西方別有美人異俗殊
風各行其是徵文考獻宜有其眞故王嬙從胡俗史不諱
書蔡女拍胡笳傳猶特列也矧乃紀兩戒河山以外溯四
樓射獵之遺流沙弱水原王母所居末羯蘇毗號女子之
國婆羅門咒云吉利肇三十六國語言臙脂山脉發崑崙
成八十四變顏色若必文以德藻黜其淫哇徵特糾錯元
黃抑且消沉無有何以見彤管之陽秋補史家之外乘乎

邇來吾國士大夫慨念時艱振興新學本夫婦敵體之說
演男女平權之文紹嶽聞而疑焉夫遐荒遠服道不相侔
閨範閫儀事尤難見登泰山而迷白馬奚翅摸槃遊赤水
而失元珠有如買櫝適繹如夫子載搜秘笈博考史書因
囑凢涉女史記載遞及里巷傳聞代爲羅織以備輯錄計
工七百餘日綜得二百餘條紹嶽爲分十端釐成七卷既
而又將刈薙兩目列作付錄一册外國女事於焉備矣嗟
夫積塊四極悉是坤維羅刹七天非無女市劉更生不删
孌孽能爲傳記之先解大紳盡錄古今未及冒彤之類誠
以攣鞮裔遠爰劍種多欲用夏以變夷必採風而問俗況

觀人必先於內入國必察夫儀乎據樹歐絲非若九頭紀被髮覆面只在三河閭西施嫫母好惡自出人心桓嫠夏姬褒貶且留皮裏縱玉關楊柳或有冬青柰西域葡萄不名旌節據事直書適從其類鉤元索要悉如所言如是我聞難免志寡記繁之誚云何於意聊資是非得失之林然而驩虞見霸者之民嘻嗃占家人之吉情緣義起禮與俗通嫁烏孫於遠道不妨別抱琵琶執葉柳於中原亦復操持井臼却笑顏回禹稷固易地則皆然惟知女誡閨箴算得天之獨厚借其鏡燭顯我文明所望靜女其姝善心爲窈永畢永訖維持內則儀容如友如賓特立中閨品望四

德表幽閒之操自然風教宏施萬國咸襝衽而來豈果河清難俟也哉

雙綫記序

壬寅七月余隨繹如夫子寄居海上課女咏詩呼兒作繪曳柴食啖助班超之寫書燒燭添香伴子京以讀史一日繹如自外歸手攜丹篆字露金題佉盧之梵體尤新貝葉之芸香欲挹余笑而問之則以雙綫記對且曰神光離合無非兒女私情雲雨荒唐別出溫柔佳話雖其新來海外祗宜棄置篋中余曰不然維摩法喜內典猶存伽女阿難佛經具在君能講學儇喜言情不搜漢苑稗官安見國風好色乎倘棠出口成章謹自濡毫待潤繹如曰可於是旅燈相對書案雙憑調言語之侏離佐帷房之歡謔繼而棘闈奪錦天際歸舟余亦橐筆隨之簪故里之黃花代寫銀釭新句忽月中之桂子來薰硯席濃香美矣備矣十月既望是書告成矣余乃有感焉夫儷皮見三皇本紀乾坤秉上古之爻青氈以八月爲期嫁娶定胡天之禮夫名金聚執女乳便算好逑妻號恪尊贈赤珠如通媒妁未聞有阿姨阿等幻如倩女離魂三絕三通始作伯鸞佳耦如夏蘭者曼理皓齒妙倩纖腰長短莫加以分嗔喜適宜其半家傳金鏁珥七葉之貂璫首戴花冠守層樓之獅子十六間

波羅檀洞婿屋難容廿五絃錦瑟華年叔隗未嫁遂具善心爲窈與思悅已者容天女化身鉛華不御觀音鏁骨眉目皆春貴易交而富易妻豈得心心相印東家食而西家宿自然面面皆圓則克一介莽夫三生情種邂逅目成般勤心許飛燕合德無石華廣袖之衣虢國太眞有淡掃蛾眉之別莫問曰妹曰茂剖分於錦褓綵繩況教集菀集枯娬媚在亂頭粗服羌乃紗封玉臂聘下鏡臺無須鳩鳥之媒共結鴛鴦之帶如皐索笑等遊戲於天公仙洞偕臧戀歡娛於太白固已盟心白水誓成比翼連枝詎知照骨殼環開出天驚石破則有淡紅金剛鑽焉磨刻玉之茗華實

蕩情於帷薄惠而好我偷來賈女之香底事千卿竊到嫦娥之藥案起疑團事騰物議而則克之心猶未奪也迨至宛轉君前從容自剖明說移宮換羽好花只此眞身轉拋鳳隻鸞孤筮蓍竟占反目噫異矣從此身飄螢火骨掛飛龍泊岸有船空見韋皐旋馬織機無錦那教伯玉回心幾埋地下相思種成紅豆強剩人間恨魄瘦盡香桃亡何孀姑逝矣癡叔仙乎富貴儻來藁砧頓返都謂墜歡可拾郎情如起死之丹柰何宿忿未蠲女心鍊不移之石幸有鴻都道士能充和事先生掉三寸法華之舌現成並蒂蓮花開無邊歡喜之門收得同功蠶繭嗟夫鹿女無夫馬郎有

婦吉利吉利蘇盧蘇盧道其道而言其言不外貪嗔癡愛色是空而空是色別成開合文章姑存一說亦足千秋故準風俗於禮經觀樂無譏鄶下通人情以王道删詩何礙鄭音哉日者繹如省兄滬瀆上計公車行色匆匆征塵黯黵取儂拙稿壓君行裝負今朝閒序鶯啼卽當驪歌楊柳願明歲宮花馬策並看鸞鏡芙蓉

八十日環遊記序

噫嘻乎盧敖若士汗漫九垓穆滿駿蹄馳驅千里慾心所適游躅至焉無如坤輿博厚非章亥推步所能週荒服睽遼柰禹貢搜羅有未盡是以十洲三島夢託遊仙海賦山經語多志怪莊漆園寓言有在一編任寫逍遙許元度勝具克操四海何妨來往天鈞地軸日御風輪以驚心駭目之談通格物致知之理誠已歸墟八紘能戴大圜來越梯航無分畛域矣此八十日環球記所由作歟夫大塊三千六百軸計窮縮地長房測景七十有二臺力竭追日夸父星馳電發舟車別創南鍼鑿險縋幽道路特開方軌陳元龍氣涵湖海不妨賭博縱場司馬遷文託山川方許光陰逆旅若福格者天驕遺裔島國儒生居隣青葉小兒地有人言獅子受摩醯十戒縱橫則經緯羅胸通臘頂一書遊覽以盈虛布算如月繞地如星經天蟻磨旋週無慮鑿空

博望烏輪返舍奚翅揮戈魯陽遊之可記此其一也然而彼蒼鍊應變之才非無險阻東海起泱瀾之想不少風波濁浪氣麤荒山頭痛石尤颶母雪窟冰天甚且追蹤緹騎張法綱以搜求火葬孤嫠冒情絲以汲引老拳毒手報在睚眦奪馬射生變成抄掠無三寸轄咨嗟雨雪載途乏十丈船佇望海天待渡奔牛結陣寶象排山虎豹夜嗥豺狼晝橫凡此艱難胥關智力全憑忠信利涉波濤遊之可記此其一也至若殊方異俗何來探路甘英考獻徵文誰作觀風季札雕題黑齒椎結文身居萬二千天地之中出百五十種人而外隨太歲而轉金床荼毗到捨崖天子取阿

彌而射白鹿精騎發鐵林相公天神則四手八手非馬非驢人民則三妻五妻不淫不妬梵宮令節伎樂讌其鐃歌貊隸設官黔黎聚其鼓譟總之戈壁有牛羊之迹鹽澤非蜃蛤之鄉莫不探鄉嬛逸史錄勅勒悲歌雖太史輶軒殆不過是極風人旨趣復何以加遊之可記此又其一也惟是書旁行斜上格磔鈎輈琢評邑勒誰知內外攸分撑犁孤塗大非脣舌可盡變六書之妙法會意諧聲煩重譯之苦心鉤元索要逸儒夫子窮經卅載游屐半球扶桑東經佛蘭西渡薄六百餘部經典收圖籍於歸裝運三十六國語言入淋漓之健筆獨以此雕蟲小技鄙而不爲挽鹿餘

閒言之有味紹崴文蘭香茗頌乏椒花生長閨闈未知里閈伴賃春於廡下耕後鋤前隨游學於遐方唱予和汝客牕調月凊閨涼燈耳提面命展紙濡毫如聆海客奇談詮寫寰瀛稗乘歷年僅半閱月者五劃然脫稿裒然成帙逸儒又從潤色之箋註之而原書之精華奧窔於是乎著嗟嗟趙夫人方帛刺繡於我何能孫樂昌蠟燭代賡則吾豈敢

黃智舟宜人鯉庭獻壽圖序

閟宮作頌令妻繼燕喜而言列女著篇萊婦是綵衣之偶御瑟琴之靜好寫堂構之相承雖調脂吮粉無非閨闥閒情而積善教忠自是家庭樂事算而翁半生辛苦壽考乃能作人賴新婦一册丹青彤管居然有煒此黃智舟宜人鯉庭獻壽圖所由作也宜人世登玉署生近芳洲倘爲崇嘏後身奚有不櫛之憾無媿阿承弱女爭傳內助之賢歸平江蘇厚菴郎中不厭提甕親自曳柴助赤壁之秋遊能藏斗酒詠汝陰之春月相對梅花乙酉歲其舅淵泉封翁六十生辰旬週花甲會際昌辰郎君官貴宜施行馬之門壽者相成合慶扶鳩之祝維時厚菴初簪上苑之花已採扶桑之日攜得大官肥羊百隻載來蓬萊春釀卅樽甘旨逮時合招大羅仙人共吟咏冠裳介壽且有摩訶使者問

起居而封翁曰否否蓋家風儉樸菽水已足承歡門外孤寒餓殍尤爲可憫慨老人素懷施惠散利周貧願兒輩仰體親心恤災救患敢不移三釜之饔飧供萬人之饘粥乎厚菴於是囑宜人爲畫四圖去華存實養志怡情借卿粉墨寫我生平松柏蕭森本眉山瓣香之地棖樨搖落乃橐駝種樹之園立風雪于師門從吳札以觀樂戴星霜于古渡訪杜陵而問詩往事艱難惟義方之是式于今青紫皆庭訓爲始基悔當日呫嗶伊唔少不更事念所生勤劬鞠育善則歸親圖成封翁顧之囅然歡笑勉進一觴親舊知之爭相題詠裒成一集可謂盛矣日者繹如夫子忝與厚

萫同曹誼若通家歡同舊雨共論所學之淵源始識克家之弓冶紹徽因之得覩斯圖筆墨柔婉姿態妍秀約精神于濃淡現雲物之毫芒置邱壑之中非此父不生此子奉思敬之教羨佳婦得配佳兒如聞學禮學詩得雞豚事親之道將見杖朝杖國享公卿上壽之榮則斯圖也爲蘇氏之家乘也可爲盛朝之人鑑也亦無不可紹徽粗知六法實鮮專家意蕊心花有慚作者東塗西抹已是阿婆愧乏李漱玉之文來叙金石恐題管道昇之畫倒印好嬉

丁耕隣先生閩川閨秀詩話續序

蔚宗漢書錄文姬悲憤之作臨川世說載道蘊柳絮之辭

遞及詩傳本事紀破鏡于樂昌議著雲溪表畫圖之薛媛朝野僉載容華新妝北夢瑣言孫氏蠟燭蓋蘭閨倒薤之詞章誠文苑風流之佳話已吾閩地有姬山星當女宿太姥則岡巒羣列螺女則江水瀰清是以江采蘋斛珠慰寂陳金鳳豔曲樂遊孫夫人柳結同心阮逸女魚遊春水縱内言不出閫猶有詞翰流傳而女作登於男實秉山川靈秀迨國朝以來衍光祿之派黃家姊妹香草留其遺徽梁氏婦姑茝林創爲專集一則備列附編一則如傳家乘曷若博搜紀載揚彤管之輝光細刻苕華徵故鄉之文獻乎故耕隣先生有閩川閨秀詩話之續焉夫三百篇冠以宮人之什十九首半屬思婦之歌樂府有木蘭之辭或疑其已作古詩賦蘭芝之事不識爲誰何旣弗彰姓字于芳徽豈遽定閨幃之韻語抑或柳梢月上別有豔情花裏郎歸微嫌綺語彼崔鶯滅郤容光蓋晩悔而奚益若非烟化爲怨魄實蕩檢之可嗤雖鄭衛國風不爲删詩棄置惟滛哇六代究非風世編章至若枇杷花下薛濤素號文妖冷落門前琴操能參禪偈見飛瓊于天上語屬荒唐出金盈于人間事終怪誕自鄶固可無譏傳疑何如弗錄先生是女史董狐選閫中珠玉述而不作自成實錄之書簡而能詳匪若傳聞之說比涑水之續六一義例尤嚴作女學以繼

鹿洲體用俱備遂使建安舊郡揚列女之文聲武夷曾孫唱諸娘之詞曲矣紹徽仰承母訓深守女箴頌好椒花集無香茗雖借楚娟嫂氏編宮閨詞綜又佐繹如夫子輯外國女傳然皆搜羅往古摭拾窮荒未能免乖訛之誚奚足爲里閈之光哉去年入都經冬作病而先生有子威起舍人繹如同年也以是書來囑序披卷讀竟厥疾霍然噫嘻著詩歸于名媛斯爲閨閫儀型等正始之元音敢不敬恭桑梓

黛韻樓文集卷下

侯官陳薛紹徽秀玉

中國江海險要圖誌後序

粵自風后授圖章亥步地至賢疇四海禹王奠九州輿地之學由來尚矣所以周官司險邦國是資漢吏入關圖籍爲寶惠此中國宏我漢京蓋在是焉邇而倚相九邱既渺裴秀六體徒然水經之注詳北略南元和之書佚圖存志太平寰宇侈張人物藝文勝覽方輿不錄河山險阻元明以降江海乃亟三吳水利粗識江防嶺海輿圖或堪外禦

然又囿於偏隅泥於古制今則邊江峻險表海負嵎鶩寶者無以禁其舟嗅地者且將窺吾弊勢處艱危時非古昔古人有不見今月之悲夏葛豈仍襲冬裘之用此江海險要圖誌所由譯歟夫險要亦何常之有哉發岐陽車攻姜戎敗績斷匈奴右臂昆莫生心河湟復則唐衰燕代歸則遼熾又不在石敬塘賂敵割燕雲十六州王安石執拘棄嶺地七百里者矣人謀不臧地利奚恃哥舒翰舞半段之槍潼關不守姜伯約具斗大之膽劍閣竟墟力有不逮猶其次已易曰王公設險禮曰軍旅思險管子謂守轘轅荀子言拒松柏盡山林川澤之形成輔車襟喉之勢宜烽斥堠漲水爲溝守固有餘勝算在握斯爲策兵事之所必爭謀國是之不敢廢也而所謂江海者脈絡百川渾茫巨浸鯋濤鯨渚碁布星羅憑陽侯之怒斷鎖有椎竭精衛之靈塡波無石鮫人合市爭鬭蜃樓海客乘槎欲干牛斗外則起藩籬屏障之憂內則生堂奧腹心之患變交趾銅船遺制鎔成百鍊之剛廣范蠡蜚石爲機力闢萬人之敵攻人攻地取麥取禾鹿渾海安得無虞馬牛風居然相及然而闞樓橫江豈無詹奇之能鐵橛植海未必吳權之利主客相搏勞逸攸分守嶢據衝擣虛批亢海山有鶴混江有龍果使飛來天上奚難虜入掌中乎是書但切實用不叙煩

文言質法精意明事確窮島嶼之縈迴濟樓航之方軌稟載舟覆舟之戒紀上展下展之殊度以絲繩弗差累黍合之勾股如示周行等賈耽華夷圖匪濮恭括地志鄭若曾海防圖論不若是之詳胡宗憲籌海圖編無以方其秘借茲考鏡指我迷津繫鈴解鈴知己知彼倘能反燭相觀恰若天與晉塊果克劃疆自守居然江斷貍年原書之功不已偉哉惟是循其舊例出以譯文筆似冗體似蕪氣似澀語似陋固已要其精華究難湮沒附隸分目雜廁並編亦復井井有條頭頭是道彼以其矛攻我之盾勿以已是謂人之非屈計其善大端有十昔漢書志地理猶補天文馬

彪言郡國不忘冠述乾坤本橐籥之交天地含清寧之氣覆槃蓋笠周髀道其形望晷立竿墨子創其說三百六十度天象一週五億七萬步積塊四極合蠡測於管窺準高卑以定位遂使海山兀兀海水湯湯如探俎上蒸豚如計壁中鹿肉窺蠡之法旣精靑邱之數自得於是乎定經緯圖傳覆矩必本指南之車儀有渾天別具璇璣之製取鍼則有磁石拱辰則見眾星六觚分八區立取向僅六十四卦之半南朔東西周規合二十八宿之宮赤黃子午參之弧矢爲測圓海鏡指歸定其準繩出海島算經奧祕盡數窮微變縈用簡無須盤外借籌實合舟中布算於是乎著羅經史記天官多言占候應劭風俗主祀箕星炎風滔風薰風巨風淒風飂風厲風寒風說見呂氏爲笙爲管爲柷爲絃爲塤爲鐘爲磬爲鼓注付淮南天籟地籟小和大和祛塵噓嘘吸之功羊角摶扶搖之力飛廉斷渡颶母驚船龍女夜哭颶三日潮海神來迎破萬里浪珠無可辟鐸尙能占無恙布帆冐微月暈於是乎占風期大小應徐疾之月愼到談天卯酉屬陰陽之交宣昭測候長鰌出穴彭蜞數九祠禱靈胥猶來白馬世無武肅誰挽彊弓石雞唱於扶桑白鷺飛於海國舟人夜語雷鼓時喧或言子盛午衰或別朝潮夕汐蠡運獨知歲在春秋姚寬亦謂盈於朔望

合日月而進退示天地以信期於是乎徵潮信九疑江邊望之相似三神海上卽之徒勞抵幼海而見無皋望蓬邱而知弱水戴來鼇背尖到劍鋒立砥柱於中流旋涌若沸指金焦之兩點出水如浮燕起風生收集賈舶鳥飛岸近特識海師靑螺一盤芙蓉數朵果招天際舟歸奚患桑田水淺於是乎紀山頭在於川上嘆逝者不過如斯遊乎呂梁知蹈之別有其道百里曲千里直若轉黃河北曰豬南曰龕來穿狹岸果終南捷徑之可通豈山陰道上之不暇進止合節左右咸宜就淺就深中規中矩譬之畫江成路自能履險如夷於是乎詳水綫函阿育舍利四萬八千結開元繒樓百五十丈燃鯨甲於九華鎭龍宮之七寶幾疑閶闔浮圖現東萊霧影頓使管寗航海得島地火光蚖膏龍膏紅氣異氣夜珠閃爍琛舶來還誠苦海之津梁爲霞舟之導引於是乎標燈塔覆奄抑水不沒者氣充鴟夷投江載浮者潮激狀如鉦箭懸若瓠瓜非鈎强備舟戰之器豈木狗禦上流之筏兀兀成不動尊隨波高下贔屭作記里鼓招船往來或負威斗或舉毛丸蕩漾海閭無非水志於是乎設浮錨泉甘草美悉畀于牧馬之資海澨山陬乏虎落防秋之戍散地邊隅野夫榛狉居陸居水別其能安越安楚殊其性窮荒多異魯道必衰海波不揚聖人乃出

果使青雲干呂何難奉贄充庭無如牛馬來眠隱辨水土風氣雖云經俗詎可媮安要知國政方圓薄視人心向背於是乎附民風徵賤徵貴貨殖一編資稀資皮計然七策婆蘭載崑崙之舶計算奇贏貨壓設茶馬之司貿通珍異魚鹽專利蝦蟆開塲笮馬僰僮虬鬚碧眼龍團雀舌莫敵芙蓉之膏蜀錦吳綾竟奪吉貝之布多財善賈懷寶函珠竭天下之精材遂日中以互市於是乎列商務撮其指意亦有體裁出六藝諸子之外在四名五志之間誠治世之藥石非舊籍之糟粕山淵漁獵宇宙無藏其情繩墨權衡江山大得其助若夫道安之記水源謝莊之圖方寸雖具

古雅不合時宜可無論矣繹如夫子學於古訓憂抱時艱搜佉盧梵書作繙緝疏錄坐擁書城百雉能從學海探珠胸羅武庫五兵誓欲中流擊楫請纓未遂磨鐵尤堅梁伯鸞熱竈因人歌悲五噫張茂先潛心博物劍秘二龍其譯是誌也計功二年易稿三次弗遑已說但具原編塞漏補罅不辭筆禿舌枯繼晷焚膏渾忘風瀟雨晦成書三十二卷爲圖一二百八軸較之鄭詳方畧賈奏道里劉記古今李畧六代別開生面有加精焉亦自名家復何愧哉紹徽賢逑萊妻學慚班妹匪賃舂之德耀聊伴齊眉學寫韻之吳鸞嘗爲洗硯才如襪綫敢繡列國圖文不散珠敬序金石錄云爾

代擬南洋日日官報敘例

湯盤三語銘文借警日新中庸九經稱事特標日省故黃震講學有日鈔王樵讀書有日記也然而晝夜紛馳過如駒隙事理交集多于牛毛縱教載筆於書留刋剞劂曷若即公諸世藉洽見聞今日者時局日棘風氣日移民智日興學說日闢上思振作之良圖羣仰文明之盛治耳目既拓不必秘其風聞文獻可徵何妨用爲露布乎此南洋官報所以於旬報外加增日報也夫報者于英號屬新聞在法譯言日錄雖非古制寔合時宜宣上德而通下情正民

風而息物議等天官之喉舌豈若金人備太史之輶軒且揚木鐸況乎大江流日夜之聲南都稱冠冕之地人文蔚萃貢船懋遷視是聽靜何須動耳驚心政通時和正宜家喻戶曉布大公之政策奚翅日談日講之書成小品之報章亦符日知日聞之義蓋其體例可得而述焉方今　聖人御宇陶四海爲一家　文母中宮昭二南于萬國周邦雖舊可維新殷道復興惟修政萃萬幾于宵旰用六律爲經綸鳳閣鸞台之詔令如聞雷鼓鼕鼕鳥騰魚躍之歡聲咸慶天恩蕩蕩于是乎錄諭旨而邸鈔隸之仲虺作誥無非陳善閉邪益稷有謨不外颺言拜手諸葛亮盡瘁鞠躬

陞宣公蕃威昭德臣心如水帝澤皆春歸善于君何有表餐尸位苟利乎國乃稱入告嘉猷於是乎選奏摺而公牘附之賈誼著過秦之論鼂錯上兵事之書梁竦七序左冲三都雖王褒之頌賢臣堂皇典雅若劉蕡之策下第抑鬱沉淪倘編什可傳卽卮言亦錄無文辭定體惟經世爲通於是乎著論說而各國之譯編滕之陰陽之氣有感斯通鋅硫之養久而合化珀拾芥而磁引鍼魚傳書而雁作字迢遞之關山阻隔響應偏靈須臾之音問週旋氣機獨敏縱橫蛛網速於傳命置郵搖曳蠶絲洩彼軍情消息於是乎編電報而路透電音廁之若夫紀設官分職之事本內

治之大綱載會盟報聘之言得外交之要領强本節用度支總財賦之煩啟滯發蒙揖讓成學官之美軍威壯鵞鸛威聲疾雷迅電田舍話桑麻歡樂課雨占晴續貨殖編縱衣絲乘車可弗禁補考工記惟善事利器以爲能至于屬車駕矣磨輪鐵而馳寶藏興焉發金銀之氣問閻閭之疾苦民事可登望棨戟之森嚴轅抄必錄揚風扢雅兼及詩詞瑰異詠奇更編稗史凡此大端皆爲實錄惟是條目既屬紛紜義例非無通變或錯綜而出或斷續爲言或一紀再紀不憚其煩或大書特書以重其事據所聞以載筆非立意褒貶勸懲設有過則改圖豈故作是非黑白公論要

合人心先覩始爲快事計所作于日出有目得共賞之資期爲市于日中不踁成能馳之勢報之于此亦可觀矣嗚呼在官言官莫笑拘墟周禮知我罪我其惟斷爛春秋

代擬南洋周制軍暨配吳夫人七十壽序

河山兩戒森牙旗棨戟之光福壽雙星叶天地神明之慶是以延禧純嘏爲國佳祥耀日熙天與民歡洽而況令公壽考猶有舉案齊眉老子婆娑何難比齡旗翼冬日可愛古來尤稀作鎖鑰于北門占星辰于南極跨大江而標柱石萬物隸通開壽宇以轉洪鈞百神薦祉如我玉山尙書者乎公秉三十六峯之靈秀羅二十八宿于心胸從戎投

筆班定遠立志封侯帷幄運籌馬賓王爲臣家客既而津沽榷稅盧溝治河水功偕農事並興船算與市租俱減議樓船于橫海練我水犀因梯航之款闢致其名馬至若提點刑獄布化承宣五術觀風六條行國木鐸喧而燕民悅福星載而蜀道通吏職既精帝心簡在齊魯稱治吳越宣威本亞夫之故裔將軍能眞似公瑾之復生英雄難老今年十有一月爲公七十壽辰凡職隸帡幪分居寮宷者咸製錦稱觴哦詩獻壽禮也惟是杜預智名久欽海內宣公奏議遍布人間登二十四考中書功留河朔配三十二人圖畫名附雲臺番譽史書鏤銘鐘鼎雖大書特書而不盡

豈若言甘言所能諧哉用特裁汰腴詞擋攄實錄羅口誦之碑侑手仇之爵約舉公蒞任兩江以來所施設諸大端以表惠澤以明政策可乎庠序舊制原以禮樂爲先文學專科合與語言并重所以文翁化蜀益從學宮裴頠刻經重修國學道不越格物致知書廣搜旁行斜上外舍內舍上舍更闢八十齋上士中士下士總限三十歲豈若唐興學舍一千二百區宋費田租二萬五千緡已也公于是自三江師範學堂以下增廣學室學額又保存上海復旦公學周官九府黃金錯其文漢代百銖白選論其利變騎馬人頭之法仍爲輪郭文章杜縱環鵞眼之私別具鑪錘翦

鑿頓使公私出納量增其贏黑澀駁斑莫生其弊有道則見所值豈僅一文無翼而飛論價自然十倍公于是整頓銀元局添建新廠龍蟠虎踞佳氣鬱夫金銀白下石頭長江作其襟帶謝太傅蒼生霖雨緬冶城之高風梁武帝佛子慈悲剩臺城之遺跡是宜崇其鐵甕固我金湯役把杵之千人築崇墉之五版欲使九攻不破非可丸泥封關但教眾志克成無妨布金散地公于是修江寧府城開籌捐局濟眾未能堯舜猶病交鈔有法元明遺規張羅在有烏無烏之間誰沾德惠設籌于總制經制而外別出權衡塞弊竇以濬利源合公財以便民用爲憂帑藏之空虛故使

錢幣以週轉匪糊紙裁皮之制局號寶泉無生塵朽貫之虞券稱交子公于是裁善後局設官銀號江淮雄鎮非文弱坐治之區奸猾犯科須大將督捕之力鎖長江之天塹何容南北分疆占女牛之星躔宜有騎官主國請回蟬冕特駐虎旌代憲府以星營改宣撫爲都督旗旄犄角得左輔右翼之資刁斗遙聞息一國三公之議公于是請撤江北巡撫以提督代之從來通財鬻貨必爲市于日中轉物候時立榷會于天下崑崙營舶能算其贏茶馬設司當因其利矧互市競相來往遠人必待懷柔乎宜有賈區俾其列肆課婆蘭之載百事乃興鬭蝦蟆之場萬貨俱悉公于

是廣下關通商埸設迎賓館議開海州商埠教戰之法本見于吳訓練之官特開自宋項羽應三戶而霸子弟八千周武定一月爲期丁兵十二由是選六郡之良家作十年之教誨軍心既一士氣乃張視之如愛子嬰兒自成銳卒衛我若股肱指臂競效前鋒公于是設督練公所改舊營制行徵兵之令餘皇巨舟固勾吳之遺制艟艨鬬艦成赤壁之奇功雖然橫漢大船猶是星皆拱北郎使飛雲大舶何能車獨指南胡越無共濟之異心南北豈分軍爲得計黃頭共練青雀遙通合作一家全仗巨川舟楫惠此中國詎驚隔海煙塵公于是以南洋師船并滬上製造船塢合

北洋海軍且也建標立候陳肆辨物而精材聚焉丹砂黃金慈石鉛錫而寶藏興焉遞若旗槍妙品譜于陸家笴留異名疏于爾雅種由爛石羨自臨淵製法莫秘于枕中疆界別求乎海外公于是興商務陳列所驗礦公所派員至印度考查種茶製茶諸法又爲魚業公司創繪魚界海圖更若春秋所紀一十二公或議斷爛朝報元奘能得六百餘部無慮繙輯異書日知日聞之必錄小史外史之所司無捕風捉影之讕言豈禍棗災梨之著述一編風世七畧名家公于是爲南洋官報加增日報並爲江楚編譯局廣聘譯員更設官書局售出版諸書凡茲十目期僅一年亦

云備矣公生平儉約見事精明寬厚待人勤愼持已食無異品見范質之閨門忠不忘君若鮑永之行縣直不疑弗言吏績長者可風顏有道秉性老莊愛人不殺陰行果昭陽報福履自得壽天龍馬精神誠國家之祥瑞兒孫簪笏擁陸地之神仙佇看褒鄂形容繪之臺閣所願松喬歲月擁此旗旄德配吳夫人禮嫻內則箴守中閨修整珩璜維持蘋藻思柴佐晉陵之治內助成諸葛之賢散譽彤華雅羨如賓之敬相臧白首何妨偕老與歌歲星合照江南有和神當春之妙壽人並賡樂府享從心所欲之歡也已某某章武識荆桑乾御李金隄立馬猶留奉和之詩渾河溯源親領扼流之策今日者感春風之化被喜冬至之陽生用徵杖國休祥敢附麥邱禱祝噫嘻老人星見却和織女文輝壽者相成當與陀移并齒

代擬許母林太宜人六十壽序

閟宮頌魯壽母傳燕喜佳言樂府到秦壽人本房中法曲歌南山黃鵠同歡壽寓之春招西母青鸞合飲壽泉之水蓋聞德有昭于彤管而大年自匹于貞珉如許母太宜人是已太宜人乃吾閩林公維禎長女念茲封翁德配也季蘭婉娩姆教曾嫻尹姞儀容女師有則竊本善心之訓綈素能歌配爲佳偶之稱蹇修可託小占鳳卜知敬仲必昌

共挽鹿車全鮑宣盛德然而長卿四壁顏子一瓢曼倩苦饑何能割肉梁鴻賃廡却有齊眉赤米白鹽咸羨持門之婦男錢女布半由內助之賢無如文章千古偕老難期遂令伉儷十年未亡抱痛太宜人柏舟矢志井水盟心對梁間之孤燕弔影自憐聽簾外之啼鵑有聲皆血波瀾恨海莫填精衛之寃缺憾情天特鍊望夫之石寂寞單鳧寡鵠苦調獨彈伶仃雛鳳嬌鸞劬勞待撫用是折蔞存惠晝荻教書義則兼師嚴還代父秋燈黯澹杼機課咕嗶之聲角枕悽涼魂夢敷沈瀾之淚而且奉蘿勉強恤緯支離蒼蘼之草抽心更桀款冬之花凌寒始曜婚嫁乃向平之願何

期累乃孀閨嗣宗慰伯氏之靈矣敢愛于少子凡此數十年太宜人之心力瘁矣所幸崔家三戟尚多一人荀氏八龍却成半數伯霜仲雪分途各守專經姒婦嬰姑隔院時聞棋語珂珊大令其三子也善讀楹書旁通梵字捧來紫誥送喜慈烏迎養板輿忘憂萱草葡萄瓜果隆報答于三春綵服金花侍起居于八座否以泰占兌將坤應謂非天憐苦節不爽報施世卜甘臨有徵禔祉哉夫桓嫠行義無非貞順五更皇甫禮宗不外綱常二字夫如柳下惠謚之足爲泉壤幽光子有雋不疑訓之可作朝廷循吏所以敬姜書哭特著令儀孟母斷機惟虞廢學盤錯則艱難備矣

地道終底于成心肝以冰雪鍊之女宗自然可式故甘泉圖像金母以法度爲尊懷清築臺巴婦則貞嶽自顯有足多焉是可述也今年三月爲太宜人六十壽辰應戴勝降桑之候正黃姑浸種之期連襼掎裳拜堂前之玉樹含飴繞膝長階下之桐枝寶婺輝光朗照春申舊浦松筠節操喜生花甲週盤某等忝同桑梓徵有葭莩素耳家箴常欽壼範仰壽護之不老相與躋堂願壽域之長春欲拚奏瓦愧乏靈璈仙樂鑑寫蟠桃敬陳松柏高標瑞徵福草讌北海金樽之酒慈雲長駐于百年續南唐女憲之書史筆尚煩于來者

英玉三姊五十壽言

設帨本內則之儀欣逢艾歲壽人迺房中之曲慶洽齊眉沃盥儷笄已賡偕老姊咨妹昧豈得無言雖女子終遠于弟兄實合風詩舊訓況齠齡相資以文字何妨擔拾陳辭歲次戊申月當壬戌維我英玉三姊五十雙壽紹嶽言告夫君率同兒女紅塵西笑柰羈千里秋風野鶴南飛謹寄一樽春酒禮也猶憶夫偕承　母訓共讀閨箴姊常簪花以作字妹亦索筆以畫眉伯兄能賦擬高軒長姊竟集成香茗　父笑顧　母曰人羨河東雛鳳似劉家之三孰知南陽卧龍數葛亮第二蓋謂姊淑質日新清心玉映徐惠

妃小山之作未及笄年謝道蘊柳絮之吟別饒幽致其時家庭雍穆頗類小康無如天道蒼茫忽歌何恃姊乃深感栝棬代操井臼贈物榜壁豈敢污於嚴君聽經就籬將有成乎弱弟每當璇閨人靜棐几燈昏課我女紅導我婦道授曹大家之訓面命耳提講宋尚宮之書鉤元索要而姊夫安溪陳嘯嵐明經吾　父高弟也等終軍之弱冠慕少君之賢能正欣載酒侯芭適合相攸之選詎意傳經子夏轉爲廬墓之悲于是乎麟書絕筆鴞巢墜風誦恩斯勤斯之義懷二人于九原歌叔兮伯兮之章招阿兄於五嶺姊遂椎髻鹿車去接梁鴻之案妹若無家燕子往依盧姨之

居時繹如夫子聲馳藝苑名著文壇柳屯田之新詞唱宜好女羅江東之妙句播入香閨姊因告妹曰才華若此相如奚至長貧布幣非夫游楚必然可事用是媒定焉遣嫁焉僚婿亞婿成門戶於兩家贈詩和詩接娣姒于道上眷念舊情宛如昨日然而姊自爲婦之初宜家以後斷織勗學烹雌佐餐隨冢婦升堂爲小郎施障雞鳴佩用侍立寢門夙夜執勤必成手迹蘩祀既冠童子之軍遂得成均入貢兒女雖就外傳之讀猶傳口授秘書頓使威姑含笑願子孫悉如新婦孝思中表傳聞論禮法必準夫人儀則豈虛譽哉可謂善矣姊夫能記蔡碑洞知瞿鏡陳彭年爲學

密室篝燈謝安石作文碎金積玉加以任俠尚義嫉惡如風贖錢脚費除嗇夫之私白馬單車降鷲山之眾以故藍溪父老平海耕夫感從事惠欲鬬生祠聚仲弓門如求折獄嘗偕姊歸展婿孺歡呼於道故舊薦食于堂雖非壯士還家奔走有駭汗之輩謁見諸兄復我同歸有攜手之人莫不仰冀缺之如賓惟德所聚見老萊之委奋爲壽之徵也已紹徽則隨夫遊學到處移家楚尾吳頭燕南趙北翻大雷寄妹之書臨流生感誦杜陵有妹之句對月興懷所幸塞雁常通河魚無阻此言客況雖艱彼道家居不易縱是米鹽細事無非藥石良箴慰暌隔之相思似音塵之逕

接壬寅秋始偕繹如回鄉寄居姊宅入門相見俱已老蒼執手殷勤雜爲悲喜訴舊事則辛苦備嘗聽好音竟蒼黃入報桂子香多娟娟幸忝秋闈之捷蓬門瑞集沙哥亦分乙榜之光乃歎文章有價大喬之雙眼如珠直教松柏生輝女嬃之寸心欲瘁此皆姊生平友愛之苦衷故獲渺冥之厚貺忝就姊家使姊親見之抑何巧歟既而二女同居一年相聚論詩讀畫笑共嬋嫣稚女豚兒乾呼阿嬭姊猶關心疢疾經營藥餌茶湯皆理巾箱摒擋男錢女布柰姊有愛妹之深心而婦秉從夫之大義梅花朔月依然馬背船唇楊柳東風彌望暮雲春樹情焉能已未如之何今者

姊已祥占大衍自登眉壽之基朗若雙星高照榕陰之域長君種得蘭蓀少子培成桃李佳兒佳婦能承菽水之歡鼓瑟鼓琴合享優遊之樂遙知菊盞飛傳共作千春之慶莫以茱萸遍插爲少一人之嗟噫嘻封姨本少女之風深愧伯姬有娣月姊得長生之藥永伴譚公維私用寫手足離合之忱聊當曼福駢齡之祝云爾

敬如兄公五十壽辰徵詩啟

夫麥邱之祝起于封人天寶之詩答于賓客介壽以言由來尚矣然君子樂只固邦家之光而壽者相成實童蒙之慶是以職職植植以難老洪範推五福先聲貞貞翚翚而

致祥大衍得中宮扐數據籙燮鑠韶景方熙修道康莊大年可致合揚金石廣徵摭實之英詞如說生平藉作稱觴之歡洽焉已惟我敬如兄公太邱望族湖海羈人奉使丁年先荀卿之遊學談兵甲帳有祭遵之雅歌班定遠飛能食肉聲名洋溢乎寰中李北平老不逢時蹤跡逍遙于海上坐有孔融之客半屬英多家無顏子之田猶能揮霍曠志怡情奚慚謝安小草平頭白髮恰如和嶠喬松今年正月爲兄公五十壽辰初換桃符適逢艾歲後收燈之三日銘賜繡袍先觀酺之一朝事傳封海植椿天上八千歲之春可期擊壤人間卌九年之非已悟散仙人福慧自修故

將軍風流猶非把鏡照面白傅成自壽之詩引鶴爲辭李委奏橫腰之笛用敢敷陳瑣屑特效引喤恭求裁剪珠璣無傷大雅兄公生具岐嶷少多頴悟就傅之年已通三禮舞勺而後自講一經比及馳騁四國遊覽五洲拓詩思於大荒鍊文心於窮海周羅睺執筆常居文士之先虞仲翔馳書別有春榮之秀又不僅旁通梵字解三十六國語言繙緗異書成六百餘部經典此文學之可述一也張公百忍豈爲門閭嵇康廿年未嘗喜慍椎牛致祭每興風木之思傷逝爲文尙感糟糠之舊羊徽被遇榮及難兄靈運能詩傳于弱弟徐伯彥撫姪如子馬文淵事嫂甚恭他如祿

秩散之親故四方仰續命之田豐儉共于鄉家九族藉同功之火分所應爲情尤周摯此德行之可述二也糜竺幹翮見于雍容晁錯智囊本其經術盧溝疏水溯其迹而未湮黃河導流惜所言之不果識威旅諸臺必潰左券獨操保臺澎四艦來歸兵機特秘別開斧鑿黔礦之弊政忽清爲濟慈航津沽之兵氛可入況有辨給之才嘗充專對之使不亢不卑無偏無黨乎此經濟之可述三也善交久敬固平仲之風和光同塵得老聃之道五陵裘馬惟杜老克同遊十日琴樽雖公榮亦與飲而且慷慨好施緩急無忤等堯夫付運租麥言念故人許劉叉持諛墓金能容後進

故願瞻丰采如膺萬戶侯封拜問起居時有摩訶使者此交誼之可述四也紅裙翠袖無非消遣之場檀板金樽聊託風雲之夢靡香山之謫宦天涯深感琵琶作玉局之悟禪入境轉參琴操東山絲竹無妨霖雨奇才子野情懷卻有小星朗照若夫朔雪偕胡婦並嚙自成蘇武孤忠累騎追蠻婢同歸益見阮咸曠達是其次者又奚論哉此風懷之可述五也綜計大端自爲實錄懸弧初度天命知于此時旗翼比齡期頤享于異日譜壽考不忘之句康樂齊歌當羣仙共詠之天霓裳競序紹徽託蔦蘿爲姻婭隨棠棣以趨蹌新婦參軍愧內言之踰越沙哥崔嫂願上壽而綿

長伏希酈泉壽客度索神仙銘菊咏桃評松頌柏聲歌揚抑若增洪算之籌文字因緣遠播陀移之國謹啟

代救濟善會擬致高麗國王書

蓋聞周急繼富惟君子有權衡濟衆博施是王道無畛域豹皮往而鹿皮報義切唇齒輔車禮成文而行成章交處久長歡洽况在槐榆橘柚兄弟一家貿易有無玉帛兩國平所以恤隣請廣恩施之路叩門敢呼水火之求也恭維大國王綜百濟領三韓秉八教以舞天駕九梯以立國魁頭露紒兆啟維新發政施仁法取合德日者歐墨合縱津沽有事簇八國旌旗轉萬里糗糒馬騰士飽行役無患其

苦饑攻堅乘瑕窺邊必操其勝算王乃惻隱爲懷慈祥是念芻糧饋遠免道濟之量沙韋牛犒師等弦高以却敵用贈聯軍糧食烟酒等遂使遠近嗅地之卒左右骨都之侯咀啜和醽傳飦含露投艮將之醪葡萄醉卧噴蚩尤之霧菸葉生香鼓腹望塵歡聲動地猗歟休哉非王之惠不至此嗟乎天禍亞洲困在中國三輔震驚六師巡狩幸有聖明在上不難銷兵氣以爲日月之光遞而庶職同心行將展廟謨仍復河山之舊止戈爲武知幾者神諒王遥聞必寬廑念惟是狼烽煙熄五幡之鵞鸛潛收而燕子田蕪四壘之雁鴻畢集或麻鞋出走未充行在拾遺或游騎無歸徒羨回軍跛者或王途商賈落魄堪憐或士著黔黎無家可別田廬蕩盡滿瘟餘生薪桂米珠鳩形鵠色大倉小倉遭剽擄遍到饑寒甲糴乙糶無等差將誰緩急儆會同人時艱蒿目愧無報答乎昇平好善從心共醵貲財以賑郵竊倣西國紅十字會之例六疾則敷藥餌五窮則表纊衣佽貧斧于窮途贐乾糧于餓殍且復瘞埋枯骨撫庇孤嫠凡分所應爲責無旁貸實事求是率意孤行無如創深灾廣費鉅事煩杜少陵廣廈萬間非可支于一木白太傅長裘十丈究須集夫千狐昔齊遁告糴于魯晉役泛舟于秦隣交有道邦家克昌吳即蒲嬴越詎幸災趙可約歡燕

奚吝洒綈袍宛在何妨愛及屋烏私廩可分安問風殊牛馬果呼吸痛癢之相關胡被髮纓冠而不往伏望大國王廣布福田宏開惠澤鄰子猶之兒子此憂甚于彼憂慨發府金倉粟蘇我孤寒譬如夏雨春風活人骨肉千金市義百萬卜鄰公眞長者豈無意於得鳥張羅士感壺飧期圖報在傷心當厄

覆沈女士書

書來論纏足之苦坦坦王道慨滅趾之不行洶洶狂瀾忍現身以說法仗慧心之一片蘇窘步之雙趺第用意雖屬可嘉惟所言未免過當是以不揣固陋爲陳一二夫所謂

纏足非古者非也李斯裹足之語已見于秦梁瑩約縑之文吏聞于漢纏雙行之新羅曲搜樂府量幾分之鈿尺事紀唐詩微步珊珊凌波冉冉縱瑣屑之難徵有詞章之具在厥風之來不已久乎又所謂纏足爲亡國遺製者亦非也妲己之說不聞三代遺書窅娘之粧尙屬五季習俗晉有鳳首之鞋唐有鴉頭之襪上起妃御下迨閭閻是皆歛指纖纖現出圓趺緻緻豈若馬嵬錦靿教天子暫掌塵宜和鞋尖扶佳人快上馬哉至若仁愛無傷于穿耳豈父母之不慈閨房有甚於畫眉匪男人之輕薄將相本無定種詩書卽可自强婦女固有其眞柔順始爲正則全憑十指

壓針線於連年黽勉同心課米鹽於中饋女德能修婦道乃備凡所謂弱種强國興業持家之說又在此不在彼矣嗟乎裸衣以入神禹不敢違異國之風斷髮而來泰伯何常變勾吳之俗彼異端之女與邪說之徒胡不思西國細腰是好餓死幾希東瀛黑齒猶存養生奚礙乎有舉莫廢免俗未能如纏足者雖異截鶴以續鳧無殊削趾以適屨且雙鈎蓮瓣縱教細小可憐而幾寸弓彎誠見蹣跚不進升沉嗜好似別鹹酸宛轉時趨各隨粧束是纏之固屬無妨卽不纏亦何不可耶如謂旣纏者俱宜一齊放却換骨無丹斷頭莫續必欲矯情鎭物勢成非馬非驢安能易俗移風轉作不衫不履猶復孜孜以謀履製使不知足以爲屨竊恐非宜欲如稱體以裁衣所差有幾不過易高底爲重臺變新月爲琴面卽無紅幫黃縋之形詎免寶屧香綦之賦雖云返樸實反增華無益之爲可笑孰甚嗚呼淑德以幽閒爲貴須知女子有行立言與義理相關莫作小人下達

西子論

夫傾城傾國非哲婦之能妖而君寵君憐實王心之自蕩倘乾綱果然克振則地道必底於成奚至鹿上蘇臺草埋幽徑失霸業之雄圖貽佳人之薄命哉若西子者生世久

微麗質獨絕家住苧羅邨裏浴經脂粉塘中朵香歸去傲東施以捧心負薪行歌薄嫫母之衣錦笑伴浣紗姊妹掩此蓬門詎知嘗膽君臣居爲奇貨於是土城容步遺世獨立入市金錢先睹爲快雖豔幟之高標匪始願所及此迨夫辭越國入吳宮珠簾蔽景明鏡靚粧椒華海靈銅溝玉檻酣豢富貴悉出恩施終老溫柔敢忘敬愛無如黃池之牛耳方盟東海之蒲嬴欲竭笠澤三戰甬東一廛繡羅蔽面勾吳之地遂墟鴟夷沉江響屧之廊絕響吁其亡矣何其慘也顧或謂驪姬禍晉本計倪之謀褒姒亡周見伍員之諫烏喙未忘雪恥姑爲一介見遺蛾眉不肯讓人况有

三年學服借女戎以觀厥內使勁敵竟墜術中然而非也西子雖並南威之美實乏伯嚭之奸縱遜樊姬諫獵之誠實無越女擊劒之道旣奉命以來嬪當委身而事主艾陵之師自是君王好武屬鏤之賜不聞女子有言其無負于吳者胡敢貳于越耶又或謂夫差旣敗范蠡相攜扁舟偕隱話烟波于五湖治產積居助貨殖于三徙同是功成身退相惜惺惺免教鳥盡弓藏轉呼負負然而亦非也西子匪東郭有亂齊之禍無息嬀存滅蔡之心奚必隱忍偷生蒙恥再醮乎且溯夫椒行成之際終猶卑藁葬之時其間生聚教養少艾已變阿婆安能濃抹淡粧耳順猶稱娘子

爲之說者豈是理耶嗟嗟破吳者越也非西子也亡吳者吳也非西子也使無爭長于晉之盟敵固不得窺其後使聽先事于越之說戎將何以生其心風雨五更鳳字之輓歌誰託朽株一女蛇門之豔魄猶神此皆夫差之失策抑亦西子之不幸矣晚節能香剩陶菊之秋容得似舌根不死問胥濤之風味如何想綽有餘妍之態可無是非若蒙以不潔之名殊嫌唐突

李清照朱淑眞論

嗟夫息嬀有同穴之稱乃謂桃花不語遼后著回心之什竟蒙片月奇冤謠詠興則娥眉見嫉譸張幻而蠅璧易污長舌厲階實文人之好事聖讒殄行致淑媛以厚誣黑白旣淆貞淫莫辨竟使深閨扼腕抱讀遺編願教彤管揚輝昭爲信史趙宋詞女李朱名家漱玉則居臨柳絮斷腸則家在桃邨市古寺之殘碑品茶對酌賀東軒之移學舉案同心槧鉛逐逐隨宦靑萊絲管紛紛勝遊吳楚迨及殘山半壁薄衾五更阿婆白髮已過大衍之年怨女歸寧莫寄傷心之淚奚至桑榆晚景更易初心花市元宵徘徊密約乎大抵玉壺頒金之案已肇妬才花枝連理之詩難言幽恨露華桂子招衆口以爍金細雨斜風憶前歡而入夢負盛名以致謗因淸怨而生疑於是妄改基崇禮之謝啟雜

竄廬陵集之豔詞李心傳要錄病在疏訛楊升庵品詞失于稽攷西蜀去浙數千里傳聞不免異辭有明後宋三百年持論未曾檢點且也張汝舟歷官淸要奚言駔儈下才王唐佐傳述始終誤作市井民婦當君臣播越之時安事文書催再醮彼夫婦乖離而後何心詞賦約幽期實際可徵疑團自破所惜者妄增數舉姓氏偶同爲主東君爵里俱逸胡元任叢話變俗諺爲丹靑魏仲恭序言仗耳食爲口實好惡支離是非顚倒耳然而原心定論據事探幽編集雖零落不完詩詞尚昭彰若揭贈韓胡二使者嫠婦猶稱宴謝魏兩夫人貴遊可數寒牕敗几已醒曉夢疏鐘鷗

鷺鴛鴦似嘆小星奪月願過淮水猶存愛國之忱仰望白雲時起思親之念忠孝已根其天性綱常必熟于懷來安敢別抱琵琶偷貽芍藥花殊旌節樹異女貞哉推原其故或出有因衣冠王導斥將杭作汴之非早晚平津有稱夫爲人之異姦黠者轉羞成怒輕薄者飛短流長胡惠齊摘文之忌不知道高毁來生查子大曲所傳遂致移花接木磽磽易缺哆哆能張毒生蠆尾影射蜮沙謗霜閨于身後語涉無根疑靜女于生前冤幾不白豈弗悖歟吁可怪已

醫隱園記

丁未冬繹如夫子觀政郵部余率兒女隨之北上寄居力

君軒舉員外後宅西院一室如舟八牕向日雜鏡奩于牙籤伴繩床以藥鼎蓋余舟車困頓觸發舊疾也維時捲地風號極天雪虐爐火凝而不溫硯冰凍而欲裂偶緣病間遥窺簾隙見夫枯樹槎枒粉墻低亞飢鷹上下黄沙迷漫不辨地勢方廣第覺寒威凛冽而已經春而後百堵皆與鑿井通泉叠山壘石半畦種諸葛之菜矮籬掛邵平之瓜新栽之柳都活前度之桃又開復有上苑枇杷楊州芍藥來禽有帖海棠無詩含芬吐芳綺繡交錯曾日月之幾何成畫圖之一幅其天工之變幻歟抑人力之經營歟余烏乎知之祇以牕臨場圃地似蓬壺草色入簾花光擁搨若

邱壑宜置此子若看竹奚問主人若取明月淸風之無禁若對茂林修竹之有情顧而樂之無能名焉繹如告余曰此蓋力君之醫隱園也噫嘻力君職本農官學通醫理輔君可成農稷之治活人久擅岐黄之能列十二教以植民生遇七十毒乃見癥結黍稷稻秬別土宜寒熱溫涼論藥性旣熟齊民要術兼具良相始基況逢龍虎之時無俟熊羆之夢固不必隱又何能隱哉繹如曰否否上醫視神色候大隱署跡論心所以伯高俞跗不著職官大乙雷公自傳息脉抱朴求令爲丹砂太倉列名在方術自古醫無不隱惟隱迺足成夫醫耳余曰是已夫鐘鼎雖尊奚若山林

之樂官祿可慕何如泉石之淸故張良從赤松李泌學辟穀名愈重則節愈高才彌大而退彌速易占肥遯詩咏衡門良有以也力君未屆引年忽懷知止身雖留以戀闕貲早辦夫買山無遠志之一稱讓老夫之一着思之爛熟賦待遂初若茲園者地是幽燕天隣韋杜隔松筠之庵接長椿之寺量來十笏拓彼三弓基不必廣以人傳樹不在高以花勝葡萄苜蓿柑橘芙蕖雜然前陳別饒風趣奚翅張家別墅有牡丹梁氏故園引凉水耶當夫涼雨微霽皓月初生力君常招繹如徘徊花底借話桑麻術辨青囊書搜金匱對奇石交論千古指綠楊春作兩家可謂盛矣然而

董奉杏林蘇耽橘井蒙莊吏隱曼倩陸沉雖居朝市之間不啻蓬蘆之下臣心如水花氣長春殘疑羲皇之世見此神仙中人斯眞隱者豎云乎哉日者繹如將攜家具更擬下居勝地不常芳隣難再爰引女子識賣藥之例用倣左芬賦方物之詞特寫元白結隣之歡並紀梁孟賃舂之跡自慚蕉拙聊報居停是爲記